社科文献 SSAP 学术文库

| 文史哲研究系列 |

汉代乐府制度与歌诗研究

A STUDY OF THE YUEFU AND GESHI IN HAN DYNASTY

赵敏俐 著

社会科学文献出版社
SOCIAL SCIENCES ACADEMIC PRESS (CHINA)

本书原为教育部人文社会科学重点研究基地重大项目成果

出版说明

社会科学文献出版社成立于1985年。三十年来,特别是1998年二次创业以来,秉持"创社科经典,出传世文献"的出版理念和"权威、前沿、原创"的产品定位,社科文献人以专业的精神、用心的态度,在学术出版领域辛勤耕耘,将一个员工不过二十、年最高出书百余种的小社,发展为员工超过三百人、年出书近两千种、广受业界和学界关注,并有一定国际知名度的专业学术出版机构。

"旧书不厌百回读,熟读深思子自知。"经典是人类文化思想精粹的积淀,是文化思想传承的重要载体。作为出版者,也许最大的安慰和骄傲,就是经典能出自自己之手。早在2010年社会科学文献出版社成立二十五周年之际,我们就开始筹划出版社科文献学术文库,全面梳理已出版的学术著作,希望从中选出精品力作,纳入文库,以此回望我们走过的路,作为对自己成长历程的一种纪念。然工作启动后我们方知这实在不是一件容易的事。对于文库入选图书的具体范围、入选标准以及文库的最终目标等,大家多有分歧,多次讨论也难以一致。慎重起见,我们放缓工作节奏,多方征求学界意见,走访业内同仁,围绕上述文库入选标准等反复研讨,终于达成以下共识:

一、社科文献学术文库是学术精品的传播平台。入选文库的图书必须是出版五年以上、对学科发展有重要影响、得到学界广泛认可的精品力作。

二、社科文献学术文库是一个开放的平台。主要呈现社科文献出版社创立以来长期的学术出版积淀，是对我们以往学术出版发展历程与重要学术成果的集中展示。同时，文库也收录外社出版的学术精品。

三、社科文献学术文库遵从学界认识与判断。在遵循一般学术图书基本要求的前提下，文库将严格以学术价值为取舍，以学界专家意见为准绳，入选文库的书目最终都须通过该学术领域权威学者的审核。

四、社科文献学术文库遵循严格的学术规范。学术规范是学术研究、学术交流和学术传播的基础，只有遵守共同的学术规范才能真正实现学术的交流与传播，学者也才能在此基础上切磋琢磨、砥砺学问，共同推动学术的进步。因而文库要在学术规范上从严要求。

根据以上共识，我们制定了文库操作方案，对入选范围、标准、程序、学术规范等一一做了规定。社科文献学术文库收录当代中国学者的哲学社会科学优秀原创理论著作，分为文史哲、社会政法、经济、国际问题、马克思主义五个系列。文库以基础理论研究为主，包括专著和主题明确的文集，应用对策研究暂不列入。

多年来，海内外学界为社科文献出版社的成长提供了丰富营养，给予了鼎力支持。社科文献也在努力为学者、学界、学术贡献着力量。在此，学术出版者、学人、学界，已经成为一个学术共同体。我们恳切希望学界同仁和我们一道做好文库出版工作，让经典名篇"传之其人，通邑大都"，启迪后学，薪火不灭。

社会科学文献出版社
2015 年 8 月

社科文献学术文库学术委员会
（以姓氏笔画为序）

卜宪群　马　敏　马怀德　王　名　王　巍　王延中
王国刚　王建朗　付子堂　邢广程　邬书林　刘庆柱
刘树成　齐　晔　李　平　李　扬　李　林　李　强
李友梅　李永全　李向阳　李国强　李剑鸣　李培林
李景源　杨　光　邴　正　吴大华　吴志良　邱运华
何德旭　张宇燕　张异宾　张蕴岭　陆建德　陈光金
陈春声　林文勋　卓新平　季卫东　周　弘　房　宁
赵忠秀　郝时远　胡正荣　俞可平　贾庆国　贾益民
钱乘旦　徐俊忠　高培勇　唐绪军　黄　平　黄群慧
曹卫东　章百家　谢寿光　谢维和　蔡　昉　潘家华
薛　澜　魏礼群　魏后凯

作者简介

赵敏俐 男,1954年生,1988年3月毕业于东北师范大学,获文学博士学位,现为首都师范大学燕京人文讲席教授。(中国)乐府学会会长,中国《诗经》学会、中国屈原学会副会长。出版《两汉诗歌研究》、《先秦君子风范》、《文学传统与中国文化》、《周汉诗歌综论》、《汉代乐府制度与歌诗研究》、《中国诗歌通史》(主编兼汉代卷作者)等学术著作,承担国家社会科学基金重大项目、重点项目等多项。以第一作者身份获得北京市哲学社会科学优秀成果特等奖(2014),教育部人文社会科学优秀成果一等奖(2015)等多种奖项。

内容简介

《汉代乐府制度与歌诗研究》原为教育部人文社会科学重点研究基地重大项目成果，2009年12月商务印书馆初版，曾获得教育部人文社会科学优秀成果三等奖，本次列入"社科文献学术文库"，由社会科学文献出版社出版。

本书是赵敏俐教授多年从事汉代歌诗研究的重要创获。"歌诗"指的是可以歌唱的诗，中国早期诗乐一体，配乐而歌是中国早期诗歌的基本形态，后来诗乐逐渐分离，才有了脱离音乐的独立的诗歌语言形态，自汉代以后成为两种不同的诗歌流派而并行发展。作者独创性地将艺术生产理论运用于中国古代歌诗研究，结合汉代乐府制度的变革，系统探讨了汉代"歌诗"这一特殊艺术形态的发生演变过程，揭示了其复杂的生成机制、丰富的内容、独特的艺术表现方式，以及其在中国诗歌史上的特殊地位和巨大影响。

作者认为，以乐府为代表的汉代歌诗，作为一种独特的艺术形态，主要是一种用于娱乐观赏的艺术，有鲜明的现实功用，这使它与一般的用以抒写个体情怀、表达个体思想的文人诗有本质上的不同，可以说是两种不同的艺术。但是，在古代受儒家诗教的影响，在近代受意识形态文艺观的影响，长期以来人们总是习惯用一般的抒情言志的理论对其进行艺术解读。这既混淆了它与文人诗歌截然不同的艺术本质，遮蔽了乐府歌诗的特征，同时也严重影响了我们对中国古代诗歌的总体认识。因此，对于不同的诗歌形式，必须立足其艺术本质，采用不同的阐释理论。作者由此而突破了以往研究乐府歌诗的理论框架，建构了一个新的研究体系。全书分为三编：第一编重点考察了汉乐府的历史渊源、汉代社会歌舞娱乐的盛况、汉代乐官制度的建立与乐府的兴废，讨论了汉代歌诗艺术生产与消费的基本特征，揭示了其艺术特质以及其发展大势，从而对汉代歌诗进行了新的历史定位。第二编是在此基础上对两汉歌诗所进行的分类研究，通过详细的考证辨析，论述了汉初雅乐与《安世房中歌》、汉武帝立乐府与《郊祀歌》十九章、民族文化交流与《汉鼓吹铙歌》十八曲、汉代的俗乐生产与相和歌诗生成之间的关系，并对舞曲歌辞、琴曲歌辞、杂曲歌辞、民间歌谣、贵族歌诗、文人歌诗的产生、发展、流变及其特质，做了前所未有的系统而又细致的讨论，发前人所未发。第三编则立足于两汉歌诗的艺术本质，重点讨论了它的文化功能、基本表现形态、演唱方式、艺术表现特征和语言结构，指出了它的独特历史特征以及其对后世诗歌的深远影响。可以说，本书将精细的文献考证与深刻的理论分析融为一体，不仅从艺术生产的角度对汉代歌诗进行了新的解读，富有创见并自成体系，而且有助于我们重新认识中国古代歌诗的艺术本质，是一本真正具有开拓意义的学术著作。

Abstract

A Study of the Yuefu and Geshi in Han Dynasty, first published in 2009 by Commercial Press, was based on a Ministry of Education (MOE) Humanities and Social Sciences Key Research Project. The book won third prize in the MOE Outstanding Research Competition in Humanities and Social Sciences. The current edition is being published by Social Sciences Academic Press (SSAP), as part of its "Best Works from SSAP" series.

This book showcases decades of research Professor Zhao Minlin has done on Han *geshi* (song poems). "*Geshi*" refers to poems (*shi*) sung as lyrics (*ge*). In ancient China poetry and music formed an integral whole. The musical rendition of poems constituted the basic modality of the earliest Chinese poetry, and the two did not become separated until later, when poetry emerged as an independent genre of writing existentially detached from music. And starting in the Han dynasty two distinct schools of poetry branched out and evolved on their own. As one of the first to apply the theory of art production to the study of *geshi* in ancient China, the author tries to understand the evolution of the Han Music Bureau (*yuefu*), and engages in a systematic investigation of how Han *geshi*, an art form like none other, came to be. The research, impressive in both breadth and depth, sheds new and important light on the genre's complex genesis, rich content, unique form of artistic representation, and special significance in and profound impact on the history of poetry in China.

The author argues that Han *geshi*, typified by *Yuefu* poetry, and a unique art form, primarily functioned as a means of entertainment and an object of artistic appreciation. Because of its distinct pragmatic value, it was fundamentally different from the kind of poems members of the lettered classes composed to vent their personal feelings and private thoughts. These were, in the author's view, two different art forms altogether. However, under the prolonged influence of the Confucian conception of poetry on one hand and the sway of the more recent notion of art as ideology on the other, most scholars have seen Han *geshi* through the lens of ordinary sentimental literature. Not only has this conflation of two radically different art forms obscured the essence of *yuefu geshi* themselves, it has also led scholars astray in their efforts to understand ancient Chinese poetry as a whole. It is important, therefore, to treat different forms of poetry differently, to grasp the defining features of any art form, and to apply the theory of interpretation that is most appropriate to the subject matter at hand. Having rejected the traditional analytical framework for studying *yuefu geshi*, the author builds his own.

The book is divided into three parts. Part I places Han *geshi* within the historical context. In chapters one through five, the author traces the history of Han *yuefu*, presents an overview of the vibrant performing arts scene during the Han Dynasty, examines how direct government administration of musical affairs evolved, discusses the basic features of the production and consumption of Han *geshi*, major sub-genres and *geshi*'s overall development in this period. Part II, which consists of eight chapters, is a close examination of the different sub-genres of Han *geshi*. Discussions cover the relationships between court ritual-ceremonial music in early Han and *An Shi Fang Zhong Ge*, between Han emperor Wudi's establishment of the Music Bureau and the nineteen-chapter *Jiao Si Ge*, between cultural exchange among different ethnic groups and the eighteen *Han Gu Chui Nao Ge*, and between the production of Han popular music and *xianghe ge* (wind and string ensembles). A broad range of *geshi* sub-genres, including plays, poems intended for zither rendition, poems on eclectic themes, folk *geshi*, nobility *geshi* and literati *geshi* were then subjected, for the first time ever, to systematic and thorough analysis of their germination, development, evolution and basic features. Part III and the final three chapters of the book consider the different aspects of Han *geshi* as an art form, such as their cultural functions, basic modes of oral presentation, singing styles and techniques, artistic properties and language structure, making the case for *geshi*'s status as a *sui generis* art form with immense significance in the history of Chinese poetry. The organic combination of textual exegesis and rigorous theoretical analysis, and the author's methodological innovations make this not only an important book on Han *geshi* but also a valuable addition to the scholarship on the history of Chinese *geshi* in general.

目 录

导 论 ………………………………………………………………… 001

上编　汉代乐府制度与歌诗艺术生产

第一章　汉乐府探源 ………………………………………………… 011
　　第一节　关于艺术起源问题的新思考 ………………………… 012
　　第二节　分工的出现与古代乐官文化的产生 ………………… 022
　　第三节　雅乐观的建立与雅俗艺术的盛衰消长 ……………… 031

第二章　汉代社会歌舞娱乐盛况的文献考察 …………………… 037
　　第一节　从宫廷到民间的汉代歌舞艺术发展盛况 …………… 038
　　第二节　宫廷乐官的世代传承与贵族子弟培养 ……………… 051
　　第三节　民间歌舞艺人的命运与艺术贡献 …………………… 057

第三章　乐官制度建设与乐府的兴废 …………………………… 069
　　第一节　太乐与乐府：汉初乐官制度的建设 ………………… 070

第二节　汉武帝扩充乐府的艺术生产史意义 …………… 079
　　第三节　汉哀帝罢乐府以后的乐官制度变革 …………… 092

第四章　汉代歌诗艺术生产的基本特征 …………………… 104
　　第一节　占主导地位的寄食式艺术生产与特权式消费 …… 105
　　第二节　卖艺式的歌诗生产与平民式消费在汉代的出现 …… 114
　　第三节　古老的自娱式歌诗生产与消费在汉代的发展 …… 120

第五章　汉代歌诗分类及其发展大势 ……………………… 128
　　第一节　主要用于祭祀燕飨的宫廷雅乐 ………………… 129
　　第二节　主要用于社会各阶层消费的俗乐 ……………… 138
　　第三节　汉代各类歌诗艺术的兴衰消长 ………………… 143

中编　汉代歌诗艺术分类研究

第六章　汉初雅乐与《安世房中歌》 ……………………… 151
　　第一节　《安世房中歌》对周代《房中乐》的继承 ……… 151
　　第二节　《安世房中歌》在内容方面的革新 …………… 155
　　第三节　《安世房中歌》在艺术上的创新 ……………… 161

第七章　《郊祀歌》十九章研究 …………………………… 168
　　第一节　《郊祀歌》十九章产生的历史背景 …………… 169
　　第二节　《郊祀歌》十九章的产生时间及内容分类 ……… 174
　　第三节　《郊祀歌》十九章的艺术成就 ………………… 182

第八章　《汉鼓吹铙歌》十八曲研究 ……………………… 190
　　第一节　《汉鼓吹铙歌》十八曲名实考论 ……………… 191

第二节　《汉鼓吹铙歌》十八曲内容梳理 …………………… 202
　　第三节　十八曲的艺术特点及文学史意义 …………………… 223

第九章　汉代相和歌诗研究 ……………………………………… 231
　　第一节　相和歌的名称来源与分类 …………………………… 232
　　第二节　相和诸调歌诗的艺术形式 …………………………… 244
　　第三节　相和诸调歌诗内容的两大类别 ……………………… 267

第十章　舞曲歌辞、琴曲歌辞与杂曲歌辞 ……………………… 287
　　第一节　开中国戏剧艺术先河的舞曲歌辞 …………………… 288
　　第二节　借古事以抒怀的琴曲歌辞 …………………………… 296
　　第三节　兼收众类的杂曲歌辞 ………………………………… 312

第十一章　汉代民间歌谣研究 …………………………………… 322
　　第一节　现存汉代民间歌谣的分类及区别 …………………… 324
　　第二节　汉代民间歌谣的内容及形式 ………………………… 327

第十二章　汉代贵族歌诗研究 …………………………………… 337
　　第一节　汉代贵族歌诗创作考 ………………………………… 338
　　第二节　汉代贵族的政治生活歌诗 …………………………… 343
　　第三节　具有特殊地位的汉武帝歌诗 ………………………… 351
　　第四节　刘细君与班婕妤的歌诗 ……………………………… 355

第十三章　汉代文人歌诗研究 …………………………………… 362
　　第一节　汉代文人参与歌诗创作的文献考察 ………………… 363
　　第二节　传世署名的汉代文人歌诗 …………………………… 365

第三节　部分阙名抒情歌诗作者推测 …………………… 375

第四节　汉代文人歌诗的存在及其意义 …………………… 379

下编　汉代歌诗艺术成就研究

第十四章　汉代歌诗的文化功能与艺术特征 …………………… 385
第一节　汉代歌诗的主要文化功能 …………………… 386

第二节　汉代歌诗内容的基本表现形态 …………………… 393

第三节　汉代歌诗以悲为乐的审美风习 …………………… 407

第十五章　汉代歌诗的语言艺术形态 …………………… 415
第一节　汉代歌诗的一般演唱方式 …………………… 416

第二节　汉代歌诗的艺术表现特征 …………………… 421

第三节　歌唱艺术的程式化与语言结构 …………………… 437

第十六章　汉代歌诗的成就与历史地位 …………………… 448
第一节　开创封建地主制社会艺术新篇 …………………… 449

第二节　创造中古诗歌的艺术新形式 …………………… 455

第三节　开辟中国歌诗发展新道路 …………………… 459

参考文献 …………………… 466

后　记 …………………… 476

再版后记 …………………… 479

Contents

Introduction / 001

Part I Han Yuefu and the Artistic Production of Geshi

Chapter 1 The Origin of Han Yuefu / 011
I Revisiting the question of the origin of art / 012
II Division of labor and theemergence of professional musicians in ancient China / 022
III The seminal idea of music as an instrument for moral and spiritual education, and the coevolution of high and low arts / 031

Chapter 2 The Thriving Performing Arts Scene during the Han Dynasty: The Textual Evidence / 037
I Universal popularity and flourishing of performing arts / 038
II Hereditary succession of court music officer and music education among the elite / 051
III The lives and contributions of commoner performing artists / 057

Chapter 3 Development of The Yueguan System and the Growth and Decline of the Yuefu / 069
I Taiyue and Yuefu: court music office in early Han / 070

Ⅱ　Emperor Wudi's expansion of the Yuefu and its historical significance for art production　/ 079
Ⅲ　Emperor Aidi's abolition of the Yuefu and subsequent music administration reform　/ 092

Chapter 4　Basic Features of Han Geshi Production　/ 104
Ⅰ　The predominance of the client-patron system of art production and elite consumers　/ 105
Ⅱ　Geshi production for busking and the beginning of mass consumption of performing arts　/ 114
Ⅲ　Geshi production as spontaneous self-entertainment　/ 120

Chapter 5　Classification of Han Geshi and Their Overall Development　/ 128
Ⅰ　Court ritual-ceremonial music　/ 129
Ⅱ　Music as entertainment for commoners　/ 138
Ⅲ　The sequential peaking of different geshi sub-genres　/ 143

Part II　Studies of Han Geshi Sub-genres

Chapter 6　Court Ritual-ceremonial Music and An Shi Fang Zhong Ge　/ 151
Ⅰ　An Shi Fang Zhong Ge as descended from Fang Zhong Yue from Zhou Dynasty　/ 151
Ⅱ　Innovations in Lyrics of An Shi Fang Zhong Ge　/ 155
Ⅲ　Artistic Innovations of An Shi Fang Zhong Ge　/ 161

Chapter 7　A Study of Nineteen-chapter Jiao Si Ge　/ 168
Ⅰ　Historical background　/ 169
Ⅱ　Creative process and thematic structure　/ 174
Ⅲ　Artistic achievements　/ 182

Chapter 8　The Eighteen Han Gu Chui Nao Ge　/ 190
Ⅰ　An investigation into the title　/ 191
Ⅱ　Interpreting the texts　/ 202

Ⅲ　Artistic characteristics and literary historical significance　/ 223

Chapter 9　Study of Han Xianghe Geshi　/ 231
　Ⅰ　Origin of name and classification　/ 232
　Ⅱ　Artistic modalities　/ 244
　Ⅲ　Two basic thematic sub-categories　/ 267

Chapter 10　Plays, Poems for Zither Performance, Poems on Eclectic Themes　/ 287
　Ⅰ　Wuqu lyrics as the earliest form of play　/ 288
　Ⅱ　Qinqu lyrics as a vehicle for retrospective imaginings　/ 296
　Ⅲ　The inherent diversity of Zaqu lyrics　/ 312

Chapter 11　Plays, Poems for Zither Performance, Poems on Eclectic Themes　/ 322
　Ⅰ　Delineating the different types of folk geshi　/ 324
　Ⅱ　Content and form　/ 327

Chapter 12　Han Nobility Geshi　/ 337
　Ⅰ　Estimating the corpus　/ 338
　Ⅱ　Geshi on politics and political careers　/ 343
　Ⅲ　Geshi by Emperor Wudi　/ 351
　Ⅳ　Geshi by Liu Xijun and Ban Jieyu　/ 355

Chapter 13　Han Literati Geshi　/ 362
　Ⅰ　The place of literati in Geshi production　/ 363
　Ⅱ　Noted literati geshi writers and their works　/ 365
　Ⅲ　Works with unknown authors　/ 375
　Ⅳ　Literary significance　/ 379

Part III　Artistic Achievements of Han Geshi

Chapter 14　Cultural Function and Artistic Characteristics　/ 385
　Ⅰ　Cultural functions　/ 386
　Ⅱ　Basic modes of presentation　/ 393

III	Celebrating the subliminal beauty of the tragic	/ 407

Chapter 15 Language and Oral Modality of Han Geshi   / 415
    I   Common geshi singing style   / 416
    II Artistic presentation   / 421
    III Stylization and language structure   / 437

Chapter 16 Artistic Achievements and Historical Significance   / 448
    I   Geshi's place in China's feudal history   / 449
    II Geshi's place in the history of Chinese poetry   / 455
    III Degentrification: a new era of geshi   / 459

References   / 466

Postscript   / 476

Postscript to this Reprint   / 479

导 论

在中国文学史上,汉代是一个承前启后的时代。它是中国上古诗歌的结束,中古诗歌的开端。① 其作为中国中古诗歌开端的重要标志之一,就是汉代歌诗(以汉乐府诗为代表的可以歌唱的诗)的产生。它不仅开启了自汉代以来一种新的诗歌形式,而且还创造了一种新的审美典范。汉代歌诗的产生,除了有着复杂的社会历史文化变迁的因素之外,汉乐府的设立,在其中起了相当重要的作用。它在西汉时期的一项重要职能,就是为汉武帝定郊祀之礼服务。从政治哲学的角度讲,以郊祀太一为主导的新的郊祀制度的建设,标志着汉代大一统的国家宗教神学最终确立,是一项重要的制度建设,自然也象征着汉武帝在强化中央集权制的政治斗争中取得胜利。按周代的传统,国家的郊庙祭祀用乐属于雅乐,都应该由太乐官统领,在汉初,这样的国家机构仍然存在。但是,汉武帝却一反常规,让乐

---

① 关于中国中古诗歌从何时开始的问题,主要有汉代说与魏晋说两种不同的观点。笔者坚持汉代说,详见赵敏俐《两汉诗歌研究》,台北文津出版社,1993。

府来承担隆重的国家祭祀典礼音乐的表演职能，并且用李延年这样的歌舞艺人为之配制"新声变曲"。这并不是仅仅出于汉武帝个人的喜好，而是因为中国古代的艺术审美风尚在汉代发生了重大的变化，是传统的雅乐衰微与新声崛起的必然结果，它从艺术的角度反映了汉代社会文化形态的重大变迁。正因为汉乐府的成立有着这样深厚的文化背景，所以产生于汉代的各类"歌诗"，往往被后人冠以"乐府诗"的名号，或者干脆称之为"汉乐府"。这说明，如果我们要给汉代歌诗艺术的发展以历史的定位，就必须结合汉代乐府制度建设的问题来共同讨论。

其实，关于汉乐府制度和歌诗的问题，学术界已经有过不少的探讨，可惜基本上都采取各自独立的方式来进行。例如关于汉乐府究竟成立于何时的问题，学者们大都围绕着汉初或者武帝时代这两说来展开争论，各不相让。毫无疑问，弄清汉乐府到底设立于何时这一问题自然是非常重要的，笔者也正是通过出土的秦代刻有"乐府"二字的错金甬钟，并结合相关的历史文献，认定汉乐府的设定是在汉初而不是在武帝时代。[①] 但笔者认为更为重要的是，作为学术研究同时也是历史研究的最终目的，是要进一步弄清汉代设立乐府的目的以及汉武帝时代乐府的职能，探讨汉乐府在汉代的礼乐文化建设中究竟发挥了什么作用，并进而对汉代礼乐文化建设的历史价值与意义等问题作出新的评估，这正是目前学界探讨中所缺乏的。同样，关于汉代歌诗的研究，学人们不仅对相和歌产生的时间、相和诸调曲之间的关系等问题有过比较详细的探讨，对汉代歌诗题材、内容及其艺术特色等问题也进行了较为细致的研究。但是，汉乐府诸调歌诗与汉乐府机构之间究竟有何关联？汉乐府诸类歌诗的产生与汉代社会礼乐文化建设的关

---

① 相关论述参看正文各章，此处不赘。"导论"中涉及的其他相关学术讨论亦如此，下文不再出注。

系如何？汉代歌诗的音乐特点如何影响了它们独特的艺术形式？它们的艺术本质如何？它们在当时究竟承担着什么样的社会功能和艺术功能？它们用什么样的方式来满足当时社会的艺术审美需要？又是用什么样的表现形式来反映一个时代的文化思潮与审美思潮的？这些需要把汉乐府制度与歌诗两者结合起来才能弄清的问题，至今还没有人做过比较深入的讨论。

有鉴于此，本书把汉代乐府制度与歌诗的关系问题分成三个大的部分来展开讨论。上编首先研究汉代乐府机构的本质特征及其在汉代存在的意义。笔者认为，乐府这一名称虽然直到秦代才产生并且在汉代发生了重要影响，但是作为一个时代的国家礼乐机构，它的前身却可以追溯到传说中的唐虞时代。从本质上讲，我们可以把它看成先秦国家礼乐制度在汉代的延续与发展。所谓延续，是因为汉乐府从功能上讲首先是国家的礼乐机构，它主要承担国家庙堂祭祀的相关职能，这属于先秦雅乐机关的职能范围；所谓发展，指的是汉乐府在继承前代国家庙堂祭祀职能的时候并没有采用先秦雅乐的规范，而是把汉代的俗乐，亦即"新声变曲"用于庙堂祭祀之中。之所以如此，与汉代社会雅乐衰落、俗乐兴盛的历史现实息息相关，也与汉代人审美习俗的变化有着直接的关系。而这种情况的产生，则是汉代新的社会制度改变了先秦社会的阶级关系，从而解放了社会生产力的结果，是国家统一、民族文化融合、社会经济空前繁荣的结果，也是两汉社会新的艺术消费需求带动的结果。正是在这种情况下，我们才能发现汉乐府的建立与汉代歌诗产生之间的互动关系。一方面，两汉社会以新声俗乐为主体的歌诗的大量存在，为汉乐府庙堂祭祀采用新乐奠定了坚实的基础；另一方面，汉乐府机关采用新声俗乐用于宗庙祭祀这一事实，对两汉歌诗的发展产生了巨大的助推作用。正因为如此，本书在上编里，不仅重点探讨了两汉乐官制度的建设与乐府的兴衰，而且对汉乐府的国家礼乐机构职能问题进行了历史的溯源，对汉代社会歌舞娱乐盛况进行了详细的文献考察。同时，还对两汉社会歌诗艺术生产与消费的基本特征进行了比较深入的分析，并以此来把握汉代歌诗的分类及其发展大势。通过这样的研究，笔者期望能够从制度文化层面上理清汉代乐府制度的建设与两汉歌诗生产之间的基本关系，把握其互相促进与发展的大致脉络。

本书的中编是对汉乐府各类歌诗的分类研究，也是全书的重点。为了表述的方便，笔者在这里先对汉代"歌诗"这一概念做一界定。"歌诗"这一名称，最早见于《左传》，指的是当时在外交场合赋诗言志的诗歌演唱。① 在先秦时也特指歌唱《诗经》，如《墨子·公孟篇》所说"歌诗三百"（加上今天的标点符号，或可写作"歌《诗三百》"）是也。另外，在《庄子·大宗师》里也有一例用法，意指鼓琴而歌②，还都不是我们这里所说的"歌诗"之义。但是，由于诗不但可以歌唱，也可以吟诵或诵读，并由诗的诵读逐渐演变出一种以"不歌而诵"为特征的文体——赋，于是，"歌诗"在汉代就由先秦的演唱诗歌的意义转化为一个名词，专指那些可以演唱的诗，并成为与赋相对应的一个文体概念。所以在《汉书·艺文志》中，班固就把《诗赋略》里的作品从是否可以歌唱的角度分为"歌诗"与"赋"两大类型，并辑录了"歌诗二十八家，三百一十四篇"作品。③ 所以，从历史实际情况看，汉代那些可以歌唱的诗，正确的称呼就是"歌诗"，在汉代并没有"乐府诗"这一概念。至沈约撰《宋书·乐志》，辑录汉代歌诗，方有"相和""清商三调歌诗""汉鼙舞歌""铎舞歌

---

① 《春秋左传·襄公十六年》："晋侯与诸侯宴于温，使诸大夫舞，曰：'歌诗必类！'齐高厚之诗不类。荀偃怒，且曰：'诸侯有异志矣！'使诸大夫盟高厚，高厚逃归。于是，叔孙豹、晋荀偃、宋向戌、卫宁殖、郑公孙虿、小邾之大夫盟曰：'同讨不庭。'"

② 《庄子·大宗师》："子舆与子桑友，而霖雨十日。子舆曰：'子桑殆病矣！'裹饭而往食之。至子桑之门，则若歌若哭，鼓琴曰：'父邪！母邪！天乎！人乎！'有不任其声而趋举其诗焉。子舆入，曰：'子之歌诗，何故若是？'"

③ （东汉）班固：《汉书·艺文志》，中华书局，1962，第1753~1756页。

诗""巾舞歌诗""汉鼓吹铙歌"等说法,可见,"歌诗"仍然是那个时代的基本用法。① 昭明太子编《文选》,内有"乐府"一类,始把魏晋以后文人模拟汉代相和诸调歌诗的部分作品称为"乐府",其他仍不算作"乐府",可见其概念亦较为狭窄。② 事实上,真正把汉代的大部分歌诗作品都统称为"乐府",还是由于郭茂倩《乐府诗集》一书的影响。正是在这部书里,郭茂倩把汉代大部分歌诗收录其中,自此,"汉乐府"才成为一个可以包容大部分汉代歌诗的概念。不过,由于这一概念与魏晋六朝时代人们所说的狭义的乐府(以相和诸调与清商三调歌诗为题的作品)相错位,在表述上容易引起歧义,所以,我们这里还是采用汉代人的概念,用"歌诗"来指称汉代所有可以歌唱的作品。

  汉代歌诗内容丰富多彩,呈现出比较复杂的形态。如何对这些歌诗进行合理的分类,是一个重要的问题。这其中,郭茂倩《乐府诗集》的分类法最值得参考,他把汉代歌诗分列入郊庙歌辞、鼓吹曲辞、横吹曲辞(有目无辞)、相和歌辞、舞曲歌辞、琴曲歌辞、杂曲歌辞、杂歌谣辞八类。郭茂倩基本上是按照音乐类别进行分类的,这基本符合汉代歌诗艺术的存在状况。所以,本书对汉代歌诗的分类也以此为基础。但是,郭茂倩的分类只是为了编排作品的需要,他在《乐府诗集》一书中搜集了大量的材料,并对汉乐府各类歌诗进行了解题,却没有对每一类歌诗的产生及其内容和艺术进行分析。在这方面,虽然古今已有较多的研究成果,但总的来说,对于汉代各类歌诗的产生背景及其在艺术上的诸多特征,研究还是远远不够的。而这正是本书要做的重点工作:关于汉初雅乐与《安世房中歌》的关系,《安世房中歌》在内容上的革新和艺术上的创造;《郊祀歌》十九章

---

① (梁)沈约:《宋书·乐志》,中华书局,1974,第603~640页。
② (梁)萧统编,(唐)李善注:《文选》,中华书局,1977,第389~405页。

的产生与汉武帝定郊祀之礼的关系，《郊祀歌》十九章产生的具体时间及内容分类，艺术方面的创新；《汉鼓吹铙歌》十八曲的名实问题，它与汉代外族音乐的输入及在本土化过程中形态变迁的关系；《相和歌》的名称来源和分类，相和诸调中各种音乐称谓的讨论；《琴曲歌辞》《舞曲歌辞》《杂曲歌辞》各自不同的表现形态；两汉民间歌谣的分类与区别；等等。所有这些，本书或者是在相关的研究上再进一步，或者开拓新的研究思路。总之，本书的目的，不仅要对以往汉代各类歌诗分类研究进行系统总结，还试图就一些以往不为学人所注意的问题进行新的探讨，以期更好地把握汉代各类歌诗独特的艺术本质。除此之外，本书还专辟两章讨论汉代的贵族歌诗与文人歌诗的问题。之所以如此，是因为中国古代歌诗从汉代到魏晋南北朝的发展过程中，上层贵族和文人阶层发挥了越来越大的作用。以往人们认为汉代歌诗生产的主体是无名氏作者，其实，上层贵族和文人阶层也是其中的一支重要力量。举例来讲，在现存以楚声演唱的两汉歌诗当中，绝大部分是汉代的帝王与宫廷贵族所作。这说明楚声在汉代的宫廷音乐中占有极为重要的地位，而帝王贵族在楚声艺术的生产与消费方面似乎有着更大的特权。再比如，在以往的汉代歌诗研究中，学者们几乎很少考虑文人在其中的作用，而笔者则以充分的材料证明，在汉代歌诗，包括以清商三调为主的相和歌诗创作中，文人们一直是积极的参与者，而且不乏优秀的作品。这对于我们全面认识汉代歌诗有着重要的意义。总之，通过本书对汉代歌诗的分类研究，我们会更加准确地把握汉代各类歌诗之间的复杂关系，进而更加全面地对汉代歌诗的存在形态做出准确的评估。

　　我们从汉代乐府制度入手来研究汉代歌诗，最终目的是要重新认识汉代歌诗的艺术成就及其在中国文学史上的地位。关于汉代歌诗的艺术成就，从古至今，学者们已有不少精到见解和精彩论述。但较为遗憾的是，由于对汉代歌诗的歌唱特征认识不足，大多数学者都把它们等同于一般的只可诵读的诗歌,来对其艺术成就进行把握,并形成一些传统的观点。如他们认为汉代乐府诗中最有成就的部分是叙事诗,这自有其道理。但是如果仔细分析全部的汉代歌诗,我们就会发现,"叙事诗"在其中所占的比例远没有抒情诗大,汉代歌诗的主体并不是"叙事"而是抒情的歌唱。我们再进一步考察这些歌诗的歌唱特征和表演特征就会发现,就是那些所谓的"叙事诗",其叙事的特征也不典型,它们大多数没有完整的叙事形态,而只是采取了"片断叙事"的方式。之所以如此,是因为这些歌诗在当时主要是为了表演歌唱而作的。所以,我们必须从歌唱的角度来分析其艺术成就。本书的下编正是在前两编的基础上对此进行的开创性研究。为此我们讨论了汉代歌诗的三种主要文化功能——宗教礼仪功能、娱乐功能和抒情写志功能;考察了它的两种主要表现形态——首先是抒写各种情感类歌诗,其次是关注现实生活类歌诗;考察了汉代歌诗以悲为美的审美风习与美学形态。以此为基础,我们便不难发现它们建立在歌唱艺术基础上的不同于一般诗歌的表现方法,如演唱的戏剧化特征与片断叙事,代言体歌诗与泛主体抒情,历史故事原型下的歌诗新唱,歌唱艺术的程式化、独特的章曲结构、口头传唱的特点与套语套式的运用等。总之,笔者认为,正是两汉歌诗这种独特的艺术风貌与表现特征,才最终成就了它在中国诗歌史上的特殊地位,它开创了封建地主制社会歌诗艺术的新篇,创造了中国歌诗新的艺术形式,走出了一条中国歌诗发展的新路。

以上是本书的基本观点,也是本书写作的基本思路和贯穿其中的文学史观念。笔者始终坚信,无论什么时代,文学总是那个时代人类的心声,因而时代的发展变化总是通过影响人而最终成为文学史发展的最初动因。以此而言,文学没有自己独立发展的历史,一切文学内容及形式的变化都必须从时代的发展变化中寻找原因。历史的变化有多么巨大,其影响有多么深远,文学的变化就有多么巨大,影响就有多么深远。笔者多年来之所以钟情于汉代诗歌的研究，就因为在中国社会发展史上，秦汉制度，尤其是秦汉时代的国家政治制度，在中国封建社会的历史上所产生的影响实在太大。可以说，从秦汉到清代中国社会虽然历经多次改朝换代，但是以皇帝为核心的中央集权制的国家政治体制基本上没有改变。与之相对应的，中国古代歌诗也是从汉代开始了新的发展阶段。甚至连"歌诗"这一称呼，也是在汉代才成为一个有别于赋体文学的新型文学样式的名称。无论是与之相配的音乐、语言形式，还是它所表达的生活内容及人类心声，都有别于先秦时代，从而开启了六朝以至唐代歌诗艺术之先河。作为一种史的研究而不是"接受美学"的阐释，本书期望能从这个角度对汉代歌诗的发展演变及其在中国诗歌史上的地位做出较为系统的揭示，给学界同仁们提供一点有价值的东西。但是深知受个人学识与修养的限制，与这一理想还有一定的距离。缺点与谬误在所难免，同时恳请方家批评指正。

上　编
汉代乐府制度与歌诗艺术生产

第一章

汉乐府探源

本章提要：乐府虽然是秦代开始建立的朝廷礼乐机构，但是，在此之前我国应该早已出现了与后来乐府功能相似的乐官机构。如果追溯其历史，甚至可以追溯到传说中的尧舜时期。这植根于中国人对于"乐"（包括诗）的本质的独特看法，认为其产生乃是出于人的心灵表现的需要。因而，随着社会分工的出现和专职艺术家的产生，中国人很早就强调要对"乐"的表现进行正确的引导，以使其在社会生活中发挥更为积极的作用，这是古代乐官文化建立的基础，也是周代礼乐文化发达的原因。战国以后，由于雅乐的衰微与俗乐的兴起，至秦代乐官制度发生了新的变化，方有了秦汉时代乐府官署的建立。

乐府本是秦和西汉朝廷礼乐机关的名称。秦以前，从有文字记载的虞夏商周始，各个朝代都有相应的礼乐机关，它们的名称虽然不叫乐府，但是和汉乐府却有一脉相承的文化渊源关系。因此，要研究汉乐府，我们首先要对它的产生进行历史的探源。

第一节　关于艺术起源问题的新思考

要研究乐府的起源，我们有必要先对艺术起源的问题进行新的探讨。在当今文学和艺术的研究中，没有什么比艺术的起源问题更复杂、更伤脑筋的了。各种各样的关于艺术起源的说法，真是数不胜数。举例来讲，朱狄在《艺术的起源》这部书中，就介绍了艺术起源于模仿、起源于情感和思想交流的需要、起源于劳动、起源于游戏、起源于巫术、起源于季节变换的符号、起源于对动物亡灵的哀悼七种说法，并且前后介绍和引用了西方从亚里士多德（Aristotle）到当代学者大约近50家的观点。[①] 但值得注意的是，目前国内各种有关学术著作中介绍的艺术起源说，大都来自西方，我国古今学者关于艺术起源问题的看法，似乎还没有引起学界足够的重视。其实在中国，关于艺术起源的说法也有很多。要研究中国文艺，就必须关注中国古代的艺术起源论，它们同样具有相当重要的理论意义。我们中华民族的优秀艺术传统，就是在这些理论的指导下发展起来的。

在中国古代的艺术起源说中，"心灵感动说"是最有代表性的，自古到今，形成了一个强大的理论传统，现举例如下。

> 凡音之起，由人心生也。人心之动，物使之然也。感于物而动，故形于声。声相应，故生变，变成方，谓之音。比音而乐之，及干戚羽旄，谓之乐。
>
> 乐者，音之所由生也，其本在于人心之感于物也。（《礼记·乐记》）

---

① 参见朱狄《艺术的起源》，中国青年出版社，1999，第91~150页。

凡音者，产乎人心者也。(《吕氏春秋·音初》)

诗者，志之所之也，在心为志，发言为诗。情动于中而形于言，言之不足，故嗟叹之，嗟叹之不足，故永歌之，永歌之不足，不知手之舞之、足之蹈之也。(《毛诗序》)

诗者，持也，持人性情，……人禀七情，应物斯感，感物吟志，莫非自然。(刘勰《文心雕龙·明诗》)

气之动物，物之感人，故摇荡性情，形诸舞咏。(钟嵘《诗品》)

夫乐之所起，发于人之性情，性情之生，斯乃自然而有。故婴儿孩子，则怀嬉戏抃跃之心；玄鹤苍鸾，亦合歌舞节奏之应。(孔颖达《毛诗正义》)

在昔原始之民，其群居中，盖惟以姿态声音，自达其情意而已。声音繁变，寖成言辞，言辞谐美，乃兆歌咏。时属草昧，庶民朴淳，心志郁于内，则任情而歌呼，天地变于外，则祇畏以颂祝，踊跃吟叹，时越侪辈，为众所赏，默识不忘，口耳相传，或逮后世。复有巫觋，职在通神，盛为歌舞，以祈灵贶，而赞颂之在人群，其用乃愈益广大。(鲁迅《汉文学史纲要》)

以上说法虽各有不同，但是都把心灵的感动作为乐（艺术）的起源，这种种说法，有着相当的深刻性。艺术总要表达人的情感，无论原始人也好，现代人也好，他们的艺术里面如果没有情感，如果不是为了表达自己内心里的某些思想（无论是宗教的还是世俗的，也无论是功利的还是超功利的），那也就失去了艺术创作的目的和意义。因此，从人的内心角度来分析艺术的起源，应该是一条非常正确的思路。可是，在西方，由于受亚里士多德的"模仿说"的影响，近似于中国人的"心灵感动说"的"情感表现说"，虽然早有古罗马修辞学家昆体良（Quintilian）提出，但是直到 18 世纪以后，才有布拉德利（A. C. Bradley）、诗人雪莱（P. B. Shelley）以及著名理论家克罗齐（B. Croce）和他的拥护者科林伍德（R. G. Collingwood）等张扬其说①，而且远没有"劳动说""巫术说"等那么有影响力。

在西方，为什么"情感表现说"远没有"巫术说"有影响力呢？最主要的原因还是西方重实证的文化传统的影响。从古希腊的亚里士多德到 19 世纪，西方艺术起源说的主流（无论是"模仿说"，还是"游戏说""劳动说"）一直是在实证主义倾向下提出的。而"巫术说"之所以成为近代西方（并影响到东方）最有影响力的一种艺术起源论，更是由于有了当代文化人类学家对于残存的原始社会艺术形态的调查为基础。

我们不否认原始巫术对艺术的发展有重大影响，但需要知道的是，这种在实证主义影响下形成的艺术起源论，它的理论思考方向的正确性究竟如何暂且不论，即便是从实证的角度出发，迄今为止所有的考古材料都不能充分证明巫术的发生先于艺术的发生，并且还存在着相反的证据。因为在有些原始部落那里，艺术和宗教并不相关。一个最明显的例子是，1871 年，达尔文（C. R. Darwin）在《人类的由来与性选择》中指出，作为人类艺术活动主要类型之一的音乐，并不是产生于宗教，而是人类的一种本能："人类的所有种族、甚至未开化人都有这等才能，虽然是处于很原始的状态……无论人类的半动物

---

① 参见朱狄《艺术的起源》，第 96~101 页；郑元者《艺术之根——艺术起源学引论》，湖南教育出版社，1998，第 176~182 页。

祖先是否像能够歌唱的长臂猿那样具有产生音乐调子、因而无疑具有欣赏音乐调子的能力,我们知道人类在非常远古的时期就有这等才能了。拉脱特描述两支由骨和驯鹿角制成的长笛,这是在洞穴中发现的,其中还有燧石具以及绝灭动物的遗骸。歌唱和跳舞的艺术也是很古老的,现在所有或几乎所有人类最低等的种族都会唱歌和跳舞。诗可以视为由歌产生的,它也是非常古老的,许多人对于诗发生在有史可稽的最古时代都感到惊讶"[①]。人类学家马林诺夫斯基(B. Malinowski)在调查新几内亚东北部地区的原始部族梅兰内西亚人时,曾明确指出,在这类原始部落里也并不存在着一个万物有灵的巫术阶段,原始人照样懂得巫术与知识的区别,"你若向土人说治园全用巫术,不要工作,他便笑你思想简单。他与你同样知道天然条件与天然原因,他以观察力量也知道这些天然势力可用自己底智力体力来加以控制。土人底知识固属有限,然在有限范围以内则颇正确而无神秘色彩。篱若倒了,种若坏了,或被水冲,或被干旱,他都不找巫术,都在知识理性之下努力工作。然在另一方面,他底经验也告诉他,不管怎样小心谨慎,也有某种势力会在某一年意外丰收,雨旸如时,一切顺利,害虫也不出现;另一年则有同一势力与你为难,干什么都遭坏运。巫术就是所以控制坏运和好运的。因此可见土人之间,是将两种领域,划分清楚的:一方面是一套谁都知道的天然条件,生长底自然顺序,一般可用篱障耘芟加以预防的害虫与危险;一方面是意外的幸运与坏运。对付前者是知识与工作,对付后者是巫术"[②]。由此而言,"他们制造的用于生产或者战争的石刀、石斧、砍砸器、石球、骨针、箭镞等,用于帮助记忆或传递信息的刻在骨片、树皮、陶片、岩壁等

[①] 〔英〕达尔文:《人类的由来及性选择》《达尔文进化论全集》第六卷,叶笃庄、杨习之译,科学出版社,1996,第614~615页。

[②] 〔英〕马林诺夫斯基:《巫术科学宗教与神话》,李安宅译,中国民间文艺出版社,1986,第13~14页。

上的符号,那些由饱餐后的满足或性欲的冲动而产生的原始歌舞等等,都与巫术没有多少联系。这一类的史前艺术对于'巫术说'的理论是没有帮助的"①。

"巫术说"既然在实证面前存在着如此大的问题,那么为什么至今它的影响还那么大呢?这是因为,在"巫术说"的后面,潜藏着一种对于原始文化的误解。这里,我们可以借用朱狄先生关于科林伍德对巫术理论批评的一段话来提醒人们不要对巫术过于迷信。

> 科林伍德认为这种关于巫术的理论对当代的人类学是种灾难,因为想用这种理论寻求答案的人受实证主义的影响所支配,这种哲学完全不顾及人类情感的本性并且竭力去贬低人类经验的智力水平,抹杀所有的智力活动,这种偏见才导致了泰勒和弗雷泽去把野蛮人的巫术实践活动和文明人利用科学知识去控制自然的活动进行比较。科林伍德认为洛克把野蛮人视同为缺乏逻辑思考能力的白痴是情有可原的,因为洛克和他的同时代人事实上并不知道关于野蛮人的事情。而十九世纪的人类学者们明明知道被他们称之为野蛮人的人们在冶金术、农业、畜牧业等等方面对因果关系都有极好的理解,更不必说他们在政治上、法律上、语言上体系非常复杂的习惯所展示出来的智力上的力量了。所以科林伍德认为十九世纪人类学家的观点已经过时,今天的人类学者已很少用"泰勒—弗雷泽"的理论去解释原始人的艺术了。②

科林伍德对于"巫术说"的批评切中要害,的确,即便是我们承认巫术对于原始艺术的发展产生了重大影响,也不能把它简单地视为

---

① 邓福星:《艺术前的艺术》,山东文艺出版社,1987,第29页。
② 朱狄:《艺术的起源》,第101页。

艺术的起源，关于这一点，已经有越来越多的学者认识到。

与"巫术说"相比，在我国，艺术起源于劳动的说法在当代显然有着更多的支持者。之所以如此，一方面固然是由于马克思主义创始人关于劳动创造了人的理论同样为艺术起源于劳动的说法奠定了非常深刻的理论基础；另一方面还因为我国古代许多文献记载也可以支持"劳动说"。如《吕氏春秋·淫辞》篇所云："今举大木者，前呼'舆謣'，后亦应之。"高诱注："'舆謣'或作'邪謣'，前人倡，后人和，举重劝力之歌声也。"《淮南子·道应训》中也有相同的记载："今夫举大木者，前呼'邪许'，后亦应之，此举重劝力之歌也。"鲁迅先生在此基础上所讲的一段名言（《且介亭杂文·门外文谈》），更是被学者们经常引用。但是，正如"巫术说"的概括不全面一样，如果仅仅靠这些例证来简单地证明艺术起源于劳动，学者们照样可以找出很多反面例子说明原始的艺术和巫术或游戏等有关。以此而言，把艺术起源简单地归之为劳动，也是很难服人的。于是，在我国，近年来理论家在谈到这一点时，舍弃了仅从具体的劳动过程中寻找实例来解释艺术的起源这种简单的思维方式，而是从马克思主义关于人的起源、关于劳动在从猿到人的转变过程中的决定性作用的角度来解释艺术起源于劳动。其要义是首先承认是劳动创造了人，创造了人类社会，也创造了艺术赖以产生的物质基础——灵巧的手、发达的大脑、语言和认识、感受能力。①

用这样的观点来解释，可以说明劳动对于艺术起源的根本意义，说艺术的起源和人类的起源同步，自然也可以有效地解释人类在从猿变成人过程中所有最原始意义上的艺术萌芽的产生——人类制作的第一件工具就可以看成是人类创作的第一件"艺术品"。举凡一切其他关于艺术起源的理论，无论是"巫术说""模仿说""游戏说""心灵

---

① 参见邓福星《艺术前的艺术》，第 24~25 页。

表现说"等，都可以纳入这一理论中来。这种关于艺术起源于劳动的理论，显然是相当深刻并且具有很大包容性的。

但问题是，"劳动说"最终得出的结论是"艺术的起源与人类的起源同步"，按此理论，人类最早的"艺术品"也许就是他们在从猿到人的转变过程中所打制的第一件石器，或者是在他们的"自意识"刚刚形成时所发出的第一声深情的呼喊。而我们现在所能见到的已经被人们认定或研究的大量的"原始艺术"，其产生的年代却大大地晚于人类的起源。如分布在世界各地的原始岩画和岩雕，据盖山林和朱狄介绍，距今也不过三万年到四万多年而已。① 而在我们中国文化中所记载的最早的歌舞艺术，如传说中的黄帝的《云门》，距今最多不超过5000年。我们之所以把这时的艺术称之为"原始"，不过是相对于人类进入阶级社会以后的时代而言。我们完全有理由说，这一时期所谓的"原始艺术"，其实距离真正的原始艺术已经有了相当长的历史间隔，它们在一定程度上已经脱离了艺术的最原始阶段，开始向独立的（也就是我们现在所说的狭义的）艺术门类发展，在更大的程度上已经可以把它们称之为精神领域的活动。这正像邓福星所说的："艺术活动归根到底是精神领域的活动，狭义的艺术创作在很大程度上是精神上的要求和满足。在后来的发展中，艺术越来越明确地成为人类意识形态的一个方面或部分。"② 正因为如此，我认为，对这一时期的艺术进行研究，我们既要考虑到它包含着一定的"原始"性，又要充分注意它的意识形态和精神生产特质。真正的关于艺术起源的研究和对于这一时期的艺术研究是有着重大区别的。

其实，我们关于"劳动说"的这种思考，也同样适用于"巫术说"。但是和"劳动说"相比，"巫术说"在艺术起源问题上进行的

---

① 参见盖山林《中国岩画学》，书目文献出版社，1995，第282～283页；朱狄《艺术的起源》，第53页。
② 邓福星：《艺术前的艺术》，第24页。

实际考察却远不及"劳动说"深刻，也没有"劳动说"追寻得那么久远，巫术是人类发展到一定历史阶段的产物，把艺术的起源放在这一历史阶段来研究，并把巫术视为艺术的唯一起源，这本身就是割断历史的，也是不符合实际情况的。

和"巫术说"相比，中国古代的"心灵感动说"虽然同样没有像"劳动说"那样，直接把艺术的起源追溯到和人类的起源同步，但是，它却深刻地把握了艺术创造的主体性特征。乍看起来，中国的古今学者在论述艺术起源问题时，都带有比较强的主观论倾向。但我们要知道，这种理论乃是来自人们生活中的真实体验，并不是异想天开。它所潜含的理论根据是承认在距今四五千年前的中国古代，人类已经发展到了相当的高度，包括情感、思维、想象、欲求等内在的心理功能已经完全成熟，艺术已经成为精神领域的活动，当时的艺术创作在很大程度上已经是为了满足人们的精神需求。从那时到如今，中华民族的艺术虽然有了很大发展，但是艺术的本质没有改变。我们应该承认，当时人的生活内容已经足够多样，人们的思想感情也已经相当丰富。当时的艺术已经扩展到社会生活的各个领域，它的精神生产性质已经越来越明显。因此，用"心灵感动说"来解释当时的艺术，也许更符合当时人的生产生活实际。即便是今天，用这种艺术经验来推测古代艺术的起源，仍有它的合理性。

我们之所以这样认为，是有充分根据的。看一看中国古代的历史文献记载和出土文物就会发现，这一时期的艺术形式已经是那样的丰富多彩。且不要说已经有了比较精美的装饰品、生动的岩画、相当高水平的雕刻和彩陶艺术，即便是那一时期的歌舞音乐，也有了那么多的内容和形式。如有的学者把这一时期的歌舞艺术从音乐的角度归纳为图腾之乐、典礼之乐、农事之乐、战争之乐、生息之乐[1]，还有的

---

[1] 参见修海林《古乐的沉浮》，山东文艺出版社，1989，第2~12页。

学者从诗歌的角度把它归纳为劳动歌、祭祀歌、图腾歌、以婚姻爱情为题材的情歌、以战争为内容的上古诗歌等。① 这说明，用简单的"劳动说"和"巫术说"等已经不能很好地解释这一时期的艺术发生问题了。充分估计这一时期艺术发展的水平，考虑它的精神生产特质，我们认为，它的创作目的在很大程度上是为了使当时人精神上的要求得到满足。

正是基于上述理由，笔者对艺术的起源问题提出新思考。我认为，在探讨艺术起源的问题上，我们首先必须承认两点：其一，无论何时何地的艺术品，都满足了人类的一种精神需求；其二，无论何种形式的艺术，都必须拥有相关的物质（声音、文字、色彩、造型等）表现形态。由此笔者认为：无论坚持何种艺术起源说，都必须承认艺术起源与人类精神需求的关系，艺术的发展与相关物质表现形态的关系，这两者达到什么样的程度，人类的艺术就相应地达到什么样的程度。因此，本书的观点是：艺术起源于人类的精神需求；而艺术在不同的历史阶段所呈现出的不同形式，则取决于人类在该历史时期的物质表现能力。

限于篇幅和本书的目的，我虽然提出了自己的艺术起源观，却不能在这里详细讨论。但有一点要指出：在笔者看来，关于艺术起源的命题，本是一个先验性的命题，同时又是一个实践性的命题。所谓先验，指这一命题本身就存在着不可解决的前提。有一种观点认为："艺术起源的问题在逻辑上应该包含以下三个层面：艺术何时（When）发生？艺术如何（How）发生？艺术何以（Why）发生？"②而就目前的研究条件看，以上三个问题都是不可能解决的，都带有很强的先验性质。朱狄说，自上个世纪初以来，"对艺术起源的研究不

---

① 参见赵明等主编《先秦大文学史》，吉林大学出版社，1993，第120~129页。
② 郑元者：《艺术之根——艺术起源学引论》，第17页。

外乎三种途径：第一就是从史前考古学角度对史前艺术遗迹的分析研究；第二就是从现代残存的原始部族的艺术进行分析研究；第三就是从儿童艺术心理学方面所进行的分析研究"①。而这三种途径，都不能完满地解决上面的三个问题。相比较而言，目前比较流行的受文化人类学影响的研究者，大都看重第一种研究方法，即把史前遗留下来的"艺术品"作为研究艺术起源阶段的唯一可靠的证据。但是我们知道，那些史前遗留下来的"艺术品"不仅十分有限，而且我们至今并不能确定这些所谓的"艺术品"是否就是最早的具有艺术起源意义的"艺术"，即解决艺术何时（When）发生的问题；同时我们也不可能再依据这些"艺术品"完满地解释其创作的动机，即艺术如何（How）发生与艺术何以（Why）发生的问题。以上就是我所说的先验性，即无论从何种方法入手，在本质上我们已经无法回到艺术起源的时代，由此而言所有关于艺术起源的说法都是一种假说。而所谓实践性，则是指艺术本是人类的一种活动，它先天地具有实践的性质。它与人类的发展实践紧密结合，它最终表现为一种物质形态，但是其本质上却是人类的一种精神活动，是人类精神活动的物化产品。如果我们承认人类的进化是一个渐进的过程，那么，我们就无法从时间上给艺术的起源问题一个明确的回答。重要的不是研究艺术何时起源，而是研究艺术在何时呈现出何种形态，即研究不同时代人们的艺术实践过程。这就是我所说的实践性。基于以上两点认识，我们在这里提出"艺术起源于人类的精神需求，而艺术在不同的历史阶段所呈现出的不同形式，则取决于人类在该历史时期的物质表现能力"这样一个先验性与实践性相结合的观点。笔者认为，从先验性方面讲，人类有了精神表达的需要的时候，就存在了艺术产生的前提；从实践性方面讲，当人类掌握了把自己的精神需要用物质的形式（声音、图像、动

---

① 朱狄：《艺术的起源》，第27页。

作等）表达出来的具体方法的时候，艺术品就已经产生了。由此观点来看，人类的艺术起源是相当久远的，它比现在的"巫术说"所追溯的时代还要早得多。但是，正因为艺术的产生有赖于人类掌握艺术表达的物质形式，所以笔者又不同意艺术的起源与人类的起源同步这样比较宽泛的观点。但我们尊重"劳动说""巫术说"等在人类艺术实践研究方面所作出的切实贡献，因为它们分别描述了人类不同阶段和不同实践情况下艺术呈现的基本形态。

第二节　分工的出现与古代乐官文化的产生

我们说艺术起源于人类的精神需求，而艺术在不同的历史阶段所呈现出的不同形式，又取决于人类在该历史时期的物质表现能力。用这种观点来看中国古代艺术发展，可以看出中国古代艺术起源理论具有相当的科学性。中国自有文字记载以来的文学艺术发展，正是建立在这种理论的基础之上，并形成了鲜明的中国文化特色。中国古代朝廷乐官文化很早就建立起来，和这种艺术起源论也直接相关。而这构成了中国古代的艺术生产史和相应的以"心灵感动说"为基础的艺术理论。

对于这个问题，我们可以从两个方面来进一步认识。一方面，正因为这种理论强调艺术起源于人的心灵感动，并把这种感动看成是人的一种本性，"夫乐者乐也，人情之所不能免也。乐必发于声音，形于动静，人之道也"[①]。所以，中国人很早就承认并肯定艺术的娱乐和欣赏本质，并把它视为人类生活的重要组成部分。随着社会分工的出现，中国从很早的时候就有了专职的艺术家。另一方面，由于这种艺术起源论强调人的感情有雅俗邪正之分，所谓"是故其哀心感者，其声噍以杀；其乐心感者，其声啴以缓；其喜心感者，其声发以散；其

[①] 《礼记·乐记》，中华书局，1980年影印阮元校刻《十三经注疏》本，第1544页。

怒心感者，其声粗以厉；其敬心感者，其声直以廉；其爱心感者，其声和以柔"；"夫物之感人无穷，而人之好恶无节"①，中国人很早就强调要对艺术的表现进行正确的引导。而这两点，正好成为中国古代乐官文化发达的基础。《尚书·舜典》上说：

> 帝曰："夔！命汝典乐，教胄子。直而温，宽而栗，刚而无虐，简而无傲。诗言志，歌永言，声依永，律和声。八音克谐，无相夺伦，神人以和。"夔曰："於！予击石拊石，百兽率舞。"

《尚书·益稷》也记载：

> 夔曰："戛击鸣球，搏拊琴瑟以咏。祖考来格。虞宾在位，群后德让。下管鼗鼓，合止柷敔，笙镛以间。鸟兽跄跄；箫韶九成，凤皇来仪。"夔曰："於！予击石拊石，百兽率舞。庶尹允谐。"②

分析以上两段话，我们可以得出以下认识。

（1）在中国古代，至晚到舜的时代，就已经有了像夔这样的专职乐官，这说明当时的社会分工已经达到了一定的程度，已经有了专门从事精神生产的人。

（2）这一时期已经有了琴、瑟、鼗、鼓、柷、敔、笙、镛等多种乐器，已经能够表演相当复杂的歌舞（箫韶九成），这说明当时的艺

---

① 《礼记·乐记》，第1527～1529页。
② 《尚书·舜典》和《益稷》是否为舜时的文献，后人是有些怀疑的，但是关于夔为舜时乐官的说法，应该有一定的可靠性。《礼记·乐记》说："昔者舜作五弦之琴，以歌《南风》。夔始制乐，以赏诸侯。"郑玄注："夔，舜时典乐者也。"《吕氏春秋·察传》中引孔子的话："昔者舜欲以乐传教于天下，乃令重黎举夔于草莽之中而进之，舜以为乐正。夔于是正六律，和五声，以通八风，而天下大服。"此外，《荀子·成相》《韩非子·外储说左下》《帝王世纪》《大戴礼记·五帝德》《说苑》等先秦两汉文献中也有相关记载。有上述众多记载为证，我们不应该轻易怀疑这种说法的可靠性。

术水平已经达到了相当的高度。

（3）这一时期已经对歌舞艺术的抒情娱乐本质等有了一定的认识，所谓"诗言志，歌永言，声依永，律和声"。并已经意识到艺术所具有的强大的教育功能，可以用来"教胄子"，使之达到"直而温，宽而栗，刚而无虐，简而无傲"的精神境界。

（4）随着分工的出现，艺术已经成为少数人的事，艺术天才也开始集中表现在某些少数人身上。像夔这样的乐官、一些盲人以及当时从事降神的巫师，他们已经成为专职的艺术家，在历史上也留下了一些他们在艺术领域做出杰出贡献的记载。如《吕氏春秋》所言，黄帝命伶伦作为律，帝喾命玄黑作为声歌，尧命质为乐，等等。

（5）由于艺术的提高需要专职艺人的出现，而它的前提又是社会分工，但是在当时社会生产水平还相当低下的时候，大规模的分工尚无可能，因此，这些有限的专职艺术家一定首先出现在统治者身边。同时，又由于三代人虽然认识了歌舞艺术的情感性特征，但是从实际出发，他们在当时更看重的自然还是它的实用功利性，举凡是那些伟大的艺术作品，总是在农业生产、祭祀、战争等场合出现。因此，最初的专职艺人的出现，总是伴随着有着鲜明功利目的的国家礼乐机关的产生而产生，这形成了中国古代特有的乐官文化。同时，因为对功利性的重视，并且真正优美的歌舞艺术也需要相当高的技巧，而这并不是轻而易举就能办到的事，所以当时的人也必然会给乐官一个很高的地位。

概言之，从现存的历史文献来看，中国最早的专职艺术家产生在此时，最早的礼乐机关（也就是秦汉以后的太乐和乐府）也在此时萌芽。从艺术本质方面讲，中国上古的礼乐机关，就是中国早期的太乐和乐府。

从传说中的虞舜到夏商时代，中国古代的歌诗艺术生产得到了很大的发展。相应的国家礼乐机关也正式成立。据《吕氏春秋·古乐篇》所记，大禹治水成功之后，为庆祝胜利，命皋陶创作了《夏籥》九成。"成"是先秦时代有关"乐"（诗歌舞三位一体的统称）的一个术语，它指某一完整的"乐"的组合演出的完成。所谓九成，也就是一首音乐舞曲演奏九遍，或是以九章（九段）为一组合的大型歌舞，可见这时的歌舞艺术已经相当繁复。① 大禹死后，他的儿子启继位，启更是一个喜爱歌舞享乐的人。《九辩》与《九歌》是这时期的代表性音乐歌舞，因为其形式优美，后人传说是从天上偷来的。②《墨子·非乐上》说："启乃淫溢康乐，野于饮食。将将锽锽，管磬以方。湛浊于酒，渝食于野，《万舞》翼翼。章闻于天，天用弗式。"从这些记载中，可以得知夏代歌舞的繁盛。到了夏代末期，歌舞艺术已经出现了畸形的繁荣，据《管子·轻重甲》所言："昔者桀之时，女乐三万人，晨噪于端门，乐闻于三衢。"三万人之说，也许过于夸张，但是，夏代已经有了大量的专门供朝廷贵族享乐的歌舞艺人，应该是不争的事实。

商代是中国古代歌舞艺术非常繁荣的一个时代。和舜禹时期仅有传说不同，从历史文献的明确记载和出土文物我们知道，殷商时期已经有了专门的礼乐机构，名叫"瞽宗"，并有了专职的教授人员，那就是"乐师瞽矇"③。这些乐师中，如今有名字可考的有乐官商容、师涓、太师疵、少师强等。④ 另据考古资料，1950 年河南武官村殷代大墓发掘中，曾发现 24 具女性的殉葬骨架，在这些女性的随葬物品中，就有乐器和 3 个小铜戈，这 24 位女性，可能就是当时的乐舞奴

---

① 关于"成"的问题，可参考姚小鸥《诗经三颂与先秦礼乐文化》，北京广播学院出版社，2000，第 48~53 页。
② 《山海经·大荒西经》："夏后开上三嫔于天，得《九辩》与《九歌》以下。"《楚辞·天问》："启棘宾商，《九辩》《九歌》。"王逸注："《九辩》《九歌》，启所作乐也。"
③ 《礼记·明堂位》："瞽宗，殷学也。"郑玄注："瞽宗，乐师瞽矇之所宗也。"
④ 《史记·殷本纪》："帝纣……于是使师涓作新淫声，北里之舞，靡靡之乐。"又："商容贤者，百姓爱之，纣废之。"司马贞《索隐》引郑玄曰："商家典乐之官，知礼容。"《史记·周本纪》："太师疵、少师强抱其乐器而奔周。"

隶，而小铜戈则是她们舞蹈时所用的道具。① 又，1953年发掘的大司空村殷代墓葬中，有三架尸骨，尸骨旁有乐器钟三件，看来这三个人也是乐器的演奏者。② 另外，从文献记载和考古发现中我们知道，殷商时期，起码已经有了鼓、鼖、铃、磬、编磬、钟、编钟、缶、埙、龠、言、鯀等十几种乐器，这些乐器，有的制作还相当精美。③ 而那时的舞蹈则有濩、隶舞、羽舞、万舞、鼓乐、般乐、桑林舞等多种。这些音乐舞蹈，或为祭祀天地山川鬼神，或为庆祝胜利或丰收，或手持羽毛，或手舞干戈，或伴有鼓乐，或叙述故事，内容已经相当丰富，形式也很完美。④ 由这些材料可以证明商代音乐歌舞艺术发达的程度及国家礼乐机关的庞大。

最能说明商代歌舞艺术水平的是《诗经》中留下的五篇《商颂》。⑤ 这五篇作品，都是殷商王朝的宗庙祭祀乐章，其中第一首是《那》，据《毛诗序》所言，是祭祀商人的开国祖先成汤的祭歌，现引录如下。

> 猗与那与！置我鞉鼓。奏鼓简简，衎我烈祖。
> 汤孙奏假，绥我思成。鞉鼓渊渊，嘒嘒管声。
> 既和且平，依我磬声。于赫汤孙！穆穆厥声。
> 庸鼓有斁，万舞有奕。我有嘉客，亦不夷怿。
> 自古在昔，先民有作。温恭朝夕，执事有恪。
> 顾予烝尝，汤孙之将。

---

① 参见郭宝钧《1950年春季殷墟发掘报告》，《中国考古学报》1951年第5期。
② 参见杨荫浏《中国古代音乐史稿》（上册），人民音乐出版社，1981，第22页。
③ 参见杨荫浏《中国古代音乐史稿》（上册），第22~26页。
④ 参见杨公骥《中国文学》（第一分册），吉林人民出版社，1980，第102~104页。
⑤ 关于《商颂》，历来有作于商代和作于春秋时宋国两种说法，但随着近年来学术研究的深入，商代说逐渐为大多数学者所接受。在这方面，杨公骥先生的《商颂考》是最有影响的一篇文章，参见杨公骥《中国文学》（第一分册），第464~489页。

这虽然是一首祭祀诗，但是对于中国古代歌舞艺术研究来说，却具有相当重要的意义。从诗中我们看到，殷商时祭祀成汤，敲鼗鼓、扣镛钟、击磬、吹管，还要表演万舞，真是鼗鼓渊渊、管声嘒嘒、磬声清越、镛钟将将、歌声庄严、舞蹈雄壮，场面隆重热烈极了。可见那时的歌舞艺术水平之高。同时，从艺术生产史的角度看，这首诗以及前面所引的关于殷商乐舞的诸多材料，更会给我们以诸多的启示。

首先，按艺术生产的理论，一个民族艺术生产力的水平，最明显地表现在该民族分工发展的程度上，分工只有从物质劳动和精神劳动分离的时候才开始成为真实的分工。殷商时代大量乐器出现，各种内容复杂和形式多样的歌舞的产生，还有殉葬的专职歌舞艺人的发现，以及在国家宗庙祭祀仪式上高水平歌舞表演的描述，这些都说明，殷商时代不但已经实现了真实分工，而且达到了相当高的程度，它不仅使当时的物质活动和精神活动、享受和劳动、生产和消费由不同的人进行成为可能，而且成为现实。由此我们可以这样说，当时的艺术生产已经初具规模，形成了一个比较完善的艺术生产的社会机制和相应的国家机构。像《那》这样的歌舞诗，虽然还不同于后世纯粹为了审美欣赏而创作的歌诗，还有着相当强的功利目的，但是我们有理由说，这时的宗庙祭祀之乐，已经不同于原始人的宗教祭祀歌舞。它不再是先民们的即兴演唱，而是经过长期积累、细心准备，有专人负责组织、创作、编排、演练，并有大量专职艺术家参与其中的大规模艺术生产活动。正是由于分工的出现，形成了一个比较完善的艺术生产的社会机制，才使那些歌舞艺术人才成为专职的艺术生产者，成为少数"艺术天才"，当时的艺术之星。他们不但可以靠自己的技艺在社会上生存，而且成为这个时代的主要艺术生产力，是当时艺术水平的最高体现者。他们当中的一些人，从小就开始接受关于艺术的职业技能教育，受到专门的艺术训练，他们当中，有的专攻乐器的演奏，有的擅长歌舞表演，还有的人则是新艺术形式的开创者。如果没有他们的贡献，我们今天就很难想象，像《那》那样的歌舞在当时能达到如此高的水平。

其次，从瞽宗的建立我们知道，殷商人不但在艺术的生产上已经达到了相当的高度，而且对艺术的社会功能有了初步的理性认识，他们继承了原始人的功利艺术观，并把它上升到理性的高度，他们在祭祀歌舞中追求那种"既和且平"的艺术美，但同时又要通过音乐歌舞向祖先表明自己"温恭朝夕，执事有恪"的敬祖敬业精神。人们已经从精神生产的角度认识到艺术创作的某些规律，强调艺术在陶冶人们情操方面发挥的重要作用。也正因为如此，殷商的瞽宗就不再仅仅是一个礼乐表演机关，同时承担着"乐教"的部分职能。《周礼·春官宗伯》说："大司乐掌成均之法，以治建国之学政，而合国之子弟焉。凡有道有德者，使教焉，死则以为乐祖，祭于瞽宗。以乐德教国子：中、和、祇、庸、孝、友。以乐语教国子：兴、道、讽、诵、言、语。以乐舞教国子：舞《云门》《大卷》《大咸》《大韶》《大夏》《大濩》《大武》。以六律、六同、五声、八音、六舞，大合乐，以致鬼神示。以和邦国，以谐万民，以安宾客，以说远人，以作动物。乃分乐而序之，以祭、以享、以祀。"《礼记·文王世子第八》也记载："凡学世子及学士，必时：春夏学干戈，秋冬学羽籥，皆于东序。小乐正学干，大胥赞之。籥师学戈，籥师丞赞之，胥鼓南。春诵夏弦，大师诏之；瞽宗秋学礼，执礼者诏之；冬读书，典书者诏之。礼在瞽宗，书在上庠。"《礼记·明堂位第十四》又说："鲁公之庙，文世室也；武公之庙，武世室也。米廪，有虞氏之庠也；序，夏后氏之序也；瞽宗，殷学也；泮宫，周学也。"以上这些说法，明显地带有周人的观念，但是，从《商颂》中表现出来的精神看，说商人的"瞽宗"同时承担着乐教的责任，大体应该是符合实际的。

再次，审美意识的理性化是艺术发展到一定程度的产物，与此同时，由于分工，艺术享受已经成为某些人的特权。在殷商时期，艺术享乐主义也随着统治者物质财富的大量占有和享乐人生观的出现而产生。另外，专职艺术家的天才表演，也为统治者的艺术享乐提供了条件。于是我们看到，从此以后，殷商社会那些专职的艺术家，他们的职能不再仅仅是为了国家的宗庙祭祀和朝廷礼仪而创作表演歌舞和诗乐，更重要的是满足统治者对艺术的享乐观赏需要。如我们上文所引，传说禹的儿子夏启和夏朝的末代帝王夏桀都是纵情声色的荒淫君主，歌舞艺术已经成为他们享乐的主要手段。而在殷商，这种享乐之风得到了更大的发展，上引河南武官村殷代大墓中发现的24具女性乐舞奴隶的殉葬骨架和随葬乐器，说明当时的统治者把这些歌舞艺人当作自己的私有财产而随意处置。最为典型的当数商纣王，《史记·殷本纪》中说他"使师涓作新淫声，北里之舞，靡靡之乐，……慢于鬼神，大聚乐戏于沙丘，以酒为池，悬肉为林，使男女裸相逐于其间，为长夜之饮"。对宗教鬼神的亵慢和对歌舞声色的过分追求，这是后人总结商纣之所以亡国的重要原因之一。其实，如果从艺术本身的发展来讲，这一例证恰好说明享乐主义艺术产生的重要原因，就是分工的发达和阶级的产生。专职艺术家的出现使艺术的水平大大提高，与此同时艺术正在成为少数人享有的专利。这些统治者大肆挥霍人民的血汗，用低廉的成本养活了那些专职从事歌舞艺术的人才，又让他们表演着一幕幕符合自己享乐主义艺术欣赏趣味的节目。从此以后，功利主义的艺术观和享乐主义的艺术观开始发生激烈的冲突（也就是后世所说的"雅""郑"之争），并成为中国古代艺术发展道路上贯穿始终的一个主要矛盾。

最后，由于分工的出现使艺术的天才集中在少数人身上，广大群众的艺术才能受到抑制，因而，也正是从这时起，少数人精雕细琢的艺术（也就是所谓的雅艺术）和人民大众在生活中自发创作出来的艺术（也就是俗艺术）就成为歌舞艺术发展史上的两种主要潮流。前者如我们现在所能见到的《诗经·商颂》5篇，基本上都是经过专职艺人和当时有文化的上层贵族们精心创作的，是属于"雅"的艺术。而后者则如《周易》卦爻辞中保存的那些简短歌谣，以及传说中的《夏人歌》之类。① 从现存的一些传闻记载看，即便是当时的一些上层贵族，因为没有受过专业的艺术训练，他们的歌诗创作也很难达到很高的水平，很多作品只不过是一些即兴吟唱而已，如传说中的《伊尹歌》《麦秀歌》等就是这样。② 这些事实说明，贯穿于中国古代歌舞艺术发展史上的雅俗之别和文野之分，归根到底仍是分工的产物。那些产生于民众的自发创作，尽管也不乏一些内容生动活泼、形式丰富多彩的佳作，并不断地为专职艺术家提供生产的原料或半成品，但它们毕竟不能等同于专职艺术家的艺术产品。用毛泽东同志的话说："这里有文野之分，粗细之分，高低之分，快慢之分。"③ 对此，《淮南子·精神训》中也早有论述："今夫穷鄙之社也，叩盆拊瓴，相和而歌，自以为乐矣；尝试为之击建鼓，撞巨钟，乃性仍仍然，知其盆瓴之足羞也。"其实，我们不用讳言一般的群众艺术和专业艺术水平的高下之分，对于整个社会来说，分工的目的就是为了提高生产力，从而生产出更多更好的产品。艺术生产也是这样，一旦分工出现之后，整个社会对于艺术的要求马上就提高到一个新的层次

---

① 《艺文类聚》卷十二引《尚书大传》："夏人饮酒，醉者持不醉者，不醉者持醉者，相和而歌曰：'盍归于亳，盍归于亳上，亳亦大矣！'"又《韩诗外传》卷二第二十二章记："昔者桀为酒池糟堤，纵靡靡之乐，一鼓而牛饮者三千人。群臣皆相持而歌：'江水沛兮，舟楫败兮。我王废兮，趣归于亳，亳亦大兮。'"

② 《艺文类聚》卷十二引《伊尹歌》："觉兮较兮，吾大命格兮。去不善而就善，何乐兮。"《史记·宋微子世家》："箕子朝周，过故殷墟，感宗室毁坏，生禾黍，箕子伤之，欲哭则不可，欲泣为其近妇人，乃作《麦秀之诗》以歌咏之。其诗曰：'麦秀渐渐兮，禾黍油油。彼狡童兮，不与我好兮！'"

③ 毛泽东：《在延安文艺座谈会上的讲话》，《毛泽东选集》第3卷，人民出版社，1991，第817页。

和水平，他们不会再满足于那些自发的业余性质的创作，而对艺术家有了更高的期待。同时，这些艺术家高水平的艺术生产反过来也进一步培养了广大群众的艺术消费和欣赏水平，这正符合马克思的"艺术生产"的理论，生产直接也是消费，消费直接也是生产。由此看来，殷商时代留下来的歌舞艺术作品虽然不多，却正体现了这种艺术生产史规律。它说明，从此以后，代表中国古代歌舞艺术水平的不再是群众自发的即兴创作，而是专业艺术家的艺术生产。但同时，因为这些专业艺术家的艺术生产归根到底是为了满足人的精神消费和欣赏需要，因此他们也必须时时从大众生活中发掘艺术的素材，吸收艺术发展的营养。

第三节　雅乐观的建立与雅俗艺术的盛衰消长

如果说，自传说中尧舜时代的乐官到商代瞽宗的出现，标志着中国早期朝廷礼乐机构的正式建立，那么，周代朝廷礼乐机构的成立，则标志着它成为更加庞大的国家机关，也从理性上进一步规范其社会功能。同时，雅乐观的成熟，也标志着中国人在艺术方面的理论自觉。而自春秋战国以来在朝廷礼乐机构中的雅俗之争，则为汉乐府的产生与发展铺平了新的道路。

我们知道，周代朝廷礼乐机关是在商代瞽宗的基础上建立起来的，其规模有了新的发展。据《周礼·春官宗伯》，当时的国家礼乐机构归礼官所管，其主要官员为"大宗伯"。其下属有"大司乐"，为乐官之长，中大夫二人，下辖各级乐官和乐工，包括乐师、大师、小师等，总数多达1463人。关于大司乐之职，《周礼·春官宗伯》中这样记载：

> 大司乐掌成均之法，以治建国之学政，而合国之子弟焉。凡有道者，有德者，使教焉，死则以为乐祖，祭于瞽宗。以乐德教

> 国子：中、和、祗、庸、孝、友。以乐语教国子：兴、道、讽、诵、言、语。以乐舞教国子：舞《云门》《大卷》《大咸》《大韶》《大夏》《大濩》《大武》。以六律、六同、五声、八音、六舞，大合乐，以致鬼神示。以和邦国，以谐万民，以安宾客，以说远人，以作动物。

由以上记载可知，和商代相比，周人的国家礼乐机关不但组织得更加系统，而且也承担了更多的社会文化功能。它起码包括两大方面：第一是对贵族子弟（国子）的教育功能，通过音乐歌舞的传授对他们进行思想道德、文学语言和歌舞艺术的教育；第二是承担着在国家的祭祀、燕飨等各种场合中的音乐表演职能。如果结合其他先秦文献来看，其职能范围还要更广，陈元锋总结为五个方面：其一，"教育职能：诗乐习礼"；其二，"典礼职能：赞礼肄业"；其三，"政治职能：诵诗讽谏"；其四，"生产职能：省风知气"；其五，"创作职能：审音辨诗"。① 这一概括是比较全面的。

周代国家礼乐机关的建设意义不仅在于其规模的增大和职能的增多，更重要的是它建立了一整套的礼乐文化体系。从周人的礼乐文化观念出发，艺术（乐）被看成是与礼相配而行的国家文化政治生活的重要组成部分。他们这样来认定乐（艺术）的本质以及对待乐的基本态度。

> 凡音之起，由人心生也。人心之动，物使之然也。感于物而动，故形于声。声相应，故生变，变成方，谓之音。比音而乐之，及干戚羽旄，谓之乐。

---

① 陈元锋：《乐官文化与文学——先秦诗歌史的文化巡礼》，山东教育出版社，1999，第 79~89 页。

> 乐者，音之所由生也，其本在于人心之感于物也。是故其哀心感者，其声噍以杀；其乐心感者，其声啴以缓；其喜心感者，其声发以散；其怒心感者，其声粗以厉；其敬心感者，其声直以廉；其爱心感者，其声和以柔：六者非性也，感于物而后动。
>
> 是故先王慎其所以感之者：故礼以道其志，乐以和其声，政以一其行，刑以防其奸。礼乐刑政，其极一也，所以同民心而出治道也。（《礼记·乐记》）

正因为乐的本质是由人心感物而形诸歌唱舞蹈等形式，而人心之喜怒哀乐就决定了乐的噍杀、啴缓、直廉、和柔等，所以，正确地对待乐的态度就是要"慎其所感"，要用礼来引导，要由先王来引导。作乐时要时时服从礼的规范，要把乐的情感节奏等控制在端庄恭敬的风范之内。这也就是周代的雅乐观和诗教观。

和商人的艺术观念相比，我们不能不承认周人的伟大。他们用极强的理性精神，对艺术的本质进行了深刻的分析。他们一方面承认艺术具有感动人心的功能，审美娱乐的功能；另一方面又强调了对艺术的控制。他们试图用后者来协调前者，使艺术尽可能地发挥其在教化百姓中的积极作用，引导人们树立一种积极健康的艺术观。可以说，周代是中国正统的艺术传统——礼乐传统正式形成的时代，它对后世的影响是相当深远的。周代国家礼乐机构的建立，在历史上也因此具有划时代的意义。

但是，正因为周代的雅乐观过于强调了艺术的教化功能，其流弊就是可能导致对艺术审美娱乐功能的否定。企图用这种雅乐观来统治现实生活中的所有艺术，在事实上也是不可能的。周人把符合他们教化观的艺术称之为"雅乐"，而把不符合其教化观的艺术称之为"俗乐"，或"新声""郑声"，这从另一个侧面也说明周代朝廷的礼乐机构里并没有也不可能全部包容俗乐。东周以后，随着王纲的逐渐解体,那种在周礼文化模式下建立起来的乐官制度也相应地被破坏了。孔子曾试图把《诗三百》都纳入其雅乐文化观中进行阐释,并有"《诗三百》,一言以蔽之,曰'思无邪'"(《论语·为政》)的著名论断,但是他同时又说:"恶紫之夺朱也,恶郑声之乱雅乐也。"(《论语·阳货》)可见,当时的郑声在社会上已经具有相当大的影响。到了战国时期,新声在社会上广泛传播,而传统的以演奏雅乐为职能的朝廷礼乐机关,已经名存实亡。

春秋战国是中国艺术发展史上的重要转型时期,雅俗的消长是中国艺术史上的一件大事,它的直接后果就是对周代礼乐观的冲击,使世俗艺术在社会上得到蓬勃发展。相应的各诸侯国的礼乐机构或残缺不全,或把俗乐融入其中。这一点,在秦楚两个大国中表现得最为明显。以楚国为例,它的国家礼乐机构,一方面仍然承担着祭祀、燕飨奏乐和教化的多种功能,另一方面娱乐化的增强已经成为一个明显的特征。《楚辞·九歌》本为祭祀之乐,但是在《东皇太一》《东君》等祭歌的描写中,我们可以明显地感到渗透于其中的娱乐化成分。在《招魂》一诗中,则把这种娱乐化的场景描写得淋漓尽致。

室中之观,多珍怪些。兰膏明烛,华容备些。二八侍宿,夕递代些。九侯淑女,多迅众些。盛鬋不同制,实满宫些。容态好比,顺弥代些。弱颜固植,謇其有意些。姱容修态,絙洞房些。蛾眉曼睩,目腾光些。靡颜腻理,遗视矊些。离榭修幕,侍君之闲些。……肴羞未通,女乐罗些。陈钟按鼓,造新歌些。《涉江》《采菱》,发《扬荷》些。美人既醉,朱颜酡些。嬉光眇视,目曾波些。被文服纤,丽而不奇些。长发曼鬋,艳陆离些。二八齐容,起郑舞些。衽若交竿,抚案下些。竽瑟狂会,搷鸣鼓些。宫庭震惊,发《激楚》些。吴歈蔡讴,奏大吕些。士女杂坐，乱而不分些。放陈组缨，班其相纷些。郑卫妖玩，来杂陈些。《激楚》之结，独秀先些。

《礼记·乐记》引子夏语曰："今夫新乐，进俯退俯，奸声以滥，溺而不止；及优侏儒，獶杂子女，不知父子。乐终，不可以语，不可以道古。此新乐之发也。"可见，《招魂》中所写的就是典型的"新乐""郑声"。这种充斥于宫廷的新乐，代表了战国时代新兴地主阶级的享乐主义艺术。

秦国人对于这种新声俗乐的喜好程度一点也不亚于楚人。李斯在《谏逐客书》中说："夫击瓮扣缶，弹筝搏髀而歌呼呜呜，快耳目者，真秦之声也。郑、卫、桑间、昭、虞、武、象者，异国之乐也。今弃击瓮扣缶而就郑卫，退弹筝而取昭虞，若是者何也？快意当前，适观而已矣。"因为有了这种"快意当前，适观而已"的享乐主义的艺术观，所以新声俗乐在秦国得到了极大的发展。秦始皇统一中国，把六国之乐集中到咸阳，汇集、整理各地歌诗音乐，一方面是为创制歌功颂德的乐曲歌舞作准备，另一方面则是为了满足自己享乐的需要。"春秋之后，并为战国，稍增讲武之礼，以为戏乐，用相夸视；而秦更名角抵。先王之礼，尽没淫乐中矣。"（《汉书·刑法志》）"秦始皇既并天下，分为三十六郡，郡置材官，聚天下兵器于咸阳，铸为钟镰，讲武之礼，罢为角抵"①。角抵本为一种角力游戏，一开始可能和军事相关，因为战争的结束，秦人便把它演化成供观赏娱乐的杂技。据说，李斯有一次要见二世，却因为"二世在甘泉，方作觳抵俳优之观"（《史记·李斯列传》）而没有见成。除角抵之外，其他形式的歌舞娱乐则更为繁荣。"秦始皇既兼天下，大侈靡。……关中离宫三百所，关外四百所，皆有钟磬帷帐，妇女倡优。……数巨万人，钟鼓之

---

① （元）马端临：《文献通考》，卷一百四十九，中华书局，1986，第1307页。

乐，流漫无穷。"（刘向《说苑·反质篇》）由这些记载，可知秦代的歌舞艺术之盛。1999 年春天，秦陵考古队在陵园封土东南部内外城墙之间出土了 11 件彩绘半裸百戏陶俑，形态各异。① 这也从实物材料方面再一次证明了秦代的整体歌舞艺术发展水平。

  值得我们注意的是，秦代的国家礼乐机关不但正是在这样的历史文化背景下发展起来的，而且第一次正式命名为"乐府"②。有关秦代乐府的情况，我们虽然知之不详，但是它与周代大司乐的职能有着明显的不同，应是事实。班固在《汉书·百官公卿表》中说："奉常，秦官，掌宗庙礼仪，有丞。……属官有太乐……六令丞。""少府，秦官，掌山海池泽之税，以给供养。……属官有……乐府……十六官令丞。"可见周代大司乐的职能有似于秦代的太乐，归奉常所属，主要掌宗庙礼仪。而乐府则归少府所管，可能从一开始就带有比较强的娱乐化职能。而两汉时代乐府官署的建立，正是在承袭秦制的基础上发展起来的。

---

① 参见《秦始皇陵又有重大发现》，《北京晚报》1999 年 10 月 18 日，第 9 版；《秦陵发现百戏俑和大铜鼎》，《北京青年报》1999 年 10 月 18 日，第 6 版。
② 1977 年在秦始皇陵附近出土了一件秦代错金甬钟，上镌"乐府"二字，这是证明秦代已有乐府机关的最可靠证据。

第二章
汉代社会歌舞娱乐盛况的文献考察

本章提要：在两汉社会近四百年的歌舞升平中，培育了一个近乎完整的汉代歌诗生产消费系统，并产生了建构汉代歌舞艺术生产关系的两大主体——从消费者方面讲，是由宫廷皇室和公卿大臣、豪富吏民组成的两大消费集团；从生产者方面讲，则是主要由歌舞艺人组成的艺术生产者群体。《史记》《汉书》等相关文献，为我们展现了一幅从宫廷到民间的歌舞艺术兴盛发展的生动画面，也让我们了解了两汉时期歌舞艺人队伍的组成及其生活和命运。这两大主体是汉代乐府制度建立的历史前提，也是汉代歌诗艺术繁荣的社会基础。

诗歌舞三位一体是中国古代文化中的一个重要现象。在中国文学发展史上，以乐府诗为代表形态的汉代歌诗艺术的产生与发展，与汉代社会歌舞艺术的繁荣有着直接的联系。鉴于这种情况，在以往的汉代诗歌研究中，学者们对汉代社会歌舞艺术曾给予不同程度的关注。但是，汉代社会的歌舞艺术究竟是怎样一种形态的繁荣？主要的歌舞艺术生产者与消费者都是哪些群体？它又是如何在那个社会的土壤里滋生并发展起来的？它与以乐府诗为代表的汉代歌诗之间的关系究竟紧密到什么程度？对于这些，我们至今还没有系统的认识。下面，我们就从基本工作做起，首先对汉代社会歌舞艺术的繁荣情况进行比较细致的文献考察，以便为下面的深入研究打下一个良好的基础。

第一节　从宫廷到民间的汉代歌舞艺术发展盛况

众所周知，歌舞艺术从本质上讲是诉诸感觉的艺术，是为满足大众娱乐消费需求而产生的。这种艺术形式得以发展的前提之一就是有充足的物质条件。在先秦奴隶制社会和封建领主制社会里，能够享受专职艺人歌舞表演的，只能是那些奴隶主和封建领主等少数人。经济的不发达也使得社会上不可能出现更多的专职艺术家。但是到了战国以后，随着地主制社会经济的出现，歌舞艺术就比春秋时期有了较大的发展，并向人们预示着，一个新的歌诗高潮必将随着新的社会制度的兴盛而到来。

除了西汉末年与东汉末年的战乱之外，两汉社会四百年基本上是安定的，其中西汉武帝前后和东汉明章时期，更是中国历史上少有的盛世。经济的发展促进和扩大了商品生产和交换，由此带来了商业的繁荣，并刺激了城市的发展。"自京师东西南北，历山川，经郡国，诸殷富大都，无非街衢五通，商贾之所臻，万物之所殖者"（《盐铁论·力耕》）。其较大者，"燕之涿、蓟，赵之邯郸，魏之温、轵，韩之荥阳，齐之临淄，楚之宛丘，郑之阳翟，二周之三川，富冠海内，并为天下名都"（《盐铁论·通有》）。这些大的商业名都同时又是政治文化中心，是官僚贵族、富商大贾的主要居住地。由此也造成了城市与农村的更大区别，同时也是生产和消费的区别、劳动与享受的区别。广大农民所创造的财富源源不断地流向这里,统治者则把劳动创造的奢侈品放在周围,用以训练自己的感官,对歌舞艺术的消费需求大大地提高。正所谓:"于是既庶且富,娱乐无疆。都人士女,殊异乎五方。游士拟于公侯,列肆侈于姬姜。"(班固《西都赋》)"公卿列侯亲属近臣……奢侈逸豫,务广第宅,治园地,多畜奴婢,被服绮縠,设钟鼓,备女乐。"(《汉书·成帝纪》)"富者钟鼓五乐,歌儿数曹。中者鸣竽调瑟,郑舞赵讴。"(《盐铁论·散不足》)

从艺术生产的角度来讲,我们可以把汉代的歌舞娱乐看成是一个完整的歌诗生产消费系统,其主要的消费者是由宫廷皇室和公卿大臣、豪富吏民组成的两大消费集团,而主要的生产者则是由歌舞艺人组成的艺术群体。下面,我们首先考察汉代从宫廷皇室到豪富吏民的歌舞娱乐盛况。

一 宫廷皇室的歌舞娱乐情况

在汉代社会中,宫廷皇室是歌舞艺术的主要消费者,同时也是支持歌舞艺术生产的主要经济实体。这些汉代统治者,在日常生活中特别喜欢歌舞艺术,可以养得起大批的歌舞艺人供他们观赏娱乐,大大地推进了汉代歌舞艺术的发展。

汉高祖刘邦本是一个歌诗爱好者,能自作歌诗。在楚汉战争期间,他的身边就有能歌善舞的戚夫人相从。刘邦平定英布之乱后,回到故乡沛,置酒沛宫,悉召故人父老子弟佐酒。又发沛中儿得百二十人,教之歌。酒酣,击筑,自歌《大风》之诗,令儿皆和习之。(《汉书·高帝纪》)高祖谋立赵王如意为太子不成,乃召戚夫人,"戚夫人泣涕,上曰:'为我楚舞,吾为若楚歌'"。(《汉书·张良传》)。以后刘邦死,吕后残害戚夫人,将她囚于永巷,戚夫人又有《舂歌》传世(《汉书·外戚传》)。可见,刘邦和戚夫人都善于用歌舞来抒发情怀。歌可以脱口而出,舞可以即兴而跳。又据《西京杂记》所记："高帝、戚夫人善鼓瑟击筑。帝常拥夫人倚瑟而弦歌,毕,每涕下流涟。夫人善为翘袖折腰之舞,歌《出塞》《入塞》《望归》之曲,侍婢数百皆习之。后宫齐首高唱,声入云霄。"又云："戚夫人侍儿贾佩兰……又说在宫内时,尝以弦歌管舞相欢娱,竞为妖服,以趣良时。十月十五日,共入灵女庙,以豚黍乐神,吹笛击筑,歌《上陵》之曲。既而相与连臂踏地为节,歌《赤凤凰来》。至七月七日,临百子池,作于阗乐。"① 由此,我们可知汉初宫廷中的歌舞盛况。

自开国皇帝刘邦起,汉代帝王大都喜爱歌诗乐舞,宫中皇后和妃子中善歌善舞者颇多。如汉文帝也是一个喜爱歌舞的人,他的宠妃慎夫人是邯郸人,同样能歌善舞。有一次,文帝与她来到霸陵,"上指慎夫人新丰道,曰:'此走邯郸道也。'使慎夫人鼓瑟,上自倚瑟而歌,意凄怆悲怀"(《汉书·张释之传》)。可见,汉文帝时宫廷歌舞也是热闹的。

在汉代喜爱歌舞的帝王中,汉武帝是一个典型代表,现今留下来的作品,就有《瓠子歌》《秋风辞》《天马歌》《西极天马歌》《李夫人歌》《思奉车子侯歌》《落叶哀蝉曲》共七首。据说,汉武帝行幸河东,祠后土,回视帝京,看水之东流,与群臣宴饮,兴致勃发,于是自作《秋风辞》。② 宠姬李夫人有病早卒,帝思念不已,乃作诗令乐府诸家弦歌之(《汉书·外戚传》)。"汉武帝思怀往者李夫人,不可复得。时始穿昆灵之池,泛翔禽之舟。帝自造歌曲,使女伶歌之。时日已西倾,凉风激水,女伶歌声甚遒,因赋《落叶哀蝉》之曲……帝闻唱动心"③。

---

① (晋)葛洪:《西京杂记》,卷一、卷三,中华书局,1985年与《燕丹子》合刊本,第2、19页。
② 《文选》卷四十五、《乐府诗集》卷八十四谓出自《汉武帝故事》,然今四库全书本旧题班固撰《汉武故事》中无此条。又《太平御览》卷五百七十谓引自《汉书》,今《汉书》亦无此,应是佚文。
③ (晋)王嘉:《拾遗记》,卷五,中华书局,1981,第115~116页。

第二章 汉代社会歌舞娱乐盛况的文献考察

多情的汉武帝可以自作歌诗,他的宠妃李夫人本是女倡,是著名音乐家李延年的妹妹,因"妙丽善舞"而得幸。① 卫皇后卫子夫也出身低微,曾经是平阳公主的"讴者",也是一个能歌善舞之人。据说,卫皇后死后"葬在杜门大道东,以倡优杂伎千人乐其园,故号千人聚"(《汉书·外戚传》颜师古注)。由此可知,在汉武帝的身边会有多少歌舞艺人。

汉昭帝也是一个歌舞爱好者。"始元元年,穿淋池,广千步。……帝时命水嬉,游宴永日。……使宫人歌曰……帝乃大悦"②。同年,黄鹄下太液池。汉昭帝又自作《黄鹄》之歌。③ 汉元帝刘奭,能"鼓琴瑟,吹洞箫,自度曲,被歌声,分刌节度,穷极幼眇"(《汉书·元帝纪》)。昌邑王刚立为帝,就纵情享乐,"大行在前殿,发乐府乐器,引昌邑乐人,击鼓歌吹作俳倡。会下还,上前殿,击钟磬,内召泰壹宗庙乐人辇道牟首,鼓吹歌舞,悉奏众乐"(《汉书·霍光传》)。汉成帝是否会歌舞,历史没有明文记载,但是他对歌舞的喜好却绝不逊于其他皇帝,此时在宫中又出了两个能歌善舞的后妃,其中赵飞燕以体轻善舞而留名史册,其妹也同样因此而受宠,二人同被封为婕妤。④ 另外,历史上著名的才女,曾自作《怨歌行》的班婕妤也生活在此时。

东汉时章帝曾"亲著歌诗四章,列在食举,又制云台十二门诗"(《后汉书·礼仪志中》引蔡邕《礼乐志》)。汉桓帝则"好音乐,善

---

① 《汉书·外戚传》对此有记载:"孝武李夫人,本以倡进。初,夫人兄延年性知音,善歌舞,武帝爱之。每为新声变曲,闻者莫不感动。延年侍上起舞,歌曰:'北方有佳人,绝世而独立,一顾倾人城,再顾倾人国。宁不知倾城与倾国,佳人难再得!'上叹息曰:'善!世岂有此人乎?'平阳主因言延年有女弟,上乃召见之,实妙丽善舞,由是得幸。"
② (晋)王嘉:《拾遗记》,卷六,第128页。
③ (晋)葛洪:《西京杂记》,卷一,第4~5页。
④ 《汉书·汉成赵皇后传》:"孝成赵皇后,本长安宫人,初生时,父母不举,三日不死,乃收养之。及壮,属阳阿主家,学歌舞,号曰飞燕。成帝尝微行出,过阳阿主,作乐。上见飞燕而悦之,召入宫,大幸。有女弟复召入,俱为婕妤,贵倾后宫。"

琴笙"（《后汉书·桓帝纪》）。汉灵帝同样喜欢歌舞娱乐，"灵帝初平三年，游于西园，起裸游馆千间，采绿苔而被阶，引渠水以绕砌，周流清澈。乘船以游漾，使宫人乘之，选玉色轻体者，以执篙楫，摇漾于渠中。其水清澄，以盛暑之时，使舟覆没，视宫人玉色。又奏《招商》之歌，以来凉气也"①。少帝刘辩刚即位不久，就因董卓专权而被废为弘农王。董卓派人以毒酒害之。刘辩被逼，只好与唐姬及宫人饮宴而别。刘辩自作悲歌，又令唐姬起舞，唐姬复抗袖而歌（《后汉书·皇后纪》）。可见，这位皇帝也能歌好舞。

帝王后妃们如此喜好音乐歌诗，能舞能唱，汉代各诸侯王及其妃嫔们也是如此。赵王刘友、城阳王刘章、广川王刘去、汉武帝的两个儿子燕王刘旦和广陵王刘胥等都有歌诗传世。② 在汉代公主们当中，乌孙公主刘细君可为代表，她本为江都王刘建之女，元封中，汉武帝以之嫁乌孙王昆莫。公主至其国，自治宫室居。昆莫年老，言语不通，公主悲，亦自作歌诗抒写自己的悲愁（《汉书·西域传》）。

以上只是历史记载下来的有关汉代宫廷歌舞艺术的具体事例，由于封建社会的史书并不以记载这些事情为主，因此我们有理由认为，汉代宫廷歌舞艺术，实际上是比这些记载繁荣得多的。汉代宫廷歌舞演出，大体上可以分为三种情况，一是用于国家大典和朝廷宗庙祭祀的音乐歌舞表演；二是帝王后妃与王侯妃嫔的日常歌舞娱乐；三是抒发在宫廷政治斗争中的情怀。严格来讲，第三种情况的歌诗演唱大多是有感而发，其政治抒情性要远远大于它的娱乐性。但是，这些王侯妃嫔们每当面临重大的政治变故之时，往往自作歌诗以表达心志，这种方式，却正好告诉我们一个重要的信息，那就是汉代皇室对于歌舞音乐的高度喜爱和他们所具有的音乐歌舞素养。像汉武帝、乌孙公

---

① （晋）王嘉：《拾遗记》，卷六，第144页。
② 参见《史记·吕太后本纪》《史记·齐悼惠王世家》《汉书·广川惠王越传》《汉书·燕刺王传》《汉书·广陵王刘胥传》等。

主、班婕妤等人,他们的歌舞音乐创作,放在中国文学史上的任何时期,也不比那些一般的所谓"诗人"或"艺术家"们逊色。

其实,关于汉代宫廷中的歌诗表演,尤其是那些用于观赏娱乐的歌诗表演盛况,除了上面那些实例以资说明外,还有很多记载也可以证明。如贾谊《官人》说:

> 王者官人有六等:一曰师,二曰友,三曰大臣,四曰左右,五曰侍御,六曰厮役。……师至,则清朝而侍,小事不进。友至,则清殿而侍,声乐技艺之人不并见。大臣奏事,则俳优侏儒逃隐,声乐技艺之人不并奏。左右在侧,声乐不见。侍御者在侧,子女不杂处。故君乐雅乐,则友大臣可以侍;君乐燕乐,则左右、侍御者可以侍;君开北房,从熏服之乐,则厮役从。清晨听治,罢朝而论议,从容泽燕。夕时开北房,从熏服之乐。是以听治、论议、从容泽燕,矜庄皆殊序,然后帝王之业可得而行也。①

贾谊在这里把君王日常所用的音乐分为"雅乐""燕乐""熏服之乐"三种。雅乐就是朝廷正乐,即郊庙朝会所用,这自然是和师友大臣共享之乐。燕乐则是内廷之乐,只有他的左右近臣侍御者可以同他共赏。而熏服之乐则是男女俳优杂处的享乐妓乐,连左右之人也要回避,只有厮役相从,供他个人欣赏。按贾谊的说法,古代的帝王本来就不讳言世俗娱乐,只不过要注意时机场合罢了。早晨上朝听治,下朝后论议,从容休息。晚上则可以享受熏服之乐。不过,贾谊在这里还是说得理想了些。实际上,汉代的那些帝王们,并不是只有在退朝后的晚上才享受这熏服之乐,只要是兴致所发,似乎随时都可以尽情享受一番。我们前面所引《西京杂记》中所言高祖刘邦与戚夫人的

---

① 王洲明、徐超:《贾谊集校注》,人民文学出版社,1996,第289~294页。

后宫歌舞之乐就是最好的证明。对此,傅毅在《舞赋》中的一段话也是很好的说明。

> 楚襄王既游云梦,使宋玉赋高唐之事。将置酒宴饮,谓宋玉曰:"寡人欲觞群臣,何以娱之?"玉曰:"臣闻歌以咏言,舞以尽意,是以论其诗不如听其声,听其声不如察其形。《激楚》《结风》《阳阿》之舞,材人之穷观,天下之至妙。噫,可以进乎?"王曰:"如其郑何?"玉曰:"小大殊用,郑雅异宜。弛张之度,圣哲所施。是以《乐》记干戚之容,《雅》美蹲蹲之舞,《礼》设三爵之制,《颂》有醉归之歌。夫《咸池》《六英》,所以陈清庙,协神人也。郑卫之乐,所以娱密坐,接欢欣也。余日怡荡,非以讽民也,其何害哉?"①

傅毅在这里假借宋玉之口所说的这段话,其实也就是汉代帝王歌舞艺术享乐意识的一种委婉表达。所以他接下来的描写,自然也可以看成是汉代帝王日常歌舞享乐的真实写照。

> 夫何皎皎之闲夜兮,明月烂以施光。朱火晔其延起兮,耀华屋而熺洞房。黼帐祛而结组兮,铺首炳以煜煌。陈茵席而设坐兮,溢金罍而列玉觞。……于是郑女出进,二八徐侍。姣服极丽,姁媮致态。貌嫽妙以妖蛊兮,红颜晔其扬华。眉连娟以增绕兮,目流睇而横波。珠翠的皪而照耀兮,华袿飞髾而杂纤罗。顾形影,自整装。顺微风,挥若芳。动朱唇,纡清阳。亢音高歌为乐方。歌曰:抒予意以弘观兮,绎精灵之所束。弛紧急之弦张兮,慢末事之骩曲。舒恢炱之广度兮,阔细体之苛缛。嘉《关

---

① (梁)萧统编,(唐)李善注:《文选》,第246~247页。

雎》之不淫兮，哀《蟋蟀》之急促……①

此外，如枚乘的《七发》、司马相如的《上林赋》、张衡的《西京赋》《七辩》、边让的《章华台赋》等都有相似的描写。透过以上这些有关汉代宫廷中规模盛大、富丽堂皇的歌舞娱乐的描写，我们自然会感叹汉代帝王们如此奢华的歌舞享乐生活。但是我们在这里同时还应该关注的，则是宫廷皇室的歌舞享乐对于汉代歌诗所产生的重大影响。我们知道，在封建社会中，统治者的思想就是这个社会的统治思想。同样，统治者的艺术消费方式在一定程度上也就决定着这个社会的艺术发展方向和水平。汉代统治者之所以能够组织这样大规模的歌舞艺术表演，之所以能够在几百年的时间里不断地保持着这种高水平的艺术享乐生活，首先是要以汉代社会的繁荣强盛为基础的。是广大的汉代劳动者为统治者创造了大量的物质财富，才使他们有了充分欣赏歌舞艺术的条件。他们反过来又把这些物质财富尽情挥霍，组建了一支支规模庞大的宫廷乐队，供他们娱乐消遣。当然，也正是在这种社会艺术生产机制下，汉代的歌舞艺术才得到了极大的发展，才使得更多的专业歌舞艺术家展示他们的才华，并极大地促进了艺术生产水平的提高。

二 达官显宦与富商大贾家庭的歌舞娱乐

汉代社会达官显宦和富商大贾们对于歌舞艺术的喜好，一点也不亚于皇室贵戚。早在汉初，蓄养歌优俳倡，纵情歌舞的例子就已经出现。而且，地位越高，财富越多，所蓄养的歌优俳倡也就越多。"始皇之末，班壹避地于楼烦，致马牛羊数千群。值汉初定，与民无禁，当孝惠、高后时，以财雄边，出入弋猎，旌旗鼓吹。"（《汉书·叙

---

① （梁）萧统编，（唐）李善注：《文选》，第247页。

传》）班壹在汉初并无任何政治地位，只是因为以放牧致富，在外出打猎时也要有"旌旗鼓吹"，可见当时的娱乐之风。至于那时的达官显宦，自然更不必说了。陆贾为太中大夫，病免归家，"常乘安车驷马，从歌鼓瑟侍者十人"（《汉书·陆贾传》）。这个以儒家自居的汉初著名文人，晚年还这样喜欢歌舞娱乐，与人们印象中的儒者形象完全不同，生活真可谓潇洒。丞相张禹，"性习知音声，内奢淫，身居大第，后堂理丝竹管弦"。他培养了好多弟子，其中戴崇位至少府九卿，也非常喜欢音乐歌舞，他每次到张禹家，都请求他的老师"置酒设乐与弟子相娱，禹每将崇入后堂饮食，妇女相对，优人管弦铿锵极乐，昏夜乃罢"（以上见《汉书·张禹传》）。博学多才的马融，"善鼓琴，好吹笛，……常坐高堂，施绛纱帐，前授生徒，后列女乐"（《后汉书·马融列传》）。可见，当时步入上层社会的文人，竟也是如此地钟情于歌舞娱乐的享乐生活。

以上是史书中对于当时达官显宦以及上层文士家中蓄养艺伎、纵情歌舞情况的直接描述。至于一些间接的描写与介绍，就更多了。如贾谊说："今富人大贾屋壁得为帝服，贾妇倡优下贱产子得为后饰。"[①] 贡禹在批评当时的奢侈之风时说："诸侯妻妾或至数百人，豪富吏民畜歌者至数十人。"（《汉书·贡禹传》）《盐铁论》云："古者土鼓击枹，击木拊石，以尽其欢。及后卿大夫有管磬，士有琴瑟。往者民间酒会，各以党俗。弹筝鼓缶而已。无要妙之音，变羽之转。今富者钟鼓五乐，歌儿数曹，中者鸣竽调瑟，郑舞赵讴。"又说："今俗因人之丧以求酒肉，幸与小坐而责办歌舞俳优，连笑伎戏。"[②] 汉成帝永始四年下诏中也说："方今世俗奢僭罔极。靡有厌足，公卿列侯亲属近臣，……设钟鼓、备女乐，……吏民慕效，寖以成俗。"（《汉书·成帝纪》）西汉成哀之时，

---

① 王洲明、徐超：《贾谊集校注》，第105页。
② （西汉）桓宽：《盐铁论·散不足第二十九》，上海书店影印《诸子集成》第八册，第34页。

"郑声尤甚。黄门名倡丙强、景武之属富显于世,贵戚五侯定陵、富平外戚之家淫侈过度,至与人主争女乐"。哀帝时虽然罢了乐府,"然百姓渐渍日久,又不制雅乐有以变相,豪富吏民湛沔自若"(以上并见《汉书·礼乐志》)。东汉明帝以后,甚至一些宦者家中也是"嬿媛、侍儿、歌童、舞女之玩,充备绮室"(《后汉书·宦者列传》)。"为音乐则歌儿舞女,千曹而迭起。"① 对此,仲长统曾有这样的描述:"豪人之室,连栋数百,膏田满野,奴婢千群,徒附万计。……妖童美妾,填乎绮室。倡讴伎乐,列乎深堂。"② 对于汉代社会这种歌舞享乐之风,在汉歌诗《鸡鸣》《相逢行》《古歌·上金殿》《艳歌·今日乐相乐》等诗中都有生动的描写。

在汉代社会的富贵之家中,不仅家家都有"邯郸倡"出入,而且还有些人家中妇女就自会演唱,就有无所事事的"小妇"们每天在那里"挟瑟上高堂"。这种歌舞享乐生活,在已经出土的汉代画像石和画像砖中有着相当生动的刻画。据刘志远等人所记:"(四川)郫县汉墓出土的石刻画像《宴饮乐舞》,楼阁之前(右边)容车载客而来,车后侍婢相随。右上一间硬山式厨房,釜灶齐备,庖者正为宴饷作膳。正厅之侧,有歇山式楼阁一座,楼上一妇女凭窗眺望。正厅是一座高大宽敞的建筑,其上有楼……厅内设席,宾主五人并坐,酒宴正酣。庭院里舞乐百戏,以助酒宴;有叠案、旋盘及蹋鼓之舞,乐人抚瑟歌唱;舞者长袖折腰。"③ "成都市郊出土的《宴饮观舞》画像砖,中间置樽、盂、杯、勺和饮食之器。后面男女二人共席,席交置案,正在宴饮观舞。右边舞者长袖翩跹,左边一人屈身伸掌、拍鼓为节。左后二人,其一抚琴伴奏,另一人为舞者伴唱。《汉书·张禹传》

---

① (梁)萧统编,(唐)李善注:《文选》,注引仲长统《昌言》,第700页。
② (东汉)仲长统:《昌言·理乱篇》,(南朝宋)范晔:《后汉书·王充王符仲长统列传》,中华书局,1965,第1648页。
③ 刘志远、余德章、刘文杰:《四川汉代画像砖与汉代社会》,文物出版社,1983,第85页。

言：张禹的弟子戴崇位至少府九卿，'禹将崇入后堂饮食，妇女相对，优人管弦铿锵极乐，昏夜乃罢。'可见其宴饮中有妇女对舞，优人奏乐，与画像砖所反映的何其相似！左思《蜀都赋》云：'庭扣钟磬，堂抚琴瑟'，'若其旧俗，终冬始春，吉日良辰，置酒高会，以御嘉宾。金罍中坐，肴核四陈；觞以清醥，鲜以紫鳞。羽爵执竟，丝竹乃发；巴姬弹弦，汉女击节。起西音于促柱，歌江上之飔飏；纤长袖而屡舞，翩跹跹以裔裔。'正好是这个画面的描述"①。南阳出土的汉代画像石中，舞乐百戏图画也很多。如其中的一图，"画面中刻六人，左一女伎侧面、举臂，弯腰曲膝作舞，另一女伎单手立于樽上，画中间一女伎；高髻束腰，挥巾踏拊而舞。右三人为伴奏或伴唱者"。还有一图："画面分上、中、下三层，上层左二人对坐，中一人仰面举手跽坐。其右置两壶，右上一人为鼓瑟者。中层共刻五人：左三人奏乐，中间置一樽，樽右一女伎作长袖舞，右端一人似为伴唱者。下层左立一侍从，另二人对坐，中置博局及樽，持箸六博。右二人对坐。"② 再如："两城山汉画像中，一幅乐舞图，下层是五个奏乐的乐人。中层可能是五个抱手而坐，仰面长歌的歌者。上层是五个长裙曳地，倾身向前的细腰舞人。她们的视线、面向、体态、走向、舞姿完全一致，似正以轻盈、急促的舞步身前行进。长裙拖曳身后，颇富动感。"③ 再如山东沂南汉墓出土的乐舞画像石，河南偃师出土的西汉彩绘歌舞宴饮图，山东济南无影山出土的歌舞百戏俑，都那样生动地表现了汉代贵族官僚家庭中的歌舞娱乐生活。④ 最引人注目的是，1999年6月26日，在山东济南章丘洛庄的公路修建中，无意发

---

① 刘志远、余德章、刘文杰：《四川汉代画像砖与汉代社会》，第86~87页。
② 南阳市博物馆闪修山等编《南阳汉代画像石刻》，上海人民美术出版社，1981，图第6、42页。
③ 王克芬：《中国舞蹈发展史》，上海人民出版社，1989，第119页。
④ 参见吴钊《追寻逝去的音乐踪迹——图说中国音乐史》，东方出版社，1999，第110~119页。

现了一座汉墓，后来在挖掘整理中，竟出土了19件编钟、107件编磬等乐器。"这套编钟不是为殉葬而专门制作的礼器，而是一套实用的编钟。这一套19件编钟当年都是调过音的，今天仍然可以用来演奏"。"这19件编钟不仅外观漂亮，而且保留了很好的音质音色"，专家们把这座汉墓称为"地下音乐厅"①。这是近年来汉代考古的又一次重大发现，它使我们对汉代歌舞音乐的繁荣状况有了一个全新的认识。

汉代社会的达官显宦与富商大贾们不但热衷于观赏歌舞艺人的表演，有些人自己也能歌能舞。宴会中起舞作歌是常见之事。《史记·项羽本纪》记鸿门宴中项庄起舞，项伯亦起舞的故事，就很有说服力。不过，他们所舞的是剑舞。在日常的宴飨娱乐中，则可以随时起来唱歌舞蹈，舞歌的形式也多种多样。"平恩侯许伯入第，丞相、御史、将军、中二千石皆贺，……长信少府檀长卿起舞，为沐猴与狗斗，坐皆大笑"（《汉书·盖宽饶传》）。可见，公卿大夫在私宴上即兴歌舞，且不拘形式，乃是当时习以为常之事。在宴会上酒酣极乐之时，有人起来跳舞，然后邀请他人共舞（以舞相属），是当时一种很重要的礼仪。如果被邀者不起身为报，就是一种失礼的行为，甚至会发生不愉快的事。汉武帝时，大臣灌夫与丞相田蚡交恶，就与此有关。在一次宴会上，"酒酣，（灌）夫起舞属（田）蚡，蚡不起。夫徙坐，语侵之"（《汉书·灌夫传》）。东汉著名文人蔡邕在一次宴会上惹怒五原太守王智，也是因此。"邕自徙及归，……将就还路，五原太守王智饯之。酒酣，智起舞属邕，邕不为报。智者，中常侍王甫弟也，素贵骄，惭于宾客，诟邕曰：'徒敢轻我！'邕拂衣而去。智衔之，密告邕怨于囚放，谤讪朝廷"（《后汉书·蔡邕列传》）。蔡邕后

---

① 陈筱红、范继文：《洛庄汉墓二千年后惊人出土》，《北京青年报》2001年2月9日，第18版。

来自虑难逃此祸，竟亡命江海。至于好友与亲属之间，起舞相贺或相乐共歌更是常事。李陵因战败投降匈奴，苏武因出使也被匈奴扣留，二人在匈奴相遇。后苏武放归，李陵得知消息，置酒相贺，起舞作歌，泣下数行，因与武别（《汉书·苏武传》）。至于士大夫家中的歌舞形式，更是多种多样。杨恽失侯，以财自娱，自谓"家本秦也，能为秦声。妇，赵女也，雅善鼓瑟。奴婢歌者数人，酒后耳热，仰天拊缶而呼乌乌"。并自作其"田彼南山"之诗（《汉书·杨敞传》）。"初，（陈）遵为河南太守，而弟级为荆州牧，当之官，俱过长安富人故淮阳王外家左氏饮食作乐。……始遵初除，乘藩车入闾巷，过寡妇左阿君置酒歌讴，遵起舞跳梁，顿仆坐上，暮因留宿，为侍婢扶卧"（《汉书·陈遵传》）。通过这些例子，我们尤能看出当时那些达官显宦们的歌舞娱乐生活是多么丰富又是多么自由。

以上是达官显宦与富商大贾家的歌舞享乐生活描写，至于民间的歌舞艺术，史书中的记载虽然不多，我们也可以推知其丰富多彩的程度。如《盐铁论·通有》中曾说："荆阳……虽白屋草庐，歌讴鼓琴；日给月单，朝歌暮戚。赵、中山……民淫好末，侈靡而不务本；田畴不修，男女矜饰，家无斗筲，鸣琴在室。"可见，汉时荆阳、赵、中山等地歌舞成风。其实，汉代民间歌舞盛行，远不止这几处地方。《汉书·艺文志》载汉武帝时立乐府，就从全国各地采集了不少歌诗，其中就有《吴楚汝南歌诗》《燕代讴雁门云中陇西歌诗》《邯郸歌诗》《齐郑歌诗》《淮南歌诗》《左冯翊秦歌诗》《京兆尹秦歌诗》《河东蒲反歌诗》《洛阳歌诗》《河南歌诗》《河南周歌诗》《周谣歌诗》《南郡歌诗》等。由此，我们完全可以想象得出汉代民间歌舞娱乐的繁荣情况。

从汉代朝廷帝王的艺术享乐到富商大贾及民间的歌舞娱乐，以上论述所提供的事实足以使我们相信，两汉社会的歌舞艺术生产是多么繁荣。正是这种繁荣，才促使汉代歌舞艺术以前所未有的规模向前发展,并形成了中国历史上从先秦到两汉文化转型后第一次以歌舞艺术为特色的诗歌发展高潮。

第二节 宫廷乐官的世代传承与贵族子弟培养

汉代社会宫廷贵戚、达官显宦、富商大贾以及市民百姓对于歌舞艺术的享乐消费需求,客观上需要一支庞大的专业歌舞艺人队伍。根据马克思主义的一般生产原理,生产是社会再生产过程中的决定性因素。没有生产就没有交换、分配和消费;而交换、分配和消费反过来又影响了生产。在这里,我们可以把前一个生产主要看成是物质生产,它是其他一切生产的基础。丰富的物质生产首先满足了人们的物质生活,同时,大量的剩余物质财富又通过不平等的分配方式集中在少数人手里,使他们有条件用此换来其他形式的消费,并进一步促进包括物质生产在内的各种生产。而这,也就形成了整个社会中丰富多彩的各种生产方式和消费方式,产生了专门从事各种生产的生产者,同时也培养提高了人们在不同领域中的消费水平。以歌舞为主要形式的汉代精神消费与生产,就是在汉代物质生活繁荣的情况下获得空前发展的。据《汉书·礼乐志》所记,汉哀帝初即位时,仅朝廷的乐府里就有各种歌舞艺人829人,太乐中的人数尚未计算在内。至于为皇帝和贵戚们日常娱乐服务的歌舞艺人的数量,就更没有一个确切的统计数字了。此外,如我们上文所言,在汉代社会的歌舞消费中,那些达官显宦、富商大贾之家蓄养歌伎,少则几人,多则几十人,数百人。朝廷中为宗庙祭祀、燕飨庆典、日常娱乐而豢养的歌舞艺人,更不知有多少。这些人数加在一起,我们可以想象,整个汉代,从事歌舞艺术的专职人员,将会是一个多么庞大的群体。

两汉社会的这些专职艺术家,主要来源有三个:一是来自民间;

二是来自宫廷音乐机关中乐官们的世代传承；三是来源于对官僚贵族子弟们的音乐培养。下面先说后二者。

歌舞音乐作为一种艺术门类，有它独特的存在方式。在尚没有明确分工的原始社会里，只要是有感而发，人人都可歌可舞，人人都是艺术家。可是，随着社会的发展和分工的出现，人类的艺术水平也在提高，只有经过专门训练的人才有可能达到时代艺术的高度，专职艺术家与业余艺术家的艺术水平高低之差也就产生了。由于分工，艺术逐渐成为少数人的专门职业，他们世代相袭，转相传授，成为社会上的专职艺术生产者。对此，先秦文献中就有记载。如《左传·成公九年》曾记："晋侯观于军府，见钟仪，问之曰：'南冠而絷者，谁也？'有司对曰：'郑人所献楚囚也。'使税之，召而吊之。再拜稽首。问其族，对曰：'泠人也。'公曰：'能乐乎？'对曰：'先父之职官也，敢有二事？'使与之琴，操南音。"杜预注："泠人，乐官也。"孔颖达《正义》曰："《诗·简兮序》云：'卫之贤者仕于泠官。'郑玄云：'泠官，乐官也。泠氏世掌乐官而善焉，故后世多号乐官为泠官。'《吕氏春秋》称黄帝使泠伦自大夏之西、昆仑之阴取竹，断两节而吹之，以为黄钟之宫。昭二十一年《传》，景王铸无射，泠州鸠非之。是泠氏世掌乐官也。《周语》云：'景王铸钟成，泠人告和。'《鲁语》云：'泠箫咏歌及《鹿鸣》之三。'此称'泠人'，《诗》称'泠官'，是泠为乐官之名也。"[①] 这段文献记载不但告诉我们乐官起源之早，也让我们了解了先秦社会乐官世代传承的特征。汉代社会也是这样。无论是来自民间的艺人还是宫廷音乐机关中的乐官，都是经过专门训练的人。其中，那些宫廷中的乐官们，更是有着较为长久的传承体系。"汉兴，乐家有制氏，以雅乐声律世世在大乐官"（《汉书·礼乐志》）。制氏就是世代传承的音乐之家。前代朝廷的雅乐，主

---

① 《春秋左传正义》《十三经注疏》，中华书局，1980年影印本，第1905页。

要靠他们才得以世代相传。一般来讲，他们是传统的延续者，也是每一个朝廷雅乐演奏的主体。之所以如此，是因为雅乐本身所具有的传统性。自商周以来，中国人向来把"乐"看成是治国的重要工具，要由圣人来治乐，教化人心。所以，中国历史上前代传承下来的雅乐，便成为后世宝贵的文化财富，被朝廷作为教化的宝典。本朝的制作，自然也要继承这一传统。

> 王者未作乐之时，因先王之乐以教化百姓，说乐其俗，然后改作，以章功德。《易》曰："先王以作乐崇德，殷荐之上帝，以配祖考。"昔黄帝作《咸池》，颛顼作《六茎》，帝喾作《五英》，尧作《大章》，舜作《招》，禹作《夏》，汤作《濩》，武王作《武》，周公作《勺》。《勺》，言能勺先祖之道也。《武》，言以功定天下也。《濩》，言救民也。《夏》，大承二帝也。《招》，继尧也。《大章》，章之也。《五英》，英华茂也。《六茎》，及根茎也。《咸池》，备矣。自夏以往，其流不可闻已，殷《颂》犹有存者。《周诗》既备，而其器用张陈，《周官》具焉。典者自卿大夫师瞽以下，皆选有道德之人，朝夕习业，以教国子。国子者，卿大夫之子弟也，皆学歌九德，诵六诗，习六舞、五声、八音之和。故帝舜命夔曰："女典乐，教胄子，直而温，宽而栗，刚而无虐，简而无教。诗言志，歌永言，声依咏，律和声，八音克谐。"此之谓也。又以外赏诸侯德盛而教尊者。其威仪足以充目，音声足以动耳，诗语足以感心，故闻其音而德和，省其诗而志正，论其数而法立。是以荐之郊庙则鬼神飨，作之朝廷则群臣和，立之学官则万民协。听者无不虚己竦神，说而承流，是以海内遍知上德，被服其风，光辉日新，化上迁善，而不知所以然，至于万物不夭，天地顺而嘉应降。(《汉书·礼乐志》)

汉人既然把雅乐的制定提高到这样的高度，那么，刘邦建国之后，任用叔孙通因秦乐而制宗庙乐，唐山夫人模仿周代的《房中乐》而作《安世乐》，也就是很正常的事。前朝的雅乐人才，在汉代朝廷的宗庙音乐建设中仍然起着重要的作用。

在中国的文化传统中，把雅乐的创作看成是圣人的事。雅乐的地位虽然重要，那些掌管雅乐的专职音乐人才的地位却不高。"乐者，非谓黄钟、大吕、弦歌、干扬也，乐之末节也，故童者舞之。铺筵席，陈尊俎，列笾豆，以升降为礼者，礼之末节也，故有司掌之。……是故德成而上，艺成而下，行成而先，事成而后。是故先王有上有下，有先有后，然后可以有制于天下也"（《礼记·乐记》）。由此，我们可以得知在中国封建社会中乐人的地位。正因为如此，整个汉代社会中从事雅乐的专职音乐歌舞人才虽然不少，却没有多少人留下名字。在今天，就《汉书·礼乐志》中所记，我们除了知道汉初乐家有制氏之外，另外还知道汉武帝之后有内史丞王定曾学习过河间献王刘德所搜集的雅乐，并把它传授给常山王禹。王禹在汉成帝时曾为谒者，他还有一个弟子名叫宋晔。此外，就是下一段记载了：

> 杜夔字公良，河南人也，以知音为雅乐郎，中平五年，疾去官。州郡司徒礼辟，以世乱奔荆州。荆州牧刘表令与孟曜为汉主合雅乐，乐备，表欲庭观之，夔谏曰："今将军号为天子合乐，而庭作之，无乃不可乎！"表纳其言而止。后表子琮降太祖，太祖以夔为军谋祭酒，参太乐事，因令创制雅乐。夔善钟律，聪思过人，丝竹八音，靡所不能，惟歌舞非所长。时散郎邓静、尹齐善咏雅乐，歌师尹胡能歌宗庙郊祀之曲，舞师冯肃、服养晓知先代诸舞，夔总统研精，远考诸经，近采故事，教习讲肄，备作乐器，绍复先代古乐，皆自夔始也。黄初中，为太乐令，协律都

尉。……自左延年等虽妙于音，咸善郑声，其好古存正莫及夔。（《三国志·魏书·杜夔传》）

这虽然说的是三国故事，但这段话中提到的杜夔、孟曜、邓静、尹齐、尹胡、冯肃、服养等人，都曾经是汉代的雅乐人才。他们都有相当高的音乐素养，并在某一方面有专攻，他们在汉代雅乐的保存和发展中起了巨大的作用。

汉代雅乐主要用于宗庙祭祀、朝廷燕飨和重要的典礼仪式，需要一个庞大的演奏队伍。汉高祖过沛，"作'风起'之诗，令沛中僮儿百二十人习而歌之。至孝惠时，以沛宫为原庙，皆令歌儿习吹以相和，常以百二十人为员"。汉武帝定郊祀之礼，"以正月上辛用事甘泉圜丘，使童男女七十人俱歌，昏祠至明"。以后汉哀帝时罢乐府，把不应经法的441人罢去，保留下来归太乐领属的仍有388人（以上并见《汉书·礼乐志》）。《后汉书·百官志二》："太予乐令一人，六百石。"注引《汉官》曰："员吏二十五人，其二人百石，二人斗食，七人佐，十人学事，四人守学事。乐人八佾舞三百八十人。"由以上数字可见，汉代雅乐机构中的音乐人才是较多的。

汉代的雅乐人才虽然以世代相传为主，所从事的工作主要是为朝廷政治礼仪服务，但是，我们也不能低估他们在汉代歌舞音乐发展中的重要作用。雅乐和俗乐是汉代两种主要的音乐，从风格、内容到音乐舞蹈形式各方面都有较大的差别，但也并非互相排斥。特别是汉武帝重新扩充乐府之后，在相当长的一段时间内，雅乐与俗乐都在乐府的管辖之下。虽说先秦雅乐日渐僵化，俗乐和新声也日渐融入雅乐中来，它们对汉代音乐歌舞的发展影响更大一些。但是，雅乐中毕竟保存了相当多的古代优秀音乐传统，世代传承的雅乐人才受过更好的专业训练，有着更好的音乐素养，对当时的音乐歌舞艺术水平的提高，是曾经起过重要作用的。而这种作用表现在他们靠自身演奏的雅乐的艺术感召力，培养了人们的音乐素养和通过他们的音乐教育，大批的歌舞音乐人才走向社会。

在中国文化传统中，贵族子弟从小要学习音乐歌舞，他们的老师就是当时朝廷中的乐官。《尚书·舜典》："帝曰：'夔，命汝典乐，教胄子。直而温，宽而栗，刚而无虐，简而无傲，诗言志，歌永言，声依永，律和声。八音克谐，无相夺伦，神人以和。'"《周礼·春官宗伯》："大司乐掌成均之法，以治建国之学政，而合国之弟子焉。……以乐德教国子：中、和、祗、庸、孝、友。以乐语教国子：兴、道、讽、诵、言、语。以乐舞教国子：舞《云门》《大卷》《大咸》《大韶》《大夏》《大濩》《大武》。以六律、六同、五声、八音、六舞，大合乐，以致鬼神示。以和邦国，以谐万民，以安宾客，以说远人，以作动物。"这里所说的"国子""胄子"，都指诸侯卿大夫的子弟。[①] 由上面记载我们可知，这些贵族子弟学习音乐歌舞，不仅仅要从中受到"乐德"的教育，同时还承担着在国家的典礼仪式中参与雅乐表演的义务。先秦时是这样，汉代也是这样。"汉大乐律，卑者之子不得舞宗庙之酎，除吏二千石到六百石，及关内侯到五大夫子，取适子高五尺以上，年十二到三十，颜色和，身体修治者以为舞人"[②]。"昔唐虞讫三代，舞用国子，欲其早习于道也；乐用瞽师，谓其专一也。汉魏以来，皆以国之贱隶为之，唯雅舞尚选用良家子。国家每岁阅司农户，容仪端正者归太乐，与前代乐户总名'音声人'"[③]。可见到了汉代以后，国家的音乐歌舞人才虽然多从贱隶中选拔，但是雅舞仍然选用良家子弟充任。这些良家子弟，在汉代也就是那些官僚子弟，在汉代社会歌舞艺术表演中还是占有相当重要地位的。

[①] 《汉书·礼乐志》记载：自先代以来，"典者自卿大夫师瞽以下，皆选有道德之人，朝夕习业，以教国子。国子者，卿大夫之子弟也，皆学歌九德，诵六诗，习六舞，五声、八音之和"。

[②] （南朝宋）范晔：《后汉书·百官志二》，注引卢植《礼》注，第3573页。

[③] （唐）杜佑：《通典·乐六·清乐》，中华书局，1988，第3718页。

因为汉代官僚子弟从小受过良好的音乐舞蹈教育,所以长大之后仍然擅长歌舞,且不仅仅熟悉雅乐,同时也会俗乐。如我们上文提到的杨恽就是其中之一,他的父亲杨敞曾为丞相,他从小受过乐官的教育不言而喻。杨恽失侯,以财自娱,自谓"家本秦也,能为秦声。妇,赵女也,雅善鼓瑟"。这是他有良好音乐素养的证明。而最为杰出者,见于史书记载的则是西汉末年的桓谭。"桓谭字君山,沛国谯县人也。父成帝时为太乐令。谭以父任为郎,因好音律,善鼓琴。……性嗜倡乐"(《后汉书·桓谭列传》)。可见,因为受父亲的影响,桓谭从小就熟悉音乐,长大后也精通音乐。他的这种音乐才能,在汉代好尚歌舞音乐的社会环境里得到了很好的发挥,他甚至把俗乐搬演到了朝堂之上。史书记载:"(光武)帝尝问弘博之士,弘乃荐沛国桓谭才学洽闻,几能及杨雄、刘向父子。于是召谭议郎、给事中。帝每宴,辄令鼓琴,好其繁声。……后大会群臣,帝使谭鼓琴,谭见弘,失其常度。帝怪而问之。弘乃离席免冠谢曰:'臣所以荐谭者,望能以忠正导主,而令朝廷耽悦郑声,臣之罪也。'帝改容谢。"(《后汉书·宋弘列传》)就是这个出身于掌管朝廷雅乐官员之家的桓谭,由于从小受到了良好的音乐教育,长大后在俗乐郑声的演奏上表现出超常的才能,成为杰出的音乐家。可见,由于中国古代重视音乐教育,在朝廷雅乐的传承和演唱中,也培养了一大批懂得音乐的贵族和官僚子弟,这对音乐在社会中的普及客观上也起到了相当大的作用。没有这些懂音乐歌舞、热爱音乐的官僚子弟(长大后也就是官僚贵族)参与其中进行音乐歌舞的欣赏与表演,汉代社会的歌舞音乐艺术是不会如此繁荣的。

第三节　民间歌舞艺人的命运与艺术贡献

在汉代社会歌舞音乐艺术向前发展过程中起更大推动作用的,不仅是世代相传的雅乐人才和那些懂得音乐的官僚贵族,更是那些出身民间从事俗乐新声的歌舞艺人。

新声又名郑声，产生于春秋战国时期，本是一个与雅乐相对立的概念。新声实际上是一种通俗文艺，是新兴地主阶级追求声色享乐的产物。到了汉代，由于国力的强盛、城市的繁荣、市民的富庶、宫廷的奢华，歌舞享乐之风盛行，更远非战国时期可比。在这种情况下，从事歌舞音乐表演，才会成为一个庞大的行业。有些地区的百姓，甚至以此作为谋生的手段，形成一个地区特有的民风和传统。其中最典型的就是燕、赵、中山之地。对此，司马迁在《史记·货殖列传》中有生动的描述。

> 中山地薄人众，犹有沙丘纣淫地余民，民俗懁急，仰机利而食。丈夫相聚游戏，悲歌慷慨，起则相随椎剽，休则掘冢作巧奸冶，多美物，为倡优。女子则鼓鸣瑟，跕屣，游媚贵富，入后宫，遍诸侯。
>
> 今夫赵女郑姬，设形容，揳鸣琴，揄长袂，蹑利屣，目挑心招，出不远千里，不择老少者，奔富厚也。

燕、赵、中山等地的居民，因为地薄人众，许多人不得不到外地谋生。谋生的地点，自然是那些富贵之家与富厚之处，也就是两汉时代的文化中心和商业中心，也就是那些大都市。要奔向那些大都市，就要具备在都市谋生的手段，要寻找城市需要的职业，同时要发挥自己的特长。于是，燕、赵、中山等地人的能歌善舞与宫廷和都市的歌舞享乐需求就成为那个时代特殊的供需关系和生产消费关系。它使得燕、赵、中山等地大批的歌舞艺人流向宫廷和都市，有些家庭甚至世代以此为职业。

汉代的歌舞艺人多出自燕、赵、中山，除《史记·货殖列传》所记之外，还有许多证明。如我们上文所引，汉文帝的宠妃慎夫人是邯郸人，能歌善舞。杨恽自谓"家本秦也，能为秦声。妇，赵女也，雅善鼓瑟"。《盐铁论·通有》中曾说："赵、中山……民淫好末，侈靡而不务本；田畴不修，男女矜饰，家无斗筲，鸣琴在室。"乐府诗《相逢行》云："堂上置樽酒，作使邯郸倡。"《古诗十九首》有云："燕赵有佳人，美者颜如玉。被服罗裳衣，当户理清曲。"又据《史记·佞幸列传》和《汉书·外戚传》所记，汉武帝时的著名音乐家李延年就是中山人，其父母及身、兄弟及女，都是"故倡"，也就是说，李延年出身于中山的倡伎世家，他的全家世世代代都以从事歌舞表演为生。李延年擅长新声变曲，他的妹妹则妙丽善舞，因而得到了汉武帝的宠幸。又据《汉书·外戚传》所记，汉宣帝的母亲王翁须本是歌舞艺伎，也是燕赵之人（汉时涿郡，今河北涿县）。据《汉书·蒯伍江息夫传》："江充字次倩，赵国邯郸人也。充本名齐，有女弟善鼓琴歌舞，嫁之赵太子丹。"由上述记载，可知司马迁关于燕赵之地多出歌舞艺人的说法不差。

除了燕、赵、中山等地的歌舞艺伎之外，其他地区的歌舞艺人也不在少数，他们纷纷从乡村流向城市。由于地位低下，在封建的史书中，像李延年那样非常幸运地得到了皇帝的宠爱而留下了名字的，只是极少数，大多数人的名字都是很难留下的。但即便如此，我们还是从史书中看到了一些蛛丝马迹，从而可以推想当时的情况。最明显的例子，是《汉书·礼乐志》在叙述汉哀帝罢乐府时无意中给我们留下的一份宝贵的名单，这里有邯郸鼓员、江南鼓员、淮南鼓员、巴俞鼓员、楚严鼓员、梁皇鼓员、临淮鼓员、兹邡鼓员、郑四会员、沛吹鼓员、陈吹鼓员、东海鼓员、秦倡员、楚鼓员、楚四会员、铫四会员、齐四会员、蔡讴员、齐讴员等。从事这种歌舞演唱的人员不一定就来自上述地方，但是我们有理由相信，里面的大部分人员，肯定是从上述各地奔到京城来的。

如此众多的歌舞艺人，他们的技艺是如何学成的？他们又是怎样进入城市的呢？在这方面，汉宣帝的母亲王翁须的故事给我们提供了一份宝贵的材料，现录之如下。

> 史皇孙王夫人，宣帝母也，名翁须，太始中得幸于史皇孙。皇孙妻妾无号位，皆称家人子。征和二年，生宣帝。帝生数月，卫太子、皇孙败，家人子皆坐诛，莫有收葬者，唯宣帝得全。即尊位后，追尊母王夫人谥曰悼后，祖母史良娣曰戾后，皆改葬，起园邑，长丞奉守。语在《戾太子传》。地节三年，求得外祖母王媪，媪男无故，无故弟武皆随使者诣阙。时乘黄牛车，故百姓谓之黄牛妪。
>
> 初，上即位，数遣使者求外家，久远，多似类而非是。既得王媪，令太中大夫任宣与丞相御史属杂考问乡里识之者，皆曰王媪。媪言名妾人，家本涿郡蠡吾平乡。年十四嫁为同乡王更得妻。更得死，嫁为广望王乃始妇，产子男无故、武，女翁须。翁须年八九岁时，寄居广望节侯子刘仲卿宅，仲卿谓乃始曰："予我翁须，自养长之。"媪为翁须作襜单衣，送仲卿家。仲卿教翁须歌舞，往来归取冬夏衣。居四五岁，翁须来言："邯郸贾长儿求歌舞者，仲卿欲以我与之。"媪即与翁须逃走，之平乡。仲卿载乃始共求媪，媪惶急，将翁须归，曰："儿居君家，非受一钱也，奈何欲予它人？"仲卿诈曰："不也。"后数日，翁须乘长儿车马过门，呼曰："我果见行，当之柳宿。"媪与乃始之柳宿，见翁须相对涕泣，谓曰："我欲为汝自言。"翁须曰："母置之，何家不可以居？自言无益也。"媪与乃始还求钱用，随逐至中山卢奴，见翁须与歌舞等比五人同处，媪与翁须共宿。明日，乃始留视翁须，媪还求钱，欲随至邯郸。媪归，橐买未具，乃始来归曰："翁须已去，我无钱用随也。"因绝至今，不闻其问。贾长儿妻贞及从者师遂辞："往二十岁，太子舍人侯明从长安来求歌舞

者,请翁须等五人。长儿使遂送至长安,皆入太子家。"及广望三老更始、刘仲卿妻其等四十五人辞,皆验。宣奏王媪悼后母明白,上皆召见,赐无故、武爵关内侯,旬月间,赏赐以巨万计。顷之,制诏御史赐外祖母号为博平君,以博平、蠡吾两县户万一千为汤沐邑。封舅无故为平昌侯,武为乐昌侯,食邑各六千户。(《汉书·外戚传》)

我们在这里之所以要把这段故事全录下来,是因为它给我们提供了有关汉代歌舞艺人生活的一段相当重要的史料。其一,从这段故事中我们知道,汉宣帝的母亲王翁须出身于下层社会,八九岁时她的母亲就把她送给了刘仲卿,这刘仲卿大概是一个专门从事歌舞艺术人才培养的人。他物色到了好的女孩之后,就开始专门训练培养,而且这种培养还很严格,至少要经过四五年的时间才行。这期间,翁须不能回家,也不许她的父母来看望,只是到了春秋季节,她的母亲给她送来棉衣和单衣,而日常吃住都由刘仲卿负责。其二,从翁须的遭遇来看,刘仲卿培养歌舞艺术人才的目的,显然是赚钱。当王翁须的技艺学成之后,他就背着王翁须的父母,偷偷地把她卖了。虽然王翁须的父母知道此事之后,千方百计去要钱,但最终还是一分钱也没有得到,最后甚至连女儿卖给了谁都不知道。其三,从这里我们还可以知道,因为当时住在长安城中的皇亲贵戚等,需要大量的歌舞艺人供自己享乐,自然会产生邯郸贾长儿这样专门从事歌舞艺人买卖以图暴利的商人,他们把这些歌舞艺人购回之后,就养在家里,等待时机卖出。其四,我们从这里还知道,当时的皇室贵族之家,为了得到歌舞艺人,最常用的方式可能就是派出像"太子舍人侯明"那样的人,从京城里走出去,到那些从事歌舞艺人买卖的商人那里去买。可以推想,汉代大部分歌舞艺人,都是通过这种途径流入城市并进入那些宫廷贵族家中的。

王翁须是在民间专人的培养下成为歌舞艺术人才,然后卖给宫廷的。还有另一种情况,就是许多富商大贾、达官显宦或皇亲贵戚之家,先看中一些姿色较好的少年男女,然后在自己家里进行培养。孝成皇后赵飞燕就是如此。据《汉书·外戚传》,赵飞燕本是长安城省中侍使官婢。初生之时,父母不喂养她,但是三天也没饿死,于是才收养了她。后与妹妹赵合德流入长安,沦为官婢。长大后,被赐给阳阿公主家,学歌舞,号曰飞燕。汉成帝微服出行,过阳阿主家,作乐,见赵飞燕而悦之,召入宫中,因而大幸。《后汉书·皇后纪下》记载,汉顺帝妃"陈夫人者,家本魏郡,少以声伎入孝王宫,得幸,生质帝"。可见,她也是民间歌舞艺人出身。

中国古代歌舞艺人的地位很低,自先秦就是如此。《史记·乐书》载师乙言:"乙,贱工也。"杜佑《通典·乐六》:"汉魏以来,(俗乐)皆以国之贱、隶为之。"对此,萧亢达曾做过比较详细的研究,他把汉代的俗乐乐人身份分为奴隶、庶民中的卑贱者和贫苦庶民三大类。在这三者当中,奴隶的地位最低。[①] 按汉代法律,奴隶被看成主人的财产,可以被买卖,可以被子女继承。《史记·扁鹊仓公列传》曾记有这样一件事:"济北王如臣意诊脉诸女子侍者,至女子竖,竖无病。臣意告永巷长曰:'竖伤脾,不可劳,法当春呕血死。'臣意言于王曰:'才人女子竖何能?'王曰:'是好为方,多伎能,为所是按法新,往年市之民所,四百七十万,曹偶四人。'"这里的竖本是济北王的侍女,善歌舞,为永巷才人,她与她的四个歌舞搭档是济北王花了四百七十万钱从民所中买来的。可见,当时的歌舞奴婢是可以随意买卖的。《史记·郦生陆贾列传》又说:"陆生常安车驷马,从歌舞鼓琴瑟侍者十人,宝剑直百金,谓其子曰:'与汝约,过汝,汝给吾人马酒食,极欲,十日而更。所死家,得宝剑四骑侍从者。'"陆贾明

---

① 参见萧亢达《汉代乐舞百戏艺术研究》,文物出版社,1991,第36~45页。

言他死之后，所有身边的财物包括歌舞侍者都可以被其子继承。至于庶民中的卑贱者和贫苦庶民身为歌舞艺人，在历史上的记载更多，他们的命运也好不了多少，王翁须、赵飞燕的故事可以看作是这些人命运的缩影。她们大多出身低贱，也随时可以沦为官婢，被人买卖。同时，为了谋求生存，艺人们从小就要受到良好的歌舞训练，这样才可能保证长大后顺利进入宫廷皇室、高官显宦或富商大贾之家。但因为他们大都是被买来的，所以即便是进入宫廷之后，他们的地位仍然低下，可以任人玩弄。像李夫人、赵飞燕那样有幸被帝王们赏识的，只是其中的极少数，大多数歌舞艺人的命运都是很悲惨的。

但我们却不能否认这些歌舞艺术人才对汉代歌诗的发展所做出的巨大贡献。从艺术生产的角度讲，当人类社会出现分工以后，各行各业都会出现专门化的人才，他们各自精通专门的技术，代表了各自行业的最高水平。早在先秦时期，中国社会就有了十分详细的分工，特别是在手工业领域，专门技术人才更是必不可少。如《周礼·冬官考工记》所说："凡攻木之工七，攻金之工六，攻皮之工五，设色之工五，刮摩之工五，搏埴之工二。"同样，在艺术生产领域里也是如此，在中国古代的史书中记载了著名的艺术人才，如著名的音乐家师襄、师旷，著名的歌唱家秦青，等等。正是由于有了这样一批专门的艺术人才，才有了中国古代歌舞艺术水平的飞速提高。汉代歌诗的生产也是如此。正是这批大都不知名的专业艺人，成了汉代歌诗的主要生产者，也是汉代歌诗最高艺术成就的体现者。但是，在以往的汉乐府研究中，我们对这一群体的重视却远远不够。一个重要的原因，是文献资料的不足。但更重要的原因是，我们并没有真正从社会分工的角度对这些艺术家的作用给予足够的重视。有幸的是，汉代的相关史书，给我们留下了一个这样的人物的简要事迹，让我们可以通过他来了解歌舞艺术人才对汉乐府的歌诗艺术生产所起的重要作用。这个人就是李延年。据《史记·佞幸列传》，其身世生平如下：

>　　李延年，中山人也。父母及身兄弟及女，皆故倡也。延年坐法腐，给事狗中。而平阳公主言延年女弟善舞，上见，心说之，及入永巷，而召贵延年。延年善歌，为变新声，而上方兴天地祠，欲造乐诗歌弦之。延年善承意，弦次初诗。其女弟亦幸，有子男。延年佩二千石印，号协声律。

按此记载，我们知道李延年出身于倡伎（也就是古代的歌舞艺人）世家，他的父母、兄弟及女儿都是倡伎出身。这说明倡伎在汉代已经是一种专门的职业，需要一代代的传承。李延年曾经受过腐刑，具体原因已不可考知。后来失去了他的职业，"给事狗中"，也就是在专门给皇帝养狗的部门有一个低下的职业。李延年的妹妹美丽而又善舞，由汉武帝的姐姐平阳公主推荐给了汉武帝，得到了汉武帝的宠幸。汉武帝当时正想重新确立新的郊祭天地的制度，需要歌舞艺人为郊祀之礼配乐，李延年也因此而贵幸。①

表面看起来，李延年的贵幸是因为妹妹的关系，但他有不凡的音乐才华也是重要的原因之一。历史给了他一个展现个人天赋的机会，而他也充分发挥了一个专业歌舞艺术家的才能，在汉代歌诗艺术生产发展方面做出了突出的贡献。这主要表现在以下几个方面。

---

① 按，《汉书·外戚传》对此的记载有些不同，其文曰："孝武李夫人，本以倡进。初，夫人兄延年性知音，善歌舞，武帝爱之。每为新声变曲，闻者莫不感动。延年侍上起舞，歌曰：'北方有佳人，绝世而独立，一顾倾人城，再顾倾人国。宁不知倾城与倾国，佳人难再得！'上叹息曰：'善！世岂有此人乎？'平阳主因言延年有女弟，上乃召见之，实妙丽善舞。由是得幸，生一男，是为昌邑哀王。李夫人少而蚤卒，上怜闵焉，图画其形于甘泉宫。……其后，上以夫人兄李广利为贰师将军，封海西侯，延年为协律都尉。……其后李延年弟季坐奸乱后宫，广利降匈奴，家族灭矣。"以此而论，似乎是李延年因为善歌舞先得幸于汉武帝而后才把他的妹妹介绍给汉武帝的。两相比较，笔者觉得还是《史记》所说更为可靠。原因有二：其一，《史记》在先而《汉书》在后；其二，《汉书》没有说李延年"作法腐，给事狗中"之事，直接说他因善于歌舞而得幸于汉武帝，这里有些疑问。

一是推动新声俗乐在汉代的发展,为汉代歌诗提供了新的形式。新声俗乐是主要用于观赏与娱乐的艺术,它与典雅庄重的雅乐是相对的。这种新声俗乐从战国以来开始流行,到汉代有了更大的发展。李延年作为出身于倡伎世家的歌舞艺术人才,自然对这种新声俗乐特别擅长。在宫廷得幸后,他首先把这方面的天赋发掘出来。据《汉书·外戚传》所记,说他"每为新声变曲,闻者莫不感动"。这里所说的"新声变曲",其代表就是《北方有佳人》:"北方有佳人,绝世而独立,一顾倾人城,再顾倾人国。宁不知倾城与倾国,佳人难再得!"语言通俗,声音流丽,歌曲通过"绝世""独立""倾城""倾国"这样夸张的手法来写佳人之美,还有观赏者不惜倾城与倾国的恋慕,可谓生动而又传神之极。由此我们可以看到这些新声变曲的特点。同时,与之相配的则是一首除了"宁不知"三个衬字之外,几乎是完整的五言诗。可见,李延年在汉代新声俗乐的传播以及五言这种新诗体的生成过程中,是有着开创之功的。

二是吸收异族音乐来创作汉代新的军乐,使之成为汉代歌诗艺术中的重要组成部分。据《古今注》:"横吹,胡乐也。张博望入西域,传其法于西京,唯得《摩诃》《兜勒》二曲。李延年因胡曲,更造新声二十八解,乘舆以为武乐,后汉以给边将,和帝时万人将军得用之。"① 这"二十八解"之内容今虽不知,但考郭茂倩《乐府诗集》卷二十一引《乐府解题》,魏晋以后尚传十曲,其名"一曰《黄鹄》、二曰《陇头》、三曰《出关》、四曰《入关》、五曰《出塞》、六曰《入塞》、七曰《折杨柳》、八曰《黄覃子》、九曰《赤之扬》、十曰《望行人》",并产生了大量的同题拟作。可见,李延年在吸收传播异域歌曲的过程中是起了重要作用的,对中国后世歌诗艺术的影响也是极大的。

---

① (西晋)崔豹:《古今注·音乐第三》,浙江人民出版社影印扫叶山房重编百子全书1919年石印本,1998年版,第1102页。

三是把新声俗乐用于郊祀之礼,促进了雅乐与俗乐的融合,提高了新声变曲在汉代的地位。按《史记》和《汉书》所记,汉武帝之所以启用李延年为协律都尉,一个重要的目的就是要为新制的郊祀之礼配乐。《史记·佞幸列传》说:"延年善歌,为变新声,而上方兴天地祠,欲造乐诗歌弦之。延年善承意,弦次初诗。"《史记·孝武本纪》:"其年,既灭南越,上有嬖臣李延年以好音见。上善之,下公卿议,曰:'民间祠尚有鼓舞乐,今郊祀而无乐,岂称乎?'公卿曰:'古者祠天地皆有乐,而神祇可得而礼。'或曰:'太帝使素女鼓五十弦瑟,悲,帝禁不止,故破其瑟为二十五弦。'于是塞南越,祷祠太一、后土,始用乐舞,益召歌儿,作二十五弦及空侯琴瑟自此起。"《汉书·礼乐志》也说:"乃立乐府,采诗夜诵,有赵、代、秦、楚之讴。以李延年为协律都尉,多举司马相如等数十人造为诗赋,略论律吕,以合八音之调,作十九章之歌。以正月上辛用事甘泉圜丘,使童男女七十人俱歌,昏祠至明。"可见,汉武帝时《郊祀歌》十九章的音乐都是李延年配作的。把新声俗乐用作国家的郊庙祭祀,这不能不说是李延年一次伟大的艺术创造,这对于提升新声俗乐的社会地位,促进新声雅乐二者的结合,都具有重要的意义。

四是把流传于民间下层的歌曲改造,以提升其艺术水平,使之成为艺术经典。我们知道,无论是古代还是现代,除了专业艺术家的艺术创作之外,社会上总还是流传着众多的民间歌曲。这些歌曲,虽然里面不乏可供琢磨的美玉,但大多数还处于民间的原生状态之下而有待于提升。纵观历朝历代流传下来的那些优秀的"民间歌曲",它们被写定的过程中总是有专业艺术家的功劳。汉代有两首著名的歌曲,一名《薤露》一名《蒿里》。崔豹《古今注》:"《薤露》、《蒿里》,并丧歌也。本出田横门人,横自杀,门人伤之,为作悲歌。言人命奄忽,如薤上之露,易晞灭也。亦谓人死魂魄归于蒿里。至汉武帝时,李延年分为二曲,《薤露》送王公贵人,《蒿里》送士大夫庶人。使挽柩者歌之，亦谓之挽歌。"谯周《法训》曰："挽歌者，汉高帝召田横，至尸乡自杀。从者不敢哭而不胜哀，故为挽歌以寄哀音。"《乐府解题》曰："《左传》云：'齐将与吴战于艾陵，公孙夏命其徒歌虞殡。'杜预云：'送死《薤露》歌即丧歌，不自田横始也。'"由此可见，《薤露》与《蒿里》这两首丧歌的原型来自于先秦时齐国的送丧歌，后来田横死后，门人也用齐地的丧歌来寄托对他的哀思。李延年正是在此基础上经过改编，创作了两首同一主题的歌曲，一曲用于送王公贵人，一曲用于送士大夫庶人，并使这两首歌曲成为经典。李延年为此做出的贡献也是重大的。

李延年是汉代无数歌舞艺人的杰出代表，仅仅从他的事迹中，我们就可以看出，如果没有这些优秀的歌舞艺人的存在，两汉歌诗的艺术成就，是不可能达到现在我们所看到的这样高水平的。

两汉社会以宫廷皇室、达官显宦、富商大贾为主的歌舞娱乐的消费需求，大大刺激了歌舞艺术的发展，促使汉代社会产生了大批以歌舞演唱为生的艺术生产者。这两者共同构成了汉代社会特殊的歌舞艺术生产关系，并由此极大地推动了两汉社会的歌舞艺术生产，从而出现了以相和为主的歌诗艺术。它再一次说明：自从人类进入阶级社会以后，艺术的发展与繁荣，从根本上便受制于社会生产的一般规律。是汉代社会的一般生产关系，决定了汉代社会的艺术生产关系。物质生产上的不平等分工与财富的不平等分配，紧接着便会造成在艺术生产上的不平等分工与精神享受上的不平等分配。艺术生产需要有一定的经济条件作基础，而两汉社会的大部分物质财富都由宫廷皇室、达官显宦、富商大贾们所占有，所以，他们自然就成了这个社会上歌舞艺术的主要消费者。而广大人民则被剥夺了和统治者完全一样的艺术消费的权利，不得不像奴隶般整日辛苦劳作，为了自己的生存而奔波。那些艺术家则成为供统治者歌舞享乐的工具，他们的艺术生涯，与其说是为了美的追求，不如说是为了生存的基本需要。同时，由于受整个社会物质生产水平的限制，两汉社会的歌舞艺术，尤其是专门艺术家的高水平的专业表演，还不可能普及到整个社会，只能被既富且贵的上层社会所垄断。这使广大劳动者也不可能得到观赏比较高水平的专业歌舞艺术表演的机会。正是这种特殊的生产消费关系，使我们在研究和认识汉代歌诗生产之时，不能不把更多的眼光投向宫廷贵族们的身上，真正高水平的大众艺术和市民艺术，在那个时代还是难以建立起来的。但是，和西周春秋以前的封建领主式的贵族社会相比，两汉地主制社会毕竟有了一定的历史进步。冲破了世卿世禄式的贵族社会的等级樊篱，新兴地主阶级的崛起，庞大的封建官僚社会机构和靠读书而仕进的文人阶层的诞生，城市商人的增加，市民阶层的出现等，都使汉代社会中有比先秦贵族社会更多的人可以加入这一歌舞艺术消费的行列中来。另外，整个社会生产力的提高和物质财富的增加，也可以使更多的人从事歌舞艺术的生产。而国家的空前统一、民族文化的大交融、对前代艺术遗产的更多继承等，也从不同方面丰富着两汉社会歌舞艺术的生产，并推动它向更高的水平发展。正是这一切，促成了两汉社会歌舞艺术的盛况。它以新的形式、新的内容，引导和满足着汉代社会的歌舞艺术消费，并为后世中国歌舞艺术的发展树立了新的典范。

第三章
乐官制度建设与乐府的兴废

本章提要：汉代乐官制度的建设，其核心是汉乐府的兴废问题。综合历史文献记载和出土文献可知，乐府在汉初就已经建立，并与太乐形成并立的格局。在汉初，它除了负责宫廷的娱乐活动之外，还承担着为《安世房中歌》配乐的职责。汉武帝进一步扩充乐府，命乐府利用"新声变曲"为国家郊祀之礼配乐，这在客观上等于承认了从先秦以来一直难登大雅之堂的世俗音乐（新声、郑声）的合法地位，并为其在汉代的发展铺平了道路。汉哀帝罢乐府，把国家的庙堂祭祀之乐重归太乐掌管，但是并不能阻止俗乐新声在汉代的继续发展，"乐府"从此成为汉代歌诗艺术的代名词。

两汉社会从宫廷到民间歌舞娱乐的繁荣，带来了汉代歌诗艺术的大发展。在这些"歌诗"产生的过程中，汉代一个重要的礼乐机关——乐府，起了重要作用。班固在《汉书·艺文志》中说："自孝武立乐府而采歌谣，于是有代赵之讴，秦楚之风，皆感于哀乐，缘事而发。亦可以观风俗、知薄厚云。"因此，后代的学者往往把汉代那些"歌诗"称为"乐府"或者"乐府诗"。也正因为如此，要研究并说明歌诗在汉代的产生、发展与繁荣，我们必须对汉代社会礼乐制度的建设和汉乐府的兴衰问题进行详细的考察。

第一节　太乐与乐府：汉初乐官制度的建设

我们知道，自三代以来，特别是周代社会礼乐文化建立起来之后，礼乐制度就成为中国古代封建社会政治制度的重要组成部分。周人之所以把乐统一于礼当中，其根本目的就是要强化乐的教化作用而弱化它的娱乐功能。按《周礼·春官宗伯》所记，作为国家的礼乐机关，它下属的乐官，主要承担的是国家各种典礼仪式中的音乐表演任务。但是到了秦汉时代，由于自春秋后期和战国以来俗乐的兴盛和礼乐制度的破坏，国家的礼乐机构建设发生了一些变化，根据音乐在社会生活中所扮演的角色，分由太常和少府两个机构来负责。下面，我们就从这两个方面分别考察一下汉初礼乐制度的建设情况。

在汉代太常与少府两分的礼乐机构中，从国家政治的角度来讲，最重要的当然是太常了，因为它掌管着宗庙祭祀雅乐。《汉书·百官公卿表》说：

> 奉常：秦官，掌宗庙礼仪，有丞。景帝中六年更名太常。属官有太乐、太祝、太宰、太史、太卜、太医六令丞，又均官、都水两长丞，又诸庙寝园食宫令长丞，有雍太宰、太祝令丞，五畤各一尉。又博士及诸陵县皆属焉。景帝中六年更名太祝为祠祀，武帝太初元年更曰庙祀，初置太卜。

第三章 乐官制度建设与乐府的兴废

掌管宗庙礼仪的官职为什么叫"奉常"或"太常"？应劭注曰："常，典也，掌典三礼也。"颜师古注："太常，王者旌旗也，画日月焉，王有大事则建以行，礼官主奉持之，故曰奉常也。后改曰太常，尊大之义也。"对此，班固在《汉书·礼乐志》中有更明确的解释：

> 《六经》之道同归，而《礼》、《乐》之用为急。治身者斯须忘礼，则暴嫚入之矣；为国者一朝失礼，则荒乱及之矣。人函天、地、阴、阳之气，有喜、怒、哀、乐之情。天禀其性而不能节也，圣人能为之节而不能绝也，故象天、地而制礼、乐，所以通神明，立人伦，正情性，节万事者也。

按以上所说，奉常一职之所以重要，主要因为它所掌管的是确立国家等级秩序和用以行教化的"礼"与"乐"。而礼乐的作用则首先是通过敬天法祖的宗教祭祀活动来实现的。王者功成作乐，成为历朝历代帝王的常例。汉高祖刘邦建国之初，自然也不例外。据《汉书·礼乐志》所记，汉高祖初即位，也做了同样的两件大事：第一是命令叔孙通制定朝仪制度；第二是让他制定新的宗庙乐。

> 汉兴，拨乱反正，日不暇给，犹命叔孙通制礼仪，以正君臣之位。高祖说而叹曰："吾乃今日知为天子之贵也！"以通为奉常，遂定仪法，未尽备而通终。

> 汉兴，乐家有制氏，以雅乐声律世世在大乐官，但能纪其铿锵鼓舞，而不能言其义。高祖时，叔孙通因秦乐人制宗庙乐。大祝迎神于庙门，奏《嘉至》，犹古降神之乐也。皇帝入庙门，奏《永至》，以为行步之节，犹古《采荠》、《肆夏》也。乾豆上，奏《登歌》，独上歌，不以管弦乱人声，欲在位者遍闻之，犹古

《清庙》之歌也。《登歌》再终，下奏《休成》之乐，美神明既飨也。皇帝就酒东厢，坐定，奏《永安》之乐，美礼已成也。

汉高祖即位之初，百废待兴，汉高祖就把定朝仪之礼和宗庙乐的制定当作两件重要的大事来做，可见礼乐制度的建设在封建社会里的确有着非同一般的重要意义。汉高祖命令叔孙通所建的朝仪制度与宗庙祭祀音乐虽然并不完善，却为汉朝初年礼乐制度的建设打下了很好的基础，汉惠帝、文帝、景帝三朝，在这方面基本上再没有大的变化。

汉代少府中的乐官建设问题，很少受到后代学人的关注，而这一问题对于我们来讲却至关重要。因为它不仅关系到汉代乐府究竟建立于何时的问题，也关系到如何认识新声俗乐在汉代的发展问题。《汉书·百官公卿表》说：

> 少府，秦官，掌山海池泽之税，以给共养，有六丞。属官有尚书、符节、太医、太官、汤官、导官、乐府、若卢、考工室、左弋、居室、甘泉居室、左右司空、东织、西织、东园匠十六官令丞，又胞人、都水、均官三长丞，又上林中十池监，又中书谒者、黄门、钩盾、尚方、御府、永巷、内者、宦者八官令丞。诸仆射、署长、中黄门皆属焉。武帝太初元年更名考工室为考工，左弋为佽飞，居室为保宫，甘泉居室为昆台，永巷为掖廷。佽飞掌弋射，有九丞两尉，太官七丞，昆台五丞，乐府三丞，掖廷八丞，宦者七丞，钩盾五丞两尉。

应劭注："名曰禁钱，以给私养，自别为藏。少者，小也，故称少府。"颜师古注："大司农供军国之用，少府以养天子。"可见，少府这一机构也是从秦代开始设立的，其职能就是掌管宫廷生活中的诸项事务——包括衣食住行等，其中也包括宫廷中的音乐，而这在汉初

第三章　乐官制度建设与乐府的兴废

主要是靠乐府。

"乐府"这一机构属于少府,按班固所说是继承秦制,说明秦代已经有"乐府"这一名称了,但是由于班固在《汉书·艺文志》里说过"自孝武立乐府而采歌谣",在《汉书·礼乐志》中又说"至武帝定郊祀之礼,……乃立乐府",因而有的学者又把立乐府的时间定为汉武帝时代。① 随着1977年在考古中发现了刻有"乐府"二字的秦代错金甬钟之后,关于"乐府"之名始于汉代的说法被彻底打破,有的学者据此而重新思考乐府创设的时间问题,并认为秦代已有乐府之制。② 另外,1983年秋在广州象岗西汉前期墓中出土的刻有"文帝九年乐府工造"(南越王文帝九年当汉武帝元光六年,即公元前129年)的8件编乐句鑃,以及由山东出土的西汉早期"齐乐府印"封泥一枚,也同时证明在西汉初年就有乐府这一事实。③ 回头再看《史记·乐书》《汉书·百官公卿表》等文献,可知乐府始于秦代,应是不争的事实。不过,对此时乐府的主要职能,人们却有不同看法。如刘永济曾说:"考百官公卿表:奉常,掌宗庙礼仪,属官有太乐令丞。少府,掌山海池泽之税,以给供养。属官有乐府令丞。二官判然不同。盖郊庙之乐,旧隶太乐。乐府所掌,不过供奉帝王之物,侪于衣服宝货珍膳之次而已。"④ 而李文初则认为,在汉武帝以前,"乐府"主要是一个负责制造乐器的官署,而不是掌管音乐的机构。因为据《汉书·百官公卿表》,乐府属于少府,而少府下属的十六个官署均为朝廷聚敛、制作与供养而设,乐府设在上林苑里,也是一个制作乐器的工官。⑤ 刘永济和李文初只就

---

① 关于这个问题的讨论,参见赵敏俐《汉武帝立乐府的文学艺术史意义》一文,原载《社会科学战线》2001年第5期,后收入《周汉诗歌综论》,学苑出版社,2002。
② 参见寇效信《秦汉乐府考略》,《陕西师范大学学报》1978年第1期。
③ 按,"齐乐府印",据陈直考证其为公元前153～前132年在位的齐懿王时物,见陈直《文史考古论丛》,天津古籍出版社,1988,第345页。
④ 刘永济:《十四朝文学要略》,黑龙江人民出版社,1984,第92页。
⑤ 李文初:《汉武帝之前乐府职能考》,《社会科学战线》1986年第3期,此处引自李著《汉魏六朝文学研究》,广东人民出版社,2000,第57～69页。

《百官公卿表》的话进行分析，看似有一定道理，但是并不符合事实。而孙尚勇为了证明汉初中央政府里没有乐府，采用的方式竟然是把相关的历史文献记载全部否定，同时割断了这些出土文物与汉初乐府机构之间的联系，这种论证方法殊不可取。① 其实，汉初隶属于少府的乐府，它所承担的职能绝不仅仅是"供奉帝王之物"，乐府也不仅仅是制作乐器的机构，而是全面负责宫廷内部各种礼仪用乐的一个内廷机构。对此，历史上有好多相关的记载。当代学者萧涤非、张永鑫等人都有相关的论述，做了比较详细的考证。② 在此，我们再做如下考证。

首先我们来分析汉初太常所辖太乐与少府所管乐府的职能。我们知道，根据《汉书·百官公卿表》，汉代的奉常主要掌管宗庙礼仪，其中所用之乐都由太乐官负责。而少府中的乐府究竟承担什么职能并没有写明。根据《汉书·礼乐志》的记载，汉初奉常所掌管的宗庙乐，一是由乐家制氏传下来已"不能言其义"，只是"岁时以备数"的"雅乐"。二是叔孙通因秦乐人而制的宗庙乐。三是"大抵皆因秦人旧事"而略加改造的宗庙乐舞，如高庙奏《武德》《文始》《五行》

---

① 按，本来《史记》《汉书》等相关历史文献记载与刻有"乐府"二字的乐器与封泥相继在西安、广州与山东出土，已经从多个方面证明了汉初已经设立乐府这一事实。可是，孙尚勇为了论证汉初没有乐府，竟然能把这些丰富的材料全部否定，殊使人感到诧异。他所采用的论证方式是：其一，把《史记·乐书》、应劭《风俗通》、贾谊《新书》的有关材料全部否定，或者认为它们后出，或者认为它们是伪作，或者认为经过后人改动，一概不予采信。但是看他所列理由，均属猜测或推论，并无坚实证据，这是不能成立的。其二，认为南越王墓中出土的铜句鑃虽有"乐府"二字，但这是南越王国受秦文化影响的结果，而与汉文化无关。事实上，汉文帝时陆贾出使南越，就曾恢复两国之间的往来，以后南越王与汉朝的来往并未中断，那么，南越王文帝亦即汉武帝时期刻有"乐府工造"的乐器，怎么能证明它不是受汉文化的影响而是受秦文化影响的呢？其三，在对待齐官泥印封的问题上，孙尚勇的理由是此封泥经陈直考证为齐懿王（前153～前132年）时物，与孙尚勇本人所考"西汉初期无乐府官署不合"，所以就不予采信。一个尊重历史的学者应该是在客观事实面前修正自己的观点，而不应该是因为与自己的观点不合就否定之。这里涉及如何考证古史，以及如何认定古文献真伪的问题，不能不辨，故略陈数言。其实，近人王国维、当代学者李学勤对此都有精辟的论述，可以参看。孙尚勇考辨详见其《乐府文学文献研究》，人民文学出版社，2007，第45～56页。

② 按，此处可参考萧涤非《汉魏六朝乐府文学史》，人民文学出版社，1984，第5页；张永鑫《汉乐府研究》，江苏古籍出版社，1992，第45～52页。

之舞；孝文庙奏《昭德》《文始》《四时》《五行》之舞；孝武庙奏《盛德》《文始》《四时》《五行》之舞。记载得非常清楚。可是该文献中还记载："又有《房中祠乐》，高祖唐山夫人所作也。周有《房中乐》，至秦名曰《寿人》。凡乐，乐其所生，礼不忘本。高祖乐楚声，故《房中乐》，楚声也。孝惠二年，使乐府令夏侯宽备其箫管，更名曰《安世乐》。"根据这段话，我们可知，由高祖唐山夫人所作的《房中祠乐》也就是《安世乐》，不由奉常中的太乐掌管，而由少府中的乐府掌管。

那么，为什么《安世乐》不由太乐掌管而由乐府掌管呢？这是由《安世乐》的性质决定的。《汉书》中所说高祖唐山夫人的《房中祠乐》，有两个特点：其一是它乃是用楚声演唱的，这体现了汉高祖"乐其所生，礼不忘本"的思想；其二是它继承了周代《房中乐》的传统。我们知道，《安世乐》最初名为《房中祠乐》，它是由周代的《房中乐》而来。关于房中乐，《周礼》《仪礼》《毛传》等文献中都有记载，前人对此也多有研究，如汉人郑玄、唐人贾公彦、清人孙诒让等在《周礼》《仪礼》相关注疏中对此都有过考证。按，《周礼·磬师》云："教缦乐燕乐之钟磬。"郑玄注云："燕乐，房中之乐。"《磬师》又云："凡祭祀飨食，奏燕乐。"又云："凡祭祀宾客，舞其燕乐。"郑注"教缦乐、燕乐之钟磬"云："二乐皆教其钟磬。"《仪礼·燕礼》："与四方之宾燕，有房中之乐。"郑注："弦歌《周南》《召南》之诗，而无钟磬之节。"贾公彦释之曰："房中乐得有钟磬者，待祭祀而用之，故有钟磬也，房中及燕，则无钟磬也。"萧涤非据此分析，房中乐又名燕乐，原有两用，一用之祭祀，为娱神之事；一用于飨食宾客，为娱人之事。而其分别，则在有无钟磬之节。而房中乐适与此相合。① 钱志熙对此也有详细考证，他的结论

---

① 萧涤非：《汉魏六朝乐府文学史》，第34~35页。

是:"周之房中乐,为国君夫人之燕乐,但其中也有房中祭祀之乐。后妃夫人,不仅侍御君子时用乐,祭祀之时亦用乐。高祖姬人唐山夫人以后宫材人之身份,制作《房中祠乐》,实援上述数种意思为依据,其'房中'一义,实兼有后妃夫人之房中与'祖庙'祠堂之'房中'两义。"① 以此而言,汉初高祖唐山夫人所作的《房中乐》,既可用于祭祀,亦可用于燕乐宾客,它在汉初不归奉常中的太乐掌管,而是由少府中的乐府掌管,用于宫廷的祭祀与燕乐,自然是再正当不过的事情。正因为如此,到汉惠帝时,才有"使乐府令夏侯宽备其箫管"之说。现存的《安世房中歌》正是《安世乐》的歌词,它在里面提到"高张四县,乐充宫庭",也正是它属于宫廷之乐的明证。

作为汉代内廷机构的乐府,不仅掌管房中之乐,而且还掌管宫廷中用于观赏享乐的俗乐。对此,相关历史文献中也有记载。

> 若使者至也,上必使人有所召客焉。令得召其知识,胡人之欲观者勿禁。令妇人傅白墨黑,绣衣而侍其堂者二三十人,或薄或掾,为其胡戏以相饭。上使乐府幸假之但〔倡〕乐,吹箫鼓鞀,倒挈、面者更进,舞者、蹈者时作,少闲击鼓,舞其偶人。②

贾谊《新书·匈奴》中明确地记载了汉文帝宫中有乐府掌管俗乐之事。而《后汉书·南蛮传》又记:

> 阆中有渝水,其人多居水左右,天性劲勇,俗喜歌舞,高

---

① 钱志熙:《周汉"房中乐"考论》,《文史》2007年第2期,第58页。
② (西汉)贾谊:《新书·匈奴》,王洲明、徐超:《贾谊集校注》,第141页。按,此处原文中为"但乐",据孙诒让说应为"倡乐"。

祖观之曰："此武王伐纣之歌也。"乃命乐人习之，所谓《巴渝舞》也。

相同的材料，又见及《汉书》和《晋书》①，以上诸书所说的西汉巴渝之舞，亦属于俗乐范畴，它们为汉高祖所喜爱，自然也当由乐府掌管。由此，我们可以确定，汉初不但有乐府存在，而且还掌管着宫廷中的《安世乐》以及供宫廷观赏享乐的各类俗乐。

我们说汉初宫廷中有掌管俗乐的乐府机构，除了历史上有大量的文献记载外，还可以通过相关的研究来推断它。我们知道，自汉初始，宫廷的歌舞娱乐之风就非常兴盛。汉高祖爱楚声，高祖唐山夫人以楚声而作《安世房中歌》，高祖的宠妃戚夫人能歌善舞，楚歌楚舞在宫廷中非常流行，以后自汉文帝、景帝到汉武帝都是如此。这些宫廷中的歌舞，大都以娱乐为主，是俗乐而不是雅乐，本不该由奉常中的太乐官掌管，而应该由内廷的相关机构来具体负责，隶属于少府的乐府自然就应该承担着这样的职能。而乐府就绝不可能是只掌管乐器制作的一个作坊。事实上，无论是周代还是秦代，雅乐俗乐都有存在理由，都有相关的国家音乐机构来掌管。汉代自然也是这样。所以，在汉初国家的乐官制度建设中，既有隶属于奉常的太乐来掌管宗庙乐，也有隶属于少府的乐府来掌管宫廷的其他音乐，乃是常理。我们在第二章中所引贾谊在《新书·官人》中的一段话就是一个很好的证据。

其实，再深入考察，在汉代社会的实际生活中，雅乐所起的作用

---

① 关于巴渝舞，还有以下文献记载。《汉书·礼乐志》"巴、俞鼓员三十六人"句下颜师古注："当高祖初为汉王，得巴、俞人，并趫捷善斗，与之定三秦，灭楚，因存其武乐也。巴俞之乐，因此始也。"《汉书·西域传》颜师古注："巴俞之人，所谓賨人也。劲锐善舞，本从高祖定三秦有功，高祖喜观其舞，因令乐人习之，故有巴俞之乐。"《晋书·乐志上》："汉高祖自蜀汉将定三秦，阆中范因率賨人以从帝，为前锋。及定秦中，封因为阆中侯，复賨人七姓。其俗喜舞，高祖乐其猛锐，数观其舞，后使乐人唱之。阆中有渝水，因其所居，故名曰《巴渝舞》。舞曲有《矛渝本歌曲》、《安弩渝本歌曲》、《安台本歌曲》、《行辞本歌曲》，总四篇。"

远不及俗乐。对于平常百姓来讲，那些用于国家宗庙祭祀活动的雅乐距离他们的日常生活非常遥远，他们平常所用的音乐基本上都是俗乐。就是对于帝王而言，雅乐不过是在国家的各种政治宗教场合应用的礼仪之乐，在日常生活中也是以俗乐为主的。如果我们再进一步分析，就会知道，即便是在汉初以俗乐为主的内廷音乐活动中，也还有乐府参与的和掖庭参与的两种不同情况。根据汉初乐官建制，属于少府的乐府机关设立在上林之中，它所掌管的主要是皇帝宫中的燕乐，比如《巴渝舞》《安世乐》之类。至于贾谊所说的"薰服之乐"，则是由掖庭女乐来掌管的。掖庭在秦代名永巷，本是宫中嫔妃所居之处。同时它又是宫中官署之名，掌管后宫嫔妃之事。《汉书·百官公卿表》记有"乐府三丞，掖庭八丞"，同属于少府。在这掖庭八丞之中，就有掌管女乐之人。班固记载汉乐府的情况是："内有掖庭材人，外有上林乐府，皆以郑声施于朝廷。"（《汉书·礼乐志》）这里把上林乐府与掖庭材人对举，正说明在宫廷当中这二者是有分别的。

掖庭材人从本质上讲是为帝王后宫娱乐所用，在两汉社会歌舞艺术的发展史上占有重要地位。之所以如此，是因为在中国早期专制社会里，由于受到等级制的限制，剩余物质财富相对集中于朝廷，艺术生产与消费的主要方式就是寄食式的生产与特权式的消费，在这其中，王室宫廷的特权式消费又是具有代表性的。这一点，我们在第二章已有过介绍。如此频繁、盛大的歌舞娱乐活动的存在，说明汉代王室宫廷内部的掖廷材人有一支庞大的队伍，也一定有相当严密的管理组织。遗憾的是，我们现在看到更多的是相关歌舞娱乐盛况的记载，至于其具体的组织管理机构设置情况的相关记载却并不多见，只能据现有的材料进行钩稽，此处不再详论。①

---

① 参见许继起《秦汉乐府制度》，"掖庭女乐考"一章，扬州大学博士学位论文，2002。

以上，我们以充分的证据证明了西汉初年国家乐官制度建设中太乐与乐府两分这一重要事实，从而说明，乐府在汉初就已存在乃是不争的事实。这一现象，与汉初宫廷歌舞娱乐之风盛行的现象也是相互吻合的，是不能否定的。同时，也正是因为汉初的少府中已有乐府官署的存在，才有了汉武帝在此基础上扩充乐府（亦即"立乐府"）的可能。

第二节　汉武帝扩充乐府的艺术生产史意义

在中国文学史和艺术史上，汉武帝扩充乐府是一件大事，对此后的中国诗歌史与音乐史都产生了深远的影响。而要认识这个问题，我们就要说明汉武帝何以要扩充乐府。在承认汉初已有乐府的前提下，关于汉武帝时代的"立乐府"到底是重建还是扩充的问题，今人也有争论，笔者认为应该视为扩充。这包括两方面的意义，其一是扩大其规模，其二是扩大其职能。

关于汉武帝"立乐府"的前前后后，在《汉书·礼乐志》中曾有简要的记录。

> 至武帝定郊祀之礼，祠太一于甘泉，就乾位也；祭后土于汾阴，泽中方丘也。乃立乐府，采诗夜诵，有赵、代、秦、楚之讴。以李延年为协律都尉，多举司马相如等数十人造为诗赋，略论律吕，以合八音之调，作十九章之歌。以正月上辛用事甘泉圜丘，使童男女七十人俱歌，昏祠至明。夜常有神光如流星止集于祠坛，天子自竹宫而望拜，百官侍祠者数百人皆肃然动心焉。

根据这段记载我们知道，汉武帝"立乐府"，是与他制定郊祀之礼有关联的。可见，要认识汉武帝何以要"立乐府"亦即扩充乐府，我们首先应该弄清楚汉武帝何以要定郊祀之礼。郊祀之礼本是以祭祀天地为主的宗教活动，属于国家的大礼。早在商周时代，统治者就把制礼作乐视为朝廷中的大事。《汉书·礼乐志》开篇说："《六经》之道同归，而《礼》、《乐》之用为急。治身者斯须忘礼，则暴嫚入之矣；为国者一朝失礼，则荒乱及之矣。"汉人也是这样。刘邦刚得到天下，就急着制定礼仪："汉兴，拨乱反正，日不暇给，犹命叔孙通制礼仪，以正君臣之位。"接着，又命他"因秦乐人制宗庙乐"。① 叔孙通所制的宗庙乐，专为宗庙祭祀之用，包括《嘉至》《永至》《登歌》《休成》《永安》等五首歌曲，从迎神庙门到祭祀礼成，成为一套完整的乐曲。此外，汉代帝王宗庙中常奏的还有《武德》《文始》《五行》《四时》之舞，《昭容》《礼容》之乐。

但是据《史记·乐书》和《汉书·礼乐志》来看，在汉高祖时创制的宗庙雅乐和朝廷燕乐还很不完善，特别是对于朝廷来讲更为重要的是以祭祀天地为核心的郊祀之乐，基本上因袭秦人旧俗。据《汉书·郊祀志》所记："高祖二年，东击项籍而还入关，问：'故秦时上帝祠何帝也？'对曰：'四帝，有白、青、黄、赤帝之祠。'高祖曰：'吾闻天有五帝，而四，何也？'莫知其说。于是高祖曰：'吾知之矣，乃待我而具五也。'乃立黑帝祠，名曰北畤。有司进祠，上不亲往。悉召故秦祀官，复置太祝、太宰，如其故仪礼。因令县为公社。下诏曰：'吾甚重祠而敬祭。今上帝之祭及山川诸神当祠者，各以其时礼祠之如故。'"刘邦打下天下以后，"长安置祠祀官、女巫。其梁巫祠天、地、天社、天水、房中、堂上之属；晋巫祠五帝、东君、云中君、巫社、巫祠、族人炊之属；秦巫祠社主、巫保、族累之属；荆巫祠堂下、巫先、司命、施糜之属；九天巫祠九天：皆以岁时祠宫中。其河巫祠河于临晋，而南

---

① 《汉书·礼乐志》："高祖时，叔孙通因秦乐人制宗庙乐。大祝迎神于庙门，奏《嘉至》，犹古降神之乐也。皇帝入庙门，奏《永至》，以为行步之节，犹古《采荠》、《肆夏》也。乾豆上，奏《登歌》，独上歌，不以管弦乱人声，欲在位者遍闻之，犹古《清庙》之歌也。《登歌》再终，下奏《休成》之乐，美神明既飨也。皇帝就酒东厢，坐定，奏《永安》之乐，美礼已成也。名曰《安世乐》。"

山巫祠南山、秦中。"可见，汉高祖虽然说自己"甚重祠而敬祭"，但是并没有创建新的郊祀制度，只不过沿袭旧俗，"今上帝之祭及山川诸神当祠者，各以其时礼祠之如故"而已。文景之世，国运逐渐强盛，遂有了制礼作乐方面的新举措，《汉书·郊祀志》又记载："鲁人公孙臣上书曰：'始秦得水德，及汉受之，推终始传，则汉当土德，土德之应黄龙见。宜改正朔，服色上黄。'时丞相张苍好律历，以为汉乃水德之时，河决金堤，其符也。年始冬十月，色外黑内赤，与德相应。公孙臣言非是，罢之。明年，黄龙见成纪。文帝召公孙臣，拜为博士，与诸生申明土德，草改历、服色事。其夏，下诏曰：'有异物之神见于成纪，毋害于民，岁以有年。朕几郊祀上帝诸神，礼官议，毋讳以朕劳。'有司皆曰：'古者天子夏亲郊祀上帝于郊，故曰郊。'于是，夏四月文帝始幸雍郊见五畤，祠衣皆上赤。赵人新垣平以望气见上，言'长安东北有神气，成五采，若人冠冕焉。或曰东北，神明之舍；西方，神明之墓也。天瑞下，宜立祠上帝，以合符应。'于是作渭阳五帝庙，同宇，帝一殿，面五门，各如其帝色。祠所用及仪亦如雍五畤。明年夏四月，文帝亲拜霸渭之会，以郊见渭阳五帝。五帝庙临渭，其北穿蒲池沟水。权火举而祠，若光辉然属天焉。于是贵平至上大夫，赐累千金。而使博士诸生刺《六经》中作《王制》，谋议巡狩封禅事。文帝出长门，若见五人于道北，遂因其直立五帝坛，祠以五牢。"以此可见，关于郊祀之礼的制定，自汉初高祖到文帝时期虽然代有所立，但它基本上是以祭祀先秦的五帝为核心。可是，到了汉武帝时期，国运空前兴盛，这种以祭祀五帝为核心的郊祀之礼已经不能满足政治统治的需要，所以汉武帝就必然要重新制定郊祀之礼。这正如《汉书·礼乐志》中所说："王者未作乐之时，因先王之乐以教化百姓，说乐其俗，然后改作，以章功德。"

汉武帝之所以要重定郊祀之礼，最重要的原因，就是要确立"太一"这一至上神在国家祭祀中的核心地位。从而借助宗教神学，来加强自己的中央集权统治。

本来，中国古代早就有祭祀上帝的传统，这上帝也就是最高天神。可是，受春秋战国时代诸侯割据政治局面和先秦地域文化的影响，实际上自春秋以来华夏各国所祭祀的至上神是不一样的。楚祭东皇太一，秦从文公时起祭白帝，宣公时又祭青帝，灵公时又祭黄帝和炎帝。汉初刘邦正是根据这一宗教神学传统而增立黑帝祠，以确立自己受命于天的位置。但是我们知道，这种五帝并立的观念，其宗教神学的基础乃是自战国后期开始流行的"五德终始"学说。按这种学说推论，刘邦能够享有天下乃是五德轮回的必然结果，这在刘邦初定天下之时具有重要意义。但是按这种五德终始学说继续推衍，大汉帝国说不定到哪一天也会像秦王朝一样被另一个新的王朝所取代。显然，由于这种理论所带有的先天性缺陷，当大汉帝国大一统的局面已经形成，而国家分裂的危险仍然存在的时候，这种神学理论就显得有些不合时宜了。所以，当汉武帝即位之后，重新建立宗教神学体系就成为意识形态领域里的一项重要任务。也正是在这个时候，太一神应运而生。《史记·封禅书》对此有详细的叙述。

亳人谬忌奏祠太一方，曰："天神贵者太一，太一佐曰五帝。古者天子以春秋祭太一东南郊，用太牢，七日，为坛开八通之鬼道。"于是天子令太祝立其祠长安东南郊，常奉祠如忌方。其后人有上书，言"古者天子三年壹用太牢祠神三一：天一、地一、太一"。天子许之，令太祝领祠之于忌太一坛上，如其方。后人复有上书，言"古者天子常以春解祠，祠黄帝用一枭破镜；冥羊用羊祠；马行用一青牡马；太一、泽山君地长用牛；武夷君用乾鱼；阴阳使者以一牛"。令祠官领之如其方，而祠于忌太一坛旁。

其秋，上幸雍，且郊。或曰"五帝，太一之佐也，宜立太一而上亲郊之"。上疑未定。

上遂郊雍，至陇西，西登崆峒，幸甘泉。令祠官宽舒等具太一祠坛，祠坛放薄忌太一坛，坛三垓。五帝坛环居其下，各如其方，黄帝西南，除八通鬼道。太一，其所用如雍一畤物，而加醴枣脯之属，杀一狸牛以为俎豆牢具。而五帝独有俎豆醴进。其下四方地，为醊食群神从者及北斗云。已祠，胙余皆燎之。其牛色白，鹿居其中，彘在鹿中，水而洎之。祭日以牛，祭月以羊彘特。太一祝宰则衣紫及绣。五帝各如其色，日赤，月白。

十一月辛巳朔旦冬至，昧爽，天子始郊拜太一。朝朝日，夕夕月，则揖；而见太一如雍郊礼。其赞飨曰："天始以宝鼎神策授皇帝，朔而又朔，终而复始，皇帝敬拜见焉。"而衣上黄。其祠烈火满坛，坛旁烹炊具。有司云"祠上有光焉"。公卿言"皇帝始郊见太一云阳，有司奉瑄玉嘉牲荐飨。是夜有美光，及昼，黄气上属天"。太史公、祠官宽舒等曰："神灵之休，佑福兆祥，宜因此地光域立太畤坛以明应。令太祝领，秋及腊间祠。三岁天子一郊见。"……

由此可见，汉武帝定郊祀之礼，也有一个渐进的过程，其核心内容就是把汉初的五帝共祀变为太一独尊，是从宗教神学的角度确立大一统的大汉帝国的地位与尊严，目的是进一步巩固汉帝国的统治。这是当时朝廷中的大事，甚至也是整个汉代历史中的一件大事。

既然汉武帝定郊祀之礼是当时的一件大事，按汉朝的制度，相关的具体事务自然应该由奉常负责，具体到郊祀用乐则应该由其下属太乐官掌管，何以要扩充乐府的职能呢？其中一个最直接的原因是汉初的太乐官署已经不能适应这种重新制礼作乐的需要。我们知道，早自三代时起，中国的宗庙礼乐就有专人掌管，这一制度具有相当强的历史延续性。但是到了汉初，自先代留传下来的雅乐早已残缺不全，"汉兴，乐家有制氏，以雅乐声律世世在大乐官，但能纪其铿锵鼓舞，而不能言其义"（《汉书·礼乐志》）。所以，汉武帝扩充乐府，也就是扩大它的职能，为郊祀之礼配新的音乐，也就成为历史的必然。这说明，汉武帝时所"立"的乐府，在一定程度上承担了太乐官署的职能。

除了汉初的太乐官不能承担为郊祀之礼配乐的任务之外，汉武帝用乐府掌管郊祀之乐，还有两个原因：第一，他要重用宠臣李延年；第二，他要用新声俗乐为郊祀太一配乐。对此，《史记·封禅书》和《佞幸列传》都有记载：

> 其春，既灭南越，上有嬖臣李延年以好音见。上善之，下公卿议，曰："民间祠尚有鼓舞乐，今郊祀而无乐，岂称乎？"公卿曰："古者祠天地皆有乐，而神祇可得而礼。"或曰："太帝使素女鼓五十弦瑟，悲，帝禁不止，故破其瑟为二十五弦。"于是塞南越，祷祠太一、后土，始用乐舞，益召歌儿，作二十五弦及空侯琴瑟自此起。

> 李延年，中山人也。父母及身兄弟及女，皆故倡也。延年坐法腐，给事狗中。而平阳公主言延年女弟善舞，上见，心说之，及入永巷，而召贵延年。延年善歌，为变新声，而上方兴天地祠，欲造乐诗歌弦之。延年善承意，弦次初诗。其女弟亦幸，有子男。延年佩二千石印，号协声律。与上卧起，甚贵幸，埒如韩嫣也。

《汉书·礼乐志》也说：

> 至武帝定郊祀之礼，祠太一于甘泉，就乾位也；祭后土于汾阴，泽中方丘也。乃立乐府，采诗夜诵，有赵、代、秦、楚之

讴。以李延年为协律都尉,多举司马相如等数十人造为诗赋,略论律吕,以合八音之调,作十九章之歌。以正月上辛用事甘泉圜丘,使童男女七十人俱歌,昏祠至明。夜常有神光如流星止集于祠坛,天子自竹宫而望拜,百官侍祠者数百人皆肃然动心焉。

汉武帝要扩大乐府的职能,让它承担为郊祀之礼来配乐的任务,势必也要相应地扩大乐府的规模。由以上记载我们可以知道,为配合郊祀之礼,汉武帝起码做了以下几件事情:第一,他任命当时以好"新声变曲"而闻名的音乐家李延年掌管乐府;第二,他前后举用司马相如等数十位大文人来制作新的颂神歌诗,略论律吕,以合八音之调,作十九章之歌;第三,他又派人采集各地歌诗,用以夜诵,并召歌儿七十人演练歌舞,作二十五弦及箜篌琴瑟。至此,我们完全有理由认为,班固在《汉书·礼乐志》中之所以有"乃立乐府"之说,正是要特别强调汉武帝时代对乐府机构职能和规模的重新扩充这一点,而不是强调它是前所未有的制度首创。

在中国历史上,王者功成而作乐的事情并不少见,中国后世封建社会的每一个朝代,几乎都要有新的宗庙祭祀礼乐的制作,可是为什么独独汉武帝为配合郊祀乐的制作而对乐府进行扩充这件事,后世的学者们特别关注呢?

一段时期以来,人们一直这样认为,汉武帝"立乐府"对中国文学的最大贡献,是"大规模的收集民歌","在客观上也起了保存民歌的作用"。① 这些说法看起来有一定道理,却经不起认真推敲。这是因为,仔细阅读《汉书》原文我们就会发现,汉武帝采歌谣的主要目的并不是为了娱乐,而是为了"夜诵",为了以其为参考来制作新的

---

① 刘大杰:《中国文学发展史》,上海古籍出版社,1982,新1版,第198页;游国恩等主编《中国文学史》,人民文学出版社,1963,第183页。

颂神歌。既然如此，那么所谓汉武帝"立乐府"在文学史上的贡献就是"大规模的收集民歌"，"在客观上也起了保存民歌的作用"等说法，无论从汉乐府在当时所承担的功能方面讲还是从它的客观作用方面讲，都不是非常准确的。正是有鉴于此，近年来有的学者就提出了完全相反的看法。如姚大业说："'乐府'官署里面采集全国各地的民歌，是为了制乐的需要；同时，我们在史籍里又找不到汉武帝观赏民歌的具体事件，这就很难说它对我国文学的发展起过什么积极的作用。"①张永鑫进一步指出："汉武帝时代乐府的采诗，其中有一个内容，则是选择那些适合用于郊祀祭仪的曲调与曲辞，或加改制，或创新曲，而这两方面都与民间性质的关系不大。把'采诗夜诵，有赵、代、秦、楚之讴'全部当作是采集民歌和保存民歌，那完全是一种误解。"同时，张永鑫还指出："考察一下班固在《汉书·艺文志》中所录的关于冠有地名的歌诗的性质问题。可以比较肯定地说，这类歌诗其实大多不具有民间性质。"②

关于汉武帝是否采集"民歌"的问题，笔者基本上同意张永鑫的看法。同时再提出一点补证：仔细研究历史文献我们即知，班固在《汉书·礼乐志》里的原话是"乃立乐府，采诗夜诵，有赵、代、秦、楚之讴"。《汉书·艺文志》里的原话是"自孝武立乐府而采歌谣，于是有代赵之讴，秦楚之风"。说明汉乐府所采的是"诗"与"歌谣"，而不是"民歌"。无论古今，"诗"与"民歌"都不是同一概念。而"歌谣"一词的含义，古今也有很大的区别。《韩诗章句》云："有章曲曰歌，无章曲曰谣。"《毛传》："曲和乐曰歌，徒歌曰谣。"可见当时人所说的"歌谣"，所指的不过是用或者和乐或者徒歌的两种方式表演的歌曲，并不等同于我们今天所说的"民歌"。③

---

① 姚大业：《汉乐府小论》，百花文艺出版社，1984，第4页。
② 张永鑫：《汉乐府研究》，第63页。
③ 此处参见赵敏俐《汉代诗歌史论》，吉林教育出版社，1995，第29页。

因此，我们不要一看到班固说过"采歌谣"的话，就把它当成了"采集民歌"。这多少有点望文生义之嫌，对历史文献的理解是不准确的。

那么，否定了所谓汉武帝"大规模的收集民歌"，"在客观上也起了保存民歌的作用"等说法，我们是不是就否定了汉武帝扩充乐府这件事在中国文学艺术史上的意义了呢？在这一点上，笔者又不同意姚大业和张永鑫的观点。笔者以为，汉武帝扩充乐府这一事件在中国文学艺术发展史上的巨大意义及其产生的重大影响不容否定，但这主要不是因为汉乐府采集或保存了民歌，而是因为汉武帝扩充乐府的这一举措，客观上适应了中国古代歌诗艺术发展的趋势，并且对歌诗艺术的发展有巨大的推动作用。对此，我们可以从以下两个方面来认识。

（1）汉武帝利用"新声变曲"为郊祀之礼配乐，客观上等于承认了从先秦以来就一直难登大雅之堂的世俗音乐——新声（郑声）的合法地位，这为其在汉代顺利地发展铺平了道路。

新声又名郑声，本是春秋后期发展起来的一种世俗艺术，因为它无论从演唱形式到内容都不符合传统的雅乐精神，所以孔子就曾对它深恶痛绝："恶紫之夺朱也，恶郑声之乱雅乐也。"（《论语·阳货》）并提出"放郑声，远佞人，郑声淫，佞人殆"（《论语·卫灵公》）的主张。孔子的弟子子夏称郑声为新乐，并对它的特征有过生动的描述："今夫新乐，进俯退俯，奸声以滥，溺而不止；及优侏儒，獿杂子女，不知父子。乐终，不可以语，不可以道古。此新乐之发也。"（《礼记·乐记》）但是，尽管它不符合儒家的文艺审美标准，却满足了新兴地主阶级的享乐需要。所以新乐在战国时期就得到了很大的发展。《战国策·齐策一》载苏秦对齐宣王说："临淄甚富而实，其民无不吹竽、鼓瑟、击筑、弹琴。"《韩非子·内储说上》又说："齐宣王使人吹竽，必三百人。南郭处士请为王吹竽。宣王说之。廪食以数百人。"齐国临淄人人都会演奏乐器，齐宣王因为喜欢听吹竽，竟然养活了几百人。这话虽然有些夸张,不可完全当真,但是我们也可以推想齐国首都与齐王宫中的歌舞娱乐盛况。《楚辞·招魂》中描写宫廷歌舞说:"二八齐容,起郑舞些。……竽瑟狂会,搷鸣鼓些。……吴歈蔡讴,奏大吕些。士女杂坐,乱而不分些。……郑卫妖玩,来杂陈些。"其场面之大,歌舞倡伎之多,可以想见。正因为新声满足了新兴地主阶级的享乐消费需要,所以在战国之时,连号称最为好古的君主魏文侯,也已经是"端冕而听古乐则唯恐卧,听郑卫之音则不知倦"(《礼记·乐记》)了。齐王在孟子面前,甚至直言相告说:"寡人非能好先王之乐,直好世俗之乐耳。"(《孟子·梁惠王章句下》)因而,子夏也只能承认现实,无可奈何地说:"郑音好滥淫志,宋音燕女溺志,卫音趋数烦志,齐音敖辟乔志。此四者,皆淫于色而害于德,是以祭祀弗用也。"(《礼记·乐记》)言外之意,除了祭祀之外,在其他场合自然可以随意欣赏这些新声俗乐,他也没办法阻止。

战国以来新声在社会上虽然广泛流行,可是由于受儒家正统观的影响,却难以登上大雅之堂,因此它的发展一直受到很大的限制。汉武帝扩充乐府的一条重要措施,就是任用歌舞艺人李延年为协律都尉,用新声为朝廷的宗庙祭祀歌诗配乐。我们知道,自先秦至汉以来的国家宗庙乐,所演奏的都是雅乐,其乐舞也都选用良家子弟表演。①之所以如此,是因为制礼作乐本是朝廷极其隆重的大事。班固在《汉书·艺文志》中引《易》书说:"先王作乐崇德,殷荐之上帝,以享祖考。"又引孔子之说"安上治民,莫善于礼,移风易俗,莫善于乐"。汉初雅乐虽然衰微,但是仍有制氏"以雅乐声律世世为大乐官"(《汉书·礼乐志》)。而且在武帝时期,河间献王也曾做过雅乐的搜集工作。但是,汉武帝立太一天地诸祠,既没有选用制氏与河间

---

① 参见《后汉书·百官志二》注引卢植《礼》注、《汉书·礼乐志》、《通典·乐六·清乐》等历史文献。

献王的雅乐与之相配，也没有用一班儒生去进行复古的论证和仿造，而是启用出身低微的歌舞艺人李延年做"协律都尉"，为本来属于雅乐范畴的郊祀歌配上了"新声曲"。显然，这不是雅乐衰微的问题，而是世风变化的问题。这在客观上标志着自从春秋末年开始的"雅乐"与"新声"的斗争，随着新兴地主阶级的兴起和汉帝国的繁荣昌盛，而终于以雅乐的衰微、"新声"的兴盛并取得了合法的地位而告结束。

本来，自春秋末年兴起的新声，代表了新兴地主阶级歌诗艺术发展的潮流，它以不可阻挡的趋势，冲击着从三代以来形成的体现统治阶级的歌诗艺术主流意识的正宗雅乐传统。但是作为一种已经形成了的意识形态，传统的雅乐观却严重束缚着人们的思想，也必然要限制这种新乐的发展。而自汉武帝立乐府以来，这一切都变了。"今汉郊庙诗歌，未有祖宗之事，八音调均，又不协于钟律，而内有掖庭材人，外有上林乐府，皆以郑声施于朝廷"（《汉书·礼乐志》）。既然连朝廷郊祭天地诸祠的音乐都用新声，那么，以娱乐为主要目的的表演，也就大可不必受传统雅乐观的局限，上自宫廷、下至平民百姓们就可以尽情地欣赏这种新兴的歌诗表演了。所以我们看到，正是从汉武帝以后，这种以供享乐为主要目的的新声才能够以更大规模地发展起来，到了成帝以后，"郑声尤甚。黄门名倡丙强、景武之属富显于世，贵戚五侯定陵、富平外戚之家淫佚过度，至与人主争女乐"。以后汉哀帝虽然罢乐府，"然百姓渐渍日久，又不制雅乐有以相变，豪富吏民湛沔自若"（以上并见《汉书·礼乐志》）。东汉以后，朝廷虽然不再设立乐府机关，但是乐府诗却取得了更大的发展。正是从这一点上，我们才可以看出汉武帝扩充乐府在中国歌诗艺术生产史上的巨大意义。

（2）汉武帝利用"新声变曲"为郊祀之礼配乐，从艺术生产的角度讲，是借助于官方的力量，推动了从先秦以来就已经产生的世俗音乐——新声（郑声）的发展。

按艺术生产理论，封建社会的宗教歌舞艺术，也是当时艺术生产的重要组成部分，而且是比较特殊的一部分。之所以如此，是因为在封建社会中，宗教艺术在朝廷中本来就占有相当重要的地位。特别是像汉武帝定郊祀之礼这样重大的宗教歌舞礼仪创设，在客观上对于一个时代歌舞艺术的发展起着相当大的推动作用。这也表现在两个方面。

其一，隆重的朝廷祭祀活动需要大批的专业艺术人才，它在一定程度上可以被看成是朝廷培养艺术人才的摇篮。这一点，历史上有明确记载。如上引《汉书·礼乐志》中记武帝在正月上辛用事甘泉时"童男女七十人俱歌"，《郊祀歌十九章》中的《天地》描写祭祀歌舞表演的场景是"千童罗舞成八溢，合好效欢虞太一。九歌毕奏斐然殊，鸣琴竽瑟会轩朱"。武帝时乐府中所用的歌舞艺术表演人员共有多少，史书中没有明确记载，但是记哀帝时罢乐府，一次就减少了其中441人，另外还保留了388人，归属太乐。可见当时所用的歌舞人员之多。自哀帝以后至东汉，朝廷中不再有乐府官署，但是，统领朝廷祭祀燕飨之乐的太乐或太予乐等机构仍在。《东观汉记·乐志》引蔡邕《乐志》说："汉乐四品：一曰太予乐，典郊庙、上陵、殿诸食举之乐。……二曰周颂雅乐，典辟雍、飨射、六宗、社稷之乐。……三曰黄门鼓吹，天子所以宴乐群臣也。……其短箫铙歌，军乐也。"蔡邕这里所说的四品，大体上都属于朝廷雅乐的范畴。要保证这四品乐的正常表演，国家没有一个庞大的歌舞音乐演出队伍是不行的。

其二，汉武帝扩大乐府的主要目的虽然说是为了宗教祭祀，乐府创制了许多新的宗教祭祀歌曲。但是在同时汉武帝又仿效先秦旧制，如命人到各地去采集歌谣，用以"夜诵"等，这使得汉乐府从此以后不再仅仅是一个服务于宫廷和郊祭的朝廷礼乐机构，同时也是一个搜集、保存、表演各种歌诗的多功能的音乐机构。对此，张永鑫有过较详细的论述，他认为汉武帝时大规模的乐舞活动包括以下六个方面：第一，举行郊祀祭礼；第二，进行保存、整理歌诗的工作；第三，让文人、作家写作诗颂、诗赋；第四，令音乐家为诗赋歌词合乐；第五，把输入异域乐舞作为一项重要活动；第六，开始扩增乐工的工作。① 这一概括是相当全面的。仅就其"采歌谣"一项而言，《汉书·艺文志》说："自孝武立乐府而采歌谣，于是有赵代之讴，秦楚之风，皆感于哀乐，缘事而发。亦可以观风俗、知厚薄云。"但这里所说的"观风俗、知厚薄"云云其实只是它的一部分功能，另外它还搜集保存了许多当时各级贵族、后宫女子、文人以及歌舞艺人的歌唱，因此在客观上汉乐府就成了汉代各种歌诗的汇集地。到班固撰写《汉书·艺文志》时，其还记录了如下歌诗篇目：《高祖歌诗》二篇，《泰一杂甘泉寿宫歌诗》十四篇，《宗庙歌诗》五篇，《汉兴以来兵所诛灭歌诗》十四篇，《出行巡狩及游歌诗》十篇，《临江王及愁思节士歌诗》四篇，《李夫人及幸贵人歌诗》三篇，《诏赐中山靖王子哙及孺子妾冰未央材人歌诗》四篇，《吴楚汝南歌诗》十五篇，《燕代讴雁门云中陇西歌诗》九篇，《邯郸河间歌诗》四篇，《淮南歌诗》四篇，《左冯翊秦歌诗》三篇，《京兆尹秦歌诗》五篇，《河东蒲反歌诗》一篇，《黄门倡车忠等歌诗》十五篇，《杂各有主名歌诗》十篇，《杂歌诗》九篇，《洛阳歌诗》四篇，《河南周歌诗》七篇，《河南周歌声曲折》七篇，《周谣歌诗》七十五篇，《周谣歌诗声曲折》七十五篇，《诸神歌诗》三篇，《送迎灵颂歌诗》三篇，《周歌诗》二篇，《南郡歌诗》五篇。右歌诗二十八家，三百一十四篇。通过以上篇目，我们可以知道汉乐府在推动汉代歌诗艺术发展方面所做出的重要贡献，可以这样说，两汉社会歌诗艺术的发展，与汉武帝时乐府的扩充是有着直接关系的。

要之，汉武帝扩充乐府之事，是中国历史上由国家的文化政策及制度变革而促进文学艺术进步的一个重要实例，而这种变革发生的基

---

① 参见张永鑫《汉乐府研究》，第69~80页。

础，一是国家经济的繁荣、大一统的需要；二是文学艺术本身发生发展的客观规律。唯其如此，汉武帝"立乐府"之事，在中国文学艺术发展史上才有了不同寻常的意义。从此以后，"乐府"不再仅仅是一个国家音乐机关的名称，而且还是一种诗体的名称。汉武帝"立乐府"也因此而象征着一个新的文学时代的开始。这一事件在中国文学艺术史上的伟大意义，显然早已远远超出了"采集"或"保存""民歌"的范围。

第三节　汉哀帝罢乐府以后的乐官制度变革

汉武帝扩充乐府标志着以供享乐为主要目的的世俗音乐即新声在与传统雅乐的对抗中获得了胜利，对汉代歌舞艺术的发展起到了积极的推动作用，因而在歌诗艺术生产史上具有重要的意义。但是，汉武帝扩充乐府这一举措，对于封建制度来讲也有不利的方面。这主要包括两点：第一，它破坏了先秦以来的乐官制度，把本属于太乐官掌管的郊祀乐归于乐府，其实也等于破坏了先秦以来的雅乐传统；第二，它在客观上推动了整个社会的世俗享乐之风的盛行，享乐之风的进一步发展，就会在某种程度上危及封建秩序。《汉书·礼乐志》记载汉武帝以后的情况说：

> 是时，河间献王有雅材，亦以为治道非礼乐不成，固献所集雅乐。天子下大乐官，常存肄之，岁时以备数，然不常御，常御及郊庙，皆非雅声。然诗乐施于后嗣，犹得有所祖述。昔殷、周之《雅》、《颂》，乃上本有娀、姜原，高、稷始生，玄王、公刘、古公、大伯、王季、姜女、大任、太姒之德，乃及成汤、文、武受命，武丁、成、康、宣王中兴，下及辅佐阿衡、周、召、太公、申伯、召虎、仲山甫之属，君臣男女有功德者，靡不褒扬。功德既信

美矣，褒扬之声盈乎天地之间，是以光名著于当世，遗誉垂于无穷也。今汉郊庙诗歌，未有祖宗之事，八音调均，又不协于钟律，而内有掖庭材人，外有上林乐府，皆以郑声施于朝廷。

到了元、成二帝以后，这种郑声，即新声俗乐不仅弥漫于朝廷，而且开始泛滥于整个上层社会。

> 是时，郑声尤甚。黄门名倡丙强、景武之属富显于世，贵戚五侯定陵、富平外戚之家淫侈过度，至与人主争女乐。(《汉书·礼乐志》)

> 五侯群弟，争为奢侈，赂遗珍宝，四面而至；后庭姬妾，各数十人，僮奴以千百数，罗钟磬，舞郑女，作倡优，狗马驰逐。(《汉书·元后传》)

无论古代还是现代，从某种程度上讲，艺术都是一种奢侈品，需要消耗大量的人力、物力和财力。所以，早在上古时期，人们推究桀纣亡国的原因，都把纵情享乐看作是一条重要罪状，墨家学派因而有"非乐"的主张，儒家也把供享乐需要的郑声称为"淫声"而加以限制。汉武帝时代国力强盛，以供享乐为主要用途的新声变曲大行其道尚可，但是随着汉帝国的逐渐衰落，这种过度的享乐之风断不可再长，它已经成为一种社会的病态，非禁绝不可。而汉代社会这种纵情享乐之风，与汉乐府的设立有很大的关系，于是，汉哀帝即位刚刚两个月，就下了一道"罢乐府"的诏书。

> 惟世俗奢泰文巧，而郑卫之声兴。夫奢泰则下不孙（逊）而国贫，文巧则趋末背本者众，郑卫之声兴则淫辟之化流，而欲黎

庶敦朴家给，犹浊其源而求其清流，岂不难哉！孔子不云乎？"放郑声，郑声淫"，其罢乐府官。郊祭乐及古兵法武乐，在经非郑卫之乐者，条奏，别属他官。（《汉书·礼乐志》）

遵照诏书中的要求，当时的丞相孔光、大司空何武亲自处理此事，把乐府掌管的"郊祭乐及古兵法武乐"等归属于太乐，把那些不应经法的"郑卫之音"罢掉。其奏疏如下。

郊祭乐人员六十二人，给祠南北郊。大乐鼓员六人，《嘉至》鼓员十人，邯郸鼓员二人，骑吹鼓员三人，江南鼓员二人，淮南鼓员四人，巴俞鼓员三十六人，歌鼓员二十四人，楚严鼓员一人，梁皇鼓员四人，临淮鼓员三十五人，兹邡鼓员三人，凡鼓十二，员百二十八人，朝贺置酒陈殿下，应古兵法。外郊祭员十三人，诸族乐人兼《云招》给祠南郊用六十七人，兼给事雅乐用四人，夜诵员五人，刚、别柎员二人，给《盛德》主调筰员二人，听工以律知日冬、夏至一人，钟工、磬工、箫工员各一人，仆射二人主领诸乐人，皆不可罢。竽工员三人，一人可罢。琴工员五人，三人可罢。柱工员二人，一人可罢。绳弦工员六人，四人可罢。郑四会员六十二人，一人给事雅乐，六十一人可罢。张瑟员八人，七人可罢。《安世乐》鼓员二十人，十九人可罢。沛吹鼓员十二人，族歌鼓员二十七人，陈吹鼓员十三人，商乐鼓员十四人，东海鼓员十六人，长乐鼓员十三人，缦乐鼓员十三人，凡鼓八，员百二十八人，朝贺置酒，陈前殿房中，不应经法。治竽员五人，楚鼓员六人，常从倡三十人，常从象人四人，诏随常从倡十六人，秦倡员二十九人，秦倡象人员三人，诏随秦倡一人，雅大员九人，朝贺置酒为乐。楚四会员十七人，巴四会员十二人，铫四会员十二人，齐四会员十九人，蔡讴员三人，齐讴员六人，竽、瑟、钟、磬员五人，皆郑声，可罢。师学百四十二人，其七十二人给大官挏马酒，其七十人可罢。大凡八百二十九人，其三百八十八人不可罢，可领属大乐，其四百四十一人不应经法，或郑、卫之声，皆可罢。（《汉书·礼乐志》）

根据这份奏疏可知，自汉武帝以来所扩充的乐府机构，其主要职能是负责郊祭用乐、古兵法武乐和朝贺置酒之乐。按理说，这些音乐都属于雅乐的范畴，但是，因为汉武帝在扩充乐府之初，采诗夜诵，重用音乐家李延年，就把属于新声变曲的俗乐和许多地方音乐融入其中，特别是那些"朝贺置酒，陈殿前房中"的音乐，大多都是"不应经法"的郑声。从罢免和保留人员的比例（388∶441）来看，当时可以罢免的人数已经将近一半，当然这也从另一个角度说明，自汉武帝以后，的确已发展到新声俗乐充斥朝廷的程度。汉哀帝从维护封建礼制的角度，通过罢废乐府的方式，把这些新声俗乐全部从朝廷的礼乐机构中罢废。

应该看到，哀帝罢乐府对于西汉以来蓬勃发展的新乐是一个不小的打击，起码在朝廷中不复存在名正言顺地把不应经法的新声俗乐施用于"朝贺置酒，陈殿前房中"等场合。但是从汉初以来先秦雅乐不断衰落，新声俗乐不断发展的局面已经无法改变。更何况，汉哀帝虽然罢废了乐府，可是他并没有能力重新制定新的雅乐来填补空白，所以还是于事无补。这正如《汉书·艺文志》中所说："然百姓渐渍日久，又不制雅乐有以相变，豪富吏民湛沔自若，陵夷坏于王莽。"

其实，汉哀帝罢乐府不仅没有从实质上改变雅乐衰微新声兴盛的局面，从一定程度上还将汉武帝以来的一部分俗乐提升到了雅乐的位置。我们知道，汉初本有太乐、乐府两个礼乐官署，太乐掌管的雅乐多为周代以来的古乐和汉初新创制的宗庙乐，其中的先秦雅乐早已不能使用，汉初的乐家制氏只能记其铿锵鼓舞而不能言其义，武帝时河间献王所献雅乐也只是岁时备数而已。乐府掌管的房中乐和郊祀乐本来就是在楚声和各地俗乐基础上形成的新声即郑卫之乐，在这种情况下，汉代的各种宗庙礼仪用乐实际上已经不是真正的雅乐了。可是在哀帝罢乐府时，丞相孔光、大司空何武却从乐府当中选出将近一半的人员予以保留，并把用于宗教祭祀的"郊祭乐"及"古兵法武乐"划归太乐掌管，这就使得汉乐府中一部分发挥着雅乐功能的俗乐歌诗名副其实地被提升到了雅乐的地位。

汉哀帝罢废乐府机构的举措，对汉代歌诗艺术发展影响最大的是使从此以后的汉代乐官制度发生了变化。本来，对于汉王朝来说，雅乐与俗乐各有其不可替代的功能，也各有相应的礼乐机构来掌管。这形成了太乐与乐府两分的局面。汉武帝以来乐府的大发展和太乐的衰落固然打破了这种均衡，但是汉哀帝罢乐府并不能阻止新声俗乐的发展。由于朝廷中没有了专门掌管俗乐的乐府，客观上还需要有新的礼乐机构来掌管这些俗乐，而这就形成了西汉以后特别是东汉时代乐官制度的新格局。

东汉时代的乐官建设情况，史书中记载的不太清楚。主要材料如下。

（1）《后汉书·显宗孝明帝纪》："（永平）三年秋八月戊辰，改大乐为大予乐。"注引《汉官仪》："大予乐令一人，秩六百石。"

（2）《后汉书·张曹郑列传》（曹）充上言："汉再受命，仍有封禅之事，而礼乐崩阙，不可为后嗣法。五帝不相沿乐，三王不相袭礼，大汉［当］自制礼，以示百世。"帝问："制礼乐云何？"充对曰："《河图括地象》曰：'有汉世礼乐文雅出。'《尚书璇玑钤》曰：'有帝汉出，德洽作乐，名予。'"帝善之，下诏曰："今且改太乐官曰太予乐，歌诗曲操，以俟君子。"拜充侍中。

（3）《后汉书·百官二》："太常……大（子）［予］乐令一人，六百石。本注曰：掌伎乐。凡国祭祀，掌请奏乐，及大飨用乐，掌其陈序。丞一人。"注引《汉官》曰："员吏二十五人……乐人八佾舞三百八十人。"

（4）《后汉书·孝安帝纪》："（永初元年九月）诏太仆、少府减黄门鼓吹，以补羽林士。"李贤注引《汉官仪》："黄门鼓吹，百四十五人。"

（5）《后汉书·东夷列传》："顺帝永和元年，其（夫余）王来朝京师，帝作黄门鼓吹、角抵戏以遣之。"

（6）《唐六典》卷十四："后汉少府属官有承华令，典黄门鼓吹百三十五人。"

（7）《通典》卷二十五："汉有承华令，典黄门鼓吹，属少府。"

以上七条材料中，前三条是关于太予乐的记载，后四条是关于黄门鼓吹的记载。太予乐就是西汉时的太乐，东汉明帝时根据谶纬之说而改名，属于奉常下面的一个乐官机构，并有太予乐令一人。黄门鼓吹却不是一个东汉的乐官机构，而只是汉乐四品中的一种。按《唐六典》和《通典》所记，当由隶属于少府的承华令掌管，但是这一官职在《后汉书·百官志》里没有记载。《后汉书·祭遵列传》："帝东归过汧，幸遵营，劳飨士卒，作黄门武乐，良夜乃罢。"李贤注："黄门，署名。前书曰：'是时名倡皆集黄门。'武乐，执干戚以舞之也。"王运熙据此认为，东汉时有专门掌管音乐的黄门乐署。[①] 按，关于黄门乐人的情况在有关西汉的史料中也有记载，《汉书·礼乐志》说成帝时"郑声尤甚。黄门名倡丙强、景武之属富显于世"，可以证明黄门的确是内廷一个掌管乐人的地方。黄门本指宫禁，《通典·职官三》："禁门黄闼，故号黄门。"《汉书·霍光传》："上乃使黄门画者画周公负成王朝诸侯以赐光。"颜师古注："黄门之署，职任亲近，以供天子，百物在焉，故有画工。"以此而言，黄门是个相对宽泛的名称，凡是为皇帝禁中服务的职官多称黄门，故有"黄门画者""黄

[①] 参见王运熙《说黄门鼓吹乐》《黄门鼓吹考》，并见《乐府诗述论》，上海古籍出版社，1996。

门侍郎""黄门驸马""黄门宦者""黄门令""黄门谒者""小黄门""黄门倡""黄门鼓吹"等多种身份和多种称呼的人员存在。果然有这样一个官署存在的话,那么它也不应该专管黄门鼓吹乐,自然也不能称为"黄门鼓吹署"。同时,如果真有这样一个官署的话,这个官署的长官当与之相对应,称为"黄门令"才是,但是在《汉书·百官公卿表》中记载的汉代的"黄门令"虽然属于少府,却并不负责此事。据《汉书·艺文志》称:"《急就》一篇。元帝时黄门令史游作。"《汉书·孔光传》:"赐太师灵寿杖,黄门令为太师省中坐置几。"《后汉书·梁冀列传》:"使黄门令具瑗将左右厩驺、虎贲、羽林、都候敛戟士,合千余人。"《后汉书·百官三》:"黄门令一人,六百石。本注曰:宦者。主省中诸宦者。丞、从丞各一人。本注曰:宦者。从丞主出入从。"则黄门令一职无论在西汉还是东汉都不掌管音乐。另有黄门侍郎、中黄门、小黄门之官,亦均不掌鼓吹之乐。考《汉书·百官公卿表》,西汉太仆下属有承华监,应属于为皇帝掌管舆马之官。《后汉书·孝顺孝冲孝质帝纪》记,汉顺帝汉安二年(143年)"秋七月,始置承华厩"。这一官署同样是为皇帝掌管舆马的。而如若《唐六典》《通典》所言的黄门鼓吹归承华令掌管,则此官署似不应名为"黄门鼓吹署"。由此而言,我们可以确认,还是《后汉书·安帝纪》的记载准确,这些乐人总归少府下属的各部门管理。虽然在汉代有"黄门乐人""黄门倡""黄门鼓吹"等名称,因为它们主要是掌管皇帝在禁中的礼节仪式用乐和日常生活用乐,所以才以"黄门"称之,但是并没有一个专门掌管音乐的"黄门鼓吹署"。另外,据孙尚勇的考证,在西汉时代,就有黄门倡与黄门鼓吹两类人员,"二者职责不同,黄门倡是侍从帝王的倡优,其职责是以歌舞俳戏娱乐帝王;黄门鼓吹主要职责则是作为乘舆的礼乐仪仗,平时有持兵护卫之任。"东汉时期,黄门鼓吹一词的含义不断扩大,特别是东汉中后期,黄门鼓吹中已经吸收了大量倡优杂戏人员,"秘戏""宴私"之乐日渐昌盛。所以，如果考察"黄门鼓吹"相关记载的话，其内涵及历史次序可被划为五种类型：（1）用于乘舆仪仗的黄门鼓吹；（2）类似于黄门倡乐的代名词；（3）汉乐四品中的黄门鼓吹；（4）意义兼指的黄门鼓吹；（5）乐人和乐官的代称。① 孙尚勇的考证搜集材料很详细，也很能说明问题。值得注意的是，在他所收录的材料以及历史文献的相关记载中，我们都不曾见到有一个专门的"黄门鼓吹署"存在过。

另外还有一点是特别重要的，无论是《史记》《汉书》还是《后汉书》等史书中所记载的乐官制度，其着眼点都在于说明国家的礼乐文化制度建设，并没有全面记载汉代各种音乐歌舞表演的实际情况，甚至就是宫廷中的歌舞娱乐生活，在史书中被记载下来的也是不多的。学者们在论及东汉乐官制度的情况时，往往引用蔡邕《礼乐志》关于汉乐四品的话，认为这四品中有两品（郊庙乐、雅颂乐）是雅乐，由太乐令执掌；两品（黄门鼓吹、短箫铙歌）是俗乐，由承华令掌管。② 其实，这里面有两个误解：其一是东汉时少府中有由承华令掌管的黄门鼓吹乐，此看法证据不足；其二是把黄门鼓吹、短箫铙歌看成是俗乐，此说法不够准确。为了说明这个问题，我们把《后汉书·礼仪志中》注引蔡邕《礼乐志》原文引述如下。

> 汉乐四品，一曰太予乐，典郊庙、上陵、殿诸食举之乐。郊乐，《易》所谓"先王以作乐崇德，殷荐上帝"，《周官》"若乐六变，则天神皆降，可得而礼也"。宗庙乐，《虞书》所谓"琴瑟以咏，祖考来假"，《诗》云"肃雍和鸣，先祖是听"。食举乐，《王制》谓"天子食举以乐"，《周官》"王大食则令奏钟

---

① 参见孙尚勇《乐府文学文献研究》，第83、103、104页。
② 参见王运熙《汉魏两晋南北朝乐府官署沿革考略》《乐府诗述论》。

鼓"。二曰周颂雅乐，典辟雍、飨射、六宗、社稷之乐。辟雍、飨射，《孝经》所谓"移风易俗，莫善于乐"，《礼记》曰"揖让而治天下者，礼乐之谓也"。社稷，[《诗》]所谓"琴瑟击鼓，以御田祖"者也。《礼记》曰"夫乐施于金石，越于声音，用乎宗庙，社稷，事乎山川、鬼神"，此之谓也。三曰黄门鼓吹，天子所以宴乐群臣，《诗》所谓"坎坎鼓我，蹲蹲舞我"者也。其短箫铙歌，军乐也。其传曰"黄帝岐伯所作，以建威扬德，风敌劝士"也。盖《周官》所谓"王［师］大（捷）［献］则令凯乐，军大献则令凯歌"也。孝章皇帝亲著歌诗四章，列在食举，又制云台十二门诗，各以其月祀而奏之。熹平四年正月中，出云台十二门新诗，下大予乐官习诵，被声，与旧诗并行者，皆当撰录，以成《乐志》。①

仔细分析上述文字，我们就会发现，这里所说的太予乐和雅颂乐是雅乐，黄门鼓吹、短箫铙歌也属于雅乐的范畴。何以知此？因为按这条记载所说，所谓天子宴乐群臣，并以《诗经·小雅·伐木》为例，这是天子的燕礼，其所用音乐同样属于雅乐的范畴。关于天子燕礼用乐的规定，在《仪礼》《礼记》等书中都有记载。至于王师、军中大捷所献的凯乐，自然也是雅乐无疑。

我们说黄门鼓吹与军中凯乐从名义上属于雅乐，当然并不排除这里面含有俗乐成分的可能性。这包括两个方面的内容：其一，无论是

---

① 关于汉乐四品的记载，以此条最早，似有脱误。《宋书·乐志二》《隋书·音乐志上》《通典·乐典一》《通志·乐略一》《文献通考·乐考一》等文献都有汉乐四品，"其四曰短箫铙歌乐"的相同记载，以此而论，"短箫铙歌"应为汉乐四品之一。不这样理解，蔡邕的这段话就不完整，因为他前面既然说汉乐有四品，为什么只说了三品？所以才有了《宋书·乐志二》等史书之中明确的"四品"之说。不过，西晋人崔豹《古今注·音乐三》云："汉乐有黄门鼓吹，天子所以宴乐群臣也。短箫铙歌，鼓吹之一章耳，亦以赐有功诸侯。"以此而言，短箫铙歌在汉代原本只是鼓吹中的一种，到后来才被人看成是汉乐四品中的一品，所以才有了蔡邕与崔豹那样的记载。

先秦的雅乐还是汉代雅乐,都与俗乐有着相互影响和交融的关系,原本是俗乐的东西,被吸收到宫廷雅乐当中,自然就变成了雅乐,如汉初的《大风歌》,原本是刘邦在还乡时酒醉欢哀之间即兴而唱的,自是俗乐,但是后来作为祭祀高祖专用的音乐,就成了雅乐。西汉前期受西域和北狄乐影响而产生的《战城南》《上邪》《有所思》等,原本也是俗乐,可是后来也成了专用的军中之乐,也具有了雅乐的性质。其二,在天子燕乐群臣的系列活动中,既有比较严肃的雅乐,也有尽情享乐的俗乐。一般来讲,在举行礼仪的过程中所用的音乐都是雅乐,而礼仪完成之后的音乐往往是俗乐,这也就是所谓的"无算爵""无算乐"。不过,无论在宫廷的礼乐活动和日常活动中有多少俗乐的内容,可是在国家的礼仪制度中所规定使用的音乐却一定是雅乐而不是俗乐。

所以,把蔡邕《礼乐志》以及后代相关记载中所说的汉乐四品分成雅乐与俗乐两种,既不符合历史事实也不符合文化制度。其实,在汉代宫廷的音乐活动中,用于礼仪的音乐歌舞只占了汉代全部歌舞的一小部分,大部分供帝王贵族达官显宦所用的俗乐,在相关的礼乐制度文献中并没有被记载下来,我们只能通过另外的方式来勾勒其情况并加以证明。

其一,汉代帝王实际燕乐群臣甚至包括食举燕飨朝会所用之乐中就有大量的俗乐存在。《后汉书·礼仪中》记当时制度:"每岁首[正月],为大朝受贺。其仪:夜漏未尽七刻,钟鸣,受贺。及贽,公、侯璧,中二千石、二千石羔,千石、六百石雁,四百石以下雉。百官贺正月。二千石以上上殿称万岁。举觞御坐前。司空奉羹,大司农奉饭,奏食举之乐。百官受赐宴飨,大作乐。"注引蔡质《汉仪》曰:

> 正月旦,天子幸德阳殿,临轩。公、卿、将、大夫、百官各陪[位]朝贺。蛮、貊、胡、羌朝贡毕,见属郡计吏,皆[陛]觐,

庭燎。宗室诸刘（杂）［亲］会，万人以上，立西面。位（公纳荐太官赐食酒西入东出）既定，上寿。［群］计吏中庭北面立，太官上食，赐群臣酒食，［西入东出］。（贡事）御史四人执法殿下，虎贲、羽林［张］（弧）弓（撮）［挟］矢，陛戟左右，戎头偏胫陪前向后，左右中郎将（住）［位］东（西）［南］，羽林、虎贲将（住）［位］东北，五官将（住）［位］中央，悉坐就赐。作九宾（彻）［散］乐。舍利［兽］从西方来，戏于庭极，乃毕入殿前，激水化为比目鱼，跳跃潄水，作雾障日。毕，化成黄龙，长八丈，出水遨戏于庭，炫耀日光。以两大丝绳系两柱（中头）间，相去数丈，两倡女对舞，行于绳上，对面道逢，切肩不倾，又蹋局出身，藏形于斗中。钟磬并作，［倡］乐毕，作鱼龙曼延。小黄门吹三通，谒者引公卿群臣以次拜，微行出，罢。卑官在前，尊官在后。德阳殿周旋容万人。陛高二丈，皆文石作坛。激沼水于殿下。画屋朱梁，玉阶金柱，刻镂作宫掖之好，厕以青翡翠，一柱三带，韬以赤缇。天子正旦节，会朝百僚于此。自到偃师，去宫四十三里，望朱雀五阙、德阳、其上郁律与天连。

整个仪式好像在一个大广场上举行的大型庆典活动一样热闹，让我们着实可以领略汉代宫廷歌舞娱乐的盛况。①

---

① 类似的娱乐活动在《后汉书》中还有多处记载。如《后汉书·光武帝纪下》："冬十月辛巳，废皇后郭氏为中山太后，立贵人阴氏为皇后。进右翊公辅为中山王，食常山郡。其余九国公，皆即旧封进爵为王。甲申，幸章陵。修园庙，祠旧宅，观田庐，置酒作乐，赏赐。"《后汉书·明帝纪》："甲子，西巡狩，幸长安，祠高庙，遂有事于十一陵。历览馆邑，会郡县吏，劳赐作乐。"闰月甲午，南巡狩，幸南阳，祠章陵。日北至，又祠旧宅。礼毕，召校官弟子作雅乐，奏《鹿鸣》，帝自御埙篪和之，以娱嘉宾。"《后汉书·刘玄刘盆子列传》："时掖庭中宫女犹有数百千人，自更始败后，幽闭殿内，掘庭中芦藤根，捕池鱼而食之，死者因相埋于宫中。有故祠甘泉乐人，尚共击鼓歌舞，衣服鲜明，见盆子叩头言饥。"《后汉书·礼仪志中》："飨遣故卫士仪：百官会，位定，谒者持节引故卫士入自端门。卫司马执幡钲护行。行定，侍御史持节慰劳，以诏恩问所疾苦，受其章奏所欲言。毕飨，赐作乐，观以角抵。乐阕罢遣，劝以农桑。"

其二，现存众多的汉代歌诗基本上都是俗乐，而汉代歌舞娱乐场景乃是出土的汉画像石中最常见的题材。这些在两汉正史和相关的著作中大都没有记载，但是我们知道，这些以娱乐为主要目的的俗乐，实际上大都是用于宫廷贵族与达官显宦之家。关于两汉社会的歌舞娱乐之盛况我们在上一章中已经有详细描述。

从以上考察中我们看到，从汉哀帝罢乐府之后，整个东汉时代并没有重新设立一个与之相对应的乐官机构。之所以如此，主要是因为汉武帝时代的乐府乃是一个比较特殊的机构，它在当时所承担的职责并不符合传统的礼制要求，它是在比较特殊情况下的一种特殊建制。当时的情况是雅乐名存实亡，郊祭天地的礼乐制度在此之前又没有建立，所以汉武帝才采取了一种非常的措施，让乐府采用新的民间曲调来为郊祀之礼配上新声曲。这使得自战国以来兴起的新乐郑声堂而皇之地进入雅乐之堂，推进了新声俗乐在汉代的发展。汉哀帝罢乐府之后，虽然一直到东汉末年再也没有重新设立"乐府"，乐府造成的影响却仍然存在。东汉蔡邕所说的"汉乐四品"，名义上是雅乐，但是在每一品中，都包含着俗乐的成分。特别是在天子娱乐群臣的黄门鼓吹当中，俗乐已经占有相当大的比重；而所谓的短箫铙歌，更是由西汉时期的俗乐雅化而成。① 至于那些大量的流行于宫廷贵族、达官显宦、富商大贾家中主要用以享乐的俗乐，在东汉以后演变为以相和歌为主要艺术形式的音乐，与两汉时代礼乐制度的建设也有相当大的关系。后人把自汉代以后那些与音乐歌舞相结合的艺术称为乐府，正是汉代社会乐官制度建设促进中国古代歌诗艺术发展的最好说明。

---

① 关于汉鼓吹铙歌的问题，本书将在后面详细讨论。

第四章

汉代歌诗艺术生产的基本特征

本章提要：从艺术生产的角度来讲，两汉社会歌诗艺术的繁荣，是由于在汉代社会已经建立起了一套比较完整的艺术生产与消费体系。作为一个封建地主制社会刚刚兴起的时代，物质财富主要集中在宫廷皇室与达官贵族手里。因此，寄食式的艺术生产与特权式消费仍然是这一时期艺术生产与消费的主要方式。相应地，代表这一时期歌诗艺术生产最高水平的也自然是宫廷歌舞与达官贵族用以享乐的歌诗。随着都市的繁荣与一个市民阶层的初步诞生，卖艺式的歌诗生产与平民式消费也有了较大的发展，以相和为主的汉代歌诗艺术形式的产生，就与这种歌诗生产与消费方式有着直接的关系。与此同时，古老的自娱式歌诗生产与消费在汉代仍然活跃。它分为两种情况，一种是民间的歌谣俗谚，一种是帝王贵族与各阶层文人的自我抒情吟唱，这开启了后世文人乐府诗之先河。

探讨汉代社会的乐府制度与歌诗之间的关系，进而对两汉社会歌诗的艺术形态进行更好地把握，我们在这里就必须讨论两汉社会的艺术生产与消费方式问题。两汉社会歌诗艺术的产生与发展，从本质上来讲也是一种生产，是一种特殊形态的生产——艺术生产，它自然也遵循着艺术生产的基本规律。同时，有生产就会有消费，两汉时代的歌诗艺术，从本质上来讲也是为两汉社会的艺术消费而存在的。按照艺术生产的理论，中国古代的歌诗艺术生产与消费大致可以分为三种方式，第一是自娱式的歌诗生产与消费，第二是寄食式的歌诗生产与特权式消费，第三是卖艺式的歌诗生产与平民式消费。[①] 汉代的歌诗艺术生产与消费也是如此，但是在具体表现形式上又有其时代特点。本章将具体分析其基本特征。

第一节　占主导地位的寄食式艺术生产与特权式消费

由于受生产力水平相对低下和财富分配制度不平等的影响，在两汉时期，国家的宗教政治需要与统治者的享乐仍然是两汉社会歌诗艺术消费的主要渠道，相对应的艺术生产方式仍然以歌舞艺人的寄食式（或统治阶级的豢养式、官养式）为主。

所谓寄食式，也可以称之为寄食制，最早是由法国学者埃斯卡皮（R. Escarpit）提出来的，他说："寄食制，就是由某一个人或某一个机构来养活一个作家，他们保荐他，反过来又要求他满足他们的文化需要。这种门客—君主的关系和顾客—老板之间的关系不能不说没有共同之处。作为封建组织形式的寄食制，与建立在独立实体基础上的社会结构相适应。没有一个共同的文化阶层（中等阶级的缺乏教养，

[①] 关于中国古代艺术生产与消费的问题，参见赵敏俐等《中国古代歌诗研究——从〈诗经〉到元曲的艺术生产史》的"导论"部分，北京大学出版社，2005，第24~43页。

或者根本不存在中等阶级），缺乏有效的传播手段，财富集中在几个豪门之手，一小撮杰出人物具有极高的文学造诣，等等，所有这一切必然形成几个封闭式的体系。在这种体系里，作家被认为是提供奢侈品的工匠；于是，他也根据物物交换的原则，用自己的产品换取他人对自己的供养。"① 埃斯卡皮在这里虽然说的是作家的寄食制，但是其理论同样适用于封建社会的歌舞艺人。在这里我们之所以把它称为寄食式而不是寄食制，是因为在笔者看来，它更像是一种生产方式而不是生产制度。同时，在中国封建社会里，由于大部分歌舞艺人都是被宫廷贵戚或者达官显宦、富商大贾养起来的，我们也可以把它称为豢养式或者官养式。这种现象，越在中国封建社会的早期越明显。在汉代的歌诗艺术生产中，寄食式无疑是最主要的生产方式，在歌诗艺术形态的发展中也起着最重要的作用。

一 宫廷雅乐寄食式生产方式的历史传承

在寄食式的歌诗艺术生产中，最典型的还是宫廷雅乐生产中的寄食式。

所谓宫廷雅乐生产中的寄食式，具体讲，也就是从事宫廷雅乐生产的艺术人才，都寄食于国家的音乐机关，国家给他们安排一定的官职，发放一定的俸禄。而他们的职责也很简单，那就是专门演奏宫廷雅乐。

我们知道，这种寄食式的艺术生产方式，随着阶级的出现、国家的产生而产生。早在商周时期，国家就设立了专门的音乐机构，而那时的歌舞艺术人员的生产机制，基本上也都属于寄食式。他们的日常生活由国家来供养，而他们则专心为统治者进行艺术生产。

周代社会这种寄食式的生产方式，主要是依托朝廷音乐机构组织

---

① 〔法〕埃斯卡皮：《文学社会学》，于沛译，浙江人民出版社，1987，第32页。

的方式来实现的。具体来讲，那就是国家视音乐歌舞的需要而设定人员，按一定的级别安排他们从事各种具体的工作，享受一定的级别待遇。《周礼·春官宗伯》："礼官之属：大宗伯，卿一人；小宗伯，中大夫二人；肆师，下大夫四人。上士八人，中士十有六人，旅下士三十有二人。府六人，史十有二人，胥十有二人，徒百有二十人。"从这段话中可以看出，当时朝廷中的音乐歌舞艺术人才，是根据其职位高低而有不同级别的。《周礼·天官冢宰》郑玄注："自大宰至旅下士，转相副二，皆王臣也。"孔疏："凡官尊者少，卑者多，以其卑者宜劳，尊者宜逸。是以下士称'旅'，以其理众事，故特言旅也。""自士以上，得王简册命之，则为王臣也。对下经府、史、胥、徒不得王命，官长自辟除者，非王臣也。"关于"府""史"之职，郑玄注："府，治藏。史，掌书者。"孔疏："府史，皆大宰辟召，除其课役而使之，非王臣也。"关于"胥"和"徒"，郑玄注："此民给徭役者，若今卫士也。"孔疏："案下《宰夫》八职云：'七曰胥，掌官叙以治叙。八曰徒，掌官令以征令。'郑云：'治叙，次序官中，如今待曹伍伯传吏朝也。征令，趋走给召呼。'案：《礼记·王制》云：'下士视上农夫食九人，禄足以代耕。'则府食八人，史食七人，胥食六人，徒食五人，禄其官并亚士，故号'庶人在官者'也。郑云'若今卫士'者，卫士亦给徭役，故举汉法况之。"以上记载可能带有理想化的成分，但大抵应该不差。从中可知，当时国家音乐机构中的人员，可以分为两种，一种是自卿、大夫至士，可以称之为"王臣"。其中，卿与大夫有较高的政治地位和待遇，属于管理者，其俸禄，"下大夫食七十二人，卿食二百八十八人"；士则属于下层贵族，其食禄，"下士禄食九人，中士食十八人，上士食三十六人"（以上并见《礼记·王制》）。而府、史、胥、徒等人员则不属于"王臣"，只是供驱使的下层艺人。他们从下层社会征召而来，就如同征劳役一样被役使。其中一些人可能享受一定的食禄，所谓"府食八人，史食七人，胥食六人，徒食五人"，能有这样的待遇，就可以相当于"亚士"，号称"庶人在官者"了。至于更下的一层"百工"之属，也就是那些"可以击钟"的"杂技艺"者，则"各以其器食之"（以上并见《礼记·王制》及郑注、孔疏），恐怕已没有什么俸禄，只是由朝廷供饭而已。总之，在国家的音乐机构中，享受较高待遇的人只是少数，而大多数人都属于下层。正所谓"凡官尊者少，卑者多"（《周礼·天官》）。那些宜逸的尊者只能是少数，多数人还是那些宜劳的卑者。如掌管"六律六同"的大师，其职级不过是个下大夫，小师也不过是上士，其下属则有"瞽矇，上瞽四十人，中瞽百人，下瞽百有六十人；眡瞭三百人。府四人，史八人，胥十有二人，徒百有二十人"（以上并见《周礼·春官》）。

汉代的音乐机构沿袭秦制，其官职名称虽有不同，其生产方式大体一样。按《汉书·百官公卿表》所记，汉代的太乐归奉常（后改为太常）所管，奉常的秩禄是二千石，其下有丞，秩千石。太乐属有令丞，秩六百石。[①] 乐府归少府掌管，其下有乐府令丞，其秩也应是六百石。汉武帝时乐府地位有了提高，音乐家李延年因为裙带关系而成为协律都尉，又号"协声律"，秩二千石，是个特例。其下有乐府三丞，秩千石。但在乐府和太乐之下是否还有其他官员，其俸禄是多少，史书中却没有明确记载。由《汉书·礼乐志》，我们可知在乐府下的诸多艺人都被称为"员""工""象人""倡""师学"等，从名称上看，他们的地位都不高，都难以称得上"官"，其食禄显然是不会丰厚的。《汉书·百官公卿表上》："百石以下有斗食、左使之秩，是为少吏。"颜师古注："《汉官名秩簿》云，斗食月俸十一斛，佐使月俸八斛也。一说，斗食者，岁俸不满百石，计日而

---

① 《汉书·百官公卿表上》："卫尉，……属官有……旅贲三令丞。"颜师古注："令秩六百石。"

食一斗二升，故云斗食也。"① 在东汉，太常大予乐吏的俸禄是百石，太常大予乐员吏的俸禄是斗食（月十一斛）②，是汉代吏员中最低的一等。从名目上看，西汉乐府中以"员"为称者，也应该属于斗食这一阶层。

在封建社会的艺术生产过程中，寄食式应该是一种主要的形式，其中以寄食于朝廷最为典型。之所以如此，是因为在封建社会里，一方面，国家在祭祀燕飨等活动中赋予音乐以一种特殊的意义，需要大批的音乐歌舞艺术人才；另一方面，从事这些歌舞艺术需要充足的物质条件，也需要有充分的技艺训练的时间保证。只有国家才有这样的需求和满足这种需求的物质条件。因此，在生产力不发达、传播手段落后的封建时代，寄食式的音乐歌舞生产方式，就是最基本最典型的方式。在阶级社会里，艺术是一种奢侈品，越是专门的高雅的艺术越需要专门的人才，越需要消耗大量的财力。而有资格享受这种消费的人，只能是上层贵族和那些达官显宦。从这个意义上讲，寄食式的艺术生产方式在封建社会中出现，乃是一种必然现象。一方面讲，这是一种社会的不公；另一方面来讲，舍此就没有艺术的进步，艺术可能就会永远停留在低水平的重复之中。汉代社会寄食于朝廷的歌舞艺人的俸禄虽然很低，但他们毕竟可以免去劳役之苦，专注于歌舞艺术，这使得许多人成为优秀的专职艺术家，形成了代代相传的技艺。他们所从事的虽然都是雅乐表演，带有较强的宗教实用性，但这种艺术本身仍然需要高超的艺术水平和技巧。而且从一定程度上说，正因为其具有了高超的艺术技巧和水平，才能称得上"雅乐"。他们规定了古

---

① 按《汉语大词典》附录《中国历代量制演变测算简表》，汉代一斛约合今20000毫升，换成粮食重量大约20公斤。按此推算，月俸十一斛，折合粮食220公斤。也就是说，一个太常大予乐吏一个月只能挣220公斤粮食。这些粮食如果养活一个八口之家，除去吃饭，所剩无几。

② 参见（唐）杜佑《通典·职官十八》，第990页；（元）马端临《文献通考》，卷六十六，第597页。

代雅乐艺术的基本范式，满足了统治者的宗教需求、政治需求，同时包括享乐需求以及审美欣赏等各种需求。对于这种艺术生产方式所达到的成就，我们是不能低估的。可惜的是，由于这些人的社会地位低下，历史很少能留下他们的名字，他们的生平事迹已不可考。这是历史的遗憾。

二　以俗乐生产为主的寄食式制度在汉代的发展

和先秦时代相比，两汉艺术生产方式最大的变化还是以俗乐生产为主的寄食式的大发展。这是因为，在汉代，除了寄食于宫廷的歌舞艺人仍然保持着较大数量之外，寄食于达官显宦之家的歌舞艺人也有了明显的增加。

我们知道，由于受等级制的限制，在先秦时代，各级贵族之家所豢养的歌舞艺人是有一定限制的。《左传·隐公五年》："考仲子之宫将万焉，公问羽数于众仲，对曰：'天子用八，诸侯用六，大夫四，士二。'"杜预注："唯天子得尽物数，故以八为列，诸侯则不敢用八。"《论语·八佾》载孔子谓季氏："八佾舞于庭，是可忍，孰不可忍也？"何晏注："天子八佾，诸侯六，卿大夫四，士二。八人为列，八八六十四人。鲁以周公故受王者礼乐，有八佾之舞。季桓子僭于其家庙舞之，故孔子讥之。"可见，直到春秋后期，诸侯或大夫在用乐的人数上还有严格的限制，超过此限制则被称为"僭越"，是违背当时制度的。

但是，随着经济的发展和新兴地主阶级的崛起，周代社会的这种礼乐制度到战国时期就已经遭受了严重的破坏。世俗的享乐艺术——新声，在诸侯国的宫廷中演出规模越来越大，如《楚辞·招魂》所言："肴羞未通，女乐罗些。陈钟按鼓，造新歌些。《涉江》、《采菱》，发《扬荷》些。美人既醉，朱颜酡些。嬉光眇视，目曾波些。被文服纤，丽而不奇些。长发曼鬋，艳陆离些。二八齐容，起郑舞些。衽若交竿,抚案下些。竽瑟狂会,搷鸣鼓些。宫庭震惊,发《激楚》些。吴歈蔡讴,奏大吕些。士女杂坐,乱而不分些。放陈组缨,班其相纷些。郑卫妖玩,来杂陈些。《激楚》之结,独秀先些。"《招魂》中对楚国宫廷中的这种大规模歌舞娱乐活动的描写,过去曾被人视为夸张。但是,随着近年来曾侯乙墓编钟的出土,我们可以认为,楚辞中的这种描写是符合实际的。楚国是这样,齐国也是如此,《韩非子·内储说上》记齐宣王爱听吹竽,每次必要三百人,廪食者有数百人,这虽然略带有寓言的性质,但是也不能说没有一定的根据。

两汉社会继承战国而来,在歌舞娱乐方面有了更大的发展,寄食于宫廷的歌舞艺人也就更多。如《西京杂记》所言,汉高祖时戚夫人"善为翘袖折腰之舞,歌《出塞》、《入塞》、《望归》之曲,侍婢数百皆习之。后宫齐首高唱,声入云霄"。汉武帝时表演郊祀歌舞也是"千童罗舞成八溢,合好效欢虞太一"(《郊祀歌十九章·天地》),可见其歌舞享乐之盛。而"公卿列侯亲属近臣……奢侈逸豫,务广第宅,治园地,多畜奴婢,被服绮縠,设钟鼓,备女乐"(《汉书·成帝纪》),"富者钟鼓五乐,歌儿数曹。中者鸣竽调瑟,郑舞赵讴"(《盐铁论·散不足》)。成哀之际,歌舞更盛,"黄门名倡丙疆、景武之属,贵戚五侯定陵、富平外戚之家,淫侈过度,至于人主争女乐"(《汉书·礼乐志》)。由此可知汉代歌舞艺术的发展水平。那些从先秦遗留下来的所谓天子用八佾、诸侯用六佾、卿大夫用四佾、士用二佾的礼乐制度早已经不适用了。

两汉社会是寄食式的歌诗艺术生产大发展的时代。之所以如此,是因为这种寄食式的歌诗艺术生产方式,必须要以整个社会的经济生产繁荣和秩序稳定为基础。没有这一基础,就不会有一个庞大的歌诗艺术消费团体,也不会有日益增加的歌诗艺术消费需求,自然也就不会出现更多专业的歌诗艺术生产者,不会出现像李延年家那样的歌诗艺术生产世家,不会出现像中山、赵地那样以培养歌舞艺人为主的人才生产基地，不会出现像刘仲卿那样以专门培养歌舞艺术人才，或者我们也可以说身兼训练、贩卖、拐骗歌舞艺人这样数职的歌舞音乐"经纪人"。

由于汉代社会经济的发展和统治者娱乐需求的增加，这些寄食于宫廷、贵戚、达官显宦、富商大贾之家的歌舞艺人，在客观上就成为生产和传播新声的主要艺术生产者，也正是这支庞大的队伍，成为推动汉代歌诗艺术向着新方向发展的主要力量。这当中，李延年就是杰出的代表。

我们在这里之所要把俗乐的寄食式与雅乐的寄食式分开，是因为二者虽然同为寄食式，但是在艺术生产的目的上有相当大的不同，因而在寄食的方式上也有很大的区别。首先，朝廷雅乐的寄食式主要是为了生产朝廷的雅乐，国家的祭祀、燕飨等重要活动服务，有较强的政治功利性；而俗乐的寄食式主要是为了各级贵族的艺术消遣和享乐。其次，雅乐的寄食式属于国家的一项政治制度，其歌舞艺术人才也都隶属于国家，是国家官僚机构中的一部分。尽管他们大多数人的地位很低，但总属于国家官吏或者其属员，享受国家的俸禄。而俗乐的寄食式则是封建社会世俗生活的一部分，是各级贵族、达官显宦、富商大贾享乐的需求与歌舞艺术人才谋生需求的一种自然结合，它已经成为封建社会一种特殊的生产关系——艺术的生产与消费关系。这种生产关系更接近于埃斯卡皮所说的寄食式，由某一个人或某一个家庭来养活一个歌舞艺人，他们保荐他，反过来又要求他满足他们的文化需要。在这种体系里，歌舞艺人被认为是提供奢侈品的工匠；于是，他也根据物物交换的原则，用自己的产品换取他人对自己的供养。这些歌舞艺人不属于国家机构中的一员，他与所寄食者之间只是一种供养与服务的关系。当然，这两种寄食式中也并非没有沟通。一些供职于皇亲国戚家的杰出的歌舞艺人，他们可能有机会进入朝廷的音乐机构，如李延年那样由"故倡"而变为"协律都尉"。但大体来讲，他们还是属于两个不同系统的。

第四章 汉代歌诗艺术生产的基本特征

在汉代的这两种寄食式当中,对于歌诗艺术发展影响更大的,还是俗乐生产中的寄食式。之所以如此,是因为在先秦以来雅俗两种艺术的斗争中,俗乐才代表了艺术发展的趋势,也是艺术发展的主流。同样,也正是这种以生产俗乐为主的寄食式,最能满足新兴地主阶级的艺术消费需求,也最适合当时社会生产力的发展水平,适应那个社会的生产关系。在雅乐与俗乐的斗争中,俗乐之所以能够取得胜利,和这种以俗乐生产为主的寄食式的大发展,是有直接关系的。

与这种寄食式的生产方式相对应,汉代歌诗艺术消费的主要方式自然也就是特权式消费。无论是由国家养活的雅乐人才还是由宫廷贵族、达官显宦、富商大贾养活的俗乐人才,他们生产的雅乐和俗乐,都是专门供这些人来消费、来享乐的。他们拥有政治和经济上的特权,国家的财富都集中到他们手中,同时也就拥有了消费上的特权。由他们豢养的那些歌舞艺术人才,主要也是为他们服务的。不要说那些在宫廷中表演的歌舞,普通老百姓没有资格也没有条件看到,就是那些在达官显宦、富商大贾之家所表演的歌舞,也只限于少数人消费娱乐。在这方面,汉代画像石(砖)给我们留下了无数生动的例证。按廖奔分析,汉代歌舞表演的典型形态是厅堂式演出和殿庭式演出,也有少量的广场式演出,都属于"帝王、贵族的家庭、官署娱乐"[①]。一般情况都是由一个或者一组歌舞艺人在厅堂或者殿庭上表演,旁边是主人观赏享乐。"宴客乐舞,是上层社会生活的写照。四川郫县1号石棺的浮雕上,便有这样隆重的场景。画面上一个贵族家庭,门前车马喧哗,客人络绎不绝。歇山式楼堂中,宾主席地吃喝,一群艺人或抚琴演奏,或施杂耍"[②]。南阳王庄乐舞百戏图,"主室西壁北假门

---

① 廖奔:《中国古代剧场史》,中州古籍出版社,1997,第27~31页。
② 《中国画像石全集》编辑委员会:《中国画像石全集》,第7卷《四川汉画像石》,山东美术出版社、河南美术出版社,2000,第12页。图片见第96页第122~124图,文字介绍见"图版说明"第39页。

门楣,上饰帷幔。左三人,一女伎挥长袖蹁跹起舞,一男子头戴面具,赤裸上身作滑稽戏;一女子双手撑地作倒立之技,左一人鼓瑟,余四人皆执桴作挥动状"①。山东汉画像石图五七《庖厨、楼堂、乐舞画像》:"画面三格:左格,庖厨。一人汲水,二人烧灶,一人切肉,二人杵臼,一人躬腰端盆,另有二人席地而坐。中格,楼堂。楼上二人六博游戏,四人宴饮,另有侍者三人;楼下三人中蹬梯,门外有人、马。右格,乐舞。虎座建鼓立中央,羽葆飘两旁,二人击鼓,二人观看;下有二人长袖起舞,旁有乐人伴奏。"② 这些特权式消费方式,对于汉代歌诗艺术生产的繁荣产生了巨大的影响。

第二节 卖艺式的歌诗生产与平民式消费在汉代的出现

寄食式是汉代社会歌诗艺术生产方式的主流。同时,随着汉代城市的繁荣和商品经济的发展,另一种歌诗艺术生产方式——卖艺式,也已经有了初步的发展,与之相应的,自然也就有了平民式消费,这是值得我们注意的大事。

一 卖艺式的歌诗生产在汉代的基本状况

我们知道,所谓寄食式和卖艺式的最大不同,就在于寄食的歌舞艺人主要寄食于宫廷或某一达官显宦或某一富人之家,由他们为艺人提供基本的生活保障,同时要求这些艺人只为满足自己的享乐需求服务。在这种制度下的歌舞艺术生产者,由于其经济的依附性,其社会

---

① 《中国画像石全集》编辑委员会:《中国画像石全集》,第6卷《河南汉画像石》,"图版说明"第53页,图片见第122页第152图。
② 《中国画像石全集》编辑委员会:《中国画像石全集》,第2卷《山东汉画像石》,"图版说明"第19页,图片见第49页第57图。

地位也具有一定的依附色彩。而卖艺式下的歌舞艺人则是一种自由人，他们以自己的技艺作为谋生的手段，组成小规模的生产团体，主要在城市或在农村中流动，以演出的收入来维持生活。

两汉社会是否有了卖艺的演出团体，历史上没有直接的记载。但是根据相关史料我们可以作出推测。据《列子·汤问》所记："周衰……有韩娥者，东之齐，至雍门，匮粮，乃鬻歌假食。"《史记·范雎蔡泽列传》又记："伍子胥橐载而出昭关，夜行昼伏，至于陵水，无以糊其口，膝行蒲伏，稽首肉袒，鼓腹吹篪，乞食于吴市。"可见，先秦时代已经有卖艺为生的事例。韩娥、伍子胥虽然是在旅途无粮不得已时才以卖唱为生，并不算专门的卖唱艺人，但我们由此却可以推知，当时以卖唱为生是可以被大众接受的，那么这种人自然也是存在的。既然先秦时期已有这种个别情况，那么两汉时代这种情况理应更为普遍。《宋书·乐志》又云："凡乐章古词，今之存者，并汉世街陌谣讴，《江南可采莲》《乌生十五子》《白头吟》之属是也。"《晋书·乐志》也说："《相和》，汉旧歌也；丝竹更相和，执节者歌。"分析这两句话的意思我们可知，第一，这里所说的《江南可采莲》《乌生十五子》《白头吟》属于"街陌谣讴"；第二，这些歌曲在当时属于"相和"曲一类，而这一类曲子的演唱则是"丝竹更相和，执节者歌"。显然，只有说它们出自当时以卖艺为生的民间歌舞团体才能够同时给这两种状况以一个合理解释。

这种民间歌舞团体，可能被称为"散乐"。《周礼·春官旄人》："旄人掌教舞散乐。"郑玄注："散乐，野人为乐之善者。"贾公彦疏："以其不在官之员内，谓之为'散'，故以为野人为乐之善者。"《旧唐书·音乐志二》："散乐者，历代有之，非部伍之声，俳优歌舞杂奏……总名百戏。"宋赵彦卫《云麓漫钞》卷十二："今人呼路岐乐人为散乐。"宋无名氏《错立身》戏文第一出："因迷散乐王金榜，致使爹爹捍离门。"又第四出："老身幼习伶伦，生居散乐。"由宋以后明确认定散乐就是民间歌舞团体的情况推知,唐以前所说的散乐也当如此。并且由此可知,汉唐以前的"百戏"亦主要由这种民间歌舞团体组成。这些民间团体,或者以表演歌舞为生,或者以表演百戏为业。《汉书·周勃传》中说,周勃先时"常以吹箫给丧事"。颜师古注:"吹箫以乐丧宾,若乐人也。"显然,像周勃这样的乐人,就应该属于当时专为丧事而服务的民间音乐团体。《盐铁论·散不足》也说:"今俗因人之丧以求酒肉,幸而小坐而责办歌舞俳优,连笑伎戏。"这也说明,当时社会上的确存在着这样活跃在民间的歌舞团体。如果不是这样,一家有了丧事,何以很快就能请来歌舞俳优进行连笑伎戏的表演呢?从情理上推测,在汉代社会里,一些达官显宦和富商大贾之家可以养得起专为自己服务的歌舞倡优,但是还有更多的中下层商人、地主和官吏未必养得起这样的私倡,他们对于歌舞音乐的需求如果需要满足,最好的方式莫过于临时雇用民间的歌舞团体来为自己表演了。从现有的文献记载和出土文物来看,汉代歌舞艺术的演出有时场面很大,节目也很多,这些未必都是私家倡优的表演,可能包含来自民间以卖艺为生的歌舞艺术团体的表演。此正所谓"游手末作,俳优技艺,传食于富人"①。

二 卖艺式生产方式与平民式消费的出现及其意义

卖艺式的艺术生产方式之所以能够产生,首先是以社会生产力的发展和城市商业经济的繁荣为基础的。有了这样的基础,才会有一个比较富有的城市市民阶层的出现。而正是这个城市市民阶层对艺术消费的需要,也就是平民式消费的需要,才刺激了卖艺式的艺术生产方式的产生。当前有一种观点认为,中国的城市市民阶层的兴起,应该是从宋代开始的,最早不过推到唐代。如谢桃坊说:"中国的封建社

---

① (元)马端临:《文献通考》,卷一《田赋一》引水心叶氏语,第35页。

会自唐代中叶以后政治经济结构发生了变化，到了北宋时期渐渐趋于定型。……宋以前我国古代的城市基本上是属于以政治为中心的郡县城市，在经济上不存在与乡村分离的情况。"① 其实并不是这样。早在汉代，中国城市的商业经济已经相当发达了。如西汉的首都长安，就不仅仅是国家的政治中心，同时也是全国的经济中心之一。据刘运勇研究，鼎盛时期的长安城，人口远不止五十万。《史记·货殖列传》说："汉兴，海内为一，开关梁，弛山泽之禁，是以富商大贾周流天下，交易之物莫不通，得其所欲。""长安诸陵，四方辐凑并至而会，地小人众，故其民益玩巧而事末。"古文献中常常提到长安九市，这九市就是城中九个主要的、规模较大的市场。另据四川出土的汉代市井画像砖上，人物众多，商店林立。又据《西京杂记》等文献，司马相如与卓文君在四川临邛就开设过一家酒店，文君当垆卖酒，相如身着"犊鼻裈"，"与庸保杂作，涤器于市中"。由此也可推知当时长安城中商业繁荣的景象。又据出土文献和陈直先生等人的考证，当时长安城中交易的商品包括了新鲜食品、瓜果蔬菜、鱼羊牛猪肉、皮革制品、干杂货、各种手工业原料、建筑材料、蚕丝毛麻制品，以及漆器、铜器、铁器、木器，等等。② 这些，在司马迁的《史记·货殖列传》中已经记载得相当清楚。

  夫用贫求富，农不如工，工不如商，刺绣文不如倚市门，此言末业，贫者之资也。通邑大都，酤一岁千酿，醯酱千瓨，浆千甔，屠牛羊彘千皮，贩谷粜千钟，薪稾千车，船长千丈，木千章，竹竿万个，其轺车百乘，牛车千两，木器髤者千枚，铜器千钧，素木铁器若卮茜千石，马蹄躈千，牛千足，羊彘千双，僮手

---

① 谢桃坊：《中国市民文学史》，四川人民出版社，1997，第2页。
② 参见刘运勇《西汉长安》，中华书局，1982，第94~102页。

千指,筋角丹沙千斤,其帛絮细布千钧,文采千匹,榻布皮革千石,漆千斗,蘖麹盐豉千荅,鲐鲞千斤,鲰千石,鲍千钧,枣栗千石者三之,狐貂裘千皮,羔羊裘千石,旃席千具,佗果菜千钟,子贷金钱千贯,节驵会,贪贾三之,廉贾五之,此亦比千乘之家,其大率也。

司马迁的这段话,不但说出了当时商业盈利的现实,同时也说明了当时商品经营的范围之广。也许,汉代的商品经济还远不如宋代发达,但是,如果说它与宋代的商品经济不仅是量上的差别而且还是质上的差异,却总有过于夸大宋代城市经济而小视了前代城市经济之嫌。无论是宋代社会还是汉代社会,都属于中国古代的封建社会,在这一社会发展的过程中,宋代的商品经济虽然较汉代有了较大的发展,可是整个中国封建社会的性质并没有本质上的改变。即便是到了宋代,中国的城市经济也没有出现与乡村经济分离的现象。因为从本质上讲,无论宋代的城市经济如何发达,这种经济仍然是农业经济,最多只不过是农业经济的城市商品化罢了。所以,如果要研究中国的市民文学,不重视汉代社会城市经济的繁荣事实以及与之相关的市民文艺的发展状况是不行的。

汉代虽然已经有了产生市民文学的文化土壤,出现了一个市民文艺的消费阶层,出现了卖艺式的生产方式与平民式的艺术消费,但是我们并没有因此而认为汉代的市民文学和宋代的市民文学完全可以相提并论。艺术的发展固然需要经济的发展做前导,艺术本身也有着自身的发展规律,尤其是艺术形式的演变,往往是一个漫长的发展过程,它不与经济发展完全同步。另外,由于汉代社会和宋代社会的文化背景不同,市民的艺术审美趣味不同,艺术生产的表现形式不同,两个时代的市民艺术也呈现出不同的时代特点。如果说宋代的市民文艺主要是以流行的通俗歌词、话本小说为主的话,那么汉代就是以街陌谣讴的相和歌演唱与歌舞百戏的表演为主了。它虽然没有宋代的市民艺术那么繁荣，形式那么多样，却是宋代市民艺术的先声。特别是从卖艺式的生产方式方面考虑，它更是宋代艺术生产的渊源。

与卖艺式歌诗艺术生产相对应的消费方式，自然就是平民式的，这种新的消费方式的产生同样具有重要意义。我们知道，人类社会自从出现阶级和分工以来，对艺术的欣赏就渐渐地变成了少数人享有的特权，特别是对于那些专业艺术家所创作的高水平的作品来说更是如此。专业艺人成了专为上层统治者提供艺术生产服务的寄食奴隶，而广大的中下层群众却没有资格也没有条件来欣赏这样的艺术，实现这样的文化消费。但是，随着汉代社会的经济发展，随着一部分中下层市民群众经济条件的改善和政治地位的相对提高，他们也逐渐有了对这种艺术消费的迫切需要并使这种需要成为可能。可以这样说，与寄食式的艺术生产方式最大的不同之处，就在于卖艺式的生产服务对象不再是以达官显宦为主而是以平民为主，是最早的平民式消费方式。这在一定程度上标志着广大人民群众艺术消费权利的重新获得，也是历史的巨大进步。同时，它也进一步说明，只有当广大人民群众重新获得了艺术消费的权利之后，艺术才会有更加广阔的发展前景，才会显出旺盛的生命力。两汉社会的这种艺术消费方式虽然仅仅是个开始，但是它所代表的艺术发展方向却不可改变。如果说，以街陌谣讴为主的汉代相和歌辞已经在一定程度上代表了汉代歌诗艺术的生产方向，并成为魏晋六朝中国歌诗艺术生产主流的话，那么到了宋代以后，市民文艺所代表的中国文学艺术发展的主导方向便成为大势所趋，已经不可阻挡。不幸的是，由于汉代以后中国封建社会长期一直处于停滞不前的状态，所以在汉代已经得到初步发展的市民歌诗艺术生产在六朝以后没有大的进步。这种状况，一直到了唐宋，特别是宋代以后才有了较大的改变。但我们并不能因此而否定汉代这种艺术生产与消费方式的重要意义。

第三节　古老的自娱式歌诗生产
　　　　与消费在汉代的发展

除了寄食式的歌诗生产与特权式消费、卖艺式的歌诗生产与平民式消费之外，自娱式的歌诗生产与消费也是汉代艺术生产与消费的一种重要方式。本来，从艺术生产的源头上讲，自娱式是最为古老、最原始的艺术生产与消费方式。先民的艺术生产与消费最初就是自娱式的。自从出现了阶级和分工之后，寄食式的艺术生产与特权式消费才成为艺术生产与消费的主要方式。但是，自娱式的艺术生产与消费并没有因此而消失，而是表现为新的形式继续向前发展。

一　广大群众自娱式的歌诗艺术生产与消费

由于分工，由于繁重的生产劳动使广大人民群众没有时间专门从事艺术生产和艺术消费，但这并不能完全剥夺他们对艺术的需求，他们在一切可能的条件下仍然执着地进行着自娱式的艺术生产和消费。毋庸讳言，这种自娱式的艺术产品水平是不高的，现存的两汉歌谣可以证明。但是，由于这种自娱式的艺术生产素材直接来自现实生活，因而具有相当的生动性，在一定程度上可为另外两种艺术生产与消费方式提供最基本的材料，甚至提供新的艺术形式。如汉代流传甚广的角抵戏《东海黄公》，就来自民间。据《西京杂记》所载，相传东海有一人叫黄公，年轻时法术高强，能制服老虎。他身佩赤刀，以绛色丝带束发。站着可兴云雾，坐着可致江河。到了老年，力气衰退，饮酒过度，法术就不灵了。秦朝末年，东海出现了白虎，黄公就使赤刀去制服。因为法术不灵，结果反而被老虎吃了。三辅地区的人就以这个故事为题材进行表演娱乐，后来引入汉朝宫廷成为著名的角抵戏。再如汉乐府中的《江南》一诗，歌唱的是江南的美好风光和生活的欢乐，最初当是来自于民间的一首自娱式歌诗，也具有相当高的艺术成就，堪称汉乐府中的名篇。

在汉代广大群众的自娱式歌诗艺术生产中，民间谣谚占有着重要的地位。从理论上讲，在封建社会里，广大群众虽然因为社会的分工而不可能从事专业化的歌诗艺术生产，他们的歌诗创作水平也会因此而大受影响，同时，因为经济和政治的原因也没有条件去进行特权式的艺术消费，但是这并不妨碍他们还可以进行自娱式的歌诗艺术生产与消费。班固在《汉书·艺文志》中说："自孝武立乐府而采歌谣，于是有赵代之讴，秦楚之风，皆感于哀乐，缘事而发。"由此可以证明在汉代下层社会，歌谣不但大量存在，而且其基本的表现特征是"感于哀乐，缘事而发"。遗憾的是，这些歌谣大多数没有保留下来。同时所幸的是，在汉代，由于还保留着先秦时期"采诗以观民风"的观点，而传统的史家也喜欢用民间的歌谣来判断一个时代乃至某一位官员的好坏，所以在《史记》《汉书》《后汉书》《华阳国志》等史书中，保留了大量的民间歌谣，这成为中国古代歌诗艺术的一大宝藏。如《汉书·匈奴传》里所记录的《平城歌》，《曹参传》中所记的《画一歌》，《沟洫志》里所记的《郑白渠歌》；《史记·淮南厉王列传》里的《民为淮南厉王歌》，《外戚世家》中的《天下为卫子夫歌》；《后汉书·张堪列传》里所记的《渔阳民为张堪歌》，《朱晖列传》里所记的《临淮吏人为朱晖歌》，《樊晔列传》里所记的《凉州民为樊晔歌》；等等。事实上，当代学者所说的汉代"民歌"，应该指的是这一类的歌诗，而不应该是以相和歌辞为主的那些"乐府诗"。因为那些"乐府诗"大多数都产生在寄食式和卖艺式的生产方式下，是当时社会上那些专业"艺术家"的产品。对此，我们在后面将有专门论述。

二 宫廷贵族及官僚文人的自娱式歌唱

本来，在寄食式为主的艺术生产方式下，封建统治者是最大的利益获得者，也有充分的条件进行高水平的艺术消费。从这个角度讲，他们并不需要自己进行艺术生产。但是，艺术消费和其他物质消费的最大不同之处，就是生产本身的消费性。或者说，有时候艺术的消费并不是对一件客观的艺术品进行观赏，而恰恰是自身投入艺术生产的过程本身。这一点，在歌诗艺术的生产和消费中更为突出。听别人的演唱固然是一种享受，但是在很多时候只有自己亲自参与其中歌唱才会得到更大的满足。另外，作为自娱式的歌诗生产与消费，它的性质和目的也与寄食式和卖艺式有很大的不同。它更重在自我情感的抒发而不是客观的欣赏。它有时候可能走向世俗，以娱乐为主要目的，但是还有很多的时候可能生产和消费的目的是抒发个人感情甚或是表达个人的思想。在这里又分为两种情况。

一种情况是作为封建帝王的自娱式的歌诗生产与消费。它在汉代社会还表现出另外一个重要的特点。因为他们掌握着社会的财富和政治的权力，也掌握着宫廷的乐官机构，所以，他们也会把这种特权用到自娱式的歌诗生产与消费中来，成为一种非常特殊的自娱式歌诗生产与消费现象。如我们上引《西京杂记》所记："高帝、戚夫人善鼓瑟击筑。帝常拥夫人倚瑟而弦歌，毕，每泣下流涟。夫人善为翘袖折腰之舞，歌《出塞》《入塞》《望归》之曲，侍婢数百皆习之。后宫齐首高唱，声入云霄。"又云："戚夫人侍儿贾佩兰……又说在宫内时，尝以弦歌管舞相欢娱，竞为妖服，以趣良时。十月十五日，共入灵女庙，以豚黍乐神，吹笛击筑，歌《上陵》之曲。既而相与连臂踏地为节，歌《赤凤凰来》。至七月七日，临百子池，作于阗乐。"① 这种由帝王参与其中的自娱式的歌诗艺术消费，其规模是普通民众乃至一般的封建官僚不可企及的，同时也是典型的特权式消费。《史记》《汉书》《后汉书》等历史文献中记载了众多封建帝王自作的歌诗，

---

① （晋）葛洪：《西京杂记》卷一、卷三，第2、19页。

并详细描写了他们制作这些歌诗的历史故事。他们这种自娱式的歌诗生产与消费带有典型的特权性。据沈约《宋书·乐志》所记,魏晋时代有主名的清商三调歌诗,以曹氏三祖为最多,这些歌诗,在郭茂倩《乐府诗集》里大多标明"魏乐所奏""魏、晋乐所奏""晋乐所奏"的字样,如:

> 相和曲《气出唱》三首,魏武帝,"魏晋乐所奏",
> 相和曲《精列》一首,魏武帝,"魏晋乐所奏",
> 相和曲《度关山》一首,魏武帝,"魏乐所奏",
> 相和曲《十五》一首,魏文帝,"魏晋乐所奏",
> 相和曲《薤露》一首(惟汉二十二世),魏武帝,"魏乐所奏",
> 相和曲《蒿里》一首(关东有义士),魏武帝,"魏乐所奏",
> 相和曲《对酒》一首,魏武帝,"魏乐所奏",
> 相和曲《陌上桑》一首(驾虹霓),魏武帝,"晋乐所奏",
> 相和曲《陌上桑》一首(弃故乡),魏文帝,"晋乐所奏",
> 平调曲《短歌行》一首(对酒当歌),魏武帝,"晋乐所奏",
> 平调曲《短歌行》一首(周西伯昌),魏武帝,"晋乐所奏",
> 平调曲《短歌行》一首(仰瞻帷幕),魏文帝,"魏乐所奏",
> 平调曲《燕歌行》一首(秋风萧瑟天气凉),魏文帝,"晋乐所奏",
> 平调曲《燕歌行》一首(别日何易会日难),魏文帝,"晋乐所奏",
> 清调曲《苦寒行》一首(北上太行山),魏武帝,"晋乐所奏",
> 清调曲《苦寒行》一首(悠悠发洛都),魏明帝,"晋乐所奏",
> 清调曲《塘上行》一首,魏武帝,"晋乐所奏",
> 清调曲《秋胡行》一首(晨上散关山),魏武帝,"魏晋乐所奏",

清调曲《秋胡行》一首（愿登泰华山），魏武帝，"魏晋乐所奏"，

瑟调曲《善哉行》一首（古公亶甫），魏武帝，"魏晋乐所奏"，

瑟调曲《善哉行》一首（自惜身薄祜），魏武帝，"魏晋乐所奏"，

瑟调曲《善哉行》一首（朝日乐相乐），魏文帝，"魏晋乐所奏"，

瑟调曲《善哉行》一首（上山采薇），魏文帝，"魏晋乐所奏"，

瑟调曲《善哉行》一首（朝游高台关），魏文帝，"魏晋乐所奏"，

瑟调曲《善哉行》一首（我徂我征），魏明帝，"魏晋乐所奏"，

瑟调曲《善哉行》一首（赫赫大魏），魏明帝，"魏晋乐所奏"，

瑟调曲《步出夏门行》一首（云行雨步），魏武帝，"魏晋乐所奏"，

瑟调曲《步出夏门行》一首（步出夏门），魏明帝，"魏晋乐所奏"，

瑟调曲《折杨柳行》一首（西山一何高），魏文帝，"魏晋乐所奏"，

瑟调曲《却东西门行》一首，魏武帝，"魏晋乐所奏"，

瑟调曲《野田黄雀行》一首，曹植，"晋乐所奏"，

瑟调曲《艳歌何尝行》一首（何尝快），魏文帝，"晋乐所奏"，

瑟调曲《煌煌京洛行》一首，魏文帝，"晋乐所奏"，

瑟调曲《棹歌行》一首（王者布大化），魏明帝，"晋乐所奏"，

楚调曲《怨诗行》一首（明月照高楼），曹植，"晋乐所奏"，

楚调曲《怨歌行》一首（为君既不易），曹植，"晋乐所奏"。

以上36首歌诗，是《乐府诗集》中标明曹氏祖孙四人所作歌诗

中曾为魏乐或者晋乐演奏的。其中标明为魏武帝辞并为魏、晋乐所奏的共有18首，标明为魏文帝辞并为魏、晋乐所奏的共有10首，标明魏明帝辞并为魏、晋乐所奏的共5首，标明为曹植辞并为晋乐所奏的共3首。众所周知，在三曹当中，曹植的才气和文学水平都是最高的，可是为什么他的歌诗却没有一首被"魏乐所奏"？被"晋乐所奏"的也仅有3首？而曹操、曹丕却分别有那么多的歌诗可以被"魏、晋乐所奏"呢？对此，刘勰评价说："子建、士衡，咸有佳篇，并无诏伶人，故事谢丝管，俗称乖调，盖未思也。"① 按刘勰的说法，曹植虽有佳篇，但是他所作歌诗却没有被伶人拿去配乐，所以被称为"乖调"。可是，为什么曹植的歌诗写得很好却不能配乐？刘勰没有说明。曹植在《鞞舞歌序》中说："汉灵帝西园鼓吹，有李坚者，能《鞞舞》。遭乱，西随段煨。先帝闻其旧有技，召之。坚既中废，兼古曲多谬误；异代之文，未必相袭，故依前曲改作新歌五篇，不敢充之黄门，仅以成下国之陋乐焉。"② 曹植的《鞞舞歌》五篇在《宋书·乐志》中有幸保留下来，它们本是为魏王朝歌功颂德之作，从文辞上看相当讲究。但是这样的大制作却"不敢充之黄门，仅以成下国之陋乐焉"，这说明，在封建帝王宫廷里，所作歌诗能否被之管弦，是有定制的。由此我们再来考察汉代社会帝王歌诗与文人歌诗，我们也许会明白，为什么历史上记载的有主名的汉代歌诗大多数是帝王贵族之作。

另一种情况是文人士大夫阶层的自娱式歌诗生产，它也有明显的特点。文人士大夫是中国古代一个特殊的群体，他们对于人生价值有着更高的追求，期望在有限的人生中做出更大的成就。两汉中央集权的政治体制，为他们走向仕途实现个人的理想抱负提供了可能，但是

---

① 王利器：《文心雕龙校证》，上海古籍出版社，1980，第44页。
② （梁）沈约：《宋书·乐志》，第551页。

封建专制政治对于人性的压迫,也使他们对于个体人生的苦难有了更多的体会。所以,在他们进行自娱式歌诗艺术生产的过程中,创作抒写自我情志的作品就成为其中的重要部分。它强化了艺术的意识形态功能。这部分作品成为我们传统文学研究的主要对象。在汉代,这种类型的艺术生产与消费无疑也占有相当重要的地位,其作品也取得了相当高的成就。不过,和后代相比,这种文人的强调意识形态的歌诗生产与消费在汉代还没有成为歌诗生产与消费的主流,终有汉一代,以表达世俗之情为主的歌诗作品在汉代歌诗生产与消费中占据着中心位置。同时,这种突出意识形态的文人歌诗作品的消费与我们所讲的表达世俗之情的歌诗生产和消费在目的指向上有着越来越大的距离,所以我们在这里主要研究的不是这些作品,而只是那些文人自娱自乐式的世俗歌唱。在汉代,这一类的歌诗虽然并不多见,却有着比较重要的意义,如杨恽的《拊缶歌》、马援的《武溪深行》、梁鸿的《五噫歌》、张衡的《同声歌》、辛延年的《羽林郎》、宋子侯的《董娇饶》之类的作品,或者感于哀乐,缘事而发,或者抒写世俗之情志,皆有较高的艺术水平,显示了文化阶层的作品与普通大众民间歌谣之间的风格差异。其中有相当多的文人歌诗产品,则直接融入了专业艺术家的歌诗艺术创作当中。汉乐府相和诸调曲的许多作品,可能就出于这些文人之手。

通过以上考察我们可知,越来越发达的寄食式生产与特权式消费、初具规模的卖艺式歌诗生产与平民式消费、抒写世俗之情的自娱式生产与消费,是汉代歌诗生产与消费的三种主要方式,也是汉代歌诗生产与消费的基本特征。这三种不同的生产与消费方式,从不同层面推动着汉代歌诗艺术向前发展,也形成了汉代歌诗的不同类型与类别。大抵来讲,由于汉代社会是以寄食式的歌诗生产与特权式消费为主,所以作为汉代歌诗艺术的主体——包括以《安世房中歌》十七首、《郊祀歌》十九章为代表的宫廷祭祀雅乐与以相和诸调曲为代表的歌舞艺人所表演的俗乐，都在这种生产与消费方式下产生，它们也代表了汉代歌诗艺术生产的最高成就。而卖艺式的歌诗生产与平民式消费在汉代虽然已经有了一定的规模，但是它们尚不能代表汉代歌诗艺术生产的主流，更多情况下它们是为寄食式的歌诗生产与特权式消费提供源源不断的生产力（专业的歌舞艺术人才）与生产资料（各种生动的歌诗艺术题材与初级产品）。自娱式的歌诗生产则朝着两个方面分化，一方面广大民众的自娱式歌诗生产受到严重的限制，他们最有代表性的歌诗就是那些批评时政的歌谣，最终仅有一部分作为史官们判断国家政绩的根据而被载入史册。另一方面则是宫廷贵族与官僚文人的自娱式歌唱，其中帝王贵族宫廷内的自娱式歌唱，已经成为他们特权式歌诗消费的有机组成部分；而文人们的自娱式歌唱，则有相当大的一部分被融入歌舞艺人的专业化歌诗生产创作当中，它们共同促进了汉代歌诗艺术的发展。

第五章
汉代歌诗分类及其发展大势

本章提要：在传统的汉代歌诗的音乐分类基础上，再考虑其在当时所承担的艺术功能，我们把汉代歌诗分为主要用于祭祀的宫廷雅乐和主要用于社会各阶层艺术消费的俗乐这两大类型。从总体上讲，传统的雅乐在汉代呈逐渐衰落之势，但是由于它在封建社会中发挥着十分重要的作用，所以它在某种程度上代表了汉代歌诗艺术的最高水平。同时，雅乐在与俗乐互相影响的过程中也推动着俗乐的发展。而俗乐则是汉代歌诗艺术生产最为活跃的部分。汉初歌诗的主要音乐形式是楚声，西汉中期以后是横吹鼓吹兴盛的时期，而东汉则是相和歌兴盛的时期。汉代歌诗的这种发展进程与汉帝国文化发展的步调相一致。

两汉歌诗在三种不同的生产与消费方式的共同促进下发展，形成了形态各异的歌诗艺术。但是，这些歌诗，在汉代并没有人做过系统的分类。班固《汉书·礼乐志》仅记录下《安世房中歌》与《郊祀歌》十九章，在《汉书·艺文志》里，又记载了314首汉代歌诗的篇目。到了沈约，在《宋书·乐志》里记录下了大部分的汉代相和歌辞、《巾舞歌辞》和《汉鼓吹铙歌》十八曲,还有一些舞曲的篇名。此后,学者们搜集的资料越来越多,对汉代歌诗的分类也就越来越详细。其中尤以郭茂倩《乐府诗集》搜集最为完备,他把自汉到唐的乐府歌诗共分为十二类,其中汉代歌诗包括在郊庙歌辞、鼓吹曲辞、相和歌辞、杂曲歌辞、琴曲歌辞、舞曲歌辞和杂歌谣辞七类之中。由于其分类最为合理,故多为后人所取。今人逯钦立在《先秦汉魏晋南北朝诗》中基本采用了郭茂倩的分类方法,但是他又把那些有主名的帝王、文人诗等诗作按东西汉的时序进行了分类。笔者的看法是,以上这些汉代歌诗,如果按照它们在汉代社会中所承担的不同功能及其艺术特质,则可以分为宫廷雅乐与俗乐两大部分;如果从其在汉代兴衰消长的过程来看,又以楚歌、横吹鼓吹、相和歌三类为主。下面,我们就从这两个方面对它们的整体情况作简单的论述。

第一节 主要用于祭祀燕飨的宫廷雅乐

雅乐是自周代以来制定的用于朝廷各种礼仪场所的音乐。它包括宗庙祭祀、朝廷燕飨、出征庆功等应用性音乐和公卿士大夫为朝廷所献的颂美讽谏之类的音乐。在汉代,则主要指沿袭周代雅乐传统,尤其是宗庙祭祀和朝廷燕飨音乐传统而创作或改编的音乐。严肃的宗教教义,隆重的祭祀场面,以及它在国家政治文化中的特殊作用,这一切都规定了雅乐艺术表现方式的独特性。典雅、整齐、凝重、舒缓是其基本的特点。《礼记·乐记》记子夏论古乐(雅乐):"今夫古乐:进旅退旅,和正以广;弦匏笙簧,会守拊鼓。始奏以文,复乱以武,治乱以相,讯疾以雅。"郑玄注:"旅,犹俱也。俱进俱退,言其齐一也。和正以广,无奸声也。会,犹合也,皆也。言众皆待击鼓而作。《周礼·春官宗伯·大师》:'大祭祀,帅瞽登歌,合奏击拊,下管播乐器,合奏鼓朄。'文,谓鼓也。武,谓金也。相,即拊也,亦以节乐。拊，以韦为表，装之以糠。糠，一名'相'，因以名焉，今齐人或谓糠为相。雅亦乐器名也，状如漆筒，中有椎。"孔颖达疏："'进旅退旅'者，旅，谓俱齐。言古乐进则俱进，退亦俱齐，进退如一，不参差也；'和正以广'者，乐音相和，正以宽广，无奸声也；'弦匏笙簧，会守拊鼓'者，言弦也，匏也，笙也，簧也，其器虽多，必会合保守，待击拊鼓，然后作也，故曰'会守拊鼓'；'始奏以文'者，文，谓鼓也。言始奏乐之时，先击鼓；'复乱以武'者，武，谓金铙也。言舞毕，反复乱理欲退之时，击金铙而退，故云'复乱以武'也；'治乱以相'者，相，即拊也，所以辅相于乐，故谓'拊'为'相'也。乱，理也。言治理奏乐之时，先击相，故云'治乱以相'；'讯疾以雅'者，雅，谓乐器名。舞者讯疾，奏此雅器以节之，故云'讯疾以雅'。"《礼记·乐记》又曰："是故乐之隆，非极音也。食飨之礼，非致味也。《清庙》之瑟，朱弦而疏越，一唱而三叹，有遗音者矣。"郑玄注："《清庙》，谓作乐歌《清庙》也。朱弦，谓练朱弦。练则声浊。越，瑟底孔也。画疏之，使声迟也。倡，发歌句也。三叹，三人从叹之耳。"由以上记载可见，从先秦传下来以宗庙祭祀为主要功用的朝廷雅乐，以严肃、整齐、典重而见长。它要求这种音乐的一板一眼、一动一静，都要合乎一定的规范而不能有所破坏。

汉代的雅乐继承先秦雅乐而来，一开始也表现出这样的特点。据《汉书·礼乐志》，汉代的雅乐主要包括以下几个部分。

一是由叔孙通因秦乐而作的"宗庙乐"："大祝迎神于庙门，奏《嘉至》，犹古降神之乐也。皇帝入庙门，奏《永至》，以为行步之节，犹古《采荠》、《肆夏》也。乾豆上，奏《登歌》，独上歌，不以管弦乱人声，欲在位者遍闻之，犹古《清庙》之歌也。《登歌》再终，下奏《休成》之乐，美神明既飨也。皇帝就酒东厢，坐定，奏《永安》之乐，美礼已成也。"可见，它主要继承了秦人的音乐——其实也就是周代宗庙音乐的基本内容和形式。大体分五个段落：第一段，庙门迎神；

第二段，皇帝入庙；第三段，奉上祭品；第四段，神明飨用；第五段，仪式结束。整个演奏过程以及所用的音乐等，都与周音乐有着相承的关系。这是我们认识汉代雅乐演奏的最为详细的一段材料。

二是由高祖唐山夫人所作的《房中乐》。《房中乐》本为周乐名。《汉书·礼乐志》说："周有《房中乐》，至秦名曰《寿人》。凡乐，乐其所生，礼不忘本。高祖乐楚声，故《房中乐》，楚声也。孝惠二年，使乐府令夏侯宽备其箫管，更名曰《安世乐》。"那么，周代的《房中乐》是什么呢？《仪礼·燕礼》说："若与四方之宾燕……则有房中之乐。"郑玄注："弦歌《周南》《召南》之诗而不用钟磬之节也。谓之房中者，后夫人之所讽诵，以事其君子。"《礼记·燕礼》又说："遂歌乡乐，《周南》：《关雎》《葛覃》《卷耳》；《召南》：《鹊巢》《采蘩》《采蘋》。"郑玄又注："《周南》《召南》，《国风》篇也。王后、国君夫人房中之乐歌也。《关雎》言后妃之德，《葛覃》言后妃之职，《卷耳》言后妃之志，《鹊巢》言国君夫人之德，《采蘩》言国君夫人不失职也，《采蘋》言卿大夫之妻能修法度也。……夫妇之道者，生民之本，王政之端。此六篇者，其教之原也。"郑玄的注释，也许带有过多的政治伦理教化色彩，但基本事实应该不差，周代房中乐主要是指《周南》和《召南》的六篇作品，其主要功能，应该是后妃夫人等用来讽诵侍奉君子之用，间或用来招待四方宾客。从这里看，汉初的《安世房中歌》，与周代的房中乐有着一定的继承关系。它由唐山夫人所作，体现了汉代后妃在宫廷礼仪用乐的形成中所起的重要作用。但是它与周代房中乐有着最明显的一点不同，那就是这一组诗篇所表现的并不是周房中乐体现的"后妃之德""后妃之志"等，而是对汉帝国统一的歌颂，是对刘邦"文治武功"的赞扬。它不是按周代房中曲的乐调演唱，而是采用了"楚声"。这更能体现出"礼不忘本"的特点。不过，从文辞的典雅、内容的纯正方面看，它与周代雅乐传统还是一脉相承的。《安世房中歌》的应用场合，历史上无明确记载。从《汉书·礼乐志》及其内容推测，它与叔孙通所作的宗庙乐可能有所区别。叔孙通所制的宗庙乐主要用于宗庙祭祀，而《安世房中歌》则应该主要用于宫廷的礼仪燕飨与房中。

三是用于汉代帝王陵庙的舞乐。这些舞乐大都有声无辞或者歌辞失传。《汉书·礼乐志》说："高庙奏《武德》《文始》《五行》之舞；孝文庙奏《昭德》《文始》《四时》《五行》之舞；孝武庙奏《盛德》《文始》《四时》《五行》之舞。《武德舞》者，高祖四年作，以象天下乐已行武以除乱也。《文始舞》者，曰本舜《招舞》也，高祖六年更名曰《文始》，以示不相袭也。《五行舞》者，本周舞也，秦始皇二十六年更名曰《五行》也。《四时舞》者，孝文所作，以示天下之安和也。盖乐已所自作，明有制也；乐先王之乐，明有法也。孝景采《武德舞》以为《昭德》，以尊大宗庙。至孝宣，采《昭德舞》为《盛德》，以尊世宗庙。诸帝庙皆常奏《文始》《四时》《五行舞》云。高祖六年又作《昭容乐》《礼容乐》。《昭容》者，犹古之《昭夏》也，主出《武德舞》。《礼容》者，主出《文始》《五行舞》。舞人无乐者，将至至尊之前不敢以乐也；出用乐也，言舞不失节，能以乐终也。大抵皆因秦人旧事焉。"这段记载说明了汉代宗庙歌舞音乐与前代雅乐的承接关系。

在第三类帝王宗庙歌舞里，值得注意的是汉高祖的《大风歌》。这首诗本是汉高祖刘邦初定天下，平定英布叛乱后回到故乡沛时，与故老兄弟相乐时所作，"令沛中僮儿百二十人习而歌之"（《汉书·礼乐志》）。到了汉惠帝时，为了纪念刘邦，就把沛宫立为原庙，令歌儿习吹以相和，作为祭祀时演唱的歌曲，并以百二十人为常制。这也许是汉初雅乐中唯一一首俗乐歌曲。

汉武帝时所创作的《郊祀歌》十九章，可以看作汉代朝廷雅乐的第四种类型。它与叔孙通所制篇章的区别在于：叔孙通所制的宗庙乐大抵还是承继前代旧制，而《郊祀歌》十九章则完全是汉代新创，更鲜明地体现了汉代雅乐的历史变化。《汉书·礼乐志》说："至武帝定郊祀之礼，祠太一于甘泉，就乾位也；祭后土于汾阴，泽中方丘也。乃立乐府，采诗夜诵，有赵、代、秦、楚之讴。以李延年为协律都尉，多举司马相如等数十人造为诗赋，略论律吕，以合八音之调，作十九章之歌。"从这几句话可以看出，《郊祀歌》十九章的创作，除了从所祭祀神明的角度看有变化之外，在艺术形式上也有很多创新。首先，它虽为雅乐，却从各地民间音乐中吸收了很多新东西，融入了赵代之讴、秦楚之风。其次，它是由司马相如等数十人所作歌词，乐辞深奥，非一般人所能理解。《史记·乐书》说："通一经之士，不能独知其辞，皆集会五经家，相与共讲习读之，乃能通知其意，多尔雅之文。"再次，从祭祀的场合与规模看，也比叔孙通所制的宗庙乐要大得多。"以正月上辛用事甘泉圜丘，使童男女七十人俱歌，昏祠至明。夜常有神光如流星止集于祠坛，天子自竹宫而望拜，百官侍祠者数百人皆肃然动心焉"。可以说，在一定程度上它已经突破了雅乐的范畴，因而曾招致来自保守方面的批评，所谓"今汉郊庙诗歌，未有祖宗之事，八音调均，又不协于钟律，而内有掖庭材人，外有上林乐府，皆以郑声施于朝廷。"（以上并见《汉书·礼乐志》）

以上是文献记载中西汉雅乐的基本情况。至东汉，无论从雅乐的名目还是从具体内容上又都有了新的变化。《后汉书·礼仪志》（中）注引蔡邕《礼乐志》曰：

> 汉乐四品：一曰太予乐，典郊庙、上陵、殿诸食举之乐。郊乐，《易》所谓"先王以作乐崇德，殷荐上帝"，《周官》"若乐六变，则天神皆降，可得而礼也"。宗庙乐，《虞书》所谓"琴瑟以咏，祖考来假"，《诗》云"肃雍和鸣，先祖是听"。食举乐，《王制》谓"天子食举以乐"，《周官》"王大食则令奏钟鼓"。二曰周颂雅乐，典辟雍、飨射、六宗、社稷之乐。辟雍、飨射，《孝经》所谓"移风易俗，莫善于乐"，《礼记》曰"揖让而天下治，礼乐

之谓也"。社稷，[《诗》] 所谓"琴瑟击鼓，以御田祖"者也。《礼记》曰："夫乐施于金石，越于声音，用乎宗庙、社稷，事乎山川、鬼神"，此之谓也。三曰黄门鼓吹，天子所以宴乐群臣，《诗》所谓"坎坎鼓我，蹲蹲舞我"者也。其短箫铙歌，军乐也。其传曰"黄帝、岐伯所作，以建威扬德，风敌劝士"也。盖《周官》所谓"王[师]大(捷)[献]则令凯乐，军大献则令凯歌"也。孝章皇帝亲著歌诗四章，列在食举，又制云台十二门诗，各以其月祀而奏之。熹平四年正月中，出云台十二门新诗，下大予乐官习诵，被声，与旧诗并行者，皆当撰录，以成《乐志》。

按，蔡邕《礼乐志》这一段文字，可看作是对东汉雅乐情况的最详细记载。除此之外，在《后汉书·礼仪志》还有一些有关礼仪活动中用乐的记载。如关于上陵食举，"西都旧有上陵。东都之仪，百官、四姓亲家妇女、公主、诸王大夫、外国朝者侍子、郡国计吏会陵。……太官上食，太常乐奏食举，[舞]《文始》《五行》之舞"。关于七郊大射等礼仪，"明帝永平二年三月，上始帅群臣躬耕养三老、五更于辟雍。行大射之礼。郡、县、道行乡饮酒于学校，皆祀圣师周公、孔子，牲以犬。于是七郊礼乐三雍之仪备矣"。关于立秋之礼，"先立秋十八日，郊黄帝。是日夜漏未尽五刻，京都百官皆衣黄。至立秋，迎气于黄郊，乐奏黄钟之宫，歌《帝临》，冕而执干戚，舞《云翘》《育命》，所以养时训也"。岁首朝贺之礼，"每岁首[正月]，为大朝受贺。其仪：夜漏未尽七刻，钟鸣，受贺。及贽，公、侯璧，中二千石、二千石羔，千石、六百石雁，四百石以下雉。百官贺正月。二千石以上上殿称万岁。举觞御座前。司空奉羹，大司农奉饭，奏食举之乐。百官受赐宴飨，大作乐"。《后汉书·祭祀志》又曰："（光武）二年正月，初制郊兆于洛阳城南七里，依鄗。采元始中故事。为圆坛八陛，中又为重坛，天地位其上，皆南向，西上。其外坛上为五帝位。青帝位在甲寅之地，赤帝位在丙巳之地，黄帝位在丁未之地，白帝位在庚申之地，黑帝位在壬亥之地。……陇、蜀平后，乃增广郊祀，高帝配食，位于中坛上，西面北上。天、地、高帝、黄帝各用犊一头……凡乐奏《青阳》《朱明》《西皓》《玄冥》，及《云翘》《育命》舞。""明帝即位……立春之日，迎春于东郊，祭青帝句芒。车旗服饰皆青。歌《青阳》，八佾舞《云翘》之舞"。"立夏之日，迎夏于南郊，祭赤帝祝融。车旗服饰皆赤。歌《朱明》，八佾舞《云翘》之舞"。"先立秋十八日，迎黄灵于中兆，祭黄帝后土。车旗服饰皆黄。歌《朱明》，八佾舞《云翘》《育命》之舞。""立秋之日，迎秋于西郊，祭白帝蓐收。车旗服饰皆白。歌《西皓》，八佾舞《育命》之舞"。"立冬之日，迎黑于北郊，祭黑帝玄冥。车旗服饰皆黑。歌《玄冥》，八佾舞《育命》之舞"。

西汉留下了《安世房中歌》十七章与《郊祀歌》十九章等雅乐歌曲，却没有留下多少有关这些雅乐歌舞演奏的记载。东汉没有留下什么雅乐歌诗，却留下了比较详细的有关雅乐演唱礼仪的记录。把这二者合参，可以看出，东西汉的雅乐有明显的继承关系，也有相当大的发展变化。从所设音乐机构来看，西汉的雅乐最初归太常，汉武帝以后由太乐和乐府共管；汉哀帝罢乐府以后，西汉雅乐归属太乐，而东汉的雅乐则统属于太予乐。从雅乐名目上看，西汉虽有叔孙通所制宗庙乐、高祖唐山夫人所作《安世房中歌》、武帝时又作《郊祀歌》等，却不见"汉乐四品"之说。从东汉所用乐章来看，有相当大的一部分是采用西汉旧章。如上陵食举奏《文始》《五行》之舞，郊祭天地歌《帝临》之诗，春夏秋冬祭祀五帝分别演奏《青阳》《朱明》《西皓》《玄冥》之歌等。但同时又有新的创造，如"孝章皇帝亲著歌诗四章，列在食举，又制云台十二门诗，各以其月祀而奏之"（《东观汉记·乐志》）。此外，如《东观汉记》所记，明帝时，公卿奏世祖庙舞名，东平王刘苍进《武德舞歌诗》，以颂扬光武帝拨乱中兴之功。这一切都说明，雅乐在汉代自成传统，并在社会中扮演着相当重要的角色。它在朝廷祭祀、燕飨、出征、庆功、朝贺、喜庆等各种场合得到了广泛的应用,在国家的政治生活中发挥着相当重要的作用。

在以往的中国古代歌诗研究中,我们对雅乐往往重视不够。之所以如此,是因为从意识形态方面讲,我们往往过于强调它为统治者歌功颂德或者为统治者享乐服务的负面作用。但是从艺术生产史的角度讲,我们就要给予它足够的重视了。

首先,由于雅乐在国家的政治生活中起着重要作用,所以,它的创制,就成为一种重要的国家行为。国家为此设立了专门的机构,起用了大批的音乐人才,极大地促进了汉代歌诗艺术的发展,雅乐往往代表了一个时代歌诗艺术生产的最高水平。这一点在汉武帝扩大乐府的过程中表现得非常明显。可以说,如果汉武帝不是为了制作新的颂神歌,就不会大规模地扩充乐府,就不会去广泛搜集赵代之讴,秦楚之风,也不会起用李延年为协律都尉,命司马相如等数十人造为诗赋,作十九章之歌。自然也就不会有"千童罗舞成八溢,合好效欢虞太一。九歌毕奏斐然殊,鸣琴竽瑟会轩朱"(《郊祀歌十九章·天地》)这样大规模的歌舞演出,就不会使汉代的歌诗艺术生产达到那么高的水平。另外,汉代雅乐机关的规模宏大①,客观上也起到了为

---

① 汉代雅乐需要大量的音乐人才,这一点我们可以从《汉书·礼乐志》中看出,其中有以下几条材料可证。其一,该文中记述汉惠帝为沛宫原庙配乐演唱《大风歌》,"常以百二十人为员"。由此可以推想汉代各种宗庙祭祀所需的人员数。其二,该文中记汉哀帝罢乐府时共罢免441名不应经法的乐府演奏员,可是还保留了388人领属太乐。按西汉制度,太乐与乐府并不是一个机构,太乐归属太常,本来就承担着为国家的各种礼仪演奏雅乐的部分任务,自有相当多的乐工。再加上从乐府中归并的388人,可知当时太乐中的乐工人员之多。又,关于太乐和乐府在西汉的区别,萧亢达认为,乐府职掌的是汉代所作的宗庙、郊祭和新乐,太常职掌先朝雅乐。尽管宗庙礼仪由太常职掌,但所用如系汉代所作新乐,却由乐府承担演奏(参见萧亢达《汉代乐舞百戏艺术研究》,第8页)。但事实也许不完全如此。太常所职掌的雅乐,还应该包括汉初由叔孙通因秦乐而创制的宗庙乐。至于俗乐演奏所用人才之多,就更不必说了。哀帝罢乐府时所罢去的441人,都是俗乐人才。事实上,哀帝罢乐府并没有持续多长时间,俗乐在朝廷中仍然存在,西汉后期如此,东汉更是这样。《汉官仪》:"黄门鼓吹,百四十五人。"《后汉书·安帝纪》及《唐六典》卷十四:"后汉少府属官有承华令,典黄门鼓吹百三十五人。"由此可知俗乐在朝廷中所需的人数有多少。

整个社会培养音乐人才的积极作用。

其次，我们之所以强调雅乐，还有重要的一点，就是雅乐与俗乐在汉代互相促进。过去我们总是重视俗乐而轻视雅乐，认为它是僵化的为统治者歌功颂德的音乐，无可取之处，其实这是错误的。雅乐在封建社会固然是为统治者歌功颂德的，但是这种歌颂也不应该一概否定，这要看它所歌颂的对象在历史的发展中是否值得歌颂。另外，雅乐和俗乐固然有对立的一面，但是又有互相促进的一面，二者之间没有不可逾越的鸿沟。雅乐需要从俗乐中不断地吸收营养，俗乐也会受雅乐的影响而发展。汉代雅乐和俗乐的关系也是这样。举例来讲，汉高祖所作的《大风歌》，本是他在酒醉欢哀中即兴演唱的歌曲，可是到汉惠帝时就成了专门用于沛宫原庙的祭祀歌曲，具有了雅的性质。汉武帝立乐府祭太一神，"李延年以好音见。汉武帝下公卿议曰：'民间祠尚有鼓舞乐，今郊祀而无乐，岂称乎？'公卿曰：'古者祠天地皆有乐，而神祇可得而礼'"（《汉书·郊祀志》）。于是汉武帝就名正言顺地起用李延年为协律都尉，用新声和俗乐来为《郊祀歌》配乐了。反过来说，由于汉武帝时乐府采集了大量的赵代秦楚等地的歌谣，并对其进行艺术加工，从而使这些来自民间的俗乐在艺术水平上有了很大的提高，又对民间音乐的发展产生了重要影响。同时，一些宫廷音乐表现出的贵族风尚，有时也会成为民间为攀附高雅而竞相效仿的东西。成帝永始四年（前13年）六月诏书中曾说："方今世俗奢僭罔极，靡有厌足，公卿列侯亲属近臣，……设钟鼓，备女乐，……吏民慕效，寖以成俗。"（《汉书·成帝纪》）应该说就是这种情况的最好例证。另外，从艺术鉴赏和消费情趣方面讲，有时上层社会和下层民众之间也没有多大的区别，他们之间也是互相影响、互相转化的。一方面，不同阶级的艺术消费有不同的阶级印记；另一方面，在同一社会背景下他们又有着共同的时代趣味。再加上为上层服务的艺术家大部分本是下层民众，这使他们之间的互相影响的关系更为微妙。关于这种现象，美国学者阿诺德·豪塞尔（Arnold Hauser）曾有过论述。他说："在艺术的社会结构中，艺术服务对象的社会地位一般来说比创造者的地位更重要。尽管艺术家来自各个方面，但作品每每都带有着它所要服务阶级的印记。艺术的主题可能会使低层次的民俗艺术向高层转化，但更为常见的是从高层次转向低层次的乡村俗民。然而，创造者所面对的公众才是他们自己社会特性的真正决定因素。上层阶级的艺术家是从社会的各个层次中招募来的，只有极少数人来自于统治阶级本身。"① 正是从这个意义上，我们对汉代雅乐的研究和对俗乐的研究，应该给予同样的重视。

第二节　主要用于社会各阶层消费的俗乐

俗乐相对雅乐而言，凡不属于雅乐范围的音乐都可以以此称之。俗乐也不只是在民间存在，它同时也大量地流行于宫廷和上层社会。从大的方面讲，它在当时可以分为两大类，一类是产自华夏本土的俗乐，一类是受异域文化影响的俗乐。

产生于华夏本土的俗乐，最初和雅乐相对的名称有"新声""新乐""郑声""郑卫之音"等。它最早可能来自郑卫之地，是在那里流行起来的适合表现世俗风情的音乐。以后逐渐成为一个泛称，凡是音乐形式和情感内容方面不符合雅乐规范的都可以称为"新声"，亦称为"俗乐"。可见，俗乐的范围是很广的。从习惯上讲，这些俗乐在西汉往往以产生的地域称呼，如"楚声""秦声""赵代之讴""秦楚之风"等。班固《汉书·艺文志》里所列的《吴楚汝南歌诗》《燕代讴雁门云中陇西歌诗》《邯郸河间歌诗》《齐郑歌诗》《淮南歌诗》

---

① 〔美〕阿诺德·豪塞尔：《艺术史的哲学》，陈超南、刘天华译，中国社会科学出版社，1992，第281页。

《左冯翊歌诗》《京兆尹歌诗》《河东蒲反歌诗》《洛阳歌诗》《河南周歌诗》《南郡歌诗》等都属于俗乐。此外，如《临江王及愁思节士歌诗》《李夫人及幸贵人歌诗》《诏赐中山靖王子哙及孺子妾冰未央材人歌诗》等，也应该属于俗乐。

但这些以地域命名的歌诗与现存的汉歌诗有何关系，至今已不可考。似乎从东汉以后，这些来自各地的俗乐歌诗就不再以地域相称，而是以演唱方式和曲调称之，这就是后人所说的"相和歌辞""舞曲歌辞""杂曲歌辞"等。其具体分类法，各书又有不同。沈约《宋书·乐志》这样分类：（1）相和；（2）清商三调歌诗；（3）大曲；（4）楚调，无古辞；（5）鼙舞歌诗；（6）铎舞歌诗；（7）拂舞歌诗；（8）杯盘舞歌诗，无古辞；（9）巾舞歌诗；（10）白纻舞歌诗，无古辞。宋人郑樵《通志·乐略》的分类又有不同。其中所辑录的属于华夏本土俗乐的有以下几种：（1）鞞舞歌五曲；（2）相和歌三十曲；（3）相和歌吟叹四曲；（4）相和歌四弦曲；（5）相和歌平调七曲；（6）相和歌清调六曲；（7）相和歌瑟调三十八曲；（8）相和歌楚调十曲；（9）大曲十五曲。郭茂倩《乐府诗集》把唐前乐府共分为12大类，其中包括汉代华夏本土俗乐的有相和歌辞、舞曲歌辞、琴曲歌辞、杂曲歌辞、杂歌谣辞5类。①

以上三书对汉乐府华夏俗乐的分类颇有不同，可知关于汉代俗乐歌诗的演唱问题，到后代已经难以详考。从时间上说，《宋书·乐志》要远在《乐府诗集》和郑樵《通志》之前，也许距离汉乐府的实际情况更近些。不过，郑樵《通志》所列乃据刘宋时张永的《元嘉技录》和王僧虔的《伎录》，时间比沈约还要早。他多处引用宋人王僧虔《伎录》，陈人释智匠《古今乐录》和唐人吴兢《乐府古题要解》

---

① 以上所录只是郑樵《通志·乐略》中声乐并存并属于汉乐府的部分，但此处所录不全是汉乐府，有部分是魏晋乐府。至于其"不得其声则以义类相属"的二十五门，此处从略。

等著作，《乐府诗集》的分类也有相当的根据。可知关于汉代华夏俗乐的演唱情况，必须折中三部著作，并结合有关史料认真研究，方能得出一个比较近似的结论。

而从异地传入的俗乐，则主要是横吹与鼓吹。异族音乐歌诗在汉代的传播情况，文献中有很多记载。其中最重要的乐曲，当为传自朝鲜的《箜篌引》和传自西域的《摩诃兜勒》，最早都见于晋人崔豹的《古今注》。其书说："《箜篌引》者，朝鲜津卒霍里子高妻丽玉所作也。子高晨起刺船，有一白首狂夫，被发提壶，乱流而渡，其妻随而止之，不及，遂堕河而死。于是援箜篌而歌曰：'公无渡河，公竟渡河，堕河而死，将奈公何！'声甚凄怆，曲终亦投河而死。子高还，以语丽玉，丽玉伤之，乃引箜篌而写其声，闻者莫不堕泪引泣。丽玉以其曲传邻女丽容，名曰《箜篌引》。"此歌在汉代当有相当大的影响，因为在《乐府诗集·相和歌辞》所辑录的《相和六引》中，第一就是《箜篌引》，魏晋以后的文人，自曹植以下拟作者颇多。

与《箜篌引》相比，影响最大的还是《摩诃》《兜勒》。汉代以后歌诗中的横吹曲一类，就是在此基础上产生的。崔豹《古今注》说："横吹，胡乐也。张博望入西域，传其法于西京，唯得《摩诃》《兜勒》二曲，李延年因胡曲，更造新声二十八解，乘舆以为武乐。后汉以给边将，和帝时万人将军得用之。"李延年所作二十八解，属于横吹曲，见《乐府解题》。其中曰："汉横吹曲，二十八解，李延年造。魏晋以来，唯传十曲：一曰《黄鹄》，二曰《陇头》，三曰《出关》，四曰《入关》，五曰《出塞》，六曰《入塞》，七曰《折杨柳》，八曰《黄覃子》，九曰《赤之扬》，十曰《望行人》。"这十曲后来亡佚，但它在汉代产生的影响是不可估量的。

严格来讲，"横吹"之名本是后起，在汉代统名曰"鼓吹"。郭茂倩《乐府诗集》曰："横吹曲，其始亦谓之鼓吹，马上奏之，盖军中之乐也。北狄诸国，皆马上作乐，故自汉以来，北狄乐总归鼓吹署。其后分为二部,有箫笳者为鼓吹,用之朝会、道路,亦以给赐。汉武帝时,南越七郡,皆给鼓吹是也。有鼓角者为横吹,用之军中,马上所奏者是也。"《晋书·乐志》曰:"横吹有鼓角,又有胡角。"以此来讲,汉代的横吹与鼓吹,自当合在一起来研究。

现存汉代鼓吹曲辞有十八首,又名为"汉铙歌""汉鼓吹铙歌"。《古今乐录》曰:"汉鼓吹铙歌十八曲,字多讹误。一曰《朱鹭》,二曰《思悲翁》,三曰《艾如张》,四曰《上之回》,五曰《拥离》,六曰《战城南》,七曰《巫山高》,八曰《上陵》,九曰《将进酒》,十曰《君马黄》,十一曰《芳树》,十二曰《有所思》,十三曰《雉子班》,十四曰《圣人出》,十五曰《上邪》,十六曰《临高台》,十七曰《远如期》,十八曰《石留》。又有《务成》《玄云》《黄爵》《钓竿》,亦汉曲也。其辞亡。或云:汉铙歌二十一无《钓竿》,《拥离》亦曰《翁离》。"

非常有意思的是,鼓吹之名所起,亦和北方少数民族音乐有关。《乐府诗集》卷十六引刘瓛《定军礼》曰:"鼓吹未知其始也,汉班壹雄朔野而有之矣。鸣笳以和箫声,非八音也。"关于班壹鼓吹之事,《汉书·叙传》中这样写道:"始皇之末,班壹避地于楼烦,致马牛羊数千群。值汉初定,与民无禁,当孝惠、高后时,以财雄边,出入戈猎,旌旗鼓吹。"据《汉书·地理志》记载,楼烦在汉时属雁门郡之县,接近北方以畜牧为生的少数民族,故班壹才有可能靠经营畜牧业致富。鼓吹之乐,乃是吸收北方少数民族的音乐而用于游猎队伍的。上引郭茂倩"北狄诸国,皆马上作乐,故自汉以来,北狄乐总归鼓吹署"可证。

当然,如果从军中用乐的角度来讲,鼓吹之源不始于汉代。蔡邕《礼乐志》论及军乐的起源时说:"黄帝岐伯所作,以建威扬德,风敌劝士也。"《周礼·大司乐》:"王师大献,则令奏恺乐。"《大司马》曰:"师有功,……恺乐献于社。"郑玄云:"兵乐曰恺,'献于社',献功于社也。《司马法》曰:'得意则恺乐、恺歌以示喜也。'"如此说来，汉以前，只有军乐、恺乐之说，而没有鼓吹之名。其应用场合，只是讽敌劝士和胜利时。而汉以来的鼓吹，则既是军中之乐，又应用于燕飨、食举等各种场合。显然，它是在先代军中之乐的基础上，广泛吸收异族音乐之后的新创制。

需要指出的是，现存《汉鼓吹铙歌》十八曲在汉代本属于俗乐，可是在后来的演化中却逐渐变成了雅乐[①]，这种情况再一次说明，在汉代的歌诗艺术生产中雅俗之间的对立统一关系：一方面，汉代雅乐的兴盛（尤其是汉武帝立乐府创制新雅乐）促进了俗乐的发展；另一方面，许多俗乐在长期的发展中也逐渐变成了雅乐。长久以来，我们一直有这样一种观点，即认为雅乐是为统治阶级服务的，而俗乐则是大众的艺术，因此我们才重视俗乐而轻视雅乐。其实这是把社会阶级分析法简单地应用于歌诗艺术研究中的结果。如果从艺术生产的角度来讲，事情远不是这样简单。在这里，我们也可以把雅乐分为两种情况。一种雅乐是国家用于宗庙祭祀朝会燕飨等场合的特殊生产和消费，其目的并不是满足某一个人或某一些人的艺术观赏需求，而是以艺术的方式，满足人们的宗教需求或某种特殊的政治需求。另一种雅乐则是经过长期的探索而形成的相对高雅的艺术典范，是一个民族或时代艺术发展的最高形式。这两种雅乐，在特定的场合，都会被整个社会所认同。俗乐也是如此。它也可以分成两种形式，一种是和宗庙祭祀朝会燕飨所用的雅乐相对立的歌舞音乐，一种是和那些高雅的艺术典范相比而带有更强世俗娱乐性质的俗乐。这两种俗乐，在特定的场合，也会为整个社会所认同。其实对于一个民族和一个时代来说，艺术形式的差别并不是影响他们消费兴趣的根本，追求真善美才是他们共同的目的。为此，一些大雅之乐可以为广大民众所喜爱，而一些

---

① 有关辨析，见赵敏俐《〈汉鼓吹铙歌十八曲〉考论》，《青岛大学学报》1989 年第 1 期。

大俗的艺术也可以走向宫廷。尤其是后一点，在汉代歌诗艺术生产中表现得已经相当明显。

第三节　汉代各类歌诗艺术的兴衰消长

古今学者在讨论汉代歌诗的时候，都有一个感到头痛的问题，那就是在两汉四百年的时间里，各类作品究竟产生于哪个具体年代。因为现存的材料不足，我们很难对其中的许多歌诗进行断代。仔细研究我们就会发现，虽然汉乐府的内容非常丰富，但我们可以根据其应用场合、作者及其表现形态等分成《安世房中歌》、《郊祀歌》十九章、《鼓吹铙歌》十八曲、相和歌辞、舞曲歌辞、琴曲歌辞、杂曲歌辞、民间歌谣以及帝王贵族诗和文人诗等许多类别，但是如果从音乐类别来看的话，在这些汉代歌诗当中，最有代表性的当属楚歌、横吹鼓吹与相和歌三大类。正是这三个类别的歌诗，不但各以其不同的曲调与风格展现了汉代歌诗的非凡成就，而且还大致反映了汉代歌诗在四百年间的兴衰更替过程，这也为我们研究汉代歌诗艺术的发展提供了重要的线索。

在上述三类歌诗当中，最早出现的当为楚歌，它们大多数产生于西汉，而且以汉初和汉武帝前后的作品最多，项羽的《垓下歌》、刘邦的《大风歌》《鸿鹄歌》、赵王刘友的《幽歌》、高祖唐山夫人的《安世房中歌》都产生于汉初。汉武帝前后的楚歌则有他的《秋风辞》《瓠子歌》《天马歌》《西极天马歌》、刘细君的《悲愁歌》、李陵的《悲歌》，还有燕王刘旦的《归空城歌》（包括华容夫人的《发纷纷歌》）、广陵厉王刘胥的《欲久生歌》，以及广川惠王刘去的《背尊章歌》与《愁莫愁歌》。① 此后，还有东汉末年汉灵帝刘宏的《招

---

① 广川惠王刘去是汉武帝之兄刘越之孙，刘越死后，是汉武帝下诏让刘去继承王位的，其时代去汉武帝亦未远。

商歌》与汉少帝刘辩与其妃子的两首楚歌。上述楚歌，除了项羽的《垓下歌》与李陵的《悲歌》之外，其余都是汉朝帝王与皇室成员所作。可见，楚歌的兴盛主要在汉初到汉武帝这段时间，而且主要流行于汉王朝宫廷当中。

横吹与鼓吹原属于两种风格的音乐。鼓吹乐是在北狄音乐的基础上融合了先秦振旅凯乐而形成的；而横吹曲则是汉武帝时张骞通西域时带回来的。横吹曲经过李延年的改编，在当时曾经有二十八首歌曲，可是后来都佚失了。现存的鼓吹歌诗作品共有十八首，被后人统称为"汉鼓吹铙歌十八曲"。据崔豹《古今注》，鼓吹曲本源于汉初，可是现在留传下来可以考证清楚的，如《远如期》、《上之回》和《上陵》等诗，却都是武宣之世的作品。鼓吹乐在西汉的主要应用场合，包括天子宴乐群臣、日常娱乐和振旅奏凯三种，内容也涉及武宣时期的时事。据清代以来的诸家考证，现存的《鼓吹铙歌十八曲》都是西汉的作品。又据相关的历史记载可知，经过汉哀帝的罢乐府和东汉明帝的重新区分汉乐四品，鼓吹乐已经逐渐雅化，到了东汉末期已经变成了单纯的军乐。由此而言，横吹乐和鼓吹乐的兴盛时期，是在西汉武宣之世到西汉末年。

相和歌是汉代歌诗的代表性样式，传世的作品最多，演唱的方式也比较复杂，有相和曲、清调曲、平调曲、瑟调曲、楚调曲、大曲等。相和歌产生于何时？历史上没有明确的记载。如果单说"相和"两个字，在先秦文献中已经见到，《庄子·大宗师》："子桑户死，未葬。……或编曲，或鼓琴，相和而歌。"但是作为一种音乐形式的产生，应该在西汉时代，而它的最终完成则到了魏晋时期。郭茂倩《乐府诗集》对此有详细的介绍："《宋书·乐志》曰：'相和，汉旧曲也，丝竹更相和，执节者歌。本一部，魏明帝分为二，更递夜宿。本十七曲，朱生、宋识、列和等复合之为十三曲。'其后晋荀勖又采旧辞施用于世，谓之清商三调歌诗，即沈约所谓'因弦管金石造歌以被之'者也。《唐书·乐志》曰:'平调、清调、瑟调,皆周房中曲之遗声,汉世谓之三调。'又有楚调、侧调。楚调者,汉房中乐也。高帝乐楚声,故房中乐皆楚声也。侧调者,生于楚调,与前三调总谓之相和调。《晋书·乐志》曰:'凡乐章古辞存者,并汉世街陌讴谣,《江南可采莲》《乌生十五子》《白头吟》之属。'其后渐被于弦管,即相和诸曲是也。魏晋之世,相承用之。"以此而言,西汉时代的相和曲最初本是汉代旧曲,是街陌讴谣,而且演唱形式也比较简单,仅是"丝竹更相和,执节者歌"。而到了东汉以后至魏晋时期,它的演唱方式越来越复杂,才有了相和三调曲和大曲等。伴奏的乐器多达七八种,而大曲在表演时前面有"艳",后面还有"趋"与"乱"。值得注意的是,现在我们所看到的汉代相和歌诗当中,可以认定为西汉作品的,恰恰是郭茂倩《乐府诗集》里列为"相和曲"的《江南》《东光》《薤露》《蒿里》《鸡鸣》《乌生》《平陵东》七首古辞。而其他诸调曲中可以考知的作品则都是东汉之作。由此可以看出,相和歌诗的产生虽然在西汉,可是它的兴盛则是在东汉。

我们把以上三种歌诗产生和兴盛的时代联系起来,会发现一个十分值得重视的现象,就是汉代主要的三种歌诗的兴衰交替,应该有着一个比较明显的前后相承接的关系。在汉初到武帝时代是楚歌比较兴盛的时期,武帝之后楚歌体逐渐衰落;从汉武帝时代到西汉末年,是横吹鼓吹比较兴盛的时期,到了西汉以后横吹鼓吹曲已经衰落;从西汉初年到西汉末年,是相和歌的产生时期,而到了东汉以后则是相和歌诗的兴盛时期。而现存的上述三种歌诗本身产生的时间也证明其正好存在着前后顺承关系。这说明,汉代歌诗的发展是有着一个历史顺序的,它使我们描述汉代歌诗发展的历史成为可能。

以上三种歌诗的兴衰交替顺序,我们还可以通过相关的历史材料得到证明。我们知道,刘邦本是楚人,他对楚声有特殊的爱好,汉文化在早期受楚文化影响甚深,所以,楚歌在汉初的兴盛乃在情理之中。而到了汉武帝以后，随着大一统国家的繁荣与安定，汉文化在以楚文化为主体而又接受中原六国文化的基础上已经形成了属于自己时代的文化特征，楚歌自然不会再兴盛下去，其衰落也是必然的。而在这种大一统文化的形成过程中，北方和西域文化对汉代文化产生了相当大的影响，横吹鼓吹乐在汉武帝时代兴盛起来也适逢其时。而作为最能代表汉代乐府诗的相和歌，则需要经过较长时间的融合才可能形成。所以它虽然也产生于西汉，却兴盛于东汉。而且，相和歌成熟之后，无论是楚歌还是横吹鼓吹都必将随之而衰落，这也就是我们在东汉以后很少见到楚歌，而且不再有新的鼓吹曲和横吹曲产生的原因。

相和歌在汉代之所以兴盛，并逐渐取代楚歌与横吹、鼓吹而成为汉代歌诗的代表性样式，又因为它是在各种地方歌诗艺术的基础上逐渐形成的，最能体现汉文化艺术的主要特征。我们知道，在西汉时代，歌诗的情况较为复杂。据《汉书·艺文志》所记，西汉乐府所搜集并记载下来的歌诗，共有"二十八家，三百一十四篇"。其中包括《高祖歌诗》二篇、《泰一杂甘泉寿宫歌诗》十四篇、《宗庙歌诗》五篇、《汉兴以来兵所诛灭歌诗》十四篇、《出行巡狩及游歌诗》十篇、《临江王及愁思节士歌诗》四篇、《李夫人及幸贵人歌诗》三篇、《诏赐中山靖王子哙及孺子妾冰未央材人歌诗》四篇、《吴楚汝南歌诗》十五篇、《燕代讴雁门云中陇西歌诗》九篇、《邯郸河间歌诗》四篇、《齐郑歌诗》四篇、《淮南歌诗》四篇、《左冯翊秦歌诗》三篇、《京兆尹秦歌诗》五篇、《河东蒲反歌诗》一篇、《黄门倡车忠等歌诗》十五篇、《杂各有主名歌诗》十篇、《杂歌诗》九篇、《洛阳歌诗》四篇、《河南周歌诗》七篇、《河南周歌声曲折》七篇、《周谣歌诗》七十五篇、《周谣歌诗声曲折》七十五篇、《诸神歌诗》三篇、《送迎灵颂歌诗》三篇、《周歌诗》二篇、《南郡歌诗》五篇。把上述篇目与现存的汉代歌诗相对比，我们会发现两个问题：第一，《汉书·艺文志》所载的歌诗，除《高祖歌诗》等少数作品之外，大多数与传世的汉代歌诗在名目上不相符合，特别是那些地方歌诗，与后世人们所看到的汉代歌诗的三大部分"楚歌"、"鼓吹铙歌"与"相和歌"明显不合。这一方面说明这些歌诗在后代可能大部分都失传了；另一方面则说明西汉时代的歌诗艺术表现形式还是比较复杂的，也许现存的楚歌与鼓吹铙歌只是其中的一部分，或者是最有代表性的一部分，所以才会流传下来较多。第二，把这些歌诗与有关相和歌诗的记载相比较，我们会发现相和歌与这些西汉歌诗之间存在着一定的渊源关系。如我们前面所引："《唐书·乐志》曰：'平调、清调、瑟调，皆周房中曲之遗声，汉世谓之三调。'又有楚调、侧调。楚调者，汉房中乐也。高帝乐楚声，故房中乐皆楚声也。侧调者，生于楚调，与前三调总谓之相和调。""《晋书·乐志》曰：'凡乐章古辞存者，并汉世街陌讴谣，《江南可采莲》《乌生十五子》《白头吟》之属。'其后渐被于弦管，即相和诸曲是也"。由此可以看出，相和歌的来源主要有三个方面：其一是周房中曲之遗声，其二是楚声，其三是其他各地流行的所谓"街陌讴谣"，而这第三个方面，恰恰与《汉书·艺文志》所载的歌诗来源相合。因此我们有理由认为，东汉时代兴盛起来的相和诸调歌诗，乃是西汉时代各种地方歌诗艺术综合发展的必然结果。

当然，现存的汉代歌诗作品不完全包含在这三类之内，例如在汉武帝时代产生的《郊祀歌》十九章，就应该是融合了汉初雅乐、楚声和李延年的新声曲而产生的一种新音乐。汉代文人们留下来的那些有主名诗作，我们也很难把它们纳入某一种音乐类型中。杂曲歌辞虽与相和歌辞有十分紧密的联系，但是其演唱方式与相和歌辞有别，因而才被后世称之为"杂曲"。至于舞曲歌辞的音乐归属于哪一类，已无从考证。因为留下来的作品极少，其中《巾舞歌辞》一首，属于西汉中期的作品，这说明舞曲歌辞的渊源久远。而琴曲歌辞一类，本身有着一个比较久远的传统，从其内容以及其表现形式来看，它与汉代文人的文化生活似乎有着比较紧密的关系。至于从史书中辑录出来的民间歌谣，与汉代流行的三大类音乐之间的关系似乎较疏远，且它们都是史官们用来记载史事或者评论某个历史人物的材料，从中看不出其所属的音乐系统。以上情况同时说明，汉代歌诗在四百年的发展过程当中，既有作为各个时代发展主流的音乐样式，又体现出其丰富性与复杂性。

弄清了汉代歌诗的分类问题及其兴衰交替的大致线索，下面，就让我们进行汉乐府各类歌诗的分类研究。

中 编
汉代歌诗艺术分类研究

第六章
汉初雅乐与《安世房中歌》

本章提要：《安世房中歌》是汉初最重要的歌诗作品之一。它对周代的《房中乐》有一定的继承，这体现了汉代后妃对宫廷礼乐文化所起的重要作用。但是它与周代房中乐又有明显的不同，其主旨不是歌颂"后妃之德"，而是歌颂汉代开国皇帝刘邦的"文治武功"，并且突出"德"与"孝"这两种道德观念。这虽然有对刘邦开国之功的美化，但是客观上也揭示了汉代统一为人心所向。《安世房中歌》采用楚声的形式，结构完整、立意宏大，语言整饬、流丽而风格浪漫，也代表了汉初诗歌最高的艺术成就。

我们在上一编中对汉代歌诗产生的诸多因素进行了综合考察。下面，我们将分类对其进行研究。首先，让我们从汉初雅乐与《安世房中歌》说起。

第一节 《安世房中歌》对周代 《房中乐》的继承

我们知道，雅乐是中国古代社会最主要的朝廷礼仪用乐。在强调

"王者功成作乐"的中国文化传统里，其中的乐主要指的就是雅乐，尤其是指朝廷的宗庙祭祀之乐和宫廷的礼仪燕飨之乐。刘邦刚刚登上皇帝位，在百废待兴之时，就匆匆忙忙地让叔孙通制定礼乐。之所以如此，是因为礼乐的制定乃是一个新王朝建立统治秩序、教化百姓以彰功德最重要的手段。宗庙祭祀的礼仪和用乐的制定是礼乐制度创设的重要内容之一，它鲜明地体现了一个时代统治阶级的思想。

据《汉书·礼乐志》所记，叔孙通所制的雅乐共有《嘉至》《永至》《登歌》《休成》《永安》五章，这是根据秦乐而制作的雅乐。又有高祖唐山夫人根据楚声而制作的《安世房中歌》十七章。叔孙通所制雅乐歌词早已失传，《安世房中歌》已成为研究汉初雅乐最为重要的资料。

《安世房中歌》最早见于《汉书·礼乐志》，且云："又有《房中祠乐》，高祖唐山夫人所作也。周有《房中乐》，至秦名曰《寿人》。凡乐，乐其所生，礼不忘本。高祖乐楚声，故《房中乐》，楚声也。孝惠二年，使乐府令夏侯宽备其箫管，更名曰《安世乐》。"由班固此语，我们知道它和叔孙通所作的五章宗庙雅乐同用于祭祀典礼。

关于高祖唐山夫人所作歌诗何以名之为"房中"的问题，我们在前文已经做过讨论。在此，我们再从《房中歌》的内容来看它与先秦雅乐传统的关系。《仪礼·燕礼》："若与四方之宾燕，……有房中之乐。"郑注："弦歌《周南》《召南》之诗而不用钟磬之节也。谓之'房中'者，后夫人之所讽诵以事其君子。"可知周代的房中之乐主要指《诗经》中的《周南》和《召南》。燕乐宾客时弦歌《周南》《召南》的具体情况，在《仪礼·乡饮酒礼》说得比较详细："乃合乐，《周南》：《关雎》《葛覃》《卷耳》，《召南》：《鹊巢》《采蘩》《采蘋》。"那么，何以在燕礼中要演奏《二南》中的《关雎》等诗？其取义如何？郑玄有如下的解释："《周南》《召南》，《国风》篇也。王后、国君夫人房中之所歌也。《关雎》言后妃之德，《葛覃》言后妃之职，《卷耳》言后妃之志，《鹊巢》言国君夫人之德，《采蘩》言国君夫人不失职，《采蘋》言卿大夫之妻能修法度。昔大王、王季居于岐山之阳，躬行《召南》之教，以兴王业。及文王而行《周南》之教，以受命。《大雅》云'刑于寡妻，至于兄弟，以御于家邦,'谓此也。其始一国耳，文王作邑于丰，以故地为卿士之采地，乃分为二国。周，周公所食；召，召公所食。于时文王三分天下有其二，德化被于南土，是以其诗有仁贤之风者，属之《召南》焉；有圣人之风者，属之《周南》焉。夫妇之道，生民之本，王政之端，此六篇者，其教之原也。故国君与其臣下及四方之宾燕，用之合乐也。"郑玄的这种解释，在今天看来也许有些牵强，但是其说出于汉代，当有所本。起码我们可以肯定，汉初之所以仿照周代房中乐来制作《安世房中歌》，正是继承了这种周代文化精神。

按 20 世纪以来流行的《诗经》学观点，郑玄等人对于"房中乐"的注释是难以理解的。因为《周南》《召南》里像《关雎》这样的诗歌，原本是描写男女情爱的恋歌，何以会成为"言后妃之德"的王后、国君夫人房中之乐歌呢？其实，这正是 20 世纪《诗经》研究的致命错误之一。而这种错误主要出于两个方面的原因。第一是不相信先秦两汉丰富的历史文献资料而只相信自己的主观判断，因而对《关雎》这些诗篇作出了根据不足的错误理解；第二是把古代的民间文化与贵族文化对立起来，不理解也不承认古代贵族文化系统的历史文化价值。今天需要我们对这些错误观点进行纠正。① 其实，只要认真阅读先秦两汉的历史文献资料我们就会发现，自周代社会以来，中国古人一直是特别重视夫妇之道在社会中发挥的重要作用。特别是在

---

① 按，关于《诗经》的研究是一个复杂的问题，我们指出 20 世纪以来《诗经》研究中的一种主导性的错误，并不拟对此展开详细讨论。在这里要指出的是：20 世纪关于《关雎》等为民间恋歌的说法是缺少历史文献根据的，是需要我们纠正的。而汉儒的相关解释虽然有牵强附会之处，但是从总体上看是有历史渊源的，是有文化传承的。结合先秦两汉的历史文献记载，重新认识中国古代文化特点及其文化精神，是我们当前的重要任务。

上层贵族社会，那些先进的政治思想家更是特别强调它的价值和意义，强调夫妻关系的和谐在开拓事业、淳化世风方面的作用。《诗经·大雅》在叙述周民族创业历史的时候，总忘不了歌颂四位伟大的女性：第一位是周人的始祖后稷的母亲姜嫄，因为她"克禋克祀，以祓无子"，才有了周人的祖先；第二位是古公亶父的妻子姜女，是她跟随着古公来到了岐山脚下，帮助古公开创了新的历史；第三位是王季的妻子大任，是她辅佐着王季并生了文王；第四位是文王的妻子有莘氏之女，是因为她有美好的品德辅佐文王并生了武王。① 同时，周代上层贵族编辑的《诗经》，里面之所以选择了那么多的男女爱情之作，特别是像《关雎》那样"乐而不淫，哀而不伤"的歌诗，重要的目的就是要通过这些诗篇的传播起到"美教化、移风俗"（并见《毛诗序》）的作用。用我们今天的话来说这就是"寓教于乐"，就是把道德教育融入审美教育，这也正是周代文艺思想的进步之处。明于此，我们也就能够理解，为什么《周南·关雎》这样的反映贵族婚姻道德观念的爱情歌诗，既可以是"后夫人之所讽诵以事其君子"的作品，又可以用于"四方之宾燕"。

由上所言，《安世房中歌》与周代房中乐的传承，主要表现为两点。第一是礼制体系的传承。周代的房中乐本用于王后、国君夫人后宫讽诵君子，同时可能用于宫廷的礼仪燕乐，汉初《安世房中歌》也是后妃唐山夫人所做，同样是用于宫廷的礼仪燕乐。第二是文化精神的传承。周代社会以《关雎》为代表的房中之乐，被视为"夫妇之道，生民之本，王政之端"和"其教之原"（上引郑玄语），汉初《安世房中歌》同样具有鲜明的教化功能。因此二者之间的传承关系是十分明显的。

---

① 以上并见《诗经·大雅·生民》《绵》《思齐》《大明》诸诗。其中《思齐》一诗，开篇就言："思齐大任，文王之母，思媚周姜，京室之妇。大姒嗣徽音，则百斯男。"《诗经》中对周人祖先和开国君王的妻子有这样多的歌颂，是有很深的文化传统体现在其中的。

但是，由于汉代社会的建立与周代社会兴起的历史环境并不一样，所以《安世房中歌》与周代的房中乐在内容和形式方面都有很大的不同，下面我们分而述之。

第二节 《安世房中歌》在内容方面的革新

《安世房中歌》与周代房中乐的最大不同，首先在于诗歌题材内容上的革新。

我们知道，由于周人在立国之初就特别强调"敬德保民"的思想，把周文王塑造成以"修身齐家"而达到"治平天下"的圣人，把古公亶父、王季、文王的妻子也塑造成"圣母"形象。因而，歌颂"后妃之德""后妃之志"等，就成为周代房中之乐的主要内容，由此把《关雎》这类抒写男女之情和《葛覃》这类描写女子生活的诗篇提升到"大王、文王之化"的高度，这样，这些原本普通的风诗也就有了不凡的政治意义，从而成为负载着重要文化功能的"房中之乐"。但是对于刘邦这个汉代的开国皇帝来说，他并没有像周人建国前那样有了多少代的经营，也没有一个可以炫耀的家族文明史，甚至连他父亲的名字是什么后人都不知道，司马迁在《史记》中只能记作"太公"，自然也没有可以用来宣扬自己之道德教化的世俗风情诗。因而只好借周代的《房中乐》之名进行新的创造。

> 大孝备矣，休德昭清。高张四县，乐充宫庭。芬树羽林，云景杳冥。金支秀华，庶旄翠旌。（第一章）
>
> 我定历数，人告其心。敕身齐戒，施教申申。乃立祖庙，敬明尊亲。大矣孝熙，四极爰轃。（第三章）
>
> 王侯秉德，其邻翼翼，显明昭式。清明鬯矣，皇帝孝德。竟全大功，抚安四极。（第四章）

以上仅举三章为例。实际上，除第二、第七、第十六三章中没有出现德和孝二字之外，其他各章都有。如第五章中有"诏抚成师，武臣承德"；第六章中有"民何贵，贵有德"；第八章中有"大莫大，成教德"；第九章"明德乡，治本约""德施大，世曼寿"；第十章"孝奏天仪，若日月光""孝道随世，我署文章"；第十一章"慈惠所爱，美若休德"；第十二章"乌呼孝哉，案抚戎国"；第十三章"告灵既飨，德音孔臧。惟德之臧，建侯之常"；第十四章"皇皇鸿明，荡侯休德"；第十五章"浚则师德，下民咸殖"；第十七章"承帝明德，师象山则"。《安世房中歌》十七章是个整体，即便是没有出现德孝二字的篇章，其内容仍与之有关。如第七章末两句："高贤愉，乐民人。"颜师古注："言王者有愉愉之德，故使众人皆安乐。"可以说，歌颂"德"与"孝"，乃是《安世房中歌》的基本内容。

《安世房中歌》以歌颂德孝为主旨的问题，前人已经有所关注。沈德潜说："首言大孝备矣，以下反反覆覆，屡称孝德，汉朝数百年家法，自此开出，累代庙号，首冠以孝，有以也。"[①] 今人郑文先生也说："总十七章来看，是在歌颂高帝能够以孝治天下，并承受天意施德于人民，而平定内乱，安抚外邦，使下民受福于无穷，至于人民应该服从他的统治，意在言外。也就是说，高帝体承上帝的德则，承受上帝的光明，施行以孝治天下的政策而照顾人民的愿望。这既是对汉初政策的概括，更是对汉初政策的歌颂；通过对高帝政策的歌颂，宣扬他的德泽，以巩固他的统治。——这样的主旨，在今天看来，无疑是应该批判的，但她站在汉王朝的立场和局限于当时的历史条件，则认为是正当的。"[②] 这种解释是有道理的。但是，《安

---

① （清）沈德潜：《古诗源》，中华书局，1963，第38页。
② 郑文：《汉诗研究》，甘肃民族出版社，1994，第31页。

世房中歌》何以会把歌颂"德"与"孝"作为其最重要的思想主题呢？郑文先生却没有解释。笔者以为，这与汉初的政治形势和哲学思想的发展是直接相关的。对此，我们也可以从以下两点来认识。

首先，汉王朝是在农民起义推翻暴秦统治的基础上建立起来的，秦人亡国的教训对汉人来讲最为深切。汉初统治者在总结亡秦的教训之后，由暴政转向德政，也必然由法家观念倾向于儒家观念。因此，在汉初的统治者看来，除了崇尚黄老学说在政治上实行无为而治外，也要辅以儒家的以德治国和以孝治国。《汉书·郦陆朱刘叔孙传》中记陆贾故事就这样写道：

> 贾时时前说称《诗》《书》。高帝骂之曰："乃公居马上得之，安事《诗》《书》！"贾曰："马上得之，宁可以马上治乎？且汤武逆取而以顺守之，文武并用，长久之术也。昔者吴王夫差、智伯极武而亡；秦任刑法不变，卒灭赵氏。乡使秦以并天下，行仁义，法先圣，陛下安得而有之？"高帝不怿，有惭色，谓贾曰："试为我著秦所以失天下，吾所以得之者，及古成败之国。"贾凡著十二篇。每奏一篇，高帝未尝不称善，左右呼万岁，称其书曰《新语》。

由此可见，在汉初人总结亡秦暴政的历史教训之时，儒家思想发挥着极其重要的作用。

"孝"作为从中国上古时代传下来的核心道德伦理观念，是与以农业社会为主的中国古代社会形态紧密联系的。儒家所推崇的圣君——舜，就是一个大孝子，这在《尚书》《史记》中都有生动的记述。"孝"在先秦不仅是儒家提倡的道德观念，墨家、法家也都讲"孝"。之所以如此，就因为"孝"乃是人伦之常情，也是维护社会秩序的最基本的道德伦理。作为一代开国之主的刘邦，自然知道这个基本的道理。所以，虽然《史记》中记载的刘邦身上多有流氓习气，可是在建国之初，他却身体力行地倡导起孝道来。《汉书·高帝纪下》的这段记载颇有意味。

>上归栎阳，五日一朝太公。太公家令说太公曰："天亡二日，土亡二王。皇帝虽子，人主也；太公虽父，人臣也。奈何令人主拜人臣！如此，则威重不行。"后上朝，太公拥彗，迎门却行。上大惊，下扶太公。太公曰："帝，人主，奈何以我乱天下法！"于是上心善家令言，赐黄金五百斤。夏五月丙午，诏曰："人之至亲，莫亲于父子，故父有天下传归于子，子有天下尊归于父，此人道之极也。前日天下大乱，兵革并起，万民苦殃，朕亲被坚执锐，自帅士卒，犯危难，平暴乱，立诸侯，偃兵息民，天下大安，此皆太公之教训也。诸王、通侯、将军、群卿、大夫已尊朕为皇帝，而太公未有号，今上尊太公曰太上皇。"①

据《史记·项羽本纪》所载，在刘邦与项羽争霸之时，有一次项羽把刘邦的父亲刘太公俘获，项羽为了要挟刘邦，于是"为高俎，置太公其上，告汉王曰：'今不急下，吾烹太公。'汉王曰：'吾与项羽俱北面受命怀王，曰"约为兄弟"，吾翁即若翁，必欲烹而翁，则幸分我一杯羹。'项王怒，欲杀之。项伯曰：'天下事未可知，且为天下者不顾家，虽杀之无益，只益祸耳。'项王从之"。《史记·樊郦滕灌列传》还记载，有一次刘邦被项羽大败，在逃跑时身边带着他的儿子刘盈和女儿鲁元公主，因为追兵急，刘邦怕车子跑得不快，被追兵抓住，竟然几次想把他们推下车

---

① 按，《史记·高祖本纪》中也有相同的记载，只是简略一些。

去，幸亏大将夏侯婴的保护才使他们幸免于难。① 以此可知，在楚汉战争时期，为了与项羽争天下，刘邦根本不顾他的家庭儿女，也不顾他父亲的死活。可是打下天下之后，他的态度却完全变了，对他的老父亲五天一问安，后来干脆下了一道诏书，把自己打天下的功劳归于父亲的教诲，并且封其为"太上皇"。这说明刘邦的确是一个非同一般的政治家，他知道道德伦理在巩固统治时发挥的重要作用，知道用什么东西来收拢人心。现在一般人常说汉初崇尚无为之治，以为儒家思想在当时并不重要，他们看到在《安世房中歌》中数次出现"孝"字，就误以为这些诗是汉武帝时代的作品，理由是"孝"的观念只有到汉武帝时才受到汉代统治者的重视，这实在是一种皮毛之见。② 其实只要我们略看一下《史记》《汉书》的有关记载便知，即便是汉初统治者尚"无为而治"，这"无为"二字之所以得以实行，也要有儒家思想来辅助，因为儒家的德孝仁义观念有自动调节平衡社会关系的积极能动的一面。因此，《安世房中歌》作为汉初宗庙祭祀燕飨之乐，大讲德孝乃是必然之事。

其次，在农民反抗暴秦统治之时，陈胜吴广首先发出了"王侯将相宁有种乎"的呐喊，这对传统的君权神授观念无疑是一个严重的挑战。刘邦既定天下，除了在神学上给自己即帝位寻找一个"五德终始"的合理解释之外，还必须从现实中找到天命轮回为什么会降在他头上的理论说明。这"德""孝"二字，实在是统治者确立自己皇权的关键。因而，汉代统治者要想把自己确定为继亡秦之后天下的当然统治者，也必然把自己打扮成德政的化身，这样，五德循环的天命才会降到他的头上。十七章中反复吟咏的主题也即在此。"敬明尊亲""大矣孝熙""皇帝孝德""民何

---

① 《史记·樊郦滕灌列传》："至彭城，项羽大破汉军。汉王败，不利，驰去。见孝惠、鲁元，载之。汉王急，马罢，虏在后，常蹶两儿欲弃之，婴常收，竟载之，徐行面雍树乃驰。汉王怒，行欲斩婴者十余，卒得脱，而致孝惠、鲁元于丰。"
② 如黄纪华《汉〈房中祠乐〉的时代作者辨》，《湖北师范学院学报》1985年第3期。今按，黄文曾举数条理由认定《安世房中乐》产生于汉武帝时代，皆大误，详细论证参见赵敏俐《汉代诗歌史论》，第49~54页。

贵，贵有德""大莫大，成教德""明德乡，治本约""德音孔臧""承帝明德"，这一切，都明确地指出了歌诗立意的中心。

《安世房中歌》的创作目的虽然是为汉初统治者歌功颂德，但客观上也具有相当的认识价值，表现了汉人对统一的赞美。从历史发展的进程来讲，秦汉帝国的建立，不但结束了七国纷争的战乱局面，使中国走向统一，而且标志着一个新的历史阶段的开始。从这一点来讲，这种统一是具有历史进步意义的，在当时也是人心所向的。对此，贾谊在《过秦论》中讲得很清楚。

> 秦并海内，兼诸侯，南面称帝，以养四海，天下之士斐然向风，若是者何也？曰：近古之无王久矣。周室卑微，五霸既没，令不行于天下。是以诸侯力政，强侵弱，众暴寡，兵革不休，士民罢敝。今秦南面而王天下，是上有天子也。既元元之民冀得安其性命，莫不虚心而仰上。当此之时，守威定功，安危之本在于此矣。

然而，秦王朝却并未继续顺应这种民心向统一历史的趋势去"守威定功"，而是"怀贪鄙之心，行自奋之智，不信功臣，不亲士民，废王道，立私权，禁文书而酷刑法，先诈力而后仁义，以暴虐为天下始"（贾谊《过秦论》），终于自取灭亡。于是，汉初统治者一改亡秦暴政，由横征暴敛转为与民休息，安定了社会局面，同时也促进了生产力的发展，这显然是顺应历史发展趋势的。因而，从这一点来讲，《安世房中歌》中大力歌颂统治者的"天命"与"德"，客观上也是汉人对国家重新出现统一局面的赞美。在以帝王统治为中心的历史阶段，历史的功绩往往都加在统治者身上，"盖世必有非常之人，然后有非常之事；有非常之事，然后有非常之功"（司马相如《难蜀父老》）。这种颠倒了的历史观，在当时人看来却是正常的、天经地义的。所以在《安世房中歌》中不断地唱着"冯冯翼翼，承天之则"

"我定历数，人告其心""皇皇鸿明，荡侯休德，嘉承天和，伊乐厥福"。由于出现了新的有德明主，国家终于统一了，社会又安定了。一切都是新的气象，都给人以新的希望。"大海荡荡水所归，高贤愉愉民所怀。大山崔，百卉殖。民何贵，贵有德"。这形象的比喻，虽然略带夸张，但是，人民在亡秦之后归顺汉王朝，确实有百川朝海、敬仰高贤之意味。在这里，"德"不仅仅是人心所向，也是汉初统治者治国的根本——意味着他们接受亡秦的教训采取无为而治与民休息的政策。"雷震震，电耀耀，明德乡，治本约。治本约，泽弘大，加被宠，咸相保"。显然，这带有宗教意味的诗歌，客观上也表现了汉人对社会统一的历史认识，有着丰富的历史内容。

第三节 《安世房中歌》在艺术上的创新

《安世房中歌》是继承先代雅乐的宗庙祭祀诗章，因此它在艺术形式上和商周雅颂有着一些共同点。陈本礼《汉诗统笺》引刘元城语，说它"格韵高严，规模简古，骎骎乎商周之颂"。沈德潜在《古诗源》中也说它"古奥中带和平之音，不肤不庸，有典有则，是西京极大文字"。这主要表现在内容上对先秦儒家传统的继承和语言的整饬与典雅，以及由此形成的雍容平和的风格上。如："我定历数，人告其心。敕身斋戒，施教申申。乃立祖庙，敬明尊亲。大矣孝熙，四极爰臻。"整首诗读来确有雅颂之味。但是在看到这种典雅风格的同时，我们更应该看重它的变化。《汉书·礼乐志》曰："盖乐己所自作，明有制也；乐先王之乐，明有法也。"可见，在汉人雅乐的制作中，本来就包含着继承和创新两个方面，而且，在这里创新占有更重要的地位。《汉书·郦陆朱刘叔孙传》记述叔孙通为高祖制礼乐时就说："五帝异乐，三王不同礼。礼者，因时事人情为之节文者也。故夏、殷、周礼所因损益可知者，谓不相覆也。臣愿颇采古礼与秦仪杂就之。"作为和礼相配之乐，叔孙通也同样是"因秦乐人"而改造新创宗庙乐。反之，当时所谓正统的先秦雅乐，虽然"有制氏，以雅乐声律世世在大乐官，但能纪其铿锵鼓舞，而不能言其义"（《汉书·礼乐志》），实际上已经名存实亡。而以楚声为曲调的《安世房中歌》，虽然名义上继承了周代房中乐传统，在实质上更是一种新的创设。这表现在以下两点。

（一）结构的完整与立意的宏大

《安世房中歌》作为朝廷雅乐，具有相当强的完整性，它与周代房中乐不同，不是取自于《周南》《召南》中的若干篇章合为一组，赋予它们以特殊的功能与意义，而是一组专门的制作，各章之间有着天然的联系。仔细分析，《安世房中歌》十七章可以分成以下几大部分。第一部分为第一到第二章，是迎神和送神之曲。第二部分可包括第三到第五章，歌颂刘邦建立了新的统一的汉王朝，包括其抚安四极、平定燕国的功业。第三章开篇说："我定历数，人告其心。"正是对刘邦统一天下、奉天承运、躬践帝位之功业的歌颂。[①] 第三部分包括第六到第十二章，分别言刘邦的道德功业以及民众的归附。如第六章："大海荡荡水所归，高贤愉愉民所怀。大山崔，百卉殖。民何贵，贵有德。"颜师古注："言海以广大之故，众水归之；王者有和乐之德，则人皆思附也。""大山以崔嵬之故，能生养百卉；明君以崇高其德，故为万姓所尊也。"第四部分包括第十三到第十七章，进一步歌颂刘邦之德，认为他定能得到神灵的保佑，美誉传千古，长寿享帝德，子子孙孙都受其恩庇，大汉江山的基业可代代相传。

---

① 《尚书·大禹谟》："天之历数在汝躬，汝终陟元后。"孔安国传："历数谓天道。元，大也；大君，天子。舜善禹有治水之大功，言天道在汝身，汝终当升为天子。"《汉光武济阳宫碑》："惟汉再受命，曰世祖光武皇帝。……于是群公诸将，据河洛之交，协符瑞之征。金曰：'历数在帝，践祚允宜。'乃以建武元年六月乙未，即位于县之阳，五城之陌。祀汉配天，罔失旧物，享国三十有三年。"（叶程义：《汉魏石刻文学考释》，台湾新文丰出版公司，1997，第481~482页。）可见，此处所言"我定历数"，正是指刘邦登基、汉王朝代兴而言。

《安世房中歌》是汉初雅乐中的大制作，它不仅结构完整，而且立意宏大。唐山夫人本为高祖的一名妃子，按常理讲其视野应该有限，具体抒情也可能会受到周房中乐的影响，不知不觉地从"后妃之德"的角度出发。但整个组诗却完全跳出了周房中乐的主题局限，以"德""孝"两字为整个组诗的立意中心，见解可谓高超。在具体写作中，组诗也没有流于对刘邦个人的歌颂，甚至一点对刘邦个人具体形象的描述也没有，这同样值得我们钦佩。明人谭元春说："女人诗定带妩媚，唐山典奥古严，专降伏文章中一等韵士。郊庙大文，出自闺阁，使人惭服。"① 由此我们可以知晓，在群雄逐鹿的岁月里，刘邦之所以能够胜出，的确是因为他有不凡之处。连唐山夫人都有这样的见识，写出这样的优秀诗篇，可见其得人之盛。而《安世房中歌》也正因为其结构的完整与立意的宏大，才成为中国历史上著名的雅乐诗篇，值得我们认真学习和研究。

（二）语言的整饬、流丽与风格的浪漫

《安世房中歌》不但在结构立意上出手不凡，在语言表现与艺术风格上也有特点。它的章法非常整齐。全套歌曲以四言八句为主要形式。从句数上来讲，十七章中十章都是每章八句（《大孝备矣》《我定历数》《海内有奸》《安其所》《丰草葽》《冯冯翼翼》《砠砠即即》《嘉荐芳矣》《孔容之常》《承帝明德》）；有三章每章十句（《七始华始》《雷震震》《都荔遂芳》）；有两章每章六句（《大海荡荡》《皇皇鸿明》）；一章七句（《王侯秉德》）；一章四句（《浚则师德》）。从每一章的句式来讲，其十三章都是四言句，有三章是三言句，有一章前面两句是七言句，后面四句是三言句。这种以四言八句为主的语言形式，证明它在语言形式上直接继承了《诗经》传统，也就是说，与周代传统的以《周南·关雎》为代表的"房中

---

① （明）谭元春：《古诗归》，卷三，明万历四十五年刻本。

乐"的基本句式相同，而语言则更为整齐和典雅。如全套组诗的最后两章：

> 孔容之常，承帝之明。下民之乐，子孙保光。承顺温良，受帝之光。嘉荐令芳，寿考不忘。（第十六章）
> 承帝明德，师象山则。云施称民，永受厥福。承容之常，承帝之明。下民安乐，受福无疆。（第十七章）

这种整齐的四言诗句和用语习惯，与《诗经·大雅》中的颂美诗极为接近。所以，从语言形式方面来讲，它受《诗经》的影响是极为明显的。

《安世房中歌》同时又深受楚辞体的影响，这使它的语言在典雅中有着楚辞体的流丽，特别是在作品中充满了楚辞体的浪漫气息。何以如此？《汉书·礼乐志》说："凡乐，乐其所生，礼不忘本。高祖乐楚声，故房中乐楚声也。"原来，《安世房中歌》是用楚声形式创作的雅乐。楚声究竟应该如何演唱，现在我们已经无从知晓，不过从现存的作品我们还是可以看出一些楚声与周代雅乐的不同。这表现在两个方面。其一是句式上的不同，其二是风格上的差异。先从句式上讲。我们知道，楚辞体和《诗经》体的最大不同，是楚辞体的句式较长，且在每一个完整的句组中都用兮字，或在一句之中，如"吉日兮辰良，穆将愉兮上皇"（《九歌·东皇太一》）；或在两句之间，如"帝高阳之苗裔兮，朕皇考曰伯庸"（《离骚》）；或在两句之末，如"后皇嘉树，橘来服兮"（《九章·橘颂》）。而《诗经》中虽然也多用兮字，却无明显的规律可循。这说明楚辞体有更鲜明的特点。现存的《安世房中歌》虽然没有兮字，却可以很容易地纳入楚辞体的句式中。对于这种现象，郑文先生认为，这是由于"班氏（固）删去了兮字"，并进而指出："《安世房中歌》的句式，本来出自《楚辞》与楚歌，也就是本来是楚调，由于兮字被删，使得它的句式与《大雅》或《小雅》的四言相类似，而和《楚辞》不同，其实这只是一种假象。"① 对此笔者表示赞同，并试对此说做一些补充。首先，从《史记》中现存的楚声歌曲来看，汉高祖的《大风歌》、项羽的《垓下歌》，都是在一句中间带有兮字。高祖的《鸿鹄歌》句法为"鸿鹄高飞，一举千里"，虽然没有兮字，但是在影印宋本的《白帖》中却写作"鸿鹄高飞兮，一举千里"，正好有兮字。对此，逯钦立先生曾指出："《白帖》所引有兮字，更合楚歌体。其所据书，当为《楚汉春秋》。《史通》曰，刘氏初兴，书惟陆贾而已。子长述楚汉之事，专据此书。然观迁之所载往往与旧不同，如郦生之被谒沛公，高祖之长歌《鸿鹄》，非惟文句有别，遂乃事理皆殊云云，可为确证。"② 依此类推，《安世房中歌》的句子中自然也应该有兮字。其次，《安世房中歌》最早见于《汉书》，《史记》未录。但是比较《史记》和《汉书》中共同记录下来的一些歌诗我们就会发现，《汉书》往往把《史记》所记歌诗中的兮字删掉。如《史记》的《天马歌》每句中都有一个兮字，《汉书》却把它删掉了。以此而言，《安世房中歌》中的兮字也有被班固删去的可能。退一步讲，即便《安世房中歌》原本没有兮字，也不妨按楚辞体的句式去诵读。原因很简单，就因为楚辞体作品中兮字的功能已经远不如《诗经》中的兮字那么复杂，可以承担多种语法意义，而只是在句中承担着分割音节的作用。因此，即便是《安世房中歌》的歌词中没有兮字，因为其句法与楚辞体相同，也不妨按楚辞体的句式诵读。在这方面，郑文先生所做的工作很有意义。他把《安世房中歌》的句子类型，归结为与楚辞体相同的三种兮字句。如第一章原文为："大孝备矣，休德昭清。高张四县，乐充宫庭。

---

① 郑文：《汉诗研究》，第28页。
② 逯钦立：《先秦汉魏晋南北朝诗》，中华书局，1983，第88页。

芬树羽林，云景杳冥。金支秀华，庶旄翠旌。"依楚辞式的句法，加上兮字就可以变成"大孝备矣兮，休德昭清。高张四县兮，乐充宫庭。芬树羽林兮，云景杳冥。金支秀华兮，庶旄翠旌"。或者"大孝备矣，休德昭清兮。高张四县，乐充宫庭兮。芬树羽林，云景杳冥兮。金支秀华，庶旄翠旌兮"。第八章的原文为："丰草葽，女萝施。善何如，谁能回？大莫大，成教德，长莫长，被无极。"改成楚辞体式的句法，就成为"丰草葽兮女萝施。善何如兮谁能回？大莫大兮成教德，长莫长兮被无极"①。显然，这是一个非常有趣的现象。但同时笔者以为还应该对郑文的说法再作一些修正。笔者认为，楚辞与《诗经》在音乐表演方面固然有较大的区别，一为楚声，一为中原正声。但从纯粹的诗的语言角度来讲二者却是可以相通的。事实上，楚辞体中的一部分作品的句式本来就是从《诗经》的四言体演化而来，如《天问》和《橘颂》，另外一些诗也多多少少受到过《诗经》的影响。所以，汉初人所作的《安世房中歌》在句式上与《诗经》体有相同之处本是顺理成章的，加上"兮"字自然就可以成为楚辞体。它与《诗经》在语言上的相似性并不是一种假象，而恰恰说明它同时继承了《诗经》与楚辞体的语言艺术形式。

　　《安世房中歌》可以加上兮字按照楚辞体的句式来诵读，因而显得远比《诗经》中的雅诗更为流丽，这是其重要的艺术特点之一。不仅如此，《安世房中歌》在艺术风格上也学习楚辞体，具有浪漫的特点。对此，前人也有所论述。如沈德潜《古诗源》在第一章《大孝备矣》后即评点道："末四句幽光灵响，不专以典重见长。"今人郑文先生在《汉诗选笺》中也指出了它在风格上和《楚辞·九歌》的相似。如第一章写祭祀的场面是"高张四县，乐充后庭，芳树羽林，云景杳冥。金支秀华，庶旄翠旌"。这富丽堂皇的描写就很有《九

---

① 郑文：《汉诗研究》，第 27~28 页。

歌·东皇太一》那样的浪漫气息。第六章的"飞龙秋，游上天"，第十章的"乘玄四龙，回驰北行，羽旄殷盛，芬哉芒芒"，也与《九歌》中所描绘的神灵往来相仿佛。① 这些都是它在艺术上不同于先秦雅乐之处。

由上可见，由于汉代国家统一所发生的重大历史变化，必然影响到新的时代精神的形成，并体现于文学创作中。即使是比较保守的祭祀燕飨雅乐，仍然在继承前代传统的同时发生了重要变化。正是这一点，预示着汉代歌诗终究要改变先秦歌诗的历史趋向。

---

① 郑文：《汉诗选笺》，上海古籍出版社，1986，第3页。

第七章

《郊祀歌》十九章研究

本章提要：汉武帝定郊祀之礼是西汉时期国家文化制度建设的重要内容，它以宗教神学的形式进一步确立了汉帝国统治的合理性，反映了从西汉初年到西汉中期国家意识形态上的重大变化。《郊祀歌》十九章在此基础上产生，它前后经过了二十多年的时间才完成。从内容上看它包括三种类型，一种是对新的至上神和天地众神的歌颂，以歌颂太一神为核心，体现了汉代神谱的重建；一种是对瑞应之物的歌颂，是对汉帝国强盛国运的一种特殊宗教颂美形式；一种是抒写统治者长生不老的心愿，体现了汉武帝本人的意愿。《郊祀歌》十九章在音乐上多用"新声变曲"，语言风格上也多有创新，是西汉时期的艺术大制作，具有重要的思想认识价值和艺术审美价值。

在汉代歌诗中，《郊祀歌》十九章是在《安世房中歌》之后另一组重要的宗庙雅乐。从《汉书·礼乐志》的记载看，十九章的产生，是紧密配合着汉武帝定郊祀之礼的一件大事，立乐府、采诗夜诵都和它有关。它出于当时的大文豪司马相如等数十人之手,经过严密的文字推敲,还有当时最负盛名的音乐家李延年等为之配音,"略论律吕,以合八音之调",在祭祀时集体演唱。可见,《郊祀歌》十九章乃是武帝时的重要歌诗作品,它不但在汉代思想史上有重要价值,在诗歌史上也值得重视。下面我们就从十九章产生的历史背景入手,对它的思想内容与艺术形式略作论述。

第一节 《郊祀歌》十九章产生的历史背景

欲明《郊祀歌》十九章的思想,应先明郊祀之礼产生的历史。本来,中国的郊祀之祭由来久远。《汉书·郊祀志》曰:"《洪范》八政,三曰祀。祀者,所以昭孝事祖,通神明也。……故神降之嘉生,民以物序,灾祸不至,所求不匮。"这是人类在生产力低下的阶段祈求祖先与神灵保佑的共同愿望。到了阶级社会,由于生产力的发展提供了剩余产品,从而产生了私有制和剥削。至此,自然神同时具有了阶级属性。在中国,殷商统治者标榜自己是天的后裔,以证明自己是当然的世界万物的垄断者。《商颂·玄鸟》:"天命玄鸟,降而生商。"《长发》:"有娀方将,帝立子生商。"《商颂》中的这些描写,正是殷商时代统治者通过对神明的祭祀所要表达的思想。西周封建主革命的成功,打碎了奴隶社会的枷锁,殷商奴隶主是天的后裔的宗教神话相应破产,代之而起的是标榜周封建主统治合理的周人的上帝。[①]

幽厉之后,周天子再没有号令诸侯的能力,周代的上帝也随之失去了它至高无上的权威,在各新兴诸侯本土新的上帝偶像应运而生。秦由襄公始祭白帝,楚有自己的至尊天神东皇太一,宋祭阏伯,晋祭

[①] 周人认为"天"(上帝)不只是殷人的"天",不是只把天命授予殷人,而是授予有德者。《诗经·大雅·文王》:"天命靡常。"《尚书·召诰》:"我不敢知曰:有殷受天命,惟有历年;我不敢知曰:不其延。惟不敬厥德,乃早坠厥命。"

实沈。于是，和诸侯蜂起的形势相适应，在中国宗教史上出现了五帝并峙的局面[①]，同时也出现了五德终始的宗教神学。所以秦始皇一统天下，马上就宣布秦得水德，以表明自己的行动符合天的意志。[②]

由此可见，在阶级社会里，上帝的产生，乃是一定历史阶段经济基础和阶级关系的反映。秦命短促，战乱中刘邦代秦而兴，还有战国余绪。因此在汉初，五德终始说在实施思想上的统治时仍然适用。[③]

然而，经过七十余年的休息与发展，汉代社会已经出现了空前的繁荣。同时，伴随经济的高度发展，也出现了给汉代统治者带来威胁的封国与豪强势力，以及潜藏的社会危机。这要求武帝必须加强中央集权制，定思想于一尊，也必须打破宗教神学上五帝并峙的局面，树立一位与新的社会状况相适应的新的上帝，以宗教神学思想为旗帜，来表明汉帝国统治天下的合理性。

关于汉代宗教神学观念的这种变化，在《史记·封禅书》和《汉书·郊祀志》中有详细的记载。现引其中重要的几段。

(1)（高祖）二年，东击项籍而还入关，问："故秦时上帝祠何帝也？"对曰："四帝，有白、青、黄、赤帝之祠。"高祖曰："吾闻天有五帝，而有四，何也？"莫知其说。于是高祖曰：

[①] 《史记·封禅书》记秦襄公始祭白帝，"自以为主少昊之神"。楚有东皇太一，又自称帝高阳颛顼的后代。《左传·昭公元年》："昔高辛氏有二子，伯曰阏伯，季曰实沈。……后帝不臧，迁阏伯于商丘，主辰。商人是因。"《国语·晋语四》："岁在大梁，将集天行，元年始受实沈之星也。实沈之墟，晋人是居，所以兴也。"又据《史记》和《汉书》，秦襄公始祠白帝，秦宣公又祭青帝，秦灵公又祭黄帝和炎帝。可见，五帝的产生当在东周初秦襄公时代前后。从社会的发展看，这和西周灭亡、诸侯崛起的时间是一致的。

[②] 五德终始说的产生，是非常复杂的事情。我们在这里注意的，是这种天人感应的历史唯心主义循环论，和战国以来社会变化的对应关系，以及这种学说对诸侯兼并、王者代兴的解释。如秦得水德，周为火德，水克火，故秦灭周而兴。秦得水德之说，可见《史记·封禅书》《汉书·郊祀志》。

[③] 《史记·封禅书》："高祖曰：'吾闻天有五帝，而有四，何也？'莫知其说。于是高祖曰：'吾知之矣，乃待我而具五也。'乃立黑帝祠，命曰北畤。至景帝止，祠官各以岁时祠如故。"

"吾知之矣,乃待我而具五也。"乃立黑帝祠,命曰北畤。

(2) 鲁人公孙臣上书曰:"始秦得水德,今汉受之,推终始传,则汉当土德,土德之应黄龙见。宜改正朔,易服色,色上黄。"是时丞相张苍好律历,以为汉乃水德之始,故河决金堤,其符也。年始冬十月,色外黑内赤,与德相应。如公孙臣言,非也。罢之。后三岁,黄龙见成纪,文帝乃召公孙臣,拜为博士,与诸生草改历服色事。

(3) 亳人谬忌奏祠太一方,曰:"天神贵者太一,太一佐曰五帝。古者天子以春秋祭太一东南郊,用太牢,七日,为坛开八通之鬼道。"于是天子令太祝立其祠长安东南郊,常奉祠如忌方。

(4) 其秋,上幸雍,且郊。或曰:"五帝,太一之佐也,宜立太一而上亲郊之。"上疑未定。……上遂郊雍,至陇西,西登崆峒,幸甘泉。令祠官宽舒等具太一祠坛,祠坛放薄忌太一坛,坛三垓。五帝坛环居其下,各如其方。

(5) 十一月辛巳朔旦冬至,昧爽,天子始郊拜太一。朝朝日,夕夕月,则揖;而见太一如雍郊礼。其赞飨曰:"天始以宝鼎神策授皇帝,朔而又朔,终而复始,皇帝敬拜见焉。"而衣上黄。其祠烈火满坛,坛旁亨炊具。有司云"祠上有光焉"。公卿言"皇帝始郊见太一云阳,有司奉瑄玉嘉牲荐飨。是夜有美光,及昼,黄气上属天"。太史公、祠官宽舒等曰:"神灵之休,佑福兆祥,宜因此地光域立太畤坛以明应。令太祝领,秋及腊间祠。三岁天子一郊见。"

以上五条材料,均见《史记·封禅书》,《汉书·郊祀志》与此记载大体相同。从中我们可以看出汉人上帝观念的明显变化。汉高祖刘邦直接继承了战国时代的五帝终始之说,听人说秦人祭四帝,于是认为自己应该祭黑帝,并建立黑帝祠,以合于五帝之说。可是到了汉文帝时，鲁人公孙臣认为按照五德终始之说，秦得水德，那么汉人就应该得土德，应该改正朔，易服色，色上黄。此时虽然有张苍提出反对意见，坚持高祖时的旧说，可是三年之后有黄龙见于成纪，验证了公孙臣的说法，于是汉文帝就接受了他的建议，开始了改正朔的一系列举措。但是，这种五德终始的说法到了汉武帝时代已经不再适用，他最后接受了亳人谬忌的说法："天神贵者太一，太一佐曰五帝。"于是开始祭祀太一神并把它作为最高天神，将原来的五帝降为太一神的辅佐。由汉高祖时代的五帝并立到汉武帝时的太一独尊，我们有理由说，这一历史过程不仅仅是汉人新的神学观念建立完成的过程，同时也是汉代社会意识形态发生重大变化的过程。

众所周知，汉王朝是在人民反抗暴秦的武装起义的基础上建立起来的。陈胜吴广那一声"王侯将相宁有种乎"（《史记·陈涉世家》）的呐喊，时时震撼着他们的心。刘邦虽然以"五德终始"说证明自己即帝位之合理性，但是，按照这种理论进行推衍，既然王朝的更替是按照五德轮回而运转，那么，也就意味着秦亡之后有汉，汉人的国运也未必长久，说不定哪一天就会轮到下一个朝代。因此，在汉帝国的国运已经达到空前强盛的武帝时代，就必须重新建立一个神学谱系，从宗教神学的角度来证明汉帝国的国运之长久。所以太一神才会应运而生，并最终为汉武帝所接受。

从另一个角度来讲，汉人之所以要重新建立一个神的谱系，是因为在当时的历史条件下，他们还不可能突破宗教神学的束缚而从更客观的角度来寻找历代王朝失败的原因。汉代在这一点上明显地继承了周人的观点，他们认为，王朝的更替一方面有天命的眷顾，另一方面也是人为的结果。上天不允许他们为所欲为，因此对失德的君主有所惩戒。历史记载汉武帝元光元年（前134年）下《举贤良诏》，其中首先提出的问题就是："三代受命，其符安在？灾异之变，何缘而起？"显然，汉武帝对于前朝兴亡的原因是进行过苦苦思考的，所以才请天下贤良之士对此作出合理的解答。董仲舒答曰："臣谨案《春秋》之中，视前世已行之事，以观天人相与之际，甚可畏也。国家将有失道之败，而天乃先出灾害以遣告之，不知自省，又出怪异以警惧之，尚不知变，而伤败乃止。""臣闻天之所大奉使之王者，必有非人力所能致而自至者，此受命之符也。天下之人同心归之，若归父母，故天瑞应诚而至。……及至后世，淫佚衰微，不能统理群生，诸侯背畔，残贼良民以争壤土，废德教而任刑罚。刑罚不中，则生邪气；邪气积于下，怨恶畜于上。上下不和，则阴阳缪盭而妖孽生矣。此灾异所缘而起也。"（以上并见《汉书·董仲舒传》）可见，在汉人眼中，"天"尽管采取了用帝王来统治人间的形式，却仍有着人所不可抗拒的力量。它有明察人间是非的能力，可以授命于某人，也可以夺走某人的受命。这样，汉代统治者在不自觉中把历史发展规律也视之为"天命"，终于形成了以董仲舒天人感应学说为代表的天人目的论。这种思想，既有巩固、加强封建王朝中央专制统治的一面，也有限制统治阶级为所欲为，正视人民力量的一面。也正因为如此，人们才会虔诚地相信有上帝存在，认为它是人们社会关系和自然关系的主宰。所以，《郊祀歌》中描写神灵的出场，既似人间帝王又远比人间帝王更有威严，"灵之车，结玄云，驾飞龙，羽旄纷。灵之下，若风马，左苍龙，右白虎。灵之来，神哉沛，先以雨，般裔裔。灵之至，庆阴阴，相放佛，震澹心"（《练时日》）；神的力量比人间帝王的力量更伟大，"经纬天地，作成四时"（《惟泰元》）；祭神的规模也远比人间帝王的宴会更隆重，"千童罗舞成八溢，合好效欢虞太一。九歌毕奏斐然殊，鸣琴竽瑟会轩朱。璆磬金鼓，灵其有喜，百官济济，各敬厥事"（《天地》）。也正因为怀有这种虔诚的心情，他们才会认为"夜常有神光如流星止集于祠坛"（《汉书·礼乐志》），"是夜有美光，及昼，黄气上属天"（《汉书·郊祀志》），这些自然现象是神灵的显现。于是，"天子自竹宫而望拜，百官侍祠者数百人皆肃然动心焉"(《汉书·礼乐志》),在祈神福佑时自然地产生了既敬且畏的复杂情感,在那一刻也达到了心理上的满足。原来,这种荒谬的行动,仍然体现出了一种历史的必然,其实质是统治者对现实制度的维护与歌颂,以及对无法掌握的自然规律和社会规律的恐惧与崇拜。

要之,《郊祀歌》十九章的产生,有着深刻的历史背景,不可等闲视之,它以宗教艺术的方式,反映了自汉初以来统治者意识形态方面的重大变化,是我们研究汉代文学史的重要对象,也是研究汉代思想史的重要材料。

第二节 《郊祀歌》十九章的产生时间及内容分类

班固《汉书·礼乐志》中说:"至武帝定郊祀之礼,祠太一于甘泉,就乾位也;祭后土于汾阴,泽中方丘也。乃立乐府,采诗夜诵,有赵、代、秦、楚之讴。以李延年为协律都尉,多举司马相如等数十人造为诗赋,略论律吕,以合八音之调,作十九章之歌。"这段话极容易给人造成一种假象,使人误以为《郊祀歌》十九章是司马相如等一帮文人们一时所作,然后由李延年统一配乐。其实不然。十九章的产生有一个过程,前后经过了几十年的时间。其中可以考知创作年代的诗篇,以时间先后序列如下。

(1)《朝陇首》,作于公元前122年(此后"公元前"皆省称为"前"),《汉书·礼乐志》:"元狩元年行幸雍获白麟作。"

(2)《天马歌》(其一),作于前120年,《汉书·礼乐志》:"元狩三年马生渥洼水中作。"《汉书·武帝纪》又曰:"(元鼎)四年(前113年)……秋,马生渥洼水中。作……《天马》之歌。"未知孰是。

（3）《景星》，作于前109年，《汉书·礼乐志》："元鼎五年得鼎汾阴作。"《汉书·武帝纪》又曰："（元鼎）四年六月，得宝鼎后土祠旁，……作《宝鼎》……之歌。"由此，可知《宝鼎》一诗作于前113年或前112年。但《景星》一诗首写景星，后写宝鼎。景星之见在元封元年（前110年）秋，《武帝纪》和《郊祀志》有记载，则《景星》一诗应作于元封二年（前109年），它与《宝鼎》歌是两首不同的歌。《礼乐志》中说元鼎五年作《景星》之歌可能有误。

（4）《齐房》，作于前109年，《汉书·礼乐志》："元封二年芝生甘泉齐房作。"

（5）《天马歌》（其二），作于前101年，《汉书·武帝纪》："（太初）四年春，贰师将军广利斩大宛王首，获汗血马来。作《西极天马之歌》。"

（6）《象载瑜》，作于前94年，《汉书·礼乐志》："太始三年行幸东海获赤雁作。"

除以上五首（《天马》歌二首，在十九章中只算一首）可明确考知其创作时间外，其余十四首的创作时间只能大致推测。考《史记·封禅书》和《汉书·郊祀志》等，知"亳人谬忌奏祠太一方"在元朔五年（前124年），此年天子立其祠在长安东南郊。元鼎四年（前113年）立后土于汾阴，元鼎五年（前112年）立泰畤，天子亲郊见。则《郊祀歌》十九章其他诸篇，最早不过前124年。其中元鼎五年（前112年）为天子始郊祭太一之年，音乐家李延年也在此年得幸于汉武帝，则《郊祀歌》十九章的大规模制作，最大的可能是在这一年。《史记·封禅书》说："其秋，为伐南越，告祷太一，以牡荆画幡日月北斗登龙，以象太一三星，为太一锋，命曰'灵旗'。……其春，既灭南越，上有嬖臣李延年以好音见。上善之，下公卿议，曰：'民间祠尚有鼓舞乐，今郊祀而无乐，岂称乎？'公卿曰：'古者祠天地皆有乐，而神祇可得而礼。'或曰：'太帝使素女鼓五十弦瑟，悲，帝禁不止，故破其瑟为二十五弦。'于是塞南越，祷祠太一、后土，始用乐舞，益召歌儿，作二十五弦及空侯琴瑟自此起。"《郊祀歌》十九章中《惟泰元》一诗，为祭太一神而作，其诗中正有"灭除凶灾，烈腾八荒。钟鼓竽笙，云舞翔翔。招摇灵旗，九夷宾将"之语，可证此诗应该作于是年。《天地》一诗，亦有"合好效欢虞太一"之语，也当在此时创作。《郊祀歌》十九章的主体部分，当在此年完成。除以上两首诗外，这组诗中还应该包括《练时日》《天门》《华烨烨》《五神》《赤蛟》等几首。

十九章中有《帝临》《青阳》《朱明》《西颢》《玄冥》等五首，分祭五帝，且风格相同，应是在此之前所作。其中后四首在《礼乐志》中写明是"邹子乐"，照情理推测，《帝临》一首，无论其句法、章法及篇中内容都与之是一个整体，自然也应是"邹子乐"。此"邹子乐"之详情已不得而知①，但是从形式、内容及风格上来看，都与其他诸篇不同，显得典雅庄重，整饬精练，可能更多地继承了《周颂》传统。另有《后皇》一篇，风格与此相近，也当为公元前112年之前所作，最大的可能是作于前113年立后土于汾阴之时。因为那时尚没有《惟泰元》等新的郊祀乐产生，故其在风格上沿袭了《帝临》等诗。

我们说以上六首诗产生较早，还可以从另一个角度证明。这其中，《帝临》等五首，很明显地表现了五帝并立的祭祀观念，难以统一到以太一神为尊的新的祭祀系统中来。因为"天神贵者为太一，太一佐曰五帝"，在以太一为尊的新祭祀系统中，五帝的地位已经由原来的并列为最高神而变为太一之佐。所以在新的祭祀组诗中，就出现

---

① 王福利在《汉郊祀歌中"邹子乐"的含义及其相关问题》一文推测此邹子乐之音乐当为战国时邹衍所作，歌词则为汉人之作，供参考。原文见首都师范大学中国诗歌研究中心、首都师范大学文学院编《乐府与歌诗国际学术会议论文集》，2007，北京。

了《五神》这样一首新诗,此诗开篇即言"五神相,包四临"。如淳注:"五帝为太一相也。"颜师古曰:"包,含也。四邻,四方。"此说最为明白。它从另一个方面说明《帝临》等五首诗与《惟泰元》等为两个系统。正因为这样,《青阳》等四首诗,到后来就变成了四季祠太一之诗。即"春歌《青阳》,夏歌《朱明》,秋歌《西暤》,冬歌《玄冥》"(《史记·乐书》)。同样,在以太一神为尊的祭祀系统里,天地并祭。这就是《天地》一诗的内容。由此可知《后皇》一诗应与《帝临》等为一个系统。

《日出入》一诗的创作年代不详,郑文和张永鑫都认为作于前94年①,但根据并不充分。此为祭祀太阳神之诗,但是里面却表现了汉武帝急于成仙的心理。估计不会产生于武帝早期,而应该产生在定郊祀之礼以后。

要之,《郊祀歌》十九章诸诗,如果从时间上来看,产生最早的当是《帝临》等五首"邹子乐",其次是《朝陇首》。其余诸篇,大体应该产生在元鼎四年(前113年)以后。其中以《惟泰元》为主的用于郊祭太一的诸篇歌诗,方为汉武帝定郊祀之礼的直接产物。

把《郊祀歌》十九章产生的时间大体弄清楚之后,我们再来讨论一下作者问题。《汉书·礼乐志》说:"至武帝定郊祀之礼,……多举司马相如等数十人造为诗赋,略论律吕,以合八音之调,作十九章之歌。"给人的印象,似乎十九章大都是由司马相如等人所作。其实不然。考察历史可知,司马相如死于武帝元狩六年(前117年),而《郊祀歌》十九章的大部分作品都作于前113年以后。可见,《汉书》里的这段话是不准确的。《史记·乐书》说:"至今上即位,作十九章,令侍中李延年次序其声,拜为协律都尉。通一经之士不能独知其

---

① 参见郑文《汉诗研究》,第33页;张永鑫《汉乐府研究》,第164页。

辞，皆集会五经家，相与共讲习之，乃能通知其意，多尔雅之文。"以此，可知十九章的歌词可能是许多文人共同参与创作的。其创作的时间不一，参加的人也没有明确记载。也许司马相如曾参加过早期一些诗篇的创作。

明确了十九章的创作时间，其实也为其内容分类奠定了一定的基础。这十九章作品，我们大体上可以分为三类。

第一类：祭祀太一天地诸神的乐章。这是《郊祀歌》十九章的主体，包括《练时日》《帝临》《青阳》《朱明》《西颢》《玄冥》《惟泰元》《天地》《天门》《后皇》《华烨烨》《五神》《赤蛟》十三首。

如我们在前面所言，在《郊祀歌》十九章中，虽然都是祭祀太一天地诸神的，但因为产生时间有先后之别，内容上多少也有些不同。以《帝临》为代表的五首诗，或歌颂汉帝国的一统"帝临中坛，四方承宇"（《帝临》），四海的承平"海内安宁，兴文偃武"（《帝临》）；或结合一年四季节令的变化来歌颂上帝对大汉帝国的福佑，所谓"膏润并爱，跂行并逮"（《青阳》）、"朱明盛长，敷与万物"（《朱明》）、"含秀垂颖，续旧不废"（《西颢》）、"兆民反本，抱素怀朴"（《玄冥》）。而《惟泰元》等诗，则把最高天神的伟大及其安抚百姓、征服四方的功绩做了更为夸张的歌颂。

> 惟泰元尊，媪神蕃釐。经纬天地，作成四时。精建日月，星辰度理，阴阳五行，周而复始。云风雷电，降甘露雨。百姓蕃滋，咸循厥绪。继统共勤，顺皇之德，鸾路龙鳞，罔不肸饰。嘉笾列陈，庶几宴享，灭除凶灾，烈腾八荒。钟鼓竽笙，云舞翔翔。招摇灵旗，九夷宾将。（《惟泰元》）

此诗前段写太一神所具有的造化天地的伟大本领，后段实际上是借歌颂天神的形式来歌颂武帝的武功。① 其余迎送神诸曲，也表现出一种新的气象。在那轰轰烈烈的祭祀场面的描写中，我们看到了新的神明被创造的过程。它以艺术的形式，以宗教的虚幻内容，折射式地反映了汉帝国强盛时期的政治状态。在为了维护帝国的尊严而把古神明重新改造的过程中，我们看到了西汉的大一统局面如何走向了稳固与繁荣。正是这种现实内容与宗教形式的结合，才使《郊祀歌》十九章不同于一般的宗教迷信之作，具有一定的历史认识价值。

第二类：歌颂瑞应之物的颂歌，包括《景星》《齐房》《朝陇首》《象载瑜》四首。把颂扬嘉瑞之物的诗也作为祀神曲，这是汉代祭祀诗中的一个重要现象。究其原因，是统治者认为这些瑞应之物都是上天降下的授命之符。如元鼎五年（前114年），得鼎汾阴，有司皆言："闻昔泰帝兴神鼎一，一者一统，天地万物所系象也。……唯受命而帝者心知其意而合德焉。"（《汉书·郊祀志》）这样，本来是先代一个形制稍异的器具的出土，也具有了不平常的意义。在汉人看来，祥瑞之物的出现，是统治者的"积善累德之效"，是"王者承天意以从事"（《汉书·董仲舒传》），从而得到天的福佑的象征。正因为如此，每次出现了"瑞应之物"，就在神灵祭坛下举行一次虔诚的祭礼，这就是汉代不同于前代的祭神仪式。如《景星》一诗这样写道：

> 景星显见，信星彪列，象载昭庭，日亲以察。参伴开阖，爰推本纪，汾脽出鼎，皇祐元始。五音六律，依韦缭昭，杂变并会，雅声远姚。空桑琴瑟结信成，四兴递代八风生。殷殷钟石羽

---

① 《汉书·郊祀志》："其秋，为伐南越，告祷太一，以牡荆画幡日月北斗登龙，以象太一三星，为太一缝（旗），命曰'灵旗'。为兵祷，则太史奉以指所伐国。"

龠鸣。河龙供鲤醇牺牲。百末旨酒布兰生。泰尊柘浆析朝酲。微感心攸通修名，周流常羊思所并。穰穰复正直往宁，冯蠵切和疏写平。上天布施后土成，穰穰丰年四时荣。

一颗不常见的星星的出现，一个前代宝鼎的出土，都被看成是上天的布施。人们相信它们能带来"穰穰丰年四时荣"的幸福，都要作歌祭祀。这种情况，只有在相信天人感应学说的汉代才会出现。《宋书·乐志》云："汉武帝虽颇造新歌，然不以光扬祖考，崇述正德为先，但多咏祭祀见事及其祥瑞而已，商周《雅》《颂》之体阙焉。"这是后人对此提出的批评，也正是后人不了解汉代有不同于前代的新的天人观念所致。因为从实质上说，对"瑞应之物"的崇拜，是董仲舒天人感应学说的具体化，是对上帝崇拜的具体化，也是统治者为自己歌功颂德，加强封建专制统治的一种宗教形式。

第三类：借歌颂自然神和瑞应之物来抒写统治者个人祈求长生不老的心怀。包括《日出入》一首和《天马歌》二首。

《日出入》是十九章中祭祀日神的乐歌。本来，太阳是和人类关系最密切的天体，它给人类带来了光明，没有太阳就没有一切。所以，日神是人类最崇拜的自然神之一。然而，《日出入》一诗，并没有像原始祭祀那样把太阳当成光明的天使来歌颂，而是把它当成了一种时间永恒的象征，以日月运行的无穷来抒写人生短促之感慨。究其原因，是此诗的创作并不是为了向神灵祈求汉帝国统治的长治久安，而是为了祈求汉武帝个人生命的永恒。

人的生命本来是有限的，对生命的追求，也是人类的愿望。所以远在先秦，就流传着许多成仙不死的传说。作为一个统治者，出于本能，他总希望自己能长久地统治臣民百姓，这种贪图长生的奢欲也就更大。秦始皇统一天下，便相信燕齐方士之虚说，至海上求仙以企不死。汉武帝身当盛世，没有先帝创业之劳，却有坐享其成之福。在人生问题上，更有一个愚蠢念头，为了达到永远统治天下的目的，希望自己生命能永久延续。《日出入》一诗，前半首以太阳运行、四季交替的无穷变化兴人生有限之慨，后半首则写企慕成仙的急切心情，突出地表现了汉武帝的这种思想。

与之相表里的就是《天马歌》二首。第一首是元狩三年（前120年）得乌孙马而作，第二首是太初四年（前101年）诛大宛王获大宛马作。为什么汉武帝把这些马视为"天马"，给予这样的重视呢？《日出入》一诗向我们透露了其中的消息。其诗这样写道："吾知所乐，独乐六龙，六龙之调，使我心若。訾黄其何不徕下！"对此，应劭解释说："《易》曰：'时乘六龙以御天。'武帝愿乘六龙仙而升天。"又曰："訾黄一名乘黄，龙翼而马身，黄帝乘之而仙。"盖欲成仙，必须驾龙。然龙不可得，不得不转而求之于与龙相似的天马。《史记》写汉武帝为求大宛马不惜耗费大量人力、物力，劳师远征（见《史记·大宛列传》），并为之作歌而祭神，其原因即在于此。表面上把"天马"作为瑞应之物报享上帝，以显示汉帝国威服西域的赫赫武功，其实真正表达的却是汉武帝异想天开的成仙愿望。

《郊祀歌》十九章的产生是一个历史过程，其表现的思想也是比较复杂的。它以艺术的形式，一方面表现了汉人新的宗教观念，另一方面也表现了汉代统治集团本阶级的利益及个人私欲。这一切，归根结底又受制于时代的需要及认识水平。也正是这一点决定了《郊祀歌》十九章的历史认识价值。在漫长的中国封建社会里，宗教之所以能够长期作为文学的主题之一，就因为在它那虚幻荒谬的形式下，多少也反映了人类历史的必然进程以及人类的本性。正是从这一点出发，我们才能给《郊祀歌》十九章以较公正的评价，对它所表现的复杂思想进行多侧面多角度的深入分析。

第三节　《郊祀歌》十九章的艺术成就

多年来，由于人们一直把《郊祀歌》十九章当作封建社会的糟粕之作，因此对它的艺术成就也缺乏分析。实际上，十九章在中国诗歌的语言艺术发展历史上也是值得重视的，这一点，我们可以从汉人对它的认识及当时审美观念的变化角度加以解释。

从正统观点出发，《郊祀歌》毕竟是对先秦雅乐的继承。这决定了汉代统治者在《郊祀歌》创作过程中，总是力图求雅，需要向先秦雅乐学习。但是，先秦所谓的雅乐早已在战乱中亡佚。"汉兴，乐家有制氏，以雅乐声律世世在太乐官，但能纪其铿锵鼓舞，而不能言其义"。其后，"河间献王有雅材，……固献所集雅乐"，亦不过"天子下太乐官，常存肄之，岁时以备数"而已（以上并见《汉书·礼乐志》）。因此，汉武帝为了制造新的颂神曲，就不得不"多举司马相如等数十人造为诗赋"（《史记·乐书》），也不得不起用出身于故倡之家的李延年来"承意弦歌所造诗，为之新声曲"（《汉书·李延年传》）。这本身就是一种矛盾的现象。然而，历史就是在这种矛盾运动过程中，才体现出艺术的继承与发展。

这主要表现在诗歌形式的选择和创造上。汉以前，中国诗歌的主要形式，一是以《诗经》为主的四言体，一是以楚辞为主的楚辞体，还有在先秦刚刚显示出来的五言、七言的萌芽形态。《郊祀歌》十九章的可贵之处，就在于创造中不墨守成规，能够根据所祀之神的不同身份，祀神诗的不同内容，合理地使用并发展了这些艺术形式。

从体式上讲，四言诗是较楚辞体更古老的传统形式，《诗经》也是儒家奉为圭臬的不易之典。这就决定了把儒学加神学定为国教的汉人，在选择祭祀诗歌的形式时首先应该考虑《诗经》雅颂体。另外，从《诗经》雅颂本身的特点看，整齐的四言句式，配以干枯的说理内容，构成了它凝重板滞的缺点，但是，一本正经的面孔及典雅语言的使用，也使它具有了庄严肃穆的优点。在十九章中，作者以这种诗体来歌颂五帝、太一，很适合所祀之神的身份。这首先构成了《郊祀歌》在艺术创造上对前代传统的继承，使这些诗章具有了与迎神、送神、娱神诗不同的特色。这样的诗篇有《帝临》《青阳》《朱明》《西颢》《玄冥》《惟泰元》《齐房》《后皇》八首。其中尤为突出的是《惟泰元》，用典雅庄重的四言句式，写出了太一神的威严与尊贵，"嘉荐列陈，庶几宴飨，灭除凶灾，烈腾八荒。钟鼓竽笙，云雾翔翔，招摇灵旗，九夷宾将"。生动的描写，使人闻之动心，望之敬慕，从而显示了太一神至高无上的力量。

然而，《郊祀歌》十九章中的四言诗，并不是对《诗经》雅颂体的照抄照搬，它更注重语言的修饰与词语的搭配。这表现在两个方面。其一，为了增加句子的容量，尽量去掉句中虚词，压缩句子结构，这一点只要和《诗经》中的同类诗篇一比就可以看出。如《周颂·时迈》："昭明有周，式序在位，载戢干戈，载櫜弓矢。"用四句诗来表现武王克殷后上天保佑周王朝的安定，每句中都有一个虚词，后两句意义上也显得重复。十九章《帝临》中仅用"海内安宁，兴文偃武"两句便表达了大体同样的内容。而且，仅"兴文偃武"一句，其内容比前者的后两句还多一个"兴文"的方面，虚词则完全被省掉了。这样，十九章中四言诗就显得更加典雅。四字结构的浓缩，形成了许多生命力极强的成语，如"兴文偃武""含秀垂颖""革正易俗""抱素怀朴"等。这些，都是对当时口语的进一步锤炼与加工，其结果，增加了语言的表现力。其二，为了增强诗歌的艺术表现效果，十九章中的四言诗更注意句子的整饬与结构对称、照应及层次的明晰。一句之中，也很讲究词语对应，如"兴文偃武""含秀垂颖"，前者反义并列，后者承接并列。两句之中，则形成了一些意义上的对偶，如"膏润并爱，跂行毕逮""经天纬地，作成四时"。一章之中，更注意前后的层次及结构匀称，如《玄冥》全诗，很明显地分成三个层次，每一层次四句。先写北方玄帝所代表季节的自然特征，"玄冥陵阴，蛰虫盖藏，草木零落，抵冬降霜"；再写其所司季节的政治蕴含，"易乱除邪，革正易俗，兆民反本，抱素怀朴"；最后写这一季节所应进行的人事活动，"条理信义，望礼五岳，籍敛之时，掩收嘉谷"。结构有序，章法井然。甚至注意了各章相互间比例的协调与平衡。如祀五帝的五首诗，每首各十二句，俨然是一个和谐的整体。这种在语言形式上对典雅整饬的刻意追求，本身就会造成一种庄重严肃的艺术效果，使诗的内容得以有更完美的艺术体现，给我们留下了值得借鉴的经验。

十九章中使用楚辞体的诗有《日出入》《天马》《华烨烨》《五神》《朝陇首》《象载瑜》《赤蛟》七首。

这七首在《汉书·礼乐志》里是以三言的方式记录下来的。三言从节奏上讲是一个节拍，它是一种比较原始的形式，如《易经》"女承筐，无实；士刲羊，无血"即其例。本来，在《诗经》时代，中国诗体基本上已普遍使用二节拍，所以在汉诗中还使用单节拍的形式，是不太合乎常情的。更重要的是，三言从节奏方面讲，是一种比四言更加急迫、短促的诗歌样式，这与上述诗歌的内容也不相符合。因此，有人认为这些诗由班固删去了中间的"兮"字[1]，这是不错的。因为《天马》二首，和《史记》所记载的比较，正有这种情况。其他几首在风格上和《楚辞·九歌》相承，也是前人早已指出的事实。[2]

楚辞体相对《诗经》体来说，是诗歌语言手段的一种解放。虽然

---

[1] 参见郑文《汉〈郊祀歌〉浅论》，《文史》第二十一辑。
[2] 《文心雕龙·乐府》："延年以曼声协律，朱马以骚体制歌。"可见，十九章有些诗是继承骚体的。和《史记》中的《天马歌》二首相参，正说明十九章中的三言体是骚体。另外，从武帝时仿骚体所作其他诗来看，"兮"字全都保留，而今存《汉书》中的十九章竟无一个"兮"字，也正好说明是班固抄录这些诗时删去的。

楚辞体基本上也是二节拍的，但由于它的字数比《诗经》体多了，不但节奏显得漫长而舒缓，在表达内容上也超出了《诗经》体，能增强叙事和描写的功能。所以《郊祀歌》十九章中，除直接歌颂神明功德的诗用四言体外，其他诗多用此体，更能表现迎神、送神、娱神等场合中隆重而又热烈的气氛。可见，十九章的作者很注意诗歌的内容与形式的辩证关系，根据不同的内容选用不同的形式。其中比较突出的是《练时日》《华烨烨》《赤蛟》三首。三首诗都有模仿《楚辞·九歌》的影子，而且在艺术手法上又颇有改进，使用排比的句子，铺陈描写祭神时的过程，给人以层次鲜明、场面清晰的感觉。如第一首《练时日》：

> 练时日，侯有望，爇膋萧，延四方。九重开，灵之斿，垂惠恩，鸿祐休。灵之车，结玄云，驾飞龙，羽旄纷。灵之下，若风马，左苍龙，右白虎。灵之来，神哉沛，先以雨，般裔裔。灵之至，庆阴阴，相放佛，震澹心。灵已坐，五音饬，虞至旦，承灵亿。牲茧栗，粢盛香，尊桂酒，宾八乡。灵安留，吟青黄，遍观此，眺瑶堂。众嫭并，绰奇丽，颜如荼，兆逐靡。被华文，厕雾縠，曳阿锡，佩珠玉。侠嘉夜，芷兰芳，澹容与，献嘉觞。

连续使用了七个排比，写神灵由天而降至祭坛安享的过程。先看见"灵之斿"，继而看见"灵之车"，接着是"灵之下""灵之来""灵之至"，最后是"灵已坐""灵安留"，把镜头由远景逐渐拉近。相应的描写，也由远处的粗线条，渲染神灵到来的气势，"灵之车，结玄云，驾飞龙，羽旄纷"，到近处的细工笔，描写娱神时优美的舞蹈，"众嫭并，绰奇丽，颜如荼，兆逐靡。被华文，厕雾縠，曳阿锡，佩珠玉"。其描写顺序，既符合祭神活动的先后次序，又符合人们由远及近的观察经验。同时,连续的排比也使语言更有气势,突出体现了祭神时的隆重。

在创作方法上,这些诗也更多地继承和发扬了《楚辞·九歌》的浪漫主义传统,充分发挥了艺术的想象力。神灵本来是不可见的,人们无法描写神的面孔装束。所以,这几首诗中对神的描写,都侧重于场面的渲染。在人们的想象中,神具有超人的力量。因此,诗人把日常生活中人们所熟悉的非同一般的事物,用来作为神的陪衬。如《练时日》用翻滚的乌云来形容神灵之车在空中出现,驾驭它的是飞龙,其速度如风如马,在神的旁边有苍龙和白虎为护卫。这样,神本身虽然没有写到,但是人们通过在实践中对这些非凡事物的理解,由神灵到来时雄伟壮观的场面早已感觉到神的威严,在似见非见中产生了对神的肃然起敬之情。沈德潜曰:"古色奇响,幽气灵光,奕奕纸上。屈子《九歌》后另开面目。'灵之斿'以下,铺排六段,而变幻错综,不板不实,备极飞扬生动。"① 古人的这种直观感受,很能说明十九章的作者在选用楚辞体进行再创造所取得的艺术成就。

十九章中余下的《天地》《景星》《天门》《日出入》四首,是不同于诗骚的杂言体。它们所占数量虽少,却更明显地体现了汉《郊祀歌》对先秦祀神诗的发展。

艺术的真正题材是人,祀神本质上是用一种虚幻的仪式来表现人对现实的认识。因此,祀神诗的创作,无论如何也要以对现实的审美认识为基础。诗骚体,作为一种旧的形式,和现实内容必然存在着一定的矛盾。这首先决定了《郊祀歌》在形式上有突破诗骚体的可能。作为统治阶级的宗教艺术,尽管和同时代生气勃勃的其他门类艺术相比带有更多的保守因素,因而限制了它在形式方面的推陈出新,但是在先秦雅乐式微的时代,它不可避免地也要受到时代思潮的冲击。更

---

① (清)沈德潜:《古诗源》,第66页。

何况，《郊祀歌》名义上是雅乐，实际上则完全是汉人的新制。在必要的时候，为了表现内容，必然会在诗骚体的基础上吸收一些新的形式，由此便形成了杂言体。

《郊祀歌》十九章中使用杂言体的诗篇，在内容上和前代祀神诗的差别更为显著。《景星》一诗，《礼乐志》谓"元鼎五年得鼎汾阴作"。天降嘉瑞而荐飨上帝，是不同于传统的一种新的祀神活动。所以诗中首写宝鼎出现之不同寻常的意义，继写人们向神灵报享时仪式之隆重，态度之虔诚，后写人们祈求神灵给以更多的福佑。整个祭神过程，开始比较严肃，宜用四言；后面主要表现人们由于上天福佑而产生的愉悦心情，所以诗的后半部分使用了大量的七言句。七言是当时刚刚兴起的新的诗歌样式，其特点是由诗骚体的二节拍变成三节拍，使诗的节奏更为悠扬，也增加了每句诗的容量。这样，不但避免了用诗骚体表现同样内容而造成的篇幅冗长及过分呆板，更给人一种和现实相接近的平实明朗的感觉。

《天门》则更突出体现了杂言诗的活泼，诗中有三言、四言、五言、六言、七言。全诗在参差错落的句式中展现娱神仪式生动热烈的气氛。

> 天门开，詄荡荡。穆并骋，以临飨。光夜烛，德信著，灵寖鸿，长生豫。大朱涂广，夷石为堂，饰玉梢以舞歌，体招摇若永望。星留俞，塞陨光。照紫幄，珠烦黄。幡比翅回集，贰双飞常羊。月穆穆以金波，日华耀以宣明。假清风轧忽，激长至重觞。神裴回若留放，殣冀亲以肆章。函蒙祉福常若期，寂寥上天知厥时。泛泛滇滇从高游，殷勤此路胪所求。佻正嘉吉弘以昌，休嘉砰隐溢四方。专精厉意逝九阂，纷云六幕浮大海。

其中最成功的，是中间一段娱神场面的描写。先写舞者俟神到来时盼望的舞姿和神态;继写神灵出现时满室生辉,光照紫幄的景象;再写舞者像鸟之展翅欲飞、翩翩欲仙的舞姿;接着写周围环境,月光穆穆,如金水流波,日吐华耀,光芒四射;又写祭神者,借长远的清风向神敬献美酒;最后写神灵快乐满足、流连忘返。这样,用错落有致的句式把写人写神熔为一炉,宛如人神共乐,似幻非幻,神灵绰约,似乎能把人带进一个仙境。同样是祀神诗,和楚辞体的《练时日》相比,显然更富有表现力。其中尤其五言的句式,如"幡比翅回集,贰双飞常羊","假清风轧忽,激长至重觞",想象神奇、描写生动形象,具有更大的创造性。

《天地》也是娱神诗,由于里面有求仙思想,和《天门》写法又有区别。显得场面很大,很隆重,"千童罗舞成八溢,合好效欢虞太一。九歌毕奏斐然殊,鸣琴竽瑟会轩朱"。但是又很典雅,很庄严,"百官济济,各敬厥事"。陈本礼曰:"声调谐合,长短合度,'含宫吐角激徵清',如闻其音。不矜才,不使气,而神韵悠然。"[①] 诗中有"造兹新音永久长"之语,盖新音的特点之一即曼声长歌。而诗中采用大量七言句子,形成整齐的三节拍节奏,与诗的内容和新声的特点,可谓相得益彰,更有效地表现了隆重的娱神场面。在十九章中,这是节奏最为悠扬的一首,也可以说,最突出地表现了七言这种新诗体的优点。

杂言中《日出入》一诗历来被人们视为奇作。说它奇,就因为从内容上讲,它突破了原始人自然崇拜的祀神诗传统,由自然的永恒兴人生短促之慨,在表面相似的祭神仪式描写中主题已经发生了变化。从形式上讲,固定化的诗骚体格式自然不能满足此种情感的抒发,而可以随情感的变化灵活多变的杂言,显然是一种有效的表达方式,因而形成了《日出入》一诗的独特风格。口语入诗,文同白话,又参差

---

① (清)陈本礼:《汉诗统笺》,卷一,清嘉庆十五年刻本。

错落，不同凡响。文中不用描写和铺叙，而是直抒胸臆。头两句首发感慨，以问句开头，一下便提起全诗气势。下面"春非我春"的体验和"四海之池"的比喻，以通俗的语言更能唤起人们的生活经验与心理感受，因而能产生强烈的世长而寿短的人生感慨，为下文求仙做了很好的铺垫。接着，下文不直写求仙，而写求龙，汉代早已流行黄帝乘龙成仙的传说。所以结尾用"訾黄其何不徕下！"这样一句感叹，就表达了汉武帝希望乘龙成仙的急切心情。言短义长，生动形象，这是以特定的时代观念作为审美心理基础才能达到的艺术效果。

要之，从总的情况看，《郊祀歌》十九章的创作，确是诸多文人精心推敲的结果。无论是诗体的选择，词语的锤炼，还是铺陈、排比、描写等艺术手法的使用，都和内容紧密相连。这不但构成《郊祀歌》十九章独特的艺术成就，而且使我们从中看到中国诗歌在西汉发展的一些轨迹。汉初诗坛，仍是以诗骚体为主，新的诗歌样式尚未蔚成大观。《郊祀歌》十九章艺术表现形式的形成，和诗歌形式的发展恰恰是同步的。这就使它不同于魏晋以后的郊祀歌在形式上脱离现实而刻意复古，而是深深地打上了民族和时代的烙印。因此，对《郊祀歌》艺术成就的研究，有助于我们弄清中国诗歌由诗骚体向五言七言转化的过程。《西京杂记》记司马相如语："合綦组以成文，列锦绣而为质，一经一纬，一宫一商，此赋之迹也。"这虽然讲作赋，可是它说明，那时人们已经自觉地进行艺术追求。虽然未像魏晋以后上升到理论的高度，而且由于《郊祀歌》十九章毕竟属于为宗教服务的作品，典雅的语言和抽象的内容降低了它的艺术成就，也限制了诗人对艺术表现形式的把握。但是在文学史上，任何形式的完善，都是在适应内容表现需要的基础上完成的，内容表现的每一进步，都为形式的发展提供了条件与基础。正是从这一点出发，我们应该给《郊祀歌》十九章的创作以足够的重视。

第八章
《汉鼓吹铙歌》十八曲研究

本章提要：《汉鼓吹铙歌》在汉末又称"短箫铙歌"，属于"鼓吹乐"，从"鼓吹"在汉代的应用情况以及十八曲的产生时间，可以证明它是产生于西汉的一组统一于"鼓吹"名下的歌诗作品，其内容表现了社会生活的各个方面。它之所以被后人称为"军乐"，与这组作品在西汉末年以后的逐渐雅化以及曹魏、孙吴政权以其为原型制作军乐有关。本章在详细梳理铙歌文辞的基础上进一步指出，其部分作品难以通读乃是因为声辞杂写和句式的多样化。《汉鼓吹铙歌》十八曲是中国历史上第一组受异族音乐影响而形成的杂言体歌诗，在文辞写作和语言风格上都与中原歌诗不同，它创造了一种新的艺术体式和审美范式，对后世诗歌发展产生了重大影响。

《汉鼓吹铙歌》十八曲，是一组非常特殊的作品。它产生于西汉。由于时代久远，记载中多有讹误，后人难以读通，故异说纷纭。但由于这组作品内容驳杂，形式多样，影响深远，其产生与流传又与西汉

第八章 《汉鼓吹铙歌》十八曲研究

时期的民族文化交流有关，在文学史上有特殊意义，因而又特别受人重视，值得我们单独探讨。

第一节　《汉鼓吹铙歌》十八曲名实考论

《汉鼓吹铙歌》十八曲，最早著录于沈约的《宋书·乐志》，又别称为"铙歌"或"短箫铙歌"。这是一组内容庞杂的作品，有的叙战阵，如《战城南》；有的表武功，如《上之回》；有的写燕飨，如《上陵》；有的抒私情，如《有所思》。这里"有武帝时的诗，也有宣帝时的诗，有文人制作，也有民间歌谣"①，其产生年代大体都可以确定在西汉武宣之时，无疑是西汉歌诗中最有代表性的一组作品。然而，这一组内容复杂的作品何以被称为"汉鼓吹铙歌"？沈约并未作详细说明。他只是在《宋书·乐志》中称："鼓吹，盖短箫铙哥。"并引蔡邕《礼乐志》云："军乐也，黄帝岐伯所作，以扬德建武，劝士讽敌也。"这个说法，与《汉鼓吹铙歌》十八曲的内容显然不合。因此，自明清以来，学者们对这种名实相异的现象做了许多解释，如朱乾《乐府正义》云："《汉铙歌》十八曲并不言军旅之事，何缘得为军乐？然则《铙歌》本军乐，而十八曲者，盖汉曲失其传也。缘汉采诗民间，不曾特制凯奏，故但取《铙歌》为军乐之声，而未暇厘正十八曲之义……"②清人庄述祖曰："故短箫铙歌之为军乐，特其声耳，其辞不必皆序战陈之事。"③张玉毂《古诗赏析》："今十八曲中，可解者少，细寻其义，亦绝无如《古今注》所云'建威扬德、风敌劝士'者，不知何以谓之《铙歌》也。岂当时军中奏乐，只取声调谐协，而不计其辞耶？"④

---

① 余冠英：《汉魏六朝诗论丛》，中华书局，1962，第8页。
② （明）朱乾：《乐府正义》，卷三，清乾隆五十四年刻本。
③ （清）庄述祖：《汉短箫铙歌曲句解》，珍艺宧遗书本。
④ （清）张玉毂：《古诗赏析》，卷五，光绪十三年姑苏思义堂本。

分析上引诸家说法，皆把《汉鼓吹铙歌》之声辞分开来论，以为汉之军乐只取十八曲之声而不计其辞。但是，考汉人之军乐，并未见声辞分开之说。《汉书·艺文志·诗赋略》载西汉有《汉兴以来兵所诛灭歌诗》十四篇，《出行巡狩及游歌诗》十篇，或叙军功之事，或写朝会道路之文，皆当声辞相合。西晋人崔豹《古今注·音乐》中，叙述汉时用于军中的横吹曲时亦云："横吹，胡乐也。张博望入西域，传其法于西京，唯得《摩诃》《兜勒》二曲。李延年因胡曲，更造新声二十八解，乘舆以为武乐，后汉以给边将，和帝时万人将军得用之。"① 这"二十八解"之内容今虽不知，但考郭茂倩《乐府诗集》卷二十一引《乐府解题》，魏晋以后尚传十曲，其名"一曰《黄鹄》、二曰《陇头》、三曰《出关》、四曰《入关》、五曰《出塞》、六曰《入塞》、七曰《折杨柳》、八曰《黄覃子》、九曰《赤之扬》、十曰《望行人》"。由此名目，亦可见汉人军乐并不是只取其声而不计其辞。因此，朱乾等人的说法是没有历史根据的。

清人王先谦大约发现庄述祖等人的说法不能自圆其说，他在《汉铙歌释文笺正》中说："十八曲不皆铙歌，盖乐府存其篇名，在汉时已屡增新曲。"② 此说也不对。按汉人歌诗通则，今十八曲皆取诗首二字或三字名篇，内容与题名相符，并非乐府先存篇名而汉时屡增新曲。《乐府诗集》引沈建《乐府广题》亦曰："汉曲皆美当时之事。"考之十八曲中《上之回》《上陵》《远如期》诸诗之内容，皆与武宣时故事相合。可见，王先谦的说法也是没有道理的。

陈本礼《汉诗统笺》则说："按今所传《铙歌》十八曲，不尽

---

① （西晋）崔豹：《古今注·音乐第三》，浙江古籍出版社影印《百子全书》本，1998年版，第1602页。
② （清）王先谦：《汉铙歌释文笺正·例略》，清同治十一年虚受堂刻本。

军中乐,其诗有讽,有颂,有祭祀乐章,其名不见于《史记》,亦不见于《汉书》,惟《宋书·乐志》有之,似汉杂曲,历魏晋传讹,《宋书》搜罗遗佚,遂统名之曰《铙歌》耳。"①这似乎是一种最变通的解释,且以《史记》《汉书》不见著录为据,认为《铙歌》是沈约编辑的汉杂曲。但是,《史记》《汉书》不见著录,并不能否认这些诗不是汉人编排在一起的作品。我们今天看到的十八曲虽然最早著录于《宋书·乐志》,但是,汉末曹魏和孙吴都已有按今所存十八曲之名和编次而进行模拟创作的作品。《乐府诗集》卷十六云:"汉有《朱鹭》等二十二曲,列于鼓吹,谓之铙歌。及魏受命,使缪袭改其十二曲,而《君马黄》《雉子斑》《圣人出》《临高台》《远如期》《石留》《务成》《玄云》《黄爵》《钓竿》十曲,并仍旧名。是时吴亦使韦昭改制十二曲,其十曲亦因之。"今《艺文类聚》和《初学记》中引陆机《鼓吹赋》,其所记汉鼓吹曲篇名亦全在今《汉鼓吹铙歌》十八曲中。由此可见,十八曲在汉代就已经被人们编排在一起,并非由"《宋书》搜罗遗佚",方才统名为"铙歌"的。

以上是清人对《汉鼓吹铙歌》十八曲名实相异现象的基本解释。当代一些学者对此也有论述,大都因袭清人的观点,并没有深入地考证。如余冠英说:"大约铙歌本来有声无辞,后来陆续补进歌辞,所以时代不一,内容庞杂。"②杨生枝说:"大约铙歌开始只是一种壮其声势的音乐,奏其乐而不歌其辞,在不同场合运用这一音乐时,或先乐后歌,或歌乐相间,流传既久,歌名便替代了乐名。也可能因为乐人以声相传,在演唱时,或补进新歌,或借用歌词,所以其辞不必皆叙战事。今所传的铙歌十八曲,也可能多为后起之作。"③或附会陈本

---

① (清)陈本礼:《汉诗统笺》,卷二。
② 余冠英:《汉魏六朝诗论丛》,第8页。
③ 杨生枝:《乐府诗史》,青海人民出版社,1985,第56页。

礼的说法,把它视为后人编成的汉杂曲。① 显然,以上这些说法,大都属于推测之辞,因而也是经不住推敲的。

分析前人对《汉鼓吹铙歌》的理解,往往囿于蔡邕"军乐"之说。但蔡邕所说的"军乐",和我们今天见到的《汉鼓吹铙歌》的关系相当复杂。蔡邕曰:"短箫铙歌,军乐也,黄帝岐伯所作,以扬德建威,风敌劝士也。"沈约在《宋书·乐志》中对此有所解释。他认为,蔡邕所说的军乐"短箫铙歌",最初指的是春秋时的"凯乐"。他接着引刘向在《说苑·善说篇》中所记雍门子周说孟尝君"鼓吹于不测之渊"语,并据当时"说者"所谓"鼓自一物,吹自竽籁之属,非箫、鼓合奏,别为一乐之名也"云云,认为鼓吹乐之名最早起于魏晋。所以他说:"然则短箫铙哥,此时未名鼓吹矣。应劭汉《卤簿图》,唯有骑执筑。筑即笳,不云鼓吹。而汉世有黄门鼓吹,汉享宴食举乐十三曲,与魏世鼓吹长箫同。长箫短箫,伎录并云,丝竹合作,执节者歌。又《建初录》云,《务成》《黄爵》《玄云》《远明》皆骑吹曲,非鼓吹曲。此则列于殿庭者为鼓吹,今之从行鼓吹为骑吹,二曲异也。又孙权观魏武军,作鼓吹而还,此应是今之鼓吹。魏晋世又假将帅及牙门曲盖鼓吹,斯则其时谓之鼓吹矣。"郭茂倩《乐府诗集》也同意沈约关于最初的短箫铙歌即军乐的说法,但是他认为:鼓吹之名不始自魏晋,而是始于汉时。汉代亦无鼓吹骑吹的区别,只是鼓吹的应用场合较复杂。他批驳沈约说:"按《西京杂记》:'汉大驾祠甘泉、汾阴,备千乘万骑,有黄门前后部鼓吹。'则不独列于殿庭者名鼓吹也。汉《远如期曲》辞,有'雅乐陈'及'增寿万年'等语,(无)马上奏乐之意,则《远期》又非骑吹曲也。《晋中兴书》曰:'汉武帝时,南越加置交趾、九真、日南、合浦、南海、郁林、苍梧七郡,皆假鼓吹。'《东观汉记》曰:'建初中,班超拜长

---

① 参见王汝弼《乐府散论》,陕西人民出版社,1984,第1~2页。

史，假鼓吹麾幢。'则短箫铙歌，汉时已名鼓吹，不自魏晋始也。崔豹《古今注》曰：'汉乐有黄门鼓吹，天子所以宴乐群臣也。短箫铙歌，鼓吹之一章耳，亦以赐有功诸侯。'然则黄门鼓吹、短箫铙歌与横吹曲，得通名鼓吹，但所用异耳。汉有《朱鹭》等二十二曲，列于鼓吹，谓之铙歌。"由沈约、郭茂倩二家说法可以看出，鼓吹在汉代就是一个比较宽泛的概念，它主要指汉代燕飨食举之乐，同时既包括前世振旅凯乐，又包括后世骑吹。因此，郭茂倩《乐府诗集》所说的"汉有《朱鹭》等二十二曲，列于鼓吹，谓之铙歌"，原本并非仅指军乐。

鼓吹在汉代既然是个比较宽泛的概念，那么，我们就不能仅从军乐的角度解释它，而应该从鼓吹乐应用的实际情况入手分析其内容的复杂性。根据历史记载，综合起来，起码有以下几个方面。

第一，天子宴乐群臣。这是黄门鼓吹的主要用途，蔡邕《礼乐志》、崔豹《古今注》、《隋书·音乐志》都有记载，并把它比之于《诗经·小雅·伐木》的"坎坎鼓我，蹲蹲舞我"之义。《毛诗序》云："《伐木》，燕朋友故旧也。自天子至于庶人，未有不须友以成者。亲亲以睦，友贤不弃，不遗故旧，则民德归厚矣。"以此，知黄门鼓吹用于天子宴乐群臣，乃是为了联络君臣情感，以增强君臣关系并活跃宴会气氛。《文选》卷四十五载汉武帝《秋风辞》，序云："上行幸河东，祠后土。顾视帝京，欣然中流。与群臣饮燕，上欢甚。乃自作《秋风辞》。"辞中有"箫鼓鸣兮发棹歌"之语，在武帝与群臣的饮燕中箫鼓齐鸣，这大概就是天子宴乐群臣的鼓吹乐。

第二，用于日常娱乐。《三辅黄图·汉昆明池》云："汉昆明池，武帝元狩四年穿，在长安西南，周围十里。……一说甘泉宫南有昆明池，池中有灵波殿，皆以桂为殿柱，风来自香。又曰：池中有龙首船，常令宫女泛舟池中，张凤盖，建华旗，作棹歌，杂以鼓吹，帝御豫章观临观焉。"《汉书》卷六十八《霍光金日磾传》记昌邑王淫乐："大行在前殿，发乐府乐器，引内昌邑乐人，击鼓歌吹作俳倡。会下还，上前殿，击钟磬，召内泰壹宗庙乐人辇道牟首，鼓吹歌舞，悉奏众乐。发长安厨三太牢具祠阁室中，祀已，与从官饮啖。驾法驾，皮轩鸾旗，驱驰北宫、桂宫，弄彘斗虎。召皇太后御小马车。使官奴骑乘，游戏掖庭中。与孝昭皇帝宫人蒙等淫乱，诏掖庭令敢泄言要斩。"班固《西都赋》写后宫歌舞，则有"后宫乘钱路，登龙舟，张凤盖，建华旗，袪黼帷，镜清流，靡微风，澹淡浮。翟女讴，鼓吹震，声激越，謍厉天"的描写（《后汉书》卷四十），这是鼓吹在西汉用于一般娱乐的记载。据《后汉书》卷四十二所记，光武帝的儿子楚王英，因有谋逆事被废，徙丹阳泾县，光武帝尚"赐汤沐邑五百户。遣大鸿胪持节护送，使伎人奴俾工技鼓吹悉从，得乘辎軿，持兵弩，行道射猎，极意自娱"。光武帝的另一个儿子济南安王刘康的儿子刘错，爱上了刘康的"鼓吹妓女宋闰"，"使医张尊招之不得，错怒，自以剑刺杀尊"。鼓吹乐的演奏中不但有男乐人，还有女乐人，可见其娱乐性之强。由上述记载，我们可知鼓吹在汉代之用于日常娱乐本是常事。

第三，与传统的振旅凯乐同样用于军队行进途中，也用于赐有功之诸侯，并用于某些功臣的丧葬仪式上。关于前两类用途，《西京杂记》云："汉大驾祠甘泉、汾阴，备千乘万骑，有黄门前后部鼓吹。"又郭茂倩《乐府诗集》引《晋中兴书》："汉武帝时，南越加置交趾、九真、日南、合浦、南海、郁林、苍梧七郡，皆假鼓吹。"《东观汉记》："建初中，班超拜长史，假鼓吹麾幢。"按，关于班超拜长史假鼓吹麾幢之事，又见于《后汉书》卷四十七《班梁列传》。至于用于某些功臣的丧葬仪式，据《后汉书》卷十九《耿弇列传》记，永元二年（90年），耿秉"代桓虞为光禄勋。明年夏卒，时年五十余。赐以朱棺、玉衣，将作大匠穿冢，假鼓吹，五营骑士三百余人送葬。谥曰桓侯"。又《后汉书》卷五十四《杨震列传》载，杨赐为司空。其去世时，"天子素服，三日不临朝。……及葬，又使侍御史持节送丧，兰台令史十人发羽林骑轻车介士，前后部鼓吹，又敕骠骑将军官属司空法驾，送至旧茔。公卿已下会葬。谥文烈侯"。

第四，用于册立帝王皇后的某些仪式中。据《后汉书·礼仪志》刘昭《注补》引丁孚《汉仪》："皇后出……置虎贲、羽林骑、戎头，黄门鼓吹……桑于蚕宫……"则皇后出行祭祀蚕神的路上，有"黄门鼓吹"跟随。刘昭又引蔡质所记《立宋皇后仪》："皇后初即位章德殿，太尉使持节奉玺绶，天子临轩，百官陪位……讫，黄门鼓吹三通……"则册立皇后的仪式中，也要用"黄门鼓吹"。蔡质又云："皇后秩比国王，即位威仪，赤绂玉玺。"并引诏书云："皇后之尊，与帝齐体，供奉天地，祇承宗庙，母临天下。"以此推论，在汉朝皇帝和诸侯国王的册立仪式上，也应该有"黄门鼓吹"。

第五，用于宗庙食举。沈约《宋书·乐志》云："汉世有黄门鼓吹，汉享宴食举乐十三曲，与魏世鼓吹长箫同。"《乐府诗集》卷一六《鼓吹曲辞一·上陵》郭茂倩解题引陈释智匠《古今乐录》："汉章帝元和中，有宗庙食举六曲，加《重来》《上陵》二曲，为上陵食举。"《后汉书·礼仪志》："正月上丁祠南郊，礼毕，次北郊、明堂、高庙、世祖庙，谓之五供。五供毕，以次上陵。西都旧有上陵。东都之仪，……太官上食，太常乐奏食举。"《宋书·乐志》亦云："章帝元和二年……加宗庙食举《重来》《上陵》二曲，合八曲，为上陵食举；……又汉太乐食举十三曲：……六曰《远期》，七曰《有所思》……"

第六，用于宴请、赏赐外宾。鼓吹乐在汉代大概是相当重要的歌舞艺术，所以在汉代曾用来招待外国使者。据《后汉书·东夷列传》，永和元年（136年），夫余王"来朝京师，帝作黄门鼓吹、角抵戏以遣之"。"武帝灭朝鲜，以高句骊为县，使属玄菟，赐鼓吹伎人"。

由鼓吹乐在汉代的上述诸应用场合可见，今存《汉鼓吹铙歌》十八曲内容复杂，既不是因庄述祖所说的声辞相分，也不是因为它如陈本礼所说的是汉杂曲，更不是如王先谦所说的是后人依其篇名另加新曲，而是因为汉代鼓吹乐的应用场合本身就是如此复杂的缘故。

既然如此，清代学人为什么把《汉鼓吹铙歌》十八曲和军乐混为一谈呢？若要解开这个疑问，我们必须弄清十八曲产生的时代和它的流传过程。

《汉鼓吹铙歌》十八曲究竟产生于何时？历史上没有明确记载。清代学者如庄述祖、陈本礼、陈沆、王先谦、谭仪诸人，根据《宋书·乐志》和《乐府诗集》的有关记载，参以史实，大多认为产生于西汉。当代学者如萧涤非、余冠英、陈直、游国恩、王汝弼等，也大多同意清人的说法。诸家考证已比较详细，结论也是基本可靠的。可惜的是前代学者并没有从历史的演变过程去探讨它和军乐的关系，论说不免自相矛盾。

《汉鼓吹铙歌》十八曲被后人误认为是"军乐"，与两汉乐府机构的变革以及前代乐歌逐渐雅化的过程是直接相关的。这里有三个关键性的环节。

第一个环节是哀帝时罢乐府。我们知道，西汉本有太乐、乐府两个音乐官署，太乐掌管的雅乐多为周代以来的古乐，乐府掌管的俗乐即郑卫之乐，也就是武帝以后采自各地的歌诗以及受异族音乐影响而创作的各种歌诗。武帝时河间献王所献雅乐就只是"备数"而已，"常御及郊庙，皆非雅声……内有掖庭材人，外有上林乐府，皆以郑声施于朝廷"（《汉书·礼乐志》）。我们同时还知道，从汉武帝时起，在朝廷礼乐活动中，乐府和郑声已在发挥雅乐的功效，李延年用新声为郊祀歌十九章配乐就是最好的证明。哀帝罢乐府并不是简单地把乐府机构撤掉了事，而且对乐府中演唱的各种乐歌进行一次清理，把那些所谓"不应经法"的"郑卫之声"罢废，把保留下来的部分归属于太乐。例如，在乐府中用于宗教祭祀的"郊祭乐"及"古兵法武乐"等就被保留下来，这所谓的"郊祭乐"就是指《郊祀歌》十九章的音乐，"古兵法武乐"可能是《汉书·艺文志》里所说的"《汉兴以来兵所诛灭歌诗》十四篇、《出行巡狩及游歌诗》十篇"之类的歌诗。按中国的传统，前代的俗乐到后代往往变成雅乐。如《诗经·魏风·伐檀》，在周代属于风诗，到汉代就变成了雅乐。[①] 据《汉书》所记，汉武帝自造很多歌诗，但郊庙及燕飨所奏皆非雅乐，颇受时人讥刺[②]，到了哀帝罢乐府时，这些诗歌作为祖宗遗训，也具有了雅的性质[③]，汉鼓吹铙歌十八曲，很有可能就是在这个时期被保留于太乐之中而没有被罢废的。因为这一组歌曲中本来就有美宣帝之祥瑞的《上陵》，写饮酒放歌的《将进酒》，写游宴祝颂的《临高台》，贺单于来归的《远如期》之类的乐歌。

第二个环节是明帝时的重新制礼乐。如前所述，鼓吹乐在汉代的应用场合是广泛的。而且，从现有的记载看，时间越往前推移，它的应用面越广。西汉时代，并没有规定鼓吹乐的应用范围，在日常娱乐中被普遍采用。这一点，前引《西京杂记》的例子可以为证，《汉鼓吹铙歌》十八曲复杂的内容本身更是最好的证明。但是，到了东汉明帝、章帝之后，鼓吹乐的应用范围却逐渐变窄了。据《隋书·音乐志》："汉明帝时，乐有四品，……三曰黄门鼓吹乐，天子宴群臣之所用焉，……其四曰短箫铙歌，军中之所用焉……"《后汉书·礼仪志》注引蔡邕《礼乐志》亦云："汉乐四品，……三曰黄门鼓吹，天子所以宴乐群臣，……其短箫铙歌，军乐也……孝章皇帝亲著歌诗四章，列在食举……"据《东观汉记·孝明皇帝纪》："永平三年……秋，八月诏曰：《尚书璇玑钤》曰，有帝汉出，德洽

---

① 据《大戴礼记》，汉时传有先秦雅乐二十六篇，内有《伐檀》。又据《晋书·乐志》，汉末魏武曹操时，尚传先秦雅乐《伐檀》等四曲。《宋书·乐志》亦云，魏雅乐四曲中有《伐檀》。
② 《汉书·礼乐志》："今汉郊庙诗歌，未有祖宗之事，八音调均，又不协于钟律，而内有掖庭材人，外有上林乐府，皆以郑声施于朝廷。"
③ 《后汉书·礼仪志中》："先立秋十八日，郊黄帝。……歌《帝临》。"按，《帝临》属于武帝时的《郊祀歌》十九章，即在时人所讥刺的"郑声"之列，东汉时却不再称之为"郑声"。

作乐，名予。其改郊庙乐曰太予乐，乐官曰太予官，以应图谶。"《后汉书·曹褒传》亦云："父充，持庆氏礼，建武中为博士，……显宗即位，充上言：'汉再受命，仍有封禅之事，而礼乐崩阙，不可为后嗣法。五帝不相沿乐，三王不相袭礼，大汉（当）自制礼，以示百世。……《尚书璇玑钤》曰："有帝汉出，德洽作乐，名予。"'帝善之，下诏曰：'今且改太乐官曰太予乐，歌诗曲操，以俟君子。'"以此，知东汉明帝重新制礼作乐之后，方有汉乐四品之说，鼓吹乐的应用范围才逐渐缩小，仅限于"天子宴乐群臣"与"军乐"两项，并分为"黄门鼓吹"和"短箫铙歌"，属于雅乐范畴。而《上陵》《远如期》《有所思》这样的作品，本来在西汉时并不是食举之乐，到汉章帝以后也变成食举乐曲了（见引《宋书·乐志》）。这说明，鼓吹乐由西汉的广泛应用到东汉的专门限定应用范围，实际走了一条逐步雅化的道路。萧涤非说："《铙歌》以西汉初用途至广，故内容亦杂，并非由沈约杂凑而成。《铙歌》之声价，自明帝列为四品之一，始渐抬高，故魏晋以下遂全变为雅颂诗。"① 可见，在关于《汉鼓吹铙歌》十八曲的名实流变问题上，萧涤非的解释是最为接近事实的。

第三个环节是汉末时期曹魏与孙吴依照鼓吹铙歌十八曲而创作新的鼓吹乐。《汉鼓吹铙歌》十八曲这一组在西汉本来应用于各种场合的鼓吹乐曲，东汉明帝以后，随着鼓吹乐应用的专门化而成为专用于军中的"短箫铙歌"，但是它的歌词并没有因此而改变，说它是军乐仍然是有其名而无其实。但是到了汉末曹魏、孙吴因其音乐而拟作军乐，才导致了后人的误解，认为西汉时的鼓吹乐也当是单纯的军乐。殊不知，曹魏以后拟作的鼓吹，虽然在音乐演奏上有所继承，但是从本质上已经发生了变化，二者不可再等量齐观。请看表 8-1。

---

① 萧涤非：《汉魏六朝乐府文学史》，第59页。

表8－1　汉、魏、晋、吴鼓吹曲名之比较

	汉鼓吹铙歌	魏鼓吹曲	晋鼓吹歌曲	吴鼓吹曲
1	朱鹭	楚之平	灵之祥	炎精缺
2	思悲翁	战荥阳	宣受命	汉之季
3	艾如张	获吕布	征辽东	抒武师
4	上之回	克官渡	宣辅政	伐乌林
5	拥离	旧邦	时运多难	秋风
6	战城南	定武功	景龙飞	克皖城
7	巫山高	屠柳城	平玉衡	关背德
8	上陵	平南荆	文皇统百揆	通荆门
9	将进酒	平关中	因时运	章洪德
10	君马黄		金灵运	
11	芳树	芳树	天序	承天命
12	有所思	应帝期	惟庸蜀	从历数
13	雉子斑		于穆我皇	
14	圣人出		仲春振旅	
15	上邪	太和	大晋承运期	宣化
16	临高台		夏苗田	
17	远如期		仲秋狝田	
18	石留		从天道	
19	务成		唐尧	
20	玄云		玄云	
21	黄爵		伯益	
22	钓竿		钓竿	

《晋书·乐志》曰："汉时有《短箫铙歌》之乐，其曲有《朱鹭》……《钓竿》等曲，列于鼓吹，多序战阵之事。及魏受命，改其十二曲，使缪袭为词，述以功德代汉。改《朱鹭》为《楚之平》，言魏也。改《思悲翁》为《战荥阳》，言曹公也。……改《上邪》为《太和》。……是时吴亦使韦昭制十二曲，以述功德受命，改《朱鹭》为《炎精缺》，言汉室衰，孙坚奋迅猛志，念在匡救，王迹始乎此也。……及武帝受禅，乃令傅玄制为二十二篇，亦述以功德代魏。改《朱鹭》为《灵之祥》，言宣帝之佐魏，犹虞舜之事尧，既有石瑞之征，又能用武以诛孟达之逆命也。……"由此，知魏晋以来的鼓吹曲与《汉鼓吹铙歌》十八曲已经完全不同。

总之，正因为有了哀帝罢乐府、明帝重新制礼乐以及汉末曹魏、孙吴因其曲而制作新的军乐这样三个关键性的环节，才导致了后人对于《汉鼓吹铙歌》十八曲的诸多误解。我们绝不能因为魏晋以来的鼓吹曲多叙战阵和战功，就误认为《汉鼓吹铙歌》也是军乐。《汉鼓吹铙歌》十八曲，原不过是西汉创作的一组统一于鼓吹乐之下的诗歌而已。

我们说《汉鼓吹铙歌》十八曲在西汉时期本来就不是军乐，所以曹魏、孙吴把它用于军中之时，大概仅取其声而已，在歌词上则完全是新创，其内容上已经与《汉鼓吹铙歌》没有多少关系。对此，我们还可能从另一个方面给予有力的证明。那就是后世文人们在学习模仿《汉鼓吹铙歌》十八曲的时候，从来不把它们当作军乐来看，而是仍然把它们当作西汉时代的抒情诗来拟作，这些作品的数量也远大于军乐歌词的数量。仅据郭茂倩《乐府诗集》，我们可以得出宋以前拟作篇目如下：《朱鹭》6篇，《艾如张》2篇，《上之回》7篇，《战城南》7篇，《巫山高》22篇，《将进酒》4篇，《君马黄》4篇，《芳树》16篇，《有所思》26篇，《雉子斑》6篇，《临高台》11篇，《远如期》2篇，总计113篇。但郭茂倩统计并不完整，仅据《全唐诗》，我们就知道他漏掉了《上之回》2篇，《战城南》5篇，《巫山高》10篇，《将进酒》1篇，《芳树》3篇，《有所思》20篇，《临高台》3篇，共44篇。两者加在一起共157篇。这些诗篇所抒写的世俗情怀多种多样，与《汉鼓吹铙歌》十八曲一脉相承，它们才真正继承了《汉鼓吹铙歌》十八曲的传统，得其精神。

第二节　《汉鼓吹铙歌》十八曲内容梳理

郭茂倩《乐府诗集》引《古今乐录》曰："汉鼓吹铙歌十八曲，字多讹误。一曰《朱鹭》，二曰《思悲翁》，三曰《艾如张》，四曰《上之回》，五曰《拥离》，六曰《战城南》，七曰《巫山高》，八曰《上陵》，九曰《将进酒》，十曰《君马黄》，十一曰《芳树》，十二曰《有所思》，十三曰《雉子斑》，十四曰《圣人出》，十五曰《上邪》，十六曰《临高台》，十七曰《远如期》，十八曰《石留》。又有《务成》《玄云》《黄爵》《钓竿》，亦汉曲也。其辞亡。或云：汉铙歌二十一无《钓竿》。《拥离》亦曰《翁离》。"由此，知铙歌十八曲原来本不止十八首，只是因为后世流传下来仅这十八首，所以才被后人名之为"汉鼓吹铙歌十八曲"。

但就是这十八曲作品，文字完全能读通的也不多。前人对此已深有感叹。如胡应麟就说："《铙歌曲》句读多讹，意义难绎。"① 清以来如谭仪、张玉谷、庄述祖、陈沆、陈本礼、王先谦，以及今人闻一多、陈直、徐仁甫、郑文等人对此用力甚勤，但至今仍多不可解处。《乐府诗集》所载原文及其解题，是我们目前理解这些作品的最重要材料。下面我们就以此为据，结合前人与今人的注释考证，对其内容重作梳理。本来全诗无一字不识，但是却偏偏难以读通，这是《汉鼓吹铙歌》十八曲最特异之处。古今所释，歧说颇多，牵强附会，所在多有。故此处之诠释，只取其大义。各家之文字梳理，只取确有道理者附载一二。

1. 《朱鹭》

朱鹭，鱼以乌。路訾邪，鹭何食？食茄下。不之食，不以吐，将以问谏者。②

郭茂倩《乐府诗集》："《仪礼·大射仪》曰：'建鼓在阼阶西南鼓。'《传》云：'建犹树也，以木贯而载之，树之跗也。'《隋书·乐志》曰：'建鼓，殷所作。又栖翔鹭于其上，不知何代所加。或曰，

---

① （明）胡应麟：《诗薮》，上海古籍出版社，1979年，新1版，第6页。
② 《汉鼓吹铙歌》十八曲大多难以读通，故各家断句差别很大。本书断句乃是在中华书局1979年新标点本《乐府诗集》与逯钦立《先秦汉魏晋南北朝诗》基础上，综合诸家研究成果，并参以己意而成，聊备一说。

鹄也，取其声扬而远闻。或曰，鹭，鼓精也。或曰，皆非也。《诗》云："振振鹭，鹭于飞。鼓咽咽，醉言归。"言古之君子，悲周道之衰，颂声之息，饰鼓以鹭，存其风流，未知孰是。'孔颖达曰：'楚威王时，有朱鹭合沓飞翔而来舞，旧鼓吹《朱鹭曲》是也。'然则汉曲盖因饰鼓以鹭而名曲焉。"按，建鼓之设，一为仪礼所用，见《仪礼·大射仪第七》；一为战时进兵所用，见《春秋左传·哀公十三年》。但是它还有另一个意义，那就是和臣下进谏有关。《三国志·魏书二》，曹丕即位秋七月庚辰，令曰："轩辕有明台之议，放勋有衢室之问，皆所以广询于下也。"《管子·桓公问》曰："黄帝立明台之议者，上观于贤也；尧有衢室之问者，下听于人也；舜有告善之旌，而主不蔽也；禹立谏鼓于朝，而备诉讯哽；汤有总街之庭，以观人诽也；武王有灵台之复，而贤者进也：此古圣帝明王所以有而勿失，得而勿忘也。"陈沆《诗比兴笺》："魏书官氏志，以伺察者为候官，谓之白鹭。取延颈远望之意。汉初内设御史大夫，外设刺史，纠举权贵奸滑，故取鹭为兴。乌当作欹。欹，呕吐也。……《尔雅·释草》：荷，芙蕖，其茎茄，其本蔤。荷下鱼所聚，故鹭当食于荷下。苟不之捕食，又不以吐者告，则纵奸养慝，所司何事乎？《诗》曰：'维鹈在梁，不濡其翼。彼其之子，不称其服。''将以问谏者'之谓也。"① 按此，知此诗乃讽刺谏者不能尽言之诗也。"路訾邪"，皆疑为语气词，唯闻一多认为："路訾疑即鹭鹚。《说文》'鹚，鸬鹚也。'"② 本人认为，闻一多的说法，有一定的道理，可从，说详后。

2.《思悲翁》

思悲翁，唐思。夺我美人侵以遇。悲翁也，但我思。蓬首

---

① （清）陈沆：《诗比兴笺》，上海古籍出版社，1981，第12页。
② 闻一多：《乐府诗笺》，《闻一多全集》第五卷，湖北人民出版社，1993，第716页。

狗,逐狡兔,食交君。枭子五,枭母六,拉沓高飞暮安宿。

此诗郭茂倩无解题,不可确解。陈沆《诗比兴笺》引庄述祖曰:"翁者,耆旧之称,借指老臣也。唐思,徒思也。《楚辞》:'惟草木之零落兮,恐美人之迟暮。'美人,喻盛年也。此言可悲之人,思之无益。韩彭菹醢,始歌曰:'安得猛士守四方',思之晚矣。夺吾少壮之年,侵寻遇主以成功名,垂及白首而戮之,纵复悲思,亦何益乎?'蓬首狗,逐狡兔',言将士苦战,首如飞蓬,以除群雄。所谓'狡兔尽,良狗烹'也。"① 庄氏和陈氏把此诗与刘邦诛杀功臣之事附会起来,颇为牵强。但是他释"唐思"为"徒思",可从,闻一多认为下文"但我思"也可释为"徒我思","但唐徒"一声之转,可备一说。今人陈直则认为:悲翁,"或作思悲公,何承天作思裴翁,此说很有可能。悲为裴字之假借,据何说因疑为边塞裴翁之妻子,为匈奴掳去,雁门云中人民,作此诗,代鸣不平,汉武帝时,被采诗官收集,遂传播于乐府,故在宴饮时歌奏,亦藉示不忘敌忾之意"②。"侵以遇"句,《尔雅·释言》:"偶,遇也。"《释名·释亲属》:"耦,遇也。"《字汇补》:"遇,与偶同。"则此处之"遇"当读为"偶",意为配偶之偶。"枭子五,枭母六"句,徐仁甫释曰:"枭本不孝鸟(见《说文》),然自关而西谓枭为流离(《一切经音义》二十引《毛诗草木疏》云:枭,流离鸟也。自关而西谓枭为流离……)。此……但取其流离,又不明言流离而言枭,所谓隐语双关也。诗人修辞,寓有深刻意义。谓悲翁既被劫夺,其妻子又被驱散;言流离之子五,连流离之母则为六,母子拉沓。高飞而去,无有安宿之所。此正写其流离失所,而紧张惨急,意在言外;生动形象,耐人寻思。"③ 联系全

---

① 闻一多:《乐府诗笺》,《闻一多全集》第五卷,第13页。
② 陈直:《汉铙歌十八曲新解》,《人文杂志》1959年第4期,第56页。
③ 徐仁甫:《古诗别解》,上海古籍出版社,1984,第129页。

文,此说有可取之处。宽泛点说,此诗应是对一个遭遇不幸的老人及其家庭的同情。

3. 《艾如张》

艾而张罗,夷于何!行成之,四时和。山出黄雀亦有罗,雀以高飞奈雀何?为此倚欲,谁肯礒室。

郭茂倩《乐府诗集》:"艾与刈同,《说文》曰:'芟草也。'如读为而,犹《春秋》曰'星陨如雨'也。古词曰:'艾而张罗'。又曰:'雀以高飞奈雀何?'《穀梁传》曰:'艾兰以为防,置旃以为辕门。'谓因蒐狩以习武事也。兰,香草也,言艾草以为田之大防是也。若陈苏子卿云:'张机蓬艾侧。'唐李贺云:'艾叶绿花谁翦刻。'俱失古题本意。"陈沆《诗比兴笺》:"《穀梁传》'艾兰以为防',《御览》引作'立阑以为防',谓刈草列栏盾以为防,而后设网罗,天子诸侯搜狩之礼。故《穀梁传》言过防不逐,不从奔之道也。'夷于何',言其地之坦易也。'于何',声也。古者王者交于万物有道,则王道成,四时和。故有三驱之戒,有三面之祝,所谓天网恢恢也。若乃罗山网泽,无微不设,自为以严密,不知铤而走险,惊而群飞,于是鸟乱于上,鱼乱于下,而亦无如之何矣。谁肯束手待尽者哉?"[1] 此解释大体得诗之本意。郑文说:"本曲是讥刺统治者法网苛密、逼民远去,而不愿受他的迫害,如黄雀的高飞以避网罗一般。前三句是说法网宽疏,民得和乐,和后面正相对照。用网比法,古已有之,本曲正用它作比喻,写得形象深刻。"[2] 此说比陈氏所言更为通俗明了。但此诗"倚欲""礒

---

[1] (清)陈沆:《诗比兴笺》,第9页。
[2] 郑文:《汉诗研究》,第60页。

室"四字不得确解。郑文谓"室"或是"矢"之误,可备一说。

4.《上之回》

上之回所中,益夏将至,行将北。以承甘泉宫,寒暑德。游石关,望诸国。月支臣,匈奴服。令从百官疾驱驰,千秋万岁乐无极。

郭茂倩《乐府诗集》:"《汉书》曰:'孝文十四年,匈奴入朝那萧关,遂至彭阳。使骑兵入烧回中宫,候骑至雍甘泉。'回中地在安定,其中有宫也。《武帝纪》曰:'元封四年冬十月,行幸雍,祠五畤。通回中道,遂北出萧关。'吴兢《乐府解题》曰:'汉武通回中道,后数出游幸焉。'沈建《广题》曰:'汉曲皆美当时之事。'按石关,宫阙名,近甘泉宫。相如《上林赋》云:'蹷石关,历封峦'是也。""之",往也。"回所中",指回中宫。回中宫是汉武帝在安定所建的行宫。"所",行在所。蔡邕《独断》:"天子所在曰行在所。"此诗歌颂汉武帝行幸回中宫之事,明白易晓。汉武帝多次行幸回中,此诗所指,郑文谓天汉二年(前99年)之事,与诗中"夏将至"在时间上相合,可从。① 考《汉书·武帝纪》:"(天汉)二年春,行幸东海。还幸回中。夏五月,贰师将军三万出酒泉,与右贤王战于天山,斩首虏万余级。"可见此次汉武帝行幸回中,亦有炫耀武力以助贰师威风之意。诗中对汉武帝极尽颂美,可见当时之风。沈建《广题》曰"汉曲皆美当时之事",此诗可为确证。

5.《翁离》(一作《拥离》)

拥离趾中可筑室,何用茸之蕙用兰。拥离趾中。

---

① 郑文:《汉诗研究》,第60~61页。

此诗为残篇，不可晓解。"拥离"，陈直解作"雍地离宫"①。逯钦立谓"翁离"当作"翁杂"，为汉时习语，所以状五彩之貌。② 闻一多认为沚应读作"泚"，"拥离泚者，小浊磊然，如痈疽瘰疬之状也"③。郑文同意闻一多说。④ 徐仁甫认为拥离是联绵词，当作蓊丽，草木茂盛貌。沚同沚。⑤《尔雅·释水》："水中可居者曰洲，小洲曰渚，小渚曰沚。"《九歌·湘夫人》："筑室兮水中，葺之兮荷盖。"诗意可能与此有关。

6.《战城南》

战城南，死郭北，野死不葬乌可食。为我谓乌，且为客豪，野死谅不葬，腐肉安能去子逃？水深激激，蒲苇冥冥。枭骑战斗死，驽马徘徊鸣。梁筑室，何以南，何以北？禾黍不获君何食？愿为忠臣安可得？思子良臣，良臣诚可思。朝行出攻，暮不夜归。

此诗为哀悼战死者之歌，甚为明白。但中间"梁筑室"几句难解。《乐府诗集》作"梁筑室，何以南，梁何北"，不通。《诗纪》卷五作"何以北"。徐仁甫曰："按《华阳国志·巴志》：西虏献眩，王庭试之，分公卿以为嬉，陈纪山独不视，京师称之。巴人歌曰：'筑室载直梁，国人以贞真。'筑室载直梁，岂非梁筑室乎？……惟眩（今谓幻术）人筑室于梁，明非真实，可知此诗乃假设之词。梁为桥梁，所以通南北者，若梁上筑室，则何以通南，何以通北乎？"⑥ 按，

---

① 陈直：《汉铙歌十八曲新解》，第57页。
② 逯钦立：《先秦汉魏晋南北朝诗》，第157页。
③ 闻一多：《乐府诗笺》，《闻一多全集》第五卷，第721页。
④ 郑文：《汉诗研究》，第61页。
⑤ 徐仁甫：《古诗别解》，第131页。
⑥ 徐仁甫：《古诗别解》，第133页。

此说可取。结合下文"禾黍不获君何食？愿为忠臣安可得？"可作贯通式解释：梁上筑室则无法通南北，禾黍不获则君无可食之粮。枭骑为国而战死，却无人收尸，又有谁承认他是忠臣呢？此诗之嫉愤意，由此而益强。后四句归结全诗意旨。所谓"良臣"，即指战死者。他们朝行出攻，暮不夜归，应是真正的忠臣。现改用"良臣"，亦是一种愤慨语。闻一多曰："臣疑当为人，人臣声类同，又涉上文忠臣而误。良人者，《孟子·离娄》下篇'其良人至'，赵《注》曰：'妇人称夫曰良人。'《秦风·小戎》为妇人念役夫而作，其诗曰：'厌厌良人'。此诗义与彼同，'思子良人，良人诚可思'者，亦妇人思夫之辞。上言'思子良人'，下言'莫不夜归'，思之而冀其勿死也。"①按，此说颇有新义，但改字解诗，略感牵强，故今人多不从。

7.《巫山高》

　　巫山高，高以大；淮水深，难以逝。我欲东归，害梁不为？我集无高曳，水何梁，汤汤回回。临水远望，泣下沾衣。远道之人心思归，谓之何！

郭茂倩引《乐府解题》曰："古词言，江淮水深，无梁可度，临水远望，思归而已。若齐王融《想象巫山高》，梁范云《巫山高不极》，杂以阳台神女之事，无复远望思归之意也。"按，此诗乃游子思乡之作，词旨明白。唯"水何梁"句难通。逯钦立谓"梁"乃"深"之伪字②，陈直谓此处指"水无梁"③，所解似都与上文重复。徐仁甫谓此处梁有高义。

---

① 闻一多：《乐府诗笺》，《闻一多全集》第五卷，第722页。
② 逯钦立：《先秦汉魏晋南北朝诗》，第158页。
③ 陈直：《汉铙歌十八曲新解》，第58页。

"水何梁",谓水位何其高也。① 可备一说。"害","曷"之借字。"我集无高曳",逯钦立谓"集高曳为济篙楪之借字",是简明可通的解释。②

8.《上陵》

上陵何美美,下津风以寒。问客从何来,言从水中央。桂树为君船,青丝为君笮,木兰为君棹,黄金错其间。沧海之雀赤翅鸿,白雁随。山林乍开乍合,曾不知日月明。醴泉之水,光泽何蔚蔚。芝为车,龙为马,览遂游,四海外。甘露初二年,芝生铜池中,仙人下来饮,延寿千万岁。

郭茂倩《乐府诗集》:"《古今乐录》曰:'汉章帝元和中,有宗庙食举六曲,加《重来》《上陵》二曲,为《上陵》食举。'《后汉书·礼仪志》曰:'正月上丁祠南郊,礼毕、次北郊、明堂、高庙、世祖庙,谓之"五供"。五供毕,以次上陵。西都旧有上陵。东都之仪,太官上食,太常乐奏食举。'按古词大略言神仙事,不知与食举曲同否。宋何承天《上陵者篇》曰:'上陵者相追攀。'但言升高望远、伤时怨叹而已。"按,此诗写祥瑞以美宣帝也,与上陵食举奏乐没有关系,闻一多、陈直等人都认为,东汉可能另有上陵乐曲,与此名同实异,其说可从。陈沆《诗比兴笺》:"《汉书·礼仪志》(按,应为《郊祀志》,《汉书》无《礼仪志》):'宣帝即位,由武帝正统兴,故立三年,尊孝武庙为世宗,行所巡狩郡国皆立庙。告祠日,有白鹤集后庭,有雁五色集殿前。西河筑世宗庙,神光兴于殿旁。'十三年正月,'上始幸甘泉,郊见泰畤,数有美祥。修武帝故事,盛车

---

① 徐仁甫:《古诗别解》,第 135 页。
② 逯钦立:《先秦汉魏晋南北朝诗》,第 158 页。

服，敬齐祠之礼，颇作诗歌。……后间岁，凤皇神爵甘露降集京师'，辄改元。又《宣纪》神爵元年诏曰：'乃者金芝九茎，产于函德殿铜池中。'甘露二年诏曰：'乃者凤皇甘露，降集京师，黄龙登兴，醴泉滂流。枯槁荣茂，神光并见，咸受祯祥。'正此诗所咏者也。'山林乍开乍合，曾不知日月明者'，谓嘉祥之气，郁郁葱葱。《甘泉赋》所谓'帅尔阴闭，霅然阳开'也。宣帝颇好神仙，故诗末及之。"① 此解说明白，可资参考。又，此诗中所用词语，可与西汉中期历史名物相证者，除陈沆所言外，尚有"白雁""醴泉""览遨游，四海外"等语。陈直谓："西安北郊曾出雁范，左侧刻有'白雁雌'三大字，篆书略带隶书，笔画奇古，决为西汉中期作品。……《小校经阁金文》卷十五，九十二页，有上华山镜铭云：'食玉英，饮醴泉，驾飞龙，乘浮云。'……《小校经阁金文》卷十五，二十三页，有尚方镜铭云：'尚方作竟真大好，上有仙人不知老，渴饮玉泉饥食枣，浮游天下遨四海，寿如金石国之保。'"② 可为参证。

9.《将进酒》

将进酒，乘大白，辨加哉。诗审搏，放故歌，心所作。同阴气，诗悉索，使禹良工观者苦。

郭茂倩《乐府诗集》："古词曰：'将进酒，乘大白。'大略以饮酒放歌为言。宋何承天《将进酒篇》曰：'将进酒，庆三朝。备繁礼，荐嘉肴。'则言朝会进酒，且以濡首荒淫为戒。若梁昭明太子云'洛阳轻薄子'，但叙游乐饮酒而已。"此诗大义可明，即郭茂倩所说

---

① （清）陈沆：《诗比兴笺》，第3页。
② 陈直：《汉铙歌十八曲新解》，第59页。

"大略饮酒放歌为言"。但"辨加""审搏""阴气""悉索"四组词义难明，具体的文字解释，各家颇不一样，或相距甚远。按，铙歌十八曲是后代乐工以声记述，故其中多以同音字代替，以此诗最为明显。其中"大白"即"大杯"，后世多用此语，人所熟知。此一例。"辨加"，古籍中无此词，疑为"遍加"。《晏子春秋》卷七："惠不遍加于百姓，公心不周乎万国。"《说苑》卷十四："惠不遍加于百姓。"《旧唐书》卷一百二十："建中初，子仪罢兵权，乃遍加诸子一官。"《太平广记》卷二十一引《仙传拾遗》："遍加搜访。"准此，该诗中的"遍加"结合上文可能是指遍加酒，即给所有的大杯斟满酒。"审搏"，在古籍中无此词，疑是"审博"之误写。《魏书》卷八十四《列传》第七十二《儒林》："（刘）兰推《经》《传》之由，本注者之意，参以纬候及先儒旧事，甚为精悉。自后经义审博，皆由于兰。兰又明阴阳，博物多识，为儒者所宗。"《北史》卷八十一亦有相同的记载。又清人钮琇《觚賸·首尾限字体》："诗审博，唯博，故冥搜引，妙趣纷披。"以此，知"审博"应是精审博雅之意。"放故歌，心所作"，逯钦立谓："心，新之借字，与上文故对文。"① 可从。"同阴气"，逯钦立："阴气或谓为饮泣，借字，义亦可通。"② 余谓或为"饮讫"之借字。结合上文举杯加酒，此处则写把酒饮完，上下文义贯通。"悉索"一词，为秦汉常用语。《左传·襄公八年》："敝邑之人，不敢宁处，悉索敝赋，以讨于蔡。"《十三经注疏》阮校："《广雅·释诂》：'索，取也。''悉索'盖言尽取以行也。"《左传·襄公三十一年》："是以不敢宁居，悉索敝赋，以来会时事。"《淮南子·要略》："武王继文王之业，用太公之谋，悉索薄赋，躬擐甲胄，以伐无道而讨不义。"其用法同上。以此为例，"诗悉索"可能是指把诗全都取来吟诵或歌

---

① 逯钦立：《先秦汉魏晋南北朝诗》，第159页。
② 逯钦立：《先秦汉魏晋南北朝诗》，第159页。

唱。后一句："使禹良工观者苦。"禹，陈直谓当为人名，为良工。"证之《小校经阁金文》，卷十一、五十七页，有元朔三年（前126年）工禹所造龙渊宫铜鼎。又同年有工禹所造龙渊宫铜熏炉。工禹与此诗时代相当，疑即其人。工禹为当时良工，而且专为铜工，故在歌诗中列举其名。"① 此说可从。"苦"，当为"若"字之误。同闻一多、陈直、逯钦立等说。汉郊祀歌《日出入》："六龙之调，使我心若。""若"，顺也，得所欲也。以此而言，此诗可分为三个层次：头三句，写宴会上给每一位与会者的大杯都加满了酒，接下来三句，写饮酒之前作诗、放歌。后三句的意思是：宴会上人们尽情地赋诗歌唱，观者们也都个个感到开心顺畅。全诗完整地描写了一个宴会上饮酒赋诗放歌的场面。

10.《君马黄》

　　君马黄，臣马苍，二马同逐臣马良。易之有骐蔡有赭。美人归以南，驾车驰马，美人伤我心；佳人归以北，驾车驰马，佳人安终极。

此诗字面义甚明，但全诗之意难解。陈沆谓"刺上下不一心"；李因笃《汉诗音注》谓此诗写事君处友，中道弃捐，苦心无以自明；孔德谓刺帝王之游乐，人民疲于供役②；郑文谓讥刺朋友违背了当日情谊；徐仁甫谓此诗"意在刺独好也"③。各从自己理解的角度来解释，可见此诗写作用意之模糊。我们认为，李因笃所解，可能更有道理。对人尊称为君，自称为臣，汉人有此例。《史记·吕太后本纪》：

---

① 陈直：《汉铙歌十八曲新解》，第60页。
② 参见孔德《汉短箫铙歌十八曲考释》，《东方杂志》第二十三卷第九号，1926年5月。
③ 郑文：《汉诗研究》，第63页；徐仁甫：《古诗别解》，第137页。

"陈平、绛侯（对王陵）曰：'于今面折廷争，臣不如君；夫全社稷，定刘氏之后，君亦不如臣。'王陵无以应之。"诗中所言君臣，可能是指地位不同却非常要好的朋友。诗人地位虽低，以才而言却极为自负。不幸的是二人中途南北离别，诗人不免极度伤心，怨朋友不顾自己之难也。李白尝拟作《君马黄》曰："君马黄，我马白。马色虽不同，人心本无隔。共作游冶盘，双行洛阳陌。长剑既照耀，高冠何赩赫。各有千金裘，俱为五侯客。猛虎落陷阱，壮夫时屈厄。相知在急难，独好亦何益。"可为理解此诗的参考。

11.《芳树》

芳树日月，君乱如于风。芳树不上无心，温而鹊，三为而行。临兰池，中心怀我怅。心不可匡，目不可顾。妒人之子愁杀人。君有他心，乐不可禁。王将何似，如孙如鱼乎？悲矣。

郭茂倩引《乐府解题》曰："古词中有云'妒人之子愁杀人，君有他心，乐不可禁。'若齐王融'相思早春日'，谢朓'早玩华池阴'，但言时暮、众芳歇绝而已。"按，此诗不可解。以上断句，亦不一定准确。至于其中的一些词语，亦难以读通。诸家所释，因难以择善而从，故从略。

12.《有所思》

有所思，乃在大海南。何用问遗君？双珠玳瑁簪，用玉绍缭之。闻君有他心，拉杂摧烧之。摧烧之，当风扬其灰。从今以往，勿复相思。相思与君绝！鸡鸣狗吠，兄嫂当知之。妃呼狶，秋风肃肃晨风飔，东方须臾高知之。

郭茂倩《乐府诗集》："《乐府解题》曰：'古词言"有所思，乃在大海南。何用问遗君？双珠玳瑁簪。闻君有他心，烧之当风扬其灰。从今以往，勿复相思而与君绝"也。'按《古今乐录》汉太乐食举第七曲亦用之，不知与此同否。"此诗题旨甚明，为一女子对负心男子的决绝之词。

13.《雉子斑》

雉子！斑如此，之于雉梁。无以吾翁孺，雉子！知得雉子高蜚止，黄鹄蜚之以千里。王可思。雄来蜚从雌，视子趋一雉，雉子！车大驾马滕，被王送行所中。尧羊蜚从王孙行。

郭茂倩《乐府诗集》："《乐府解题》曰：'古词云："雉子高飞止，黄鹄飞之以千里，雄来飞，从雌视。"若梁简文帝"妒场时向陇"，但咏雉而已。'宋何承天有《雉子游原泽篇》，则言避世之士，抗志清霄，视卿相功名犹冰炭之不相入也。"按，此诗大体可解，但如何校点断句，尚有诸多疑问。今断句从新校点《乐府诗集》本而略有改动。然同是此书，所引《乐府解题》之断句就有不同。其间多有句意不连贯处。陈沆《诗比兴笺》曰："刺时也。上以爵禄诱士，士以贪利罹祸，进退皆不以礼，贤者思遁世远害也。"并引庄述祖说："斑，文貌。之，往也。于雉梁，谓往山梁也。俉，迎也。翁孺，老幼也。言雉横飞梁之间，无术可以迎致之，惟知爱其子。乃弋人得雉子以为媒，而高飞者遂诱下矣。王，读如《庄子·养生主》神虽王之王。言观于雉之被诱，而知黄鹄之高举远逝，洵可思也。雌既从子，雄复从雌，于是盛以箱笼，驾以传车，生送行在，而终身徜徉从王孙行矣。"① 又，《西京杂记》曰："茂陵文固阳，本琅琊人也，善驯野

---

① （清）陈沆：《诗比兴笺》，第8页。

雄为媒,用以射雉。每以三春之月,为茅障以自翳,用觟矢以射之,日连百数。茂陵轻薄者化之,皆以杂宝错厕翳障,以青州芦苇为弩矢,轻骑妖服,追随于道路,以为欢娱。"按此,知此诗所写,当为对西汉时王孙贵族中流行的射雉行为的批判。诗以雉的不幸遭遇为言,或有所寄托。其写法,当同汉乐府中《乌生八九子》《豫章行》也。

14.《圣人出》

圣人出,阴阳和。美人出,游九河。佳人来,骈离哉何。驾六飞龙四时和。君之臣明护不道,美人哉,宜天子。免甘星筮乐甫始,美人子,含四海。

按,此为歌颂天子之诗,当无疑问。陈沆谓颂美汉宣帝之词,可备一说。① 中间"君之臣明护不道""免甘星筮乐甫始",歧解颇多。

15.《上邪》

上邪!我欲与君相知,长命无绝衰。山无陵,江水为竭,冬雷震震夏雨雪,天地合,乃敢与君绝。

此为女子相爱之誓言,以五件不可能发生之事为誓,以见其情感之坚贞。陈沆认为是"臣被谗自誓之词"(《诗比兴笺》卷一),可能求之过深。

---

① (清)陈沆:《诗比兴笺》,第1~2页。

16. 《临高台》

　　临高台以轩，下有清水清且寒。江有香草目以兰，黄鹄高飞离哉翻。关弓射鹄，令我主寿万年。收中吾。

　　此为游宴祝颂之词，各家无异义。

17. 《远如期》

　　远如期，益如寿。处天左侧，大乐万岁，与天无极。雅乐陈，佳哉纷。单于自归，动如惊心。虞心大佳，万人还来，谒者引向殿陈，累世未尝闻之。增寿万年亦诚哉！

　　郭茂倩《乐府诗集》："一曰《远期》。《宋书·乐志》有《晚芝曲》，沈约言旧史云'诂不可解'，疑是汉《远期曲》也。《古今乐录》曰：'汉太乐食举曲有《远期》，至魏省之。'"此歌颂汉宣帝甘露三年（前51年）匈奴单于来朝之诗。《汉书·匈奴传》："（甘露三年，匈奴呼韩邪单于稽侯狦）正月朝天子于甘泉宫，汉宠以殊礼，位在诸侯王上。……礼毕，使使者道单于先行，宿长平。上自甘泉宿池阳宫。上登长平，诏单于勿谒，其左右当户之群臣皆得列观，及诸蛮夷君长王侯数万，咸迎于渭桥下，夹道陈。上登渭桥，咸称万岁。单于就邸，留月余，遣归国。"《汉书·宣帝纪》所记亦同。按，《宣帝纪》并记："匈奴呼韩邪单于款五原塞，愿奉国珍朝三年正月。诏有司议。咸曰：'……匈奴单于向风慕义，举国同心，奉珍朝贺，自古未之有也。'"可见，有关此诗所写之事，在历史上有明确的记载。

18.《石留》

　　石留凉阳凉石水流为沙锡以微河为香向始溪冷将风阳北逝肯无敢与于扬心邪怀兰志金安薄北方开留离兰

　　按，此诗无法解读。

《鼓吹铙歌十八曲》之难读，不在于其字之不识，而在于其词语之难解和句法之怪异。此与汉歌诗及其他汉诗迥然有异，故前贤虽用力甚勤，但终是猜测较多，可豁然贯通者较少。何以这十八首作品如此难解呢？下面我们分几个方面进行一点分析。

其一，与产生的时代和传唱方式有关。沈约《宋书·乐志》后宋人校刊题记引《古今乐录》说："皆声辞艳相杂，不可复分。"而胡应麟则说："铙歌词句难解，多由脱误致然。"[1] 今人孔德、余冠英、陈直、徐仁甫、郑文也有大致相同的看法。的确，这些都是铙歌难解的重要原因。但是若仔细研读，我们会发现，在这十八曲中，真正由于声辞艳相杂而不可解的，只有《石留》一篇；因为脱误而致其不可解的，也只有《拥离》一篇；其他如《芳树》《思悲翁》《艾如张》等篇，从字面意上都可以读通，未必有多少存在文字上的脱误现象。窃以为，《汉鼓吹铙歌》十八曲之所以难读，可能还与它所产生的时代及其传唱方式有关。沈约在《宋书》卷十一《志第一·志序》中说：

　　《乐经》残缺，其来已远。班氏所述，止抄举《乐记》，马彪《后书》，又不备续。至于八音众器，并不见书。虽略见《世本》，所阙犹众。爰及雅郑，讴谣之节，一皆屏落，曾无概见。

---

[1] （明）胡应麟：《诗薮》，第8页。

郊庙乐章，每随世改，雅声旧典，咸有遗文。又按今《鼓吹铙歌》，虽有章曲，乐人传习，口相师祖，所务者声，不先训以义。今乐府铙歌，校汉魏旧曲，曲名时同，文字永异，寻文求义，无一可了。不知今之铙章，何代曲也。今《志》自郊庙以下，凡诸乐章，非淫哇之辞，并皆详载。

由此我们可知，今《汉鼓吹铙歌》十八曲，在沈约之前都是乐工们口耳相传记下来的，而在传唱的过程中又只重其声而不重其辞，所谓"乐人传习，口相师祖，所务者声，不先训以义"。因而到沈约记录这些歌词时就已经弄不清其中一些诗篇的文字意义了。可以说，我们今天能够了解其大概，已经是幸事。至于那些不可解处，或者是由于时代的久远而造成的语言文字上的变化，或者是由于乐工只记其声而误写其字，或者有的是声辞不分，而所有这些，在今天我们都难以区分清楚。再加上这些歌诗的句式大都不太整齐，后人往往根据自己的理解而断句，就更难读懂。

其二，解读文字的思路有问题。既然《汉鼓吹铙歌》十八曲在传唱中由后人依声记录，文辞中多有同音相代或文字记录有误等现象，那么，对《汉鼓吹铙歌》十八曲的文字解读时，就要充分考虑这些情况。由于乐工以音声相传，所以对一些不可解之处，诸家多从音训上下功夫，这一路径大体不错，如闻一多先生解释《朱鹭》一诗中"路訾邪"为"鹭鹚呀"，是一个很好的范例。《巫山高》中的"我集无高曳"，逯钦立谓"集高曳为济篙枻之借字"，也是很好的解释。但是，正因为《汉鼓吹铙歌》十八曲是乐工们以声相传，数代之后根据声音记录下来，那么这种记录中的同音假借现象就很复杂。首先是因为时间的久远而产生的声音讹变，让后世无法分辨它与原来的声音究竟有多大的差别；其次是乐工的文字记录多用同音字代替，而这些同音假借字的使用在相当大的程度上可能并不符合古代同音假借字的一般规律。这也让后人无法下手研究。正因为如此，后世用一般的同音假借之法来对这些诗句进行文字训诂解释，总让人觉得牵强。举例来讲，如《将进酒》中"辨加哉，诗审搏""同阴气，诗悉索"等句，我们就很难弄通其义。徐仁甫先生解释说："'诗审搏'与下文'诗悉索'两句意同，互文见义，谓诗词尽摸索而得也。《说文》'审，悉也。'悉，详尽也，是审悉义同。又'搏，索持也。''入室搜曰索。索持谓摸索而持之。'是搏索义亦相同。""'同阴气，诗悉索'。《礼记·郊特牲》：'凡饮，养阳气也；凡食，养阴气也。'上言'将进酒'，即同养阳气，此云'同阴气'，即同养阴气。养阳气指同饮酒，'同阴气'则指同吃饭。言饮食时皆摸索为辞赋诗，故饮时曰诗审搏，食时曰诗悉索。如此，则事理切合，词义明确矣。"① 徐仁甫先生在铙歌十八曲字词梳理上用力甚勤，也是当代在这方面创获最多的一位学者，但是对他的这一解释笔者显然不能赞同。首先，从文字学的角度讲，"审"固然可以解释为"悉"，引申为"详尽"，"搏"固然可以解释为"索持"，但"审搏"二字组合在一起究竟何所指，却很难说。查先秦两汉所有典籍，均未见有"审搏"一词。把这两字解释为"诗词尽摸索而得"，没有文字学和文献学的旁证可以证明。反之，我们在古代典籍中却发现有"审博"一词，其义甚明，且与此诗相合，因此我们认为"审搏"就是"审博"一词的讹写。至于"悉索"一词，本为古代一成语，其意义也不是"摸索"，而是"尽数搜集""尽其所有"之意。《左传·襄公八年》："敝邑敢宁处，悉索敝赋，以讨于蔡。"《淮南子·要略》："武王继文王之业，用太公之谋，悉索薄赋，躬擐甲胄，以伐无道讨不义。"均为此义。可见，徐仁甫把"悉索"解释成"摸索"，本是望文生义，由此再引申解释"审搏"，自然更不得要领。其次，徐仁甫引《礼记·郊特牲》中的

---

① 徐仁甫：《古诗别解》，第137页。

话解释"同阴气"是同吃饭，也不对。按，《礼记》中此处说的是先秦的飨禘之礼，并特指"春飨孤子，秋食耆老"的风俗，而不是说饮酒就是养阳气，吃饭就是养阴气，这说明他对先秦文献理解有误。退一步讲，即便我们承认吃饭就是养阴气，但是同阴气就是指同养阴气亦即指同吃饭吗？且不要说解释古文献不能这样随意加字减字以牵合己意，即便是从解诗本身的常理上讲，古代的乐歌本是诉诸演唱的艺术，其文字应力求通俗明朗，也绝不会这样转弯抹角让人摸不到头脑。所以我认为，解释《汉鼓吹铙歌》十八曲，要首先考虑这种由记声而引起的文字讹误的不可解读性，而不能轻易地用一般的音训之法去委曲求证。前人所解之所以多不可从，正是忽视了《汉鼓吹铙歌》十八曲的这一特征所致。

其三，句式的多样化所造成的解读困难。《汉鼓吹铙歌》十八曲之所以难解，另一个原因是其句式的多样化。这十八首诗中几乎没有一首完整的齐言诗，句式变化不定，再加上乐工以声记词，其中不免有些别字或借字，断句本身就成为一大难题，由此进一步造成了理解的困难，以至于歧说纷出。举例来讲，《雉子斑》一诗，断句就非常困难。如中华书局出版的校点本《乐府诗集》在标点郭茂倩引《乐府解题》时这样断句："古词云'雉子高飞止，黄鹄高飞以千里，雄来飞，从雌视。'"可是在下文中却把相关的文字断成"知得雉子高飞止""雄来飞从雌，视子趋一雉"，自相矛盾。其他如孔德、闻一多、陈直、徐仁甫、郑文、逯钦立等人的断句无一相同。这也是至今无法解决的难题。

由此看来，《汉鼓吹铙歌》十八曲文字之难解，是古代乐工在依据声音记忆歌词时出现了诸多讹误的缘故，由于这种声音记忆的讹误已经永远无法更改，所以这十八首的文字解读中有多处地方也许将成为永不可解之谜了，我们不能再强作解人。但是，正因为这十八首诗是由乐工靠记忆相传，文字本身并不古奥，所以，除了几首由于声音的讹误而实在难明其义之外，其他各篇大意又大多能了解。我想，这可能也正与记录者是乐工有关。从情理推测，乐工在记录文字时虽然注意声音，但是要想把一首诗准确地记住，最好的办法还是要明白诗的基本大义才行。当他们把这些诗记录下来的时候，自然也会得其大义。至于个别义理不清楚之处，也只好以声音相传了。而这也正是我们今天可以对其进行研究的基础。由此看来，解读《汉鼓吹铙歌》十八曲，在得其大意的基础上，慎重地运用常规的训诂之法，是我们应该吸取的教训。我们今天在充分吸收前人成果的同时，也要注意改正前人的失误才是。

通过上文的分析和梳理，我们对《汉鼓吹铙歌》十八曲的内容，略作如下概括：（1）《朱鹭》，讽刺谏者；（2）《思悲翁》，叹家庭之不幸；（3）《艾如张》，怨法网之严密；（4）《上之回》，颂武帝之行幸回中；（5）《拥离》，不可解；（6）《战城南》，哀悼战死者；（7）《巫山高》，思念故乡；（8）《上陵》，美宣帝之祥瑞；（9）《将进酒》，写饮酒放歌；（10）《君马黄》，伤朋友中道弃捐；（11）《芳树》，不可解；（12）《有所思》，女子对负心汉的伤心决绝之辞；（13）《雉子斑》，刺世风，寄感慨；（14）《圣人出》，美宣帝之词；（15）《上邪》，女子相爱之誓言；（16）《临高台》，游宴祝颂之词；（17）《远如期》，贺单于来归；（18）《石留》，不可断句读解。

若对以上十八首诗内容进行分类，则知其中有5首诗为颂美帝王之作，其余或写饮酒赋诗，或写男女恋情，或叹家庭之不幸，或伤世风而寄慨，或伤朋友之中道弃捐，或怀念家乡，或哀悼战死者，颇为杂乱。这说明，在西汉时期，这些鼓吹乐并没有固定的应用场合，它只是社会各阶层应用鼓吹这种音乐形式而作的一些诗歌而已。到了东汉时期，方规定其应用于上陵食举，宫中娱乐，宴乐群臣，以及赏赐外宾、行军、册立、丧葬仪式等。但即便如此，其用于行军、册立、丧葬仪式等场合时是否就是采用现存鼓吹铙歌十八曲的歌词，也让人颇感怀疑。据此，笔者在此处进一步推测：这十八曲鼓吹铙歌，在西汉时本属于一组具有特殊风格的鼓吹歌曲，并没有应用和创作场合的限制，到东汉时则主要应用于宫中娱乐等几个方面。至于用于朝会道路以及用作军乐，可能只用其曲而不用其辞。按《宋书·乐志》所记，到魏晋以后用作军乐时，并不是完全照搬鼓吹铙歌十八曲，而是从一开始就作了改编，与原来的《汉鼓吹铙歌》相比已经有了质的变化。相比较而言，六朝时文人的一些拟作，反而继承了《汉鼓吹铙歌》十八曲的传统。

第三节　十八曲的艺术特点及文学史意义

《汉鼓吹铙歌》十八曲虽然只是统名"鼓吹"的一组西汉歌诗，它的产生，却是中国诗歌史上的一件大事。如果说，中国的诗歌，在先秦属于本土艺术的话，那么，自《汉鼓吹铙歌》十八曲的产生，中国的诗歌创作，第一次融合吸收了异族文化的成分。这对汉人的艺术创作有广泛的影响。从《汉鼓吹铙歌》十八曲的内容来看，在西汉时代，不但帝王的巡幸宴饮、军中道路应用鼓吹，就是普通百姓的言志抒情，也可以用鼓吹来演唱。从此以后，在西汉逐渐发展出一种以胡乐为特色的诗乐艺术。它以其特有的艺术魅力，在汉乐府中占有了重要一席。

要认识《汉鼓吹铙歌》十八曲的艺术特点及其在中国诗歌史上的意义，我们首先就要考虑它的音乐形式。汉代歌诗本是配乐而行的一种艺术，研究汉代歌诗离不开音乐。由于受物质技术方面的限制，汉代的音乐不可能保存到今天，我们在今天也不可能重新欣赏到汉人的音乐歌舞表演。但是音乐对汉代诗歌的影响，却是一个不可否认的事实。而且，这种影响并没有随着音乐的消失而消失，它仍然沉积在诗歌的语言中，留在历史的记录里。

我们知道，在中国的文化传统中，从先秦时代起，人们就习惯于把音乐分为雅乐和俗乐两类，汉代也是如此。从这一角度看，《汉鼓吹铙歌》十八曲在西汉时期无疑属于俗乐的范畴。而汉代的俗乐，又可以分为鼓吹乐和相和乐两大类。相和乐源于中国的传统音乐。乐器以丝竹为主。《宋书·乐志》云："相和，汉旧曲也，丝竹更相和，执节者歌。"《旧唐书·音乐志》亦云："平调、瑟调，皆周房中曲之遗声，汉世谓之三调。"郭茂倩《乐府诗集》曰："又有楚调、侧调。汉房中乐也。高帝乐楚声，故房中乐皆楚声也。侧调者，生于楚调，与前三调总谓之相和调。"使用的乐器有笙、笛、琴、瑟、琵琶、筝、筑等。而鼓吹乐则不然。分开来讲，虽然鼓乐和吹乐在先秦早已存在，最早的吹笛可追溯到河姆渡人及贾湖人的骨笛，最早的鼓在商代以前就已出现。① 合而言之，鼓乐和吹乐的合奏可上溯到商周时期，如《诗经·商颂·那》描写祭祖的场面就有"鼖鼓渊渊，嘒嘒管声"的记载，《周颂·有瞽》中写祭祀时也有"设业设虡，崇牙树羽，应田县鼓，鼖鼓祝圉，既备乃奏，箫管备举"的描绘。《楚辞·九歌·东皇太一》"扬袍兮拊鼓，疏缓节兮安歌，陈竽瑟兮浩倡"和《东君》"琴瑟兮交鼓，箫钟兮瑶虡，鸣篪兮吹竽"等描写说明，战国时楚国的鼓乐与吹乐也相当发达。可见，鼓吹之乐在先秦已经发展到一定的程度。但是在先秦并没有"鼓吹乐"的名称，可见那时还没有形成一种独特的音乐类型，只不过是鼓乐与吹乐同时演奏而已。到了汉代以后，由于受北狄和西域音乐的影响，才真正形成了"鼓吹乐"。它是在先秦鼓乐、吹乐以及军中凯乐的基础上，融汇北方少数民族的横吹、鼓吹而形成的音乐。《乐府诗集》卷十六引刘瓛《定军礼》云："鼓吹未知其始也，汉班壹雄朔野而有之矣。鸣笳以和箫声，非八音也。""八音"是对中国古代金、石、丝、竹、匏、土、革、木

---

① 参见吴钊《追寻逝去的音乐踪迹——图说中国音乐史》，东方出版社，1999。

八类乐器的总称。此处言非"八音",正是指异族音乐而言。班固《汉书·叙传》:"始皇之末,班壹避地于楼烦,致马牛羊数千群。值汉初定,与民无禁,当孝惠、高后时,以财雄边,出入弋猎,旌旗鼓吹。"楼烦属中国北方游牧民族,精骑善射。马上鼓吹,以箫笳为主,正是其民族音乐特色。《乐府诗集》卷二十一又云:"横吹曲,其始亦谓之鼓吹,马上奏之,盖军中之乐也。北狄诸国,皆马上作乐,故自汉以来,北狄乐总归鼓吹署。……横吹有双角,即胡乐也。汉博望侯张骞入西域,传其法于西京,唯得《摩诃》《兜勒》二曲。李延年因胡曲更造新声二十八解,乘舆以为武乐。"以此,知异族音乐输入之后,朝廷甚至有专门负责掌管它的"鼓吹署"。这种新乐的乐器以中原之铙、鼓与北狄西域诸国的鸣笳、箫与胡角为主。因而,它与先秦的鼓乐与吹乐不同,与以丝竹为主的相和诸调在风格上判然有别。①演唱鼓吹乐大概也是一种特殊的技艺。繁钦《与魏文帝笺》说:

> 正月八日壬寅,领主簿繁钦,死罪死罪!近屡奉笺,不足自宣。顷诸鼓吹,广求异妓。时都尉薛访车子,年始十四,能喉啭引声,与笳同音。白上呈见,果如其言。即日故共观试,乃知天壤之所生,诚有自然之妙物也。潜气内转,哀音外激,大不抗越,细不幽散,声悲旧笳,曲美常均。及与黄门鼓吹温胡,迭唱迭和。喉所发音,无不响应,曲折沈浮,寻变入节。自初呈试,中间二旬,胡欲傲其所不知,尚之以一曲,巧竭意匮,既已不能。而此孺子遗声抑扬,不可胜穷。优游转化,余弄未尽,暨其清激悲吟,杂以怨慕。咏北狄之遐征,奏胡马之长思,凄入肝脾,哀感顽艳。是时日在西隅,凉风拂袵,背山临谿,流泉东

---

① 关于铙歌是胡乐的问题,孔德在《汉短箫铙歌十八曲考释》一文中有较详尽的论述,他通过对铙歌所用乐器的考证,证明其乐曲绝非华夏所有。文载《东方杂志》第二十三卷第九号,1926年5月。

逝。同坐仰叹，观者俯听，莫不泫泣殒涕，悲怀慷慨。自左騑史妠，謇姐名倡，能识以来，耳目所见，佥曰诡异，未之闻也。①

通过繁钦的记述可知，演唱这种传自异域的鼓吹需要有特殊的技巧，所谓"潜气内转，哀音外激，大不抗越，细不幽散，声悲旧箛，曲美常均"。其曲调之"凄入肝脾，哀感顽艳"，可达到"同坐仰叹，观者俯听，莫不泫泣殒涕，悲怀慷慨"的境界。对此，晋人陆机的《鼓吹赋》也有生动的描述。

> 原鼓吹之攸始，盖禀命于黄轩。播威灵于兹乐，亮圣器而成文。骋逸气而愤壮，绕烦手乎曲折。舒飘摇以遐洞，卷徘徊其如结。宫备众声，体僚君器。饰声成文，雕音作蔚。响以形分，曲以和缀。放嘉乐于会通，宣万变于触类。适清响以定奏，期要妙于丰杀。邈圳搏之所管，务夐历之为最。及其悲唱流音，快惶依违，含欢嚼弄，乍数乍稀。音踯躅于唇吻，若将舒而复回。鼓砰砰以轻投，箫嘈嘈而微吟。咏《悲翁》之流思，怨《高台》之难临。顾穹谷以含哀，仰归云而落音。节应气以舒卷，响随风而浮沉。马顿迹而增鸣，士噸䏶而沾襟。若乃巡郊泽，戏野垌，奏《君马》，咏《南城》，惨《巫山》之遐险，欢《芳树》之可荣。……（《全晋文》卷九十七引《初学记》《艺文类聚》）

繁钦生于汉末，陆机生于西晋，距汉世亦不远。他们把鼓吹乐这样生动地描述出来，可见其确有与相和诸曲不同的艺术特色。所谓"悲唱流音，快惶依违""鼓砰砰以轻投，箫嘈嘈而微吟"，正是它在风格上和音乐演奏上的两大特点。从现存的《汉鼓吹铙歌》十八曲中

---

① （梁）萧统编，（唐）李善注《文选》，第565页。

我们看到，像《战城南》《有所思》《巫山高》《上邪》《思悲翁》等诗作，感情表现或激愤悲壮，或热烈奔放，而绝少矫揉造作与委婉含蓄之风，与相和诸曲如《江南》等截然不同，若再配以箫鼓之声，确实能体现出鼓吹乐的风格。萧涤非先生谓"《铙歌》声情，实开后世豪放一派"[①]，不失为对其艺术风格的公允评价。

在对《汉鼓吹铙歌》的艺术成就进行研究时，另一个值得我们注意的是这些诗歌在语言形式上的特点。众所周知，先秦时代中国诗歌的传统形式是诗骚体，而汉代以后则是五言、七言繁荣的时代。《汉鼓吹铙歌》十八曲产生于西汉中后期，这个时代也正好是中国五言、七言诗的形成期。《汉鼓吹铙歌》十八曲，不能不对它产生影响。从现有材料看，西汉初中期的帝王文人之作，以及流传于中下阶层的诗歌谣谚之类，多以诗骚体为主。《安世房中歌》及《郊祀歌》也是在诗骚体的基础上略有变化，且语言多追求整齐。唯有《汉鼓吹铙歌》十八曲，完全摒弃了诗骚体式而采取杂言的形式，这是一个十分引人注目的变化。对此，萧涤非先生云："吾国诗歌之有杂言，当断自汉《铙歌》开始。以十八曲无一非长短句，其格调实为前此诗歌之所未有。《诗经》中虽间有此体，然以较《铙歌》之变化无常，不可方物。乃如小巫之见大巫焉。此当由于《铙歌》为北狄西域之新声，故与当时楚声之《安世》《郊祀》二歌全然异其面目。而音乐对于诗歌之影响，亦即此可见。"[②] 此话指出了《铙歌》为我国汉代以后杂言体之渊源的重要事实，是我们评价其文学史意义的重要切入点。

《汉鼓吹铙歌》十八曲在语言方面的成就同样值得我们重视。作为一种新起的俗乐，它的语言也是以质直通俗为主的。人们常说《汉鼓吹铙歌》十八曲语言难解，但是它的难解并不是因为语言如《诗

---

① 萧涤非：《汉魏六朝乐府文学史》，第49页。
② 萧涤非：《汉魏六朝乐府文学史》，第49页。

经》和《尚书》般古奥,也不是如《郊祀歌》十九章那样所谓"多尔雅之文",而是因为声辞上的脱误与讹夺。凡是能解读处,其语言无一不通俗。像《战城南》《有所思》《上邪》《巫山高》那样产生于世俗社会的诗篇固不必说,就是那些歌颂帝王行幸娱乐祥瑞之作,如《上之回》《上陵》《远如期》《圣人出》等,其语言也是相当通俗的。在此我们可以比较《郊祀歌》十九章和《汉鼓吹铙歌》十八曲中两首同样歌颂汉武帝的诗:

  朝陇首,览西垠。雷电燎,获白麟。爰五止,显黄德,图匈虐,熏鬻殛。辟流离,抑不祥,宾百僚,山河飨。掩回辕,騕长驰,腾雨师,洒路陂。流星陨,感惟风,籋归云,抚怀心。(《郊祀歌·朝陇首》)

  上之回所中,益夏将至,行将北。以承甘泉宫,寒暑德。游石关,望诸国。月支臣,匈奴服。令从百官疾驱驰,千秋万岁乐无极。(《鼓吹铙歌·上之回》)

  同样写汉武帝行幸巡游之事,同样写汉帝国的赫赫声威,《朝陇首》的语言整饬而文雅,《上之回》却以俗语出之。两相比较,《鼓吹铙歌》十八曲语言通俗的特点是多么明显。它几乎不用什么书面语,全是口语和白话入诗。它的这一特征,与汉代世俗乐府,尤其是与东汉世俗乐府的语言风格显然是一致的。《汉鼓吹铙歌》十八曲产生于西汉中后期,它的这一语言特征,无疑对东汉世俗乐府有重要影响。

  《汉鼓吹铙歌》十八曲在章法体式上也有自己的特点。作为新起于汉代的通俗乐歌,它不再采用《诗经》体那样重章迭唱的形式,也不似《楚辞·九歌》那样有浓重的原始宗教祭祀乐歌的色彩,它一方面题材指向社会各阶层的世俗生活；另一方面追求自由的艺术形式。每诗一章，每诗一法，绝不重复，也绝不相袭，我们从各诗篇中找不到共同的章法规律。《战城南》叙事抒情之类似于《妇病行》《东门行》；《雉子斑》借物言情之类似于《乌生八九子》《豫章行》；《有所思》写女子对负心汉绝情之类似于《白头吟》；《巫山高》写思乡之类似于《悲歌》。这一切都说明，《汉鼓吹铙歌》十八曲无论在语言章法还是在写作题材和体式上都直接开启了东汉世俗歌诗的先河。至于抒写世俗生活的"感于哀乐，缘事而发"的汉乐府精神，在《汉鼓吹铙歌》十八曲中的表现，我们在上述诗篇中更能有切实的体会。

由此可见，《汉鼓吹铙歌》十八曲在中国文学史上的意义，不仅仅在于由此而产生了中国诗歌中的杂言一体，更重要的是对中国传统诗歌形式以及诗歌精神的冲击和影响。如果说，诗歌本身的语言节奏韵律特征和时代对艺术提出新的要求，决定了中国诗歌形式从汉代以后必然走上以五言、七言和杂言为主的发展道路的话，那么，异族音乐的输入和由此而产生的《汉鼓吹铙歌》十八曲，则无异于中国五言、七言和杂言诗歌体式诞生的催化剂，也是汉乐府精神的先导。因为《汉鼓吹铙歌》十八曲是在异族音乐影响下产生的新的诗歌，本身就不受传统诗歌体式的束缚，在探索新的诗歌语言艺术形式方面有更大的开放性和创造性。这是符合两汉诗人新的审美观赏需要和求新精神的。众所周知，早在春秋战国之际，新兴地主阶级已经不满足于欣赏传统雅乐，甚至后世儒家所肯定的"好古"君主魏文侯[①]，也已经是"端冕而听古乐则唯恐卧，听郑卫之音则不知倦"[②]了。所以，到了汉代，这些异族诗歌形式能被当时人所接受，也恰恰因为它与两汉

---

① 《汉书·礼乐志》："至于六国，魏文侯最为好古。"
② 《礼记·乐记·魏文侯》，第1538页。

诗人抒发内在情感而要求采取新形式的愿望存在着内在契合，同人们新的审美观赏需要存在着内在契合。也正因如此，身为故倡的李延年，"每为新声变曲"，才会使"闻者莫不感动"（《汉书·外戚传》）。甚至皇帝陛下也欣然为之所乐，让他因胡乐《摩诃》《兜勒》而更造"新声二十八解"，作为自己出行时的"武乐"（崔豹《古今注》）。今存的《汉鼓吹铙歌》十八曲的内容又涉及社会生活的各个方面：有描写战争的，如《战城南》；有写帝王巡幸的，如《上之回》；有写远道之人思归的，如《巫山高》；有写家中乱离的，如《思悲翁》；有表现爱情的，如《有所思》；有用于燕飨享乐的，如《上陵》；有歌颂异族归附的，如《远如期》；还有写饮酒赋诗娱乐的，如《将进酒》；等等。可见，这些诗篇产生于社会各个阶层，出于各样人物之手，它们又都统一于"鼓吹铙歌"这一名称之下。仅此，就可知这一新的在异族音乐影响之下产生的艺术形式，在两汉社会被人们接受的广泛程度。它不但以多变的句式构成杂言体，同时，它的创作本身也是对传统诗骚体式和诗骚精神的巨大冲击。这对于中国后世诗歌的影响作用是不可低估的。

至此，我们可以对以上研究作一简单总结：《汉鼓吹铙歌》十八曲原本不是军乐，而是在中国先秦鼓乐与吹乐的基础上，受异族音乐影响而产生于西汉的一组具有独特风格的歌诗艺术作品。这些作品之所以难读，乃是乐工以声记辞而出现诸多讹误的缘故。它因其杂言的形式和世俗化的内容崛起于西汉诗坛，代表了汉代歌诗的发展方向。同时它的产生还说明，中华民族以其特有的开阔胸怀，很早就具备吸收乃至同化异族文化的能力和气度。中国的诗歌艺术形式，早在西汉就已经受到异族文化的冲击，这种冲击在文学史上产生了深远而又广泛的影响。

第九章

汉代相和歌诗研究

本章提要：相和歌是两汉最有代表性的歌诗艺术形式。通过对现有文献的梳理和考证，可知它产生于西汉，最初仅有"相和曲"一种形式。到东汉以后逐渐产生了平调、清调、瑟调、楚调、大曲等其他样式，并盛极一时。相和诸调曲有比较复杂的演唱程式，在前人研究的基础上，本章对"部""弦""歌弦""艳""趋""乱""解""行"等相关术语的含义提出了新的见解。同时，本章纠正了当下比较流行的说法的错误，认为相和诸调曲可以分为两种类型，一类是以描摹世俗生活为主，一类是以抒写人生感受为主。以第二类为其主体，表达生命短促的感伤、感慨人生的祸福无常，并表达了企盼长生的愿望，又表现出及时行乐的心态，与汉代社会的文化思潮有相当高的一致性。

在汉代歌诗当中，相和歌无疑是最重要的部分。它是汉代歌诗艺术的主体，也是艺术成就最高的部分。这些歌诗的写作主体既不是帝王贵族和文人，也不是普通大众，而是那些无名的专业艺人。从形式来讲，它既不同于楚歌，主要采用前代的艺术形式；也不同于横吹和鼓吹，更多地受外来音乐的影响；它是本土的艺术，又是在汉帝国这个新的时代和文化环境中成长起来的新的艺术。因而，我们在这里做重点论述。

第一节　相和歌的名称来源与分类

相和歌虽然是汉代才兴起的歌诗艺术，但是"相和"之名却起源甚早。"和"古文作"龢"，从"龠"，"禾"声。"龠"本是指编管乐器，后进而指编管簧乐器。《尔雅·释乐》："大笙谓之巢，小笙谓之和。"后把谐和、调和、校正音高或使音高协调合于标准也称之为和，再进一步则指各种音乐要素（包括音高、音色、时值、节拍、速度等）的相辅相成。《左传·昭公二十年》晏子对齐景公说："先王之济五味，和五声也……一气、二体、三类、四物、五声、六律、七音、八风、九歌，以相成也。清浊、大小、短长、疾徐、哀乐、刚柔、迟速、高下、周旋，以相济也。"这是对和字的最好解释。进而引申，人的歌唱与音乐的和谐也称为和，这种相配合的演唱方式则被称为"相和"。《尚书·大传》："舜将禅禹，于时俊乂百工，相和而歌《卿云》。"《庄子·大宗师》："子桑户死，未葬。孔子闻之，使子贡往侍焉。或编曲，或鼓琴，相和而歌曰：'嗟来桑户乎！嗟来桑户乎！而已反其真，而我犹为人猗！'"这是关于"相和歌"现存最早的历史记载。至汉代文献中，有关"相和"的记载就更多了。《史记·刺客列传》："荆轲嗜酒，日与狗屠及高渐离饮于燕市，酒酣以往，高渐离击筑，荆轲和而歌于市中，相乐也。"《淮南子》："夫穷乡之社，扣瓮拊瓶，相和而歌，自以为乐。"《汉书·礼乐志》记载，汉高祖过沛"作'风起'之诗，令沛中僮儿百二十人习而歌之。至孝惠时，以沛宫为原庙，皆令歌儿习吹以相和"。

《汉书·曹参传》:"吏舍日夜歌呼,从吏患之,无如何。乃请参游后园,闻吏醉歌呼,从吏幸相国召按之,乃反取酒张坐饮,大歌呼,与相和。"

由上述记载可知,相和在先秦与汉初本是一种泛称,凡是人与人或者人与乐器相配合的演唱都叫作"相和"。而相和作为一个音乐表演艺术形式,也正是在汉代发展起来的。但值得我们注意的是,在汉代文献记载中,却没有直接出现"相和歌"这样的名称。[①] 可见,用相和歌辞来概括汉代这一类歌诗艺术,是后人所采用的一种称呼。在汉代相和歌则表现为多种样式。对此,郭茂倩在《乐府诗集·相和歌辞》的解题中已经辨析得非常清楚。他说:

《宋书·乐志》曰:"相和,汉旧曲也,丝竹更相和,执节者歌。本一部,魏明帝分为二,更递夜宿。本十七曲,朱生、宋识、列和等复合之为十三曲。"其后晋荀勖又采旧辞施用于世,谓之清商三调歌诗,即沈约所谓"因弦管金石造歌以被之"者也。《唐书·乐志》曰:"平调、清调、瑟调,皆周房中曲之遗声,汉世谓之三调。又有楚调、侧调。楚调者,汉房中乐也。高帝乐楚声,故房中乐皆楚声也。侧调者,生于楚调,与前三调总谓之相和调。"《晋书·乐志》曰:"凡乐章古辞存者,并汉世街陌讴谣,《江南可采莲》《乌生十五子》《白头吟》之属。"其后渐被于弦管,即相和诸调是也。……又大曲十五曲,沈约并列于瑟调。今依张永《元嘉正声技录》分于诸调,又别叙大曲于其后。唯《满歌行》一曲,诸调不载,故附见于大曲之下。其曲调先后,亦准《技录》为次云。

[①] 《汉书·景十三王传》:"(广川王刘去)为望卿作歌曰:'背尊章,嫖以忽,谋屈奇,起自绝。行周流,自生患,谅非望,今谁怨!'使美人相和歌之。"这是汉代文献中唯一一次三字连书的记载,但这里指的是相和而歌的意思,而不是把相和歌作为一个专有名称。

从上述记载看,相和属于汉代的旧曲,但它只是汉代相和歌诗中的一部分。而后人所称的"相和歌辞",准确地讲应该叫"相和诸调歌诗",因为这里面不但包括相和曲,还包括平调曲、清调曲、瑟调曲、楚调曲、侧调曲和大曲。这里面可能还有魏晋人的整理和加工。正因为如此,后代文献中关于汉代相和诸调歌诗的记载与分类也不完全一致。在此我们可以先作比较。沈约《宋书·乐志》所记载的相和诸调歌诗的情况是这样的:

1. 相和,包括《江南可采莲》《东光乎》《鸡鸣高树巅》《乌生八九子》《平陵东》五首古辞。

2. 清商三调歌诗

(1) 平调,无古辞。

(2) 清调,有古辞《董逃行》一首。

(3) 瑟调,有古辞《善哉行》一首。

3. 大曲,包括《东门·东门行》、《罗敷·艳歌罗敷行》、《西门·西门行》、《默默·折杨柳行》、《白鹄·艳歌何尝行》(一曰《飞鹄行》)、《何尝·艳歌何尝行》、《为乐·满歌行》、《洛阳行·雁门太守行》、《白头吟·与〈棹歌〉同调》共九首古辞。

4. 楚调,无古辞。

郭茂倩《乐府诗集》所录相和诸调歌诗的情况是:

(1) 相和曲,《江南》《东光》《薤露》《蒿里》《鸡鸣》《乌生》《平陵东》《陌上桑》。

(2) 吟叹曲,《王子乔》。

(3) 平调曲,《长歌行》三首(《青青园中葵》《仙人骑白鹿》《岧岧山上亭》)、《君子行》。

（4）清调曲，《豫章行》《董逃行》《相逢行》《长安有狭邪行》。

（5）瑟调曲，《善哉行》、《陇西行》、《步出夏门行》（邪径过空庐）、《折杨柳行》、《西门行》、《东门行》、《饮马长城窟行》、《妇病行》、《孤儿行》、《雁门太守行》、《燕歌何尝行》、《艳歌行》二首（《翩翩堂前燕》《南山石崔嵬》）。

（6）楚调曲，《白头吟》、《怨诗行》、汉班婕妤《怨歌行》。

（7）大曲，《满歌行》。

宋人郑樵《通志·乐略》所记录的相和诸调歌诗分类又有不同。

1. 相和歌三十曲

《江南曲》、《度关山》（亦曰《度关曲》）、《长歌行》、《薤露歌》（亦曰《薤露行》《天地丧歌》《挽柩歌》）、《蒿里传》（亦曰《蒿里行》《泰山吟行》）、《鸡鸣》（亦曰《鸡鸣高树巅》）、《对酒行》、《乌生八九子》、《平陵东》、《陌上桑》（亦曰《艳歌罗敷行》《日出东南隅行》《采桑曲》，曹魏改为《望云曲》）、《短歌行》（亦曰《鰕䱇》）、《燕歌行》、《秋胡行》（亦曰《陌上桑》《采桑》《在昔》）、《苦寒行》（亦曰《吁嗟》）、《董逃行》、《塘上行》（亦曰《塘上辛苦行》）、《善哉行》（亦曰《日苦短》）、《东门行》、《西门行》、《煌煌京洛行》、《艳歌何尝行》（亦曰《飞鹄行》）、《步出夏东门行》（亦曰《陇西行》）、《野田黄雀行》、《满歌行》、《棹歌行》、《雁门太守行》、《白头吟》、《气出唱》、《精列》、《东光》。

2. 相和歌吟叹四曲

《大雅吟》《王昭君》《楚妃叹》《王子乔》。

3. 相和歌四弦曲

李延年四弦（已佚）。

4. 相和歌平调七曲

《长歌行》、《短歌行》（亦曰《鰕䱇》）、《猛虎行》、《君子行》、《燕歌行》、《从军行》、《鞠歌行》。

5. 相和歌清调六曲（《三妇艳》一曲附）

《苦寒行》、《豫章行》、《董逃行》、《相逢狭路间行》（亦曰《长安有狭斜行》《相逢行》）、《塘上行》、《秋胡行》、《三妇艳诗》（亦曰《大妇织绮罗，中妇织流黄》）。

6. 相和歌瑟调三十八曲

《善哉行》（亦曰《日苦短》）、《步出夏门行》（亦曰《陇西行》）、《折杨柳》、《西门行》、《东门行》、《东西门行》、《却东西门行》、《顺东西门行》、《饮马长城窟行》（亦曰《饮马行》）、《上留田行》、《新城安乐宫行》、《妇病行》、《孤子生行》（亦曰《孤儿行》《放歌行》）、《大墙上蒿行》、《野田黄雀行》、《钓竿行》、《临高台行》、《长安城西行》、《武舍之中行》、《雁门太守行》、《艳歌何尝行》（亦曰《飞鹄行》）、《艳歌福钟行》、《艳歌双鸿行》、《煌煌京洛行》、《帝王所居行》、《门有车马客行》、《墙上难为趋行》、《日重光行》、《月重轮行》、《蜀道难》、《棹歌行》、《有所思行》、《蒲坂行》、《采梨桔行》、《白杨行》、《胡无人行》、《青龙行》、《公无渡河行》（亦曰《箜篌行》）。

7. 相和歌楚调十曲

《白头吟行》、《泰山吟行》、《梁甫吟行》、《东武吟行》（亦曰《东武琵琶吟行》）、《怨诗行》（亦曰《怨歌行》《明月照高楼》）、《长门怨》（亦曰《阿娇怨》）、《班婕妤》（亦曰《婕妤怨》）、《娥媚怨》、《玉阶怨》、《杂怨》。

8. 大曲十五曲

《东门·东门行》《西山·折杨柳行》《罗敷·艳歌罗敷行》《西门·西门行》《默默·折杨柳行》《园桃·煌煌京洛行》《白鹄·艳歌何尝行》《碣石·步出夏门行》《何尝·艳歌何尝行》《置酒·野田黄

雀行》《为乐·满歌行》《夏门·步出夏门行》《王者布大化·棹歌行》《洛阳令·雁门太守行》《白头吟》。①

以上三书对相和诸调歌诗的分类各不相同，为便于比较，我们把三书中"相和诸调歌诗"列表于下（见表9–1）。

表9–1　《宋书·乐志》《乐府诗集》《通志·乐略》收录相和诸调歌诗

入乐	书名			说明
	宋书·乐志	乐府诗集	通志·乐略	
江南可采莲	相和	相和曲	相和歌	古辞
东光	相和	相和曲	相和歌	古辞
鸡鸣	相和	相和曲	相和歌	古辞
乌生八九子	相和	相和曲	相和歌	古辞
平陵东	相和	相和曲	相和歌	古辞
薤露		相和曲	相和歌	有古辞，但《元嘉技录》云歌魏武帝辞
蒿里		相和曲	相和歌	
陌上桑（艳歌罗敷行）	大曲	相和曲	相和歌（又属大曲）	古辞，张永《元嘉技录》又云歌瑟调
王子乔		吟叹曲	吟叹曲	古辞
青青园中葵（长歌行）		平调曲	相和歌（又属相和歌平调曲）	古辞
仙人骑白鹿（长歌行）		平调曲	相和歌（又属相和歌平调曲）	古辞
岩岩山上亭（长歌行）		平调曲	相和歌（又属相和歌平调曲）	古辞
君子行		平调曲	平调曲	古辞
豫章行		清调曲	清调曲	古辞，晋乐所奏
董逃行	清调	清调曲	相和歌（又属清调曲）	古辞
相逢行（相逢狭路间行）		清调曲	清调曲	古辞
秋胡行		清调曲		古有秋胡故事，《乐府解题》曰：后人哀而赋之，为《秋胡行》。古辞无

---

① 按，郑樵所录不全是汉代相和诸调歌诗，还包括魏晋作品。

续表

入乐	书名			说明
	宋书·乐志	乐府诗集	通志·乐略	
善哉行	瑟调	瑟调曲	相和歌（又属瑟调曲）	古辞
陇西行（步出夏门行）		瑟调曲	相和歌（又属瑟调曲）	古辞
步出夏门行（邪径过空庐）		瑟调曲		古辞
折杨柳行	大曲	瑟调曲	相和歌瑟调曲（又属大曲）	古辞
西门行	大曲	瑟调曲	相和歌（又属瑟调曲、大曲）	王僧虔《伎录》：西门行歌古西门一篇
东门行	大曲	瑟调曲	相和歌（又属瑟调曲、大曲）	王僧虔《伎录》：东门行歌古东门一篇
饮马长城窟行		瑟调曲	相和歌瑟调曲	古辞
妇病行		瑟调曲	相和歌瑟调曲	古辞
孤儿行		瑟调曲	相和歌瑟调曲	古辞
雁门太守行	大曲	瑟调曲	相和歌（又属瑟调曲、大曲）	古辞，歌古洛阳令
燕歌何尝行（飞鹄行）	大曲	瑟调曲	相和歌（又属瑟调曲、大曲）	古辞
艳歌行（翩翩堂前燕）		瑟调曲		《古今乐录》：《艳歌行》非一。若《罗敷》《何尝》等皆艳歌，此两首皆古辞
艳歌行（南山石嵬嵬）		瑟调曲		
白头吟	大曲	楚调曲	相和歌（又属楚调曲、大曲）	古辞
怨诗行（天德悠且长）		楚调曲	相和歌楚调曲	古辞
班婕妤怨歌行		楚调曲		汉班婕妤作
满歌行	大曲	大曲	相和歌	古辞
长安有狭邪行		清调曲	清调曲	古辞
艳歌何尝行（何尝快独无忧）	大曲	瑟调曲		古辞，一云魏文帝辞

续表

入乐	书名			说明
	宋书·乐志	乐府诗集	通志·乐略	
鞠歌行		平调曲		陆机云:"汉宫阁有含章鞠室,……鞠歌将谓此乎?"无古辞
上留田行		瑟调曲	相和歌瑟调曲	王僧虔《伎录》"有《上留田行》,今不歌",古辞残
塘上行		清调曲		《歌录》曰:塘上行,古辞,或云甄皇后造

说明：上表所列汉乐府，均见于郭茂倩《乐府诗集·相和歌辞》各部，共包括相和曲、吟叹曲、平调曲、清调曲、瑟调曲、楚调曲、大曲等不同形式。郑樵《通志·乐略》与此基本相同，只是没有楚调曲一种。① 而《宋书·乐志》的分类法略有不同，它把相和单列一类，而平调、清调、瑟调则谓之清商三调，为一类，最后大曲又单独列一类。

汉代的相和诸调在魏晋时代曾经经过荀勖等人在音乐曲调上的整理与加工，但是基本上保持了相和诸调在汉代的演唱方式。而相和诸调歌诗产生在汉代，历史上并无异议。考察这些歌诗的产生时代，对于我们认识相和诸调歌诗的发展及其内容与艺术特点都有重要意义。

现存相和诸调歌诗基本上没有明确的产生年代记录，这里面有西汉时期的作品，更多的可能是东汉时期的作品，要确认相和诸调歌诗中哪些属于西汉作品是颇为困难的。下面我们根据歌诗文本本身和相关记载，对几首出于西汉的作品进行简要考证，从这里我们就能发现一些有趣的问题。②

（1）《薤露》与《蒿里》。两诗最早见于西晋人崔豹的《古今注》，其说曰："《薤露》、《蒿里》，并丧歌也。本出田横门人。横自杀，门人伤之，为作悲歌。言人命奄忽，如薤上之露，易晞灭也。

---

① 按，两书中还有《四弦曲》一种，但是里面已经没有汉乐府留存，故不录。
② 对这些问题，前人也曾作过不少探讨，如清人陈沆《诗比兴笺》、萧涤非《汉魏六朝乐府文学史》、王运熙《读汉乐府相和、杂曲札记》、郑文《汉诗选笺》等，我们在这里也参考了他们的成果。

亦谓人死魂魄归于蒿里。至汉武帝时，李延年分为二曲，《薤露》送王公贵人，《蒿里》送士大夫庶人。使挽柩者歌之，亦谓之挽歌。"《乐府诗集》卷二十七引谯周《法训》曰："挽歌者，汉高帝召田横，至尸乡自杀。从者不敢哭而不胜哀，故为挽歌以寄哀音。"按，丧歌之起，并不始于田横之死。《乐府解题》曰："《左传》云：'齐将与吴战于艾陵，公孙夏命其徒歌《虞殡》。'杜预云：'送丧歌也。'即丧歌不自田横始矣。复有《泰山吟行》，亦言人死精魄归于泰山，《薤露》、《蒿里》之类也。"又《薤露》一名，见《宋玉对楚王问》："其为《阳阿》《薤露》，国中属而和者数百人。"则《薤露》作为歌名，早在战国之时就有。"蒿里"为死人之里，在西汉也是常识。《汉书·武五子传》记广陵王刘胥作歌："蒿里召兮郭门阅。"颜师古注："蒿里，死人里。"可见，《薤露》《蒿里》二曲乃田横门人据先秦以来丧歌及古《薤露》曲所唱新歌，后经李延年改编而成。

（2）《东光》。此诗最早见于《宋书·乐志》，并说是古辞，《乐府诗集》卷二十七同。但是在解题中引《古今乐录》曰："张永《元嘉技录》云：'《东光》旧但有弦无音，宋识造其声歌。'"宋识本为魏人，若按张永之说，此歌产生于魏。但张永之说恐不可靠。《宋书·乐志》载此诗原文曰："东光乎？仓梧何不乎？仓梧多腐粟，无益诸军粮。诸军游荡子，早行多悲伤。"以此，知本诗之产生一定和仓梧及军事有关。《汉书·武帝纪》记载，元鼎五年（前112年）"夏四月，南越王相吕嘉反，杀汉使者及其王、王太后。秋，遣伏波将军路博德出桂阳，下湟水；楼船将军杨仆出豫章，下浈水；归义越侯严为戈船将军，出零陵，下漓水；甲为下濑将军，下苍梧；皆将罪人，江淮以南楼船十万人。越驰义侯遗别将巴蜀罪人，发夜郎兵下牂柯江，咸会番禺"。这首歌中所出现的地名与这次战争相一致，所表达的感情与这次历史事件相合。"开始二句，指瘴雾笼罩，不见日光，卑湿之地，人以为苦。所以次二句虽说仓梧多粟，而无益于诸军。末二句直说悲伤之因，急战的心情，自然呈现"①。此说把历史事实与诗中内容很好地融通在一起，合乎情理，也能使诗句顺畅地读通。可见，此诗应为西汉武帝时的歌诗作品。

（3）《鸡鸣》。此诗是对西汉权势之家的批判。先写其得势时的富贵气派，后写兄弟倾轧，似有所指。陈沆《诗比兴笺》曰："此刺王氏五侯奢僭，及莽迫杀红阳侯立、平阿侯仁之事也。'郭门之王'，斥其姓也。'兄弟四五人'，'兄弟还相忘'，述其事也。《汉书·元后传》：王氏五人同日封，世谓之五侯。五侯群弟，争为奢侈，后庭姬妾，各数十人，僮奴以千百数。罗钟磬，舞郑女，作倡优，狗马驰逐。大治第室，起土山为渐台，洞门高廊阁道连属相望。百姓歌之曰：'五侯初起，曲阳最怒。坏决高都，连竟外杜，土山渐台连白虎。'卒以此见怒成帝，几致诛废。及新都侯莽得志，以红阳侯立暨诸父平阿侯仁素刚直，莽内惮之，奏遣就国，遣使者迫立、仁自杀。此篇首言天下太平，鸡犬桑麻，各安其所，乃荡子欲何之乎？此时欲纵侈为非，则刑法不汝贷也。汉制非刘氏不得王。故唯宗室王家得殿砌青甓，而僭效之者，则郭门之王氏也。'郭门'，其所居之地。'鸳鸯七十二'，伎妾之盛也。莽于仁则诸父，于立则兄弟，而骨肉残贼，无复人心，曾草木之不若。是可忍也，孰不可忍乎？"② 清人朱乾《乐府正义》和今人萧涤非亦有相同看法："要之此诗必有所刺，其所表现之时代，亦为一骄奢僭侈之时代，而求之两汉，厥为五侯之事，适足以当之，则此篇固亦西汉末作品也。"③

（4）《乌生八九子》。此诗之作意，旨在写权势欺人，法网严酷，人民难以安生，且无有藏身之处，寄旨很深。萧涤非云："句格苍劲，

---

① 郑文：《汉诗研究》，第69页。
② （清）陈沆：《诗比兴笺》，第31~32页。
③ 萧涤非：《汉魏六朝乐府文学史》，第66页。

迥异寻常。黄鹄二句，与《铙歌》'黄鹄高飞离哉翻，关弓射鹄，令我主寿万年，'情事相同。又篇中言及上林苑，上林苑当景、武之世，多养白鹿狡兔，为游猎之地，并足为作于西京（长安）之证。"① 萧涤非之说基本可从。此诗之主旨，亦颇近《汉鼓吹铙歌》中的《艾如张》与《雉子斑》，同样借西汉时的贵族淫游、射猎、张罗捕雉等风习，以禽言物语之法，写百姓被贵族权势欺凌、难有安身立命之所的感慨。无论从诗中所提及的上林地名，还是从社会风习以及诗中情调来说，定为西汉之作，都更为合适。

（5）《平陵东》。此诗最早著录于《宋书·乐志》，《乐府诗集》卷二十八引崔豹《古今注》曰："《平陵东》，汉翟义门人所作也。"《乐府解题》曰："义，丞相方进之少子，字文仲，为东郡太守。以王莽方篡汉，举兵诛之，不克，见害。门人作歌以怨之也。"关于翟义起兵之事，详见《汉书·翟方进传》，说此诗为翟义门人所作，当有一定的历史根据。但此诗中并没有直接提到翟义及其起兵失败被捉被害之事，而只是说："平陵东，松柏桐，不知何人劫义公。"所以此诗是否为翟义而作，有人提出怀疑。② 而萧涤非则力主为翟义门人所作。他说："曰'平陵东，松柏桐'者，暗指莽居摄地也。……'不知何人'者，不敢斥言，故云不知也。'交钱百万两走马'，言如其可赎，则不惜以百万巨资赎之，盖汉法可以货赂赎罪也。然义于新莽，实为大逆，罪在不赦，故曰'亦诚难'。'顾见追吏'，想象之词，言营救者法当连坐，自身且将为吏追捕，正所谓'诚难'也。钱既不能赎，则惟有救之以力耳，故云'归告我家卖黄犊'，言欲卖牛

---

① 萧涤非：《汉魏六朝乐府文学史》，第66页。
② 杨生枝说："歌词写的是贪暴的官吏以'绑票'的手段向民百姓勒索钱物，要'交钱百万'，两匹马。良民实在拿不出来，但畏惧'追吏'的凶暴，只好卖去仅有的小牛以满足官府的勒索。可见此歌，与悼起兵讨莽不胜而死的翟义之事，是不相合的。"参见杨生枝《乐府诗史》，第73页。

买刀,以死救之也。观末语,知此歌必出于民间。"① 我们以为,在没有更充分的证据之前,应该尊重历史记载。

除以上六篇作品之外,《江南》一首也可能是西汉之作。这首诗在汉乐府诗"相和曲"中向来列在第一首,其词写江南美景,语言古朴,可能产生较早。②

以上是几首比较可靠的西汉相和歌辞,仔细分析我们就会发现一个重要的现象。原来这七篇作品,竟然与《宋书·乐志》所列相和歌完全相同,《乐府诗集》和《通志·乐略》所列的相和曲和相和歌,也仅仅各比这七首多出了《陌上桑》一首。而《通志·乐略》同时又把《陌上桑》也列入大曲当中。请看表9-2。

表9-2 《乐府诗集》相和曲与《宋书·乐志》《通志·乐略》比较

入乐	书名			说明
	宋书·乐志	乐府诗集	通志·乐略	
江南可采莲	相和	相和曲	相和歌	古辞
东光	相和	相和曲	相和歌	古辞
鸡鸣	相和	相和曲	相和歌	古辞
乌生八九子	相和	相和曲	相和歌	古辞
平陵东	相和	相和曲	相和歌	古辞
薤露		相和曲	相和歌	有古辞,但张永《元嘉技录》云歌魏武帝词
蒿里		相和曲	相和歌	
陌上桑(艳歌罗敷行)	大曲	相和曲	相和歌(又属大曲)	古辞,张永《元嘉技录》又云歌瑟调

通过以上比较能够说明以下问题。

第一,《宋书·乐志》等历史文献记载是有根据的,也说明《江南》等诗篇产生的时代比较早,确实是西汉时的作品。

---

① 萧涤非:《汉魏六朝乐府文学史》,第70页。
② 萧涤非说:"按此篇始载《宋书·乐志》,《通志·相和歌》亦首列《江南曲》,以为正声。当为传世五言乐府之最古者,殆武帝时所采吴楚歌诗。"参见萧涤非《汉魏六朝乐府文学史》,第62页。

第二，《江南》诸曲在西汉时代可能确曾是街陌谣讴，也说明相和曲是在相和诸调中产生最早的一种形式。它在被诸管弦的时候也只是简单的"丝竹更相和，执节者歌"，还没有如平调、楚调、侧调等有那么多的乐器相配合，更没有如大曲那样的舞蹈表演。

第三，由此我们可以推测，相和曲可能产生于西汉，而平调、楚调、瑟调、大曲等则产生于东汉。同时我们对这七首歌诗的语言形式也进行了分析，发现这几首诗与其他诸调歌诗有一个重要的不同之处，它们的语言相对而言更为古朴，句式大多长短不齐，没有较长的制作，且都不分章，也没有"解""趋""艳"等音乐和表演上的说明。这反过来也说明相和诸调在西汉时代还仅仅是个开始，到东汉时才逐步发展起来。

第四，由此我们也可以进一步推测两汉歌诗呈阶段性发展的历史。西汉前期是以楚歌为主要形式的时代，汉武帝以后则是横吹和鼓吹比较流行的时代，其时楚歌已经衰落，相和歌刚刚开始，而东汉则是横吹和鼓吹衰落的时代，同时也是相和诸调歌诗兴盛发展的时代。

第二节　相和诸调歌诗的艺术形式

相和歌之所以有这么多的分类，可能因为它们的曲调和演唱方式有些差别。不过这些类别又可以统称为"相和诸调"，说明它们又有基本相同的演唱方式。按我们前面所引的材料看，相和的基本方式有两种，一是人声与人声相和，二是乐器与人声相和。①《宋书·乐志》曰："相和，汉旧曲也，丝竹更相和，执节者歌。"又说"但歌四曲，出自汉世，作伎，最先一人唱，三人和"。从这些记载来看，作为一

---

① 逯钦立认为：相和歌有三种不同的方式：（1）以歌和歌。（2）以击打乐器相和。（3）单用管乐器相和或单用弦乐器相和。逯钦立还认为"丝竹更相和"是汉代相和歌的最高形式，我们也不同意。见逯钦立《"相和歌"曲调考》，《文史》第十四辑，第221~222页。

种乐曲演唱的"相和"歌,它的基本形式就是"丝竹更相和",而这种相和,恰恰是从最早的仅有人声相和的"但歌"发展而来的。对此,郭茂倩《乐府诗集》有详细的论述。他在《相和歌辞》解题中说:

> 《宋书·乐志》曰:"相和,汉旧曲也,丝竹更相和,执节者歌。本一部,魏明帝分为二,更递夜宿。本十七曲,朱生、宋识、列和等复合之为十三曲。"其后晋荀勖又采旧辞施用于世,谓之清商三调歌诗,即沈约所谓"因弦管金石造歌以被之"者也。《唐书·乐志》曰:"平调、清调、瑟调,皆周房中曲之遗声,汉世谓之三调。又有楚调、侧调。楚调者,汉房中乐也。高帝乐楚声,故房中乐皆楚声也。侧调者,生于楚调,与前三调总谓之相和调。"《晋书·乐志》曰:"凡乐章古辞存者,并汉世街陌讴谣,《江南可采莲》、《乌生十五子》、《白头吟》之属。"其后渐被于弦管,即相和诸曲是也。魏晋之世,相承用之。……又诸调曲皆有辞、有声,而大曲又有艳、有趋、有乱。辞者其歌诗也,声者若羊吾夷伊那何之类也。艳在曲之前,趋与乱在曲之后,亦犹吴声西曲前有和,后有送也。

根据这段记载,我们首先从音乐方面对相和歌的艺术形式有了以下几点了解:第一,相和本是汉朝旧曲,它最初的演唱方式是丝竹相和,歌唱的人手里还拿着一种叫作"节"的乐器伴唱。原有十七曲,到魏明帝时合为十三曲。第二,到晋荀勖采用旧辞施用于世,始有清商三调之说。按《唐书·乐志》所论,它们总谓之相和调。它的来源可能与周代房中乐有关,其中楚调则是汉房中乐的曲调形式,因为汉高祖乐楚声,所以汉房中乐并没有采用周房中乐的音乐,而是采用了楚声。侧调则是从楚调中演化出来的。第三,这些相和诸调曲都包括辞与声两个部分。其中大曲还包括"艳""趋""乱"。辞是歌词,声是歌词演唱时的配声。"艳""趋""乱"都是大曲演唱当中的一部分，其中"艳"在曲之前，"趋"与"乱"在曲之后。由此，我们首先要明确一点，我们现在所见到的歌诗，仅仅是汉乐府歌曲表演中的歌词部分而已。

因为清商三调和大曲等都是从最基本的"丝竹更相和"的基础上发展而来的，所以它们的产生时间可能要比相和曲晚一些。《晋书·乐志》曰："凡乐章古辞存者，并汉世街陌讴谣，《江南可采莲》《乌生十五子》《白头吟》之属。"从这些记载来看，现存相和诸调歌诗被于弦管，也是有先后之别的。最先被之弦管的当是《江南可采莲》等相和曲，以后逐步发展，则在相和曲的基础上有了清商三调和大曲，而配合清商三调和大曲的自然也是新制的歌词。总体来讲，由于相和诸调基本上都是以丝竹乐器来进行演唱伴奏的，这与以箫鼓等为主的横吹与鼓吹才形成了明显的区别。[①] 而构成这些区别的，则是郭茂倩所提到的"部""弦""艳""趋""乱"等。因此，要把相和诸调歌诗的艺术表现形式弄清楚，我们就必须从解读这些术语开始。

一 关于平、清、瑟诸调演唱的程序及相关术语的解读

郭茂倩在讲到汉乐府相和歌发展过程时，首先指出由相和曲到平、清、瑟三调歌和楚调曲的发展过程。让我们还是先从有关的文献谈起。

---

① 关于清商三调与相和歌的关系，学术界还有不同的观点，有人甚至认为应把清商三调归入魏晋以后的清商曲，我们不同意这种说法，赞同王运熙的观点，认为清商三调仍属于相和诸调的范畴。详见王运熙《相和歌、清商三调、清商曲》，《文史》第三十四辑。其实，关于清商三调与相和歌的关系，我们上引郭茂倩《相和歌辞》解题已经说得非常明白。其要点有三：其一，据《唐书·乐志》所言，平调、清调、瑟调，"汉世谓之三调"；其二，如《晋书·乐志》所言，"凡乐章古辞存者，并汉世街陌讴谣"；其三，如《宋书·乐志》所言，魏明帝只不过是把汉代相和歌演唱时的"一部"分为"二部"，可见清商三调并不是魏晋时代的新创，只不过是在对汉相和歌"相承用之"的基础上有所发展而已。

（1）关于平调曲，郭茂倩的解题如下：

> 《古今乐录》曰：王僧虔《大明三年宴乐技录》，平调有七曲：一曰《长歌行》，二曰《短歌行》，三曰《猛虎行》，四曰《君子行》，五曰《燕歌行》，六曰《从军行》，七曰《鞠歌行》。荀氏录所载十二曲，传者五曲。武帝"周西"、"对酒"，文帝"仰瞻"，并《短歌行》。文帝"秋风"、"别日"，并《燕歌行》是也。其七曲今不传。文帝"功名"，明帝"青青"，并《长歌行》。武帝"吾年"，明帝"双桐"，并《猛虎行》。"燕赵"，《君子行》。左延年"苦哉"，《从军行》。"雉朝飞"，《短歌行》是也。其器有笙、笛、筑、瑟、琴、筝、琵琶七种，歌弦六部。张永《录》曰：未歌之前，有八部弦、四器，俱作在高下游弄之后。凡三调，歌弦一部竟，辄作送歌弦，今用器。又有《大歌弦》一曲，歌"大妇织绮罗"，不在歌数，唯平调有之，即清调"相逢狭路间，道隘不容车"篇。后章有"大妇织绮罗，中妇织流黄"是也。张《录》云：非管弦音声所寄，似是命笛理弦之余。王录所无也，亦谓之《三妇艳》诗。①

根据这一记载，我们知道平调曲有七曲，后传五曲，同一曲调，可以配上几种不同的歌词。如《短歌行》就有武帝"周西""对酒"，文帝"仰瞻"，还有"雉朝飞"这样四首歌词，《燕歌行》有文帝"秋风""别日"两首歌词，《长歌行》有文帝"功名"、明帝

---

① 按，郭茂倩此段关于平调曲的解题，引用了陈释智匠《古今乐录》、晋荀勖《荀氏录》、萧齐王僧虔《大明三年宴乐伎录》、刘宋张永《元嘉正声技录》等数种佚失古籍的记载，其中可能还包括郭茂倩本人的一些解释，如今已难以——作出准确辨别，故此段引文只据笔者理解而进行文字断句，而不再细别所引各家之说，以俟大雅君子正之。下引清调曲、瑟调曲、楚调曲解题同。

"青青"两首歌词,《猛虎行》有武帝"吾年"、明帝"双桐"两首歌词。由此看来,这里的曲调很像宋词里的词牌。演奏平调曲的乐器有七种,还有歌弦六部。按照张永的说法,在未歌之前,还有八部弦、四器。这告诉我们,平调曲在当时已经有非常成熟的音乐演唱方式,它的表演已经形成了一套完整的程式,有非常具体的要求。

(2) 关于清调曲,郭茂倩解题曰:

> 《古今乐录》曰:王僧虔《技录》,清调有六曲:一《苦寒行》,二《豫章行》,三《董逃行》,四《相逢狭路间行》,五《塘上行》,六《秋胡行》。荀氏录所载九曲,传者五曲。晋、宋、齐所歌,今不歌。武帝"北上"《苦寒行》,"上谒"《董逃行》,"蒲生"《塘上行》,"晨上"、"愿登"并《秋胡行》是也。其四曲今不传。明帝"悠悠"《苦寒行》,古辞"白杨"《豫章行》,武帝"白日"《董逃行》,古辞《相逢狭路间行》是也。其器有笙、笛(下声弄、高弄、游弄)、篪、节、琴、瑟、筝、琵琶八种。歌弦四部(弦)。[①] 张永《录》云:未歌之前,有五部弦,又在弄后。晋、宋、齐,止四器也。

从这段文字看,清调曲原有六曲,后有四曲不传。同样也是一支曲调可以演奏多首歌词。如《苦寒行》就有武帝的"北上"和明帝的"悠悠"两首,《董逃行》则有"上谒"与武帝的"白日"两首歌词。演奏的乐器比平调曲多了篪、节两种,却少了筑,所以是八种。至于其演奏程式,与平调曲近似,也有相应的规定。

---

① 按,此处原文作"歌弦四弦",不通。根据上引平调曲和下引瑟调曲"歌弦六部"说,此处当为"歌弦四部"。

（3）关于瑟调曲，郭茂倩的解题如下：

　　《古今乐录》曰：王僧虔《技录》，瑟调曲有《善哉行》、《陇西行》、《折杨柳行》、《西门行》、《东门行》、《东西门行》、《却东西门行》、《顺东西门行》、《饮门行》、《上留田行》、《新成安乐宫行》、《妇病行》、《孤子生行》、《放歌行》、《大墙上蒿行》、《野田黄雀行》、《钓竿行》、《临高台行》、《长安城西行》、《武舍之中行》、《雁门太守行》、《艳歌何尝行》、《艳歌福钟行》、《艳歌双鸿行》、《煌煌京洛行》、《帝王所居行》、《门有车马客行》、《墙上难用趋行》、《日重光行》、《蜀道难行》、《棹歌行》、《有所思行》、《蒲阪行》、《采梨橘行》、《白杨行》、《胡无人行》《青龙行》、《公无渡河行》。《荀氏录》所载十五曲，传者九曲。武帝"朝日"、"自惜"、"古公"，文帝"朝游"、"上山"，明帝"赫赫"、"我徂"，古辞"来日"，并《善哉》，古辞《罗敷艳歌行》是也，其六曲今不传。"五岳"《善哉行》，武帝"鸿雁"《却东西门行》，"长安"《长安城西行》，"双鸿""福钟"并《艳歌行》，"墙上"《墙上难用趋行》是也。其器有笙、笛、节、琴、瑟、筝、琵琶七种，歌弦六部。张永《录》云：未歌之前，有七部弦，又在弄后。晋、宋、齐止四器也。

从上段文字可见，瑟调曲的演奏程式与平调、清调没有多大差别。不过从歌曲数量来说，瑟调曲是最多的，最先有十五曲，后来有九曲不传，在所传的六曲当中，《善哉行》是歌词最多的一种，有武帝"朝日""自惜""古公"，文帝"朝游""上山"，明帝"赫赫""我徂"，古辞"来日"和"五岳"共九首歌词。以此而言，《善哉行》在汉魏时期应该是比较受欢迎的一种曲调。

· 249 ·

(4) 关于楚调曲，郭茂倩解题如下：

《古今乐录》曰：王僧虔《技录》：楚调曲有《白头吟行》、《泰山吟行》、《梁甫吟行》、《东武琵琶吟行》、《怨诗行》。其器有笙、笛弄、节、琴、筝、琵琶、瑟七种。张永《录》云：未歌之前，有一部弦，又在弄后，又有但曲七曲：《广陵散》、《黄老弹飞引》、《大胡笳鸣》、《小胡笳鸣》、《鸥鸡游弦》、《流楚》、《窈窕》，并琴、筝、笙、筑之曲，王录所无也。其《广陵散》一曲，今不传。

楚调曲所存作品不多，其演奏程式与前面几种类似。

通过以上资料可知，相和诸调歌诗在当时已经有了比较固定的演奏程式。这些程式的具体情况，虽然我们不可详细考知，但是可以再推测一二。这里有几个关键性的概念。

第一是"部"，这在郭茂倩相和歌辞与诸曲调解题中是一个十分重要的概念，有三种不同的意义。第一个意义应该是指演唱时的乐队或者演唱组。《后汉书·杨震列传》："及葬，又使侍御史持节送丧，兰台令史十人发羽林骑轻车介士，前后部鼓吹。"《梁书·武帝纪》："三年二月，南康王为相国。以高祖为征东将军，给鼓吹一部。"《晋书·桓温传》："及葬……辒辌车、挽歌二部，羽葆鼓吹、武贲班剑百人。"这里所说的"前后部鼓吹"，就是说前后各有一个鼓吹乐队。"鼓吹一部"，就是说有一个鼓吹乐队。"挽歌二部"就是说有两个挽歌乐队。《宋书·乐志》曰："相和，汉旧曲也，丝竹更相和，执节者歌。本一部，魏明帝分为二，更递夜宿。"以此而论，在汉代，相和歌在表演的时候只有一个乐队，到了魏明帝以后则分为两个乐队。不过，这两个乐队并不是同时出现在一场表演中，而是为了"更递夜宿"，也就是为了在不同时间演奏时轮换使用。这应该是"部"的第一种意义。

第二个意义是指乐器演奏的遍数。郭茂倩在平清瑟诸调解题时引张永说，有"未歌之前，有八部弦、四器俱作，在高下游弄之后"。"未歌之前，有五部弦，又在弄后"。"未歌之前，有七部弦，又在弄后"。"未歌之前，有一部弦，又在弄后"。这里分别提到三个名词，"歌"，指人的歌唱，"弦"指的是弦乐器，"弄"指的是管乐器。这三者的顺序，如果从前往后说，则是先有"弄"的演奏，接着是"弦"的演奏，再接下来才是"歌"。"部"在这里则是指弦乐器演奏的遍数。分别有八遍、五遍、七遍、一遍不等。郭茂倩引张永说平调曲演奏时，特别强调"四器俱作"，也就是说琴、筝、琵琶、瑟四种弦乐器同时演奏。这四种弦乐器是清平瑟三调与楚调演奏时不可少的。以此推论，除平调曲之外，其他三调在演奏几部弦的时候，也应该是四器俱作。①

第三个意义则是指一个曲调在一首相和歌表演过程中演唱的遍数。王僧虔说平清瑟三调表演时，分别有"歌弦六部""歌弦四部""歌弦六部"的说法。以现在的歌曲推论，一首歌曲有一个基本的曲调，却可以有几段歌词。唱几段歌词，曲调就会重复几遍。我们看现存的清商三调歌诗都是分"解"，也就是分章的。一般都是四到六解，其中最少的可以有两解，最多的不过八解。"歌弦六部"，当是指一支平调曲的曲调一般可以演唱六遍。"歌弦四部"，就是可以演唱四遍。张永又说："凡三调，歌弦一部竟，辄作送歌弦。"以此类推，当是歌与弦演唱一遍，也就是一段歌词演唱完毕之后，还要再有一次弦乐器的演奏，这就叫"送歌弦"。

总之，笔者认为，"部"在汉乐府相和诸调中的含义比较复杂，

---

① 按，把这里的"部"理解为弦乐器演奏的遍数，始自逯钦立，但逯钦立对这个问题表述模糊，王小盾明确地把这里的"部"字理解为"遍"，此处论述采纳了逯钦立和王小盾的说法。参见逯钦立《"相和歌"曲调考》，《文史》第十四辑，第223~224页；王小盾《论宋书乐志所载十五大曲》，《中国文化》1990年第3期，第152页。

它可能有三种意义。一是指相和歌演唱的乐队数量，最早"本为一部"，至魏明帝时分为二部，"更递夜宿"；二是说在人声歌唱之前，弦乐器演奏的遍数，即在未歌之前有"八部弦""七部弦"等；三是说每一首相和诸调曲演奏的遍数，所谓"歌弦六部""歌弦四部"等等。这三种说法中"部"的意义各不相同，如果按一种意义来理解，互相矛盾，无法说通，所以，笔者根据上下文的相关内容做如上推测。①

第二是"弄"，本意应指音乐演奏，但是在相和诸调里则把它与"弦"，亦即弦乐器的演奏区别开来，特指管乐器笙、笛、篪等的演奏。在这里，又以笛最为重要，而且有时会有三种不同音高的笛子，分别被称为"下声弄""高弄""游弄"。其中"下声弄"当指低音笛，"高弄"当指高音笛，"游弄"当指可以变调的笛，三者连称简化为"高下游弄"。平调曲解题中有"未歌之前，有八部弦、四器，俱作在高下游弄之后"。清调曲解题中有"未歌之前，有五部弦，又在弄后"，瑟调曲解题中有"未歌之前，有七部弦，又在弄后"。楚调曲解题中有"未歌之前，有一部弦，又在弄后"之语。从这里可以看出，无论是清、平、瑟调还是楚调，其表演的方式都是最先有一段管乐器演奏，接着是弦乐器演奏，接着才是人的歌唱。所不同的是，平调曲在人声歌唱之前，弦乐器要演奏八遍，还特别强调要用四种弦

---

① 按，郑祖襄认为几部弦就是指几个乐队，并根据文献资料证明汉代的歌舞表演人员已经很多，规模很大，所以会有多至八个乐队、六个歌队。笔者以为这种说法不太合乎情理。在一首很简单的相和歌演唱过程中，不可能会有五个或者八个乐队来伴奏，同时又有六个歌队的。再有，《宋书·乐志》在说到相和歌演变的时候，分明说在汉代时只有一部，到魏明帝时为了"更递夜宿"的需要才设了两个乐队，但是这并不是说在相和歌演唱时有两个乐队，而是为了白天夜晚演唱可以轮流更换。魏代是如此，那么到了晋代也不会突然增加到六个到八个乐队的规模。如果我们相信张永的话，那么清商三调的表演规模到了晋代并没有扩大，反而有所缩小。因为张永说到晋、宋、齐演奏清调和瑟调所用乐器的时候，用了"止四器"一句。所以，郑祖襄的说法尚值得进一步探讨。参见郑祖襄《相和三调中的"部"、"弦"、"歌弦"考释》，《上海音乐学院学报》1993年第3期。

乐器，再之前还有高下游弄三种笛子的演奏，而清调曲则在歌唱前是弦乐器演奏五遍，瑟调曲是弦乐器演奏七遍，楚调曲则是弦乐器演奏一遍。清调、瑟调和楚调在弦乐器演奏之前，都是管乐器的演奏，不过在这里没有特别强调一定要用高下游弄三种笛子。依理推测，当是因为其他管乐器也加入其中，如瑟调曲中除了笛子之外，还有笙，清调曲中除了笛、笙之外，还有篪。

第三是"弦"，这里应该特指弦乐器。在汉乐府相和歌诗演唱时，除了有弦乐器之外，还有管乐器笛、篪和打击乐器节等，它们在相和歌演奏中所起的作用不同，其中弦乐器应该是最重要的，所以特别强调有"八部弦""未歌之前，有五部弦""未歌之前，有七部弦"等说法，也就是在"未歌之前"，先有几遍弦乐器的合奏。而且这里用之于合奏的乐器主要是弦乐器，所以才称之为"几部弦"。之所以如此，是因为我们在上述解题中发现，在相和诸调歌诗中，乐器基本上分为管乐器与弦乐器两类。其中管乐器主要是笙与笛，而笛是单独演奏，并且称之为"弄"，与"弦"分开。而且，除了笛与笙之外，主要的乐器就是瑟、琴、筝、琵琶四种弦乐器，在相和诸调歌诗表演中必不可少，筑与篪只在平调和清调解题里各出现过一次，可见不常用，而"节"则是歌者手执用来打拍子的。

第四是"歌弦"，按汉人说法，"人声曰歌""曲合乐曰歌"①，指的是人按照乐调来歌唱。"弦"特指弦乐器的演奏，"歌弦"二字连在一起，自然就是指人声歌唱同时有弦乐伴奏。相和歌的特点是"丝竹更相和，执节者歌"，那么，其典型形式就应该是"歌弦"。不过，在整个演奏过程中，有的时候有人声独唱，就是"歌"，所谓"不以管弦乱人声"，有的时候是乐器单独演奏，主要是弦乐器

---

① 刘熙《释名》卷七："人声曰歌。"《诗经·魏风·园有桃》："心之忧矣，我歌且谣。"《毛传》："曲合乐曰歌，徒歌曰谣。"

演奏，那么就可以简称为"弦"。所谓"未歌之前，有五部弦""未歌之前，有七部弦"等说法，也就是强调先"弦"，接着再"歌"。有时候二者合在一起，那就是"歌弦"。所谓"歌弦一部""歌弦六部""歌弦四部"，就是指弦乐器伴奏歌唱一遍、六遍或者四遍。

第五是"送歌弦"，"送"指乐曲演唱最后的送和之声。郭茂倩《乐府诗集》相和歌辞解题："又诸调曲皆有辞、有声，而大曲又有艳、有趋、有乱。辞者其歌诗也，声者若羊吾夷伊那何之类也。艳在曲之前，趋与乱在曲之后，亦犹吴声西曲前有和，后有送也。"西曲歌解题："按西曲歌出于荆、郢、樊、邓之间，而其声节送和与吴歌亦异。"以此而言，则"送歌弦"当是在歌弦结束之后的送声，且这种送声是以弦乐器来演奏的。郭茂倩平调曲解题引张永说："凡三调，歌弦一部竟，辄作送歌弦。"以此，我们可以知道平调、清调、瑟调在演唱完歌弦一遍之后，都会有"送歌弦"。

至此，我们可以把汉乐府平调、清调、瑟调、楚调的音乐表演形式列表如下，见表9-3。

表9-3 汉乐府平调、清调、瑟调、楚调音乐表演形式

乐调	所用乐器							演唱程序				歌弦部数
平调	笙	笛（高下游弄）	筑	瑟	琴	筝	琵琶	—	高下游弄	八部弦	歌	送歌弦	六部
清调	笙	笛（高下游弄）	—	瑟	琴	筝	琵琶	篪	节	高下游弄	五部弦	歌	送歌弦	四部
瑟调	笙	笛	—	瑟	琴	筝	琵琶	—	节	弄	七部弦	歌	送歌弦	六部
楚调	笙	笛	—	瑟	琴	筝	琵琶	—	节	弄	一部弦	歌	送歌弦	不详

表9-3虽然有些推测之处，但大抵可以解释圆通。郭茂倩《乐府诗集》编成于南宋，此时距汉魏六朝已经很远。他根据前人的记载

整理归纳，让我们今天还能了解相和诸调歌诗演唱的基本程式。平调、清调、瑟调、楚调所用乐器大同小异，管乐器中笙、笛是必备的，弦乐器中琴、瑟、筝、琵琶是必备的，筑与箎、节则有的曲调用，有的不用。演唱方式也大同小异，都是先演奏笛弄，接着演奏弦，再接着是歌，最后是送歌弦。其中的笛弄可有高下游弄同时使用的情况，弦有七部、五部、一部之不同。演奏的曲目和遍数各曲调也有些不同。总之，从上面的考证我们可知，相和歌的表演程式在当时已经相当成熟。其基本模式是人歌唱，丝、竹两种乐器伴奏。所以《宋书·乐志》说："相和，汉旧曲也，丝竹更相和，执节者歌。"这是相当准确的概括。《乐府诗集》记载，相和六引所用乐器与其他几调大致相同，但是演唱程序不详，也就是说，它的演唱可能不如其他几种类型那样规范。不过，从"《箜篌引》歌瑟调"（《乐府诗集》《相和六引》解题）这句话可以推知，相和六引与其他诸调的演唱程序不会有很大差异，只是没有固定而已。而这，也正好是早期相和歌的形态。因为据我们上文考知，相和曲中的作品，大都是产生于西汉时代，属于早期的相和歌。

二 关于大曲的演唱及"艳""趋""乱"的讨论

平、清、瑟三调的进一步发展就是大曲，大曲的表演形式与三调歌诗又有了不少的区别，其特点就是增加了"艳""趋""乱"。这也是我们下面重点讨论的问题。关于大曲，郭茂倩解题如下：

《宋书·乐志》曰：大曲十五曲：一曰《东门》，二曰《西山》，三曰《罗敷》，四曰《西门》，五曰《默默》，六曰《园桃》，七曰《白鹄》，八曰《碣石》，九曰《何尝》，十曰《置酒》，十一曰《为乐》，十二曰《夏门》，十三曰《王者布大化》，十四曰《洛阳令》，十五曰《白头吟》。《东门》，《东门行》；

《罗敷》，《艳歌罗敷行》；《西门》，《西门行》；《默默》，《折杨柳行》；《白鹄》、《何尝》并《艳歌何尝行》；《为乐》，《满歌行》；《洛阳令》，《雁门太守行》；《白头吟》并古辞。《碣石》，《步出夏门行》，武帝辞。《西山》，《折杨柳行》；《园桃》，《煌煌京洛行》并文帝辞。《夏门》，《步出夏门行》；《王者布大化》，《棹歌行》并明帝辞。《置酒》，《野田黄爵行》，东阿王辞。《白头吟》，与《棹歌》同调。其《罗敷》、《何尝》、《夏门》三曲，前有艳，后有趋。《碣石》一篇，有艳。《白鹄》、《为乐》、《王者布大化》，三曲，有趋。《白头吟》一曲有乱。《古今乐录》曰："凡诸大曲竟，黄老弹独出舞，无辞。"按王僧虔《技录》："《攉歌行》在瑟调，《白头吟》在楚调。"而沈约云同调，未知孰是。

相和歌的最高形态为大曲。它从某种程度上突破了"丝竹更相和，执节者歌"的演唱模式，在曲之前有"艳"，在曲之后有"趋"与"乱"，同时，据《古今乐录》所言："凡诸大曲竟，黄老弹独出舞，无辞。"则大曲在演唱结束后还有一段没有歌词的舞蹈。但是，《宋书·乐志》里所记载的"艳""趋""乱"到底指的是什么，其表演方式如何，都语焉不详。今人多有研讨，当以张永鑫最为详细。他认为："所谓'艳'，大多置于乐曲之前，起到概括和提示乐歌内容的作用，宛如乐曲的引子或序曲。同时，'艳'是一种音乐、舞蹈。作为音乐或曲调，它大多具有宛转激越、悠扬流丽的情调；作为舞蹈，它又大多具有艳丽华美、潇洒蕴藉的风韵，两者配合，既有舞姿和节奏，又有形象和伴声，把乐歌表现得完美而淋漓。""'趋'大多在乐曲之后。'趋'原意既（即）是'快'或'疾'，表现在乐曲中，它与'艳'的乐舞性相近，它只是表现为一种快速、急骤、强烈、紧张的音乐和舞蹈动作。""从《大武》、《关雎》、《离骚》来看,'乱辞'必处于乐舞、乐歌、诗章的高潮,其次,它必出现在乐舞、乐歌、诗章的结尾或篇末。最后,'乱辞'必是充沛、丰满、洋洋洒洒、美听动人的。它既可表现为雄壮、热烈的,也可以是庄严、和穆的,也可以是典雅、华丽的,也可以是悲壮、愤激的,它也是为突出主题、揭示主旨在音乐情调上所作的特殊处理"①。张永鑫的说法,可以作为很好的参考,但是描述不准确,其中三点论述有问题,需要我们重新探讨。

首先讨论所谓"艳"在曲之前,所指应该是演唱正曲之前,也就是在《宋书·乐志》中明确标为"解"的部分之前。这一部分有的没有歌词,如《艳歌罗敷行》《艳歌何尝行》,有的有歌词,如魏武帝的《步出夏门行》四解正曲前面的"艳"就有歌词,但是并不"华丽""潇洒"。② 另外,张永鑫书中说"《步出夏门行》的'艳'当是感情浓郁深沉、思致风发、兴会淋漓、一唱三叹的舞蹈动作",笔者以为更不可取。因为,大曲虽然是相和诸调演出的最完备形式,但是它仍然还是相和诸调曲的一种,还是以"丝竹更相和"为主要特点的歌唱艺术,而不是歌舞艺术。从现有材料看,无论是《宋书·乐志》还是《乐府诗集》所引诸家材料,除了郭茂倩引《古今乐录》"凡诸大曲竟,黄老弹独出舞"一句外,并没有说到大曲其他部分有舞蹈表演存在。可见,"艳"只是大曲最前面的引子或序曲而已,既不能把华丽潇洒看成是它的音乐特点,也不能说它的表演中带有舞蹈。

其次再讨论"趋"。郭茂倩说它在"曲"之后,也有两种情况:一种情况是在整首歌词的后面标出,这说明没有与趋相对应的歌词。如《艳歌罗敷行》,在整首歌词的最后标明"前有艳词曲,后有趋"

---

① 张永鑫:《汉乐府研究》,第108~127页。
② 逯钦立认为"艳"和"趋"本身都带着歌词,见《"相和歌"曲调考》,载《文史》第十四辑。这种说法不严密,因为实际情况是有的有歌词,有的没有。

字样。还有一种情况是在正曲,也就是"解"之后,有比较长的歌词。如古辞《何尝·艳歌何尝行》①:

何尝快,独无忧?但当饮醇酒,炙肥牛。(一解)长兄为二千石,中兄被貂裘。(二解)小弟虽无官爵,鞍马䭴䭴,往来王侯长者游。(三解)但当在王侯殿上,快独摴蒲六博,对坐弹棋。(四解)男儿居世,各当努力;蹙迫日暮,殊不久留。(五解)少小相触抵,寒苦常相随,忿恚安足诤。吾中道与卿共别离。约身奉事君,礼节不可亏。上惭仓浪之天,下顾黄口小儿。奈何复老心皇皇,独悲谁能知!("少小"下为趋,曲前为艳。)

按沈约所注,此歌自第五解以下部分都是"趋"。这首诗"趋"的部分差不多有正歌的一半长。再如《满歌行》,沈约注"'饮酒'下为趋"。这部分的文字也很长。而且,从文辞内容来看,这一段和前面五解的关联并不太大,它似乎更像是另外抒发一种情感。而且情调很低沉。如果为这一段歌词配乐的话,我以为绝不可能为它配上一段"快速、急骤、强烈、紧张的音乐",当然这里也不会出现舞蹈。因为相和歌本来就是歌唱的艺术,并不是歌舞相结合的艺术,充其量在大曲结束之后,有"黄老弹独出舞"而已。所以,把"趋"解释成"舞蹈"是无论如何也说不通的,是不符合相和诸调歌诗的表演形式的。汉代虽然也是舞蹈艺术非常兴盛的时代,有盘舞、巾舞、长袖舞、折腰舞等各种舞蹈,但是我们不能把它们与相和诸调歌诗相混淆。从《宋书》中对"趋"字的标示来看,我以为"趋"应该是指一种不同的歌唱方式。如果从字面义来推测,这一段的歌唱可能比前面的正曲要快一些。

---

① 按,此歌《乐府诗集》第三十九卷作魏文帝辞。但是郭茂倩在《乐府诗集》第四十三卷《大曲》十五曲的解题中说《何尝》为古辞。沈约《宋书·乐志》作古辞,今从之。

最后我们再来讨论"乱"。根据前引郭茂倩相和歌辞解题所说，在大曲里，艳在曲之前，趋与乱在曲之后，可是我们看《宋书·乐志》所载的十五曲大曲里，只标示了"艳"和"趋"，并没有标出"乱"。那么乱在哪里？考察"乱"在先秦时的语义，一是指纯粹的音乐，如《论语·泰伯》中说："师挚之始，《关雎》之乱，洋洋乎盈耳哉！"二是楚辞中《离骚》《招魂》《涉江》《哀郢》《抽思》《怀沙》六篇出现的"乱"，仔细分析我们会发现，这六篇楚辞里的"乱"都在诗歌的最后部分，应该包括辞与乐两个方面，均有结束全篇之意。但是在大曲中却只标示了"趋"而没有标示"乱"，所以笔者以为，在大曲中，"趋"与"乱"的功能和位置是同一的，都是指这首歌曲"解"以后的部分，我们看沈约在《宋书·乐志》所录的大曲，只标有"趋"而没有"乱"就是证明。① 所不同的是，"趋"与"乱"在音乐的表现方式上可能有些不同，但它们都与舞蹈无关。

大曲之所以比清商三调增加了"艳""趋""乱"，主要是为了更好地诉诸表演。这说明大曲与清商三调从本质上是相同的，只是略有变化，增加了歌唱和音乐的内容而已。其中，大曲与瑟调的关系最为密切。沈约在《宋书·乐志》中辑录了十五首大曲，而在郭茂倩《乐府诗集》中除了《满歌行》之外，其余都归入瑟调。这从另一个方面也告诉我们，大曲同样是相和曲，尽管它的表现形式比清商三调更为复杂，但是仍然不是歌舞曲。

三 关于清商三调与大曲中"解""行"问题的讨论

以上我们对大曲中的"艳""趋""乱"作了新的探讨，下面我们再来看相和诸调歌诗中另一个重要的概念"解"。关于"解"的问

---

① 相和歌瑟调曲《妇病行》《孤儿行》中标亦有"乱"，其功能与位置和大曲中的"趋"正同。

题,在郭茂倩《乐府诗集·相和歌辞》里就有这样的解释:

> 凡诸调歌词,并以一章为一解。《古今乐录》曰:"伧歌以一句为一解,中国以一章为一解。"王僧虔启云:"古曰章,今曰解,解有多少。当时先诗而后声,诗叙事,声成文,必使志尽于诗,音尽于曲。是以作诗有丰约,制解有多少,犹诗《君子阳阳》两解,《南山有台》五解之类也。"

按王僧虔的说法,汉乐府中的"解"就相当于《诗经》的"章",它指的是歌曲中的歌词部分,"解"的多少是根据内容来决定的,其目的是要完整地表达心志,所以《君子阳阳》有两解,《南山有台》有五解。按照王僧虔的说法,古代的歌曲是"先诗而后声",以此而论,"解"就是诗歌的叙事(抒情)单位,也就是一首诗中一个相对完整独立的部分,与音乐并没有直接的关系。但实际上这种说法有问题,因为古代的歌曲并不一定"先诗而后声",还有可能是先声而后诗,或者诗与声同步。因此,"章"与"解"的长短实际上是受音乐制约的,它要适合一个完整的乐调或者乐段。如果以《诗经》为例,那么,我们就可以把"解"理解为一段可以配上一个完整乐调或者乐段的歌词。

关于汉乐府中"解"的问题,音乐家杨荫浏曾经做过很详细的探讨。他认为王僧虔的说法不全面,提出了自己的看法:"汉代有《大曲》已是歌舞曲;它有歌唱的部分,所以有歌辞,但它又有不须歌唱而只须用器乐演奏或用器乐伴奏着进行跳舞的部分,那就是'解'——'一解'是第一次奏乐或跳舞,'二解'是第二次奏乐或跳舞,余类推。"同时,他又引《太平御览》、陈旸《乐书》的相关论述证明,最后总结出"解"的六个特点,其中最主要的两点就是"'解'在速度上一定是快速的;它不是慢曲,而是'急遍'";"它常用在乐曲的末尾;

在地位上，它前面的乐曲是主体，它是一个附加上去的部分"①。

笔者以为，杨荫浏的探讨是深有见地的，特别是他结合唐宋以后的文献资料证明"解"的上述两个重要特点，是非常重要的。但是，笔者以为杨荫浏所概括的"解"的上述特点，应该是唐宋时代"解"的特点，而不一定符合汉乐府中"解"的情况。汉代是不是这个样子，还有待于进一步的考察。理由如下：其一，杨荫浏把大曲视为歌舞曲，把"解"视为大曲里的一个音乐术语，并以此为讨论的出发点，这个前提不准确。如我们前面所论，大曲尽管是相和歌的高级形式，也仍然只是歌曲而不是歌舞曲。另外，"解"并不是大曲里才有的，相和三调里面也有"解"，所以"解"还是与"丝竹更相和"的相和歌相关的一个音乐术语，与舞没有关系。其二，是不是可以把"解"看成是"不须歌唱而只须用器乐演奏或用器乐伴奏"的部分呢？也不太可能，因为无论是《宋书·乐志》还是《乐府诗集》以及其中所征引的文献中，也都没有关于"解"是这样一种表演形式的记录。特别是在我们前面所引《乐府诗集》关于"相和六引"、"平调"、"清调"、"瑟调"、"楚调"和"大曲"的解题当中，比较详细地谈到了相和诸曲的表演程序。如我们上面所分析，诸调曲的演唱，有"部"、有"弄"、有"弦"、有"歌弦"、有"送歌弦"、有"艳"、有"趋"、有"乱"，但是都没有提到解。其中平调、清调、瑟调、楚调的演唱，其主要程式都是先有"弄"，接着是"弦"，再接着是"歌"，最后是"送歌弦"，而大曲在最前面会有"艳"，后面有"趋"与"乱"，那么，如果"解"是其中的音乐表演，不可能不说到。既然它不在相和诸调歌曲演唱程序之内，它当然也不会是纯音乐的演奏。所以笔者认为，在汉乐府相和诸调曲中的"一解""二

---

① 以上见杨荫浏《中国古代音乐史稿》（上册），第116～117页。又，张永鑫《汉乐府研究》基本上采纳了杨荫浏的观点，又做了一些补充性论证，亦可参考。

解""三解"等,其意义就是标示出歌词的段落和乐的章节,王僧虔的说法应该是最准确的解释。不过,按上引张永的说法"凡三调,歌弦一部竟,辄作送歌弦",据我们的分析,所谓"歌弦一部",就是指演唱完一段歌词,也就是演奏完一遍乐曲,这时候就要有送歌弦。而相和三调中标示"解"的地方,也正是歌词一段的结束,是乐曲演奏完一遍的地方,因而它在相和三调的演唱时有重要的提示作用。

下面我们再来讨论"行"。"行"在汉乐府歌曲题目中经常出现。查沈约《宋书·乐志》,平调曲中有《短歌行》《燕歌行》,清调曲中有《秋胡行》《苦寒行》《董逃行》《塘上行》,瑟调曲中有《善哉行》,大曲中有《东门行》《折杨柳行》《艳歌罗敷行》《西门行》《煌煌京洛行》《艳歌何尝行》《飞鹄行》《步出夏门行》《野田黄雀行》《满歌行》《棹歌行》《雁门太守行》。按郭茂倩《乐府诗集》记载,相和歌辞平调曲中还有《长歌行》《猛虎行》《君子行》,清调曲中还有《豫章行》《相逢行》《长安有狭斜行》,瑟调曲中还有《陇西行》《饮马长城窟行》《妇病行》《孤儿行》《艳歌行》,楚调曲中还有《怨诗行》。杂曲歌辞里有《蜨蝶行》《驱车上东门行》《伤歌行》《悲歌行》。正因为如此,什么叫"行"的问题也受到了当代学者的关注,在丘琼荪、逯钦立、王运熙、杨荫浏、李纯一等的论著中都有涉及。近年来更是成为一个讨论的热点。其中,以日本学者清水茂《乐府"行"的本义》最有影响。他在1955年安徽寿县出土的乐器中有"歌钟"和"行钟"及李纯一相关考证文章的基础上,进一步研究,认为汉乐府中的"行"与之有关,从而推论:"依'歌钟'音阶的乐曲是'歌',依'行钟'音阶的乐曲是'行'"[①]。葛晓音受其说启发,认为行与歌在汉乐府中的区别,也可能是音阶不同的乐曲的差别。她同时根据对《汉书·司马相如传》中"为鼓一再行"一语

[①] (日)清水茂:《清水茂汉学论集》,蔡毅译,中华书局,2003,第339页。

的分析，认为"行"除了是使用特殊音阶的乐曲之外，还与汉乐府乐曲演奏的重复有关。她最后得出结论说："春秋时的'行钟'既是三音阶的简单音阶，不可能只奏一遍，必定要为配合行进而多遍重复，这种重复正如'行'字之本义原为'趋走'，即步伐反复交替一样，与三音阶大音程的跳跃节奏是合拍的。所以行钟之曲，应已具备反复多遍的特点。由魏晋大曲和行诗的密切关系可以窥见，'行'诗的基本特征即重叠反复，因而适合于大曲的多遍演奏。"同时她还认为："《说文解字》释'行'为'人之步趋也'，'趋'即'走'，又有'速'之意，《礼·乐记》：'卫音趋数烦志'，《祭义》谓'其行也，趋趋以数'。可见'行'与'趋数'的意义联系密切。'趋数'即急促频数之意。……即用鼓点伴奏，且一再行之，其烦音促节可以想见。"① 李庆也在清水茂论文的基础上进一步考证，他最后的结论是："总而言之，歌行之'行'，就其本来意义说，是一种在古代祭祀、宴乐、出行等仪式时演奏的一种特定形式的音乐。'行'和歌、引、弄、操、吟、拍等的乐曲，在音阶，使用的乐器，在运用的场合、范围和在历史展开过程中的表现形态，都有明显的不同。随着礼乐制度的变更，到了魏晋时代以后，经一些文人改编的歌行之'行'，除了音乐之外，还指和这种音乐相对应的诗歌作品。"② 李会玲不同意上述诸家的说法，她认为，"行"在文字学上可以训为"言"，所以，乐府中所言的"歌行"，可以用来"指与乐、舞相对的'歌辞'"③。

---

① 葛晓音：《关于"行"之释义的补正》，《文学遗产》1999年第4期，第100~101页。《初盛唐七言歌行的发展——兼论歌行的形成及其与七古的分野》，《文学遗产》1997年第5期，第48页。
② 李庆：《歌行之"行"考——关于郭茂倩〈乐府诗集〉中"行"的文献学研究》，《中国诗歌研究》第五辑，第22页。
③ 李会玲：《"歌行"本义考》，《武汉大学学报》2006年第6期，第735~736页。此外还有崔炼农《歌弦唱奏方式与辞乐关系——乐府唱奏方式之二》，《西南民族大学学报》2004年第2期；林心治《歌行的基本含义及其由来——唐歌行诗体论之一》，《渝州大学学报》1996年第4期。他们也曾对此作过探讨，不赘。

在上述诸家考论中，清水茂的说法最富新义，李庆所用的材料最为丰富，葛晓音关于"行"与汉乐府乐曲演奏的重复有关的看法也有启发性。不过，笔者认为他们对这个问题论证中还有很多疑点，需要我们进行讨论。

首先，我们要考虑在汉乐府中标有"歌行"的作品都在哪一类，都产生于什么时间。葛晓音曾注意到"行"诗绝大多数在相和歌辞的平清瑟三调里。笔者根据《宋书·乐志》的统计发现，在相和诸调里，相和六引中没有以"行"为题的，平调曲中有2题，清调曲中有4题，瑟调曲中有1题，大曲中有12题，共19题。其中的歌词包括汉代古辞11首，魏武帝9首，魏文帝8首，魏明帝5首，曹植1首，共34首。① 另据郭茂倩《乐府诗集》统计，其中标有"行"字的汉乐府古辞，在平调曲中还有3题，清调曲中还有3题，瑟调曲中还有5题，楚调曲中还有1题，此外在杂曲歌辞里还有4题。关于相和歌辞的产生，笔者根据上述两书中记载的汉代古辞作品的数量，认为相和曲在西汉已经出现，而平、清、瑟诸调和大曲应该在东汉时已出现，但是其成熟肯定是在曹魏时期。这说明，标有"行"字的汉代歌诗作品产生是很晚的，而1955年安徽出土的"歌钟"和"行钟"则是大约公元前5世纪的乐器，用这样一个乐器来说明汉乐府中标有"行"字题的歌诗与行钟所奏音乐有关，是没有说服力的。

其次，我们再来考察现存有关汉代歌诗演唱的记录，都没有发现标有"行"字题的作品的演唱与"行钟"之间关系的任何记载。在上引沈约《宋书·乐志》的话里，只是说明相和歌的特点是"丝竹更相和，执节者歌"，可见相和歌的演出根本就不可能用"钟"这种乐器。在郭茂倩《乐府诗集》所引述的平、清、瑟诸调的演唱程序

---

① 按，曹植还有一首"楚调怨诗"，据《乐府诗集》，应作"楚调怨诗行"，也应该算在其内。

中，我们也看不到"钟"的影子。所以，说"依'行钟'的音阶的乐曲是'行'"的说法是没有汉魏六朝文献支持的。

最后，退一步讲，汉乐府中"行"的演唱虽然没有用"行钟"类乐器，是否仍然有依"行钟"的音阶来演唱的可能呢？也不可能。我们知道，汉乐府相和诸调里只有"平调""清调""瑟调""楚调""侧调"等说法，但是并没有发现其音阶与"行钟"有关的说法。《乐府诗集》："《唐书·乐志》曰：'平调、清调、瑟调，皆周房中曲之遗声，汉世谓之三调。'又有楚调、侧调。楚调者，汉房中乐也。高帝乐楚声，故房中乐皆楚声也。侧调者，生于楚调，与前三调总谓之相和调。"《魏书·乐志》载陈仲儒论乐："其瑟调以角为主，清调以商为主，平调以宫为主。五调各以一声为主，然后错采众声以文饰之，方如锦绣。"以此而言，清商三调演奏，并不是以所谓的行钟的"音阶"来进行的。关于清商三调的音律和调式问题，杨荫浏、冯洁轩等人有过很好的探讨①，可以证明清水茂的说法是错误的。

汉乐府中的"行"既然和"行钟"无关，那么我们就应该重新考虑它的意义。其实，对此，前人已经有过比较简明的解释："行"即"曲"也。《史记·司马相如列传》："酒酣，临邛令前奏琴曰：'窃闻长卿好之，愿以自娱。'相如辞谢，为鼓一再行。"司马贞《索隐》："乐府《长歌行》、《短歌行》，行者，曲也。此言'鼓一再行'，谓一两曲。"颜师古注："行为曲引也。古乐府《长歌行》、《短歌行》，此其义也。"《文选·饮马长城窟行》李善注："《音义》曰，行，曲也。"可见，乐府诗中的"行"即"曲"，唐以前人无异议。而清水茂却根据"为鼓一再行"这句话的句法结构，认为"再"是副词，不应该用在名词之前。因此认为这句话里的"行"应该是动

---

① 参见杨荫浏《中国古代音乐史稿》（上册），第132~133页；冯洁轩《调（均）·清商三调·笛上三调》，《音乐研究》（季刊）1995年第3期。

词，自然也就不应该解释为有名词意义的"曲"。其实，"再"在古代，最初意义恰恰是量词，表示第二次的意义。《玉篇·冓部》："再，两也。"《史记·苏秦列传》："秦赵五战，秦再胜而赵三胜。"所以，《史记》和《汉书》的表述没问题，司马贞把它解释为"一两曲"也是正确的。

"行"的意义就是"曲"，那么汉乐府的清平瑟调与大曲中曲目标有"行"字，就可以有很简单的解释，《长歌行》就是"长歌曲"，《猛虎行》就是"猛虎曲"，《东门行》就是"东门曲"，以此类推，本无深义。我们也没有必要从"行"的动词含义"行走"，以及"趋"的"急走频数"的意思入手来讨论其意义，因为在这些标有"行"的歌诗作品中找不到相关的内证作为有力的支持。

但是，为什么在汉代歌诗作品里，主要在平调、清调、瑟调、楚调和大曲的题目中标有"行"字呢？逯钦立有一句话富有启发性："我们试从现存的'相和歌辞'看，凡是'相和歌'本身不分解，都不叫'行'。"① 的确，如果我们考察《宋书·乐志》，会发现"相和"下面各首歌的题目中均无"行"字，各诗中也没有"解"，而平调、清调、瑟调和大曲下面各首歌的题目上都有"行"字，各诗又全部都有"解"，少则两解，多则八解。因此，笔者认为，汉乐府相和诸调歌诗中之所以标有"行"字，最初只是为了区分相和曲与清、

---

① 逯钦立：《"相和歌"曲调考》，《文史》第十四辑，第225页。按，逯钦立在该文里认为"清商三调"虽然属于相和，却并不就是相和，而是它的变体。笔者并不同意他的这一看法，因为我们在上文的论述中已经证明清商三调的基本演唱方式还是"丝竹更相和"，所以还是属于相和歌曲的。另外，逯钦立在这段文字里把《宋书·乐志》辑录的大曲里的"东门、东门行"这一标题看成是两首歌，前者属于相和歌，后者属于瑟调曲，也是不对的。实际上在这里"东门行"是曲调，而"东门"是歌词的标题，二者所指的是同一首歌，而不是两首歌，古代没有标点，如果按我们今天的写法，应该写成《东门行·东门》，前者是曲名，后者是歌词标题，这是相和三调歌诗与大曲的通例。如"西山、折杨柳行"、"罗敷、艳歌罗敷行"，实际可以写成《折杨柳行·西山》、《艳歌罗敷行·罗敷》。但是逯钦立在这里发现了"解"与"行"的对应关系，确实是非常重要的。同时，逯钦立在该文中详细论述了从相和歌到清商三调再到大曲的发展过程，特别值得重视。

平、瑟、楚、大曲诸调，或者是对这几类分"解"的歌诗作品的一种特殊称呼。当然，歌词分解，也就是歌曲分章；歌词分几解，曲调也就重复几遍，重复乃是其应有之义。但是我们却没有证据说明凡是标有"行"字的歌诗在演唱时都是"烦音促节"的。当然，脱离了汉代歌诗的实际情况，只从"行"有"言"的这一义项来说明"歌行"即"歌辞"之意，更是没有道理的。另外我们可以看出，"行"的本身虽然没有什么特别的语言学或者音乐学上的深刻意义，但是从中却可以体现，汉乐府相和诸调歌诗由最初不分"解"的相和曲，到可以分"解"的平、清、瑟、楚诸调，再到前有"艳"曲、后有"趋"与"乱"的大曲，其艺术形式在不断发展。同时，正因为这些标有"行"字题目的歌诗代表了汉代歌诗艺术表现的最高形式，所以后人便把由此引申而来的乐府体诗歌也称为"歌行"，并从而演化出一种"歌行体"。

第三节　相和诸调歌诗内容的两大类别

相和诸调曲发端于西汉而兴盛于东汉，在几百年的时间里产生过大量的作品，但是现在留传下来的仅几十首而已。不过就是这几十首歌诗，其内容就非常丰富。下面我们把它们分为描摹世俗生活为主与抒写人生感受为主两大类别，分别进行描述。

一　以描摹世俗生活为主的相和歌诗

说到相和诸调歌诗，人们总是首先想到那些描摹世俗生活的诗篇。的确，这一类诗篇在相和歌诗中占有很醒目的位置。特别是在以抒情诗为主的中国诗歌园地里，描摹世俗生活的诗篇本来就不多见，而像相和歌诗诗篇这样有特色的作品更少。对这些诗篇，我们应该给予充分的重视。下面我们再把它们细分几类进行分析。

（一）描写美好的自然风景

这样的歌诗只有一首《江南》：

> 江南可采莲，莲叶何田田，鱼戏莲叶间。鱼戏莲叶东。鱼戏莲叶西。鱼戏莲叶南。鱼戏莲叶北。

这首诗写得很简单，但却有能感动人心的艺术魅力。全诗用朴实白描的语言写江南美景，第一句，写江南是可以采莲的好地方；第二句，写莲叶长的茂盛；第三句，写鱼儿在莲叶间游戏；接下来四句，是对第三句的补写和复唱。在这里，"莲叶何田田"一句足以引发人们对江南美好风光的想象，而"鱼戏莲叶间"几句则让人由鱼儿的快乐而感受到生活的幸福与欢乐。这首诗最初属于汉世的街陌谣讴，应该是流行于民间的杰作，最能体现诗歌那种出自生活的朴实无华的美。这首诗被诸管弦之后，用丝竹类的乐器来进行演唱，也一定是一首非常优美好听的歌曲。同时它告诉我们一个道理，只要把握了生活的本质，最简单的东西其实也就变成了内涵最丰富的美的象征。汉代是中国历史上一个繁荣昌盛的朝代，除了西汉末年的战乱之外，从汉初的文景之世到东汉的章和时期，都是中国历史上少有的盛世。可惜的是真正反映人民大众安居乐业的诗歌太少了，幸有这首歌诗留了下来，可以让我们感受到汉代人民曾经有过的美好生活与精神欢乐，正因为如此，这首短短的歌诗也就具有了表现一个时代美好生活的象征意义。

（二）歌颂为人民带来幸福生活的清明官吏

汉代社会的繁荣富强，与那些清明的官吏是分不开的。对于普通百姓来讲，直接影响他们生活的并不是高高在上的皇帝，而是那些直接管理他们的父母官。因此，在汉代的民间歌诗中，歌颂清明官吏的作品较多。这些民间的歌诗，有些也被配上相和乐，现存的相和诸调歌诗里，就有《雁门太守行》一首：

　　孝和帝在时，洛阳令王君，本自益州广汉蜀民。少行宦学，通五经论。（一解）明知法令，历世衣冠。从温补洛阳令，治行致贤。拥护百姓，子养万民。（二解）外行猛政，内怀慈仁。文武备具，料民富贫。移恶子姓，篇著里端。（三解）伤杀人，比伍同罪对门。禁鳌矛八尺，捕轻薄少年。加笞决罪，诣马市论。（四解）无妄发赋，念在理冤。敕吏正狱，不得苛烦。财用钱三十，卖绳礼竿。（五解）贤哉贤哉，我县王君。臣吏衣冠，奉事皇帝。功曹主簿，皆得其人。（六解）临部居职，不敢行恩。清身苦体，凤夜劳勤。治有能名，远近所闻。（七解）天年不遂，早就奄昏。为君作祠，安阳亭西。欲令后世，莫不称传。（八解）

　　这首歌诗里所歌颂的王君，本名王涣，字稚子。《后汉书·循吏列传》记载，他本为广汉郪人。"少好侠，尚气力，数通剽轻少年，晚而改节，敦儒学。习读律令，略举大义。""州举茂才，除温令。县多奸猾，积为人患。涣以方略讨击，悉诛之，境内清夷，商人露宿于道。""永元十五年，从驾南巡，还为洛阳令。以正居身，得宽猛之宜。其冤嫌久讼，历政所不断，法理所难平者，莫不曲尽情诈，压塞群疑。又能以谲数发摘奸伏。京师称叹，以为涣有神算。元兴元年，病卒。百姓市道莫不咨嗟。男女老少皆相与赋敛，致奠醊以千数。""民思其德，为立祠安阳亭西，每食辄弦歌而荐之。"延熹中，桓帝事黄老道，悉毁诸旁祠，但是王涣的祠堂仍然保留下来，可见王涣受百姓爱戴的程度。这首歌分为八解，全面地描述了王涣的学问、人品、才干、政绩，以及百姓对他的敬爱。按汉代歌诗的通例，歌名与内容大都是相一致的，这首歌名为《雁门太守行》，但王涣并不是雁门太守。说明在这首歌之前应该有一首《雁门太守行》的原作，而这首歌是采用了《雁门太守行》的曲调和演唱方式。可能是因为这首歌更为有名,所以原来的《雁门太守行》就佚失了。在汉代的相和歌曲中,这样直接歌颂人物的诗篇并不多见,这首歌是值得重视的。

(三)描写社会上各种不幸的生活

在以描摹世俗生活为主的相和歌诗里面,像上面两篇那样描写美好生活、歌颂清明官吏的诗篇实在是太少了。剩下的此类诗篇,则以描写各种现实生活中的问题的作品为最多。其中,尤以《东门行》《妇病行》《孤儿行》最为著名。它们从多个角度表现了普通百姓生活的艰难,揭示了那个社会所存在的贫富不均、人情冷漠等诸多不良现象。如《妇病行》:

> 妇病连年累岁,传呼丈人前一言。当言未及得言,不知泪下一何翩翩。"属累君两三孤子,莫我儿饥且寒,有过慎莫笪笞,行当折摇,思复念之。"
>
> 乱曰:抱时无衣,襦复无里。闭门塞牖,舍孤儿到市。道逢亲交,泣坐不能起。从乞求与孤买饵,对交啼泣,泪不可止。"我欲不伤悲不能已。"探怀中钱持授交。入门见孤儿,啼索其母抱。徘徊空舍中。行复尔耳,弃置勿复道!

这首歌诗分为两个部分,第一部分写病妇临死前对丈夫的交代,要他好好地对待几个孩子,不要让他们受苦受寒,也不要对他们打骂,在凄楚的言语中见出伟大的慈母之心。第二部分则写丈夫无力抚养孤儿的悲惨境况,他无法实现妻子死前的叮嘱,因为家里已经一贫如洗,孩子不仅没有衣穿,也没有饭吃。好不容易用仅有的一点钱从亲交好友那里弄点东西回来,又听见孤苦的孩子正在屋里哭着要母亲。整首歌诗里没有一句作者的议论,纯以白描的手法来写,但读者却能感到这个苦难家庭的悲惨生活历历在目,整首诗具有极大的艺术感染力。

《东门行》与上一首有异曲同工之妙。它同样是从一个特殊的场景写起，那是一个贫苦的家庭，家里已经穷得没有衣服，没有粮食。男主人在无奈中想要出去铤而走险，他的妻子又怕他惹出事来造成家庭更大的不幸而加以劝阻。但最终男主人还是走出了家门，因为他知道不出去铤而走险已经没有出路。诗的语言不多，但是同样真实而生动。

《孤儿行》一诗则选择了另一个角度揭示当时个社会上存在的不良现象，父母死后，兄长非但没有承担起照顾幼小弟弟的责任，反而让他像奴隶一样劳动。邻里们不但不对他示以同情，反而趁机哄抢他的东西。于是，孤儿想起父母在时自己的幸福生活，愿意跟从死去的父母离开人间。整首诗采用集中叙事的手法，细数兄长让他做的所有工作，从而凸显兄长为了独霸财产而六亲不认、为富不仁的丑恶行径，具有很强的道德批判意义。

除以上三首外，《东光》也是一首很有特色的作品。这首诗乃是汉武帝时讨伐南越王相吕嘉造反时士兵们所唱的歌。

东光乎？仓梧何不乎？仓梧多腐粟，无益诸军粮。诸军游荡子，早行多悲伤。

歌诗从南方特殊的天气写起，以诘问开头："东方天亮了吗？仓梧的天为什么还不亮？"因为南方的天气特别潮湿，军粮都发了霉，人在这种气候下根本无法生活，可是现在他们这些出征的战士（游荡子）还要早早地起来行军打仗。短短的几句话，就真实地描绘出了战争的艰苦，同时也写出了战士们对战争的怨恨情绪。

（四）对上层社会生活的描写与批评

在两汉时期，一边是贫苦百姓的艰苦生活，另一边则是富贵之家的奢侈享乐。汉乐府相和歌诗中也写到了富贵人家的生活。这里面既有批判，又有羡慕，表现出复杂的情感。先看《鸡鸣》一诗：

> 鸡鸣高树巅，狗吠深宫中。荡子何所之，天下方太平。刑法非有贷，柔协正乱名。黄金为君门，璧玉为轩堂。上有双樽酒，作使邯郸倡。刘王碧青甓，后出郭门王。舍后有方池，池中双鸳鸯。鸳鸯七十二，罗列自成行。鸣声何啾啾，闻我殿东厢。兄弟四五人，皆为侍中郎。五日一时来，观者满路傍。黄金络马头，颎颎何煌煌。桃生露井上，李树生桃傍。虫来啮桃根，李树代桃僵。树木身相代，兄弟还相忘。

《乐府解题》曰："古词云：'鸡鸣高树巅，狗吠深宫中'。初言'天下方太平，荡子何所之'，次言黄金为门，白玉为堂，置酒作倡以为乐，终言桃伤而李仆，喻兄弟当相为表里。兄弟三人近侍，荣耀道路，与《相逢狭路间行》同。"据前人分析，这首诗似有所指，西汉霍光家族曾经权倾朝野，后来衰败；王氏五侯继起，后来又在与王莽的权力斗争中失败，诗中写到了西汉这些权贵家庭富贵时的奢华生活与衰落时的自相倾轧。① 故郑文曰："本诗暴露汉代权势之家乍盛乍衰，既为历史之写真，更为艺术之概括：概似对卫霍之讽谕，亦似对王氏之讥刺。诗分三段：首段写天下太平，荡子乘时贵幸，终于触犯刑律；次段铺写贵幸煊赫一时，炙手可热，虽仅写其豪侈生活与休沐盛况，未尝着一贬语，而贬抑之情自见；末段写兄弟之间，

---

① 陈沆《诗比兴笺》曰："此刺王氏五侯奢僭，及莽迫杀红阳侯立、平阿侯仁之事也。'郭门之王'，斥其姓也。'兄弟四五人'，'兄弟还相忘'，述其事也。《汉书·元后传》：王氏五人同日封，世谓之五侯。五侯群弟，争为奢侈。后庭姬妾，各数十人，僮奴以千百数。罗钟磬，舞郑女，作倡优，狗马驰逐。大治第室，起土山为渐台，洞门高廊阁道连属相望。百姓歌之曰：'五侯初起，曲阳最怒。坏决高都，连竟外杜，土山渐台连白虎。'卒以此见怒成帝，几致诛废。及新都侯莽得志，以红阳侯立暨诸父平阿侯仁素刚直，莽内惮之，奏遣就国，遣使者迫立、仁令自杀。……莽于仁则诸父，于立则兄弟，而骨肉残贼，无复人心，曾草木之不若。是可忍也，孰不可忍乎？"[参见（清）陈沆《诗比兴笺》，第31~32页。]

互相倾轧，各图苟安，而以比兴手法出之，尤觉形象宛然。"①可见此诗是写实兼有讽刺意味的一首诗。《相逢行》则是在此基础上的改编之作：

> 相逢狭路间，道隘不容车。不知何年少，夹毂问君家。君家诚易知，易知复难忘。黄金为君门，白玉为君堂。堂上置樽酒，作使邯郸倡。中庭生桂树，华灯何煌煌。兄弟两三人，中子为侍郎。五日一来归，道上自生光。黄金络马头，观者盈道傍。入门时左顾，但见双鸳鸯。鸳鸯七十二，罗列自成行。音声何噰噰，鹤鸣东西厢。大妇织绮罗，中妇织流黄。小妇无所为，挟瑟上高堂。丈人且安坐，调丝方未央。

此诗同样是写富贵人家的生活，而且在写法上因袭《鸡鸣》的一些字句，但是仔细阅读，却可以看出二者在主题上的变化。前首诗以批评讽刺为主，而这首诗则纯为颂美，表现出很强的羡慕心理。从汉乐府相和诸调的实际应用来看，这首诗显然更适合在富贵之家的庭堂上演唱。此诗中所写，与我们所见到的汉画像石中描绘的情景完全一样，体现了汉代富贵之家的享乐之风。另一首《长安有狭斜行》可以看成这首歌的简化本。

（五）歌颂和描写女子形象的诗篇

除上面几种类型之外，相和诸调歌诗中还有几首歌颂女子的诗篇。按中国历史文献的相关记载，自汉代社会起，三从四德等专门针对女性的道德伦理规范开始形成。汉代社会的歌诗对于女性的关注也比较密切，所以出现了许多以描写各类女子形象为内容的歌诗。其中，在相和诸调曲中的几首歌诗特别引人注目，它们从不同方面展示

---

① 郑文：《汉诗选笺》，第14～15页。

了汉代女性值得尊敬的形象，这些形象既恪守封建道德又具有一定的个性化特征。如《白头吟》（楚调曲），据《西京杂记》所言，司马相如将聘茂陵人女为妾，卓文君作《白头吟》以自绝，相如乃止。按，此诗不可能为卓文君所作，因为按乐府诗发展的过程来看，楚调曲的产生只能是东汉以后的事情，但是这首歌诗的写作原型也许有卓文君的影子，或者是歌者借卓文君的故事立言。诗中女主人公形容自己如山上的白雪一样纯洁，像云间的月亮一样透明："皑如山上雪，皎若云间月。"她本希望与心爱的男子白首偕老，但是没想到男子却中途负心，于是她便毅然地与之诀别，显示出自己的独立个性。再如《陇西行》（瑟调曲）一诗，描写了一个善于持家、应对有礼的陇西妇女形象。全诗"始言女有容色，能应门承宾；次言善于主馈；末言送迎有礼"①。再如《艳歌行》写一个善良的女子因为同情两个流浪汉为他们缝补衣服而遭到丈夫误解的故事。特别是《陌上桑》一诗，更成为歌颂汉代妇女的典范之作。

  日出东南隅，照我秦氏楼。秦氏有好女，自名为罗敷。罗敷喜蚕桑，采桑城南隅。青丝为笼系，桂枝为笼钩。头上倭堕髻，耳中明月珠。缃绮为下裙，紫绮为上襦。行者见罗敷，下担捋髭须。少年见罗敷，脱帽著帩头。耕者忘其犁，锄者忘其锄。来归相怨怒，但坐观罗敷。（一解）

  使君从南来，五马立踟蹰。使君遣吏往，问此谁家姝。秦氏有好女，自名为罗敷。罗敷年几何？二十尚不足，十五颇有余。使君谢罗敷，宁可共载不。罗敷前致辞，使君一何愚。使君自有妇，罗敷自有夫。（二解）

---

① （宋）郭茂倩：《乐府诗集》，卷二十八引《乐府解题》，中华书局，1979，第410页。

> 东方千余骑，夫婿居上头。何用识夫婿，白马从骊驹。青丝系马尾，黄金络马头。腰中鹿卢剑，可值千万余。十五府小史，二十朝大夫。三十侍中郎，四十专城居。为人洁白皙，鬑鬑颇有须。盈盈公府步，冉冉府中趋。坐中数千人，皆言夫婿殊（三解。前有艳辞曲，后有趋）。

这首诗据《乐府诗集》所引崔豹《古今注》说，邯郸女子姓秦名罗敷，为邑人千乘王仁妻。"王仁后为赵王家令，罗敷出采桑于陌上，赵王登台见而悦之，因置酒欲夺焉。罗敷巧弹筝，乃作陌上之歌以自明，赵王乃止"。而《乐府解题》则说："古辞言罗敷采桑，为使君所邀，盛夸其夫为侍中郎以拒之。"从前人的记载来看，这首诗在现实中可能有一个本事。不过崔豹《古今注》所写人物与诗中所写不合，可见并不准确。但是崔豹的记载提示我们去考查历史，我们发现这首歌诗的背后有着一个具有悠久历史的文化原型。从《诗经·豳风·七月》中的采桑女到刘向《列女传》里所写的一系列与采桑有关的女子形象，我们不难发现，原来在这些古代采桑女的故事当中，其歌颂的重点都在于女子的容貌美好、贞静专一。而歌颂这些女子的基本方式，则是编写各种不同的男子对其进行引诱或者侵害的故事，从而显示出这个女子的各种美德。①《陌上桑》中的秦罗敷，显然就是这样一位女性形象。她被诗人称为"好女"，不仅仅因为她长得漂亮，打扮入时，还因为她恪守妇功，"善蚕桑"。她谈吐得体、贞静专一，在使君面前也能表现出大家闺秀风度。一句话，她是符合当时理想妇女道德标准的形象。所不同的是，作为以娱乐表演为主要用途的

---

① 考察历史我们知道，采桑女的故事，本是自先秦以来中国文学故事中的一个重要母题。这一母题包括三方面基本内容：第一是赞美采桑女子之美，如宋玉的《登徒子好色赋》和枚乘的《梁王兔园赋》；第二是写采桑女子拒绝士大夫的调戏，如《列女传》中所载秋胡戏妻故事和陈辨女故事；第三是歌颂女子的贞静专一，如《列女传》中的齐宿瘤女故事。关于《陌上桑》的历史文化研究，可以参看游国恩、赵敏俐和法国学者桀溺的文章。

相和歌诗《陌上桑》，它在利用这种文化原型来编写秦罗敷故事的时候，为了满足观众的娱乐需要，把同类原型故事由原来的悲剧、正剧改编成了喜剧，突出了它的喜剧效果。

  以上几种情况，可以概括以描摹世俗生活为主的相和歌诗的基本内容。从中可以看出，这些诗篇所描摹的基本上都是当时社会中平民百姓的世俗生活，是有关他们喜怒哀乐的故事。这里面没有激烈的社会批判，也没有反映两汉社会一系列比较重大的社会政治事件和历史事件。从作品的文本进一步说明，相和诸调歌诗艺术，是以娱乐为主要目的的艺术，是为了满足当时社会上各阶层的娱乐需要而产生的。我们知道，从人类的精神需求方面看歌诗的起源，满足人们的娱乐审美需求本是歌诗生产的一个重要目的，但是在上古社会中，由于人们的物质生活还远不够丰富，自然也难以投入大量的人力物力来从事非功利性的娱乐活动。因而，强调歌诗生产的功利性目的和教化作用，否定各种奢侈的娱乐活动，是很早就形成的传统观念。夏商周三代以来，这种传统观念已经非常稳固。特别是经过儒家的阐释，强调礼乐教化的文艺观更是深入人心。但是，随着物质财富的增加和人类精神需求的丰富，以娱乐为主的歌诗生产与消费必然要逐步地发展。这种教化与娱乐的冲突，也就是发生在春秋战国时代的所谓雅乐与郑声或雅乐与俗乐的激烈冲突。两种文艺观较量的结果，是以娱乐为主的歌诗生产在汉代变得空前活跃。由于两汉社会已经完成了中国古代从世袭贵族制社会向官僚地主制社会的转化，一方面整个社会中不再存在着一个同先秦一样世袭不变的贵族阶级，官僚地主制已经打破了贵族与平民乃至奴隶之间的牢不可破的壁垒，平民化与个性化已经成为这一时代的重要文化心理特征；另一方面物质生活较前一个时期的极大丰富，使两汉社会各个阶层有了从事以娱乐为主的歌诗生产的更好条件，大众化与享乐化也成为这一时期歌诗艺术的主要特征，尤其是相和诸调歌诗的主要特征。

第九章 汉代相和歌诗研究

正因为相和诸调歌诗是以娱乐为主和以享乐为主的艺术,所以上面这些歌诗才更多地体现出世俗化的色彩。在这种情况下,歌诗成了人们遣兴娱乐的最好艺术形式。社会各阶层并不期待用这些歌诗来进行政治宣扬或道德教化,所谓"余日怡荡,非以讽民"①,而希望它们能给人们带来轻松的生活和精神上的快乐,追求"快意当前,适观而已矣"的效果。② 于是,那些发生于社会各阶层的人民大众日常生活中悲欢离合的故事,就成为这些歌诗的主要内容。特别是那些或富有情趣,或感动人心,或具有典型性的日常生活事件,经过了民间的传唱或歌舞艺人的加工,就成为两汉歌诗中脍炙人口的作品,如《东门行》《孤儿行》《陌上桑》《妇病行》《陇西行》等。它的产生说明,娱乐化和世俗化并不排除对丰富多彩的汉代社会现实生活的观照,但这种观照并不是以说教的方式,而是以审美和娱乐的方式,以大众喜闻乐见的方式实现的。反之,越突出它的审美性和娱乐性,它的艺术水平越高,在实际社会生活中产生的影响也就越大。其中,如《陌上桑》这样的歌诗对社会生活的表现是以喜剧的方式得以实现的,而《妇病行》《孤儿行》《东门行》等,则是以悲剧或正剧的方式得以实现的。这些诗篇大都反映了普通百姓的苦难生活,他们之所以成为汉代歌诗的名篇,得益于对现实生活的高度浓缩和锤炼。两汉社会虽然是繁荣富庶的社会,但是对于普通百姓来讲,各种各样的困苦仍然是他们生活中挥之不去的阴影,如有的人因为家境的贫寒而不得不去铤而走险(《东门行》),多病的妻子临死前舍不下可怜的孤儿(《妇病行》),狠心的兄长对待自己的亲弟弟竟如同奴隶(《孤儿行》),这些表现现实生活苦难的歌诗,因为其真实生动地再现了民生的痛苦,让人认识到世事的艰难,在娱乐观赏中就更能引起人们心理

---

① (东汉)傅毅:《舞赋》,(梁)萧统编、(唐)李善注:《文选》,第247页。
② 借用李斯《谏逐客书》语。

上的共鸣。娱乐并不意味着叙事题材的庸俗,它实际上对艺术作品的真善美提出了更高的要求。因为只有真,只有善,然后才会有美。真和善虽然不能取代美,却是美的基础。两汉歌诗在娱乐化和世俗化中发展,非但没有削弱它的现实性,反而在符合艺术美的要求的条件下得到了更好的发展,这也是后代之所以看重汉代歌诗并给它以高度评价的原因。世俗化使相和诸调歌诗虽然未能产生重大社会政治题材的作品,却把我们的视野引向日常生活的深处,犹如漫步于两汉城市的街头巷尾以及田野山村,去尽情欣赏那多彩的生活场景。经济的发展带来了生活的幸福,当然也带来了无数生活中的矛盾。但总的来说,这是一个安定的时代,一个相对幸福的时代,它使这个社会的各个阶层都关注自己的个体生活,在歌诗生产中也带有极浓厚的世俗享乐色彩。也正因为如此,这些表现世俗生活的歌诗才与那些表现汉帝国隆盛国运的郊庙乐章在精神上相一致,它们共同体现出那一时代的文化风貌。

二 以抒写人生感受为主的相和歌诗

汉乐府相和歌诗的另一大类作品以抒写人生感受为主题。一段时间以来,人们对这一类诗篇不够重视,但是如果从数量上来讲,这一类诗篇并不比上一类少,其中著名的作品也不少。而且,汉乐府相和歌诗中所抒写的人生感受,不仅生动地反映了汉人的文化心态,而且有助于我们认识从汉代到魏晋的社会文化思潮的发展。这些作品,又可以细分为以下几类。

(一)抒发生命短促的感慨

汉代是一个看重个体生命的时代,抒发人生短促的感慨是汉代文学的重要内容。在汉代的散文、大赋以及帝王与文人的诗歌里,都不乏这样的作品,而相和歌当中的《箜篌引》《薤露》《蒿里》便是这方面的代表作。

崔豹《古今注》记载，《箜篌引》，为朝鲜津卒霍里子高妻丽玉所作。子高晨起，刺船而濯，有一白首狂夫，披发提壶，乱流而渡。其妻随呼，止之不及，遂堕河水死，于是援箜篌而鼓之，作"公无渡河"之歌，声甚凄怆。曲终，自投河而死。霍里子高还，以其声语妻丽玉，丽玉伤之，乃引箜篌而写其声，闻者莫不堕泪饮泣。丽玉以其声传邻女丽容，名曰《箜篌引》。这首歌曲很短，只有四句："公无渡河，公竟渡河，渡河而死，当奈公何！"但却是一个眼看着丈夫投水而死却无能为力的女子发自内心的生命呼喊，因而具有催人泪下的效果。

据崔豹《古今注》所记，《薤露》《蒿里》这两首诗本是田横的门人为感伤田横自杀而作。原作是否写到田横自杀的本事，我们已经不得而知。但是对于人生短促的感伤却在这两首诗里有突出的表现。经过李延年的改写之后，成为汉代的两首名曲，专门用来送葬，其中《薤露》送王公贵人，《蒿里》送士大夫庶人，让挽柩者来唱歌，当时也称为"挽歌"。

薤上露，何易晞！露晞明朝更复落，人死一去何时归？

蒿里谁家地？聚敛魂魄无贤愚。鬼伯一何相催促，人命不得少踟蹰！

本来，人的生老病死乃是自然现象，送葬时表示对死人的哀悼也是人之常情。但是，在送葬歌曲中这样突出地表现人生短促的悲哀，已经不只是对死者的哀悼，同时也包括生者对自己生命的感叹。在现有的历史文献中，我们还没有看到把相和曲用于送葬的记载。它之所以后来被诸管弦而成为相和曲，据说因为到了东汉后期，这样的歌曲不仅在送葬时唱，甚至在宴会上也有人歌唱。联想到上面那首《箜篌引》，汉武帝的《秋风辞》、桓谭《琴道》中所记雍门周为孟尝君鼓琴的故事，以及出土汉画像石中那么多死后成仙的图画，我们有理由说，相和歌中的这几首哀伤人生短促的悲歌，正是对整个汉代重视个体生命的社会风气和社会思潮的充分体现，具有重要的思想史价值。

（二）祸福无常的人生感受

人的生命本来是短促的，自然更要珍惜生命，但是在现实生活中却有很多人感到生命的难以把握，因为处处都是陷阱，处处都有危险，人生祸福无常。在汉乐府相和诸调曲中，《乌生八九子》《豫章行》《艳歌何尝行》都表现了这样的主题。而且这三首诗，都以禽言物语来抒发这种感受，在歌诗中别具特色。如《乌生八九子》：

> 乌生八九子，端坐秦氏桂树间。唶我。秦氏家有游遨荡子，工用睢阳强苏合弹。左手持强弹两丸，出入乌东西。唶我。一丸即发中乌身，乌死魂魄飞扬上天。阿母生乌子时，乃在南山严石间。唶我。人民安知乌子处，蹊径窈窕安从通。白鹿乃在上林西苑中，射工尚复得白鹿脯。唶我。黄鹄摩天极高飞，后宫尚复得烹煮之。鲤鱼乃在洛水深渊中，钓钩尚得鲤鱼口。唶我。人民生各各有寿命，死生何须复道前后。

乌的生活本来是安定的，它在桂树上筑巢安家，孵育子女，但却不幸被秦家的游遨荡子用弹弓打死。它起初责怪自己藏身不严，但是后来发现并不是这样的，白鹿、黄鹄、鲤鱼藏身可谓严矣，但是还是被射工、后宫、钓钩捕获而成为人家的桌上美餐，以此可见人世之险恶。结尾的两句表现了自己生命难以把握的无奈，看似宽慰语，实则是感到危险的无法解脱，只好听从命运的安排。与这首诗同样主题的还有《豫章行》，诗以白杨的口气写出，它本生在豫章山上，根深叶茂。却被山客砍伐下山，惨遭肢解。诗中没有议论，但感伤生命无法把握的主题却很鲜明。另一首《艳歌何尝行》则以双白鹄为题，他们本来双飞双宿，恩爱非常，可是雌鹄却突然生病在身，不能飞翔，雄鹄没有任何解救它的办法，只好在那里看着自己心爱的伴侣而洒泪伤心，人生的无常和生命的无法把握同样是这首诗鲜明的主题。应该说，这几首诗从另一个角度，同样反映了汉人的生命意识。

（三）渴望长生的游仙之歌

正因为人生短促，而人的生命又无法把握，那么，渴望长生就成了汉人的一种比较普遍的心理。而且，越是有身份地位有物质财富的人，追求长生的愿望就越强烈。秦皇汉武可以凭帝王之尊调动一切可能去求长生不老之方，而其他的达官显贵乃至文人学士当中也不乏此妄想者，因此求仙就成为汉人的一种社会心理，也就有了汉乐府中的求仙诗。在相和诸调曲中，《王子乔》《长歌行·仙人骑白鹿》《董逃行》《善哉行》都表现了这一主题。

> 王子乔，参驾白鹿云中遨。参驾白鹿云中遨，下游来。王子乔，参驾白鹿上至云，戏游遨，上建逋阴广里践近高。结仙宫过谒三台，东游四海五岳上，过蓬莱紫云台。三王五帝不足令，令我圣朝应太平。养民若子事父明，当究天禄永康宁。玉女罗坐吹笛箫，嗟行圣人游八极。鸣吐衔福翔殿侧，圣主享万年，悲今皇帝延寿命。

王子乔本是秦汉以来著名的人物。王子乔又叫王乔，据前人考证，当时共有三个王子乔的故事，一为王子晋，二为叶令王乔，三为柏人令王乔，都是神仙。① 《乐府诗集》引刘向《列仙传》曰："王子乔者，周灵王太子晋也，好吹笙作凤鸣。游伊、洛之间，道人浮丘公

---

① （清）吴景旭：《历代诗话》卷二十四，清中期抄本。

接以上嵩高山。三十余年后，求之于山上，见桓良曰：'告我家，七月七日待我于缑氏山头。'至时，果乘白鹤驻山头，望之不得到，举手谢时人，数日而去。为立祠于缑氏山下及嵩高之首焉。"此诗所写，就是王子晋的故事。但是在刘向的故事中王子晋所乘的乃是白鹤，而此诗中却说他"参驾白鹿"，这也许是不同的传闻。同时，据应劭《风俗通义》所记，东汉时还盛传汉明帝时叶令王乔成仙的故事。这说明，以仙人王子晋为原型的神仙故事在汉代已经深入人心。这首诗的前半部分写王子乔成仙后在四海五岳到处邀游的故事，后半部分则乞求王子乔降福人间，令天下太平，让当今皇帝成仙。

在汉代，人们虽然渴望成仙，但是同时也深知这乃是常人不可求得的奢望，王子乔、淮南子更是人们羡慕的对象。所以在汉代的游仙诗中往往描写的都是幻想的奇遇，如《长歌行·仙人骑白鹿》："仙人骑白鹿，发短耳何长。导我上太华，揽芝获赤幢。来到主人门，奉药一玉箱。主人服此药，身体日康强。发白复更黑，延年寿命长。"《董逃行》则曰："教敕凡吏受言，采取神药若木端。玉兔长跪捣药虾蟆丸，奉上陛下一玉盘，服此药可得神仙。"其结果是"服尔神药，莫不欢喜。陛下长生老寿，四面肃肃稽首。天神拥左右，陛下长与天相保守"。《善哉行》里也说："经历名山。芝草翻翻。仙人王乔。奉药一丸。"又说："淮南八公。要道不烦。参驾六龙。游戏云端。"可以想象，这些游仙诗的演唱，在当时是满足了许多人的心理渴求的。

（四）解脱人间悲苦的及时行乐

正因为成仙实际上的不可能，人生又是那样的短促，而且还常处在祸福无常的状态，所以，更为现实的态度则应该是抛弃幻想而及时行乐。相和歌诗中同样也有不少这样的作品，如《西门行》：

出西门，步念之。今日不作乐，当待何时？逮为乐，逮为乐，当及时。何能愁怫郁，当复待来兹。酿美酒，炙肥牛，请呼心所欢，可用解忧愁。人生不满百，常怀千岁忧。昼短苦夜长，何不秉烛游。游行去去如云除，弊车羸马为自储。

  作者似乎看透了人生，歌中反复表达的就是"及时行乐"四字，而且竟然是那样的坦率！在作者看来，人生不满百年，干吗还要怀抱着千年忧愁呢？既然我们不能延长生命的长度，那么何不增加生命的密度？与此同调的还有《怨诗行》："天道悠且长，人命一何促。百年未几时，奄若风吹烛。嘉宾难再遇，人命不可续。齐度游四方，各系太山录。人间乐未央，忽然归东岳。当须荡中情，游心恣所欲。"《满歌行》也表达了同样的思想。不过此诗的作者似乎是一个有着一定社会地位的官僚文人，所以诗中写他感到人生祸福无常的时候，"唯念古人，逊位躬耕"，还有"安贫乐道，师彼庄周"的想法。

  以上四种情况基本概括了以抒写人生感受为主的相和歌诗的抒情主题类型。从上文的分析我们可以看出，这些以抒写人生感受为主的相和歌诗作品抒情基调大多比较低沉，表现出的人生态度也多较为消极。这是一个普遍的现象。当然这里面也可以发现一两首表现另一种人生态度的作品，如《君子行》倡导人们要做一个行事端庄的君子。[①] 但总的来说我们可以看出：由感叹人生短促、祸福无常到游仙饮酒、及时行乐，这就是汉乐府相和歌诗的基本抒情主题。而这样的歌诗从西汉一直唱到东汉，这从另一个方面表现了汉人的一种心态。同兼并争伐不断的战国与朝代屡屡更迭的魏晋六朝前后两个时代相比，生活在汉代的百姓是幸福的。关于汉代社会的富庶与繁荣，在汉大赋和《史记》《汉书》等著作中都有相当多的记载。那么，在这种

---

① 对这首诗和《长歌行·青青园中葵》的作者，后世有不同的记载，如《事文类聚》把这两首诗分别题作颜延年作和曹植作。这种说法基本上不被后人接受，关于《长歌行》一诗的作者问题，我们将在后文中予以辨析。《君子行》一诗的确比较特殊，它所抒发的情感在相和歌诗抒写人生感受类作品中不占主流。

情况下，为什么汉人还会有这么多的人生感叹？其实只要我们仔细比较就会发现，汉人所感叹的人生短促，主要并不是因为战争、瘟疫以及政治上的血腥屠戮等造成的人的早亡，而是因为有那么多的美好生活还没有来得及享受，是因为由此而产生的对于百年人生的不满足感，正所谓"欢乐极兮哀情多，少壮几时兮奈老何"。可以想象，如果人生中真的有那么多的苦难，那么人活在世上还有什么意义？难道汉人想要延长生命的目的，就是来受尽这世上数不尽的苦难吗？显然不是，而是因为他们还没有享受够富足的生活。由此我们再来细读上面那些抒写祸福无常、感叹人生短促的诗作，就会发现，这里面并没有描写一个真正的社会普遍面对的苦难，如建安文人所写的"白骨露于野，千里无鸡鸣"（曹操《蒿里行》），"四望无烟火，但见林与丘。城郭生榛棘，蹊径无所由"（王粲《从军行》）。而不过是个体人生在社会上所遭受的偶然不幸，或者是对别人享乐生活的不尽的羡慕。于是他们才希望摆脱这种个人的烦恼，忘却这种偶然的不幸，进而去追求长生，在尽可能的条件下去及时行乐。因为这个社会是稳定的，是为他们的及时行乐创造了必要条件的。这样，我们也就会理解，为什么一个再普通不过的白首狂夫渡河而死，他妻子几声凄厉的呼喊，被谱成歌曲之后就会感动得汉人"莫不饮泣"，就是因为它拨动了汉人珍惜生活、进而珍惜生命的那根感情的琴弦。同样我们也就会理解，为什么本来是送葬时所唱的歌曲，汉人竟会在喜庆的宴会上演唱，同样是因为表现人生短促的悲歌表达了汉人共同的人生体验，是在一片和平而又没有更多希望的环境下才会产生的感伤和颓废情绪。于此我们同样也会理解，为什么这些在汉代流行的"丝竹更相和，执节者歌"的歌诗中，竟会出现这样多感叹人生短促、表达及时行乐的作品，因为这些歌诗的产生，同样满足了汉人的审美娱乐的需要。

汉乐府相和诸调歌诗的两大类别，从表面上看似乎有着很大的不同，一类是以描摹世俗生活为主，一类是以抒写人生感受为主。一个时期以来，学者们的分析重点都放在了那些表现民生疾苦的诗篇方面，如《妇病行》《孤儿行》等。但对其他诗篇的研究却做得不够。之所以如此，是因为在我们过去的文学观念中，过于强调文学的意识形态而忽略了它的艺术本质，因而把从文学作品中寻找对现实社会的批判当成了诗歌研究的主要任务，这显然是片面的，是对文学狭隘的理解。其实，只要我们认真地考察历史就会发现，在汉代社会里，汉乐府相和诸调歌诗的主要功能是满足社会各阶层的娱乐需要，它是一种以审美和娱乐为主要创作目的的艺术，这使它与那些真正产生于民间以批判社会为主要目的的"歌"与"谣"在功能和艺术价值上有着巨大不同。同时我们还要注意的是，从艺术生产的角度来讲，相和诸调歌诗的主要消费者，并不是那些生活在广大农村的农民，也不是生活在城市中的贫民阶层，而是汉代社会的官僚贵族和富商大贾。那么，作为主要供这一阶层消费者消费的相和歌诗的艺术题材，也一定要适合消费者的胃口。描摹世俗生活固然是其中的一个重要方面，他们也需要通过这些作品来更好地理解生活，希望艺术能够对现实生活中的问题有所表现和反映。但是另一方面他们还希望这些相和诸调歌诗能够表现他们对现实生活的各种感受。只有把这二者有机地结合在一起，才能够使消费者满意。正是从这个角度，我们在关心相和诸调歌诗中像《妇病行》这样的作品之外，同时还应该关心其他内容的诗篇，关心那些抒情之作。因为我们只有把这些作品全部进行研读，才能对其作出整体的评价。从相和诸调歌诗当中，我们不仅能看到汉人如何关心他们自身的世俗生活，同时也能看出汉人的文化心态。

世俗化的相和诸调歌诗，包括以描摹世俗生活为主和以抒写人生感受为主的两种类型，这两类作品是紧密地统一在一起的。它们从两个不同的侧面，共同体现了两汉社会歌诗艺术生产的基本特征。它们的产生基础是刚刚完善起来的中国封建地主制社会，它们的兴起缘于在新兴地主阶级领导下所进行的一场艺术生产和消费方面的革命。正是这样一群新兴的地主阶级，他们刚刚从这个新型的社会中发迹，带着对旧制度和旧观念的蔑视，去寻求一种符合自己身份的新的精神食粮。作为刚刚走上封建地主制社会历史舞台的主角，他们在潜意识里有着更多的自恋情结：他们关注自己的世俗生活，追求一种以描写自己的生活为主的世俗艺术——其中有丰富的物产、高大的宫殿、奢华的吃穿、轻靡的歌舞，还有从这种新的社会下层百姓生活中提炼出来的典型的事件和人物故事。正是在这种叙事性歌诗的艺术消费中，满足了他们关切现实生活的需要：或者是对奢侈的贵族生活以及高贵的社会地位的自我陶醉，或者是对他们的无比艳羡，或者是对发生在自己身上的不幸生活而感到无比的苦恼或无奈，或者是对发生在他人身上的这种不幸生活满怀同情。他们渴求在叙事性的歌诗艺术品中尽量地展示世俗生活的丰富多彩，在艺术的观照中反观自身并认识生活的本质，从而满足自己的心理需求。当然，他们在歌诗艺术中更多的时候还是自抒其情。作为刚刚突破封建宗法制社会的一代新人，在他们身上已经萌发了更多的个体意识。一方面，新的具有活力的社会制度为他们张扬自我、实现以享乐为中心的自我价值提供了更好的条件；另一方面，冷酷无情的专制皇权和封建官僚制度又使他们的个性受到一种新的扭曲和压抑。于是，立足于抒发个体意识和个人情怀的两汉抒情歌诗，自然会把人生短促、人生无常、相思离别等个体感受以及在此基础上形成的及时行乐、求仙等心理需求作为抒情的主题，通过自我吟唱或者聆听观赏的方式，达到满足精神宣泄或精神寄寓的消费目的。正是在这种艺术的生产和消费的过程中，产生了具有独特的汉代文化意蕴的相和诸调歌诗，向我们全面地展示了汉代社会生活的丰富多彩，以及体现在其中的以满足享乐需要和抒写个体情怀为主要目的的世俗文化心态。这就是我们从艺术的生产和消费的角度，对相和诸调歌诗的文化内容的新的理解。

第十章

舞曲歌辞、琴曲歌辞与杂曲歌辞

本章提要：舞曲歌辞、琴曲歌辞、杂曲歌辞三类在汉代歌诗中虽不及相和歌辞重要，但是各有独特的成就。舞曲歌辞所存作品最少，《巾舞歌辞》却是"我们今天所能见到的我国最早的一出有角色、有情节、有科白的歌舞剧"，具有重要的文献价值。琴曲歌辞是汉代一类比较特殊的歌诗作品，它假借历史人物和故事，巧妙地表达了汉代文人士大夫的复杂思想感情，并且充分体现了中国古代文人士大夫以琴曲传心的文化传统。杂曲歌辞兼收众类，体现在其中的文化精神与相和歌辞等有着时代的一致性。其中《古诗为焦仲卿妻作》则可以看作汉代歌诗的代表作，它不仅有着丰富的内容和意蕴，其特殊的艺术表现形式也值得我们从说唱的角度来进行新的认识。

在郭茂倩《乐府诗集》的分类中，汉代的歌诗还有舞曲歌辞、琴曲歌辞与杂曲歌辞三类。它们虽然不如相和歌辞那样引人注目，但仍然是汉代歌诗的重要组成部分。

第一节　开中国戏剧艺术先河的舞曲歌辞

诗乐舞三位一体本是中国古代歌诗艺术的基本特征之一，《毛诗序》解释诗的起源时说："情动于中而形于言，言之不足，故嗟叹之，嗟叹之不足，故永歌之，永歌之不足，不知手之舞之、足之蹈之也。"可见，手舞足蹈乃是古人配合诗的语言表现而采取的自然方式。《墨子》中早就有"诵诗三百，弦诗三百，歌诗三百，舞诗三百"（《公孟篇》）的话，可见诗三百都是可歌可舞的。不过，从诗的产生过程与它的实际功能来看，歌与舞在每一首诗中的地位和作用是不一样的。有的诗主要用歌的形式表现，有的诗主要用舞的形式表现。在《诗经》时代，与舞配合最为紧密的还是《周颂》之类的庙堂之作，《大武》乐章也是周代社会最有代表性的歌舞。舞曲在汉代曾经非常繁盛。郭茂倩《乐府诗集》云："自汉以后，乐舞浸盛。"现存的汉画像石可以与传世文献记载互证。正因为配合舞蹈表演的歌诗在汉乐府中占有重要地位，并可以单成一类，所以才有了郭茂倩《乐府诗集》里辑录的"舞曲歌辞"。

汉舞主要分为雅舞与杂舞两种，雅舞用于郊庙、朝飨，杂舞用之于宴会。雅舞自汉初设立以来，一直相承不衰。《汉书·礼乐志》曰："高庙奏《武德》、《文始》、《五行》之舞；孝文庙奏《昭德》、《文始》、《四时》、《五行》之舞；孝武庙奏《盛德》、《文始》、《四时》、《五行》之舞。《武德舞》者，高祖四年作，以象天下乐己行武以除乱也。《文始舞》者，曰本舜《招舞》也，高祖六年更名曰《文始》，以示不相袭也。《五行舞》者，本周舞也，秦始皇二十六年更名曰《五行》也。《四时舞》者，孝文所作，以示天下之安和也。盖乐己所自作，明有制也；乐先王之乐，明有法也。孝景采《武德舞》以为《昭德》，以尊大宗庙。至孝宣，采《昭德舞》为《盛德》，以尊世宗庙。诸帝庙皆常奏《文始》、《四时》、《五行舞》云。"可惜的是,这些舞曲歌辞却没有流传下来。现存的汉代雅舞歌词,只有东汉时东平王刘苍所作的《大武之舞》歌诗。据刘珍等撰《东观汉记》记载:"(明帝)永平三年八月丁卯,公卿奏议世祖庙登歌八佾舞(功)名,东平王苍议,以为:'汉制旧典,宗庙各奏其乐,不皆相袭,以明功德。……光武皇帝受命中兴,拨乱反正,武畅方外,震服百蛮,戎狄奉贡,宇内治平,登封告成,修建三雍,肃穆典祀,功德巍巍,比隆前代。以兵平乱,武功盛大。歌所以咏德,舞所以象功,世祖庙乐名宜曰《大武》之舞。'……依书《文始》、《五行》、《武德》、《昭德》、《盛德》修之舞,节损益前后之宜,六十四节为武,曲副八佾之数。十月烝祭始御,用其《文始》、《五行》之舞如故。进《武德舞歌诗》曰:'於穆世庙,肃雍显清。俊乂翼翼,秉文之成。越序上帝,骏奔来宁。建立三雍,封禅泰山。章明图谶,放唐之文。休矣惟德,罔射协同。本支百世,永保厥功。'"①从上段文字可知,东汉的庙堂乐舞基本上承袭了西汉初年旧制,歌词模仿《周颂·清庙》,没有什么创新,只是对光武帝的功德进行颂扬而已。不过,从文学史上来看,却有比较重要的文献价值,从这里我们可以看到封建社会帝王庙堂乐章的因袭性和稳定性。

汉代的舞曲歌辞中,最为兴盛的是杂舞。郭茂倩《乐府诗集》说:"杂舞者,《公莫》《巴渝》《盘舞》《鞞舞》《铎舞》《拂舞》《白纻》之类是也。始皆出自方俗,后浸陈于殿庭。盖自周有缦乐散乐,秦汉因之增广,宴会所奏,率非雅舞。汉魏以后,并以鞞、铎、巾、拂四舞,用之宴飨。"这段话说明汉代的歌舞种类很多,但是最为流行的是鞞、铎、巾、拂四种。

---

① (东汉)刘珍等撰,吴庆峰校点《东观汉记》,齐鲁书社《二十五别史》本,2000,第六册第43页。按,此段文字当中,"大武"二字疑误,按上下文,此处当作"武德",存疑备考。

汉代的舞曲虽然很兴盛，可是留下来的歌词并不多。据《古今乐录》，汉代曾有鞞舞五曲，一曰《关东有贤女》，二曰《章和二年中》，三曰《乐久长》，四曰《四方皇》，五曰《殿前生桂树》，并为汉章帝造，可惜没有流传下来。铎舞歌在《宋书·乐志》中记有《圣人制礼乐篇》一首，声辞杂写，不可复读。孙楷第先生曾做过一些探索性的工作。①《宋书·乐志》中还记录《巾舞歌辞》一篇，声辞杂写，不可通读，故自沈约《宋书·乐志》照原样辑录以后，一千五百年来没有人破解过。进入 20 世纪以来，冯沅君、陆侃如二人在《中国诗史》中首先进行试解，但不得要领。逯钦立先生从中析中"吾何婴""意何零""子以邪"等词组，认为仅"状歌声"，取得了初步进展，但是经他标点的歌词仍不能读通。② 所以，真正在《巾舞歌辞》的研究上做出突破性贡献的是杨公骥先生，他"根据古辞往往声辞杂写的前例"，又考虑到舞曲本身的特点，"怀疑其中杂有动作的记号"，采取文本互证的方法，把这篇作品的"歌辞、和声、舞蹈动作、角色名称分别开来"，成功地对它进行了破译。同时，杨公骥先生又对这篇作品的和声、舞蹈动作及其创制年代和最初流行地区进行了相关研究，使我们今天得识其面貌。③ 杨先生的这一成果，又经姚

---

① 孙先生原文发表于 1946 年 9 月《经世日报》副刊《文艺》，后收入《沧州集》，中华书局，1965。
② 逯钦立：《汉魏六朝文学论集》，陕西人民出版社，1984，第 105 页。
③ 杨公骥先生的文章《汉巾舞歌辞句读和研究》，原刊发于 1950 年 7 月 19 日《光明日报》，后经修改，名为《西汉歌舞剧巾舞〈公莫舞〉的句读和研究》，刊发于《中华文史论丛》1986 年第一辑，收入《杨公骥文集》，东北师范大学出版社，1998，第 212~228 页。杨公骥先生的论文发表之后，赵逵夫在《中华文史论丛》1989 年第一辑上也发表了《我国最早的歌舞剧〈公莫舞〉演出脚本研究》一文，在杨公骥先生文章基础上又提出了一些新的看法，同样把《巾舞歌辞》称之为"歌舞剧"，因为赵逵夫在发表之前曾参考过杨先生的文章，在自己的文章中也自谓与杨公骥先生的文章有些地方"不谋而合"，笔者认为赵逵夫与杨公骥先生的观点虽有一些不同，但是解读路径与基本看法是基本相同的。杨公骥先生的文章比赵逵夫的文章早发表了 39 年，自然是这一文本的最早破解者，也最早认定了它是我们今天所能见到的我国最早的一出有角色、有情节、有科白的歌舞剧。

第十章 舞曲歌辞、琴曲歌辞与杂曲歌辞

小鸥等人的补充，使这一作品在中国文学艺术史上的地位得以凸显。①

经过杨、姚校释过的《巾舞歌辞》全文如下：

一　吾不见公莫［姥］，＜时＞，吾何婴，

公来婴姥＜时＞**吾**＜哺声＞**何为茂？**＜时＞**为来婴。**

当思吾明月之土，＜转起＞**吾何婴，土来婴**＜转＞。

二　**去吾**＜哺声＞**何为？土［士］**＜转南＞**来婴当去吾！**

城上羊，下食草吾何婴，下来吾食草吾＜哺声＞。

汝何三年＜针［振］缩＞**何来婴，吾亦老！**

吾＜平平门［频频扪］＞**淫涕下吾何婴，何来婴，涕下**

吾＜哺声＞。

三　**昔结吾马，客来婴吾当行吾！**

度四州，洛［略］四海。**吾何婴，海何来婴，海何来**

婴，四海吾＜哺声＞。

熇［鄗］西马头香，来婴吾，

洛道五吾丈度汲水。吾噫邪！＜哺＞。

四　**谁当求儿？母何意零！邪！**＜钱［践］健步哺＞。

谁当吾求儿？

五　**母：何吾！**＜哺声，三针［振］一发，交，时，还，弩

心＞**意何零！**

意＜弩心，遥［还］＞**来婴**＜弩心，哺声，复相，头

［投］巾＞**意何零！何邪！**

＜相，哺，头［投］巾，相＞**吾来婴，**＜［投］头巾＞。

---

① 姚小鸥有一组文章讨论这一问题，分别是：《〈巾舞歌辞〉校释》，原载《文献》1998年第4期；《关于〈巾舞歌辞〉的角色标识字问题》，原发表于中国文学与音乐关系学术研讨会，北京，2003；《〈公莫舞〉与王国维中国戏剧成因外来说》，原发表于《文艺研究》1998年第6期；《洛道五丈渡汲水》，原载于《学术界》2001年第4期。以上诸文，后收入作者《吹埙奏雅录》一书，北京广播学院出版社，2004。

母：何何吾！＜复来推排＞意何零！＜相，哺，推，相＞，来婴，＜推非［排］＞。

母：何吾！＜复车［转］轮＞，**意何零！**

子：以邪！＜相，哺，转轮＞，吾来婴，＜转＞。

母：何吾！**使君去时意何零！**

子：以邪！**使君去时，使来婴去时。**

母：何吾！**思君去时意何零！**

子：以邪！**思君去时，思来婴吾去时。**

母：何何吾吾！①

这里的黑体字是歌词（包括复唱），宋体字是角色标字和语助词（包括叹词和衬字），尖括号里的宋体是舞台提示字，方括号里是校后的正字。

由上面的文字标示我们首先可以看出，《巾舞歌辞》"是我们今天所能见到的我国最早的一出有角色、有情节、有科白的歌舞剧"②。它表演的是一对母子离别的故事。按杨先生的分析，此舞可分为五节。第一节表现儿子要远走他乡谋生，临别时恋恋不舍，并安慰母亲把心放宽。第二节写母亲安慰儿子，青年人外出闯荡才有出息。但是想到几年之后自己将要变老，禁不住落下泪来。第三节写儿子启程，母亲想象他已经走上了直通洛阳的大道并渡过了汲（济）水。第四节写两人分别时的难舍难分，母子相对而哭。第五节写母子分别时的痛苦难舍之状。内容虽然简单，却有情节，有人物。而且，情节是依靠人物的歌舞表演来实现的，这说明，汉代歌舞已经具有了"以歌舞演故事"的早期戏剧形态，它已经成为一种综合性的艺术。现在留下来的《巾舞歌辞》不是一般的诗歌文本，而是同时记录了巾舞和声、舞蹈动作的舞台科仪本，这使我们可以通过它来推测汉代歌舞演唱的实际情景。

---

① 释文取姚小鸥《〈巾舞歌辞〉校释》，第4~5页。
② 杨若木编《杨公骥文集》，第228页。

其次，通过文本的标示我们知道，留下来的《巾舞歌辞》是舞台演出时的科仪本而非一般的文学文本，这更是一份难得的传世文献，通过它我们有可能复原汉代的这个歌舞剧。如这里面有大量的和声，包括"吾""何""噫""邪""来婴""哺声"等。如文中出现七个"哺声"和五个"哺"字，杨公骥先生推测"哺声"可能就是"辅声"，也就是汉乐府中的"一人唱，三人和"的和声，姚小鸥则认为是执节者的伴唱。总之，这种和声或者伴唱的演唱形式为我们分析汉乐府的歌诗演唱提供了重要依据。这里面还记录了很多舞蹈动作词汇，如"健步""三针［振］一发""弩心""相""头［投］巾""推排""转轮""转"等。其中"健步"就是舞台上轻捷有力的快步，舞名"跑场"。"相头［投］巾""推排"为汉代常用语，在剧中表现母子拉来推去难分难舍的情景。姚小鸥对歌词中的"头［投］巾"进行研究，指出了巾舞中的"巾"当为古时男女随身所用之佩巾，其长度约与当时舞人舞衣的长袖相当，这对我们认识和了解汉代的巾舞有重要启示意义。① 同时我们也可以看到，《巾舞歌辞》里面包含着十分丰富的内容，对它的解读，也还有相当多的工作要做。②

---

① 以上可一并参考杨公骥、姚小鸥文。
② 按，关于《巾舞歌辞》的研究，除了杨公骥、赵逵夫、姚小鸥的成果之外，还有白平、叶桂桐等人先后发表的相关文章。白平的文章《汉〈公莫舞〉歌词试断》（《山西大学学报》1987年第1期）对其中的部分字词提出了新的解释，可供参考。叶桂桐的两篇文章，一为《汉〈巾舞歌诗〉试解》（刊于中华书局《文史》第三十九辑），一为《论〈公莫舞〉非歌舞剧演出脚本——兼与赵逵夫先生商榷》（载《文艺研究》1999年第6期）。他认为《巾舞歌辞》不是歌舞剧，而是女子的独舞，该文提了一些论据，并对杨公骥先生、包括赵逵夫文中的一些解读提出质疑。以上可参考徐正英《〈公莫舞〉古辞研究的历史回顾与前瞻》，[《郑州大学学报（哲学社会科学版）》2002年第6期]。以后，叶桂桐又发表了《论〈公莫舞〉的人物、主题与体制》一文，[《沈阳师范大学学报（社会科学版）》2005年第6期]，认为《公莫舞》有一男一女两个人物：男子就是歌词中的"客"，其身份为"使君"；女子很可能是一位舞女歌妓。男女之间不是真正的夫妻，而是"露水夫妻"。《公莫舞》的主题是男子要出行三年，女子为之送行，歌舞表现了二人难舍难分、两情依依的送别情状。《公莫舞》虽然由两个人物表演，但其体制仍然是歌舞，而不是歌舞剧。此文的发表说明叶桂桐修正了自己的观点，虽然在对人物身份的认定上有不同看法，但是在歌舞表演这一点上实际已经认同了杨公骥先生的观点，只是还不承认它是"歌舞剧"而已。从上述研究成果来看，最有说服力的还是杨公骥先生的观点，故本书依此而立论。

传世文献中关于汉人善舞的记载颇为丰富,沈约《宋书·乐志》曰:"前世乐饮,酒酣,必起自舞。《诗》云'屡舞仙仙'是也。宴乐必舞,但不宜屡尔。讥在屡舞,不讥舞也。汉武帝乐饮,长沙定王起舞是也。"从娱乐的角度讲,汉人爱舞有两种情况。一种是自娱性舞蹈,包括与歌相配的自舞与"以舞相属"的共舞。对自娱式舞蹈史书多有记载,如《史记·高祖本纪》:"高祖还归,过沛,留。置酒沛宫,悉召故人父老子弟纵酒,发沛中儿得百二十人,教之歌。酒酣,高祖击筑,自为歌诗曰:'大风起兮云飞扬,威加海内兮归故乡,安得猛士兮守四方!'令儿皆和习之。高祖乃起舞,慷慨伤怀,泣数行下。"《史记·留侯世家》:"上曰:'为我楚舞,吾为若楚歌。'歌曰:'鸿鹄高飞,一举千里。羽翮已就,横绝四海。横绝四海,当可奈何!虽有矰缴,尚安所施!'歌数阕,戚夫人嘘唏流涕,上起去,罢酒。"《汉书·杨恽传》:"田家作苦,岁时伏腊,亨羊炰羔,斗酒自劳。家本秦也,能为秦声。妇,赵女也,雅善鼓瑟。奴婢歌者数人,酒后耳热,仰天拊缶而呼乌乌。其诗曰:'田彼南山,芜秽不治,种一顷豆,落而为萁。人生行乐耳,须富贵何时!'是日也,拂衣而喜,奋袖低卬,顿足起舞,诚淫荒无度,不知其不可也。"从上述例证可见,汉人自作歌诗演唱时常常自伴舞蹈。以舞相属则是在宴会上一人起舞,然后邀请他人共舞。若被邀人不接受,就是一种极不礼貌的行为。如《汉书·灌夫传》:"酒酣,(灌)夫起舞属(田)蚡,蚡不起。夫徙坐,语侵之。"《后汉书·蔡邕列传》:"邕自徙及归,凡九月焉。将就还路,五原太守王智饯之。酒酣,智起舞属邕,邕不为报。智者,中常侍王甫弟也,素贵骄,惭于宾客,诟邕曰:'徒敢轻我!'邕拂衣而去。"第二种情况是娱人性舞蹈,从社会分工的角度来讲,这应该是汉代舞蹈的主要表演形式,即由专业艺人表演供当时的皇亲贵族和达官显宦们享乐的。这类舞蹈的表演要有相当高的技巧,也有非常高的观赏性。无论是《盘舞》《鞞舞》《铎舞》《拂舞》还是《巾舞》都是如此,这在历史文献中有很多记录，在现存的汉代画像石画像砖中都有生动的例证。① 曹植《鞞舞歌序》说："汉灵帝西园鼓吹，有李坚者，能《鞞舞》。遭乱，西随段煨。先帝闻其旧有技，召之。"可见，能够舞《鞞舞》者乃是专门的艺人。汉代舞蹈之生动，文人们多有描写。

> 其始兴也，若俯若仰，若来若往，雍容惆怅，不可为象。其少进也，若翱若行，若竦若倾。兀动赴度，指顾应声。罗衣从风，长袖交横。骆驿飞散，飒擖合并。䴏飘燕居，拉沓鹄惊。绰约闲靡，机迅体轻。姿绝伦之妙态，怀悫素之洁清。（傅毅《舞赋》）

> 始徐进而羸形，似不任乎罗绮，嚼清商而却转，增婵娟以此豸。纷纵体而迅赴，若惊鹤之群罢。振朱屣于盘樽，奋长袖之飒缅。要绍修态，丽服飏菁。昭蘪流眄，一顾倾城。（张衡《西京赋》）

虽然有汉画像石的生动图案与傅毅、张衡等人的生动描写，但是由于缺少第一手资料，人们对于汉代舞蹈的具体表现形式和内容一直不甚了解。杨公骥先生等对《巾舞歌辞》的破译与研究，为我们下一步的深化研究奠定了坚实的基础。通过这篇作品我们可以知道，汉代的歌舞不仅是一般的与歌诗相配的表演形式，而且可以用来表演一个故事，它已经具有了后世戏剧的雏形。同时从其中的角色标识、声音标识和舞蹈动作标识来看，那时的舞蹈艺术的排练、表演等，已经有了一些相对成熟的技术套路可循，这无疑可以看作是中国古代早期的戏剧形态之一，或者说是中国古代早期戏剧的源头之一。

关于中国古代戏剧起源的问题，学术界多有争论，早至原始时代的歌舞，晚至宋代的杂剧，中有汉魏六朝时代的傀儡、参军戏，都有

---

① 参见萧亢达《汉代乐舞百戏艺术研究》，第194~243页。

人认为是戏剧的起源。不同的观点既是对古代文献记载的不同理解造成的，也是对戏剧概念的不同理解造成的，恐怕难以统一。而笔者认为戏剧起源的问题固然重要，但更值得深入研讨的还是中国古代各个时期艺术表演的形态及其与戏剧的关系，如果对这个问题有一个动态考察与描述，则不仅有助于我们重新认识戏剧的起源问题，更有助于我们理解中国古代戏剧发展的过程及其民族特色。笔者的看法，在中国古代戏剧发展过程中有两个传统，一个是唱的传统，一个是戏的传统。前者以歌舞为主，后者以杂技表演为主。这二者早在先秦都已萌芽，在汉代以后不断发展，如汉代既有以歌舞为主的各类杂舞，又有包括各种杂技艺术的百戏。所以中国古代戏剧自元代成熟之后，仍然有着不同的称呼。因为强调"曲"的作用，所以有"元曲""戏曲"的说法；因为强调表演，所以有"戏剧""杂剧"之说。这正是"戏"与"曲"这两大传统在中国戏曲史中分别起到重要作用的表现。这一传统在宋以后的杂剧、明代的传奇、昆曲以至当下的京剧中仍然可以看得很清楚，如当下京剧的传统剧目中既有以唱为主的剧目，又有以打闹和舞蹈动作表演为主的剧目。正因为"曲"（即歌唱、歌舞表演）是中国古代戏剧文学产生的源头之一，所以，我们不可否认汉代的《巾舞歌辞》在中国戏剧史上的重要地位。《巾舞歌辞》不仅为我们提供了我国最早的歌舞剧的艺术底本，而且还以生动的实例展示了作为中国戏剧源头的汉代歌舞艺术的存在形态。

第二节　借古事以抒怀的琴曲歌辞

琴曲歌辞是汉代比较特殊的一类歌诗作品。它的来源不详，主要出于《琴操》一书，此书据说是后汉蔡邕所撰。所载琴曲歌辞除《鹿鸣》等五首为《诗经》中作品外，其余大抵为两汉琴家所制。郭茂倩《乐府诗集·琴曲歌辞》引《琴论》："古琴曲有五曲、九引、十二操。五曲：一曰《鹿鸣》，二曰《伐檀》，三曰《驺虞》，四曰《鹊巢》，五曰《白驹》。九引：一曰《烈女引》，二曰《伯妃引》，三曰《贞女引》，四曰《思归引》，五曰《霹雳引》，六曰《走马引》，七曰《箜篌引》，八曰《琴引》，九曰《楚引》。十二操：一曰《将归操》，二曰《猗兰操》，三曰《龟山操》，四曰《越裳操》，五曰《拘幽操》，六曰《岐山操》，七曰《履霜操》，八曰《朝飞操》，九曰《别鹤操》，十曰《残形操》，十一曰《水仙操》，十二曰《襄陵操》。自是已后，作者相继，而其义与其所起，略可考而知，故不复备论。"[1] 另外，现存的《琴操》本中还有《河间杂歌》二十四章（其中三章存目）和补遗三章。而《乐府诗集》中复录有《神人畅》《南风歌》等十五曲。两书合计，共六十八曲。这些琴曲，除了收入《琴操》和《乐府诗集》之外，在《古诗纪》《风雅逸篇》《琴苑要录》中也有收录，在《艺文类聚》《太平御览》《北堂书钞》等类书中还收录有一些散句，但不同书中同一曲的题目可能略有差异。今人逯钦立《先秦汉魏晋南北朝诗》根据上述诸书作了辑录。但各本之间情况颇有不同，下面我们主要将《琴操》、《乐府诗集》和《先秦汉魏晋南北朝诗》所录作品进行比较和统计，见表10-1。

表10-1 琴曲歌辞比较和统计

序号	篇名	作者	《琴操》	《乐府诗集》	《先秦汉魏晋南北朝诗》	备考
1	鹿鸣	周大臣	有本事无辞	—	—	—
2	伐檀	魏国女	有本事无辞	—	—	—
3	驺虞	邵国女	有本事无辞	—	—	—
4	鹊巢		存目			
5	白驹	无名氏	有本事无辞	—	—	以上为琴操五曲，均是《诗经》篇名

---

[1] 郭茂倩：《乐府诗集》，中华书局，1979，第823页。

续表

序号	篇名	作者	《琴操》	《乐府诗集》	《先秦汉魏晋南北朝诗》	备考
6	将归操	孔子	本事与辞俱存	本事与辞俱存	据《孔丛子》收录，又名陬操。并收录一首异文	—
7	猗兰操	孔子	本事与辞俱存	本事与辞俱存	收录	—
8	龟山操	孔子	本事与辞俱存	—	收录	—
9	越裳操	周公	本事与辞俱存	本事与辞俱存	收录	—
10	拘幽操	文王	本事与辞俱存	本事与辞俱存	收录	—
11	岐山操	周太王	本事与辞俱存	—	收录	—
12	履霜操	伯奇	本事与辞俱存	本事与辞俱存	收录	—
13	雉朝飞操	齐独沐子	本事与辞俱存	本事与辞俱存	收录	—
14	别鹤操	商陵牧子	本事与辞俱存	本事与辞俱存	收录	—
15	残形操	曾子	有本事无辞	—	—	—
16	水仙操	伯牙	有本事无辞	—	收录，据《诗纪》补辞	—
17	坏陵操	伯牙	有本事无辞	—	—	以上为琴操十二操
18	列女引	楚庄王樊姬	本事与辞俱存	—	收录	—
19	伯姬引	伯姬保母	有本事无辞	—	收录，据《诗纪》补辞	—
20	贞女引	鲁漆室女	本事与辞俱存	—	收录	—
21	思归引	卫女	本事与辞俱存	—	收录	—
22	辟历引	楚商梁子	本事与辞俱存	—	收录	—
23	走马引	樗里牧恭	有本事无辞	—	—	—
24	箜篌引	朝鲜津卒霍里子高	本事与辞俱存	《相和歌辞》中相和六引之一，在李贺诗下解题中录有本事与歌词	在《相和歌辞》中收录	—
25	琴引	秦时倡门屠门高	有本事无辞	—	收录，据《诗纪》补辞	—

续表

序号	篇名	作者	《琴操》	《乐府诗集》	《先秦汉魏晋南北朝诗》	备考
26	楚引	楚游子邱高	有本事无辞	—	—	以上为琴操九引
27	箕山操	许由	本事与辞俱存	—	收录	—
28	周太伯	周太伯	本事与辞俱存	—	—	—
29	文王受命	文王	本事与辞俱存	本事与辞俱存,名文王操	收录	—
30	文王思士	文王	本事与辞俱存	—	—	—
31	思亲操	舜所	本事与辞俱存	本事与辞俱存	收录	—
32	周金縢	周公	有本事无辞	—	—	—
33	仪凤歌	周成王	本事与辞俱存	本事与辞俱存,名神凤操	收录	—
34	龙蛇歌	介子推	本事与辞俱存	本事与辞俱存,名为士失志操四首	收录,并收异文三首	—
35	芑梁妻叹	芑梁殖之妻	本事与辞俱存	—	收录	—
36	崔子渡河操	闵子骞	有本事无辞	—	—	—
37	楚明光	楚明光	有本事无辞	—	—	—
38	信立退怨歌	卞和	本事与辞俱存	—	收录	—
39	曾子归耕	曾子	本事与辞俱存	—	收录,题为归耕操	—
40	梁山操	曾子	有本事无辞	—	—	—
41	谏不违歌	卫灵公	本事与辞俱存	—	—	—
42	庄周独处吟	庄周	本事与辞俱存	—	收录,题为引声歌	—
43	孔子厄	孔子	有本事无辞	—	—	—
44	三士穷	思革子	有本事无辞	—	—	—
45	聂正刺韩王曲	聂政	有本事无辞	—	—	—
46	霍将军歌	霍去病	本事与辞俱存	本事与辞俱存,题名琴歌	收录	—
47	怨旷思惟歌	王昭君	本事与辞俱存	本事与辞俱存,题名昭君怨	收录	以上为琴操河间杂歌二十一章

续表

序号	篇名	作者	《琴操》	《乐府诗集》	《先秦汉魏晋南北朝诗》	备考
48	处女吟	鲁处女	存目	本事与辞俱存,又名女贞木歌	—	—
49	流澌咽	无名氏	存目	—	—	—
50	双燕离	无名氏	存目	—	—	以上为河间杂歌存目
51	获麟	孔子	本事与辞俱存	—	收录	—
52	伍员	伍子胥	本事存,辞存残句	—	收录残句,题为失题	—
53	饭牛歌	宁戚	本事与辞俱存	—	收录,并附异文四首	以上为琴操补遗
54	神人畅	帝尧	—	本事与辞俱存	收录	—
55	南风歌(二首)	虞舜	—	本事与辞俱存	收录其一,题为南风操	—
56	襄陵操	夏禹	—	本事与辞俱存	—	—
57	箕子操	箕子	—	本事与辞俱存	收录	—
58	克商操	武王	—	本事与辞俱存	收录	—
59	伤殷操	微子	—	本事与辞俱存	—	—
60	采薇操	伯夷	—	本事与辞俱存	—	—
61	渡易水	荆轲	—	本事与辞俱存	—	《史记》所载《易水歌》
62	力拔山操(二首)	项籍	—	本事与辞俱存	—	其一为《史记》所载《垓下歌》
63	大风起	汉高帝	—	本事与辞俱存	—	《史记》所载《大风歌》
64	采芝操(四皓歌)	四皓	—	本事与辞俱存	—	本事相同,两个名称,两个版本
65	八公操	刘安	本事与辞俱存	—	—	—
66	胡笳十八拍	蔡琰	—	本事与辞俱存①	—	—

① 按,此诗虽存于《乐府诗集·琴曲歌辞》,托名蔡琰,合于琴曲假托之体例,但显然是魏晋以后人所作,不属于汉代琴曲。对此,今人已有详细考证,此处不论。

第十章　舞曲歌辞、琴曲歌辞与杂曲歌辞

续表

序号	篇名	作者	《琴操》	《乐府诗集》	《先秦汉魏晋南北朝诗》	备考
67	琴歌三首	百里奚妻	—	本事与辞俱存	—	—
68	琴歌二首	司马相如	—	本事与辞俱存	—	—
69	梁甫吟	无名氏	—	收录于《相和歌辞》	收录于《杂曲歌辞》	见页下考证①
合计	—	—	53曲,其中22曲无辞	31曲	36曲,其中三曲为补辞	

以上三书中所收琴曲,以《琴操》为最多,共53曲,但是却有4曲存目,18曲仅有本事而无歌词,《乐府诗集》虽然只收31曲,却有15曲与《琴操》不重复,且均有歌词。两者合计,共有46曲歌词。《先秦汉魏晋南北朝诗》收录36曲,其中收录《琴操》中本事与歌词俱存者28曲,同时兼收《琴操》之外《乐府诗集》所录4曲,又据其他书补充了《琴操》3曲的歌词,再加《梁甫吟》1曲。这样合计,三书中有歌词的琴曲共得50首。

由以上统计可见,琴曲歌辞的主要来源是署名蔡邕的《琴操》②,其次是《乐府诗集》,两书对各别琴曲的名称略有不同。这些琴曲,

---

① 按,此曲在《琴操》中无。《乐府诗集》题为诸葛亮作,未列入相和歌辞,前有解题曰:"《古今乐录》曰:'王僧虔《技录》有《梁甫吟行》,今不歌。'谢希逸《琴论》曰:'诸葛亮作《梁甫吟》。'《陈武别传》曰:'武常骑驴牧羊,诸家牧竖十数人,或有知歌谣者,武遂学《泰山梁甫吟》、《幽州马客吟》及《行路难》之属。'《蜀志》曰:'诸葛亮好为《梁甫吟》。'然则不起于亮矣。李勉《琴说》曰:'《梁甫吟》,曾子撰。'《琴操》曰:'曾子耕泰山之下,天雨雪冻,旬月不得归,思其父母,作《梁山歌》。'蔡邕《琴颂》曰:'梁甫悲吟,周公越裳。'按,梁甫,山名,在泰山下。《梁甫吟》,盖言人死葬此山,亦葬歌也。又有《泰山梁甫吟》,与此颇同。"逯钦立采信《乐府诗集》提要之说,却将此曲归入于杂曲歌辞类。笔者以为,若按蔡邕《琴操》所记和《琴颂》之说,《梁甫吟》原本出于《梁山操》,其内容是悲悼田疆等三位义士,自然应属于琴曲,而且其风格也与琴曲同,故入于此。

② 据《四库未收书提要·琴操二卷提要》说:"案《唐史·艺文志》,有桓谭《琴操》二卷,无蔡邕《琴操》。然《桓谭传》云:'谭好音律,善鼓琴,著书曰《新论》,《琴道》一篇未成,肃宗使班固续成之。'今《文选》注引《琴道》甚多,俱与此不合,则非谭书可知。又隋唐两《志》有孔衍《琴操》一卷,《宋史·艺文志》作三卷。《崇文总目》曰:'晋广陵相孔衍撰述,诗曲之所从,总五十九章。'《书录解题》曰:'止一卷,不著氏名。'《中兴书目》云:'晋广陵守孔衍以琴调周诗五篇,古操引共五十operations,述所以命题之意。'今周诗篇同而操引财(才)二十一篇,似非全书也。与此颇相近,兹从征士惠栋手钞本过录,

（转下页注）

除了荆轲、项羽、刘邦的几首见于《史记》，汉人据此而编入琴曲之外，其余都是根据前代的历史人物故事改写而成，而且在琴曲歌辞中模拟这些人的口吻，托名是这些名人所作，如《思亲操》《南风操》托名于舜，《岐山操》托名周太王，《拘幽操》《文王受命》托名周文王，《克商操》托名周武王，《越裳操》托名周公，《仪凤歌》托名周成王，《将归操》《陬操》《猗兰操》《龟山操》《获麟歌》托名孔子，《箕山操》托名许由，《履霜操》托名尹吉甫之子伯奇，《龙蛇歌》托名介子推，《归耕操》托名曾子，《南山歌》托名宁戚，《水仙操》托名伯牙，《芑梁妻歌》托名芑梁妻，《信立退怨歌》托名卞和，《引声歌》托名庄周，《霍将军歌》托名霍去病，《怨旷思惟歌》托名王昭君，《思归引》托名卫侯之女，《琴引》托名屠门高，《琴曲》托名司马相如，《胡笳十八拍》托名蔡琰。但是只要一读我们就会清楚，这些琴曲绝不可能是这些人物所写，因为曲中所叙述的故事，都是后人的理解与传闻，是代人而立言，甚至描述了晚于当事人生活的时代出现的故事。如《芑梁妻歌》传为春秋时芑梁之妻所作。但是我们知道，无论是《左传》《礼记》还是《韩诗外传》里，都没有记载芑梁妻哭夫而城崩之事，这种传说最早的记载见于西汉后期刘向的《列女传》与《说苑》，以此可知此曲产生的最早年代也当是西汉末年或者是在东汉。对此，郑樵有一段话说得很好：

　　《琴操》所言者何尝有是事！琴之始也，有声无辞，但善音

（接上页注②）上卷诗歌五曲，一十二操，九引，下卷杂歌二十一章。今《文选·长笛赋·李善注》引《琴操》曰：'伏羲作琴，以修身理性，反天真也。'又《演连珠》、《归田赋》注引蔡邕《琴操》曰：'伏羲氏作琴，弦有五者，象五行也。'俱与此同，则在唐世已然。其为旧题无疑。虽中引事实间有如周公奔于鲁之类，未免似沈约之注《竹书》，然《越裳操》见于《大周乐正》，《思亲操》见于《古今乐录》，其遗闻佚事，均足与经史相证，非后世所能拟托也。"逯钦立《先秦汉魏晋南北朝诗·汉诗卷十一·琴曲歌辞》下有《琴操》解题，亦肯定《琴操》为蔡邕撰集，其中所录多为两汉歌诗，间有后人所增。

之人，欲写其幽怀隐思而无所凭依，故取古之人悲忧不遇之事，而以命操。或有其人而无其事，或有其事又非其人，或得古人之影响又从而滋蔓之。君子之所取者，但取其声而已，取其声之义而非取其事之义。君子之于世多不遇，小人之于世多得志，故君子之于琴瑟，取其声而写所寓焉，岂尚于事辞哉！若以事辞为尚，则自有六经圣人所说之言，而何取于工伎所志之事哉！琴工之为事说者，亦不敢凿空以厚诬于人，但借古人姓名而引其所寓耳，何独琴哉！①

《琴操》各曲操虽然都是托名古人所作，其本事并不可靠。但是这里面有一个问题却特别值得关注。考察汉代歌诗诸种类型，唯有琴曲歌辞是这种情况，这说明，琴曲歌辞在汉代有着特殊的功用，或者说它是汉乐府歌诗当中独特的一类，时人对它有独特的理解。而这，首先与古人对于琴这种乐器的认识有关。

郭茂倩《乐府诗集》解题曰："琴者，先王所以修身、理性、禁邪、防淫者也，是故君子无故不去其身。《唐书·乐志》曰：'琴，禁也。夏至之音，阴气初动，禁物之淫心也。'《世本》曰：'琴，神农所造。'《广雅》曰：'伏羲造琴，长七尺二寸，而有五弦。'扬雄《琴清英》曰：'舜弹五弦之琴而天下化。'……梁元帝《纂要》曰：'古琴名有清角，黄帝之琴也。鸣鹿、循况、滥胁、号钟、自鸣、空中，皆齐桓公琴也。绕梁，楚庄王琴也。绿绮，司马相如琴也。焦尾，蔡邕琴也。凤皇，赵飞燕琴也。自伏羲制作之后，有瓠巴、师文、师襄、成连、伯牙、方子春、钟子期，皆善鼓琴。而其曲有畅、有操、有引、有弄。'《琴论》曰：'和乐而作，命之曰畅，言达则兼济天下而美畅其道也。忧愁而作，命之曰操，言穷则独善其身而不失

---

① （宋）郑樵：《通志·乐略》，中华书局，1995，第910页。

其操也。引者，进德修业，申达之名也。弄者，情性和畅，宽泰之名也。其后西汉时有庆安世者，为成帝侍郎，善为《双凤离鸾之曲》，齐人刘道强能作《单凫寡鹤之弄》，赵飞燕亦善为《归风送远之操》，皆妙绝当时，见称后世。① 若夫心意感发，声调谐应，大弦宽和而温，小弦清廉而不乱，攫之深，醳之愉，斯为尽善矣.'"从上面的论述可见，古人对于琴有特殊的理解。认为它起源很早，传说中的神农氏时代就已经有了琴。《诗经》中多次提到琴瑟，如《周南·关雎》："窈窕淑女，琴瑟友之。"《郑风·女曰鸡鸣》："琴瑟在御，莫不静好。"《小雅·鹿鸣》："我有嘉宾，鼓瑟鼓琴。"《礼记·曲礼》："士无故不彻琴瑟。"《左传·昭公元年》："君子之近琴瑟，以仪节也。"自先秦至两汉，出现了许多名琴与名家，而汉人对于琴也特别地喜爱。据《汉书·艺文志》，西汉时期有"《雅琴赵氏》七篇。名定，勃海人，宣帝时丞相魏相所奏。《雅琴师氏》八篇。名中，东海人，传言师旷后。《雅琴龙氏》九十九篇。名德，梁人"。刘向《别录》曰："师氏雅琴者，名志，东海下邳人。传云，言师旷之后。至今邳俗犹多好琴也。"② 据周寿昌《汉书注校补》："宣帝时元康、神爵间，丞相奏能鼓琴者，渤海赵定，梁国龙德皆召入室，使鼓琴，时闲燕为散操，多为之涕泣者。"③ 可见，赵定和龙德都是汉宣帝时著名的琴师并有相关著作传世。《琴操》中记载司马相如以琴心挑逗卓文君的故事虽然不一定属实，却同样证明汉代的文人们对琴的喜爱。而蔡邕本身就是一位著名的琴师。《乐府诗集》卷五十九辑录有蔡邕《蔡氏五弄》，并

---

① 按，好的琴师往往为人们所津津乐道，除了上文提到的庆安世、刘道强外，桓谭还曾提到过汉宣帝时的渤海赵定、梁国龙德，西汉黄门乐人中的任真卿、虞长倩等人。如《北堂书钞》七十一、《御览》二百四十八所记，"宣帝元康、神爵之间，丞相奏能鼓雅琴者，渤海赵定，梁国龙德。召见温室，拜为侍郎"。《文选·司马绍统赠山涛诗》注引："黄门工鼓琴者有任真卿、虞长倩，能传其度数，妙曲遗声。"

② 此为逸文，原文引自（唐）虞世南《北堂书钞》，卷一百九，学苑出版社，2003年影印首都图书馆藏清光绪十四年南海孔氏三十有三万卷堂影宋刊本，第193~194页。

③ 陈国庆编《汉书艺文志注释汇编》，中华书局，1983，第55页。

引《琴历》曰："琴曲有《蔡氏五弄》。"又引《琴集》曰：

> 《五弄》，《游春》、《渌水》、《幽居》、《坐愁》、《秋思》，并宫调，蔡邕所作也。《琴书》曰："邕性沈厚，雅好琴道。嘉平初，入青溪访鬼谷先生。所居山有五曲：一曲制一弄，山之东曲，常有仙人游，故作《游春》；南曲有涧，冬夏常渌，故作《渌水》；中曲即鬼谷先生旧所居也，深邃岑寂，故作《幽居》；北曲高岩，猿鸟所集，感物愁坐，故作《坐愁》；西曲灌水吟秋，故作《秋思》。三年曲成，出示马融，甚异之。"

《蔡氏五弄》虽然没有流传下来，但是蔡邕善琴的传说却一直流传下来。《搜神记》卷十三中还记载了这样一个故事："汉灵帝时，陈留蔡邕，以数上书陈奏，忤上旨意，又内宠恶之，虑不免，乃亡命江海，远迹吴会。至吴，吴人有烧桐以爨者，邕闻火烈声，曰：'此良材也。'因请之，削以为琴，果有美音。而其尾焦，因名'焦尾琴'。"

因为琴在汉代有这样的地位，所以当时人写过不少赞美的文章。《汉书·艺文志》就记载有"出淮南刘向等《琴颂》七篇"。此外，如傅毅、马融都写过《琴赋》、刘向写过《雅琴赋》。马融《琴赋》曰："旷三奏而神物下降，何琴德之深哉？"晋人嵇康《琴赋》也说："众器之中，琴德最优。"桓谭《琴道》一文中更是直接对古代琴的起源、琴的形制、琴曲之名称给予了政治和道德伦理方面的解释。

> 昔神农氏继宓羲而王天下，上观法于天，下取法于地，近取诸身，远取诸物，于是始削桐为琴，绳丝为弦，以通神明之德，合天地之和焉。琴长三尺六寸有六分，象期之数；厚寸有八，象三六数；广六寸，象六律。上圆而敛，法天；下方而平，法地；上广下狭，法尊卑之礼。琴隐长四寸五分，隐以前长八分。五

弦，第一弦为宫，其次商、角、徵、羽。文王、武王各加一弦，以为少宫、少商。下徵七弦，总会枢要，足以通万物而考治乱也。八音之中，惟丝最密，而琴为之首。琴之言禁也，君子守以自禁也。大声不震哗而流漫，细声不湮灭而不闻。八音广博，琴德最优。古者圣贤玩琴以养心。夫遭遇异时，穷则独善其身，而不失其操，故谓之操。操似鸿雁之音，达则兼善天下，无不通畅，故谓之畅。《尧畅》经逸不存。《舜操》者，昔虞舜圣德玄远，遂升天子，喟然念亲，巍巍上帝之位不足保，援琴作操，其声清以微。《禹操》者，昔夏之时，洪水襄陵沈山，禹乃援琴作操，其声清以溢，潺潺志在深河。《微子操》，微子伤殷之将亡，终不可奈何，见鸿鹄高飞，援琴作操，其声清以淳。《文王操》者，文王之时，纣无道，烂金为格，溢酒为池，宫中相残，骨肉成泥，璇室瑶台，蔼云翳风，钟声雷起，疾动天地。文王躬被法度，阴行仁义，援琴作操，故其声纷以扰，骇角震商。《伯夷操》，《箕子操》，其声淳以激。①

桓谭的说法在今天看来可能有些附会的成分，但却可以代表汉人对于琴的认识。琴是古代文人士大夫特别喜欢的乐器，它不仅是一种音色优美的乐器，从制琴之木料到制作工艺都很讲究，演奏需要很高的技巧，而且具有修身理性、陶冶情操等功能，因而桓谭才会有"琴道"之论。《后汉书·曹褒传》注："君子因雅琴之适，故从容以致思焉。其道闭塞悲愁，而作者名其曲曰操，言遇灾害，不失其操也。"从先秦以来人们对于琴的理解中我们看到，这已经成为一种深厚的文化传统。弹琴和听琴在汉代是高雅的艺术表演和艺术享受。在此我们

---

① 据《后汉书·桓谭列传》，桓谭作《琴道》未成。《北堂书钞》《太平御览》《意林》等书有残篇，今据《全后汉文》卷十五引录，参见（清）严可均《全上古三代秦汉三国六朝文》第一册，中华书局，1958，第552页。

可以看一下蔡邕的《弹琴赋》的相关描写。

> 尔乃言求茂木，周流四垂。观彼椅桐，层山之陂。丹华炜炜，绿叶参差。甘露润其末，凉风扇其枝。鸾凤翔其颠，玄鹤巢其岐。考之诗人，琴瑟是宜。爰制雅器，协之钟律。通理治性，恬淡清溢。尔乃清声发兮五音举，韵宫商兮动徵羽，曲引兴兮繁丝抚。然后哀声既发，秘弄乃开。左手抑扬，右手徘徊，指掌反覆，抑案藏摧。于是繁弦既抑，雅韵乃扬。仲尼《思归》，《鹿鸣》三章。《梁甫》悲吟，周公《越裳》。《青雀》西飞，《别鹤》东翔。《饮马长城》，楚曲《明光》。楚姬遗叹，《鸡鸣》高桑。走兽率舞，飞鸟下翔。感激兹歌，一低一昂。①

从蔡邕的《弹琴赋》和上面所引桓谭《琴道》中我们还可以看出，汉代流传的这些琴曲曲名，有着比较长的历史传统和渊源，琴曲的演唱在汉代也是一个值得关注的文化现象，琴曲歌辞在汉代诗歌史上应该有一席之地。

从表10-1所列蔡邕《琴操》中收录的作品我们发现，其中有18曲仅有本事而没有歌词。何以会出现这种现象呢？一种可能是歌词佚失，另一种可能是原本就没有歌词。琴师演奏琴曲，只是用琴声表现一个故事，抒写一段情感。这就如同今日的二胡曲《二泉映月》和小提琴曲《梁祝》一样，就是纯粹的乐曲，无须歌词。同样，既然乐器可以演奏故事，古代的琴师自然也可以把历史上的某些著名的诗歌改编成琴曲，其中最典型的就是《琴操》中把《诗经·鹿鸣》等五首古诗改编成琴曲，并给它们各自增加了一个本事故事。同时，琴在先秦两汉时期是文人士大夫最喜爱的乐器，并不单用于演奏琴曲，在汉代的相和歌

---

① 费振刚、仇仲谦、刘南平：《全汉赋校注》，广东教育出版社，2005，第930页。

表演中琴也是最重要的乐器之一。正因为如此，从音乐艺术的角度来讲，琴曲与相和诸调曲之间也有相互影响的关系。如《琴操》九引中的《箜篌引》，同时也是汉代相和六引之一，这也是值得注意的现象。

正因为琴曲是一种器乐演奏曲，所以与之相配的琴曲歌辞作用并不非常重要，从文学的角度来看，大多数作品并不属于优秀的诗歌，文辞直白，缺少形象，甚至有很强的说教意味。因为对于一般的听者来讲，他们欣赏琴曲的目的并不是听琴师歌唱，而是听他的琴声。歌唱只不过是让听众了解琴声的辅助手段而已。一个好的琴师只有靠琴声打动人才会被人所赞赏和称道。这就如同桓谭《琴道》中所讲的雍门周为孟尝君鼓琴的故事一样，前面雍门周给孟尝君讲了一大堆道理，都是为了酝酿情绪，到最后"雍门周引琴而鼓之，徐动宫徵，叩角羽，初终而成曲，孟尝君遂欷歔而就之曰：'先生鼓琴，令文立若亡国之人也'"。所以，在琴曲的演奏中，歌声总是处于次要地位的。琴曲演奏到极致，甚至连歌者、舞者也会为其所感动，正如蔡邕《琴赋》中所写的："于是歌人恍惚以失曲，舞者乱节而忘形，哀人塞耳以惆怅，辕马蹀足以悲鸣。"这也正是这些琴曲歌辞一直不被文学研究者所重视的原因之一。

尽管如此，在今天我们看到的这些琴曲歌辞里，也有一些可以算得上是好的诗篇。如托名王昭君所作的《昭君怨》。

> 秋木萋萋，其叶萎黄。有鸟处山，集于苞桑。养育毛羽，形容生光。既得升云，上游曲房。离宫绝旷，身体摧藏。志念抑沈，不得颉颃。虽得委食，心有徊徨。我独伊何，改往变常。翩翩之燕，远集西羌。高山峨峨，河水泱泱。父兮母兮，道里悠长。呜呼哀哉，忧心恻伤。

歌词把昭君悲苦的身世与内心的感伤很好地表达出来，是一首情感文采颇佳的抒情诗作。另外托名司马相如的《琴歌》也是一首好诗。《乐府诗集》引《琴集》言,"司马相如客临邛,富人卓王孙有女文君新寡,窃于壁间见之,相如以琴心挑之,为《琴歌》二章"。其诗曰:

> 凤兮凤兮归故乡,遨游四海求其凰。时未遇兮无所将,何悟今夕升斯堂。有艳淑女在闺房,室迩人遐毒我肠。何缘交颈为鸳鸯,胡颉颃兮共翱翔。
>
> 凤兮凤兮从我栖,得托孳尾永为妃。交情通体心和谐,中夜相从知者谁。双翼俱起翻高飞,无感我思使余悲。

这首歌肯定不是司马相如所写,歌词乃是以司马相如与卓文君私奔的故事为底本敷衍而成,显然出于后人的附会与加工。但是这首诗语言流畅,情感很真挚,表达了一位男子大胆地追求爱情的心理,不失为一首很好的抒情诗作。

这些琴曲有一个共同的特点,大多数表现了比较哀怨的主题,或写命运多舛之事,或发怀才不遇之怨,或抒思亲怀友之情。由此看来,这些琴曲歌辞所演唱的虽然是历史人物故事,其实所表现的却是汉代文人士子的现实生活情怀,他们是在通过对历史人物之口来抒发个体之情,表达对现实生活的不满,是在借他人之酒杯浇自己胸中之块垒。如假托伯奇所作的《履霜操》,蔡邕《琴操》曰:"《履霜操》,尹吉甫之子伯奇所作也。伯奇无罪,为后母谮而见逐,乃集芰荷以为衣,采楟花以为食。晨朝履霜,自伤见放,于是援琴鼓之而作此操,曲终,投河而死。"其辞曰:

> 履朝霜兮采晨寒,考不明其心兮听谗言。孤恩别离兮摧肺肝。何辜皇天兮遭斯愆,痛殁不同兮恩有偏,谁说顾兮知我冤。

无可否认，伯奇之死是一个悲剧。这故事本身就能唤起人们极大的同情，把它制为琴曲，具有极高的艺术审美价值。但是我们从中还可以读出另外的内容。刘向《列女传》卷六："伯奇放野，申生被患。孝顺至明，反以为残。"《韩诗外传》卷七："伯奇孝而弃于亲，隐公慈而杀于弟，叔武贤而杀于兄，比干忠而诛于君。"《汉书·诸葛丰传》："臣闻伯奇孝而弃于亲，子胥忠而诛于君，隐公慈而杀于弟，叔武弟而杀于兄。夫以四子之行，屈平之材，然犹不能自显而被刑戮，岂不足以观哉！使臣杀身以安国，蒙诛以显君，臣诚愿之。独恐未有云补，而为众邪所排，令逸夫得遂，正直之路雍塞，忠臣沮心，智士杜口，此愚臣之所惧也。"《汉书·冯奉世传》："赞曰：《诗》称'抑抑威仪，惟德之隅。'宜乡侯参鞠躬履方，择地而行，可谓淑人君子，然卒死于非罪，不能自免，哀哉！谗邪交乱，贞良被害，自古而然。故伯奇放流，孟子宫刑，申生雉经，屈原赴湘，《小弁》之诗作，《离骚》之辞兴。经曰：'心之忧矣，涕既陨之。'冯参姊弟，亦云悲矣！"《后汉书·左周黄列传》："昔曾子大孝，慈母投杼；伯奇至贤，终于流放。夫谗谀所举，无高而不可升；阿党相抑，无深而不可论。可不察欤？"《三国志·蜀书十》："古人有言：'疏不间亲，新不加旧。'此谓上明下直，谗慝不行也。若乃权君谲主，贤父慈亲，犹有忠臣蹈功以罹祸，孝子抱仁以陷难，种、商、白起、孝己、伯奇，皆其类也。"原来，在汉人的眼里，伯奇、申生、屈原等人都是孝子忠臣被人谗害而死的典型。汉代文人之歌咏伯奇，既是同情他的遭遇，也是借此来表达担忧自己祸福无常的复杂心态。

托为孔子所作的《猗兰操》更是汉代文人怀才不遇的心理表白。《古今乐录》曰："孔子自卫返鲁，见香兰而作此歌。"《琴操》曰："《猗兰操》，孔子所作。孔子历聘诸侯，诸侯莫能任。自卫返鲁，隐谷之中，见香兰独茂，喟然叹曰：'兰当为王者香，今乃独茂，与众草为伍。'乃止车，援琴鼓之，自伤不逢时，托辞于香兰云。"孔子周游列国而不被诸侯所用，这是历史事实。但是所谓孔子在隐谷之中见兰而叹之说，则显系汉人假托。歌词前半部分摘取《诗经》中的句子拼凑而成，后半部分发表议论，缺少诗性。但是这首琴歌的价值，就在于它假借孔子之口，表达了汉代文人生不逢时、怀才不遇的思想感情。也正因为如此，它才会成为汉代一首著名的琴曲。

因为汉代的"琴曲歌辞"都是附会前代的故事而来，有些曲子会附会于不同的故事。如《雉朝飞操》，一曰《雉朝雊操》，一曰《雉朝飞》，就有两个不同的故事版本。《乐府诗集》引扬雄《琴清英》曰："《雉朝飞操》，卫女傅母之所作也。卫侯女嫁于齐太子，中道闻太子死，问傅母曰：'何如？'傅母曰：'且往当丧。'丧毕不肯归，终之以死。傅母悔之，取女所自操琴，于冢上鼓之。忽二雉俱出墓中，傅母抚雉曰：'女果为雉耶？'言未毕，俱飞而起，忽然不见。傅母悲痛，援琴作操，故曰《雉朝飞》。"又引崔豹《古今注》曰："《雉朝飞》者，犊沐子所作也。齐宣王时，处士泯宣，年五十无妻。出薪于野，见雉雄雌相随而飞，意动心悲，乃仰天叹大圣在上，恩及草木鸟兽，而我独不获。因援琴而歌，以明自伤。其声中绝。魏武帝时，宫人有卢女者，七岁入汉宫，学鼓琴，特异于余妓，善为新声，能传此曲。"同时又引传为伯牙所作《琴歌》曰："麦秀蕲兮雉朝飞，向虚壑兮背乔槐，依绝区兮临回池。"这首歌的歌词则是这样的："雉朝飞兮鸣相和，雌雄群游于山阿。我独何命兮未有家。时将暮兮可奈何，嗟嗟暮兮可奈何。"从歌词来看，无论是扬雄《琴清英》还是崔豹的《古今注》所说，都有情理上的根据。这种情况可以进一步说明，汉人的这些琴曲歌辞，只不过是借古人的故事来抒写当时人心中的情感而已。

汉代留下来的这些琴曲歌辞，从语言形式上看基本上都是《诗经》体和楚辞体，只有个别琴歌采用了杂言体式，如《襄陵操》《箕子操》《百里奚》《饭牛歌》等。这与汉代受异域文化影响的横吹鼓吹和自西汉后期逐步发展起来的相和歌的语言形式大不一样。这种情况说明，汉代的琴曲歌辞更多地继承了《诗经》、楚辞的传统，或者也可以说是《诗经》、楚辞传统在汉代的一种新的发展。它是运用古体，托名古人（或者当世名人），利用特殊的乐器进行演奏而产生的一种诗乐相结合的艺术形式；它没有后世的"咏史"之名，却有着与后世"咏史"诗相同的题材来源；它虽然不算是当世文人的抒情诗，实际上表达的却正是汉代文人的各种世俗情感。它在中国古代诗歌史上是一种另类，作品的时代为假托，作者之名也是假托，它把真正作者的面目掩藏于歌词的背后，因此未受当代学者的关注。但它却是汉代诗歌史上的一类比较重要的作品，并且对后世产生了深远的影响。

第三节　兼收众类的杂曲歌辞

在郭茂倩《乐府诗集》里，杂曲歌辞也是重要一类，其中亦有不少汉代歌诗在内。郭茂倩曰："杂曲者，历代有之，或心志之所存，或情思之所感，或宴游欢乐之所发，或忧愁愤怨之所兴，或叙离别悲伤之怀，或言征战行役之苦，或缘于佛老，或出自夷虏。兼收备载，故总谓之杂曲。自汉以来，数百千岁，文人才士，作者非一。"（《乐府诗集·杂曲歌辞》）可见，所谓杂曲，也就是收录不进相和歌辞、舞曲歌辞、琴曲歌辞等的其他类歌诗。这类歌诗，在郭茂倩《乐府诗集》中共辑有十八卷，但是其中属于汉代的不多，仅有《蜨蝶行》、《驱车上东门行》、《悲歌行》、《羽林郎》（后汉·辛延年）、《前缓声歌》、《董娇饶》（后汉·宋子侯）、《焦仲卿妻》、《枯鱼过河泣》、《冉冉孤生竹》、《定情诗》（后汉·繁钦）、《乐府·行胡从何方》十一首，可定为汉代作品。其中《驱车上东门》《冉冉孤生竹》两首《文选》列入《古诗十九首》，《董娇饶》《羽林郎》《定情诗》三首

第十章 舞曲歌辞、琴曲歌辞与杂曲歌辞

亦属于汉代有主名文人诗。逯钦立《先秦汉魏晋南北朝诗》除收录余下六首外，复从《乐府诗集》等书中辑录出《离歌》、《箜篌谣》、《猛虎行》、《上留田行》（二首）、《古八变歌》、《古歌·上金殿》、《古歌·秋风萧萧愁杀人》、《艳歌》、《古咄唶歌》、《古胡无人行》、《古步出夏门行》、《古新成安乐宫》、《视刀镮歌》、《鸡鸣歌》、《古艳歌》、《古乐府诗》、《古乐府》、《乐府歌》、《汉书歌》、《茂陵中书歌》、《有所思》、《古博异辩游》、《古董逃行》、《古歌》等51首（每一种断篇残句按一首算），共得57首。[①] 由此可见，汉代歌诗有相当多数量的作品佚失了。同时，因为这些保存下来的诗篇多数为断篇残句，无从考知其详细内容，也无从对这些作品进行乐调方面的分类，因而这些作品情况显得特别复杂。不过，就是从现存几首完整的作品中，我们还是能够看到其丰富的内容和多样化的艺术形式，有些作品已经达到了相当高的艺术水平，值得我们给予关注。

这些杂曲歌辞从内容上可以分为以下几类：第一类是借物咏怀诗，如《枯鱼过河泣》。

> 枯鱼过河泣，何时悔复及。作书与鲂鱮，相教慎出入。

这是一首想象奇警之作。枯鱼也就是早已死去的干枯之鱼，枯鱼过河，面对河水而悔恨不已，它知道自己已经不可复生，天底下没有后悔药可买。但是它想写一封书信给自己的同类，告诉它们出入一定要小心谨慎。这条枯鱼到底是自己不慎离水而死还是被人加害，诗中并没有特别说明，但是寓意却十分明白，它要告诫人们祸福无常，要人们言行谨慎。同样，《蜨蝶行》一诗，描写一只蜨蝶在东园被燕子

[①] 逯钦立还将《梁甫吟》列入其中，本人认为应归入琴曲歌辞，故此处不计。考证见上文。

捕捉的情景，也是借物之无端被害来比喻人生之祸福无常。两首诗与相和歌辞《乌生八九子》相类，共同揭示了汉代社会生活中的一种现象，也表达了诗人对于人生的一种理解。

第二类是写游子离别与思乡之诗。这一类在杂曲歌辞中数量较多，也比较引人注目。如《古歌·秋风萧萧愁杀人》：

秋风萧萧愁杀人。出亦愁，入亦愁。座中何人？谁不怀忧。令我白头。胡地多飙风，树木何修修。离家日趋远，衣带日趋缓。心思不能言，肠中车轮转。

以"萧瑟"来形容秋风之悲凉，表现游子之愁，这种写法源自宋玉的《九辩》，荆轲的《易水歌》中也用"风萧萧"之语来形容离别之愁。但唯有此诗借秋风把游子思乡之愁渲染到了"愁杀人"的程度，它让人坐卧不安，出入不宁，愁白了头发，愁缓了衣带，愁转了中肠。在汉乐府杂曲歌辞的游子思乡诗当中，这首诗具有一定的代表性。其他如《悲歌》《猛虎行》《古八变歌》《古歌·高田种小麦》等几首也各有特色，感情真挚，语言质朴："悲歌可以当泣，远望可以当归。""翩翩飞蓬子，怆怆游子怀。故乡不可见，长望始此回。""高田种小麦，终久不成穗。男儿在他乡，焉得不憔悴。"其文辞虽不如《古诗十九首》中的游子思乡诗那样文雅，但是在抒情的真诚与文辞的构思上两种作品各臻其妙，同为难得的佳作。

第三类是描写都市风情与宴乐生活的诗篇，如《乐府·行胡从何方》写远方的胡人带着异域的特产而来，《鸡鸣歌》写城市黎明时分的情景，写出了一片欢乐祥和的景象。《古歌·上金殿》与《艳歌·今日乐相乐》分别描写了当时贵族的宴乐生活，前者写实，金殿、金门、金堂，显现出主人家的富贵气派，椎牛、烹羊、进酒、弹瑟，可见主人对客人多么热情，投壶、弹棋、博弈、复行，以见出宴乐是多么尽兴,最后则举杯共庆,祝愿四座之人欢乐健康、延年长寿,生活气息浓厚。由诗中最后两句祝颂语,我们可知这是当时的歌舞艺人为富贵人家进行歌舞表演时所唱。后一首则充满了浪漫的气息。

> 今日乐上乐,相从步云衢。天公出美酒,河伯出鲤鱼。青龙前铺席,白虎持榼壶。南斗工鼓瑟,北斗吹笙竽。姮娥垂明珰,织女奉瑛琚。苍霞扬东讴,清风流西歈。垂露成帷幄,奔星扶轮舆。

本来是人间的宴乐,可是诗人却把它想象成仙人在天上云街的聚会。天公、河伯、青龙、白虎、南斗、北斗、姮娥、织女都来为宴会服务,连苍霞和清风也来唱歌。帷幄由垂露而成,轮舆由奔星扶持,这是一幅想象多么新奇、情调多么浪漫的画面啊!这让我们想到汉画像石中那些描写宴乐的图画。乐舞、庖厨是汉代画像石中最常见的表现题材,在汉人看来,这不仅是人间的享乐,也是天上仙人的生活。①这一类诗篇,与汉乐府相和歌辞《相逢行》有异曲同工之妙,在表现汉代社会富家大族享乐生活方面更为鲜活生动。

第四类是描写汉代社会各种世俗生活风情的诗篇。这里有感叹世态炎凉的《箜篌谣》《上留田行》《古咄唶歌》,也有抒写相知之情的《视刀镮歌》,有咏物诗如《古艳歌·兰草自生香》《古乐府·啄木高飞乍低仰》。可惜上述诗篇多为残篇,唯有《箜篌谣》较为完整,且富有哲理意味。《视刀镮歌》仅存四句:"常恨言语浅,不如人意深。今朝两相视,脉脉动人心。"却也堪称名句。其中,最值得注意的就是《焦仲卿妻》一诗。

---

① 如《中国画像石全集》第二卷《山东汉画像石》图版第106为东王公、六博、宴饮画像:"画面一层,左半部刻东王公、朱雀、虎、飞翔的羽人;右半部刻六博游戏和饮酒场面;空间中刻飞鸟和鸟头卷云纹。"

此诗最早见于《玉台新咏》，诗前有序曰："汉末建安中，庐江府小吏焦仲卿妻刘氏，为仲卿母所遣，自誓不嫁。其家逼之，乃没水而死。仲卿闻之，亦自缢于庭树。时人伤之，为诗云尔。"据此，知故事发生于建安时期，诗歌当为时人所作，撰者已不可考。此诗为汉魏六朝最长叙事诗，故事又极为生动，后人评论颇多，至20世纪以来更为世人所重，大抵来讲，20世纪80年代以前，学者们一般都认为这是一首反对封建制度（包括封建礼教、封建婚姻）、歌颂爱情的诗歌。如游国恩等主编的《中国文学史》所说："《孔雀东南飞》深刻而巨大的社会意义和思想意义，在于：通过焦仲卿、刘兰芝的婚姻悲剧有力地揭露了封建礼教、封建家长制的罪恶，同时热烈地歌颂了兰芝夫妇为了忠于爱情宁死不屈地反抗封建恶势力的斗争精神，并最后表达了广大人民争取婚姻自由的必胜信念。"① 当然，站在20世纪的现代立场上来看这首诗，确实可以看出封建社会礼教与封建家长制的"罪恶"以及兰芝夫妇"宁死不屈的精神"，这的确是该诗在20世纪所具有的"深刻而巨大的社会意义和思想意义"。但问题是这只是20世纪学人们从这首诗里学到和体会到的东西，是文学作品在不同时代所体现的不同的客观认识价值，并不一定是作诗者的主旨。所以，自80年代以后对这首诗也就有了一些新的看法，如有的人说这首诗所表现的是一个婆媳不和的永恒主题；有的人认为刘兰芝被休回家乃是因为她没有生子；还有的人认为实际上这是一个中国古代的"俄狄普斯情结"故事。② 以上这些观点，说明《焦仲卿妻》一诗具有丰富的阐释空间和多方面的认识价值。何以如此，笔者以为这是这首诗本身的特点所决定的。这首诗里面包含着一个生动的故事，在这个故事的层面里读者就可以作出各种不同的解读。但更为重要的是在

---

① 游国恩等主编《中国文学史》，第一册，第169页。
② 参见潘啸龙《〈孔雀东南飞〉主题、人物争议论略》，《安徽师大学报》1991年第1期。

这个故事的叙述中,还包含了一个更为深刻的关于个体生命价值和意义的思考的主题。二者之间有联系,但并不是一种自然的一对一的因果关系。首先从故事本身来讲,它深刻地揭示了汉代社会复杂的家庭矛盾,揭示了汉代社会的道德观与具体的社会角色之间的矛盾冲突。这包括婆媳之间、夫妻之间、兄妹之间、母子之间的矛盾。对于这些矛盾,从不同的角度或者从不同的立场来看就会有不同的观点。其次从人生道路选择的角度来讲,面对着同样的事情,当事人也可以有多种选择。笔者认为,如果把这个故事放在汉代社会的实际情况以及人们的现实观念中考察,则可以发现刘兰芝并不是那个时代的叛逆者,而是那个时代人们心目中的理想女子;更为重要的是,刘兰芝努力要把自己塑造成符合那个时代理想的女子,并且为了这个理想而去实践。诗的开头几句,"十三能织素,十四学裁衣。十五弹箜篌,十六诵诗书。十七为君妇,心中常苦悲。君既为府吏,守节情不移",可以为证。但不幸的是,刘兰芝并不能左右自己的命运:出嫁后得不到婆婆的认可,只好被迫返回娘家;回家后自誓不嫁,可是又不能违背哥哥的主张。真可谓是想做一个孝顺的媳妇不成,想做一个从一而终的节妇也不成,现实中的她已经无路可走,最后只好以身殉死。可见,这是一个关于美的毁灭的悲剧故事,是汉代社会的各种现实矛盾把这个时代的理想女子毁灭了的故事。被这个故事感动的首先并不是我们这些现代人,而是当时的人。"时人伤之,为诗云尔",诗序中所说的话就是最好的证明。① 所以,我们要认识这首诗的伟大,就要把它放在两个层面上综合思考:首先是这个故事如何在汉代社会引起震动,其次是这个故事在后世的客观认识价值。从历史研究的角度讲,我们首先要关注前一个方面,从现实认识的角度讲,我们会关注后一个层面。这两者当中,第一个层面才是最基础的。

---

① 参见赵敏俐《两汉诗歌研究》,第 126~129 页。

《焦仲卿妻》在汉乐府里是一个很特殊的现象。它不属于相和歌辞,后人把它列为杂曲歌辞一类。这说明它不可能像相和歌辞,特别是像大曲那样有相应的配乐表演。同时它又有着明显的歌唱文学的痕迹。首先是诗在开头的起兴,与《太平御览》卷八百二十六所引《古艳歌》基本相同:"孔雀东飞,苦寒无衣。为君作妻,中心恻悲。夜夜织作,不得下机。三日载疋,尚言吾迟。""艳"本是在大曲演唱之前的一段序曲,按杨荫浏先生所言,"艳往往是抒情比较宛转"的前奏①,但是在现存汉乐府中,却有《艳歌何尝行》《艳歌罗敷行》《艳歌行》《艳歌》《古艳歌》等名称的歌诗,特别是《古艳歌》,在逯钦立《先秦汉魏晋南北朝诗》中《汉诗》卷十列有七段逸文。为什么会有这种现象?齐天举认为,这是因为"艳歌的作用,是放在正歌之前,以组织听众情绪。艳歌在演奏过程中歌辞不断增加,结构逐渐扩展,完善,最后脱离正歌,由附庸蔚为大观,于是游离正歌而单行"②。笔者以为,齐天举所说有一定的道理。不仅如此,齐天举还进一步以《焦仲卿妻》为例,说明汉代的歌唱艺人如何利用一些习用的套语来组织新歌的事实。显然,《焦仲卿妻》的前几句正是采用《古艳歌》现成的套语改编而成。"此外,《焦仲卿妻》的'五里一俳徊'句,来自《艳歌何尝行》(飞来双白鹄),原句作'六里一俳徊'。'东家有贤女,自名为罗敷'二句,从《艳歌罗敷行》演绎而来。结尾'东西植松柏,左右种梧桐……中有双飞鸟,自名为鸳鸯,仰头相向鸣,夜夜达五更'一段化自《古绝句》'南山一桂树,上有双鸳鸯,千年相交颈,欢庆不相忘'(《玉台新咏》卷十)四句。在乐府艳歌中,辞句互用是习见现象,这说明《焦仲卿妻》与艳歌的血缘关系"③。笔者以为,这不仅说明了"《焦仲卿妻》与艳歌的血缘关系",

---

① 杨荫浏:《中国古代音乐史稿》(上册),第115页。
② 齐天举:《古乐府艳歌之演变》,《阴山学刊》1989年第1期,第1页。
③ 齐天举:《古乐府艳歌之演变》,第3页。

第十章 舞曲歌辞、琴曲歌辞与杂曲歌辞

从汉代歌诗的创作方面来讲，它更说明了各种歌诗之间的相互学习与相互影响，说明习用套语等在口传歌唱艺术生产中所具有的强大的生命力。这一点，齐氏论文的后面讲到的古诗拼凑问题又给我们提供了更为坚实的论据。与齐氏不同的是，我们在这里看重的并不是古诗的拼凑问题，也不是要低估汉代歌诗的艺术成就，我们认为这恰恰是在那一特殊的历史时期歌诗艺术生产的一大特征。

要认识这一问题，我们必须从汉代歌诗艺术生产的角度来进行讨论。谁都知道，如果在魏晋六朝以后的文人诗中出现这样的套语拼凑作品，肯定不会被人当作一首好诗，起码也会被认为是一首有艺术缺陷的诗。可是如果从汉代歌诗演唱的角度来看就不是这样了。可以说，套语的使用，使汉乐府的歌诗演唱时可以比较容易地纳入相应的音乐调式之中，也容易被消费者所接受，因而才会使一首诗在社会上很快地流传开来。所以我们必须注意汉乐府的这种特点。在此，我们不妨还以《焦仲卿妻》为例来进行分析。

《焦仲卿妻》为汉代乐歌，这一点我们前面所引的套语已经可以证明。除此之外，前人还以其他语词的使用为证指出它的这一特点。如顾颉刚说：

> 纳兰性德《渌水亭杂识》（卷四）说："《焦仲卿妻》，又是乐府中之别体。意者如后世之《数落山坡羊》，一人弹唱者乎？"这句话很可信。我们看《焦仲卿妻》一诗中，如"物物各自异，种种在其中"，如"纤纤作细步，精妙世无双"，和"云有第三郎，窈窕世无双"，其辞气均与现在的大鼓书和弹词相同。而县君先来，太守继至，视历开书，吉日就在三天之内，以及聘物车马的盛况，亦均富于唱词中的故事性。末云"多谢后世人，戒之慎勿忘"，这种唱罢时对于听众的叮咛的口气，与今大鼓书中《单刀赴会》的结尾说"这就是五月十三圣贤爷单刀会，留下了

仁义二字万古传"，《吕蒙正教书》的结尾说"明公听了这个段，凡事要忍心莫要高"是很相像的。①

其实，除了顾颉刚所举例子之外，我们还可以举出一些。如此诗基本上以第三人称的角度展开叙述，该铺排时铺排，如"十三能织素"一段，"新妇起严妆"一段；该提示处提示，如"府吏得闻之，上堂启阿母"一段；该抒情议论时便抒情议论，如开头与结尾，非常符合说唱者的口吻。特别是人物对话之间的转折与交代，非常清楚。如中间从"县令遣媒来"到"府君得闻之，心中大欢喜"一段，前后有多人的对话与转述，叙述得非常明白。这些，足可以证明这首诗的说唱性质。

正因为这首诗是说唱文学而不是文人的案头文学，所以我们在分析其内容的时候，也必须考虑说唱文学的艺术本质，即首先要考虑它的娱乐性，其次再考虑它的主题在当时听众中的被接受程度。概言之，诗人并不是有意用这样的题材来揭露或者批判封建社会制度或者封建礼教，而是选用一个可以吸引听众的故事来进行娱乐表演。当然，一个好的故事之所以受到听众的喜爱，除了表演者艺术水平的高超之外，还要求这个故事本身内涵丰富，能够在听众那里唤起共鸣。从这个角度来讲，《焦仲卿妻》无疑是一个很好的范例，它是一个非常令人感伤的悲剧故事，而造成这个悲剧的原因表面看起来很简单，其实又是那样的复杂。这里有人物性格的对立，有社会角色的冲突，其背后又有复杂的社会制度的限制、文化观念的左右，不同时代的人，哪怕是同一时代的人，也会因为个人的原因而

---

① 顾颉刚：《论诗经所录全为乐歌》，《古史辨》，上海古籍出版社，1982，第三册第640页。按，清人吴乔《答万季埜诗问》也有相类的看法："问：'《焦仲卿妻》在乐府中，又与余篇不同，何也？'答曰：'意者此篇如董解元《西厢》、今之数落《山坡羊》，乃一人弹唱之词，无可考矣。'"

有不同的看法。

从以上论例中可见，汉乐府中的杂曲歌辞虽然演唱形式已不可考，留下来的诗篇也不多，但内容却是十分丰富的。它与汉乐府相和歌辞一样，共同反映了那个时代的社会风貌，并以其特殊的方式，达到了那个时代歌诗艺术的最高水平。

第十一章
汉代民间歌谣研究

本章提要：这里所说的"民间歌谣"有两个限定，一是指郭茂倩《乐府诗集》中的"杂歌谣辞"里收录的真正来自下层民众的"歌"与"谣"。二是强调它们与"相和歌辞""琴曲歌辞"等在文本属性上有重要区别：它们是民间群众的即兴歌唱，不是歌舞艺人创作的主要为了供他人消费娱乐的作品。"歌"与"谣"之间没有明显的区别，但是经过统计会发现它们在内容表现上各有侧重，文体上也存在差异。其中"民歌"多是对于各级官吏的美刺，而"民谣"则多数是对各种不良社会现象的批判。历史文献中保存下来的近百首汉代民间歌谣，是汉代歌诗的重要组成部分，并且具有独特的认识价值。

在汉乐府诸种歌诗当中，还有重要的一类是民间歌谣。我们这里所说的"民间歌谣"，有两个限制范围，首先说它是"歌谣"，按郭茂倩《乐府诗集》的分类，它与相和歌辞、杂曲歌辞等不同，是没法归入其他类乐府诗的，所以郭茂倩把它们都收入"杂歌谣辞"之中。① 其次说它是"民间"的,也就是它不包括郭茂倩在《乐府诗集·杂歌谣辞》里所收入的有主名的帝王之作与文人之作。从这一点来讲,论述范围与逯钦立的《先秦汉魏晋南北朝诗》中的杂歌谣辞同,专指那些《史记》《汉书》《后汉书》等历史文献记录下来的民间的"歌"与"谣"。但我们并不用"杂歌谣辞"这个概念而用"民间歌谣",其一是为了避免把它与郭茂倩所说的"杂歌谣辞"相混,其二还要强调它与"相和歌"之类的作品不同。之所以如此,是因为从历史的记载来看,现在人们所说的"相和歌"之类的作品,最初有一部分可能来自民间,但是我们现在所见到的却已经不是它的原初形态,而是经过专门歌舞艺术人才加工过的作品。郭茂倩在《乐府诗集》中说:"《晋书·乐志》曰:'凡乐章古辞存者,并汉世街陌讴谣,《江南可采莲》、《乌生十五子》、《白头吟》之属。'其后渐被于弦管,即相和诸曲是也。魏晋之世,相承用之。"这就使这些诗篇与完全出自民间的杂歌谣辞有了质的不同。首先是在艺术功能上发生了重要转变,民间的杂歌谣辞本是"感于哀乐、缘事而发"的,主要功能是民间歌者用来自抒情怀或者指陈时事,而相和歌之类的歌诗有一部分是在民间歌谣基础上的再创造,另一部分则是歌舞艺术人才的作品,这些歌诗的主要艺术功能已经不再是自抒情怀,而是用于艺术表演以供他人娱乐。相和歌之类的作品艺术水平也比较高。民间歌谣是

---

① 按,郭茂倩在《乐府诗集》中虽然单列《杂歌谣辞》一类,共分七卷,收录自先秦到唐代的歌诗191首,谣辞128首,共319首。但是何谓"杂歌谣辞",郭茂倩并没有给出一个明确的说明。他在解题中先谈了诗歌的起源,接着介绍了一些在历史上善歌的人,又引《韩诗章句》和《尔雅》等说明了"歌"与"谣"的区别和各种歌的不同称呼,认为汉世的相和歌也出于街陌谣讴。最后说:"历世已来,歌谣杂出。今并采录,且以谣谶系其末云。"可见,郭茂倩对于杂歌谣辞没有一个界定,他在这里所收录的作品,只是无法收入其他各类的一些作品而已。所以,郭茂倩所收杂歌谣辞内容颇杂,概念界定也不清楚。逯钦立《先秦汉魏晋南北朝诗》中所说的"杂歌谣辞"其实与郭茂倩所说的"杂歌谣辞"概念已经具有不同的内涵,这很容易让人误解或者忽略二者之间的不同,所以本书这里用"民间歌谣"这一概念。

发自天然的质朴无华的艺术，其中虽然也有如璞玉般的珍品，但是大多数缺乏加工，从总体上看它们的艺术水平是不高的；而相和歌之类的作品则经过专业艺术人才的精心打磨，代表了当时的歌诗艺术的最高成就。正因为如此，一般人们在研究汉代歌诗的时候，对于这些"杂歌谣辞"并不重视，论者不多。虽然这样，从文学史的角度讲，这些作品的存在以及产生也有它的独特意义。在此我们略作论述。

第一节　现存汉代民间歌谣的分类及区别

按照历史文献的记载，汉代的民间歌谣可以分为"歌"与"谣"两类。二者之间有所区别。《诗经·魏风·园有桃》："心之忧矣，我歌且谣。"《毛传》："曲合乐曰歌，徒歌曰谣。"《诗经·大雅·行苇》："或歌或䜩。"《毛传》："歌者，比于琴瑟也。徒击鼓曰䜩。"《尔雅·释乐》曰："徒歌谓之谣。"《广雅》曰："声比于琴瑟曰歌。"《韩诗章句》曰："有章曲曰歌，无章曲曰谣。"由以上文献的解释来看，在汉代，"歌"基本上都是配曲和乐的，而"谣"则仅是徒歌而已。如此看来，历史文献中把某首作品称为"歌"还是"谣"是有明确标准的。按此，我们也把汉代的民间歌谣分为"汉代民歌"与"汉代民谣"两类分别进行统计。①

这其中属于汉代民歌的篇目如下：《平城歌》、《画一歌》、《民为淮南厉王歌》、《天下为卫子夫歌》、《郑白渠歌》、《颍川儿歌》、《牢

---

① 按，歌谣二字也常有连称的情况，如《汉书·五行志》："君炕阳而暴虐，臣畏刑而柑口，则怨谤之气发于歌谣。""成帝时歌谣又曰：'邪径败良田，谗口乱善人。桂树华不实，黄雀巢其颠。故为人所羡，今为人所怜。'"《汉书·艺文志》："自孝武立乐府而采歌谣，于是有代赵之讴，秦楚之风，皆感于哀乐，缘事而发。"之所以如此，杜文澜《古谣谚·凡例》解释说："谣与歌相对，则有徒歌合乐之分。而歌字体系总名。凡单言之，则徒歌亦为之歌，故谣可联歌以言之，亦可借歌以称之。"但是这并不能否定二者之间的区别。

石歌》、《上郡吏民为冯氏兄弟歌》、《长安为尹赏歌》、《长安百姓为王氏五侯歌》、《间里为楼护歌》、《刘圣公宾客醉歌》、《匈奴歌》（以上为西汉），《渔阳民为张堪歌》、《临淮吏人为宋晖歌》、《凉州民为樊晔歌》、《董少平歌》、《郭乔卿歌》、《蜀中为费贻歌》、《鲍司隶歌》、《通博南歌》、《蜀郡民为廉范歌》、《苍梧人为陈临歌》（二首）、《乡人为秦护歌》、《魏郡舆人歌》、《范史云歌》、《顺阳吏民为刘陶歌》、《董逃歌》、《交阯兵民为贾琮歌》、《皇甫嵩歌》、《洛阳人为祝良歌》、《巴人歌陈纪山》、《汲县长老为崔瑗歌》、《崔君歌》、《彭子阳歌》、《王世容歌》、《巴郡人为吴资歌》（二首）、《六县吏人为爱珍歌》（以上东汉），共计 40 首。

属于汉代民谣的篇目如下：《长沙人石虎谣》、《元帝时童谣》、《长安谣》、《成帝时童谣》、《成帝时歌谣》、《汝南鸿隙陂童谣》、《王莽末天水童谣》、《更始时南阳童谣》（以上西汉），《后时蜀中童谣》、《会稽童谣》（二首）、《河内谣》、《顺帝末京都童谣》、《蜀郡童谣》、《益都民为王忳谣》、《恒农童谣》、《桓帝初天下童谣》、《桓帝初城上乌童谣》、《桓帝时京都童谣》、《桓帝末京都童谣》（二首）、《乡人谣》、《二郡谣》、《太学中谣》（包括《三君》《八俊》《八顾》《八及》《八厨》各一首）、《京兆为李燮谣》、《灵帝末京都童谣》、《献帝初京都童谣》、《献帝初童谣》、《初平中长安谣》、《兴平中吴中童谣》、《建安初荆州童谣》、《汉末洛中童谣》、《汉末江淮间童谣》、《京师为光禄茂才谣》、《阎君谣》、《东门奂谣》、《商子华谣》、《时人谣》、《擿洛谣》、《京师为唐约谣》、《蒋横进祸时童谣》、《锡山古谣》、《时人为三茅君谣》（以上为东汉），共计 47 首。①

汉代民歌与汉代民谣的区别主要在于是否配曲合乐，从文体和功能上看都没有明显的区别标志，但是把上述 87 首"歌""谣"进行

---

① 以上统计据逯钦立《先秦汉魏晋南北朝诗》。

对比，还是会发现大致的区别。主要包括以下三个方面。

第一，在 40 首现存的汉代民歌中，有 30 多首是民间对中央和地方官员的颂美与批评，另有《平城歌》《匈奴歌》与战争有关，《民为淮南厉王歌》是对汉代皇帝的批评。说明这些汉代民歌的主要功能是平民百姓对现实的直接评判，有比较明确的颂美或者批判对象。而汉代民谣则大多是对一些社会现象的美刺，只有《太学中谣》《阎君谣》《东门呗谣》《时人为三茅君谣》等少数几首关系到对人物的评价。说明汉代民谣的主要功能是对社会现实的评判，主要不针对个人，大多数没有明确的颂美对象和批判对象。另外，如果我们从现存篇目的思想倾向来看，在汉代民歌中，颂美型的远多于批判型的；而汉代民谣则正好相反，批判型的远多于颂美型的。

第二，汉代民歌的感情表达比较直接，喜怒爱憎都在文字中比较鲜明地表现出来，而汉代民谣的用语则比较婉曲，有些带有谶纬迷信色彩的作品用语非常隐晦，甚至给人以神秘感。汉代民歌的语言相对通俗，汉代民谣的语言相对文雅或者晦涩。在汉代民歌中可以更容易看出民众的喜怒哀乐之情，而汉代民谣从某方面来讲可以看出民众的文化修养和智慧。

第三，汉代民歌与汉代民谣从整体上看都非常简短，但是相比较而言，大多数的汉代民歌比汉代民谣的句子稍多，语言的音乐感比较强，更适合于歌唱。而大多数汉代民谣句子比汉代民歌要少，语言的音乐感稍差，不太适合于歌唱。但无论如何，二者在艺术表现上与以相和歌辞为代表的歌诗艺术作品都有比较明显的差距，从艺术审美的角度来讲，我们不能对它们有过高的评价。换句话说，对于后人来讲，这些汉代民歌与汉代民谣的社会认识价值大于它们的艺术审美价值。

以上区别仅就我们上面所统计的现存的汉代民歌与汉代民谣而言，可能不具有普遍性意义，但是也能说明一些问题。古人之所以在文献记述中明确地指出某一首是"歌"而某一首是"谣",除了在是否可以配曲歌唱这一点上有明确的判断标准之外,另外也会有相应的功能上的大致区别,只是这种区别我们今天已经不可考知,只能就现存作品进行模糊的统计。

第二节　汉代民间歌谣的内容及形式

根据上面我们对汉代民歌与民谣的统计与比较,下面我们选择比较典型的几组汉代民歌与汉代民谣进行具体分析,看它们在汉代歌诗艺术中的地位和意义。

一　对各级官吏进行美刺的汉代民歌

现存汉代民歌,绝大多数是对汉代太守以上官吏的颂美之歌,这是一个十分值得注意的现象。何以如此,大概有两个方面的原因。第一,这些颂美的汉代民歌大都是史书中记载下来的,而在史书上能够留名的起码都是太守以上的高官,并且在某些方面有为史家所注意的事迹并符合可以入史的条件。其中,一个人的政绩好坏就是最好的标准之一。第二,百姓大众之所以为这些高官作"歌",是因为他们的个人品质和政绩的好坏直接关系到百姓大众的生活。这说明自汉代以来,"官"在整个封建社会制度中的作用和影响之大。反过来讲,百姓大众对于官的好坏的评价又是史家判断一个封建官僚政绩好坏及其是否可以入史的重要标准,"民歌"在这里有了一定的"史"的作用,一首赞美的"民歌"就是一位优秀的官僚树立在百姓大众心中的一座丰碑。而史家在为一位官僚作传时把一首歌记载下来,客观上也提高了这首"民歌"的认识价值和审美价值。正是在这种互动中,我们理解了这首"民歌",也了解了这首"民歌"中所颂美的人,了解了人民大众寄托在这首"民歌"里的思想情感。我们且看下面几个例子。

《画一歌》见于《史记·曹相国世家》，又见《汉书·萧何曹参传》。据《史记》所记，萧何死后，"参代何为汉相国，举事无所变更，一遵萧何约束。择郡国吏木讷于文辞，重厚长者，即召除为丞相史。吏之言文刻深，欲务声名者，辄斥去之。……参为汉相国，出入三年。卒，谥懿侯。子窋代侯。百姓歌之"。其歌曰：

> 萧何为法，顜若画一；曹参代之，守而勿失。载其清净，民以宁一。

曹参为相三年，并没有做什么事情，却得到老百姓的交口称赞。之所以如此，是因为他任相国期间仍处于楚汉战争刚刚结束的特殊时期，他深知此时治民最重要的事情就是与民休息，所以推重黄老之术，实行清静无为的国策。用司马迁的话说："参为汉相国，清静极言合道。然百姓离秦之酷后，参与休息无为，故天下俱称其美矣。"（《史记·曹相国世家》）

《郑白渠歌》首见于《汉书》，而《史记》中也有相关的记载。郑渠与白渠分别为战国和西汉时期所修的两条大渠。据《史记·河渠书》所言，其中郑国渠本是韩国为了消耗秦国民力，使其无暇东侵，派水工郑国游说秦国而修的："令凿泾水自中山西邸瓠口为渠，并北山东注洛三百余里，欲以溉田。"据说渠修到一半时其阴谋被秦人发觉，于是秦人想把郑国杀掉。郑国说，一开始我是韩国奸细，目的是让韩国晚几年灭亡，但却为秦国建立了万世之功。于是秦国没有杀他，而是让他继续修渠。"渠就，用注填阏之水，溉泽卤之地四万余顷，收皆亩一钟。于是关中为沃野，无凶年，秦以富强，卒并诸侯，因命曰郑国渠。"据《汉书·沟洫志》所记，白渠则是太始二年（前95年）赵中大夫白公所修："引泾水，首起谷口，尾入栎阳，注渭

中,袤二百里,溉田四千五百余顷,因名曰白渠。民得其饶。歌之。"其歌曰:

> 田于何所,池阳谷口。郑国在前,白渠起后。举锸如云,决渠道雨。水流灶下,鱼跳入釜。泾水一石,其泥数斗。且溉且粪,长我禾黍。衣食京师,亿万之口。

可见,郑国渠和白渠都是让百姓得利的万代工程,所以百姓作歌来传唱。在汉代的民歌当中,这是一首难得的优秀作品,它的句式整齐,语言通俗,直陈其事,要而不烦,描写生动,形象传神,一幅百姓们安居乐业、丰衣足食的图画展现在听者读者面前,颂美之情溢于言表。

与《郑白渠歌》不同的是,《上郡吏民为冯氏兄弟歌》直接歌颂地方官吏的政绩。据《汉书·冯奉世传》,成帝时,冯野王为上郡太守。其后,其弟冯立亦自五原太守徙西河上郡。"立居职公廉,治行略与野王相似,而多智有恩贷,好为条教。吏民嘉美野王、立相代为太守。歌之。"其辞曰:

> 大冯君,小冯君,兄弟继踵相因循。聪明贤知惠吏民,政如鲁卫德化钧,周公康叔犹二君。

在秦汉以后的封建社会制度里,各级地方政府官员承担着治理国家、管理民众的具体工作,他们的清正廉明与否,直接关系到一方百姓的生活,因此平民百姓们总是希望管理自己的是一个清官廉吏,是一个关心民生疾苦的父母官。所以在汉代这些民歌当中,对这些父母官的颂美之作也就最多,特别是在东汉,这一类民歌的比例更大,它们从多个方面对这些贤能官员进行了热情的歌颂。如渔阳太守张堪被歌颂是因为他在任期间捕击奸猾，赏罚必信，又开稻田八千余顷，劝民耕种，以致殷富。天水太守樊晔之被歌颂是因为他为政严猛，善恶立断，使世风清淳，道不拾遗。冀州民歌颂皇甫嵩是因为他在黄巾"作乱"时讨贼有功，并关心百姓的疾苦，使百姓能够安居乐业。汲县长老歌颂崔瑗是因为其为汲令时，开沟造稻田，使舄卤之地更为沃壤，民赖其利。从这里我们可以看到，民众热情洋溢地为之作"歌"，四处传唱他们的功业，说明民歌在汉代社会民众的心里具有重要的地位，起着重要的社会宣传作用，同时也说明"歌"是民众用来表达思想感情的重要方式。这些民歌大多写得朴素而直白，同时又很生动。如《郑白渠歌》，中间几句"举锸如云，决渠道雨。水流灶下，鱼跳入釜"，用语夸张而形象，有很高的艺术水平。从整齐的四言句式和遣词造句的功力来看，这首"歌"也许并不仅仅传唱于民间，可能有人对其作过艺术上的加工。

在汉代的这些民歌当中，也有少数是对那些皇帝、贵戚和贪官污吏进行批判的。其中，《民为淮南厉王歌》颇值得注意。据《史记·淮南衡山列传》，淮南厉王刘长自视为高祖之子，又与文帝最亲近，不遵法度。文帝不忍置于法，"乃载以辎车，处蜀严道邛邮，遣其子母从居，长不食而死"。其后民间作歌咏其事曰：

一尺布，尚可缝。一斗粟，尚可舂。兄弟二人不相容。

歌很短，但是有极丰富的意味。淮南厉王刘长身为诸侯王而犯法，理当受到制裁，在王法面前本不应该徇私情。但是淮南厉王绝食而死，又让汉文帝受到来自舆论和道德的压力。淮南王本是刘邦所封，在当初与汉文帝同为诸侯王，而汉文帝当了皇帝之后就发生了这样的事情，民间以为是汉文帝要夺他弟弟的封地。所以，汉文帝听到这首歌之后就感到非常痛苦，乃叹曰："尧舜放逐骨肉，周公杀管蔡，天下称圣。

何者？不以私害公。天下岂以我为贪淮南王地邪？"（《史记·淮南衡山列传》）乃徙城阳王于淮南故地，而追尊谥淮南王为厉王，置园复如诸侯仪。可见，这首歌在当时曾经产生过重大的社会影响。

产生于东汉桓帝中平年中的《董逃歌》也是一首颇有意义的讽刺批判之歌。据《后汉书·五行志》，这里的"董"指的是董卓。董卓借汉帝让他入京之机由西凉来到京城而大肆屠杀，极为残暴，这首歌表现了百姓对他的愤恨：

承乐世，董逃。游四郭，董逃。蒙天恩，董逃。带金紫，董逃。行谢恩，董逃。整车骑，董逃。垂欲发，董逃。与中辞，董逃。出西门，董逃。瞻宫殿，董逃。望京城，董逃。日夜绝，董逃。心摧伤，董逃。

据《风俗通》言，董卓听了这首歌之后很不高兴，以为这首歌中所唱的就是他。他曾经要把这首歌禁绝，又把歌中的"董逃"改为"董安"。但是他最终没有逃脱灭亡的下场。从这里我们可以看到民意不可违，也可以看到"歌"的宣传力量。这首"歌"在结构上有非常突出的特点，每一句后面都有"董逃"二字。这首歌究竟如何来唱我们今天已经无法考知，从表面上看，这两个字应是歌中的衬字，似乎没有意义，但是其寓意又极为明显，暗示董卓虽然跋扈横行，终将逃窜而致于灭族，这显示了民众的艺术创造性。①

二 以批判社会各种不良现象为主要内容的汉代民谣

与汉代民歌不同的是，汉代民谣大多以批判为主，而且多与政治

---

① 《后汉书·五行志》："按'董'谓董卓也，言虽跋扈，纵其残暴，终归逃窜，至于灭族也。"刘昭注引杨孚《董卓传》："卓改为董安。"崔豹《古今注》："董逃歌，后汉游童所作也。后有董卓作乱，卒以逃亡。后人习之，以为歌章。乐府奏之，以为炯戒。"

相关。比较著名的如西汉成帝时的《黄雀谣》：

> 邪径败良田，谗口乱善人。桂树华不实，黄爵巢其颠。故为人所美，今为人所怜。

据《汉书·五行志》，这首产生于成帝时的民谣有明显的所指："桂，赤色，汉家象。华不实，无继嗣也。王莽自谓黄象，黄爵巢其颠也。"由此看来，此民谣所批评的乃是西汉末年的朝廷状况。

东汉《桓帝初天下童谣》也是一首著名的民谣：

> 小麦青青大麦枯，谁当获者妇与姑，丈夫何在西击胡。吏买马，君具车，请为诸君鼓咙胡。

《后汉书·五行志》曰："元嘉中，凉州诸羌，一时俱反，南入蜀、汉，东抄三辅，延及并、冀，大为民害。命将出众，每战常负，中国益发甲卒，麦多委弃，但有妇女获刈之也。吏买马，君具车者，言调发重及有秩者也。请为诸君鼓咙胡者，不敢公言，私咽语。"原来，这首民谣不仅是当时西部地区羌人造反所造成的战乱情况的真实写照，而且还表达了人民敢怒而不敢言的心声。

桓帝初京城中还有一首《城上乌童谣》：

> 城上乌，尾毕逋。公为吏，子为徒。一徒死，百乘车。车班班，入河间，河间姹女工数钱。以钱为室金为堂，石上慊慊舂黄梁。梁下有悬鼓，我欲击之丞卿怒。

《后汉书·五行志》曰："按此皆谓为政贪也。'城上乌，尾毕逋'者，处高利独食，不与下共，谓人主多聚敛也。'公为吏，子为徒'者,言蛮夷将叛逆,父既为军吏,其子又为卒徒往击之也。'一徒死,百乘车'者,言前一人往讨胡既死矣,后又遣百乘车往。'车班班,入河间'者,言上将崩,乘舆班班入河间迎灵帝也。'河间姹女工数钱,以钱为室金为堂'者,灵帝既立,其母永乐太后好聚金以为堂也。'石上慊慊舂黄粱'者,言永乐虽积金钱,慊慊常苦不足,使人舂黄粱而食之也。'梁下有悬鼓,我欲击之丞卿怒'者,言永乐主教灵帝,使卖官受钱,所禄非其人,天下忠笃之士怨望,欲击悬鼓以求见,丞卿主鼓者,亦复诣顺,怒而止我也。"

相较而言,汉代民歌写得比较直白,大多数有具体所指,而民谣则写得比较含蓄,所指不是很明确,用了很多比较隐晦的笔法。再考察这些汉代民谣的文献出处,我们会发现它们与汉代民歌的区别。民歌大多出于史书中的人物传记,而民谣则大多数出自《汉书》和《后汉书》的《五行志》。阴阳五行的理论,在汉代颇为盛行,有相当强的迷信色彩和神秘色彩。两部书把这些民谣大量地汇集在一起,试图说明这些来自民众口中的民谣,在冥冥中表达着一种宿命和天意,这使它们成为中国神秘文化的一部分。从这一点来说,民谣与民歌在汉代不仅仅有能否合乐歌唱的差别,而且还在社会上扮演着不同的文化角色,承担着不同的文化功能。我们经过考察,发现民谣在汉代采取隐晦和神秘的方式来批判社会,也从另一个方面表现了大众的智慧。其中比较典型的是那些"童谣",其实未必真的出自儿童之口,而是一些政治头脑很清醒而又有很高文化修养的人所作,具有政治预言的作用。[①] 如《献帝初京都童谣》曰:"千里草,何青青。十日卜,不得生。"按《后汉书·五行志》所言,"'千里草'为董,'十日卜'为卓。凡别字之体,皆从上起,左右离合,无有从下发端者也。

[①] 按,有关童谣的这种特殊性问题,参见舒大清《中国古代童谣的发生及理性精神》,首都师范大学博士学位论文,2005。

今二字如此者,天意若曰:卓自下摩上,以臣陵君也。'青青'者,暴盛之貌也。'不得生'者,亦旋破亡"。董卓为汉末大乱的罪魁祸首,人人恨不得捉而诛之,这首童谣采用汉代流行的拆字之法而创作,这样的形式也可以被称作"离合诗",把董卓的名字写在其中,并且作出了非常有深意的解释。"董""卓"这两个字的拆解不同于一般文字的左右拆解,是上下拆解;而且不是从上到下的拆解,而是从下到上的拆解,这正说明董卓是"自下摩上,以臣陵君",其起之也暴,其亡之也速,"'青青'者,暴盛之貌也。'不得生'者,亦旋破亡"。可见这里面包含了多么巧妙的智慧。按一般常理来讲,这样的"童谣"不会是儿童所作,而是当时有智慧的文人利用民谣所采取的一种干预社会的独特方式。①

值得注意的还有,这些汉代民间歌谣的整体艺术水平虽然不高,但是里面也有佳作。除上文所举的例子之外,再如《巴郡人为吴资歌》两首,其一曰:"习习晨风动,澍雨润禾苗。我后恤时务,我人以优饶。"其二曰:"望远忽不见,惆怅当徘徊。恩泽实难忘,悠悠心永怀。"各短短四句,从不同角度入手写巴人对吴资的赞美与怀念,第一首格调欢快而生动,第二首感情真挚,两首歌谣的语言都很文雅,这可以说是汉代民间歌谣中少见的优秀篇章。

另外更值得注意的是这些汉代民间歌谣在语言艺术形式上的多样性。这里既有三言、四言、五言、七言,也有杂言和骚体,除上面所举之外,三言如《颍川儿歌》:"颍水清,灌氏宁;颍水浊,灌氏族。"四言如《渔阳民为张堪歌》:"桑无附枝,麦穗两歧。张君为政,乐不可支。"五言如《长安为尹赏歌》:"安所求之死。桓东少年场。生时谅不谨。枯骨后何葬。"七言如《苍梧人为陈临歌》:

---

① 按,关于这种用拆字方法作离合诗的风气,参见王运熙《离合诗考》的论述,从中可以看出,这些离合诗大都是文人所作。见王运熙《乐府诗述论》,第 488~503 页。

"苍梧陈君恩广大，令死罪囚有后代，德参古贤天报施。"杂言如《成帝时童谣》："燕燕尾涎涎，张公子，时相见。木门仓琅根，燕飞来，啄皇孙，皇孙死，燕啄矢。"骚体如《皇甫嵩歌》："天下大乱兮市为墟，母不保子兮妻失夫，赖得皇甫兮复安居。"这说明，汉代民间歌谣艺术在语言形式上不拘一格，具有相当的灵活性和创造性。

历史文献中保存下来的近百首汉代民歌与民谣，是汉代歌诗中的重要组成部分。其中最值得我们注意的是它们与后人所说的以相和歌辞为代表的"乐府诗"的区别。自20世纪以来，学人们在研究汉代歌诗时有一个流行术语叫作"乐府民歌"，其要义是把以相和歌为代表的"乐府诗"当作"民歌"来研究和认识，这体现了20世纪中国文学研究的最重要的时代特征，即用阶级分析方法对历代作家作品分类，由此而彰显"劳动人民"在艺术上的伟大创造。应该说，这种对古代文学作品的价值评判方式在特殊的历史条件下是有其存在的合理性的，特别是在把所有的与上层统治者对立的阶级成员都看成是"劳动人民"的时候，把相和歌为代表的乐府诗称为"民歌"是有着充足的理论基础的。但这种研究方法的不足也是十分明显的。首先是"乐府民歌"这一概念本身就不准确，因为以相和歌为代表的这些"乐府诗"，其中有一些原本可能来自民间，有民歌的原型，但是它们被记录下来的时候，已经不再是"民歌"的原生形态，而是经过专业艺术家加工过的作品。还有相当大的一部分本身并不是"民歌"，而是贵族、文人甚至专业艺术家的艺术创造。其次是这些歌诗有相当大的一部分是为了满足汉代社会特权阶层享乐需要而产生的，是流行于宫廷、贵族和达官显宦之家的艺术，因而它们与那些"感于哀乐，缘事而发"的"劳动人民"的口头创作在艺术功能上有着巨大的区别。这二者的区别，如果我们借用当代美国学者阿里诺·豪塞尔的观点来表述的话，那么，汉代的这些民间歌谣大致类似于"民俗艺术"，而相和歌之类的歌诗则大致相类于"流行艺术"。① 所以，我们在汉代歌诗研究中也要充分注意到它们的差异。而 20 世纪以来的汉代歌诗研究的最大问题，恰恰是把二者完全等同起来，并且错把以相和歌为代表的这些供社会各阶层娱乐的歌诗作品当成所谓"汉代民歌"的代表，却把真正的汉代的民间歌谣完全忽略了。笔者认为，以相和歌等为代表的汉代歌诗，从本质上讲是以歌舞艺术人才的表演为主要形式的供观赏的世俗艺术，而这些流传于民间的歌与谣才是真正的"民歌"，这二者可能在某些情况下会有交叉，互相之间也会发生影响，但却属于不同类型的艺术，绝不能等同。认真地辨析二者之间的区别和联系，并将它们分别视为汉代歌诗的不同组成部分来加以观照，是本书的重要特点之一。

---

① 按，豪塞尔在这里所使用的"民俗艺术"与"流行艺术"的概念是有其特定内涵的。他说："民俗艺术是指那些未经教育、没有城市化或工业化的社会阶层的诗歌。""流行艺术可以理解为是为了满足半受教育的大众，一般是指城市及喜爱集体活动的民众的要求而形成的艺术或准艺术的作品。"显然这与我们所讨论的汉代相和诗与民间歌谣的情况并不相同。但是他同时又指出这两种艺术的特点："在民俗艺术中，创造者和欣赏者几乎是不能区别的，他们之间的界限总是流动和不定的。相反，流行艺术却有着不进行艺术创造、完全是消极感受的欣赏大众，以及完全适应大众要求的职业的艺术产品创造者。"从这一点来看，两汉时代的相和歌与民间歌谣，与豪塞尔所说的"民俗艺术"与"流行艺术"的确有相一致之处。他为我们辨析二者之间的关系提供了一条很好的可以借鉴的思路，故本书借用之。相关论述参见〔美〕阿诺德·豪塞尔《艺术史的哲学》，陈超南、刘天华译，中国社会科学出版社，1992，第 271~275 页。更详细的讨论可以参看此书第五章"艺术史中的教育层次：民俗艺术和流行艺术"。

第十二章
汉代贵族歌诗研究

本章提要：在现存汉代歌诗里，贵族歌诗占有重要地位。之所以如此，是因为在以帝王为中心的封建社会特权式消费环境下，封建帝王和贵族更有可能将自己的自娱式歌诗用于娱乐演唱；而作为以记载帝王活动为中心的封建史书，则更有条件记录下帝王贵族的歌诗。现存的汉代帝王贵族歌诗以反映政治生活为主，是宫廷政治生活的重要文献。在汉代帝王里，汉武帝是最具文采最多情的一位，所存歌诗作品最多，特别是他表达个体情怀的几首诗篇，感情真挚而又辞采斐然，代表了西汉抒情诗的最高水平，在中国文学史上应有一席之地。刘细君与班婕妤的歌诗，则体现了汉代女子的多才，同时展示了她们特殊的悲剧命运。

我们这里所说的贵族歌诗，不包括宫廷宗庙祭祀雅乐及相关作品，专指汉代帝王、贵戚及其后宫嫔妃们（包括项羽和虞姬）日常生活中的歌诗创作。汉代本是歌诗创作活跃的时期，根据《汉书·艺文志》及其相关文献记载,可知当时社会各阶层的歌诗创作都比较繁荣。但是由于受文献记载的限制,这一时期的文人歌诗和世俗歌诗完整保存下来的不多,帝王贵族们的歌诗相对而言却保存下来的多一些,成为我们研究这一时期歌诗的重要材料。

第一节　汉代贵族歌诗创作考

汉代贵族歌诗究竟有多少,已经是一个不可考知的数字。现据有关文献,辑录其篇目如下。

1. 逯钦立《先秦汉魏晋南北朝诗》所辑汉代贵族现存诗篇

汉高祖刘邦:《大风歌》《鸿鹄歌》;

楚霸王项羽:《垓下歌》;

美人虞:《和项王歌》[①];

戚夫人:《舂歌》;

唐山夫人:《安世房中歌》;

赵王刘友:《幽歌》;

城阳王刘章:《耕田歌》;

汉武帝刘彻:《瓠子歌》《秋风辞》《天马歌》《西极天马歌》

---

① 按,《史记·项羽本纪》:"项王军壁垓下,……夜闻汉军四面皆楚歌。……于是项王乃悲歌慷慨,……歌数阕,美人和之。"据此,知项羽悲歌,虞姬有和唱的可能。但《史记》只记载了项羽的《垓下歌》,虞姬的和歌,我们今天所见最早的出处是唐人张守节的《史记正义》,并说出自《楚汉春秋》。《汉书·艺文志·六艺略》曰:"《楚汉春秋》九篇,陆贾所记。"沈钦韩《汉书疏证》:"《隋志》九卷,《旧唐志》二十卷,《御览》引之。《经籍考》不载,盖亡于南宋也。"由此而言,张守节是唐时人,他说虞美人和歌见于《楚汉春秋》,应有相当的可信性。但同是唐时人,刘知幾在《史通·杂说上》说:"自汉以降,作者多门,虽新书已行,而旧录仍在,必校其事,可得而言。按刘氏初兴,书唯陆贾而已。子长述楚汉之事,专据此书。譬夫行不由径,出不由户,未之闻也。然观迁之所载,往往与旧不同。如郦生之初谒沛公,高祖之长歌《鸿鹄》,非唯文句有别,遂乃事理皆殊。又韩王名'信都',而辄去'都'留'信',用使称其名姓,全与淮阴不别。班氏一准太史,曾无弛张,静言思之,深所未了。"据此,知《楚汉春秋》与《史记》多相矛盾处,刘知幾已经不得其解。由此而引发了许多有关此诗真伪的争论,此处存疑,暂不讨论。

《李夫人歌》《思奉车子侯歌》；

汉昭帝刘弗陵：《黄鹄歌》；

燕王刘旦：《归空城歌》；

华容夫人：《发纷纷歌》；

广川王刘去：《为望卿夫人歌》《为脩成夫人歌》；

广陵王刘胥：《欲久生歌》；

乌孙公主刘细君：《悲愁歌》；

班婕妤：《怨歌行》；

王昭君：《怨旷思惟歌》①；

白狼王唐菆：《远夷乐德歌》《远夷慕德歌》《远夷怀德歌》；

东平王刘苍：《武德舞歌诗》；

汉灵帝刘宏：《招商歌》；

汉少帝刘辩：《悲歌》；

唐姬：《起舞歌》。

2.《汉书·艺文志》中关于汉代贵族诗篇的著录

《高祖歌诗》二篇；

《出行巡狩及游歌诗》十篇；

《临江王及愁思节士歌诗》四篇；

《李夫人及幸贵人歌诗》三篇；

---

① 此诗最早见于传为蔡邕所作的《琴操》，《艺文类聚》卷三十、《乐府诗集》卷五十九作《昭君怨》。《广文选》卷九、《诗纪》卷二作《怨诗》。《北堂书钞》卷一百零六，《文选》卷二十八《扶风歌》注，《太平御览》卷四百八十三、卷五百七十一均引用部分诗句。王昭君故事，最早见于《汉书·匈奴传》，但记载很简单。《西京杂记》中始有较详细的记载。《乐府解题》中所记又与《西京杂记》有所不同。王昭君故事在历史上影响很大，但是这首《怨旷思惟歌》，却未必是她所写，很可能是后人根据她的故事而作的歌诗。对此，郑文先生有详细的考证辨伪，可从。参见郑文《汉诗研究》，第245～249页。王昭君之歌最早见于《琴操》，《琴操》之曲，或托名箕子，或托名周之文王、武王，或托名孔子、曾子等，都是后人附会之作。郭茂倩《乐府诗集》卷五十七引《乐府解题》曰："琴操纪事，好与本事相违，存之者，以广异闻也。"可见，此诗之不可靠，前人早有说法。所以，我们把此诗放入第十章中来讨论。

《诏赐中山靖王哙及孺子妾冰未央材人歌诗》四篇。

《汉书·艺文志》中著录的五类诗中到底包含哪些具体诗作,且有哪些是《先秦汉魏晋南北朝诗》中没有提到的贵族诗作,是个很不容易弄清的问题。其中《高祖歌诗》二篇,据王应麟《汉志考证》,指《大风歌》与《鸿鹄歌》,此说可从。《出行巡狩及游歌诗》十篇,王先谦《汉书补注》认为,当是指汉武帝的《瓠子》《盛唐》《枞阳》等歌。汉铙歌《上之回》也应在其中。《瓠子歌》见《史记·河渠书》,《盛唐》《枞阳》之歌名并见《汉书·武帝纪》,《上之回》见存于《汉鼓吹铙歌》十八曲中。但以上四首是否属于这十首歌之内,不得而知。《临江王及愁思节士歌诗》四篇,沈钦韩的《汉书疏证》认为是临江闵王刘荣所作。但《汉书·景十三王传》中记载有临江哀王阏与临江闵王荣二人,未知谁作。从《汉书》记载来看,以临江闵王刘荣所作的可能性大。《李夫人及幸贵人歌诗》三篇,不可考。沈钦韩的《汉书疏证》:"《外戚传》有《是邪非邪》诗,王子年《拾遗记》有《落叶哀蝉曲》,未审其真伪。"《诏赐中山靖王哙及孺子妾冰未央材人歌诗》四篇,颜师古注:"孺子,王妾之有品号者也。妾,王之众妾也。冰,其名。材人,天子内官。"此诗前有"诏赐"二字,不知是何意思,也许是皇帝下诏赏赐给中山靖王哙及孺子妾等人的。总之,上述诗篇仅存其目,已无原文可考。

3. 其他文献典籍中记载的汉代贵族歌诗篇目

除了以上两类外,在其他典籍中还有一些关于汉代贵族歌诗创作表演的记载,其篇目如下。

(1)据《西京杂记》,汉高祖与戚夫人在后宫时演唱的歌曲有:《出塞》《入塞》《望归》《上陵》《赤凤凰来》。

(2)据《汉书·武帝纪》,汉武帝元封五年(前106年),南巡狩,到盛唐、枞阳,作《盛唐》《枞阳》之歌;太始四年(前93年),祠神入交门宫,作《交门》之歌。

(3)据王嘉《拾遗记》,汉武帝思念李夫人,赋《落叶哀蝉曲》。

（4）据王嘉《拾遗记》，汉昭帝始元元年（前86年），黄鹄下太液池，帝作《黄鹄》之歌。

（5）据《史记·吕太后本纪》，梁王恢之徙王赵，心怀不乐。王有所爱姬，王后使人鸩杀之。王乃为歌诗四章，令乐人歌之。

（6）据《汉书·王褒传》记，汉宣帝时修武帝故事，颇作歌诗。

（7）据《汉书·元帝纪》记，汉元帝多才艺，善史书。鼓琴瑟，吹洞箫，自度曲，被歌声，分刌节度，穷极幼眇。

（8）据《西京杂记》卷五记，赵后有宝琴，曰凤凰。善为《归风》《送远》之操。沈德潜《古诗源》录有《归风送远操》，并署名为赵飞燕作，其辞曰："凉风起兮天陨霜，怀君子兮渺难望，感予心兮多慨慷。"此诗出处不明，难辨真伪。

（9）据《后汉书·礼仪志中》注补引蔡邕《礼乐志》，孝章皇帝亲著歌诗四章，列在食举，又制云台十二门新诗，下太予乐官习诵。

（10）据沈约《宋书·乐志》："章帝元和二年，宗庙乐，故事，食举有《鹿鸣》《承元气》二曲。三年，自作诗四篇，一曰《思齐皇姚》，二曰《六骐骥》，三曰《竭肃雍》，四曰《陟叱根》。合前六曲，以为宗庙食举。加宗庙食举《重来》《上陵》二曲，合八曲为上陵食举。减宗庙食举《承元气》一曲，加《惟天之命》《天之历数》二曲，合七曲为殿中御食饭举。"

上述篇目，或为后人假托，或者没有留下诗句，如今仅存目而已。

至此，我们可以把现存的汉代帝王贵族歌诗列表如下，见表12-1。

我们知道，中国古代的史书是以记载国家政治大事为主的，即便是在人物传记中，也多记载他们的政治、军事、经济、文化等社会活动，极少记录当时社会各阶层的歌诗作品。在这种情况下，汉代帝王贵族们的歌诗创作能够较其他阶层的歌诗创作更多地记录并保存在史书中，自然是一件幸事，给我们研究当时的歌诗创作提供了第一手材料。即便如此，这些能被记录下来的歌诗的数量也是很少的，并不能

表 12-1 现存汉代帝王贵族歌诗

体裁	作者	作品	体裁	作者	作品
楚歌体	刘邦	大风歌	楚歌体	刘去	愁莫愁歌
	刘邦	鸿鹄歌		刘胥	欲久生歌
	项羽	垓下歌		刘细君	悲愁歌
	唐山夫人	安世房中歌		刘宏	招商歌
	刘友	幽歌		刘辩	悲歌
	刘彻	瓠子歌		唐姬	起舞歌
	刘彻	秋风辞	四言体	刘章	耕田歌
	刘彻	天马歌		白狼王唐菆	远夷乐德歌
	刘彻	西极天马歌		白狼王唐菆	远夷慕德歌
	刘彻	思奉车子侯歌		白狼王唐菆	远夷怀德歌
	刘彻	落叶哀蝉曲		东平王刘苍	武德舞歌诗
	刘弗陵	黄鹄歌	五言体	戚夫人	春歌
	刘旦	归空城歌①		班婕妤	怨歌行
	华容夫人	发纷纷歌	杂言体	刘彻	李夫人歌
	刘去	背尊章歌			

①按：刘旦、华容夫人、刘去、刘胥的几首歌，本没有标题，一般的书上所取名称也不相同，为了便于了解诗的内容，本书取上述诗歌的头几个字用作题名。

全面反映汉代歌舞艺术繁荣的历史。我们的分析，只能就上面搜集到的现存诗篇以及存目来进行，这给我们的研究增加了难度。以上这些诗篇，除了高祖唐山夫人的《安世房中歌》、东平王刘苍的《武德舞歌诗》属于宗庙雅乐，白狼王唐菆的三首歌诗属于经过翻译的外国人的颂美之作外，其余都可以归入俗乐的范畴。但是这种俗乐歌诗与汉乐府相和歌等又有很大的不同，并不是一般意义上的审美娱乐之作，它们大体上可以分为两种情况，一种与重要的政治斗争有关，是汉代帝王们政治生活的真实写照，如刘邦的《大风歌》等；另一种与帝王贵族们自己特殊的经历有关，所抒发的是帝王贵族在特殊生活环境中产生的复杂情感，如汉武帝的《秋风辞》等。总之，因为这些诗篇的产生与汉代的帝王贵族相关，具有一定的特殊性，值得读者从特殊的角度关注。同时又因为这些诗篇从本质上讲仍然属于俗乐,我们又可以从中挖掘汉代俗乐歌诗中的一些具有普遍意义的形式和内容。下面我们就其中的重要作者及其诗篇略作评述。

第二节　汉代贵族的政治生活歌诗

在帝王、贵族的政治生活歌诗中,刘邦和项羽的两首即兴歌唱在历史上曾经受到广泛的关注。在楚汉战争中叱咤风云的项羽,身上本来就有着强烈的传奇色彩。他最终兵败垓下,自刎乌江,其悲剧命运曾经激起无数后人的同情,这其中,他的《垓下歌》产生了重要影响。之所以如此,是因为在这即兴的歌唱中,人们看到的不光是他的豪气万丈,还看到了他的侠骨柔肠,看到一个失败的英雄在穷途末路之时所承受巨大的心灵痛苦。

> 力拔山兮气盖世,时不利兮骓不逝。骓不逝兮可奈何,虞兮虞兮奈若何。(《史记·项羽本纪》)

每一个稍微了解中国历史的人读了这首歌,都会想起霸王别姬的情景。这个自负"力拔山兮气盖世"的英雄,这个曾经无数次打败过对手的霸王,最终却败在了刘邦的手下,竟然连自己心爱的女人也保护不了,在"四面楚歌"声中只好面对苍天而感叹,发出呜咽缠绵的悲鸣,让人既敬仰他战死时的悲壮,又可怜他那悲惨的结局。这无疑是失败英雄的终生遗憾,是血泪合成的千古悲歌。真正的诗歌是用生命唱出来的而不是用手写出来的。这首歌虽然简短,却是一首千古杰作,是对诗歌艺术本质的最好诠释。

作为开一代风气之先的《大风歌》,因为出自汉代开国皇帝刘邦之手,受到后人更多的喜爱:

  大风起兮云飞扬，威加海内兮归故乡，安得猛士兮守四方！（《史记·高祖本纪》）

  胡应麟《诗薮》誉之为"冠绝千古"之作。葛立方《韵语阳秋》也说："高祖《大风》之歌，虽止于二十三字，而志气慷慨，规模宏远，凛凛乎已有四百年基业之气。"的确，诗人以"风起云飞"喻群雄逐鹿，以"威加海内"写自己独领风骚，不能不说有一代帝王的英雄之气。比起项羽的"时不利兮骓不逝"，显然有着胜者与败者在心境上的天壤之别。可是，如果只看到这首诗中所表现的刘邦的得意之情，还没有完全把这首诗彻底读懂弄通。

  这首诗产生于汉高祖十二年（前195年），是在刘邦平定了英布的叛乱回归故乡时所作。按《史记·高祖本纪》所记："高祖还归，过沛，留。置酒沛宫，悉召故人父老子弟纵酒，发沛中儿得百二十人，教之歌。酒酣，高祖击筑，自为歌诗曰：……令儿皆和习之。高祖乃起舞，慷慨伤怀，泣数行下。谓沛父兄曰：'游子悲故乡。吾虽都关中，万岁后吾魂魄犹乐思沛。'"如果这首歌所表达的只是刘邦的志得意满之情，他为什么还会"慷慨伤怀，泣数行下"呢？仔细研读历史我们就会明白，刘邦在当时固然有皇袍加身荣归故里的自豪，同时也怀着深深的忧虑。经过十几年血雨腥风之后，他固然战胜了一个又一个对手，在"风起云涌"的战争中"威加海内"，登上了九五之尊。但是登上皇帝宝座之后，他并没有过上一天安生的日子，而是不得不去平复一次又一次的叛乱，杀掉一个又一个的功臣。最让他感到可悲的是，就在他已经感到年老力衰的时候，英布又起来造反，而他竟然找不到一个可以依赖的人代他平叛，只好亲自带病出征。君臣之间的互相猜忌和权力的争夺，已经使他感到力不从心，感到前所未有的孤独悲伤，因而发出了"安得猛士兮守四方"的沉重感叹。从这一点讲，刘邦晚年的悲伤并不亚于项羽。因为他所面临的并不是自己个人的失败，而是从亲身经历中感受到的保天下比打天下更艰难的现实。历史的镜子就在眼前，短命的秦王朝二世而亡，项羽在他的霸王宝座上只坐了五年的时间。自己刚刚打下天下，功臣将相们就一个个离心离德，真不知自己死后江山谁属，而自己的后宫里正在为太子之位进行着你死我活的争夺。想到这些，他能不对自己的江山社稷感到忧虑吗？更何况，刘邦征英布时被流矢所伤，年老多病，他已经对人生有所厌倦，到这时自然更加怀念平凡人的生活，怀念自己的故乡热土。于是，在悲歌《大风》之后，刘邦禁不住"慷慨伤怀，泣数行下"，说出"游子悲故乡，吾虽都关中，万岁后吾魂魄犹乐思沛"的感人肺腑之语。由此而言，我们与其说《大风歌》中充满着开国帝王的豪气，还不如说它同样是一首英雄的悲歌，是充分表现了一代帝王各种复杂的内心情感的生命之歌，同样是一首千古绝唱。

刘邦和项羽是汉初的两位英雄，也是整个中国封建社会历史上的著名人物。他们最终的生命结局虽然大相径庭，但是却从不同角度体现了人生的悲剧。项羽的悲剧是英雄在事业上的失败，而刘邦的悲剧则是英雄年老时的孤独，两个人发自内心的歌唱，都以自己富有传奇色彩的人生为背景而为汉初的歌诗增添了辉煌。同时，两位英雄的歌唱，也拉开了汉代帝王贵族歌诗创作的序幕，让我们从多个角度去理解他们的歌诗，了解这一特殊的群体在汉代诗歌发展史上所起的作用。

在反映政治斗争的汉代帝王贵族歌诗当中，刘邦的《鸿鹄歌》、戚夫人的《舂歌》、赵王刘友的《幽歌》和城阳王刘章的《耕田歌》四首作品引人注目，因为它们构成了一个生动而又完整的故事，充分反映了汉初皇室集团内部的斗争。

这场斗争的起因是太子之争。刘邦登基之后，按照长子继位的传统，本来已经立刘盈（汉惠帝）为太子。但是刘盈为人仁弱，刘邦不太满意，又有废掉刘盈而立赵王如意的想法。赵王的生母戚夫人因为年少善舞而得幸刘邦,在和项羽作战中就常陪伴刘邦,刘邦对她也极为宠爱。她在刘邦面前日夜啼哭,一心想让她的儿子如意成为太子。而吕后在此时也意识到了问题的严重性,就恳求张良出主意帮助,把刘邦最仰慕的商山四皓请来做太子的师傅。太子之争在刘邦晚年已经公开化,成为当时宫廷斗争的焦点。对此,《史记·留侯世家》有生动的记述:

> 汉十二年,上从击破布军归,疾益甚,愈欲易太子。留侯谏,不听,因疾不视事。叔孙太傅称说引古今,以死争太子。上详许之,犹欲易之。及燕,置酒,太子侍。四人从太子,年皆八十有余,须眉皓白,衣冠甚伟。上怪之,问曰:"彼何为者?"四人前对,各言名姓,曰东园公,角里先生,绮里季,夏黄公。上乃大惊,曰:"吾求公数岁,公辟逃我,今公何自从吾儿游乎?"四人皆曰:"陛下轻士善骂,臣等义不受辱,故恐而亡匿。窃闻太子为人仁孝,恭敬爱士,天下莫不延颈欲为太子死者,故臣等来耳。"上曰:"烦公幸卒调护太子。"
>
> 四人为寿已毕,趋去。上目送之,召戚夫人指示四人者曰:"我欲易之,彼四人辅之,羽翼已成,难动矣。吕后真而主矣。"戚夫人泣,上曰:"为我楚舞,吾为若楚歌。"歌曰:"鸿鹄高飞,一举千里。羽翮已就,横绝四海。横绝四海,当可奈何!虽有矰缴,尚安所施!"歌数阕,戚夫人嘘唏流涕,上起去,罢酒。

在这场太子之位的争夺中,吕后依仗张良等人的帮助而取得了胜利。对于刘邦来讲,选择谁当太子固然有他个人倾向的因素在起作用,但是更重要的还是从国家的长治久安来考虑。当他看到太子刘盈有商山四皓来辅佐,羽翼渐丰,势力已难撼动,他感到自己已经不可能再把太子换掉了,只好承认现实。于是,他把戚夫人召来,要把这一无情的事实告诉他的宠妃,让她听从命运的安排。刘邦在这时所唱的《鸿鹄歌》,正表达了他的这种无可奈何的极为复杂的心态。

刘邦要更换太子的主要目的是保住他打下的江山,只要这一愿望能实现,谁当太子的最终结果对他来讲并不重要,但这对于吕后和戚夫人来讲却是一场你死我活的争夺。在这场斗争中吕后胜利了,遭殃的就注定是戚夫人和她的儿子赵王如意。《汉书·外戚传》记下了这一段残酷的历史:

> 高祖崩,惠帝立,吕后为皇太后,乃令永巷囚戚夫人,髡钳衣赭衣,令春。戚夫人春且歌曰:"子为王,母为虏,终日春薄暮,常与死为伍!相离三千里,当谁使告女?"太后闻之大怒,曰:"乃欲倚女子邪?"乃召赵王诛之。使者三反,赵相周昌不遣。太后召赵相,相征至长安。使人复召赵王,王来。惠帝慈仁,知太后怒,自迎赵王霸上,入宫,挟与起居饮食。数月,帝晨出射,赵王不能蚤起,太后伺其独居,使人持鸩饮之。迟帝还,赵王死。太后遂断戚夫人手足,去眼熏耳,饮瘖药,使居鞠域中,名曰"人彘"。居数月,乃召惠帝视"人彘"。帝视而问,知其戚夫人,乃大哭,因病,岁余不能起。使人请太后曰:"此非人所为。臣为太后子,终不能复治天下!"以此日饮为淫乐,不听政,七年而崩。

高祖去世后,吕后马上把戚夫人囚于永巷,让她像奴隶一样整日春米。天真的戚夫人还以为能把自己受难的消息告诉儿子,希望能得到救助,边春米边唱着"子为王,母为虏"的凄苦哀歌,哪想到这招致了吕后更凶狠的报复。她先把赵王如意征召到长安鸩杀,又砍去戚夫人手脚,挖去眼睛,熏聋耳朵,弄成哑巴,扔进厕所中,名之曰"人彘"。汉惠帝本来心怀慈爱,怕他的母亲害死赵王而曾经尽力保护。吕后为此对她的儿子也大为不满，竟让他去看"人彘"，让惠帝在精神上受到极大的打击，以致大病月余，惠帝感到在母后的这种心态下难以治理天下，从此不理政事，几年后就去世了。孝惠帝死后，吕后又幽杀了孝惠太子，借故囚禁并害死了赵王刘友和梁王刘恢。直到吕后去世，城阳王刘章和周勃等平定诸吕之乱，这场王室新贵们的互相残杀才暂告结束。

反映这场宫廷政治斗争的诗歌，除了上面所引刘邦的《鸿鹄歌》和戚夫人的《舂歌》之外，还有赵王刘友对吕后擅权进行怒斥的《幽歌》①，城阳王刘章表示要除掉吕氏家族的决心的《耕田歌》。② 这些诗篇本身就可以连接成一段生动的历史。

史书中记载下来的这一类歌诗，从多方面记述了那个时代宫廷斗争的故事。如燕王刘旦的《归空城歌》、华容夫人的《发纷纷歌》，是燕王刘旦阴谋篡位被告发之后与华容夫人的绝命之辞③；广

---

① 《汉书·高五王传》："赵幽王友，十一年立为淮阳王。赵隐王如意死，孝惠元年，徙友王赵，凡立十四年。友以诸吕女为后，不爱，爱它姬。诸吕女怒去，谗之于太后曰：'王曰"吕氏安得王？太后百岁后，吾必击之。"'太后怒，以故召赵王。赵王至，置邸不见，令卫围守之，不得食。其群臣或窃馈之，辄捕论之。赵王饿，乃歌曰：'诸吕用事兮，刘氏微；迫胁王侯兮，强授我妃。我妃既妒兮，诬我以恶；谗女乱国兮，上曾不寤。我无忠臣兮，何故弃国？自快中野兮，苍天与直！于嗟不可悔兮，宁早自贼！为王饿死兮，谁者怜之？吕氏绝理兮，托天报仇！'遂幽死。以民礼葬之长安。"

② 《史记·齐悼惠王世家》："朱虚侯年二十，有气力，忿刘氏不得职。尝入侍高后燕饮，高后令朱虚侯刘章为酒吏。章自请曰：'臣，将种也，请得以军法行酒。'高后曰：'可。'酒酣，章进饮歌舞。已而曰：'请为太后言耕田歌。'高后儿子畜之，笑曰：'顾而父知田耳。若生而为王子，安知田乎？'章曰：'臣知之。'太后曰：'试为我言田。'章曰：'深耕穊种，立苗欲疏；非其种者，锄而去之。'吕后默然。顷之，诸吕有一人醉，亡酒，章追，拔剑斩之，而还报曰：'有亡酒一人，臣谨行法斩之。'太后左右皆大惊。业已许其军法，无以罪也。因罢。自是之后，诸吕惮朱虚侯，虽大臣皆依朱虚侯，刘氏为益强。"

③ 《汉书·武五子传》：昭帝时，刘旦自以为武帝子，且长，不得立。乃与其姊盖长公主、左将军上官桀交通，谋废帝自立。"会盖主舍人父燕仓知其谋，告之，由是发觉。丞相赐玺书，部中二千石逐捕孙纵之及左将军桀等，皆伏诛。旦闻之，召相平：'事败，遂发兵乎？'平曰：'左将军已死，百姓皆知之，不可发也。'王忧懑，置酒万载宫，会宾客，群臣、妃妾坐饮。王自歌曰：'归空城兮，狗不吠，鸡不鸣，横术何广广兮，固知国中之无人！'华容夫人起舞曰：'发纷纷兮真渠，骨籍籍兮亡居。母求死兮，妻求死夫。裴回两渠间兮，君子独安居！'坐者皆泣。"

陵王刘胥的《欲久生歌》同样是觊觎皇帝之位的阴谋败露之后的绝命辞。① 广川王刘去的《背尊章歌》《愁莫愁歌》二首，反映的则是诸侯王姬妾之间的争斗。② 汉代帝王贵族歌诗虽然存留下来的不多，但却生动真实地记录了皇室内部的斗争，并表现出这种斗争的激烈性和残酷性。这里的每一个失败者，其最终的命运都是被杀或者自杀。

后汉少帝刘辩的《悲歌》则记述了汉代帝王的另一个悲剧故事。据《后汉书·皇后纪下》所记：少帝刘辩本是灵帝何皇后之子，中平六年（189年），汉灵帝崩，年少的皇子刘辩即位，尊他的母后为皇太后。何太后临朝。她的兄弟大将军何进欲诛宦官，事行不密，反而为宦官所害。并州牧董卓被征召，率兵入洛阳而大肆屠杀，凌虐朝廷，又废汉少帝为弘农王，立刘协为皇帝。弘农王下殿，北面称臣。太后哽涕，群臣含悲，而无人敢言。接着董卓又以罪名将何太后用鸩酒害死。第二年，山东义兵大起，讨董卓之乱。董卓把弘农王囚禁于阁上，使郎中令李儒进鸩说："服此药，可以辟恶。" 弘农

---

① 《汉书·武五子传》："始，昭帝时，胥见上年少无子，有觊欲心。而楚地巫鬼，胥迎女巫李女须，使下神祝诅。……居数月，祝诅事发觉，有司按验，胥惶恐，药杀巫及宫人二十余人以绝口。公卿请诛胥，天子遣廷尉、大鸿胪即讯。胥谢曰：'罪死有余，诚皆有之。事久远，请归思念具对。'胥既见使者还，置酒显阳殿。召太子霸及子女董訾、胡生等夜饮，使所幸八子郭昭君、家人子赵左君等鼓瑟歌舞。王自歌曰：'欲久生兮无终，长不乐兮安穷！奉天期兮不得须臾，千里马兮驻待路。黄泉下兮幽深，人生要死，何为苦心！何用为乐心所喜，出入无惊兮乐亟。蒿里召兮郭门阅，死不得取代庸，身自逝。'左右悉更涕泣奏酒，至鸡鸣时罢。胥谓太子霸曰：'上遇我厚，今负之甚。我死，骸骨当暴。幸而得葬，薄之，无厚也。'即以绶自绞死。"

② 《汉书·景十三王传·广川王去传》："后去立昭信为后；幸姬陶望卿为修靡夫人，主缯帛；崔脩成为明贞夫人，主永巷。昭信复谮望卿曰：'与我无礼，衣服常鲜于我，尽取善缯丐诸宫人。'去曰：'若数恶望卿，不能减我爱；设闻其淫，我亨之矣。'后昭信谮去曰：'前画工画望卿舍，望卿袒裼傅粉其傍。又数出入南户窥郎吏，疑有奸。'去曰：'善司之。'以故益不爱望卿。后与昭信等饮，诸姬皆侍，去为望卿作歌曰：'背尊章，嫖以忽，谋屈奇，起自绝。行周流，自生患，谅非望，今谁怨！'使美人相和歌之。……昭信欲擅爱，曰：'王使明贞夫人主诸姬，淫乱难禁。请闭诸姬舍门，无令出敖。'使其大婢为仆射，主永巷，尽封闭诸舍，上籥为后，非大置酒召，不得见。去怜之，为作歌：'愁莫愁，居无聊。心重结，意不舒。内弗郁，忧哀积。上不见天，生何益！日崔隤，时不再。愿弃躯，死无悔。'"

王说:"我无疾,是欲杀我耳!"弘农王不肯饮。在李儒的逼迫下,不得已,于是与唐姬及宫人饮宴诀别。弘农王唱歌,唐姬起舞和唱。"泣下呜咽,坐者皆歔欷。王谓姬曰:'卿王者妃,势不复为吏民妻。自爱,从此长辞!'遂饮药而死。时年十八。"弘农王和唐姬的歌分别是:

> 天道易兮我何艰!弃万乘兮退守蕃。逆臣见迫兮命不延,逝将去汝兮适幽玄!

> 皇天崩兮后土隤,身为帝兮命天摧。死生路异兮从此乖,奈我茕独兮心中哀!

两首短歌的背后竟然有这样丰富的历史内容,这在中国诗歌史上是不多见的。而史书把这样的歌诗记录下来,其实也正说明了这些歌诗所具有的史学意义。四百年之前,刘邦高唱的是"大风起兮云飞扬,威加海内兮归故乡,安得猛士兮守四方"。四百年之后,同是汉代的帝王,在少帝刘辩的身上却已经没有了一丝帝王的英雄豪气,此时的他早已没有守卫四方的"猛士",而且连自己的身家性命都无法保住,发出的只是任人宰割而无奈的悲鸣。在中国诗歌史上,像这样内涵丰富的帝王歌诗作品是不多见的,它给我们讲述的不仅是历史,我们还可以从中了解封建帝王的特殊政治心态。生活在皇宫大院里,他们可能有比平常人要丰富得多的物质生活,但是同时也要感受到普通人无法感受的政治斗争的残酷。而且,在这种你死我活的政治斗争里,没有亲情,也没有感情,有的只是阴谋诡计。只有在他们生命即将结束时的悲歌里,才能看出一些真情的流露。也许,这就是汉代帝王的这些政治性歌诗给我们的特殊启示。

第三节 具有特殊地位的汉武帝歌诗

在汉代的帝王里，汉武帝无疑是最具雄才大略的一位，同时也是最有文采最多情的一位，他的几篇歌诗，具有特殊的地位，值得我们特别关注。

汉武帝的歌诗现存的有《瓠子歌》《秋风辞》《天马歌》《西极天马歌》《李夫人歌》《落叶哀蝉曲》《思奉车子侯歌》《宝鼎》《芝房》《朱雁》等十首。① 从作品存世数量和题材的丰富性来说，汉武帝已经是西汉有主名歌诗作者中的第一人。这些歌诗，从多个方面反映了汉武帝的生活、思想与情感，其中后三首属于宗庙祭祀之作，我们在《郊祀歌》十九章中曾经论及，这里重点关注前面几首。

据《汉书·武帝纪》："元封二年四月……作《瓠子歌》。"《史记·河渠书》曰："天子既封禅巡祭山川，其明年，旱，干封少雨。天子乃使汲仁、郭昌发卒数万人塞瓠子决。于是天子已用事万里沙，则还自临决河，沉白马玉璧于河，令群臣从官自将军已下皆负薪寘决河。是时东郡烧草，以故薪柴少，而下淇园之竹以为楗。"《史记》记载，汉武帝悼功之不成，乃作歌曰：

瓠子决兮将奈何？皓皓旰旰兮闾殚为河！殚为河兮地不得宁，功无已时兮吾山平。吾山平兮钜野溢，鱼沸郁兮柏冬日。延道弛兮离常流，蛟龙骋兮方远游。归旧川兮神哉沛，不封禅兮安知外！为我谓河伯兮何不仁，泛滥不止兮愁吾人？啮桑浮兮淮泗满，久不反兮水维缓。

---

① 据《汉书·武帝纪》，另有《盛唐》《枞阳》之歌、《交门》之歌没有留传下来。此外，《郊祀歌》中的《日出入》一诗，从其中所抒发的情感来看，也很可能是汉武帝所作。本书此处所论，不包括这几篇作品。

> 河汤汤兮激潺湲，北渡污兮浚流难。搴长茭兮沉美玉，河伯许兮薪不属。薪不属兮卫人罪，烧萧条兮噫乎何以御水！颓林竹兮楗石菑，宣房塞兮万福来。

这首歌乃是武帝在堵塞黄河决口时有感而发的。据《汉书·武帝纪》记载，瓠子决口于元光三年（前132年），至元封二年（前109年）已二十余载。河决之时，水"东南注钜野，通于淮泗"，形成了"鄆州钜野县东北大泽"，给百姓造成了极大灾难。当时，武帝"使汲黯、郑当时兴人徒塞之，辄复坏。是时武安侯田蚡为丞相，其奉邑食鄃。鄃居河北，河决而南则鄃无水菑，邑收多。蚡言于上曰：'江河之决皆天事，未易以人力为强塞，塞之未必应天。'而望气用数者亦以为然。于是天子久之不事复塞也。"可见，当黄河决口之时，汉武帝并未彻底下决心堵住它，而是听信田蚡的利己之言，相信所谓的天之气数，便置万千生灵涂炭于不顾，使河水泛滥成灾二十多年。到了元封二年，只是由于"自河决瓠子后二十余岁，岁因此数不登，而梁楚之地尤甚"①，巨大的自然灾害造成了连续数载的荒年，当他行封禅典礼回来途中，看见了黄河决口造成的巨大危害，才发动了数万人，自己亲临现场，令百官皆负薪劳作，沉白马玉璧，下决心要堵住它。

然而，这场拖延二十多年的堵河之战，毕竟是人类与大自然抗争的壮举，也是几千年封建社会史中少有的壮丽画卷。在自然灾害面前，国家、帝王和人民的利益是一致的。汉武帝也正是在这种特殊的时刻，代表了国家和人民的意愿，领导全国人民和自然抗争。他亲临堵河现场，公卿大臣们全都投入堵河的战斗，这极大地鼓舞了人民的斗志："于是卒塞瓠子，筑宫其上，名曰宣房宫。而道河北行二渠，

---

① （西汉）司马迁：《史记·河渠书》，中华书局，1959，第1413页。

复禹旧迹,而梁、楚之地复宁,无水灾。"(《史记·河渠书》)因此,《瓠子歌》尽管出自帝王之口,有王者独尊的心态,把功劳归于自己,把过错归于别人,如"不封禅兮安知外""薪不属兮卫人罪"等,但是它内中所表现的人类在自然灾害面前的忧虑心情和斗争精神,却足以激发全民族的热情并使之产生与帝王的亲近感。而且,只要这种大自然的灾害尚未被人类彻底征服,这种共同的情感体验仍能使人们产生强烈的共鸣。这首诗的感召力量,决不会因为它是帝王之作而泯灭的。

同样出自汉武帝手笔,他的《秋风辞》则表达了另一种复杂心态:

> 秋风起兮白云飞,草木黄落兮雁南归。兰有秀兮菊有芳,怀佳人兮不能忘。泛楼船兮济汾河,横中流兮扬素波,箫鼓鸣兮发棹歌。欢乐极兮哀情多,少壮几时兮奈老何!

据《汉武帝故事》:"上行幸河东,祠后土。顾视帝京,欣然中流。与群臣饮燕,上欢甚。乃自作秋风辞。"《文选》全引此段文字,并把它放在卷四十五"辞"一类,但显然这并不是"辞",而是一首典型的楚歌。这首诗写得凄凉而哀婉,以自然界之秋零落萧条兴人生短促之感,具有非常强的艺术感染力。中国人在诗歌中表达生命意识发端于《诗经》而壮大于楚辞,而汉代则是一个个体生命意识高扬的时代,这其中一个重要的方面就是对人生短促的感叹。汉武帝身为帝王,富有天下,可以享受这个社会所能得到的一切财富,可以对所有的臣民颐指气使。但是作为一个生命个体,汉武帝却和普通人没有什么两样,他同样无法延长自己的生命。而且,正因为富有天下却不能延长生命,这使他比一般人更深切地体会到了人生短促的悲哀:自己还没有享受够指挥天下的权力,还没有住够那些富丽堂皇的宫殿,还没有喜欢够那一群如花似玉的姬妾,还没有品尝够那无尽的山珍海味,转眼间却已经白发苍苍;想到百年之后自己也会和普通人一样埋骨黄泉,这种悲哀岂不比普通人更为沉痛。所以，就在他行幸河东途中，就在他耀武扬威，与群臣燕饮的最欢乐时候，面对着滚滚而逝的东流之水，眼看着草木黄落大雁南归的情景，想到自己早卒的宠妃，禁不住乐极生悲，唱出"欢乐极兮哀情多，少壮几时兮奈老何"的悲歌。由此，我们可以明白汉武帝一次又一次的求仙之举，明白当他听说得到大宛马之后的高兴心情，并联想到他所作的《天马歌》《西极天马歌》，联想到他在行郊祀之礼时所唱的《日出入》之歌，我们可以感受到作为一代帝王的汉武帝的求仙愿望是多么强烈，他对人生短促的感受又是多么深刻。也正因如此，《秋风辞》才写得这么深切感人，它是以一个雄才大略的帝王所体会的个体生命感受，表达了一个时代的人对于生命的思考。在汉代所有表达人生短促的悲歌里，这首歌诗无疑具有代表性。

　　汉武帝并不仅仅是一个冷酷无情的封建帝王，还是一个多情多欲多愁善感的皇帝。他的另外两首怀念李夫人和一首思念奉车子侯的诗，就表现了他的丰富感情。李夫人是汉武帝最喜爱的妃子，容貌美丽而又能歌善舞，不幸早卒。据《汉书·外戚传》所记，李夫人卒后，"上思念李夫人不已，方士齐人少翁言能致其神。乃夜张灯烛，设帷帐，陈酒肉，而令上居他帐，遥望见好女如李夫人之貌，还幄坐而步。又不得就视，上愈益相思悲感，为作诗曰：'是邪，非邪？立而望之，偏何姗姗其来迟！'令乐府诸音家弦歌之。上又自为作赋，以伤悼夫人"①。王嘉《拾遗记》："汉武帝思怀往者李夫人，不可复得。时始穿昆灵之池，泛翔禽之舟。帝自造歌曲，使女伶歌之。时日已西倾，凉风激水，女伶歌声甚适，因赋《落叶哀蝉》之曲。"其辞曰：

　　　　罗袂兮无声，玉墀兮尘生。虚房冷而寂寞，落叶依于重扃。

---

① 汉武帝怀念李夫人而作的赋见于《汉书·外戚传》，同样写得非常生动，因为我们这里所论乃是汉武帝的歌诗，故从略。

望彼美之女兮安得，感余心之未宁。

据《汉书·霍去病传》等所记，奉车子侯本是霍去病的儿子，霍去病去世后，他的儿子霍嬗继承爵位。霍嬗字子侯。武帝特别喜爱他，希望他长大后像霍去病一样为大将。子侯为奉车都尉，跟从武帝封泰山时暴卒，汉武帝思念他而作歌曰：

嘉幽兰兮延秀，荟妖淫兮中溏。华斐斐兮丽景，风徘徊兮流芳。皇天兮无慧，至人逝兮仙乡。天路远兮无期，不觉涕下兮沾裳。（《古诗纪》）

两首歌同样感情真挚而动人。读这样的歌诗，我们感觉汉武帝不像是一个皇帝，而更像一个文采风流、多愁善感的文人。这让我们想起建安时期的曹操、曹丕，想起南唐的李后主，帝王和文人有时候也是可以合为一体的。汉武帝以其特有的雄才大略被后世视为中国历史上的杰出帝王之一，其实他的文学成就也是非常高的。由于现在留下来的西汉文人歌诗不多，汉武帝的抒情歌诗在一定程度上填补了西汉文人抒情歌诗的空白，也代表了那一时代抒情歌诗的最高水平，在中国文学史上应该有他的一席之地。

第四节　刘细君与班婕妤的歌诗

在汉代帝王贵族的歌诗里，乌孙公主刘细君的《悲歌》也是一首颇值得关注的作品。据《汉书·西域传》，乌孙公主本为江都王建的女儿，汉武帝元封中，为了和亲而嫁与乌孙国王，为右夫人。"公主至其国，自治宫室居，岁时一再与昆莫会，置酒饮食，以币帛赐王左右贵人。昆莫年老，言语不通，公主悲愁，自为作歌诗。"其辞曰：

> 吾家嫁我兮天一方，远托异国兮乌孙王。穹庐为室兮旃为墙，以肉为食兮酪为浆。居常土思兮心内伤，愿为黄鹄兮归故乡。

从大的政治方面讲，与西域诸国和亲是汉代的一项国策，对打通西域通路，防止匈奴侵扰，巩固北方边疆都有重要意义。但是从个人角度讲，却是一个重大的牺牲。乌孙公主承担了这一重任，这就意味着她要在语言不通、风俗迥异、水土不适的异地他乡度过自己的一生，面对年老力衰的乌孙国王消耗掉自己宝贵的青春年华，这不能不说是个人的生命悲剧。这首诗没有华丽的语言，前两句直叙其事，中间两句用白描的方式写自己所面对的完全陌生的生活，后两句发出思念故乡的深情呼喊，一方面表现了自己作为一名贵族女子的不幸，另一方面也写出了自己对命运的抗争，读来真切感人。据说这首诗当时就传回了汉王朝，"天子闻而怜之，间岁遣使者持帷帐锦绣给遗焉"（《汉书·西域传》），也许，这种来自故国亲人的关怀会给刘细君带来一些心灵的安慰，但是并不能改变她的悲剧命运。

汉代多能歌善舞的美女，项羽身边的虞美人，刘邦的戚夫人，汉文帝的息夫人，汉武帝的卫皇后、李夫人，汉成帝时的赵飞燕，等等，在历史上都有相关的记载。除了上面我们说到的戚夫人的《春歌》与乌孙公主的《悲歌》之外，《文选》卷二十七所录的班婕妤的《怨歌行》也是一首具有重要意义的歌诗：

> 新裂齐纨素，皎洁如霜雪。裁为合欢扇，团团似明月。出入君怀袖，动摇微风发。常恐秋节至，凉风夺炎热。弃捐箧笥中，恩情中道绝。

此诗最早著录于《文选》，《玉台新咏》题名《怨诗》，并有序：

"昔汉成帝班婕妤失宠,供养于长信宫,乃作赋自伤,并为《怨诗》一首。"关于班婕妤的故事,见《汉书》卷九十七《外戚传·班婕妤传》:"赵氏姊弟骄妒,婕妤恐久见危,求供养太后长信宫,上许焉。婕妤退处东宫,作赋自伤悼。"《文选》李善注:"《五言歌录》曰:'怨歌行,古辞。'然言古者有此曲,而班婕妤拟之。婕妤,帝初即位,选入后宫,始为少使,俄而大幸,为婕妤,居增成舍。后赵飞燕宠盛,婕妤失宠,希复进见。成帝崩,婕妤充园陵。薨。"这是关于班婕妤生平的最早记录。

《汉书》中只说班婕妤作赋,并录之,却没有说她作诗之事。刘勰《文心雕龙·明诗篇》云:"至成帝品录,三百余篇……而辞人遗翰,莫见五言,所以李陵班婕妤见疑于后代也。"宋人严羽《沧浪诗话》:"班婕妤《怨歌行》,《文选》直作班姬之名,《乐府》以为颜延年作。"由于记载不详,所以近代梁启超、徐中舒、罗根泽等人都对此诗为班婕妤作之说表示怀疑。如梁启超说:"此诗纯用比兴,托意微婉,在古诗中固为上乘。婕妤为成帝时人,以当时童谣中'邪径良田'的体制对照,则亦有产生此类诗的可能性。但《文选》李注引《歌录》但称为'古词',而刘勰亦谓'其见疑于后代',然则是否出婕妤手,在六朝时已有问题,恐亦是后人代拟耳。"① 罗根泽说:"余以为是否颜延年作,虽未敢确定,约之非班姬所作,则毫无疑义。《汉书》载其失宠后,奉养东宫,退出长门,作赋以自伤悼,且全录其赋,不言有诗。班姬乃固之先人,有诗何能不知?知之何能不录?盖东晋喜以《团扇歌》咏男女爱情,此首偶尔失名,后人以其与班姬事相仿,遂嫁名班姬。"② 逯钦立也认为此诗非班婕妤所作,但是他否定了所谓颜延年作之说,也不同意是东晋人的伪作。他说:"按严

---

① 梁启超:《中国美文及其历史》,东方出版社,1996,第141页。
② 罗根泽:《五言诗起源说评录》,《罗根泽古典文学论文集》,上海古籍出版社,1985,第153页。

氏所谓乐府,当指郭茂倩《乐府诗集》,然郭书实作班氏,不作延年,严氏所说,恐不可信。且即使古代乐录有此题署,亦仍不足据。"因为在颜延年之前,早有西晋人傅玄《怨歌行·朝时篇》、陆机《班婕妤》等模仿班婕妤的《怨歌行》。可见此诗最早也当产生于西晋之前。"检咏扇之作,汉代綦罕,东汉作者,则约有四、五家之多,然各家所撰,率以君子之用行舍藏者,为唯一之托喻,前后二百年中,殆无大异"。唯魏文帝《代刘勋妻王氏杂诗》和王粲《出妇赋》命意同于《怨歌行》,"总上所述,合欢团扇之称咏,见弃怀怨之意境,悉可证其始于邺下之文士,可知传行西晋之《怨歌》,亦必产生于斯时。大抵曹魏开国,古乐新曲,一时称盛,高等伶人,投合时好,造为此歌,亦咏史之类也。殆流传略久,后人遂目为班氏自作"。①

以上诸家所论,自以逯钦立说最为有力。他认定此诗最早也应在曹魏时期,可备一说。但是我们并不同意他的"高等伶人"拟作说,因为这不过是一种猜测之词。团扇之喻,在东汉时期固然多写用行舍藏,但是我们并不能否定班婕妤可用之比喻君王恩宠,反过来我们也可以说,这正好是她的创造。同时,也正因为她的这一创造,才开启了后人的模仿。西晋人傅玄的《怨歌行·朝时篇》云:"自伤命不遇,良辰永乖别。已尔可奈何,譬如纨素裂。"此诗模仿《怨歌行》咏叹班婕妤之命运,其用辞命意之相同,正好说明团扇之喻与班婕妤创作之间这种不可分离的关系。西晋人陆机的《班婕妤》一诗云:"婕妤去辞宠,淹留终不见。寄情在玉阶,托意唯团扇。"可见在西晋人陆机的心中,团扇之作,也定属班婕妤无疑。西晋与曹魏时代前后相接不过几十年,若《怨歌行》为曹魏时"高等伶人"所作,傅玄、陆机等人就不会有这样的拟作。因此笔者以为,在没有充分的证据证

---

① 逯钦立:《汉魏六朝文学论集》,第 22~27 页。

明此诗为伪作之前，我们是不能轻易怀疑此诗的。

　　班婕妤的这首歌诗之所以重要，有两点原因。第一是从形式上看，这首诗是一首完整的五言歌诗。此前汉代有主名的歌诗中，虽然戚夫人的《春歌》和李延年的《北方有佳人》也可以算是五言，但是《春歌》中的前两句是三言，《北方有佳人》的第五句有"宁不知"三个衬字。从形式来看都没有这一首整齐，这首诗是我们研究歌诗与五言诗关系的一个重要参照。第二是这首诗与我们前面所论的其他帝王贵族歌诗不同，它不是一首即兴而唱的作品，而是在一个原有曲调的基础上根据一个抒情的主题进行的艺术创造。此诗在遣词造句方面都非常讲究，全诗表面上是写团扇，其实是以之为比喻，巧妙地表达了一个宫中女子担忧自己的命运以及唯恐被弃的复杂心情。团扇以洁白的齐纨所制，象征着自己的品性高洁。团扇如明月般可爱，象征着自己的美丽。但是再美丽高洁的团扇，也不过是驱暑送凉的工具，这颇似女人在封建社会中的境遇。而更为可怜的是，无论她们如何得宠恃骄，也难以摆脱花落色衰、被人遗弃的命运。这就好比团扇一样，一旦暑气消退，秋风送爽，再好的团扇也没有了使用的价值，只能被人遗弃于箧笥之中。仔细想一想，班婕妤在此诗中表达的情感是多么细腻，其性格又是多么柔弱，而内心又是多么焦虑与沉重啊。中国古代女子的柔弱婉顺与多愁善感，在这首诗中得到了突出的表现。像这样感情丰富而又文采斐然的作品，如果没有切身感受和很高的艺术修养，一个"高等伶人"是不可能写出来的。这同样是一首汉代贵族歌诗的杰作。

　　以上，我们从三个方面对西汉帝王贵族歌诗作了论述，首先可以看到这些歌诗内容的丰富性。作为汉代社会的一个特殊政治阶层，这些帝王贵族与普通百姓有着不一样的生活环境与生活经历。他们有着优越的生活条件，可以纵情于声色享乐，但是他们也要面对宫廷中残酷的政治斗争，体会到更多的政治压力。正是通过这些表现宫廷政治斗争的歌诗，我们对汉代帝王的生活内容才有了更多的了解。同时，这些帝王贵族也有与普通人一样的思想情感，他们同样感叹人生短促，怀念故土家乡，抒发男女之情，表达了人类追求美好生活的共同文化心理和求真向善的人性。

其次，从汉代帝王贵族的这些歌诗创作中，我们还可以看到文学观念和艺术审美风尚的变化。从汉代帝王贵族所处的社会地位来讲，与先秦贵族有一致之处。但是，汉代的帝王贵族歌诗并没有继承先秦贵族的雅诗传统。从艺术风格上说，这些诗不像周代贵族的《雅》诗那样庄严典则，语言文雅，而是出言直率，感情直露，毫不含蓄。更重要的是从创作态度上看，这些作者心中并没有诗教的观念，并没有像儒家学者所说的，作为君临天下的帝王，更应该"慎其所感"。在他们心中歌诗就是遣性娱乐的工具，写诗的动机就是表达自己心中的喜怒哀乐。刘邦的《大风歌》之作，是起于还归故乡，与故人父老相乐，酒醉欢哀的席间；《鸿鹄歌》作于易太子事不成，戚夫人嘘唏流涕，二人相对感伤之时；赵王刘友的《幽歌》作于被吕后幽禁横遭陷害的悲愤怨恨之时；汉武帝的《秋风辞》是见景生情。从这里可以看出，这些汉代帝王贵族们的歌诗创作一开始继承的就不是先秦诗骚精神，而是取法自春秋末年以来以娱乐抒情为主要目的的"新乐""郑声"，这是我们认识汉代贵族歌诗时更应该注意的，因为从这里看出，在汉代新兴地主阶级的日常歌诗活动中，郑声早已取代了雅乐。汉初贵族的歌诗艺术活动，一开始就是从"郑声"发端的。

关于汉代贵族歌诗的特点，学者们过去注意不够，因为现存的有关诗篇，多数是在《史记》《汉书》中被当作王室内部斗争的史料记载下来的。少数歌诗如汉武帝的《秋风辞》《李夫人歌》等也不受人重视，人们很少考虑体现在其中的文学观念变化。实际上，如果我们深入考察历史，就会发现直抒情感的俗乐早已深入人心。李斯在《谏逐客书》中说："夫击瓮叩缶弹筝搏髀，而歌呼呜呜快耳者，真秦之声也；郑、卫、桑间、昭、虞、武、象者，异国之乐也。今弃击瓮叩缶而就郑卫，退弹筝而取昭虞，若是者何也？快意当前，适观而已矣。"可见，早从战国时起，以郑声为代表的世俗型的艺术就已经在诸国的宫廷中流行，是帝王贵族们最喜欢的艺术。在楚汉战争的戎马倥偬之中，项羽有虞美人相随，刘邦有戚姬相从，二人皆能歌善舞。我们上引《西京杂记》的材料更能说明汉代宫廷的歌舞娱乐之风和社会审美风气的变化。

最后，从以上诗篇的文体特征可以看出，这些帝王贵族歌诗大都属于楚歌，四言、五言体在其中所占的比例很小，这说明楚歌在汉代宫廷的歌诗艺术生产中占有比较重要的地位，具有不同一般的意义。汉高祖乐楚声，是因为其本是楚人。汉初的宫廷歌诗以楚歌为主，是因为楚国文化对汉文化有直接影响。可是从汉武帝以后一直到东汉末年少帝刘辩和唐姬，所作的大都是楚歌，这说明，楚歌在汉代宫廷里已经形成了一个特殊的艺术传统，这也是一个值得注意的现象。

第十三章

汉代文人歌诗研究

本章提要：在汉代歌诗创作中，文人是积极的参与者并在其中占有重要地位，在礼乐文化的建设与世俗的歌唱中都有他们的身影。其中，杨恽、马援、梁鸿等人感于哀乐的抒情歌诗，张衡、傅毅、蔡邕等人的世俗歌唱，辛延年、宋子侯的乐府歌诗都值得关注。在部分无名氏的乐府歌诗里，有许多也可以看成是文人的创作。本章不仅澄清了一个文学史事实，证明汉代文人在歌诗生产中作出了重要贡献，而且还讨论了汉代文人歌诗存在的意义，证明汉代文人不仅写赋，同时也是写作抒情诗的高手。正因为有了汉代文人参与的歌诗生产，才为建安以后文人乐府诗的大兴奠定了坚实的基础。

在汉代歌诗创作中，文人们曾积极地参与并对汉代歌诗的发展作出了重要贡献。但由于现存有主名的汉代文人歌诗不多，后人对此重视不够，对此我们应该予以更多的关注。

第十三章 汉代文人歌诗研究

第一节 汉代文人参与歌诗创作的文献考察

从文献记载看,早自西汉时起,文人在歌诗创作中就占有很重要的位置。特别是在汉代宗庙乐歌与颂美汉帝国的乐府颂歌的制作中,文人们曾经起过重要作用。汉朝初立,刘邦命叔孙通制礼作乐,这可以看作是文人参与歌诗创作在汉代的开始。据《汉书·礼乐志》,汉高祖刘邦命叔孙通制宗庙乐,共有《嘉至》《永至》《登歌》《休成》《永安》等五首乐曲。① 据《史记·刘敬叔孙通列传》,叔孙通曾为秦时博士,后来追随刘邦。在汉初制定礼仪之时,曾征召鲁地儒生三十余人。这五首宗庙乐的创制,可能也有这些儒生参与,可惜的是现在只留下五首乐曲的名称而没有留下歌词。《汉书·礼乐志》曰:"武帝定郊祀之礼,祠太一于甘泉,就乾位也;祭后土于汾阴,泽中方丘也。乃立乐府,采诗夜诵,有赵、代、秦、楚之讴。以李延年为协律都尉,多举司马相如等数十人造为诗赋,略论律吕,以合八音之调,作十九章之歌。"以此而言,在汉武帝时代,司马相如等文人曾参与了《郊祀歌》十九章的制作。《汉书·王褒传》又曰:"王褒字子渊,蜀人也。宣帝时修武帝故事,讲论六艺群书,博尽奇异之好,征能为《楚辞》九江被公,召见诵读,益召高材刘向、张子侨、华龙、柳褒等待诏金马门。神爵、五凤之间,天下殷富,数有嘉应。上颇作歌诗,欲兴协律之事,丞相魏相奏言知音善鼓雅琴者渤海赵定、梁国龚德,皆召见待诏。于是益州刺史王襄欲宣风化于众庶,闻王褒有俊材,请与相见,使褒作《中和》《乐职》《宣布》诗,选好事者令依

---

① 《汉书·礼乐志》:"高祖时,叔孙通因秦乐人制宗庙乐。大祝迎神于庙门,奏《嘉至》,犹古降神之乐也。皇帝入庙门,奏《永至》,以为行步之节,犹古《采荠》、《肆夏》也。乾豆上,奏《登歌》,独上歌,不以管弦乱人声,欲在位者遍闻之,犹古《清庙》之歌也。《登歌》再终,下奏《休成》之乐,美神明既飨也。皇帝就酒东厢,坐定,奏《永安》之乐,美礼已成也。"

《鹿鸣》之声习而歌之。"可见，王褒也曾参加了汉乐府中颂美歌诗的写作。以上是西汉时的情况，在东汉比较著名的则有傅毅的《显宗颂》十篇。班固也有《汉颂论功歌诗》两篇（《灵芝歌》《嘉禾歌》）。其中《显宗颂》十篇作于汉章帝之时。据《后汉书·文苑列传·傅毅传》："建初中……毅追美孝明皇帝功德最盛，而庙颂未立，乃依《清庙》作《显宗颂》十篇奏之，由是文雅显于朝廷。"可见此诗也是用于帝王宗庙。班固的《汉颂论功歌诗》两篇系于《汉颂》之下，同为朝廷庙堂颂美之作。以上诗篇，除《显宗颂》十篇今已不存外，其他作品犹在。对于这些文人的歌功颂德之作，从一般艺术欣赏的角度来讲也许值得称道的东西不多，但是从汉代礼乐文化建设的角度来考虑，我们却不能不给予足够的重视。

汉代文人除了参与郊庙颂美之作的写作外，同时也创作一些表达世俗情感的个体抒情歌诗。这一类的作品虽然流传下来的并不多，但是对于我们认识汉代歌诗却有着比较重要的意义。据相关文献记载可知，在《汉书·艺文志》所辑录的西汉歌诗篇目里，有《临江王及愁思节士歌诗》四篇，这里所说的《愁思节士歌诗》，可能是文人的创作。在《汉书》当中，还记载了杨恽的《拊缶歌》一首。另外，《汉鼓吹铙歌》十八曲中的《将进酒》《君马黄》，也可能是文人的作品。到了东汉，文人士子参与歌诗创作已经形成一种风气，成为颇为引人注目的现象，其中有这样几种情况。

（1）现存歌诗中署名为文人的创作，如马援的《武溪深行》、张衡的《同声歌》、蔡邕的《饮马长城窟行》、辛延年的《羽林郎》、宋子侯的《董娇饶》等。

（2）现存歌诗中一些未署名的歌诗，但是从诗篇内容看应该属于文人的创作，如大曲《满歌行》，诗中有"唯念古人，逊位躬耕。遂我所愿，以兹自宁。自鄙栖栖，守此末荣"等语，从全诗的语气上看似是一位身在官场的文人自作。与此同类的作品还有《长歌行·青青园中葵》①、《君子行》、《折杨柳行》、《西门行》、《怨诗行》、《猛虎行》、《古歌·秋风萧萧愁杀人》等。这些作品,因为文人歌诗色彩较浓,故后世常把它们当作某一文人所作,如《长歌行·青青园中葵》,《事文类聚》引作颜延年诗,《君子行》,《合璧事类》也引作颜延年诗。此外还有一些作品,虽然失去了作者姓名,但是从艺术水平上看应出于文人之手,如《孔雀东南飞》,萧涤非就在他的著作里把这首诗列入"东汉文人乐府"中论述。他说:"其作者虽失名,然要必出于文人(但非一人)之手,如辛延年,宋子侯之流,则绝无可疑。"② 笔者以为,这种推断是有一定道理的。

从现有的历史文献当中,我们找到的可以考知的文人参与汉代歌诗艺术创作的材料大致如此。由于西汉末年和东汉末年两次大的历史浩劫,汉代文人留下来的歌诗很少,相关记载也很有限。所以,以上材料就显得弥足珍贵。这其中,特别是汉代文人参与世俗歌诗创作的相关记载更值得我们高度重视,从中可以发掘出许多有价值的东西,促进我们深化对于汉乐府艺术本质的认识,对汉代文人文化心态的认识,以及对中国古代文人歌诗发生发展的认识。

第二节 传世署名的汉代文人歌诗

现存的传世署名的汉代文人歌诗,可以分为几种不同的类型,一种是"感于哀乐、缘事而发",纯属于抒发个体情感的作品;一种是

---

① 《青青园中葵》一诗,郭茂倩《乐府诗集·相和歌辞五》引《乐府解题》曰:"古辞云'青青园中葵,朝露待日晞',言芳华不久,当努力为乐,无至老大乃伤悲也。"故郭茂倩认为此诗为古辞,今人亦之。据郭茂倩《平调曲》解题引《古今乐录》语,魏明帝有"青青"一曲,属《长歌行》,已失传。以此言之,则魏明帝"青青"虽属于《长歌行》,但不可能是这首古辞,很可能是另一首同题之作。此首虽题为"古辞",可是从艺术水平与文辞语气来看,当属于无名氏文人创作。

② 萧涤非:《汉魏六朝乐府文学史》,第112页。

表达文人们世俗情感与文化情趣的歌唱。还有一些文人直接参与了歌诗的生产。他们的名字虽然没有留下来，但是在那些存世的歌诗中，却明显地表达了他们的心声，证明了他们的存在。下面分而述之。

一 杨恽、马援、梁鸿感于哀乐的歌诗创作

杨恽的《拊缶歌》原本没有标题，《诗纪》作《拊缶歌》，逯钦立《先秦汉魏晋南北朝诗》写作《歌诗》。其诗如下：

> 田彼南山，芜秽不治，种一顷豆，落而为萁。人生行乐耳，须富贵何时！

据《汉书·杨敞传》，杨恽本为汉昭帝时丞相杨敞的儿子，"字子幼，以忠任为郎，补常侍骑。恽母司马迁女也。恽始读外祖父《太史公记》，颇为《春秋》。以材能称。好交英俊诸儒，名显朝廷，擢为左曹。霍氏谋反，恽先闻知，因侍中金安上以闻，召见言状。霍氏伏诛，恽等五人皆封，恽为平通侯，迁中郎将"。"恽居殿中，廉洁无私，郎官称公平。然恽伐其行治，又性刻害，好发人阴伏，同位有忤己者，必欲害之，以其能高人。与太仆戴长乐相失，卒以是败"。

《拊缶歌》本出自杨恽写给孙会宗的一封书信。当时杨恽已失爵位，免官在家而大治产业，起室宅，以财自娱。岁余，其友人安定太守西河孙会宗，写信给杨恽，劝他在被免之时要"阖门惶惧"，而不要"治产业，通宾客，有称誉"。但是杨恽本为宰相之子，少显朝廷，"一朝以暗昧语言见废，内怀不服"，于是就给孙会宗回信再一次表达他的怨望之情。其中写道："田家作苦，岁时伏腊，亨羊炰羔，斗酒自劳。家本秦也，能为秦声。妇，赵女也，雅善鼓瑟。奴婢歌者数人，酒后耳热，仰天拊缶而呼乌乌。其诗曰：……是日也，拂衣而

喜,奋袖低卬,顿足起舞,诚淫荒无度,不知其不可也。"(以上并见《汉书·杨敞传》)

由此可见,杨恽的《拊缶歌》乃是表达自己怨望之情的作品。不过这种怨望之情并不是直接地表露,而是通过歌舞娱乐的方式出之。从文中可以看出,作为一个已被免官的大臣,杨恽的生活与一般的平民百姓还是大不一样的。他在信中所说的"田家作苦"不会是他真正的生活写照,因为他既有一个"雅善鼓瑟"的妻子,又有"奴婢歌者数人",而且还能"大治产业,起室宅,以财自娱",所以,他只是借"岁时伏腊"的节日歌舞,来抒写自己的怨望之怀,同时在诗中也表达了及时行乐的消极生活态度。由杨恽的例子我们可知,汉代的文人士大夫在他们的日常生活里参与歌舞娱乐的活动不会很少,在这种场合里也会有相应的歌诗制作。

列入《乐府诗集·杂曲歌辞》中马援的《武溪深行》,则是东汉初年一首值得注意的文人歌诗。据崔豹《古今注》:"《武溪深》,马援为南征之所作。援门生袁寄生善吹笛,援作歌以和之。"其诗曰:

滔滔武溪一何深,鸟飞不度,兽不敢临。嗟哉武溪多毒淫!

关于马援南征之事,在《后汉书·马援列传》中有如下记载:"(建武)二十四年,武威将军刘尚击武陵五溪蛮夷,深入,军没,援因复请行。时年六十二,……(明年)三月,进营壶头。贼乘高守隘,水疾,船不得上。会暑甚,士卒多疫死,援亦中病,遂困,乃穿岸为室,以避炎气。贼每升险鼓噪,援辄曳足以观之,左右哀其壮意,莫不为之流泣。"由此可见,此诗正作于马援征战蛮夷受困于南方暑热毒淫之时,盖因感受深切,故诗虽简短,却颇为生动,感叹中带有悲壮之气,十分感人。

在汉代文人歌诗中,梁鸿的《五噫歌》也是值得注意的一首:

> 陟彼北芒兮，噫！顾览帝京兮，噫！宫室崔嵬兮，噫！人之劬劳兮，噫！辽辽未央兮，噫！

梁鸿事迹和此诗见《后汉书·逸民列传》，梁鸿字伯鸾，扶风平陵人。曾"受业太学，家贫而尚节介，博览无不通，而不为章句。学毕，乃牧豕于上林宛中"。据说梁鸿牧豕时曾因不慎而烧了别人的房子，就以身抵债，人称长者。后来他娶了一个容貌很丑却与他志同道合的妻子孟光，夫妻间举案齐眉的故事广为传诵。后来二人"共入霸陵山中，以耕织为业，咏《诗》《书》，弹琴以自娱。仰慕前世高士，而为四皓以来二十四人作颂。因东出关，过京师，作《五噫之歌》"。这首歌讽刺统治者的奢侈无度，感喟深长，在当时产生了很大影响。据说汉章帝听了之后很不高兴，派人各处寻找也找不到他，梁鸿也不得不改名换姓，隐居在齐鲁之间。①

杨恽、马援、梁鸿三人的诗作虽然表达的情感大不一样，但是这三首歌诗产生的机制却是一样的，三者均是典型的即兴歌诗创作。这说明，所谓"感于哀乐，缘事而发"，并不是民间歌谣独有的特征，而是包括帝王贵族之作、文人歌诗在内的汉代歌诗艺术的基本特征之一。

二 张衡、傅毅、蔡邕等文人的世俗歌唱

在汉代文人歌诗中，张衡、傅毅、蔡邕等人的歌诗则代表了另一种情况。与杨恽、马援等人的"感于哀乐，缘事而发"不同，张衡等人的歌诗非常鲜明地表现了汉代文人的世俗思想感情和他们的

---

① 《后汉书·逸民列传》："肃宗闻而非之，求鸿不得。乃易姓运期，名耀，字侯光，与妻子居齐鲁之间。"

文化情趣，这些歌诗虽以乐府为题却突显了文人诗风格，或在歌诗中别立一体，或与《古诗十九首》为代表的汉代文人五言诗有相当的一致性。

张衡的《同声歌》在汉代歌诗中别立一体，此诗首见《玉台新咏》，全诗如下：

> 邂逅承际会，得充君后房。情好新交接，恐栗若探汤。不才勉自竭，贱妾职所当。绸缪主中馈，奉礼助蒸尝。思为苑蒻席，在下蔽匡床。愿为罗衾帱，在上卫风霜。洒扫清枕席，鞮芬以狄香。重户结金扃，高下华灯光。衣解巾粉御，列图陈枕张。素女为我师，仪态盈万方。众夫所希见，天老教轩皇。乐莫斯夜乐，没齿焉可忘。

《乐府解题》曰："《同声歌》，汉张衡所作也。言妇人自谓幸得充闺房，愿勉供妇职，不离君子。思为莞簟，在下以蔽匡床；衾帱，在上以护霜露。缱绻枕席，没齿不忘焉。以喻臣子之事君也。"此诗内容甚明，本是拟新妇之口吻向丈夫自陈之辞。先写自己将克尽妇职，再写闺房燕昵之乐，并无以臣事君之喻。因为，在中国古代诗歌中虽然有以男女之情写君臣之事的传统，但是在这一类诗歌中的男女之情一般都比较文雅含蓄，其比喻也大都得体，而这首诗写男女闺房之乐却颇有露骨之嫌，以之喻君臣之义亦涉嫌轻薄。刘勰《文心雕龙·明诗》曰："张衡《怨篇》，清典可味。仙诗缓歌，雅有新声。"刘勰此段话中所说的《怨篇》，应指张衡《怨诗》"猗猗秋兰"一篇，而所谓"仙诗缓歌，雅有新声"，萧涤非先生认为即指此曲《同声歌》，"以篇中有天老素女之言也"[①]。笔者认为，萧涤非先生说得有

---

① 萧涤非：《汉魏六朝乐府文学史》，第107页。

道理。汉代曾流行房中仙术，此诗素女四句与此有关。① 据《后汉书·张衡列传》，张衡对阴阳之学、神仙方术颇有研究，其《思玄赋》一首中亦有游仙求女的描写："天地絪缊，百卉含花。鸣鹤交颈，雎鸠相和。处子怀春，精魂回移。"由此可见，此诗所写，主要为男女之情，中间又杂以当时流行的男女房中仙术，抒写的是他的世俗情怀，正表现了张衡这样的文人的另一面——和比较严肃的正统文人相对立的世俗文人一面。它说明，作为东汉社会的文人士子，其思想感情是复杂的，其艺术表现也是多方面的，甚至像张衡这样的著名文人也不例外。另一方面它还说明，东汉时代的文人士子，在利用不同的文体进行艺术创作时，其创作态度和情感投入也是不一样的。用班固的话说，汉大赋属于"古诗之流"，因而他们在进行大赋创作时的态度很严肃，"或以抒下情而通讽喻，或以宣上德而尽忠孝，雍容揄扬，著于后嗣，抑亦雅颂之亚也"（班固《两都赋序》）。而歌诗则属于"感于哀乐，缘事而发"的艺术，因而他们在歌诗创作中便可以袒露自己的世俗情怀，向人们展示作为世俗的自我。张衡这首《同声歌》的创作恰恰是东汉文人世俗心态的尽情表露，因而在东汉歌诗中不但自立一体，而且在后世文人中也产生了很大反响，其后徐干的《室思》、陶潜的《闲情赋》等作品在思想情趣和艺术表现上都深受它的影响。

在东汉文人歌诗中，傅毅的《冉冉孤生竹》和蔡邕的《饮马长城窟行》两首诗也应该引起我们的注意。关于这两首诗的作者问题，历来有不同的说法。其中《冉冉孤生竹》一首，在《文选》中列入《古诗十九首》，在《玉台新咏》被列入无名氏《古诗》八首中，但是刘勰在《文心雕龙·明诗》中说得非常明确："汉初四言，韦孟首

---

① 据《汉书·艺文志》：房中八家，百八十六篇。有《容成阴道》二十六卷、《天老杂子阴道》二十五卷、《黄帝三王养阳方》二十卷等。《玉房秘诀》："黄帝问素女、玄女、采女阴阳之事，皆黄帝养阳方遗说也。"又据《后汉书·方术列传》："冷寿光行容成公御妇人法，甘始、东郭延年、封君达三人，皆方士也，率能行容成公御妇人之术。"

唱，匡谏之义，继轨周人。……而辞人遗翰，莫见五言，所以李陵班婕妤见疑于后代也。按《召南·行露》，始肇半章；孺子《沧浪》，亦有全曲；《暇豫》优歌，远见春秋；《邪径》童谣，近在成世：阅时取证，则五言久矣。又古诗佳丽，或称枚叔，其《孤竹》一篇，则傅毅之词。比采而推，两汉之作也。观其结体散文，直而不野，婉转附物，怊怅切情，实五言之冠冕也。至于张衡《怨篇》，清典可味；仙诗缓歌，雅有新声。"仔细推敲刘勰上面这段话，我们会发现，刘勰虽然对传说中的李陵、班婕妤的诗没有作出明确肯定，但是他认为五言诗由来久远，时人所说的"古诗"应该为两汉之作，在这里他特别提到了傅毅的《孤竹》一篇，并把它与张衡的《怨篇》等说得同样肯定，我们是不能忽视他的这一说法的。傅毅在章帝时曾为兰台令史，与班固、贾逵共典校书，又做过大将军窦宪的司马，以文雅显于朝廷，曾著诗赋等二十八篇，现存《迪志诗》一首、《舞赋》一篇、《七激》一篇，还有一些赋的残篇。其《舞赋》写得文采飞扬，颇为生动。从傅毅所处的时代和他的文学素养看，我们认为他有创作《冉冉孤生竹》这样诗篇的可能，刘勰所说必有根据。蔡邕的《饮马长城窟行》在《文选》中作"古辞"，《玉台新咏》题为蔡邕作，《蔡中郎集》也收入此诗，也许可信。据《后汉书·蔡邕列传》，灵帝光和元年（178年），蔡邕因为上奏章获罪，与家属徙置朔方，居五原安阳县，第二年赦还。此诗所作，或在其时。诗以古乐歌《饮马长城窟行》为题，其"青青河畔草"和"客从远方来"等句，又有拟《古诗十九首》痕迹，但切合题意，也与蔡邕当时处境相合，所以笔者认为把此诗定为蔡邕作更为合适些。

这两首诗之所以引起我们特别的关注，正因为它们在思想情调和艺术风格上与以《古诗十九首》为代表的汉代文人五言诗相一致。关于汉代文人五言诗，笔者有专文讨论，此处所要指出的是文人五言诗和汉乐府的关系。刘勰《文心雕龙·乐府》中就说："乐辞曰诗，诗声曰歌。"朱乾在《乐府正义》中也说："《古诗十九首》皆乐府也。"宋人郑樵在《通志·乐略》中对诗与乐的关系有更详细的说明。汉代文人五言诗乃是从乐府中流变发展而蔚为大观、别开生面的。明确这一点，实在是我们认识和研究汉诗的一大关键。

三 辛延年与宋子侯的歌诗

辛延年与宋子侯的作品都列在《乐府诗集》的"杂曲歌辞"之中，两首诗作者的身世均不详。其中辛延年的《羽林郎》是一首叙事诗，说的是西汉时霍光家奴冯子都仗势欺侮酒家胡女之事，可能是一首借历史来写时事的歌诗作品。① 其诗曰：

> 昔有霍家奴，姓冯名子都。依倚将军势，调笑酒家胡。胡姬年十五，春日独当垆。长裾连理带，广袖合欢襦。头上蓝田玉，耳后大秦珠。两鬟何窈窕，一世良所无。一鬟五百万，两鬟千万余。不意金吾子，娉婷过我庐。银鞍何煜爚，翠盖空踟蹰。就我求清酒，丝绳提玉壶。就我求珍肴，金盘鲙鲤鱼。贻我青铜镜，结我红罗裾。不惜红罗裂，何论轻贱躯。男儿爱后妇，女子重前夫。人生有新故，贵贱不相逾。多谢金吾子，私爱徒区区。

---

① 清人冯班《钝吟杂录》云："古诗皆乐也，其词多歌当时事。如《上留田》、《霍家奴》、《罗敷行》之类是也。"《汉书·霍光传》："百官以下，但事冯子都、王子方等。"服虔注："皆光奴。""羽林郎"，大概是指冯子都所居官职。按冯班的说法，这首诗似应作于西汉时。又据清人傅青主《东西汉书姓名韵》记载，西汉人名延年者甚多，如田延年、杜延年、张延年、李延年等，其中叫刘延年的王子侯就有八人，而东汉只有东郭延年一人。据此，台湾学者方祖燊推测辛延年也可能是西汉人，见方祖燊《汉诗研究》，台北正中书局，1969，第71页。而朱乾《乐府正义》则曰："按后汉和帝永元元年以窦宪为大将军，窦氏兄弟骄纵，而执金吾景尤甚，奴客缇骑，强夺财货，篡取罪人，妻略妇女，商贾闭塞，如避寇仇，此诗疑为窦景而作，盖托往事以讽今也。"萧涤非先生同意朱乾的说法。我们认为，从诗篇的创作风格来看，此诗和东汉乐府中的其他叙事诗相近，可能是东汉作品。

这首歌诗在题材类型上与汉乐府《陌上桑》相近，同以调戏美女为题。但是仔细分析却有很大不同。《陌上桑》的背后有一个从先秦以来流传的采桑女的故事原型，有很强的喜剧色彩。诗歌本身分为三解，用于表演的形式特征非常明显。而这首诗却直接讽刺现实。从写法上来讲，虽然中间在描写胡姬打扮的地方与《陌上桑》有相似之处，可是全诗却没有人物的直接出场与对话，而是作者以第一人称的方式来进行叙述。另外，诗的后半部分议论化的倾向也比较明显。从这些特点来看，我们觉得它更像是汉代的文人模仿汉乐府的歌诗作品。诗的句式齐整，语言比较华丽，全诗也比较生动，但是同时又可以从中体会出一定的文人气息，这可以看作是汉代文人歌诗创作中的一首很优秀的作品。

同为身世不明的文人之作，宋子侯的《董娇饶》则表现出了另一种不同的风格。此诗兼咏物、叙事、抒情于一体，其主旨是借路旁的桃李之花易被摧残，喻女子易被男子玩弄后遗弃而毁灭了自己美好的青春年华：

> 洛阳城东路，桃李生路旁。花花自相对，叶叶自相当。春风东北起，花叶正低昂。不知谁家子，提笼行采桑。纤手折其枝，花落何飘飏。请谢彼姝子，"何为见损伤？""高秋八九月，白露变为霜。终年会飘堕，安得久馨香？""秋时自零落，春月复芬芳。何如盛年去，欢爱永相忘？"吾欲竟此曲，此曲愁人肠。归来酌美酒，挟瑟上高堂。

全诗可分为三个层次，第一层描写花之美和采花者折枝毁花；第二层以拟人的口气写花与折花者的对话；第三层是作者的抒情。诗的语言朴素简练但却描摹生动，对话明晓却韵味深长，结尾抒情幽怨感人，是汉歌诗中一篇极为优秀的作品。

辛延年的《羽林郎》和宋子侯的《董娇饶》均是汉乐府中的名作。因为这两首诗有幸留下了作者的名字，所以一般把它们称为乐府中的文人诗。但是我们知道，在汉乐府的那些无名氏之作中，有一些作品和这两首诗是很接近的，如《陌上桑》的故事情节、诗中对罗敷服饰的描写，都和《羽林郎》相似。而《董娇饶》一诗的结尾则颇类汉代歌舞艺人即席说唱时的语气，如《艳歌何尝行》《白头吟》的结尾和《古诗·四坐且莫喧》的开头。所以有的人把这两首诗看成是文人对乐府诗的拟作[①]，这话自然颇有道理，符合我们一向的认识习惯——历代文人都是在向民间学习的过程中才逐渐提高了自己的艺术水平的。但是我们也不妨反过来作些思考：既然像《羽林郎》《董娇饶》这样的作品出于文人之手，那么，现存乐府中类似这两首诗的无名氏之作，如《陌上桑》《白头吟》等，是否也有文人创作的可能性呢？我们认为，这种可能性是存在的。现存的歌诗有很多不但具有相当高的艺术水平，而且还表现出作者相当高的文化素养。它说明，在汉代歌诗的创作队伍中，肯定有一批专业造诣相当高的歌舞艺人，也一定有一些未留下姓名的文人参与其间，是他们共同创造了这些艺术作品。如下面这首诗：

君子防未然，不处嫌疑间。瓜田不纳履，李下不正冠。嫂叔不亲授，长幼不比肩。劳谦得其秉．和光甚独难。周公下白屋，吐哺不及餐。一沐三握发，后世称圣贤。

这首诗具有明显的文人口气。《艺文类聚》卷四十一题为陈思王曹植作，此说虽然不一定可靠，但是它却说明，汉乐府中的这类诗作，肯定是与文人有关系的。

---

① 杨生枝：《乐府诗史》，第113~114页。

第三节　部分阙名抒情歌诗作者推测

在上文中，我们以几首作品为例分析了汉代文人创作世俗歌诗的情况。虽然这样有主名的文人歌诗在汉代留下来的不多，却足以看出一些问题。它告诉我们一个重要的事实，即在汉代歌诗的艺术创作中，文人起了重要的作用。他们并不是歌诗艺术创作的局外人、旁观者，而是直接参与者。正因为文人们参与其间，所以才使得相当多的汉代歌诗中充满了文人的气息，特别是那些抒情之作，值得我们从文人参与的角度重新进行认真的思考。

仔细分析汉代歌诗的抒情主题，我们可以把它分成四种类型：一曰人生无常，二曰及时行乐，三曰游子思乡，四曰求仙饮酒。这四大主题，似乎都与我们传统所说的普通下层百姓"饥者歌其食，劳者歌其事"的民歌民谣的主旨有一定的距离，而与汉代文人的生活及其心态相对更近。为了说明这一问题，我们不妨再以几首诗为例作简单分析。

先说《满歌行》，这是汉代歌诗中感慨人生无常的代表作：

为乐未几时，遭时崄巇，逢此百罹。零丁荼毒，愁苦难为。遥望极辰，天晓月移。忧来填心，谁当我知。戚戚多思虑，耿耿殊不宁。祸福无形，唯念古人，逊位躬耕。遂我所愿，以兹自宁。自鄙栖栖，守此末荣。暮秋烈风，昔蹈沧海，心不能安。揽衣瞻夜，北斗阑干。星汉照我，去自无他。奉事二亲，劳心可言。穷达天为，智者不愁，多为少忧。安贫乐道，师彼庄周。遗名者贵，子遐同游。往者二贤，名垂千秋。饮酒歌舞，乐复何须。照视日月，日月驰驱。轗轲人间，何有何无。贪财惜费，此一何愚。凿石见火，居代几时。为当欢乐，心得所喜。安神养性，得保遐期。

从诗中的抒情口吻看，主人公可能是个有一定地位的官吏。在追逐名利的角斗场上，一开始他曾获得了成功。但是"为乐未几时，遭时崄巇，逢此百罹"，"零丁荼毒，愁苦难为"。可以想见，正当他洋洋自得之时，无端的灾祸降到他身上。这没有什么奇怪的，两汉时期争名逐利的官场，本来就如走马灯似的你上我下。特别是自东汉和帝时起，皇帝大权旁落，外戚宦官轮流掌权。一人失势，大批徒党遭殃；一人得势，另一批徒党又起，其间的血腥政治倾轧，历史上不乏记录。诗中主人公当初得意之时，也是别人下台之日，这是可以同理推知的。所不同的是，这首抒情诗的主人公在经过这样的政治波折之后，终于对现实绝望，在"忧来填心"之时，便想退出这争名逐利的官场。"惟念古人，逊位躬耕"，要到田园隐居，要"安贫乐道，师彼庄周"。

政治权力的倾轧带来的就是好坏颠倒，是非混淆，坏人当权，好人遭殃，《折杨柳行》就表现了一位正直之士对这种不良现象的愤慨。诗中连续使用了九个典故。前四个典故描述了君王不用忠臣、信任谗佞的恶果，最终不但忠臣遭殃，国家也跟着破灭。"未喜杀龙逢，桀放于鸣条。祖伊言不用，纣头悬白旄。指鹿用为马，胡亥以丧躯。夫差临命绝，乃云负子胥"。中间两个典故则说贪利亡国，"戎王纳女乐，以亡其由余。璧马祸及虢，二国俱为墟"。最后三个典故说谗言与昏昧使好人遭殃、有识之士退隐，"三夫成市虎，兹母投机杼，卞和之刖足，接舆归草庐"。可以肯定，这首诗是用咏史的形式来讽刺现实，对东汉的黑暗政治进行了严厉批判。

以上两诗所表现的人生无常思想和诗中所写的人与事，显然更符合汉代官僚文人的口吻。

现存汉代抒情歌诗中第二类主题是游子思乡。最典型的是《古八变歌》。其诗曰：

> 北风初秋至，吹我章华台。浮云多暮色，似从崦嵫来。枯桑鸣中林，纬络响空阶。翩翩飞蓬征，怆怆游子怀。故乡不可见，长望始此回。

按，此诗见于《选诗拾遗》，又见于《古诗类苑》和《诗纪》，《太平御览》二十五引台、来二韵。郑文评此诗说："此游子因秋思乡之诗。首尾散行而中间属对，词彩可观而音调谐协，甚似文人手笔。"① 其实，此诗不仅从文笔上看似文人之作，从诗中所写内容来讲也以归入文人所作为宜。同样的诗篇还有《古歌》（秋风萧萧愁杀人）、《悲歌》（悲歌可以当泣）、《伤歌行》（昭昭素明月）等诗。这些诗中的主题都是游子思乡，从文气上来看都似文人所作。如果我们把它们与《古诗十九首》和传说中的"李陵诗"相比较的话就更能看出它们之间的相似性。因此，我们把这些歌诗看成文人士子的游子伤怀，也可能更合乎情理。

汉代抒情歌诗中的另一类主题是游仙，它和文人的生活与心态的关联更为紧密。幻想成仙本是秦汉以来人们的重要文化心态之一，秦皇、汉武都曾经对此表现出强烈的渴望。特别是汉武帝，这种心态在他所作的《天马歌》和《日出入》两诗中表现得极为明显。求仙本是人的一种妄想，秦皇汉武迷信神仙家之言，派人各处求神药与不死之方，后来都失败了。有些方士的骗局也被揭穿。但是，这种风气，虽然在汉成帝时有所收敛，后来仍延续不衰。② 不过，从历史记载看，东汉求仙与西汉求仙是大不相同的。西汉求仙重在寻找仙人之迹，不死之药，神仙多住在虚无缥缈的海外三神山上，凡人难以见到。如《汉书·郊祀志》："公孙卿持节奉先行候名山，至东莱，言夜见大

---

① 郑文：《汉诗选笺》，第59页。
② 按，《汉书·郊祀志》载，成帝罢淫祀，王莽时竟又达一千七百所之多。

人，长数丈，就之则不见，见其迹甚大，类禽兽云。群臣有言见一老父牵狗，言'吾欲见钜公'。已忽不见。"又曰："安期生，仙者，通蓬莱中，合则见人，不合则隐。"到了东汉，随着海外仙山神话的破产，仙人的居住地也有了变化，大都转移到五岳，尤其是泰山、嵩山与华山之上，仙人也不像西汉那样"类禽兽"，"其迹甚大"荒诞不经，而是增加了和世人相近的影子，王子乔在人间变为叶令的故事就是很好的说明，在社会上，甚至出现了许多自称神仙、身怀异术的方士，如冷寿光、唐虞、鲁女生等。① 实际上，这已经是东汉社会思想变化后的新产物，不同于西汉统治者追求长生之术，而是从儒家思想到道教迷信的转化，内中包含着东汉社会一般文人士子的思想意识变化。他们把个人的理想，不是寄予现实，而是寄予仙人之术，希望在人生无常的世界中获得个人生命的永恒延续，"发白复更黑，延年寿命长"（《长歌行》）。但是，求仙本身也不过是一种麻醉自己的方法。正像《善哉行》中所说的："亲交在门，饥不及餐。欢日尚少，戚日苦多，何以忘忧，弹筝酒歌。淮南八公，要道不烦，参驾六龙，游戏云端。"既然社会现实是人事"苦多"，而又无法解脱，那就只有在想象中像王子乔那样摆脱人世的羁绊，"参驾白鹿云中遨"（《王子乔》）了。所以我们看到，东汉游仙诗中，有许多包含着很深的寄托，除了《善哉行》之外，如《步出夏门行》开首就说"邪径过空庐，好人常独居，卒得神仙道，上与天相扶"。西汉成帝时童谣有"邪径败良田，谗口乱善人"（《汉书·五行志》）之语。这首诗的头两句显然由此脱化而出。以"邪径过空庐"来暗指坏人当道，"好人"则失志于世，把求仙作为一种寄托。但是，现实中有无法解脱之苦，求仙也不能使人忘却它。正如《杂舞歌辞·淮南王》所云："我欲渡河河无梁，愿化双黄鹄还故

---

① 参见《后汉书·方术列传》记载。

乡。还故乡，入故里，徘徊故乡苦身不已。繁舞寄声无不泰，徘徊桑梓游天外。"由此可以看出，汉乐府中的大多数游仙诗，不过是当时的官僚文人抒写自己在现实社会中产生的个人忧虑与高蹈遁世幻想之间的矛盾冲突罢了。而这一类诗篇，自然应该出自那些文人之手。

汉代抒情歌诗中还有些表达及时行乐思想的。这类诗篇，同样有些出自文人之手。典型的是《西门行》：

> 出西门，步念之。今日不作乐，当待何时？逮为乐，逮为乐，当及时。何能愁怫郁，当复待来兹。酿美酒，炙肥牛，请呼心所欢，可用解忧愁。人生不满百，常怀千岁忧。昼短苦夜长，何不秉烛游。游行去去如云除，弊车羸马为自储。

此诗的抒情主人公自称"人生不满百，常怀千岁忧"，但是从诗中可见，他所忧的并不是缺衣少食。也许他并不属于那些达官显宦，有很高的社会地位；也许他也不是家藏万贯的富豪，可以尽情地挥霍钱财。可是他有自储的"弊车羸马"，还可以"酿美酒，炙肥牛"，还有闲情逸致来秉烛夜游。显然，这个自称有着"千岁忧"的抒情主人公当属于多愁善感的文人士大夫之流，他或者愁自己的仕途不甚通达，或者愁官场上的各种倾轧。这让我们想起《古诗十九首》中的同类主题的诗歌，它们当属于同一个作者群的作品。

第四节　汉代文人歌诗的存在及其意义

以上我们从几个方面探讨了汉代文人参与歌诗创作的情况。这些人和他们的歌诗创作活动，有的在历史文献中有相关记述，如杨恽的

《拊缶歌》、马援的《武溪深行》、张衡的《同声歌》、蔡邕的《饮马长城窟行》等；有的作者的生平事迹虽不可考，可是在诗篇中留下了他们的名字，如辛延年的《羽林郎》、宋子侯的《董娇饶》；还有些无名氏的诗篇虽然不能考知其作者的生平事迹，但是我们可以从诗篇内容中大体推测他们的文人身份。这些诗篇合在一起，在现存的汉乐府世俗抒情诗中已经占了一定的比重。它们的存在，向我们昭示了三个方面的意义。

第一，在以往的文学史中，一般在说到汉代歌诗的时候，人们往往用一个新的名词来代替，那就是"汉乐府民歌"。而民歌这一概念从 20 世纪以来具有特殊的政治意义，它重在突出这些歌诗作者的身份属性，强调这些歌诗与传统的文人诗歌和庙堂之作的区别，同时也是为了说明"人民群众的伟大的创造力"。但是通过上面的考察却说明：现存的汉代歌诗中有相当大的一部分并不是"民歌"，而是汉代文人的创作，它所表达的也是汉代文人的思想。所以，用"汉乐府民歌"这样的概念来代替古人的汉代歌诗的说法是没有根据的，是不符合历史事实的，是以偏概全的。我们应该尊重历史，重视文人在汉代歌诗创作中所起的重要作用。

第二，在以往的中国文学史研究中，学者们一直认为汉代文人的写作以赋为主，而他们的作品或者是如司马相如、扬雄、班固、张衡等人所作的体物颂美之赋，或者是代屈原立言的缺少真情实感的骚体赋。不错，汉人的确是以赋为创作的主要体裁的。但是我们要注意的是，汉代文人也并不都是缺少情感的腐儒，他们同样有很丰富的内心世界，他们并没有放弃抒情诗的写作，同样可以写出那些"感于哀乐，缘事而发"的抒情诗，同样可以参与世俗乐府的歌唱。他们是汉代世俗歌诗艺术创作的积极参与者和文人歌诗的开创者。正是这些世俗的抒情乐府，表现了汉代文人思想情感的另一个重要方面。如果我们不了解这些，我们对汉代文人的情感世界的认识就是不全面的，对他们的文学创作的认识也是不全面的。

第三，在以往的中国文学史研究中，学者们大都比较关注汉末建安以后的文人诗，认为从此时开始，文人们才大力参与歌诗的写作，这也是不准确的。其实，如果没有汉代文人对歌诗艺术创作的积极参与，就不会出现建安以后文人歌诗大兴的局面。仔细推究起来，建安时期写作歌诗最多的是三曹父子，而三曹父子恰恰不同于一般文人，因为他们属于最高统治阶层。之所以会出现这样的情况，除了三曹父子个人的爱好之外，还因为他们继承了汉代歌诗艺术创作的两个传统，一是从汉高祖以来形成的王公贵族大都喜好歌诗的传统[1]，二是汉代文人在参与歌诗艺术创作过程中所形成的世俗抒情诗传统。因为有了这两个传统的合流，才有了建安以后三曹父子的大量创作和文人歌诗的大发展。

---

[1] 参见赵敏俐《汉代社会歌舞娱乐盛况及从艺人员构成情况的文献考察》，《中国诗歌研究》第一辑。

下编
汉代歌诗艺术成就研究

第十四章
汉代歌诗的文化功能与艺术特征

本章提要：从生产和消费的角度来研究汉代歌诗，它的产生及存在价值，都是以为了实现其文化功能为基础的，而它的艺术特征也是在实现其文化功能的基础上形成的。由此我们看到：宗教礼仪、娱乐与抒情写志是汉代歌诗所承担的三大功能；抒写各类情感与关注现实生活是汉代歌诗实现其功能的两大途径。它们共同根植于汉人个体生命意识的觉醒。关注现实的焦点主要集中在个体家庭，汉代歌诗善于表现个体家庭生活中的种种不幸。而抒情的重点则在祸福无常、人生短促、及时行乐等几个方面。以丝竹为主的清乐成为这一时期的主流，它有助于表达汉人的悲情，并由此形成了汉代以悲为美的时代审美思潮。

我们已对汉代歌诗的产生及其分类情况分别进行了研究，下面，我们再来探讨它的文化功能及艺术本质，这是正确认识其艺术成就的出发点和关键所在。我们知道，按艺术生产的理论，汉代歌诗的生产，首先是为了满足那个时代的消费需要的。而这就要求我们除了思考汉代歌诗的消费方式之外，还要考虑它的消费目的。换句话说，我们要从消费者的角度，看这些歌诗在当时承担了哪些社会功能，它到底满足了消费者的哪些需要，它的这些社会功能又是通过什么样的题材表现形式来实现的，又体现了哪些艺术特征。

第一节　汉代歌诗的主要文化功能

大抵来讲，根据现存汉乐府各类歌诗的存世情况分析，我们可以把当时的消费者对汉代歌诗的需求归结为国家的宗教礼仪需求、个人的世俗化娱乐需求和抒发情感的需求三个方面，相应地，汉代歌诗也基本上承担了这样三种文化功能，后两种功能尤为重要。

一　汉代歌诗的宗教礼仪功能

从生产和消费的理论角度讲，国家宗教礼仪中所用的歌诗是一种特殊的艺术生产和消费产品。所谓特殊，就是这一类的歌诗艺术消费品并不是为了满足某一个人或某一些人的艺术消费需求，而是以艺术生产的方式，满足国家的宗教需求和政治需求。特别是对于统治者来讲，服务于国家宗教礼仪的艺术作品对于维护其统治、教化广大的人民，甚至加强民族团结等，都有着重要的作用。这种现象，越往前追溯越为明显，这也是有些学者把宗教巫术当作艺术起源的重要理由。在中国古代的第一部诗集《诗经》当中，作为殷商时代的宗庙歌诗《商颂》是现存的最早的此类歌诗艺术作品，也代表了那个时代歌诗艺术的最高成就。而《周颂》全部以及《大雅》《小雅》中与宗教礼仪活动相关的作品，在周代社会的歌诗艺术体系中也占有着远比同类作品在后代重要得多的地位。《九歌》在战国时代楚国的地位仍然是非常重要的。

但是到了汉代，以《安世房中歌》十七章、《郊祀歌》十九章等为代表的这一类歌诗艺术产品，在整个时代的歌诗生产和消费中所占的地位，比起先秦时代明显地降低了。之所以如此，是因为在原始社会里，宗教在社会各阶层中占有着远比后世重要得多的位置，它既支配百姓的日常生活，也是国家的意识形态体现。与此相对应，当时的宗教歌舞既可以用于国家祭祀，也可以影响社会各阶层的日常生活，在它的身上也往往体现着比后世要多得多的社会文化生活内容，表现着更多的社会各阶层的思想情感。自然，宗教歌诗也就拥有远比后世要多得多的消费者。商周时期的宗教祭祀歌诗虽然已经不如原始社会那样和大众生活那么接近，但仍然在当时的社会中起着重要的作用，在中国诗歌史上也远较后世的宗教诗地位重要。举例来讲，如《诗经·周颂·载芟》那样的祭祀诗，它所描写的就是农夫们一年到头的生产劳动过程，国家的农业祭祀与百姓的日常生活在这里是合而为一的，因此，我们可以把它们称为国家祭祀诗，也可以把它们称为农业生活诗。至于《楚辞·九歌》，无论我们同意它是民间祭祀诗还是宫廷祭祀诗任何一种说法，其表现内容都与楚国民众文化有着不解之缘。所以，它们虽然同属于宗教诗歌，但是这些诗歌所表现的内容本来就和当时的大众生活密不可分，或者说这种宗教活动本身就是大众性的活动，它所表现的也是大众的生活和情感。可是到了汉代以后，宗教歌诗在人们日常的歌诗生产消费中已经渐渐失去往日荣耀的地位。以《安世房中歌》和《郊祀歌》为代表的汉代宗教歌诗，已经脱离了广大群众的日常生活，成为维护统治者利益的工具。所以，尽管统治者为这些歌诗的生产投入了大量的人力和物力，在文字上精雕细琢，在艺术表演上极尽其妙，从一定程度上可以代表当时歌诗生产的最高水平，可是从整个社会历史的角度看，它却是中国上古宗教歌诗向后代宗教歌诗的转型作品。东汉魏晋以后各朝各代的国家宗教歌诗，在具体的颂美内容上虽然各自有一些本朝代的意识形态特色，但是它的基本范式却没有再发生大的改变，它们已经远离了人民大众的日常娱乐生活，成为真正的"封建庙堂"艺术，因而也逐渐淡出后人的歌诗生产与消费的视野。

同时我们注意到，在先秦时代，特别是在《诗经》里，关系贵族日常生活礼仪的诗篇也占有相当重要的地位，如《小雅》中的《鹿鸣》《常棣》《伐木》《天保》《南山有台》，以及《大雅》中的《棫朴》《旱麓》《行苇》《既醉》《假乐》等。而在汉代各种社会礼仪活动中所用的承担相同功能的诗篇，在现存的汉代歌诗中却很少见到。之所以如此，是因为在《诗经》时代这些诗篇同样在贵族社会中承担着更多的政治功能和礼仪功能。在现存的汉乐府里，虽然我们还能找到几首描写上层贵族燕飨生活的诗篇，如《汉鼓吹铙歌》十八曲中的《上陵》、《将进酒》以及《古歌·上金殿》等，却都是典型的娱乐性诗篇。这同样说明，作为以世俗化的娱乐和抒情写志为主要消费目的的两汉歌诗，为国家的宗教礼仪活动服务已经不再是它的主要功能了。

二 汉代歌诗的娱乐功能

汉代歌诗在当时所承担的主要功能，是满足社会各阶层的观赏娱乐需要。从现存的汉代歌诗的类型来看，既有天子宴乐群臣的黄门鼓吹乐，也有表现各种世俗生活的相和歌辞、杂曲歌辞、舞曲歌辞、琴曲歌辞；既有上至帝王贵族、文人士大夫，下至普通百姓的自娱式歌诗，也有专门为歌舞艺人表演而创作的歌诗。

汉代歌诗的娱乐功能主要通过两种基本途径实现，一种是即兴演唱式的自娱，一种是表演给别人看的他娱。其中，自娱式的歌诗大多是上层贵族和文人阶层的作品，而他娱式的歌诗则主要是无名氏的歌舞艺人所作。本来，作为即兴演唱的自娱式歌诗，在汉代应该是遍布社会各个阶层的。甚至我们可以这样说，越是下层普通百姓，由于他们没有条件消费那些专业艺术家的艺术产品，越会采取自娱式的歌诗生产与消费方式。但是由于历史文献的缺失，汉代社会普通百姓的自娱式的歌诗艺术品，我们却很难见到。现在留传下来的这种自娱式的歌诗艺术品，更多的还是那些皇室贵族和文人士大夫们在日常生活中所歌唱的。如汉高祖的《大风歌》，乃是其初定天下，征讨英布时回乡，与故老乡亲们一起饮酒时所作。《汉书·礼乐志》曰："（高祖）过沛，与故人父老相乐，醉酒欢哀，作'风起'之诗，令沛中僮儿百二十人习而歌之。"可见这是一首典型的自娱式的歌诗作品。杨恽的《拊缶歌》也是如此，他在写给孙会宗的信中自言："田家作苦，岁时伏腊，亨羊炰羔，斗酒自劳。家本秦也，能为秦声。妇，赵女也，雅善鼓瑟。奴婢歌者数人，酒后耳热，仰天拊缶而呼乌乌。其诗曰：'田彼南山，芜秽不治，种一顷豆，落而为萁。人生行乐耳，须富贵何时！'"（《汉书·杨恽传》）可见此歌也是一首典型的自娱式歌曲。

  但是相比较而言，在汉乐府各类歌诗中，还是以他娱式的歌诗为主要的形式，这也是汉乐府相和歌辞、舞曲歌辞、琴曲歌辞、杂曲歌辞的主要组成部分。之所以如此，是因为在分工已经出现的时代，歌舞艺术已经成为一种专门的技艺，同时也成为社会上的一种职业，形成了一个以之为生的固定的社会群体。关于这个群体的情况，我们在前文中已经作了比较详细的论述。我们在下面要专门论述的是，正因为如此，以相和歌辞为代表的汉代歌诗，才会形成一整套诸如"行""艳""趋""解"等专业术语，形成了相和曲、清调曲、平调曲、楚调曲、瑟调曲等不同的曲调类别，有了相对固定的表演场所，形成了特定的写作模式和语言范式，并产生了《陌上桑》《孤儿行》等代表那个时代最高水平的歌诗作品。可以说，如果没有社会的分工，没有专业艺术人才的出现，没有在整个社会上形成这样一个特殊的职业群体，要使汉代歌诗达到现在我们所能见到的这样高的艺术水平是不可能的。

娱乐本是人的天性之一，也是艺术的源头之一。《礼记·乐记》说："凡音之起，由人心生也。人心之动，物使之然也。感于物而动，故形于声。声相应。故生变，变成方，谓之音。比音而乐之，及干戚羽旄，谓之乐。""乐者，心之动也。声者，乐之象也。文采节奏，声之饰也。""夫乐者乐也，人情之所不能免也。乐必发于声音，形于动静，人之道也。声音动静，性术之变，尽于此矣。"可见，古人对这个问题早就有了非常清醒的认识，中国古代文献中也不乏这一类记载。遗憾的是，在以儒家为主导的中国古代文艺思想观念里，却由于过分强调礼对乐的制约作用而导致了对乐本身娱乐特质的忽略。即便是在今天对汉乐府的文化阐释里，学人们还是只注重它的思想内容而忽略其娱乐的本质。殊不知，这些所谓的思想内容不过是后人从中概括提炼出来的，是这些作品本身的存在的客观认识价值，而并不是这些作品得以生产的原初目的。它的原初目的本是消费者的娱乐和观赏，而从消费和观赏的角度来讲，它的艺术形式美才是第一位的。至于后人研究时从中发掘出那么多的"思想内容"，归根到底还是受艺术规律支配的。我们强调汉乐府的娱乐功能，是因为只有从娱乐的角度才能更好地把握它的艺术特质，并对其艺术成就作出更好的分析。

三 汉代歌诗的抒情写志功能

汉代歌诗的第三个功能是抒情写志。诗本是抒情的艺术，《毛诗序》说得好："诗者，志之所之也，在心为志，发言为诗。情动于中而形于言，言之不足，故嗟叹之，嗟叹之不足，故永歌之，永歌之不足，不知手之舞之、足之蹈之也。"汉乐府虽然以娱乐为主要生产目的，但是这与它的抒情特性并不矛盾。班固《汉书·艺文志》中说："自孝武立乐府而采歌谣，……皆感于哀乐，缘事而发。"其实，这不仅仅是汉代歌谣的特点，也是汉乐府其他歌诗的一大特点。且不说汉代留下来的那些有主名的以自娱为主要目的的歌诗,如汉高祖的《大风歌》、项羽的《垓下歌》、汉武帝的《秋风辞》、刘细君的《悲愁歌》以及马援的《武溪深行》等都是抒情之作,就是那些以他娱为目的的汉乐府相和诸调歌诗当中,抒情诗也占有相当重要的地位。如《长歌行》《折杨柳行》《西门行》《白头吟》《怨诗行》《满歌行》等等,都是抒情之作。之所以如此,是因为从消费者的角度来讲,他们观赏歌诗艺术的过程本身也是一个情感投入和抒发的过程,表演者的情感抒发与观赏者的心理期待是完全一致的。所以,无论从上古时代的歌唱到今天的流行歌曲,抒情都是最重要的主题。当然,这些以他娱为目的的抒情之作,与那些以自娱为目的的歌曲也有一些不同,它所抒写的情感不仅仅是个性化的,同时要有很强的时代共性,或者说它所抒写的情感更有社会的普遍性,能够为更多的观赏者所接受,从而引起他们的心理共鸣,以达到最好的娱乐效果。汉代歌诗也是这样,抒情诗在他娱式的歌诗中也占有重要的地位,它们表达的是汉代社会各种具有普遍性的情感,并以其生动的艺术表现来感染着那个时代的人们。如《怨诗行》:"天德悠且长,人命一何促。百年未几时,奄若风吹烛。嘉宾难再遇,人命不可续。齐度游四方,各系太山录。人间乐未央,忽然归东岳。当须荡中情,游心恣所欲。"考察汉代社会我们就会知道,人生短促、及时行乐是汉代各阶层,特别是上层的帝王贵族以及文人士子们共同的人生感受和思想倾向,这首诗因而才具有了普遍的意义,从而成为相和诸调曲中的一首重要作品。

把世俗的娱乐与抒情写志结合在一起,构成了汉代歌诗的一大特色。正因为汉乐府是以满足社会各阶层的娱乐需要为目的的艺术,同时也是他们抒写日常生活感受的艺术,所以我们看到,在汉乐府中我们既找不到具有重大政治意义的叙事作品,也很难找到如屈原的《离骚》、杜甫的《北征》那样思想深刻的忧国忧民之作,它们的情感来自日常生活，所抒写的都是汉人在世俗生活中的人生感受。汉代歌诗也因此在中国诗歌史上获得了特殊的地位，昭示了中国诗歌从先秦到两汉的发展趋向。

推究原因，这种状况的出现与汉代社会生活的变化以及汉人文艺观念的改变都有着直接的关系。我们知道，自周代而形成的周代礼乐文化和儒家诗乐观，推崇的是以《诗经》为代表的周代诗歌和三代雅乐，而把自战国以来在社会上已经兴起的以表达世俗情感、以享乐为主要目的的诗歌和音乐称为"郑声"，并对其进行了激烈的批判。可是，随着新兴地主阶级的崛起和意识形态的变化，到了汉代，这种以满足个人私欲为目的的自娱性的歌诗生产不但没有被遏制，反而得到了空前的发展。抒情诗不再作为"平好恶，而反人道之正"（《礼记·乐记》）的工具，而成了表现各阶层的生活和抒发各阶层人情感的艺术作品。按儒家观念来讲，身为帝王的高祖与汉武，肩负着制礼作乐以教化百姓的责任，更应该"慎其所感"（《乐记·乐本篇》），要"中声所止"（《荀子·劝学》）。可是，这两位帝王为了自己的哀乐，都随口发为诗章。尤其是汉武帝，采纳董仲舒的建议，罢黜百家，独尊儒术。儒家以六经为法，汉武帝本身更应该成为恪守儒家诗教的典范。可是，他感伤李夫人之死而作《李夫人歌》，"令乐府诸音家弦歌之"（《汉书·外戚传》）；与群臣宴饮，"欢甚，乃自作《秋风辞》"（《文选》卷四十五）。当此之时，他心中何曾有儒家诗教？吟诗作乐的目的，只不过是"快意当前，适观而已矣"（李斯《谏逐客书》）。这种情况说明，在以新兴地主阶级为主而建立起来的封建专制社会里，追求享乐已经成为这个时代统治阶级的一种生活方式，和平的环境、富足的生活以及巨大的剩余财富的占有，使他们的享乐意识大大膨胀，这无疑促进了汉代歌诗的极大发展，从而使它成为中国古代歌诗中的一道亮丽的风景线。当然，从艺术的本质方面考察，娱乐本是人的天性，也是歌舞艺术得以产生的重要动力之一，以世俗化的娱乐与抒情写志为主要功能的汉代歌诗的繁荣与发展,从根本上讲非但没有脱离艺术的发展规律,反而从另一个角度揭示了艺术的本质。

同时我们注意到,这种以世俗化的娱乐与抒情写志为主要目的的汉代歌诗,并不是汉代文学艺术的唯一表现形式。从先秦礼乐文化和儒家文艺思想中形成的雅颂传统,在汉代另一种文学样式——赋体文学中依然得以体现。以儒家文艺思想为代表的周代文艺观,虽然不能控制新兴地主阶级的享乐生活和自娱式的歌诗生产,但是作为一种传统,它对封建文人士大夫的影响仍然很深。在两汉社会新的形势下,他们更多地自觉继承了前代雅颂传统,用"讽喻"或"美颂"的观念去指导艺术生产,并由古诗流变出一种新文体——赋,使儒家文艺观所左右的文学生产,逐渐地由诗歌转向了赋,形成了一个时代占据文坛的一种重要文学体裁。而歌诗却由此获得了更大的发展空间,成为满足新兴地主阶级抒情娱乐需要的最好的艺术形式。它在艺术表现上较少受传统文艺思想束缚,有更大的自由,并且和歌舞结合得更为紧密,带有更多的观赏性。这种以娱乐和以抒写世俗之情为主要生产目的的歌诗艺术,固然有儒家文艺观所讥刺的片面追求耳目口腹之欲而流于庸俗的毛病,但是它强调了艺术刺激感官的功能,重视艺术的审美娱乐特点,同样是符合艺术发展规律的。而且,正因为如此,以世俗化的娱乐与抒情写志为主要目的的汉代歌诗艺术,才有了在中国诗歌发展史中的特殊地位。

第二节 汉代歌诗内容的基本表现形态

以满足社会各阶层娱乐消费与抒情写志需要为目的的汉代歌诗产品,其具体的内容表现形态一定要与这个时代的社会生活和思想意识紧密相关,并产生相对固定的体裁范式,以适合艺术表演。仔细分析上述各类歌诗，我们会发现它们基本上可以分为两种类型，一类侧重于对社会生活采取情感意象的反映形式，个人感情的抒发、想象与议论的成分较多，如《豫章行》《长歌行·青青园中葵》《悲歌》等。一类侧重于对社会生活采取现实表象反映的形态，描写客观、叙事性较强，如《东门行》《陌上桑》《十五从军征》等。在此，我们把第一种类型称为抒写世俗情感类歌诗，把第二种类型称为关注社会现实生活类歌诗。下面，让我们先对这两种类型作品的内容作一梳理，然后再对其产生原因进行分析。

一 抒写世俗情感类歌诗

作为以娱乐与抒情为主要目的的汉代歌诗，其最主要的歌诗内容是抒写世俗情感，这也是汉代歌诗当中内容最为丰富的一类。再仔细分析，这种抒写世俗情感类歌诗大体上又可分以下几种类型：一是表现及时行乐思想的，如《艳歌·今日乐相乐》《古歌·上金殿》《长歌行·青青园中葵》《西门行》《怨诗行》等；二是表现人生短促、祸福无常思想的，如《乌生八九子》《豫章行》《善哉行》等；三是表现求仙思想的，如《王子乔》《长歌行·仙人骑白鹿》《董逃行》《善哉行》等；四是表现游子思妇离别思想的，如《悲歌》《离歌》《猛虎行》《古歌·秋风萧萧愁杀人》《古八变歌·北风初秋至》《古咄唶歌》《鸡鸣歌》《饮马长城窟行》《艳歌何尝行》等。

如我们上文所言，抒情写志是汉代歌诗的主要功能，"感于哀乐，缘事而发"也是其基本特征。问题是，抒情类汉代歌诗的主旨，何以会是以上几类呢？

法国艺术家丹纳（H. A. Tamne）曾经说过："艺术品等级的高低取决于它表现的历史特征或心理特征的重要、稳定与深刻的程度。"①

---

① 〔法〕丹纳：《艺术哲学》，傅雷译，人民文学出版社，1963，第364页。

丹纳之所以得出这一结论，是出于他对艺术的理解，即他认为艺术的产生总是与时代、种族和地理环境相关。其实，从艺术生产的角度来讲，我们也可以得出与之大致相同的结论。我们现在所能见到的汉乐府抒情类歌诗，无论是出于自娱的目的还是他娱的目的，它们所要表现的都是汉人的文化心态和思想情感，有时代的共同性。即便是那些以自娱为目的的汉乐府抒情歌诗，也不能不具有时代共性。如汉武帝的《秋风辞》，抒发的是一代帝王乐极生悲的特殊情感，不可否认，这种情感和平民百姓的人生短促之悲是有些差异的。但是这种人生短促的悲哀，又是汉代社会所共有的。特别是那些以他娱为目的的汉乐府抒情歌诗，那种时代共同性更为明显。无论是及时行乐，还是游仙，无论是游子思妇，还是感叹祸福无常，都是弥漫于汉代社会的一种共同的哀怨与忧愁，是在那个社会环境中长期积累起来的一种无法排遣的情绪，是一个时代的抒情基调。它弥漫在社会的各个角落，也弥漫于社会各阶层中间。

在汉代抒写世俗情感的歌诗中，有一种类型作品特别值得我们注意，那就是借用禽言物语来表达人生祸福无常的诗作，如《乌生八九子》，作者以乌的口气，写灾祸降临之突然："乌生八九子，端坐秦氏桂树间。"乌的生活本来是安定、与人无害的。可是，那秦氏家的游遨荡子，并未把它们放过，而是"一丸即发中乌身，乌死魂魄飞扬上天"。显然，这是以乌的无端被害来比喻人的无端被害，寄旨很深。而且，诗中不但写乌，由乌又转向白鹿、黄鹄、鲤鱼。"白鹿乃在上林西苑中，射工尚复得白鹿脯。唶我。黄鹄摩天极高飞，后宫尚复得烹煮之。鲤鱼乃在洛水深渊中，钓钩尚得鲤鱼口"。可见，作者在这里所要表达的意思是，黑暗的社会使人们无法逃脱各种灾难，现实中没有任何全身远祸之处。于是诗的结尾表现出一种宿命论的观念，"人民生各各有寿命，死生何须复道前后"。

同样相似题材的诗篇还有《蜨蝶行》，蜨蝶本来在东园"遨游"，没想到却碰上了"三月养子燕",可怜的蜻蝶就这样被它捉去喂了小燕子。小燕子见到母燕把蜻蝶捉来,禁不住欢欣鼓舞,但是它们哪里知道这却是可怜的蜻蝶的生命终结。显然,这首诗是以自然界中弱肉强食的现象来揭示社会中同样不合理的现实,说明普通百姓力量的弱小与生命的没有保障。另一首《枯鱼过河泣》想象更为奇警:"枯鱼过河泣,何时悔复及。作书与鲂鱮,相教慎出入。"一条鱼因出入不慎而被害,当它变成枯鱼之后,在过河之时禁不住为自己的遭遇而哭泣,同时还作书一封告诫自己的同类,在出入时千万要小心谨慎。显然,这首诗以鱼喻人,以枯鱼的遭遇来说明现实生活中处处存在着的危险,人生无常,所以一定要谨言慎行来保护自己的生命。

在这类表现人生祸福无常的禽言物语诗中,《艳歌行·南山石嵬嵬》则表现了另一种深意。"南山石嵬嵬,松柏何离离。上枝拂青云,中心数十围"。这棵根深叶茂的松树本来自由幸福地生长在深山之中,没想到却被斧锯所截运到洛阳宫,并且由名匠鲁班"被之用丹漆,熏用苏合香",由"南山松"而变为"宫殿梁"。从表面看来,这是把松树变成了栋梁,实际上却是对它的生命的摧毁。同样题旨的诗篇还有《豫章行》:"白杨初生时,乃在豫章山。上叶摩青云,下根通黄泉。"这棵生长在豫章山上的白杨同样根深叶茂,同样被山客砍伐之后运到了洛阳宫中,同样遭遇了根株相离的悲剧。显然,这两首诗所表达的情感,并不仅仅是借松树与白杨被砍伐来说明人生无常,同时还包含着鄙弃功名利禄、向往人生自由的深意。这让我们想起了《庄子·秋水篇》中的神龟,"宁其生而曳尾于途中",也不愿"王巾笥而藏之庙堂之上"。可以说,这两首诗正是庄子全身远祸、远离世事、追求自由等思想在汉代诗人笔下的生动表现。

借助于禽言物语来表述人生祸福无常的主题,是汉代歌诗中一种比较突出的现象。把它们与表达同样主题的《满歌行》和《折杨柳行》相比,我们会发现这种写诗方式更能表现其反映现实的象征意义。因为无论是"乌""蜻蝶""枯鱼",还是"松柏"和"白杨",相对于现实中的人来说都不是确指而是泛指,与其说它所表达的是个体的感受,不如说是群体的感受,是诗人长期以来对社会生活的总结和提升,最终以比喻和象征的方式得以表现,因而具有相当丰富的思想内涵和高超的艺术水平。

在汉代抒写世俗情感类歌诗中,表达游子离愁别绪的作品是另一组值得我们关注的诗篇。游子思乡本是人之常情,在以农业为本的中国古代社会里,游子思乡更是一个传统的主题,从《诗经》以来就不乏这方面的名作。但是汉代歌诗中的游子思乡之作,却与《诗经》中同类诗篇有些不同。《诗经》里的这类作品,基本上都与当时的战争与劳役有关,抒情主人公都是从事战争与劳役的"士兵"或者"征夫",而汉代歌诗中的游子思乡之作却很少写到战争与劳役,抒情主人公的身份也不太像是从事战争与劳役之人,而更像是远行在外的读书士子和各类谋求生计者,其抒情主题主要是远离家乡的孤独与忧愁,从而见出人生之艰难。如《古歌·秋风萧萧愁杀人》:

秋风萧萧愁杀人。出亦愁,入亦愁。座中何人?谁不怀忧。令我白头。胡地多飘风,树木何修修。离家日趋远,衣带日趋缓。心思不能言,肠中车轮转。

诗中的主人公远赴胡地,有家难回。时逢秋风萧萧之季,无尽的乡愁涌上心头,如影随形,无论走到哪里都挥之不去,离家日远而日浓,愁得人日渐消瘦。更可悲的是,这无尽的思乡之愁无法表达,也没有倾诉的对象,只是长久地在心中郁结,如车轮一样打转。诗中没有华丽的辞藻,只是见景生情,直抒胸臆,却把游子的思乡情怀表现得淋漓尽致。

《长歌行·岩岩山上亭》同样是汉代歌诗中游子思乡诗中的杰作。

此诗是游子思母之作,诗中用了两个典故,第一是"凯风吹长棘,夭夭枝叶倾。黄鸟飞相追,咬咬弄音声"四句,化用的是《诗经·邶风·凯风》的诗句:"凯风自南,吹彼棘心。棘心夭夭,母氏劬劳。""睍睆黄鸟,载好其音。有子七人,莫慰母心"。第二是"伫立望西河,泣下沾罗缨"两句,用的是吴起治西河的故事。《吕氏春秋·仲冬季·长见》:"吴起治西河之外,王错谮之于魏武侯,武侯使人召之。吴起至于岸门,止车而望西河,泣数行而下。其仆谓吴起曰:'窃观公之意,视释天下若释躧,今去西河而泣,何也?'吴起抿泣而应之曰:'子不识。君知我而使我毕能,西河可以王。今君听谗人之议而不知我,西河之为秦取不久矣,魏从此削矣。'吴起果去魏入楚。有间,西河毕入秦,秦日益大。此吴起之所先见而泣也。"① 诗中又有"驱车出北门,遥望洛阳城"之句,以此而言,此诗的作者可能是个求仕洛阳的文人,他本想像吴起一样建功立业以报母恩,但是现在却功业未就,有家难回,远望家乡,禁不住伤悲而泣下。

　　游子思乡是汉代歌诗中的重要主题,同样也是汉代无名氏文人《古诗十九首》的重要抒情主题之一,从我们上引的诗篇来看,汉代歌诗中的这一类游子思乡之作,也大多属于汉代的文人士子之作。他们怀着求取功名利禄的雄心远赴他乡,有时甚至带着几许清高,"饥不从猛虎食,暮不从野雀栖"(《猛虎行》),但是无情的现实却打破了他们的梦想,让他们再也清高不起来:"野雀安无巢?游子为谁骄?"(《猛虎行》)他们本想在取得功名富贵之后荣归故里,但是功名未成,有家难归,只好遥寄一缕乡思,更有甚者是无家可归,"悲歌可以当泣,远望可以当归。思念故乡,郁郁累累。欲归家无人,欲渡河无船。心思不能言,肠中车轮转"(《悲歌》)。由此可见,汉代

---

① 陈奇猷:《吕氏春秋校释》,学林出版社,1984,第605页。按,此段文字又见《吕氏春秋·恃君览·观表》。

歌诗中的这些抒情诗作，并不仅仅局限于眼前的具体事件，而且表达了一种人生感叹，表现整个社会现实中生成的一种思想氛围，是一个时代的人的思想情绪的集中体现。

这种人生无常的感觉的强烈与哀怨情绪的增长，从根本上来说，就是对现实生活希望的破灭，是人生理想的破灭。在悲哀与消极当中，它把许多人引向脱离现实的另外两条道路：一是游仙，二是及时行乐。

如果说，个人哀怨的抒发与人生无常的感慨，仅仅是对现实的一种切身感受，那么，及时行乐与游仙思想，则是对传统思想与道德的背离。本来，封建时代的帝王和统治阶级，无不把及时行乐、追求奢侈生活享受作为人生的主要目标之一。秦皇汉武为了永久享受这种荣华，把求仙作为一种企望，这本无足为怪。可是，汉代歌诗中表现出来的及时行乐与游仙思想，并不建立在对社会现实生活的肯定基础之上，而是建立在对现实生活失望的基础之上，是抒情诗人在贫穷潦倒中对现实的逃避。因此，它从根本上标志着一个社会精神的崩溃，是一个社会走向衰亡的信号。《长歌行·青青园中葵》，郭茂倩引《乐府解题》曰："古辞云'青青园中葵，朝露待日晞'，言芳华不久，当努力为乐，无至老大乃伤悲也。"（《乐府诗集》卷三十）。在这首抒情诗作者看来，短暂的人生之中，唯有抓紧时机，及时行乐，才不枉一生一世。在这种思想意识中，不要说儒家那种积极用世的精神没有了，甚至连纲常名教、家族血缘的延续也无意义了，只有及时行乐才是唯一的选择。"人生不满百，常怀千岁忧。昼短苦夜长，何不秉烛游。"（《西门行》）"欢日尚少，戚日苦多，何以忘忧，弹筝酒歌。淮南八公，要道不烦。参驾六龙，游戏去端。"（《善哉行》）可见，在这种消极颓废的思想下，求仙行乐并不是一种物质享受，而是一种精神麻醉，对许多人来说，求仙行乐也不是建立在丰厚的物质基础上的，而是建立在人生无常的认识基础上的。所以，这与其说是求仙行乐，毋宁说是消解悲哀，这悲哀不仅仅是个人的悲哀，也是一个时代的悲哀。

以上，我们仅就祸福无常、游子思乡、求仙与及时行乐等几个方面略举数例进行了分析。其实，汉代歌诗抒情内容远比上面的论述要丰富得多，如《汉鼓吹铙歌》十八曲、相和歌辞、琴曲歌辞、杂曲歌辞、舞曲歌辞、汉代帝王贵族和文人的歌诗，都不乏优秀的抒情之作，我们在中编汉代各类歌诗章节中已经有过不少的论述，为避免重复，此不赘言。由此说明，抒写社会各阶层的世俗情感，是汉代歌诗的主要表现形态。这里有两个关键点，第一，汉代的歌诗是属于社会各个阶层的，是社会各个阶层共同用来抒情写志的工具。第二，汉代歌诗中所抒写的情感主要以世俗情感为主。现存的汉代歌诗，除了在史书中记载的宫廷、郊庙乐章和表现帝王贵族们政治斗争生活的诗篇之外，其余大多表现社会各阶层的世俗生活情感。之所以如此，如我们前面所论，是因为汉代歌诗在社会中的主要功能就是世俗化的、娱乐的和抒情写志的。汉代歌诗的基本表现形态与它在社会中所具有的功能完全是统一的。

二 关注社会现实生活类歌诗

汉代歌诗以抒写世俗情感为主要创作目的，但是同样不乏关注现实之作。在汉代诗人那里，现实生活是他们抒写情感的一面镜子。为了更好地表达自己的情感，他们甚至把很多生活中的故事直接写入歌诗当中，因而使作品具有了一定的叙事性。如《陌上桑》写秦罗敷这一女子的美丽与机警，《相逢行》写富贵人家的声势与气派，《陇西行》写一陇西女子的善于应对，《东门行》写一被饥寒所迫将去铤而走险之人，《妇病行》写贫人妻死儿幼之惨状，《孤儿行》写一孤儿备受兄嫂之折磨，《艳歌行·翩翩堂前燕》写衣破无人补的流落他乡之人，《白头吟》写一女子与负心人的决绝，《焦仲卿妻》写刘兰芝与焦仲卿的婚恋悲剧，《上山采蘼芜》写被休弃的妻子与故夫的对话，《上留田行》写一对视同路人的兄弟。这些诗篇，犹如一幅幅社会风俗画卷，多方面描写了汉代社会普通百姓的世俗生活，这里有欢乐、有颂美，但更多的还是写出了他们生活的艰辛与苦难、忍受或抗争，具有极其丰富的内容。

在中国文学史上，以反映社会生活的丰富性而受到人们广泛注意的作品并不少见，但是像汉代歌诗这样集中地表现社会生活的作品大量涌现在历代并不多见。不仅如此，仔细研究我们又会发现，同样是反映普通百姓世俗生活的诗篇，汉代歌诗和其他时代的诗篇相比也是极有特色的，其选取题材的重点往往是汉代社会的一般家庭生活，而观察问题的主要视角点又多侧重于道德伦理问题和妇女问题。那么，这些题材和问题何以在汉代歌诗中这样受重视呢？让我们从历史和现实两方面入手作些探讨。

首先，从历史方面讲，特别是从经济制度史方面讲，我们知道，汉代和周代经济制度有着极大的不同。在西周宗法制度下，土地属于封建领主，在土地上劳动的农奴，也同样依附于他们。这种生产方式导致了以血缘关系为主的西周礼教的形成，思想观念上强调农奴对封建主的依附关系、宗族关系和臣属关系。而构成汉代社会的主要阶级是地主与农民，汉代统治者赖以生存的经济基础是以个体家庭为单位的小农经济。农民有自己独立的地位，在经济上表现为以家庭为主的独立劳动。家庭的解体与稳固，就直接影响社会经济的发展。这种社会结构的变化，也必然影响社会思想的变化。因而以治家为根本的儒家伦理道德在汉代得到了新的发展。国家推举孝廉，表彰烈妇，成为一项政治措施。在儒家道德中更强调家庭关系的和谐，以维持一家一户的小农经济关系的稳定。以关注和维护个体家庭关系为中心，而不是以关注和维护宗族关系为中心，便成为汉代不同于先秦的新的社会观念特征。

其次，从社会现实方面讲，西汉时代，土地兼并现象还不像后代那样严重，武帝以来，还经常对土地兼并现象进行干预和制止。如《汉书·主父偃传》记武帝徙民实茂陵，其主要对象就是"天下豪杰，兼并之家，乱众之民"。再如《汉书·百官公卿表》注引《汉官典职仪》，武帝下诏，禁止"强宗豪族田宅逾制，以强凌弱，以众暴寡"。这些措施，有助于个体农民的生产发展和家庭稳定。到了东汉时期，光武帝刘秀也曾试图抑制土地兼并现象，实行度田令，但由于豪强地主势力过于强大，结果以失败告终。以后，兼并土地之风愈演愈烈，造成了大量小农经济的破产。这样，统治者所强调的以维系家庭关系为主的汉代儒家伦理道德便受到严重的冲击，形成了社会道德理想与现实生活间极大的矛盾。这种情况对汉代歌诗产生了直接影响。特别是从艺术消费者的角度来讲，这些现象成为他们在生活中关注的焦点，自然也成为他们在艺术消费中最为关切的话题。于是，这些汉代歌诗自然也会把选取题材的重点放到一般的家庭生活，把观察问题的主要视角点放到道德伦理问题上和妇女问题之上，以道德伦理的眼光审视家庭生活的变化，客观地反映封建社会矛盾和农民百姓的悲惨生活，以引起消费者艺术上的共鸣。

《妇病行》是这一类诗篇中一个典型的例子：

> 妇病连年累岁，传呼丈人前一言。当言未及得言，不知泪下一何翩翩。"属累君两三孤子，莫我儿饥且寒，有过慎莫笪笞，行当折摇，思复念之。"
>
> 乱曰：抱时无衣，襦复无里。闭户塞牖，舍孤儿到市。道逢亲交，泣坐不能起。从乞求与孤买饵，对交啼泣，泪不可止。"我欲不伤悲不能已。"探怀中钱持授交。入门见孤儿，啼索其母抱。徘徊空舍中。行复尔耳，弃置勿复道！

这里描写了一个遭遇极其悲惨的贫苦家庭。妻子连年生病，临死前嘱咐丈夫好生看顾两三孤儿。但丈夫在饥寒交迫之际，却难以承担起抚养子女的责任，无奈只能去街上乞讨。诗歌中先来描述妻子临终前的凄楚之状，足见其慈母心怀；接着写丈夫外出乞讨时的泪泣涟涟，又足见其父爱之深。这说明，这是一个多么善良而又和睦互爱的贫苦人家。发自人类天性的人伦之爱，以及儒家学者所倡导的家庭伦理道德，在这样的贫苦之家得到了崇高的表现。但是，现实生活的贫苦饥寒，却使得他们无法实现自己崇高的人伦理想，难以承担起慈母慈父抚养儿女的责任。整首歌分两个层次，前半写慈母临死前的悲伤语，"乱曰"以后写丈夫乞讨时的惨状。贯穿全首歌诗的中心则是"孤儿"，他们是这对贫苦夫妻关注的焦点，也是他们从内心中感到愧疚和痛苦的主要原因。整篇诗歌就选取了这样一个从道德伦理方面关注现实的视角，向人们揭示了一个深刻的道理：是社会的不公、家庭的破产，才使得人们难以承担起抚养子女的神圣道德义务。

《孤儿行》又是一个典型的例子："孤儿生，孤子遇生，命独当苦！父母在时，乘坚车，驾驷马。父母已去，兄嫂令我行贾。南到九江，东到齐与鲁。腊月来归，不敢自言苦。头多虮虱，面目多尘（土）。……"郭茂倩引《乐府解题》云："《孤子生行》，一曰《孤儿行》。古辞言孤儿为兄嫂所苦，难与久居也。"兄弟之间的关系问题，也是家庭伦理的核心问题之一。兄弟之间骨肉相亲，自然应该和睦相处，这同样是人的本性，也是中国人自古以来就倡导的伦理，作为古代圣王典范的帝舜，就是一个爱护弟弟的榜样。但是，人类对物质利益无限追求的贪婪本性，却时时破坏着这种高尚的道德。《孤儿行》里那个贪财的兄长在父母死后，不但没有尽到照顾弟弟的责任，反而把自己的弟弟像奴隶一样使唤。该诗所揭示的，正是这样一个具有社会普遍意义的问题。汉代乐府中尚有《上留田》一诗，所反映的也是这一问题。崔豹《古今注》曰："上留田，地名也。人有父母死不字其孤弟者，邻人为其弟作悲歌以风其（兄，故）曰《上留田》。"它说明，在汉代社会,这种现象已经非常严重,因而成为人们关注的主要社会问题。《孤儿行》一诗,正是通过这样一个生动的故事,唤醒人们对于这种社会现象的关注。同类题材的故事也自然成为汉代歌诗表现的重要内容。

从以上两例我们可以明显地看到汉代乐府叙事类歌诗题材表现的独特角度。它说明,汉代的歌诗虽然是满足各阶层娱乐消费需要的艺术作品,但是仍然离不开现实社会生活。而且,越是与现实生活结合紧密的题材,才越会有更大的艺术魅力,因为它能够通过艺术的形式,更好地揭示生活的本质,也更能够引起消费者的心理共鸣。这种情况,在以妇女生活为题材的作品中表现得更为明显。

以妇女问题为题材的汉代歌诗,大都以妇德、妇功、妇容等作为品评人物的标准。封建社会中妇女地位之低下,是随着以男性为中心的私有财产继承权的确立逐渐形成的历史问题。为了维护家庭血缘关系,对妇女提出无数苛刻要求。男尊女卑是社会的公论,这在汉代社会表现得已非常明显。《大戴礼记·本命》云:

> 女者如也,子者孳也,女子者,言如男子之教,而长其义理者也,故谓之妇人。妇人,伏于人也。是故无专制之义,有三从之道,在家从父,适人从夫,夫死从子,无所敢自遂也。教令不出闺门,事在馈食之间而已矣。……

此外,该书中还提出女有五不取,妇有七去、三不去之说。在汉代,曹大家班昭作《女诫》七篇,提出做妇人的七项原则。它们作为衡量汉代妇女好坏的道德标准,在汉代歌诗中起着相当重要的作用。如《陇西行》中对"好妇"的称赞是谈吐得体,待客有礼。全诗"始言妇有容色,能应门承宾;次言善于主馈;末言送迎有礼"(《乐府诗集》引《乐府解题》)。《相逢行》中描写贵族家的妇人也是"大妇织绮罗，中妇织流黄，小妇无所为，挟瑟上高堂"。《上山采蘼芜》中写新人与故妇的差别则是"新人工织缣，故人工织素。织缣日一匹，织素五丈余。将缣来比素，新人不如故"。总之，在汉代乐府以妇女问题为题材的叙事类歌诗当中，无论对女子的歌颂、赞美，还是同情，都离不开汉代社会对妇女提出的伦理道德标准。这些作品所反映的丰富社会生活，我们也只有透过这一时代意识的窗口才能窥见。

《陌上桑》中的秦罗敷，显然就是这样一位女性形象。她被诗人称为"好女"，并不仅仅因为她长得漂亮，打扮入时，还因为她恪守妇功，"喜蚕桑"。她谈吐得体、贞静专一，在使君面前也能表现出大家闺秀风度，一句话，她是符合当时理想妇女道德标准的，和当时同类型故事中采桑女是完全相同的女性形象。[1] 同样，《羽林郎》中的酒家胡女有不可侵犯的尊严，其"不惜红罗裂，何论轻贱躯"的凛然誓词，足以使仗势作恶者畏然缩手。但是这种对自身的保护力量，并不是来自个人的勇力，而是来自道德的威严："男儿爱后妇，女子重前夫。……多谢金吾子，私爱徒区区。"这巍巍凛凛的话语并不说明她们的地位如何崇高，而说明她们是如何以当时社会所应遵守的道德行为准则，筑成了一道坚固的人身自卫之墙。同样，《焦仲卿妻》中刘兰芝形象的塑造，自始至终都没有离开过汉代社会对于女性的道德要求。诗中写她"十三能织素，十四学裁衣，十五弹箜篌，十六诵诗书"，从小受过良好的教育。十七岁出嫁焦家，焦仲卿外出仕宦，刘兰芝不但在家"守节情不移"，而且恪守妇功，"鸡鸣入机织，夜夜不得息"，但是，她最终被焦母遣回，这遣回之罪显然不在刘兰芝反抗封建制度和封建礼教。归家后刘兰芝自誓不嫁，被其兄逼迫，不得已而自杀，亦是"女无二适之文"的守节行为。以此可以见出，刘兰芝的死之所以能够引起时人的同情，就在于她是恪守封建礼教的形象

---

[1] 参见赵敏俐《汉乐府〈陌上桑〉新探》，《江西社会科学》1987年第3期。

代表，作品越对她进行妇德、妇功、妇道、妇容的赞誉，就越显示了这一人物的悲剧性。因此，她的悲剧，与其说是对封建礼教和封建制度的反抗，不如说是封建礼教与现实生活的矛盾冲突。"悲剧是将人生的有价值的东西毁灭给人看"①。刘兰芝悲剧的实质也就是封建社会现实本身对自己所肯定的东西的毁灭。因而才使这首诗具有震撼人心的艺术力量。

当然，艺术创作本身不是道德的活动，而是审美的活动，所以我们不能把以娱乐为主要目的的汉代歌诗看成是汉人的道德说教。但是，一首好的歌诗艺术作品中必然要包含深刻的思想，却是无可争辩的事实。钱志熙对这个问题曾有过很好的论述。他说："在一些淳朴、健康、真正产生于大众之中并且为大众所接受的娱乐艺术和俗文学中，不仅只有娱乐功能的圆满才能发挥伦理的功能，而且也只有与大众的伦理观念的调谐，表现了大众的是非好恶的作品，才会发挥圆满的艺术效果。这个问题需要从其创作的欣赏的主体来分析。作为俗文学主体的大众，并非空虚的接受体，而是一些有着坚定的、淳朴的伦理观念和很具体的是非好恶情感的能动的接受者，所以只有符合了他们的伦理判断的作品，才能使他们真正获得娱乐的快感。"② 的确，优秀的汉代歌诗之所以被大众喜欢，成为具有恒久意义的经典，就是因为它表现的主题不仅符合大众的审美习惯，而且符合大众的价值判断标准，其艺术审美理想中潜含着该时代人们在政治、道德、伦理等方面形成的特有观念。汉乐府是世俗化的娱乐的艺术，要更好地实现它的这一目的，它就必须遵从艺术生产的这个普遍规律。

总之，汉代歌诗艺术主要是以满足社会各阶层的艺术消费为目的的，内容也是十分丰富的。之所以如此，是因为它的根基深深地扎在

---

① 鲁迅：《再论雷峰塔的倒掉》，《鲁迅全集》第一卷，人民文学出版社，1956，第 297 页。
② 钱志熙：《汉魏乐府的音乐与诗》，大象出版社，2000，第 84 页。

两汉社会这块沃土之上。它本身虽然并不以批判社会或者反映现实为主要任务，但是它却以艺术的方式描绘了丰富的社会生活，抒写了复杂的思想情感。而且，正是在这样的消费目的之下，形成了其独特的艺术主题和表现形式：叙事类歌诗重点关注普通家庭的生活问题、道德问题和妇女问题，抒写世俗情感类歌诗重点抒写祸福无常、人生短促、及时行乐之情。概言之，关注现实，关注人生，构成了汉代歌诗的主要特色及其题材表现的主要形式。它不但对后世民间诗歌，更重要的是对后世文人诗创作产生了深远影响。

第三节　汉代歌诗以悲为乐的审美风习

汉代歌诗是以满足社会各阶层消费娱乐需要为主要目的的艺术，因而也体现出不同于文人案头作品的艺术特点。汉代歌诗以抒写悲情为主，以悲为美是其明显的时代特征，这一点特别值得我们重视。可以说，汉代歌诗是中国文学史上典型的盛世悲音。

在汉代帝王歌诗与文人歌诗中，如项羽的《垓下歌》写自己的失败之悲，刘邦的《大风歌》叹无人辅佐之悲，《鸿鹄歌》悲叹太子羽翼已成，戚夫人《舂歌》悲自己身陷囹圄，赵王刘友的《幽歌》悲自己被吕后和诸吕所害，汉武帝刘彻的《秋风辞》悲人生短促，《李夫人歌》《思奉车子侯歌》悲宠姬与爱臣早亡，司马相如《美人赋所系歌》悲皇后之见弃，燕王刘旦的《归空城歌》、华容夫人的《发纷纷歌》悲篡谋不成，李陵的《悲歌》悲自己兵败名裂家亡，广川王刘去的《背尊章歌》《愁莫愁歌》悲自己的宠妃被害，广陵王刘胥的《欲久生歌》悲自己诅咒事发不得不死，乌孙公主刘细君的《悲愁歌》悲自己远嫁异国，班婕妤的《怨歌行》悲自己见弃的命运，马援的《五溪深行》悲南征之苦，梁鸿的《五噫歌》悲帝宫之奢华与民生之苦，少帝刘辩的《悲歌》和唐姬的《起舞歌》悲自己为董卓所害,等等。仔细数来,现存汉代帝王与文人歌诗中大多数是以悲哀为抒情基调的作品。

我们再来看各种类型歌诗中以悲为主要基调的作品。如《思悲翁》悲叹家庭之不幸,《战城南》悲悼战死者,《巫山高》是思乡之悲歌,《君马黄》伤朋友中道弃捐,《箜篌引》悲白首狂夫渡河而死,《东光》伤南方行军之苦,《薤露》与《蒿里》两诗是送葬之悲歌,《乌生八九子》《豫章行》《蜨蝶行》三首分别借乌、白杨和蜨蝶之口写它们无端遇害之悲。《平陵东》悲翟义被杀害,《折杨柳行》悲世途之险恶,《东门行》《妇病行》《孤儿行》写了三个不幸的家庭悲剧,《艳歌何尝行》写白鹄失偶的悲伤,《巾舞歌辞》写母子离别之悲。悲人生短促的,则有《西门行》《怨诗行》《满歌行》几首,至于写游子思乡之伤悲的,更有《长歌行·岩岩山上亭》《悲歌》《猛虎行》《古八变歌》《古歌·秋风萧萧愁杀人》《古歌·高田种小麦》等多首。我们再看一下琴曲歌辞中的作品,大多数的诗篇基调也以悲伤怨愤为主。

汉代歌诗中何以会有如此多的悲伤之作?对此问题,学人们虽然已经有所注意,但是论述得还远远不够。[①] 对此,我们拟从两个方面展开讨论。

首先是从音乐的层面来看,歌诗在汉代基本上属于新声,其乐调以清商调为主,乐器以琴为主,这本是以悲为基调的音乐。与雅乐本来就有区别。《淮南子·泰族训》:"今夫《雅》《颂》之声,皆发于词,本于情,故君臣以睦,父子以亲,故《韶》《夏》之乐也,声浸乎金石,润乎草木。今取怨思之声,施之于弦管,闻其音者,不淫则悲,淫则乱男女之辨,悲则感怨思之气。岂所谓乐哉!"《淮南子》

[①] 如王运熙《清乐考略》指出"丝竹在发音上具有哀怨的特色"。见《乐府诗述论》中对这个问题的论述。费秉勋《汉乐府杂考》亦曾注意到汉人比较喜欢悲乐的事实,见《西南师院学报》1985年第1期。

反对当时的新声俗乐,认为新声的特点是"施之于弦管""不淫则悲",这里所说的新声也是指以丝竹为主要乐器的汉代俗乐。陆机《文赋》:"犹弦幺而徽急,故虽和而不悲。……寤《防露》与《桑间》,又虽悲而不雅。"《文选注》:"《淮南子》曰:'邹忌一徽琴,而威王终夕悲。'许慎注曰:'鼓琴循弦谓之徽。悲雅俱有,所以成乐。直雅而无悲,则不成。'"《北堂书钞》卷一百六引刘向《新序》:"孙息学悲歌,引琴作郑卫之意,灵公大感,故作卫公之曲,歌而和之。"这里所说的"悲歌"的特点是"引琴作郑卫",与《淮南子》所论相同。关于琴声以悲为主,看来有很久的传说。对此,汉人也多有论述。《史记·封禅书》:"或曰:'太帝使素女鼓五十弦瑟,悲,帝禁不止,故破其瑟为二十五弦。'于是塞南越,祷祠太一、后土,始用乐舞,益召歌儿,作二十五弦及空侯琴瑟自此起。"《史记·宋微子世家》:"纣为淫泆,箕子谏,不听。人或曰:'可以去矣。'箕子曰:'为人臣谏不听而去,是彰君之恶而自说于民,吾不忍为也。'乃被发详狂而为奴。遂隐而鼓琴以自悲,故传之曰《箕子操》。"琴声以悲为主,所以用琴声演奏出来的音乐,也以悲为最高境界。枚乘《七发》:"龙门之桐,高百尺而无枝,……使琴挚斫斩以为琴,……使师堂操《畅》,伯子牙为之歌。……此亦天下之至悲也,太子能强起听之乎?"《西京杂记》卷五:"齐人刘道强善弹琴,能作单鹄寡凫之弄,听者皆悲不能自摄。"

正因为琴声主悲,所以,在汉人关于听琴的故事中,都把能令人感动而生悲当成是鼓琴的最高境界。如《太平御览》卷五百七十七引扬雄《琴清英》:"晋王谓孙息曰:'子鼓琴,能令寡人悲乎?'息曰:'今处高台邃宇,连屋重户,藿肉浆酒,倡乐在前。难可使悲者。乃谓少失父母,长无兄嫂,当道独坐,暮无所止。于此者,乃可悲耳。'乃援琴而鼓之。晋王酸心哀涕曰:'何子来迟也。'"同样,刘向《说苑·善说篇》所记雍门子周为孟尝君鼓琴的故事最有典型性,也最让后人称道：

> 雍门子周以琴见乎孟尝君。孟尝君曰："先生鼓琴亦能令文悲乎？"雍门子周曰："臣何独能令足下悲哉？臣之所能令悲者，有先贵而后贱，先富而后贫者也。不若身材高妙，适遭暴乱，无道之主，妄加不道之理焉；不若处势隐绝，不及四邻，诎折傧厌，袭于穷巷，无所告愬；不若交欢相爱无怨而生离，远赴绝国，无复相见之时；不若少失二亲，兄弟别离，家室不足，忧戚盈胸。当是之时也，固不可以闻飞鸟疾风之声，穷穷焉固无乐已。凡若是者，臣一为之徽胶援琴而长太息，则流涕沾衿矣。今若足下千乘之君也，居则广厦邃房，下罗帷，来清风，倡优侏儒处前选进而谄谀；燕则斗象棋而舞郑女，激楚之切风，练色以淫目，流声以虞耳；水游则连方舟，载羽旗，鼓吹乎不测之渊；野游则驰骋弋猎乎平原广囿，格猛兽；入则撞钟击鼓乎深宫之中。方此之时，视天地曾不若一指，忘死与生，虽有善琴者，固未能令足下悲也。"孟尝君曰："否！否！文固以为不然。"雍门子周曰："然臣之所为足下悲者一事也。夫声敌帝而困秦者君也；连五国之约，南面而伐楚者又君也。天下未尝无事，不从则横，从成则楚王，横成则秦帝。楚王秦帝，必报仇于薛矣。夫以秦、楚之强而报仇于弱薛，譬之犹摩萧斧而伐朝菌也，必不留行矣。天下有识之士无不为足下寒心酸鼻者。千秋万岁后，庙堂必不血食矣。高台既以坏，曲池既以渐，坟墓既以下而青廷矣。婴儿竖子樵采薪荛者，踯躅其足而歌其上，众人见之，无不愀焉，为足下悲之曰：'夫以孟尝君尊贵乃可使若此乎？'"于是孟尝君泫然泣涕，承睫而未殒，雍门子周引琴而鼓之，徐动宫徵，微挥羽角，初终而成曲，孟尝君涕浪汗增，欷而就之曰："先生之鼓琴令文立若破国亡邑之人也。"

这个故事很耐人寻味。雍门子周以鼓琴而见长，他去见孟尝君，孟尝君似乎对他的琴技表示怀疑，于是就问，雍门子周鼓琴能否让自己感动生悲。雍门子周没有马上演奏琴曲，而是先讲述了一番富贵不长久的大道理，首先让孟尝君产生了人生短促的悲哀，泪珠已经在眼眶里打转，然后轻轻地拨动琴弦，一曲初成，孟尝君已经是泪流满面了。由此可见，以欣赏悲音悲乐为享受，乃是汉人的一种特殊的欣赏习惯。对此，后人颇不以为然。如阮籍在《乐论》中说："桓帝闻楚琴，凄怆伤心，倚扆而悲，慷慨长息曰：'善哉乎！为琴若此，一而已足矣。'顺帝上恭陵，过樊衢，闻鸟鸣而悲，泣下横流，曰：'善哉鸟鸣！'使左右吟之，曰：'使丝声若是，岂不乐哉！'夫是谓以悲为乐者也。诚以悲为乐，则天下何乐之有？"阮籍是反对以悲为乐的，但是他在这里所讲的故事，则更好地说明了汉人以悲为乐的时代风习。

以悲为乐的时代风习，对于汉代歌诗的艺术题材产生了深刻的影响。从抒情诗角度讲，歌唱者自身的各种不幸成为引发其歌唱的主要契机。班固所说的"感于哀乐，缘事而发"，在汉人那里，实际上是以感于哀事为主，现存汉代帝王的抒情歌诗大都产生于主人公身遭各种不幸的时候，所抒写的大都是他们的哀情。而汉代留下的那些关注现实生活的歌诗当中，有代表性的作品如《东门行》《妇病行》《孤儿行》《焦仲卿妻》等，所描述的也是普通人的不幸遭遇。这些歌诗的主题可以与汉乐主悲的特点更好地统一起来，因而也成为汉代歌诗主题的基本模式。

其次从文化心态方面看，汉人之所以喜欢悲乐，与他们刚刚被唤起的个体生命意识有着直接的关系。还以我们上引雍门子周为孟尝君鼓琴的故事为例，雍门子周之所以用琴声打动孟尝君使之落泪，除了他的演奏动听之外，还因为他的那一大段言辞已经拨动了孟尝君心中那根人生短促、富贵不能长久的心灵的琴弦。这个故事除了见于刘向的《说苑》之外,还见于桓谭的《琴道》,其实,这个故事中的孟尝君,就是汉代那些上层统治者的化身。他们过着富足的生活,住的是高堂大屋,穿的是绫罗锦绣,吃的是山珍海味,拥抱着娇妻美妾,欣赏着倡优歌舞,真是有享受不完的快乐。但是想到人生竟然是如此短促,百年后再富贵的人也和那些庶人穷汉没有什么区别,同样都要埋骨黄泉,正如送葬曲《蒿里》歌里所说的"蒿里谁家地?聚敛魂魄无贤愚。鬼伯一何相催促,人命不得少踟蹰"。难道他们能不感到悲哀吗?年轻貌美的李夫人偏偏早死,让汉武帝相思悲感;霍去病之子霍子侯年少暴卒,更让汉武帝伤心不已。自己身为帝王,可以拥有全国的财富,可以尽情地享受人世间的一切荣华,但是却同样免不了一死,想到这些,岂不比普通百姓更感悲伤。正所谓"欢乐极兮哀情多,少壮几时兮奈老何!"汉武帝的这首《秋风辞》,其实正代表了汉代上层统治者的这种心态。

汉代是中华民族生命意识觉醒的时代,这与汉代社会的经济政治变革有着直接的关系。春秋战国时期,士阶层首先开始思考人生短促的问题,孔子临流而叹逝,伤自己老之将至,庄子称"人生天地之间,若白驹之过郤"(《庄子·知北游》),屈原一而再地吟唱着"岁月忽其不淹兮,春与秋其代序","老冉冉其将至兮,恐修名之不立"(以上并见《离骚》)。但是,这种感叹人生短促的意识还没有成为一个时代的主潮。而汉代这种人生短促的意识则扩展到整个社会。从汉武帝这样的帝王到贾谊这样的士大夫,再到那些无名氏的下层文人和普通百姓,都意识到人生短促的悲哀。"天道悠且长,人命一何促。百年未几时,奄若风吹烛。"(《怨诗行》)这就是那时普通百姓的生命感受。所以,在汉代,那些描写人生短促的歌诗也特别令当时人感动。如相和六引之一的《箜篌引》,据崔豹《古今注》,源自这样一个故事:"《箜篌引》者,朝鲜津卒霍里子高妻丽玉所作也。子高晨起刺船,有一白首狂夫,被发提壶,乱流而渡,其妻随而止之,不及，遂堕河而死。于是援箜篌而歌曰：'公无渡河，公竟渡河，堕河而死，将奈公何！'声甚凄怆，曲终亦投河而死。子高还，以语丽玉，丽玉伤之，乃引箜篌而写其声，闻者莫不堕泪饮泣。丽玉以其曲传邻女丽容，名曰《箜篌引》。"一个无名的"白首狂夫"渡河而死，他的妻子止之不及，也跟着投水而死。这对于一个社会来说本是一件极为平常的事情，"白首狂夫"的死也没有意义。但是他的死对他的妻子而言则是一个沉痛的打击，更何况是在她眼看着丈夫落水而又止之不及的情况下发生的，她显然经受不住这个打击，于是就发出"公无渡河，公竟渡河，堕河而死，当奈公何"的凄怆的呼喊，接着也投水而死。目睹了此情此景的霍里子高为之所感动，把这个故事讲给了他的妻子，他妻子用箜篌摹写其声音，竟会让"闻者莫不堕泪饮泣"。显然，这个并没有惊天动地伟业的"白首狂夫"的无谓之死，以及他的妻子的悲怆呼喊，被人们写进歌曲之后，还是深深打动了汉人那颗珍惜生命的脆弱的心灵，因而才会成为一首名曲。明于此，我们也就可以理解，为什么汉人那么喜爱这些悲伤之歌。他们甚至在欢乐的宴会上，也要演奏送葬歌曲。《后汉书·五行志一》注："《风俗通》曰：'时京师宾婚嘉会，皆作魁垒；酒酣之后，续以挽歌。'魁垒，丧家之所，挽歌，执绋相偶和之者。"以此可见汉人以悲为乐的文化心态。说到底，这才是汉代歌诗盛世唱悲音的最根本的文化心理原因。

汉代歌诗之所以充满了这么多的悲歌，除了汉人有强烈的人生短促的生命意识之外，还因为他们同时体会到现实生活中的无数痛苦。这一点，也体现出鲜明的时代特色。从中华民族的历史来看，汉代四百年相对而言是一段和平安稳的时代。这其中，除了西汉末年和东汉末年的战乱之外，两汉社会基本上是安定的，特别是其中还有所谓的西汉初年的文景之治和汉武盛世，东汉时代的明章之世。现存的汉代歌诗基本是产生于和平时代的作品，因为只有在和平时代，普通百姓才会有比较安定的生活，才会有较为充足的财富和时间，有比较强烈的文化娱乐心态，因而才会有整个社会歌舞娱乐的繁荣。但是，这并不意味着在和平环境中的每一个人的生活都是那样的顺利快乐，人生同样充满着艰辛，也同样会遇到各种各样的困难。社会的不平等与豪强贵族的压迫掠夺所造成的灾难，不知何时就会突然降临到一个普通百姓的身上，这让他们体会到生命的不安全，汉代歌诗《乌生八九子》《豫章行》《蜨蝶行》等所描写的正是普通百姓的这种生活以及由此产生的感受。而对于那些想要通过读书谋求仕进的文人士子来说，远离家乡的游子之悲、仕途难入的困顿之感、官场倾轧的人生险恶之感等诸种体验，也成为他们在娱乐性的歌诗作品中重点抒写的主题。"人生不满百，常怀千岁忧。昼短苦夜长，何不秉烛游。"（《西门行》）"为乐未几时，遭时崄巇，逢此百罹。零丁荼毒，愁苦难为。"（《满歌行》）"秋风萧萧愁杀人。出亦愁，入亦愁。座中何人？谁不怀忧。令我白头。"（《古歌》）这些以抒写悲情为主题的歌曲，正好真实生动地展现了汉人的文化心态，因而成为汉代的盛世悲音，也体现了汉代以悲为乐的审美风习。

汉代歌诗中也有描写欢乐场景、抒写快乐的作品，如《江南》一诗美芳辰丽景，《相逢行》《长安有狭斜行》写富贵之家的显赫，《古歌·上金殿》和《艳歌·今日乐相乐》写贵族之家的宴乐生活，此外还有游仙题材的作品，如《王子乔》《仙人骑白鹿》《董逃歌》，以及写君子当防患于未然的带有一些训诫和哲理意味的歌诗，如《君子行》，描写世俗风情的作品如《陇西行》，以传统的采桑女故事为题材的作品《陌上桑》等，显示了汉人审美风习的多样性。但是，以悲为乐却是汉人最有特色的审美风尚，汉代歌诗盛世唱悲音的现象值得我们特别关注。透过这一现象，我们才能更好地理解汉代歌诗的时代特点及其艺术特色。

第十五章
汉代歌诗的语言艺术形态

本章提要：汉代歌诗是诉诸演唱的，其演唱方式主要有一人独弹独唱、一人主唱其他人伴乐或伴唱、以歌舞伴唱三种方式。由此而形成了汉代歌诗的艺术表现特征：一是演唱的戏剧化与片断叙事；二是代言体歌诗与泛主体抒情；三是有历史故事原型的歌诗新唱。这三者相辅相成，从本质上讲都是为了更好地表演，更好满足艺术消费者的需要。这也使汉代歌诗的语言形态与文人案头作品有了巨大的不同，体现出很强的程式化特点，有着独特的章曲结构，并且仍然在很大程度上保留着口头传唱艺术的传统，运用了各种套语套式。这正是汉代歌诗独特的艺术魅力之所在，也是我们正确解读汉代歌诗艺术成就的有效途径。

汉代歌诗从本质上看是诗乐合一的用于演唱的艺术作品。① 在这

---

① 我们认为汉代歌诗是供表演的艺术。关于这一点，近年来有些学者已经有所觉察，他们从不同角度注意到了这方面的特征，并作了相应的有益的探索。如齐天举在《古乐府艳歌之演变》(《阴山学刊》1989 年第 1 期) 一文中论到古乐府中艳歌的性质以及它在汉乐府语言艺术形式演变中的作用。潘啸龙在《汉乐府的娱乐职能及其对艺术表现的影 （转下页注）

种艺术的生产和消费过程中，音乐歌舞表演在其中起着主导作用，诗歌语言是服务于音乐演唱的。因此，要研究相和诸调等歌诗的语言艺术成就，我们必须从它的演唱方式入手进行探讨。尽管由于受技术水平的限制，汉代歌诗的实际演出情况我们已经不可能耳闻目睹，但是有关的历史文献还是给我们提供了研究这些问题的线索。下面我们就从这方面作些探索性的工作。

第一节　汉代歌诗的一般演唱方式

两汉歌诗艺术是以供娱乐和观赏为演出目的的，为了达到更好的娱乐和观赏效果，自然要在演唱方面下功夫。它不是简单的吟唱，而是诗乐相结合的演唱。据现有的文献记载和出土文物考证，当代人一般认为汉代的歌舞娱乐演唱主要在三种场合举行，那就是厅堂、殿庭、广场。从出土文物看，其中最常见的是厅堂式演出，如"四川成都北郊羊子山1号东汉墓画像石，即展现了一个贵族家中的宴饮观剧场面。画面中帐幔悬垂，表示这是室内演出。左侧宾主分席，列几而坐，前有酒爵肉鼎供宴，后有妖姬美妾侍奉。主客前面的场地上，有十二人在演唱骇目惊心的百戏，内容包括跳丸、跳剑、旋盘、掷倒、盘鼓舞、宽袖舞等等，场面热烈、情绪紧张。右侧有五个乐人坐席伴奏"。这不能不让我们想起史书中的相关记载，如《汉书·张禹传》所言张禹常"入后堂饮食，妇女相对，优人管弦，铿锵极乐，昏夜乃

（接上页注①）响》（《中国社会科学》1990年第6期）一文中曾指出以下三点影响：一是叙事性情节构思艺术的发展，二是表现方式上的诙谐性，三是在表现手段上更讲究声色铺陈、夸张、诡喻和离奇之语的运用。钱志熙《汉魏乐府的音乐与诗》论述了汉代各类乐府诗的演艺特点与音乐特点，乐府诗通过娱乐功能产生伦理价值的艺术机制等。但是笔者以为，以上学者在论及这一问题时，基本上还是把汉乐府当作一般的诗歌来看待，还是把诗歌语言作为这种艺术的主体来研究。而笔者以为，我们要对这些世俗的汉代歌诗进行研究，首先要把它定义为以音乐和歌舞为主要形式的"表演的艺术"，语言只是这一艺术的有机组成部分，而且是服务于表演的。

罢"。其次是殿庭式演出。"这是贵族富民之于家中演出百戏的又一种形式，只是将演唱的场所由屋内迁移到屋外院子里，一般是主客坐在堂屋之中宴饮，伎人在庭院里演唱。山东出土的汉画像石里常见这样的画面：正面刻出一座堂屋，屋里主人居中端坐，旁边排列宾客侍从，堂屋两旁有两座阙。堂屋前面的庭院中，有伎人在演唱乐舞百戏。"第三种是广场式演出。据说汉武帝为夸耀声威，就曾在元封三年（前108年）春天举行过一次大型的百戏会演，"三百里内皆观"（《汉书·武帝纪》），三年之后，汉武帝又进行了一次大规模的百戏会演："夏，京师民观角抵于上林平乐馆。"（出处同上）对此，张衡的《西京赋》和李尤的《平乐观赋》都有生动的描述。[①] 还有的人认为，在汉代已经有了专供演唱用的戏楼，如现藏河南项城县文化馆的一个三层陶戏楼，"中层正面敞口，有前栏，栏上横列三柱支撑屋檐；两侧壁为镂孔花墙半敞。次层为舞台，中间横隔一墙，分前后场，隔墙右半设门供出入。前场有两个乐伎俑：一人一肢支撑，一肢扎跪，一手伸于胸前，一手上举摇鼗；一人跽坐，仰面张口，左手扶膝，右手扶耳为讴歌者"[②]。

如此众多而又广阔的演出场所，为汉代社会歌舞演唱提供了最好的舞台，也使其艺术表现形式较前代有了极大的发展变化，显得更加丰富多彩。根据现有的文献资料，我们大体上可以把这些歌诗演唱分为以下几种情况。

一是单人的独弹独唱。《古诗十九首·西北有高楼》："西北有高楼，上与浮云齐。交疏结绮窗，阿阁三重阶。上有弦歌声，音响一何悲！谁能为此曲，无乃杞梁妻。清商随风发，中曲正徘徊。一弹再三叹，慷慨有余哀。"《相逢行》："小妇无所为，挟瑟上高堂。"《善哉

---

① 以上关于汉代歌舞演出的场合的论述见廖奔《中国古代剧场史》，第27~32页。
② 周到：《汉画与戏曲文物》，中州古籍出版社，1992，第188页。

行》："何以忘忧，弹筝酒歌。"从以上诗句来看，当时的歌诗中有相当一部分是可以独弹独唱的。又，从晋人崔豹《古今注》记载看，《箜篌引》也是一首可以自弹自唱的歌曲。

《箜篌引》在郭茂倩《乐府诗集》中归入相和歌辞，属于相和引。但蔡邕《琴操》却把它列入古琴曲"九引"之一。仔细考察《琴操》所列诸琴曲，其演唱模式都是一个人独弹独唱的形式。由此可知，这种独弹独唱在汉代应该是很普遍的现象，或者是歌舞艺人的独弹独唱式的演唱，或者是抒情者亲自独弹独唱式的写志抒情。如传说司马相如与卓文君二人的故事中，就提到这种演唱方式，其一见诸《史记·司马相如列传》，说临邛令请司马相如与县中名士饮酒，"酒酣，临邛令前奏琴曰：'窃闻长卿好之，愿以自娱。'相如辞谢，为鼓一再行。是时卓王孙有女文君新寡，好音，故相如缪与令相重，而以琴心挑之"。此事又见于《玉台新咏》，说"司马相如游临邛，富人卓王孙有女文君新寡，窃于壁间窥之。相如鼓《琴歌》挑之"。其二见于《西京杂记》："司马相如将聘茂陵人女为妾，卓文君作《白头吟》以自绝，相如乃止。"这一才子佳人的故事显然有后人传说附会的成分，但是汉人以自弹自唱的形式来抒情写志，应该是普遍现象。如《汉书·西域传》所记，乌孙公主刘细君本为江都王刘建之女，元封中，汉武帝以之嫁乌孙王昆莫。公主至其国，自治宫室居。昆莫年老，言语不通，公主悲，亦自作歌抒写自己的悲愁，这显然也是自歌自唱的形式。

第二种情况是一人主唱，其他人或伴乐或伴唱。汉乐府相和歌的主要表演形式可能是这种类型。《宋书·乐志》曰："但歌四曲，出自汉世。无弦节，作伎，最先一人唱，三人和。……相和，汉旧曲也。丝竹更相和，执节者歌。"由此记载我们知道，汉代有一种但歌，也就是不配乐器的徒歌，由一个人主唱，三个人相和。还有一种叫相和歌，其演唱形式是一个人手里拿着一种叫作节的乐器，一面打着节拍，一面唱歌。其他人在一旁用弹弦乐器或管乐器伴奏。其实，无论是以人相和还是以乐器相和，这种形式都是早自先秦就有的。① 《乐府诗集》卷二十六载："《晋书·乐志》曰：'凡乐章古辞存者，并汉世街陌讴谣，《江南可采莲》《乌生十五子》《白头吟》之属。'其后渐被于管弦，即相和诸曲是也。魏晋之世，相承用之。……又诸调曲皆有辞、有声，而大曲又有艳、有趋、有乱。辞者其歌诗也，声者若羊吾夷伊那何之类也。艳在曲之前，趋与乱在曲之后，亦犹吴声西曲前有和，后有送也。"由此，知相和这种古老的民间歌唱形式，在汉代逐渐蔚为大观，又演化出《相和引》《相和曲》《四弦曲》《五调曲》（包括《平调曲》《清调曲》《瑟调曲》《楚调曲》《侧调曲》）《吟叹曲》《大曲》以及《杂曲》等多种形式。其中不同的曲调，所配的乐器也不相同，如《平调曲》中所配的乐器有笙、笛、筑、瑟、琴、筝、琵琶七种，而《清调曲》所配的乐器则有笙、笛（上声弄、高弄、游弄）、篪、节、瑟、琴、筝、琵琶八种（以上并见《乐府诗集》），但无论如何变化，有人演唱、有人声或乐器相和是其最基本的形式，这也是汉代歌诗主要的演唱形式。

除了相和歌诗作品本身之外，我们在史书中也可以经常看到用这种形式演唱的记载。如《汉书·高帝纪》所记，刘邦伐英布而还，"置酒沛宫，悉召故人父老子弟佐酒。发沛中儿得百二十人，教之歌。酒酣，上击筑，自歌曰：'大风起兮云飞扬，威加海内兮归故乡，安得猛士兮守四方。'令儿皆和习之"。又据《汉书·张释之传》所记，有一次，文帝与慎夫人来到霸陵，"上指慎夫人新丰道，曰：'此走邯郸道也。'使慎夫人鼓瑟，上自倚瑟而歌，意凄怆悲怀"。身为帝王的

---

① 《庄子·内篇·大宗师第六》曾记载："子桑户死，未葬。孔子闻之，使子贡往侍焉。或编曲，或鼓琴，相和而歌曰：'嗟来桑户乎！嗟来桑户乎！'而已反其真，而我犹为人猗！'"《淮南子·精神训》："今夫穷鄙之社也，叩盆拊瓴，相和而歌，自以为乐矣。"由此，知"相和"本是中国古代一种流行于民间的歌唱形式。《汉书·礼乐志》又记载汉高祖过沛，"作'风起'之诗，令沛中僮儿百二十人习而歌之。至孝惠时，以沛宫为原庙，皆令歌儿习吹以相和"。

汉文帝尚且如此，社会上其他人物，尤其是一些上层贵族和官僚文人这一类的唱和活动当会更多。

第三种情况是以歌舞伴唱。中国古代诗乐舞三位一体，歌舞伴唱本是情理中事。历史上相关的记载很多。如《汉书·张良传》记高祖谋立赵王如意为太子不成，乃召戚夫人，"戚夫人泣涕，上曰：'为我楚舞，吾为若楚歌'"。又据《西京杂记》所记："高帝、戚夫人善鼓瑟击筑。帝常拥夫人倚瑟而弦歌，毕，每涕下流涟。夫人善为翘袖折腰之舞，歌《出塞》《入塞》《望归》之曲，侍婢数百皆习之。后宫齐首高唱，声入云霄。"又云："戚夫人侍儿贾佩兰……又说在宫内时，尝以弦歌管舞相欢娱，竞为妖服，以趣良时。十月十五日，共入灵女庙，以豚黍乐神，吹笛击筑，歌《上陵》之曲。既而相与连臂踏地为节，歌《赤凤凰来》。至七月七日，临百子池，作于阗乐。"① 仅从汉高祖刘邦与其宠妃戚夫人的故事，可知在汉代以歌舞伴唱的形式是多么普遍。在出土的汉代画像石和画像砖上，歌舞相结合的演出更是其中的主要题材。至于国家的宗庙祭祀和朝廷礼仪燕飨所用的歌舞，汉武帝时代的《郊祀歌》十九章里更有着生动的描写。

不过，就现在传世的汉代歌诗来看，大多数属于诗乐相结合的作品，而留下来的舞曲歌辞却很少。郭茂倩《乐府诗集》卷五十二云："自汉以后，乐府浸盛。故有雅舞，有杂舞。雅舞用之于郊庙、朝飨，杂舞用之宴会。"在汉代，雅舞可能有歌词，但是也有好多雅舞没有歌词。相和诸调歌诗大体上不用舞，但是有个别的大曲可能有舞蹈相伴。《古今乐录》曰："凡诸大曲竟，黄老弹独出舞，无辞。"这种情况说明，虽然现存的汉代舞曲歌辞很少，但是我们并不能否定歌舞相伴这种艺术形式在汉代的繁荣这一事实。

从以上三种情况看，两汉社会的歌诗艺术演唱形式是丰富多彩

---

① （西晋）葛洪：《西京杂记》卷一、卷三，第2、19页。

的，而这些丰富多彩的歌诗艺术演唱形式，也必然会影响歌诗的语言，推动汉代歌诗语言艺术形式的大发展。

第二节　汉代歌诗的艺术表现特征

汉代歌诗是诉诸表演的作品，特别是那些出自歌舞艺人之口，供社会各阶层观赏享乐的歌诗作品更是如此。由于演唱的需要，汉代歌诗也形成了几个突出的艺术表现特征。下面我们分几个方面来谈。

一　演唱的戏剧化特征与片断叙事

考察汉代歌诗我们就会发现一个特殊的现象，以叙事为主的歌诗最引人注意，如《东门行》《妇病行》《孤儿行》《陌上桑》《焦仲卿妻》等，一直被公认为是汉代歌诗中最有特色的作品，我们可以把这一类作品称为"故事诗"。为什么在中国古代歌诗作品中，只有汉代"故事诗"成就最为突出？而后代的歌诗里，"故事诗"的发达反倒不如汉代了呢？笔者以为，这正是汉代歌诗的演唱性质决定的。

我们知道，汉代歌诗主要是为了满足大众的享乐需要而发展起来的。比较复杂的相和曲调，已经适合于演唱一个人物或者一个故事。同时，为了取悦观众，这一诉诸演唱的故事，就必须要有一定的情节，要适合演唱，也就是要凸显它的戏剧化的特征。这是以关注现实生活为主的汉代歌诗的一大特点。

为了说明这一问题，让我们先以《陌上桑》为例作一分析。

在汉代歌诗当中，《陌上桑》是一首最具有戏剧化特色的作品。全诗共分为三大段，在汉乐府中，也称之为三解。第一解写罗敷之美，她是一个喜欢蚕桑的女子，她住在城里，到城外去采桑。然后接着写她的穿戴如何华美，路上的行人如何为她的美丽所倾倒。第二解写使君与罗敷的对话。使君同路人一样，也为罗敷的美丽而着迷。他竟然不顾自己的身份，停下了五匹马所驾的大车，问罗敷是谁家的女子，年纪多大，最后问罗敷是否愿意与他共载。罗敷一一作答，指出使君的愚蠢，说使君已是有妇之夫，而自己也已经是有夫之妇。第三解写罗敷的夸夫。她说自己的丈夫如何有权势，又是如何有才，如何得志，如何英俊。全诗就到此为止，但是所有听众已经明白，罗敷不但巧妙地拒绝了使君之邀，而且把使君好一番戏弄。这是一个以喜剧形式结尾的故事，让所有的听众都能享受到一种快乐。戏剧化特征在这首诗里表现得最为显著。

　　因为《陌上桑》里讲述了一个非常有趣的故事，所以当代的文学史都把它称为叙事诗。但是如果真的从叙事诗的角度来衡量，我们又会发现它是不完善的。首先，这首诗对于主人公罗敷没有一个明确的身份交代，诗中只说她住在城内，出外采桑，没有说她的具体家庭情况，只说她是"秦氏"的"好女"。其次是这首诗中没有一个完整的结尾。罗敷回答了使君的问话之后，使君有什么反应，最终的结果如何？听众也不知道。当然，我们也可以说，关于罗敷的年龄，在歌诗后面罗敷的回答中还是交代出来了："罗敷年几何？二十尚不足，十五颇有余。"她的丈夫的情况我们最终也知晓了："十五府小史，二十朝大夫。三十侍中郎，四十专城居。"但是几乎所有的听众都会明白，无论是罗敷的年龄还是她夫婿的年龄及身份都是夸张的，不真实的。所以，如果我们以叙事角度来衡量，这首诗有着明显的缺陷。为什么会有这样的结构？笔者以为这是汉乐府演唱故事的策略，或者说是一种技巧。首先，因为它用的是相和这样的形式，这种说唱的形式有比较丰富的演唱手段，一人唱，多人伴唱或伴奏，可以容纳一定的故事内容，而这也能更好地吸引听众。充分强调故事中的戏剧化成分，是取悦观众的重要方式。同时，因为它是一种比较复杂的演唱，所以又一定要受音乐演唱的限制，不可能像一个行吟诗人那样无止境地演唱下去。因而在有限的篇幅中用戏剧化的方式表现其情节冲突也是它必不可少的演唱技巧。

第十五章 汉代歌诗的语言艺术形态

按沈约《宋书·乐志》记载，《陌上桑》这首大曲，共分为三解，同时，"前有艳，词曲后有趋"。也就是说，作为一个完整的大曲曲目，这支曲子在演唱时可以分成如下几部分：开始是一段名叫"艳曲"的音乐，接下来是正曲，有唱词，分为三解，然后有一段"趋曲"作为结束。① 按我们前文中的分析，所谓"三解"，也就是这首歌分为三段（章），每一"解"结束，也就是一段歌词唱完，曲调演唱完一段，当有一段送歌弦。那么这个"解"自然成了这个曲目中的演唱单位，每解之间的间隔不仅仅是音乐的转换，同时也提示着故事场景的变换，情节的转折，或者是又一段叙事的开始。每一"解"有相对的独立性和完整性，近似于后世戏曲中的一场或一折。但是，由于汉代还是以歌曲演故事的初级阶段，这每一"解"又不可能像后世戏曲中的一场或一折那样可以由一套曲子来展开故事内容，而只是由一支短曲或短歌构成。受这种演唱方式的影响，汉乐府相和诸调中的叙事类歌诗必然要求在语言上的精练，每一解突出一个中心，每一个曲子就要简要地说明一个情节或一小段故事。所以，剔除不必要的叙述，用最精练的语言来保证演唱的精彩，就是汉乐府歌词创作中的重要特征。同时，由于每一解是一个中心，解与解之间有音乐相隔，那么每一解之间内容的跳跃性就会很大，这表现在歌词上，就是段与段之间的似断实连。而且，由于演唱在这里起了重要作用，受一支大曲的容量所限，所以有时它所演唱的故事并不完整，更近似于后世的折子戏，只讲述一个故事的中心内容或者其中最有代表性的一段。由此，我们再来分析《陌上桑》这首诗的故事叙述，就会发现，它虽然不合于一般叙事诗的规范，但是却特别适合这样的演唱。它选取的是

---

① 按，杨生枝《乐府诗史》认为《陌上桑》这首诗共三解，第一解为"艳"，第二解为"正曲"，第三解为"趋"（参见该书第 94~96 页），笔者认为这种解释是错误的。因为《宋书·乐志》说得很明白，"三解，前有艳，词曲后有趋"。可见，在这首诗中，"解"与"艳"、"趋"是分开的，不相混的。

一个典型但并不复杂的故事，它在有限的篇幅中突出了可感可视的人物形象的塑造，运用了恰如其分的夸张、衬托、白描等艺术手法，对话相当简洁但是又非常生动，同时注意营造和渲染戏剧化气氛。全诗并没有把故事讲完，只是集中地表现了其中的三个场景，但是给人留下的印象却是极其鲜明的。可以说，没有大曲这种演唱艺术形式，就不会有《陌上桑》这样的具有独特风格的歌诗作品。由此，我们把相和诸调歌诗的这种叙事方式称为"片断叙事"。

"片断叙事"是汉代歌诗艺术的一个重要特征。由此出发，我们不仅可以更好地说明《陌上桑》的结构形式何以如此，也可以比较好地理解《妇病行》《孤儿行》《东门行》等诗篇，它们同样也都采取了"片断叙事"叙述模式。虽然上述诗篇在具体的故事内容和结构上都有些不同，但是如果从曲调演唱的角度，我们又可以看到它们在叙事技巧上的一致性。它们的写作主旨都不在于完整地叙述故事，而在于能在有限的艺术演唱过程中，让听众了解社会上某些方面的事情，某种类型人物的生活、遭际和命运。为了说明这一问题，我们不妨再分析一下《东门行》。

《东门行》　古词四解

出东门，不愿归；来入门，怅欲悲。盎中无斗储，还视桁上无县衣。（一解）

拔剑出门去，儿女牵衣啼。它家但愿富贵，贱妾与君共哺糜。（二解）

共哺糜，上用仓浪天故，下为黄口小儿。今时清廉，难犯教言，君复自爱莫为非！（三解）

今时清廉，难犯教言，君复自爱莫为非！行，吾去为迟，平慎行，望吾归。（四解）[1]

---

[1] 按，《东门行》各本文字上有出入，本书取自《宋书·乐志》，第616页。

第十五章 汉代歌诗的语言艺术形态

同《陌上桑》一样，用叙事诗的标准衡量，这首诗也是不完整或者说不典型的。因为诗中既没有对主人公身份地位等方面的详细交代，也没有非常曲折的情节；既没有开端、发展、高潮、结局等完整的故事形态，也没有必要的人物事件描写。但是全诗却凸显了歌诗演唱的特征，它把所有不必要的语言交代都省略，让出场人物通过他们的角色扮演完成这些介绍性的功能。它同时也把故事的叙事性语言尽量省略，让位于出场人物的实际演唱。最后，全诗几乎只剩下了人物的对话语言，用它来提示每一解的中心内容，作为整个故事演唱的注解。可以这样说，如果在这种简练的人物语言背后不依托着一个演唱舞台的话，或者说如果在读者的阅读背后没有一个歌诗演唱作为背景的话，这首诗无论如何也难以称得上是一首好诗。但作者的高明处恰恰就在这里，他充分地把握了演唱艺术的特点，把语言作为整个歌诗演唱过程服务的一部分，用最精练的语言，最大限度地实现了它在歌诗演唱中的功能。全诗分为四解，也就是四段歌唱，我们可以想象，在第一解中，首先应该是男主人公演唱，他大概是刚从东门外回来，因为家里太穷，他甚至不愿回家。回家之后，他马上就感到了巨大的压力，因为无衣无米，孩子在哭泣，妻子在叹息。诗的语言正是对这种情景的提示。一写男主人公心情的悲苦，二写家中贫寒的景象。接着转入第二解，写男主人公难以忍受这种精神上的巨大压力，为了养家糊口，他明知犯法也要去铤而走险。但是孩子们并不愿意让他出去做那样的事情，他们牵住他的衣襟哭啼，妻子也极力相劝。这一解的诗句，同样是对这一解歌诗演唱内容的简练而集中的概括。第三解和第四解似乎是一段男女之间的对唱，其中第三解的中心人物是妻子，虽然诗中只有简单的五句话，但是却写出了她如何对丈夫苦苦相劝的全过程，感情真挚。第四解的中心人物是男主人公，他也懂得妻子所说的道理，但是面对家中的困难，他明知是铤而走险也不得不去，无奈中只好劝她等待自己平安回来。诗句同样是对歌诗演唱内容的说明与诠释。由此看来，我们说它是一首叙事诗，还不如说它是汉乐府大曲《东门行》的歌词唱本更为合适。它那简练的语言和生动的对话说明，汉代歌诗语言的成就，客观上受歌诗演唱的影响有多么巨大！

演唱的戏剧化特征与片断叙事的技巧是汉代歌诗艺术表现的重要特点之一，它告诉我们，汉乐府中像《陌上桑》这一类诗篇并不属于严格的叙事诗，更准确的说法，应该把这类诗篇称为"故事性演唱诗"，是介于短篇叙事诗和折子戏脚本之间的歌唱文学。在那种特殊的历史条件下，它最好地综合了音乐、诗歌、戏剧等几种艺术形式，成为有着独特韵味的一代文学艺术的代表。

二　代言体歌诗与泛主体抒情

考察汉代歌诗我们还会发现，抒情类歌诗在其中占有重要的地位。如果单纯从现存作品数量来看，汉乐府中的抒情诗要远比叙事诗多得多。这些抒情诗，除了少数篇章如刘邦的《大风歌》、汉武帝的《秋风辞》等有明确的作者可考之外，大多数作者名字都不可考。从情理推测，这些歌诗应该是那些有一定文化修养的人写给歌舞艺人供他们演唱的，基本上都是代言体的歌诗。也就是说，这些歌诗的生产主要是为了消费的需要，它的抒情要适合消费者的欣赏口味。所以，歌唱者在演唱的时候并不是以自己个人的身份来抒情，而是要从一个表演者的角度，模仿社会各类人物的身份来抒情，代他们来说话。显然，汉代歌诗中的这些代言体抒情诗，与那些文人的主体抒情诗的创作情境以及情感表达都是有着很大不同的。

仔细分析汉代歌诗中的这些代言体抒情之作，会发现有三种情况。第一种情况是歌唱者以抒情诗中主人公的身份来进行演唱，如《上邪》《有所思》这样的歌诗，抒情主人公都是与人相恋或者失恋的女子；《满歌行》一诗的抒情主人公是一位在官场上失意的官吏。

表演者在演唱时一定要模仿抒情诗中主人公的口吻。第二种情况是以第三人称的角度来演唱,如《鸡鸣》《相逢行》二诗写京城富贵之家的煊赫之势,《陇西行》写一个陇西好妇善于出入应对,演唱都是从第三者角度来进行观察和抒情的。第三种情况是抒情诗本身没有明确的主人公出现,它只是通过演唱者之口来表达一种社会上普遍存在的思想情绪或者对某一社会现象发表感受。如《江南》一首描述的是江南的良辰美景,《薤露》《蒿里》二诗叹人生短促,《长歌行》鼓励人要珍惜时光,及时努力,《君子行》告诉人们一个君子要防患于未然的道理。在上述三种情况里,只有第一种歌诗里的抒情主人公的形象相对清楚,它最早可能是某一个人的个体抒情诗作,但是当这首诗通过表演者之口唱出来之后,这首歌诗中的主人公的身份也相对弱化了,消费者更倾向于把它看成是某一类人的情感或者故事。至于后两种情况,抒情主人公的个性形象都比较模糊,我们很难把这些诗篇称为个体抒情诗。所以,笔者把汉乐府抒情歌诗中的这种情况称为泛主体抒情,而这正是汉乐府抒情类歌诗与文人创作的个体抒情诗的最大不同。

汉代歌诗的这种泛主体抒情特征,显然是与其表演的需要相适应的。歌唱是一种时间的艺术,从欣赏者的角度来讲,它与书面文本的阅读不同,不能有一个长时间的涵咏想象的过程,而是要随着歌声直接快速地进入情感角色。因而,其情感表达越具有普遍性,越能够让更多的听众接受和喜爱。为了达到这一效果,歌唱者在为听众表演的时候,他虽然未必像写个体抒情诗那样把自己的真实情感投入其中,但他却可以从一个全知全能的客观视角来看待社会,自由地变化抒情主体,进行艺术想象和再创造,从而表达出一种具有普遍意义的哲理或者情感。如《乌生八九子》,这是一首假借禽言物语来揭示社会不合理现象的歌诗。诗的前半部分写"乌"无端被害,用的是叙事性手法。诗的后半部分则用的是议论的方式,借题发挥,说不但乌无端被害，白鹿、黄鹄、鲤鱼无论藏身在何处，也都没有逃脱被害的命运。最后两句发出一种无奈的感叹，用死生有命的说法来宽慰自己。显然，从一般的抒情诗的角度考虑，我们很难找到这首歌的真正作者，诗人已经把自己的真实身份藏到了作品背后。而诗中假借"乌"之口所描述的悲剧，也不再是现实中某一个人的真实故事，而成为这个社会所存在的普遍现象。作为歌唱者，他并不是要通过这首诗的演唱来抒写自己的人生不幸，而是用一种特殊的方式来揭示现实生活中普通百姓的不幸。让所有的听众通过"乌"的口述和议论，受到艺术上的感染，唤起同情，从而认识和理解现实生活。在汉代歌诗中，与之采用同样手法的歌诗还有《豫章行》《蜨蝶行》《枯鱼过河泣》等，都与这首作品有异曲同工之妙。此外，还有更多的歌诗，虽然没有采用这种禽言物语的方法，可是诗中的主人公同样也是模糊的、不确定的。歌唱者在其中与其说是扮演了一位抒情主人公，不如说是扮演了一个观众代言人的角色。他可以站在任何一个角度，根据听众的需要来抒情或者议论。如《善哉行》抒发时人渴望成仙的情感，就把相关的内容组合成一首夹叙夹议的作品：

> 来日大难，口燥唇干。今日相乐，皆当喜欢。（一解）经历名山，芝草翻翻。仙人王乔，奉药一丸。（二解）自惜袖短，内手知寒。惭无灵辄，以报赵宣。（三解）月没参横，北斗阑干。亲交在门，饥不及餐。（四解）欢日尚少，戚日苦多。以何忘忧，弹筝酒歌。（五解）淮南八公，要道不烦。参驾六龙，游戏云端。（六解）

这首歌的抒情主人公是谁，听众并不清楚，歌中各解的内容，也缺少一定的连续性，第一解写今日相乐，第二解写遇见仙人王子乔，第三解写自己没有报恩的能力，第四解写亲交的悲苦，第五解写及时行乐，第六解写游仙之乐。把歌诗中各解连缀起来的，只是表达了来自生活中的一种复杂感受：现实生活中充满了痛苦，唯有及时行乐才可以暂时解脱，淮南八公成仙的故事只是一种幻象而已。总之，这首歌诗所表达的，并不是某个人的思想，而是当时一部分人的文化心态。同样这也是一首典型的泛主体的抒情之作。

用来表演的汉乐府抒情歌诗，被泛主体的表现方式赋予了极大的灵活性，可以使歌唱者在表演时灵活地变换抒情主人公身份，表达各种情感，让更多的听众喜欢。同时，为了达到更好的效果，歌唱者也会充分地利用听众所熟知的历史或者现实中的人物故事，代其立言来进行演唱。这是一种典型的代言体抒情方式。如《白头吟》：

> 皑如山上雪，皎若云间月。闻君有两意，故来相决绝。今日斗酒会，明旦沟水头。躞蹀御沟上，沟水东西流。凄凄复凄凄，嫁娶不须啼。愿得一心人，白头不相离。竹竿何袅袅，鱼尾何簁簁。男儿重意气，何用钱刀为！

关于这首诗的来历，《古今乐录》曰："王僧虔《技录》曰：《白头吟行》歌古'皑如山上雪'篇。"《西京杂记》曰："司马相如将聘茂陵人女为妾，卓文君作《白头吟》以自绝，相如乃止。"《乐府解题》曰："古辞云'皑如山上雪，皎若云间月。'又云：'愿得一心人，白头不相离。'始言良人有两意，故来与之相决绝。次言别于沟水之上，叙其本情。终言男儿重意气，何用于钱刀。"对卓文君作《白头吟》之事，后代学者们多持怀疑态度。这首诗在《宋书·乐志》里列为大曲，但称所录非本辞，郭茂倩《乐府诗集》题为"晋乐所奏"，同时又录有上面这首歌诗，并举出《西京杂记》等文献来证明这首诗才是本辞。可见，这首歌产生于汉代，应无疑问。但是，在《史记》《汉书》中并没有记载司马相如有这样的故事，从五言诗在西汉发展的情况来看，这首歌也不可能是卓文君所作，当是后之好事者有意为之。而这个好事者不会是别人，就是当时的歌舞艺人。他们把《白头吟》这首歌列于卓文君名下，并且编了一个司马相如想娶茂陵女为妾的故事，这就极大地提高了这首歌的知名度，从而也更容易为听众所接受。

西方现代派作家、文学批评家艾略特（T. S. Eliot）曾经提出过"诗歌的非个人化理论"，在他看来这包含三个方面的含义，其一是"任何诗人都不能脱离诗的传统而单独具有他的完全意义"，其二是"诗人创作过程具有非个性化的特点"，其三是"诗歌表现具有非个性化特点"。[1] 显然，艾略特的这一理论强调了诗人个体与群体、个人与传统之间的关系问题，因为个人不能脱离群体也不能脱离传统而独立存在，所以我们从某种程度上可以这样来看待个体诗人从本质上的非个性化问题，从而把诗歌看成是一个独立于诗人个体之外的有机整体。但无论如何，作为个体诗人，他总是要在诗歌当中表达出属于自己个性特征的一些东西，不管这些东西是经过群体或传统哪种意义上的重新组合，总之都要有诗人的个性存在，诗人本身就在诗中追求他的个性。如果用这种理论来衡量汉代歌诗的生产或者说创作，那么艾略特的理论显然会给我们更多启示。因为对于汉代歌诗的作者和歌唱者来说，他们创作和表演这些歌诗的主要目的，不是要表现自己的个性化情感，而是要表达一种群体性情感。也就是他首先要服务于听众的，要让听众理解和接受，诗歌在这里才真正是非个人化的。代言体的歌诗本来就是替别人说话，而不是为歌唱者自己说话。至于那些泛主体的抒情，它的要义更是要表现尽可能多的听众的情感。个人的情感已经完全融入群体之中，哪怕他所抒写的情感最初可能是源于个人经历的，但最终还是属于群体情感的范畴。

---

[1] 按，此处参考了陶东风主编《文学理论基本问题》，北京大学出版社，2004，第305～307页。

这种代言体以及泛主体化抒情,是汉代歌诗的一大特色,其实这也是后世那些通俗歌曲的一大特色。作为歌唱者,他或者是代歌中之人立言,或者是把自我的身份藏于诗后。总之,作为歌唱者的主体在演唱中表现并不明显,这种情况使汉代歌诗中缺少了独立的个性诗人形象,但却表现出了更加丰富的社会内容,或者揭示了社会上某一种普遍现象,或者表达了一种具有社会普遍性的情感,或者以一个全知者的身份对这些社会现象发表感慨或者议论,从而使这些歌诗有了更为普遍的社会意义与价值。

三 历史故事原型的歌诗新唱

考察汉代歌诗,我们会发现很多这样的现象。那些托名为某名人所作的歌诗,在歌诗之前往往有一段相关的本事,说某歌诗产生于某时,里面有某一个故事。在这里,故事中的人物基本都是历史上真实存在的,但是发生在这些人物身上的故事却是歌唱者虚构的。相应的歌诗自然也是后人的创作。我们把这种现象称为历史故事原型下的歌诗新唱。例如在崔琦的《四皓颂》里记载了一首《四皓歌》,还编了这样一个故事:"昔南山四皓者。盖甪里先生、绮里季、夏黄公、东园公是也。秦之博士。遭世暗昧,道灭德消,坑黜儒术,于是乃退而作歌曰:'莫莫商洛,深谷逶迤。晔晔紫芝,可以疗饥。皇虞邈远,吾将安归。驷马高盖,其忧甚大。富贵而畏人,不如贫贱之而轻世。'"① 但是读者一看就会明白,这首歌不可能是四皓所唱,因为其中所表达的思想情感,并不符合四皓的身份。据《史记·留侯世家》中的记载,四皓不是为避秦难而隐居,而是因为刘邦轻慢士人,所以他们才"逃匿山中,义不为汉臣"的。后来太子刘盈诚意相邀,他们便来辅佐太子。在宴会

---

① (清)严可均:《全上古三代秦汉三国六朝文·全后汉文》,卷四十五,第一册,第720页。

上，刘邦见到之后大惊，便问："吾求公数岁，公辟逃我，今公何自从吾儿游乎？"四人皆曰："陛下轻士善骂，臣等义不受辱，故恐而亡匿。窃闻太子为人仁孝，恭敬爱士，天下莫不延颈欲为太子死者，故臣等来耳。"可见，四皓在《史记》中并不是道家的隐士，而是属于儒家的义士。崔琦在这里，不过是借重四皓之口，来表达自己想要全身远祸的思想而已。在这里，四皓的确是历史上的名人，但故事却出于后人的杜撰，歌诗更不可能是出自四皓之口。但是，这种假借历史人物编故事并且演唱却成为汉代歌诗中的一个有趣的现象。此外如见于《古今乐录》中的《八公操》，见于《玉台新咏》的司马相如的《琴歌》二首，也都是根据历史名人附会而成。这其中最有典型性的就是蔡邕的《琴操》，每一首都是采用的这样一种写作模式，如传为虞舜所作的《思亲操》：

> 舜耕历山，思慕父母，见鸠与母俱飞鸣相哺食，益以感思，乃作歌曰："陟彼历山兮崔嵬，有鸟翔兮高飞，瞻彼鸠兮徘徊。河水洋洋兮青泠，深谷鸟鸣兮嘤嘤，设罥张罝兮思我父母力耕。日与月兮往如驰，父母远兮吾将安归。"

显然，这故事是后人所编，这首歌也绝不会是虞舜所唱。但是，这并不妨碍歌唱者借此故事来表达思亲之情，而且对于听众来说，由于舜乃是大家熟知的人物，他又是一个著名的孝子，所以这首歌更容易在听众中产生情感上的共鸣。

由于历史上的人物故事为大众所熟知，运用他们的故事来进行歌诗的表演更容易为听众所接受，所以有关他们的歌诗在社会上也会出现好多种不同的版本，这其中就有歌唱者的不断加工在里面。最典型的是《龙蛇歌》。它的故事原型见于《左传》，说的是介子推随晋文公流亡十九年，有一次晋文公在路上实在没有吃的，介子推就把他自己大腿上的肉割下来给晋文公吃。可是晋文公回国之后，奖赏了所有跟随他流亡的人，唯独忘记了介子推，于是介子推就和他的母亲逃进了深山，晋文公求之不得，就把绵上作为介子推之田，并立旌表来记述自己的过错，表彰介子推的功绩。再到后来，这个故事的内容不断丰富，说晋文公进山寻找不到介子推，于是就采纳一个人的建议，想用烧山的方式把介子推逼出来，结果介子推被活活烧死了。这个故事广为流传，自然也成为自战国后期到汉代歌诗新唱中一个历史故事原型。在《吕氏春秋》《史记》《说苑》《新序》《淮南子注》《琴操》中都记录了以此故事为原型的一首歌——《龙蛇歌》。下面我们把这几首不同版本的歌都引之如下进行讨论。

> 有龙于飞，周遍天下。五蛇从之，为之承辅。龙返其乡，得其处所。四蛇从之，得其露雨。一蛇羞之，桥死于中野。(《吕氏春秋·介立》)①

> 龙欲上天。五蛇为辅。龙已升云，四蛇各入其宇。一蛇独怨，终不见处所。(《史记·晋世家》)②

> 有龙矫矫，顷失其所。五蛇从之，周遍天下。龙饥无食，一蛇割股。龙返其渊，安其壤土。四蛇入穴，皆有处所。一蛇无穴，号于中野。

> 有龙矫矫，顷失其所。一蛇从之，周流天下。龙反其渊，安宁其处。一蛇耆干，独不得其所。(《说苑·复恩》)③

---

① （战国）吕不韦：《吕氏春秋》，上海书店影印《诸子集成》本，1976，第六册，第117页。
② （西汉）司马迁：《史记》，第1662页。
③ 刘向撰，向宗鲁校证《说苑校证》，中华书局，1987，第121~122页。

> 有龙矫矫，将失其所。有蛇从之，周流天下。龙既入深渊，得其安所。蛇脂尽干，独不得甘雨。（《新序·节士》）①

> 有龙矫矫，而失其所。有蛇从之，而啖其口。龙既升云，蛇独泥处。（《淮南子·说山训》高诱注）②

> 有龙矫矫，遭天谴怒。卷排角甲，来遁于下。志愿不与，蛇得同伍。龙蛇俱行，身遍山墅。龙得升天，安厥房户。蛇独抑摧，沈滞泥土。仰天怨望，绸缪悲苦。非乐龙伍，惔不眄顾。（《琴操》）③

我们稍加比较就会发现，上述七种版本都见于秦汉人著作，却没有一个是完全相同的，甚至同是由刘向一个人所辑录的三个版本，而且有两个版本就在同一本书中，也有相当大的不同。④ 由一个故事而引出了七个不同版本的歌诗，这在中国文学史上是一个很少见的现象。这一方面说明这个故事在当时社会上的流传之广和影响之大；另一方面也说明这个故事充满了活力，可以不断地根据故事的原型而进行新的翻唱。从这首歌诗最早出现在《吕氏春秋》来看，它应该是先秦时代就已经产生的歌诗作品。但是这首歌诗在汉代又有不同的六种版本，则说明它在先秦时代还没形成一个定本，还处于口传阶段，即便是在汉代，它仍是一首不断被人改编的歌诗。这七首同题歌诗当

---

① 程荣纂《汉魏丛书》，吉林大学出版社，1992年影印本，第376页。
② 何宁：《淮南子集释》，中华书局，1998，第1104～1105页。
③ （东汉）蔡邕：《琴操》，江苏古籍出版社，1988年影印宛委别藏本，第34页。
④ （宋）郭茂倩：《乐府诗集》，第834～835页。此书辑录了上引七首中的四首，有三首分别与《说苑·复恩》第一首、《新序·节士》和《史记·晋世家》同。另一首则与其他各本都不相同。

第十五章 汉代歌诗的语言艺术形态

中,最长的是辑录于《琴操》中的那首,而《琴操》的写作年代又是最晚的,已经到了东汉末年。这种情况同时也说明,晋文公和介子推的故事,特别受到汉人的关注。当然也正因为如此,借用这样的历史原型故事来进行翻唱,也一定会成为汉代社会喜欢的歌唱题材,容易被广大听众接受,在广大听众中产生情感的共鸣。瑞士的著名心理学家荣格(C. G. Jung)在讲到原型的影响力时曾经说过:"从原初意象说话的人,是用一千个人的声音在说话;他心旷神怡,力量无穷,同时,它把想要表达的思想由偶然的和暂时的提高到永恒的境地。他使个人的命运成为人类的命运,因而唤起一切曾使人类在千难万险中得到救援并度过漫漫长夜的力量。"[①] 荣格这里所讲的原型(原初意象)虽然指的是沉积于人类心理中的集体无意识,并不是我们在这里所说的故事原型,但是,在人类社会中广泛流传的故事中往往都沉积着具有原型意义的东西,所以它才可以有原型式的影响力。同时,对于一般人来说,艺术感动往往并不是从抽象的原型中产生,而总是要通过一些具体感人的意象或者故事得到,所以每个民族才会有一些经久不衰的经典故事。介子推与晋文公的故事就具有这样的意义。它讲的是一个君臣关系的故事,在古代专制社会里,君臣之间应该是一个什么关系,二者关系应该如何对待,是所有的人都要考虑的问题,特别是万千臣民百姓都要考虑的问题。因而,介之推的悲剧自然会在社会上产生强烈的共鸣。而作为汉代歌诗之最有特色的一部分——琴曲歌辞,所表达的又主要是一般文人士大夫的情感,所以它成为当时一个重要的抒情题材而不断地被翻唱,就是自然而然的事情了。

仔细分析汉代歌诗,我们会发现运用历史故事原型进行歌诗新唱,的确是其中的一大特色,除了《龙蛇歌》之外,汉乐府当中的许

---

① 〔瑞士〕荣格:《分析心理学与诗的艺术》,〔美〕卡尔文·S. 霍尔、沃农·J. 诺德拜:《荣格心理学纲要》,张月译,黄河文艺出版社,1987,第161页。

多故事诗也有这种情况。我们知道,汉代是个儒家文化兴盛的时代,儒家的圣人在人们的心中也占有特殊的地位,所以琴曲歌辞中就有许多关于文王、周公、孔子的故事传说。其中也有许多所谓出自这些圣人之口的琴歌,这正好说明汉人的一种特殊的文化心态。

其实,除了汉乐府抒情歌诗有这种现象之外,在其他歌诗作品中也有这种情况,比如,汉代歌诗中的《鸡鸣》《相逢行》《相逢狭路间行》几首内容大致相同的歌诗,它们标题不一样,里面的内容也多少有些差别,我们就可以把它们看成是同一个原型故事的不同翻唱。另一个最典型的例子就是《陌上桑》。如我们前文中所言,《陌上桑》的原型是先秦时期早就流传的采桑女的故事,这样的故事在汉代仍然继续流传。《古今乐录》曰:"《陌上桑》歌瑟调。古辞《艳歌罗敷行·日出东南隅篇》。崔豹《古今注》曰:'《陌上桑》者,出秦氏女子。秦氏,邯郸人有女名罗敷,为邑人千乘王仁妻。王仁后为赵王家令。罗敷出采桑于陌上,赵王登台见而悦之,因置酒欲夺焉。罗敷巧弹筝,乃作《陌上桑》之歌以自明,赵王乃止。'"《乐府解题》曰:"古辞言罗敷采桑,为使君所邀,盛夸其夫为侍中郎以拒之。"可见,关于《陌上桑》一诗的本事,古代就有好多说法。其中崔豹《古今注》里所说,与《陌上桑》本辞的内容不完全相符,所以本辞的故事原型不会是赵王家令王仁妻的故事。但是他的这一记载却进一步说明,采桑女的故事在汉代是非常流行的,且有不同的发展,因而,《陌上桑》本辞可能是在同样的采桑女故事基础上的新唱。

为什么汉代歌诗中会出现这种现象?笔者以为这恰恰是世俗化的歌唱艺术所遵循的一个基本原则。无论是叙述故事还是抒情,既然歌唱的主要目的是为了让听众喜欢,那么歌唱者必然要选择听众都能接受的题材。要做到这一点,最好的方式是其故事或者题材为听众所熟悉,只有这样才更容易引起他们的共鸣。同时,对于这些听众熟悉的题材,歌唱者每次演唱的时候也要适当地因时因地而进行变化,以增强其内容上的新鲜感，同时为施展自己的艺术才华、避免与他人雷同创造条件。在这里，我们可以借用现代文学理论中的说法，那就是着力塑造歌诗艺术中"熟悉的陌生人""熟悉的陌生感"。在这里，"熟悉"是指这些故事或者题材所具有的典型化意义，所揭示的社会问题的深度与广度。"陌生"则是指艺术家创作时所达到的艺术高度和创新程度。正是这二者的结合，才为汉代歌诗中利用历史原型而进行歌诗的新唱开辟了广阔的天地。

要之，无论是演唱的戏剧化特征与片断叙事、代言体歌诗的泛主体抒情，还是历史原型故事的歌诗新唱，汉代歌诗的这些艺术表现特征都与其诉诸表演有关。只有从这个角度，我们才能对其艺术成就作出更好的认识。

第三节　歌唱艺术的程式化与语言结构

汉代歌诗是诉诸演唱的，它的语言结构形态也与文人案头作品有着相当大的不同。因此，从艺术表演的角度来认识汉代歌诗的语言特点，也是正确认识其艺术成就的重要途径。

一　歌唱艺术的程式化与汉代歌诗的章曲结构

汉代歌诗是诉诸歌唱的，自然会形成歌唱表演中的程式化。程式化是艺术趋于成熟的重要标志，无论是哪一艺术门类，在长久的实践中，必然要形成一定的规则，讲究一定的规范。这规范和规则从一定程度上讲就是程式。如京剧之所以称之为京剧，就因为它的乐器伴奏、所采用的唱腔、舞台的动作等都有别于其他剧种，并形成了一定的规范。每一个学习京剧的人都必须要懂得并掌握这些规范。在中国歌诗艺术史上，汉代是歌诗第一次形成规范的时期。汉代歌诗有几个相对独立的演唱体系，如雅乐、鼓吹乐、相和乐，而相和乐里面又细分为相和曲、平调曲、清调曲、瑟调曲、楚调曲、大曲等等。每个演唱体系，甚至每个演唱体系内部的小类也各有其对演唱的固定要求。

　　程式化对汉代歌诗章曲结构有重要影响。如我们在前几章中所论，汉初雅乐《安世房中歌》采用的是楚声，相应地它的歌诗章曲结构也是按楚歌的方式构成的。《汉鼓吹铙歌》十八曲受到北狄和西域诸民族音乐的影响，因而其歌诗体式呈现出杂言的形态。其中，最为成熟的歌诗当属相和歌诗，如第九章中所论，它的演唱有完整的程式，它规定了每种曲调演奏所使用的乐器至少有七种，整个曲调至少要有"弄"（下声弄、高弄、游弄）、"弦"、"歌"、"歌弦"、"送歌弦"等几部分组成。而且还规定了一首歌曲音乐的演奏顺序：开场之前，先是"弄"，它以笛为主，有"下声弄""高弄""游弄"（可能是音高不同的三种笛子，简称"高下游弄"）之分。接下来是丝竹乐器合奏的弦，有一部、五部、七部、八部之分。接下来则开始有乐人上场歌唱，他执节而歌，同时也有弦乐伴奏，此称之为"歌弦"，以区别于单纯的"弦"。最后则是音乐的结尾，又称之为"送歌弦"，又是一段丝竹乐器合奏，全部一曲演奏完毕。若大曲，还要比这更复杂些，如前面加上"艳"，后面加上"趋"或者"乱"，以至最后的"黄老弹独出舞"。这种演出的程式化要求，对相和歌诗的章曲结构有着决定性的影响。首先，因为这些歌诗是配乐演唱的，所以它在歌词的长度以及体裁方面就要受到限制。从长度上讲，这种艺术形式不适合演唱很长的故事，也不适合于长篇的抒情。① 所以我们看到，在汉乐府相和歌诗中，虽然有叙事性的作品，但却没有很长的作品，《陌上桑》已算其中的长篇。虽然也有很多抒情诗，最长的也不过是《满歌行》而已。其次，由于在汉代歌诗演出中，演唱在其中占有重要的地位，而且演唱形式比较复杂，要

---

① 按一般的说法，《孔雀东南飞》也属于汉代诗歌，是长篇叙事诗。但是《孔雀东南飞》最早见于《玉台新咏》，在沈约的《宋书·乐志》中没有收录，郭茂倩的《乐府诗集》则收入卷七十三《杂曲歌辞》里，与《相和歌辞》诸调不同。

求一部分一部分不重复地演唱下去,最后形成一个完整的乐章。所以,与之相对应,汉代歌诗虽然有"解"把一首诗分成相应的几个段落情况,但是却不采用《诗经》那种重章叠唱的形式,不是一种格式的简单的重复,而有一个递进展开的过程。这使得它在章法上与《诗经》有了根本的区别。

当代学者们都已经认识到,汉乐府相和歌诗与魏晋清商三调歌诗有着紧密的联系,后者就是在前者的基础上发展起来的,对此,沈约的《宋书·乐志》以及郭茂倩的《乐府诗集》都有明确的记载。两相比较我们就会发现,汉乐府相和歌诗是整个汉魏清商三调歌诗系统的基础,也是其歌诗章曲规范形成的基础。其中一个重要的标志,就是汉乐府相和歌诗的篇名与曲调名基本上统一,而魏晋以后的大量仿作虽然在内容上有所变化,但是其曲调名不变,章法结构也向汉代歌诗靠拢。为说明这一问题,让我们先以沈约《宋书·乐志》卷三所录汉代歌诗为例,先看其歌名与调名的相互关系,见表15-1。

表15-1　《宋书·乐志》卷三所录汉代歌诗歌名与调名比较

歌名	调名	备注
《江南可采莲》	《江南》	
《东光乎》	《东光乎》	
《鸡鸣高树巅》	《鸡鸣》	
《乌生八九子》	《乌生》	
《平陵东》	《平陵》	
《上谒》	《董逃歌》	
《来日》	《善哉行》	
《东门》	《东门行》	
《罗敷》	《艳歌罗敷行》	
《西门》	《西门行》	
《默默》	《折杨柳行》	
《白鹄》	《艳歌何尝行》	沈约原注:一曰《飞鹄行》
《何尝》	《艳歌何尝行》	
《为乐》	《满歌行》	

续表

歌名	调名	备注
《洛阳行》	《雁门太守行》	《乐府诗集》卷四三《洛阳行》作《洛阳令》
《白头吟》	与《棹歌》同调	

从表15-1所录歌诗可以看出，汉乐府相和歌诗基本上属于一歌一调。其中《白鹄》与《何尝》同属于《艳歌何尝行》是个例外，但沈约又指出：《白鹄》"一曰《飞鹄行》"，而《白头吟》的曲调名失传，沈约只说它"与《棹歌》同调"。同时，这些歌曲名大多数与曲调名相同，只有《上谒》、《来日》、《默默》、《为乐》、《洛阳行》（《洛阳令》）五篇歌名与调名不相同。可能这五篇的原初歌词失传，或者是因为没有现存五篇歌词的影响大，所以没有流传下来。这说明，现存汉乐府相和诸调大都是初创的曲调，它体现了乐与辞的统一，也成为后世仿作的典范。这种情况，我们在现存的汉乐府歌诗中能够比较清楚地看出。在此，我们可以《宋书·乐志》保存下来的八首《善哉行》为例进行分析。让我们先来看汉代古辞，共有六解，每解四句，每句四言，非常整齐。我们再来看魏晋时期的八首同曲调歌词，就会发现，魏文帝的《上山》一首，与之完全相同，也是共有六解，每解四句，每句四言。另有魏武帝的《古公》，共有七解，每解四句，每句四言。魏明帝的《我徂》，八解，每解四句，每句四言。《赫赫》，共四解，每解四句，每句四言。魏文帝的《朝日》《朝游》，各五解，每解四句，每句五言。魏武帝的《自惜》，共六解，每解四句，每句五言。可见，《善哉行》的基本形式就是六解，每解四句，每句四言。曹魏时期虽有变体，有几首词的解数不一样，多的八解，少的四解，其中还有两首是五言句。但是，每一解四句的模式却没有改变，句式的整齐程度也没有改变。可见，曹魏三祖仿作《善哉行》，都是按照它最初的曲调来配词的。再如，以《陌上桑》为曲调的楚辞抄《今有人》的歌词是："今有人，山之阿，被服薛荔带女萝。既含

睇，又宜笑，子恋慕予善窈窕。"通篇句式是三—三—七式。魏武帝曹操同调的《驾虹霓》："驾虹霓，乘赤云，登彼九疑历玉门。济天汉，至昆仑，见西王母谒东君。"通篇也是三—三—七的句式。再如《长歌行》有古辞三首。其一曰："青青园中葵，朝露待日晞。阳春布德泽，万物生光辉。常恐秋节至，焜黄华叶衰。百川东到海，何时复西归。少壮不努力，老大徒伤悲。"另外两首，其中"仙人骑白鹿"，与第一首一样，同是五言十句，"岩岩山上亭"也是五言，仅多了两句。以上例证说明，现存汉乐府相和歌辞的语言形式，是根据当时的乐调制作的。或者我们也可以说，正因为这些歌词与乐调配合得恰到好处，所以才会成为魏晋同题歌诗的典范。

二 口头传唱的特点与套语套式的运用

汉代歌诗是诉诸歌唱的，所以它同时具有口头艺术的特点。虽然它已经不同于人类社会早期的口头传唱，所有的艺术文本都以活的口传形式而存在，并且它有许多歌词，很可能也是当时有一定文化水平的人写下来的，甚至当时的歌舞艺人还会更多地直接演唱那些有主名的歌曲。但是从现存汉代歌诗文本来看，仍会不时地显现出口传诗学的残余特征，比如不同诗篇的随意组合问题。余冠英先生很早就发现了这一现象，他在《乐府歌辞的拼凑和分割》一文中把这一现象分为八类：（1）本为两辞合成一章，（2）拼合两篇联以短章，（3）一篇之中插入他篇，（4）分割甲辞散入乙辞，（5）节取他篇加入本篇，（6）联合数篇各有删节，（7）以甲辞尾声为乙辞起兴，（8）套语。最后他得出结论说："从上举各例来看，可以知道，古乐府歌辞，许多是经过割截拼凑的，方式并无一定，完全为合乐的方便。所谓乐府重声不重辞，可知并非妄说。评点家认为'章法奇绝'的诗往往就是这类七拼八凑的诗。"[①] 余冠英先生能够敏锐地发

---

① 余冠英：《汉魏六朝诗论丛》，第 26~38 页。

现汉乐府诗中这种"拼凑和分割"的现象,并以此进一步证实"乐府重声不重辞"的观点,非常正确。不过由此而认为汉乐府中那些"'章法奇绝'的诗往往就是这类七拼八凑的诗",却不免有些夸大其词。因为汉乐府歌词中虽不乏这种"拼凑和分割"的现象,但是具体到每一首诗,拼凑都是有限度的,都没有达到"七拼八凑"的程度。这其中存在着两首合为一首,或者一篇之中插入他篇的现象,也可能与后代记载的串夺讹误等有关。如《长歌行》中的"仙人骑白鹿"与"岩岩山上亭"实为两篇合在了一起,是前人早已指出的事实。其他如《陇西行》与《步出夏门行》(古辞)也可能是后世传写中出现的串乱。因为两诗的文字差别较大,汉人相和歌诗的演唱虽然以声为主,也断不至于使歌词到了这般前后不相属的程度。我们认为,汉代歌诗中之所以不乏一些相同或相近的诗句,主要有两个方面的原因,其一是演唱中常用一些套语或祝颂语,如《相逢行》在诗的结尾处曰:"丈夫且安座,调丝方未央。"《长安有狭斜行》:"丈夫且徐徐,调丝讵未央。"《艳歌何尝行·飞来双白鹄》:"今日乐相乐,延年万岁期。"《白头吟》:"今日相对乐,延年万岁期。"《古歌·上金殿》:"今日乐相乐,延年寿千霜。"《古诗·四坐且莫喧》在开头也说:"四坐且莫喧,愿听歌一言。"其二是一些"使人美听的歌辞反复演唱,辗转相袭,中间经过比较,遴选,集中,加工,最后成为一种典型形式"①。如"人生不满百,常怀千岁忧。昼短苦夜长,何不秉烛游","鸳鸯七十二,罗列自成行","天上何所有,历历种白榆",以及古诗中"采之欲遗谁,所思在远道",等等是也。

　　汉乐府相和歌诗的这种程式化是因为在形成的过程中,对于音乐演唱方式的重视胜过了对语言的重视,所以才会出现乐调的相对固定而歌词中时见套语、重复等现象。王靖献指出:"历史上曾经有过这样一个

---

① 齐天举:《古乐府艳歌之演变》,《阴山学刊》1989年第1期,第4页。

时期，无论在中国或在欧洲，作诗是歌唱与随口而歌，仅只是熟练地运用职业性贮存的套语。评价一首诗的标准并不是'独创性'而是'联想的全体性'。"① 所不同的是，汉乐府中的说唱套语与《诗经》不同，主要不是与主题相关的套语，而是纯粹的能体现说唱技巧的套语。

这种套语的使用在后世看来也许是个缺点，但是在当时却有积极意义。这应该是汉代说唱文学与先秦说唱文学相比的一个进步，尤其是在音乐发展方面的一个进步。音乐在歌诗演唱里面起了重要的作用，歌舞艺人们只要对乐调熟悉，就可以按照固定的乐调即兴演唱，并随口加入一些套语，使所演唱的诗歌符合乐调，符合消费者的欣赏习惯，从而受到他们的欢迎。这显然大大地加强了汉代歌诗的创造活力。

在这里，我们需要再讨论汉乐府相和歌诗中另一个名词"艳"的问题，这对我们认识相和歌诗的创作有一定帮助。按郭茂倩《乐府诗集》卷二十六所言，"艳"本是在大曲演唱之前的一段序曲，但是在现存汉乐府中，却有《艳歌何尝行》《艳歌罗敷行》《艳歌行》《艳歌》《古艳歌》等名称的歌诗，特别是《古艳歌》，在逯钦立《先秦汉魏晋南北朝诗》中《汉诗》卷十列有七段逸文。为什么会有这种现象？有人认为，这是因为"艳歌的作用，是放在正歌之前，以组织听众情绪。艳歌在演奏过程中歌辞不断增加，结构逐渐扩展，完善，最后脱离正歌，由附庸蔚为大观，于是游离正歌而单行"②。此说有一定的道理。不仅如此，有人还进一步以《古诗为焦仲卿妻作》为例，说明汉代的歌唱艺人如何利用一些习用的套语来组织新歌的事实。③的确，"艳"在汉乐府相和诸调歌诗中，不仅起着程式化的作用，而且也是汉乐府歌诗中最有发展活力的部分。

---

① 王靖献：《钟与鼓——〈诗经〉的套语及其创作方式》，谢谦译，四川人民出版社，1990，第154~155页。
② 齐天举：《古乐府艳歌之演变》，《阴山学刊》1989年第1期，第1页。
③ 按，《孔雀东南飞》属于杂曲歌辞，它与相和歌辞有一定联系。

汉乐府相和诸调歌诗没有特别长的作品，以《宋书·乐志》所记诸曲为例，《东门行》四解，《艳歌罗敷行》三解（前有艳，词曲后有趋），《西门行》六解，《折杨柳行》四解，《艳歌何尝行》（白鹄）四解（"念与"下为趋，曲前有艳），《艳歌何尝行》（何尝）五解（"少小"下为趋，曲前为艳），《满歌行》四解（"饮酒"下为趋），《雁门太守行》八解，《白头吟》五解。从以上记载看，在汉大曲中，最长的不过八解，最短的只有三解。如果再仔细分析，我们还会发现，在上述大曲中，真正富有故事情节的，恰恰是只有三解的《艳歌罗敷行》，其他诗篇的叙事特征并不明显。再从每解的长度来看，最长的也是《艳歌罗敷行》，其中第一解有五言二十句，第二解五言十五句，第三解五言十八句。其他诗篇每解的长度一般都在三至五句之间，其中《艳歌何尝行》（何尝）最短的一解只有两句。何以如此？我们认为，这只能说明，从汉人的欣赏习惯来看，他们看重的并不是歌诗中所表现的故事内容，而是对歌舞音乐的欣赏和情感的抒发，叙事在这里只占次要地位。汉乐府相和歌诗的主体仍然是短小的准故事诗和抒情诗，它的艺术成就，也主要表现在这一方面。为了更好地说明这一问题，下面我们以《艳歌何尝行》（何尝）为例来进行比较细致的分析。先将原文引之如下：

《艳歌何尝行》一曰《飞鹄行》　古辞四解
飞来双白鹄，乃从西北来。十十五五，罗列成行。（一解）
妻卒被病，行不能相随。五里一反顾，六里一裴回。（二解）
吾欲衔汝去，口噤不能开。吾欲负汝去，毛羽何摧颓。（三解）
乐哉新相知，忧来生别离。躇蹰顾群侣，泪下不自知。（四解）
念与君离别，气结不能言，各各相自爱，道远归还难。妾当守空房，闭门下重关，若生当相见，亡者会黄泉。今日乐相乐，延年万岁期。（"念与"下为趋，曲前有艳。）

显而易见，这首诗中含有一个故事，也有一定的情节。本来是一对雌雄相随的白鹄，因为雌鹄突然生病，两只鸟不得不面对生离死别。整首诗就是对这个故事的演绎。全诗从正文看分为四解。第一解写两只白鹄亲密无间的幸福生活，它们成双成对地各处飞翔；第二解写雌鹄生病，不能相随，雄鹄不断地反顾徘徊；第三解写雄鹄无力解救雌鹄的痛苦；第四解写两只飞鹄的生离死别。但是，这故事却远不够生动曲折，诗中的叙事也很不完善。勉强地说，全诗四解不过选取了故事中四个相关的情境，整首诗与其说是为了演绎一对飞鸟的故事，还不如说是为了借此表现人世间夫妻的相亲相爱之情，是为了说明某些道理。这一点在乐曲最后"趋"的部分有更充分的体现，其抒情的语气已经不像是飞鹄，而是一对人间的夫妻在抒离别之情。最后两句是歌场上的祝颂语，它似乎在提示人们，无论怎么说，娱乐才是这首歌曲演出的主要目的。

下面我们再来分析这首诗的语言形式。如我们上文所说，因为汉乐府主要是在娱乐场所演唱的，音乐的演唱在其中起着更为重要的作用，整首歌曲虽然讲述了一个故事，但是歌唱者似乎不太关心语言的修饰，只是顺着故事的发展次序，凭着自己对于演唱套路的熟悉来进行即兴演唱，按照口头传唱习用的套语组合成了一首歌。套语的使用在其中发挥着重要作用。熟悉汉代诗歌的人很容易在其中找到与这首诗类似的句子，几乎每一解都有。如第一解"十十五五，罗列成行"，《鸡鸣》和《相逢行》中都有"鸳鸯七十二，罗列自成行"。第二解"五里一反顾，六里一裴回"，《古诗为焦仲卿妻作》："孔雀东南飞，五里一徘徊。"《古诗》："黄鹄一远别，千里顾徘徊。"第三解"吾欲负汝去，毛羽何摧颓"，《巫山高》："我集无高曳，水何汤汤回回。"第四解"乐哉新相知，忧来生别离。蹢躅顾群侣，泪下不自知"，《楚辞·九歌·少司命》："悲莫悲兮生别离，乐莫乐兮新相知。"《古诗·远送新行客》："俯仰内伤心，不觉泪沾裳。"《黄鹄一远别》:"俯仰内伤心,泪下不可挥。"至于乐曲最后"趋"的部分,"念与君离别,气结不能言,各各相自爱,道远归还难。妾当守空房,闭门下重关,若生当相见,亡者会黄泉。今日乐相乐,延年万岁期",在汉诗中可以找到更多与之相似的句子。如《古诗·结发为夫妻》:"握手一长叹,泪为生别滋。努力爱春华,莫忘欢乐时。生当复来归,死当长相思。"《白头吟》:"今日相对乐,延年万岁期。"《古歌·上金殿》:"今日乐相乐,延年寿千霜。"由此,我们可以看得很清楚,汉乐府歌诗的组合形式不同于文人案头的创作,它没有下更多的字斟句酌的功夫,全诗更多地运用了当时的习语和音乐演唱的固定套式。

由上所述,我们可以把汉乐府相和歌诗语言的程式化原因概括为两个方面:第一是为了顺利流畅地表达而充分地使用套语,第二是歌诗的写作要符合汉乐府相和诸调的演唱套路。总的来说,汉乐府相和歌诗属于演唱的艺术、大众的艺术而不是文人的艺术和表现的艺术。那么,我们是否就此确定以相和诸调为主的汉代歌诗在语言艺术方面缺乏技巧呢?如果站在后世文人诗作的立场上,这样说是有一定道理的。但问题是,我们要对汉代歌诗的语言艺术进行分析,就应该注意这一艺术形式本身的特殊规律。首先,汉乐府是配乐演唱的,是音乐占主导地位的一种演唱艺术,无论是音乐的演奏还是人物的演唱,都是一种抽象的艺术,没有语言相配,就不易被听众理解,而歌词则是对于音乐和演唱的一种解释,所以它必须通俗明白,让人一听即懂。其次,为了不影响观众对音乐和演唱的欣赏,歌诗的语言一定要简洁明了。最后,乐曲自身有一定的组织形式,歌诗一定要严格遵照乐曲来填词而不能破坏乐调,这要求歌诗的整体结构一定要符合乐曲的结构。一首好的歌诗,一定要符合以上三个条件,它的所有写作技巧,必须在演唱过程中体现出来。汉乐府相和歌诗所有艺术成就的取得,都与此有极大的关系。特别是汉代歌诗艺术结构的独特性及其语言通俗化的问题，更需要我们从这方面入手加深认识。①

---

① 关于汉代歌诗的这种特殊的文本生成方式，王传飞博士有很好的论述。他从歌诗艺术生产的角度出发展开研究后认为，相和歌辞的产生，深受歌诗艺术生产一般规律的影响。整个相和歌辞的生产过程，大体上包括了制辞、表演和消费三个大的环节，其中尤以表演为中心，这使它深深地打上了歌诗表演与消费的烙印，由此才形成了不同于一般徒诗、诵诗的特点，如很多相和歌诗都有一个本事，这个本事既有一个故事的原型，又总是处于流播演变的状态。在这种流播演变的过程中，相和歌辞的文本往往并不固定，不断地有采撷旧辞、增损古辞、组合新辞的现象发生。这种现象正是一种适合表演需要的有意识的、自觉的、专业的行为。从相和歌辞作为相和歌表演歌诗文本的性质出发，可以看出相和曲题与相和歌辞音乐、情感的表达有着直接的关系；"解""艳""趋""乱"等大曲的演唱体制对大曲的歌词有着重要的影响；相和唱奏方式直接形成了语言的复叠现象；服务于歌场表演的相和歌辞的叙事体现出与一般的叙事诗不同的形态，例如它在演唱时就同时表现为两种不同的叙事角度，一是"歌者"以"全知"的身份来交代故事的情节，二是以故事主角的身份在台上进行表演，语言模式也随着这种身份的转化而转化；相和歌辞中所常用的铺叙、夸张等艺术技巧，也是为了强化歌场娱乐效果而运用的，这使之与一般的叙事诗有相当大的不同；作为一种艺术表演，舞台的空间也有助于把听众带进故事的情境当中，从而进入历史的场景，产生潜在的理解视域。王传飞在这里所论的虽然是相和歌辞，但是由于相和歌辞所代表的是汉代歌诗的最高艺术成就，所以他的分析对我们认识汉代歌诗的语言艺术也是有帮助的。参见王传飞《相和歌辞研究》，第四章"深受歌诗生产影响的相和歌辞艺术"，首都师范大学博士学位论文，2006。

第十六章

汉代歌诗的成就与历史地位

本章提要：在新的历史条件下产生的汉代歌诗，从本质上讲是用于歌唱的艺术，其中大部分作品是为了满足汉代社会各阶层的艺术消费需要，它以丰富多彩的内容与生动活泼的形式全面展现了汉代社会生活，表现了汉人的文化心态与汉代诗歌艺术的美学风貌。站在中国诗歌发展史的角度来讲汉代歌诗也有其特殊的地位与成就：它开创了封建地主制社会的艺术新篇；它创造了中国中古诗歌新的艺术形式——一种独立于四言与骚体之外的乐府歌诗形制；它在汉代成功地实现了与赋体文学的分流，开创了一条新的独立的中国诗歌发展之路，为魏晋六朝以后的中国诗歌发展奠定了坚实的基础。

前面我们从三个大的方面对汉代歌诗的产生机制、歌诗的分类及其特色进行了较为细致的分析。根据分析可知，汉代歌诗的产生与发展，与两汉社会的发展、艺术生产制度的完善、国家乐府机关的建立

第十六章 汉代歌诗的成就与历史地位

等有直接的关系。而两汉歌诗的类别划分，则与汉代社会对歌诗的多种需求直接相关。从消费目的来看，我们可以把它们分为宗教祭祀诗和社会生活诗；从音乐的角度考虑，则可以分为楚歌、鼓吹铙歌、相和歌等。这些歌诗，虽然在内容和艺术表现上各有特色，但是它们在总体上又体现出比较明显的时代一致性。下面，我们再从中国歌诗发展史的角度，对两汉歌诗的艺术成就和它的历史地位，作一简单论述。

第一节 开创封建地主制社会艺术新篇

两汉歌诗是新兴地主制社会的艺术，它虽然是为了社会各阶层宗教祭祀、颂美讽喻和遣兴娱乐等目的生产和创作的，特别是两汉歌诗作品中那些以抒发个人情感和娱乐为目的的篇章，它们的主要目的并不是作政治宣传或道德说教，也不是像镜子一样来反映现实生活，而艺术的基础却是社会现实，它深深地扎根于生活的土壤。正如秦汉社会掀开了中国封建地主制社会新的一页，两汉歌诗也以艺术的方式，揭示了两汉社会生活的本质，开一代历史新篇。对此，我们可以从以下几个方面来认识。

第一，两汉歌诗用艺术的方式，揭示了新兴地主制社会的各种矛盾。

秦汉帝国的建立，完成了中国社会由先秦的封建领主制社会向封建地主制社会的转变，同时也使地主阶级与农民阶级的矛盾成为社会的主要矛盾。汉代歌诗的产生，从根本上是建立在这种新的社会关系基础上的。汉朝初年，新兴统治者为了缓和社会矛盾，采取轻徭薄赋、与民休息的政策，加之兴修水利、鼓励农作，使社会形势平稳，经济逐渐得到发展。

然而，即使在汉初，这种矛盾的缓和也并不意味着矛盾的消失，而预示着新的矛盾的发展。汉帝国建立后，土地名义上为国有，皇帝是全国最大的地主。下设郡、县、亭，以民之贫富及占田多少征收赋税。同时，为了巩固统治，皇帝又把土地按军功分给功臣贵戚，使无数农民变成了他们的食户，遭受着双重剥削。其后，富豪大族兼并土地日益严重，阶级矛盾越来越尖锐，这些反映在汉歌诗中，就是那些描写农民贫困，官僚贵族奢华（如《长安百姓为王氏五侯歌》《桓帝初城上乌童谣》），以及贪官污吏敲诈勒索的诗篇。如《刺巴郡郡守诗》：

狗吠何喧喧，有吏来在门。
披衣出门应，府记欲得钱。
语穷乞请期，吏怒反见尤。
旋步顾家中，家中无可为。
思往从邻贷，邻人已言匮。
钱钱何难得，令我独憔悴。

此诗见《华阳国志》，曰："孝桓帝时，河南李盛仲和为郡守，贪财重赋，国人刺之。"这首诗，不再像周代歌诗那样把批判的锋芒指向封建领主，表现农奴对封建领主的背叛或者依附之情，而是指向那个刚刚掌权的地主阶级，指向他们的代言人——封建官僚政体集团。对清明廉吏的歌颂和对贪官污吏的批判，成为自汉代以后反映阶级斗争歌诗的主要内容，甚至也成为其他各种文学体裁的主要内容，这一点在《史记》《汉书》中所记录的民歌谣谚中看得最清楚。由此，我们可以看到两汉社会阶级矛盾的新特点。

不仅如此，两汉社会新的矛盾，还表现为封建地主阶级之间争夺权力的倾轧斗争。自刘邦诛杀功臣始，吕后残杀戚夫人、魏其侯与武安侯相斗、王莽篡位、豪强势力抬头、外戚与宦官轮流执政、党锢之祸等，斗争日益残酷，规模也日益扩大。这些表现在汉歌诗当中，就如戚夫人的《春歌》之类的作品。

阶级斗争的公开激化也破坏了封建社会的宗法伦理道德，腐蚀了封建政体，造成了官僚阶级的腐败，从而使对这些现象的批判也成为汉代歌诗的内容之一，如《民为淮南厉王歌》《牢石歌》《成帝时燕燕童谣》《黄爵谣》《顺帝末京都童谣》等。这种阶级斗争和封建社会各种矛盾的不断激化，最终导致了汉末社会的战乱和汉帝国的灭亡。

总之，正是从上述这些方面，我们首先看到了由社会生产关系变革而带来的汉代歌诗内容的新变。它说明，从汉代开始，中国古代的歌诗，不再是封建领主制社会的歌诗，而是封建地主制社会的歌诗创作。它所反映的一切阶级矛盾，都有批判整个封建地主制社会的普遍意义。

第二，汉代歌诗从一个特殊的角度，向我们展示了汉代社会生活新的内容。

汉帝国的繁荣和强盛，改变了自春秋战国以来战乱不已的局面，显示了封建地主制政权在当时的历史进步性，社会呈现出一派生机勃勃的气象。这一切表现在汉歌诗中，首先是对这种新的历史趋势的歌颂。从汉初的《安世房中歌》到《郊祀歌》，以宗教艺术的形式，显示了汉人对自己时代的赞美，从中也表现出他们积极向上的胸怀。

这种新的内容，还表现为歌诗中描绘的世俗生活的丰富与充实，这都体现在那些充满了世俗生活气息的歌诗里。它的表现范围，不仅远远超越了《诗经》，更重要的是打破了《诗经》中以士和贵族为诗中主要人物的格局，生动地再现了社会各个阶层的人物形象。这里有失意的文人、荡游的浪子、贫苦的农民、卖艺的歌女。它把笔触深入社会生活的各个方面，尤其是深入下层社会生活的各个方面，去描写百姓的悲欢哀乐、求仙、饮酒、游玩、歌舞，也描写他们生活中的各种遭际。不仅如此，由于商业经济的发展和城市文化的繁荣所带来的新生活方式与生活观念，在汉歌诗中也有所表现，如对金钱的崇拜、对贫穷的苦恼、对富贵的艳羡，都是汉歌诗的重要内容。"相马失之瘦，相士失之贫"（《史记·滑稽列传》），"何以孝悌为？财多而光荣"（《汉书·贡禹传》），"千金之子，坐不垂堂"（《史记·袁盎晁错列传》）等歌谣谚语的出现，最能看出这种观念的变化。此外，还有城市市民穿戴打扮崇尚奢侈的习俗，在汉歌诗中表现更为明显。《后汉书·马援列传》载马廖引长安语"城中好高髻，四方高一尺"，杜笃《京师上巳篇》的"窈窕淑女美胜艳，妃戴翡翠珥明珠"等都是例证。甚至辛延年的《羽林郎》写酒家胡姬的打扮和《陌上桑》写城外采桑的秦罗敷的打扮也是那样的奢华。"整个诗篇都表现着市民的审美趣味，并折光地反映着市民的生活理想"①。总之，和先秦自春秋战国以来四百年的战乱相比，除了西汉末年和东汉末年的动荡外，两汉社会基本是稳定的，人民生活是相对安定的，这都是两汉新的生产关系的建立并促进生产力发展的结果。正因为在这种新的相对安定的历史局面下，两汉社会的歌诗创作才称得上是世俗生活气息极浓的承平盛世的艺术创作。它把我们的欣赏视野不仅引向政治、战争、阶级矛盾、宗教生活等各个领域，而且还引入日常生活的深处，犹如引导我们漫步于两汉城市的街头巷尾和田野山村，去尽情欣赏那丰富多彩的生活场景。在城市繁华的闹市里，富家贵族在欢歌作乐（《古歌·上金殿》），胡姬穿着艳服当垆卖酒（《羽林郎》）；这一边有无所事事的少妇在高楼弹琴（《相逢行》），那一边有失意的文人在借酒浇愁（《西门行》）；乡村则有郑渠白渠浇灌的沃野，禾黍繁茂，鱼虾满舱（《郑白渠歌》）；平民百姓，或远行在外糊口谋生（《巾舞歌辞》），或依恋家门享田园之乐（《江南》）。安定的生活带来了生产的发展，当然也带来无数的矛盾。这里，也有贫苦家庭中妻子病逝丈夫乞讨的惨状（《妇病行》），有因贫困要去铤而走险的无奈（《东门

---

① 张松如：《中国诗歌史论》，吉林大学出版社，1985，第158页。

行》），也有邪恶的暴力，如贵族奴仆的仗势欺人（《羽林郎》）。但是从总体上来看，两汉歌诗基本上体现了对现实生活的肯定态度，是面向现实，热情地讴歌现实的艺术，是展现了新兴地主阶级朝气蓬勃的面貌的艺术。这正如王充在《论衡·超奇篇》中所说：

> 周有郁郁之文者，在百世之末也，汉在百世之后，文论辞说，安得不茂？喻大以小，推民家事，以睹王廷之义：庐宅始成，桑麻才有，居之历岁，子孙相续，桃李梅杏，苍［奄］丘蔽野。根茎众多，则华叶繁茂。汉氏治定久矣，土广民众，义兴事起。华叶之言，安得不繁？夫华与实俱成者也，无华生实，物希有之。山之秃也，孰其茂也？地之泻也，孰其滋也？文章之人，滋茂汉朝者，乃夫汉家炽盛之瑞也。

这是汉人对自己社会的赞扬，也是汉人对自己时代文化艺术繁荣原因的认识。中国人对自己国家的热爱和民族凝聚力的升华，在汉代诗歌中得到明显的表现。中华民族之主体被称为汉族，可以作为那个时代留给后世最宝贵的历史遗产的象征。

第三，汉代歌诗从一个特殊的角度，反映了新的社会思潮。

汉代封建地主制社会打破了先秦封建领主制社会，宗法制度一定程度的破坏不但使生产关系发生变革、生产力获得解放，同时也使人的思想得到解放。封建农民相对于农奴，是人身依附关系的一次重大解放，其个体在社会上的地位有了很大的提高；封建地主阶级相对于封建领主，也不再享有贵族社会的特权，同样具有了比较明显的平民化特征；封建官僚政体相对于贵族政治，也更有民主因素，为平民阶层读书仕进创造了更多的可能。而这一切综合作用的结果，则是两汉社会人的思想的重大解放，个人独立意识空前增强，个体人格也得到了新的张扬。特别是代表这个社会先进思想的那些有理想有抱负的新兴地主阶级人才和一大批优秀的文人士子，如司马迁、张衡等人，表现出强烈的人格独立意识。与此同时，由于封建集权制的强化破坏了贵族社会那种温情脉脉的血缘关系，冷酷无情的官僚政体又造成了对个体人格的新的压抑。追求个体人格的独立意识与官僚政体对个体人格的压抑就成为新的矛盾，使汉代社会各阶层都生活在一种新的矛盾痛苦之中。于是，人生无常、珍惜生命、重男女之情、及时行乐、全身远祸等各种思想，开始在汉代社会逐步蔓延开来，并成为汉代歌诗的抒情主调。所以，从表面看来汉代歌诗似乎缺少明确的抒情主体，呈现出一种泛主体化形态，但是所有读过汉代歌诗的人都能明显地感受到那种扑面而来的鲜活的时代气息。可以说，是两汉社会的发展改变了人们生活的客观世界，从而也改变了人们的内心世界，创造了具有新的社会思想、新的主体意识的诗人，同时也培养了一个具有新思想新意识的歌诗消费群体，才使汉代歌诗呈现出新的气象。正是以张扬个性、表现个体生存状况为特征的汉代歌诗，成为魏晋六朝以至唐代文学的新的开端。

由上可见，文学的变化首先来自历史的变化，文学的大的历史阶段划分必然与历史的巨变相联系。多年来，许多学者在谈及中国歌诗史时，之所以把魏晋六朝作为中国中古歌诗的开端而忽视了汉代歌诗的意义，很重要的原因就是缺乏从历史巨变的角度对汉代歌诗的认识。诚然，由于魏晋六朝毕竟不同于汉代，我们也绝不可忽视魏晋以来中国歌诗内容和情感的变化。但是从歌诗发展史上看，魏晋六朝歌诗和两汉歌诗却显然有着比《诗》、骚更多的共同特点。无论是魏晋六朝诗所反映的社会生产关系特征、社会生活内容，还是魏晋歌诗中所表现的男女之情、人生短促、及时行乐等情感，以及魏晋文人阶层的文化心态、审美意识等，都是早自两汉盛世就已经出现，是中国社会从先秦封建领主制社会到秦汉地主制社会的转变所带来的必然结果。因此，如果我们不从历史的巨变角度深入研究汉代歌诗内容，不但弄不清中国中古歌诗发生的历史之源，难以对魏晋六朝诗作出正确估价，更不可能准确把握整个中国歌诗史的发展脉络。

第二节　创造中古诗歌的艺术新形式

汉代歌诗在中国诗歌史上之所以具有重要地位，还因为它创造了中国中古歌诗新的艺术形式。在中国歌诗史上，艺术形式的创造都曾经带来了歌诗发展趋势上的变革，如从《诗经》体到楚辞体的发展，产生了以屈原为代表的楚辞文学；词与曲的创造，带来了宋词和元曲的兴盛。同样，因为有了歌诗的出现，才使汉代的诗坛熠熠生辉，并为魏晋六朝诗歌的发展奠定了坚实的基础。从此以后，歌诗体一直是后世各封建朝代被普遍使用的主要诗体。

中国的歌诗体裁在汉代社会发生了如此重要的变革，其原因值得我们深入研究。汉代歌诗语言形式的发展变革，有以下几点社会原因：（1）秦汉的大一统带来了汉民族语言文字的统一；（2）民族融合而导致的对民族音乐的吸收和艺术欣赏风习的改变；（3）《诗三百》的经学化和时代的变异。对此，我们已经有过比较详细的探讨。① 在这里，我们将从艺术生产的角度，具体探讨歌诗体产生的艺术机制。

如我们前文所论，作为以相和歌为代表的两汉歌诗，从本质上讲是以娱乐为目的的艺术，也是以满足社会各阶层消费需要为目的的世俗的艺术。这使其与封建社会以实用为目的的宗教歌诗、以表达个人思想为主的文人案头诗歌都有着相当大的不同。绚丽多彩的生活内容与社会各阶层喜闻乐见的艺术形式是它的两大特色，而专业的歌舞艺术人才则是其艺术创作与表演的主体。从这一点来讲，它与那些流传于民众之口的民歌民谣也有着极大的不同。所以，我们必须从与它们

---

① 参见赵敏俐《汉代诗歌史论》，第 5～20 页。

的比较中来分析其艺术形式生成的原因。

应该说,以往人们在这方面的关注是远远不够的。看一下当下的文学史就会清楚,一般这一类著作还停留在把汉代歌诗与民间歌谣混称为"汉乐府民歌"的状态,根本就没有考虑过二者的区别,更遑论研讨二者生成机制上的诸多不同了。当然,要对二者的区别作出明确的辨析是相当不容易的,但更为重要的是以往人们对这些古老的歌诗艺术研究不够,而且似乎从来没有人认真地思考过这个问题。不过,随着当代流行艺术对古老的民间艺术产生的巨大冲击,开始有人关注到这些问题。如美国著名学者阿诺德·豪塞尔(Arnold Hauser)在《艺术史的哲学》一书中就比较详细地探讨了民俗艺术与流行艺术之间的关系。他认为:"民俗艺术是指那些未经教育,没有城市化或工业化的社会阶层的诗歌、音乐和绘画活动。这一艺术之基本特点是民众不仅是它消极的接受者,而且一般来说又是富有创造性的参加者。"而流行艺术"可以被理解为是为了满足半受教育的大众,一般是指城市及喜爱集体活动的民众的要求而形成的艺术或准艺术的作品"。"在民俗艺术中,创造者和欣赏者几乎是不能区别的,他们之间的界限总是流动和不定的。相反,流行艺术却有着不进行艺术创造,完全是消极感受的欣赏大众,以及完全适应大众要求的职业的艺术产品创造者"。① 豪塞尔在这里所说的"流行艺术"和"民俗艺术"及其特点,都是工业化以来才产生的,不能在这里套搬。但是他对于这两者的区分以及此后展开的论述,对于我们研究汉代歌诗却有极大的启发性。仔细分析我们就会发现,豪塞尔在这里所说的"流行艺术",近似于汉乐府相和歌诗,而他所说的"民俗艺术",近似于汉代社会的民间歌谣。之所以如此说,正是因为它们相互之间在特点上的相似。特别

---

① 〔美〕阿诺德·豪塞尔:《艺术史的哲学》,陈超南、刘天华译,中国社会科学出版社,1992,第271~272页。

是以相和歌为代表的汉代歌诗，虽然不是为满足工业化社会城市民众欣赏娱乐需要的"流行艺术"，尚不具备一个工业化的技术平台和商品社会的运行模式，还处于现代"流行艺术"的"史前时段"。但是它的消费群体仍然主要是汉代社会的城市民众，它"有着不进行艺术创造，完全是消极感受的欣赏大众，以及完全适应大众要求的职业的艺术产品创造者"。所以我们完全有条件借鉴这一理论，结合汉代社会的艺术生产实际，来发掘其艺术形式产生的奥秘。

首先要注意的是诗歌体式的灵活多样。汉代歌诗是汉代社会的"流行艺术"，是那个时代的专业艺术家为满足当时的城市民众，主要是宫廷贵族、达官显宦和住在城市里的富民阶层观赏娱乐需要创作的。所以它在艺术形式上首先打破了传统的雅乐歌诗的束缚，在形式上显得灵活多样。特别是鼓吹铙歌十八曲与相和诸调歌诗，在诗体上几乎没有重复，一篇一个样子。这种自由灵活的诗歌体式，无论是与前代的《诗经》体、楚辞体相比，还是与后代的五七言诗以及宋词相比，都别具一格，这也是汉代歌诗体式最主要的特征，是它深受后人喜爱的最重要原因。

其次要注意的是诗歌语言的通俗化。汉代歌诗是为了满足大众观赏娱乐而创作的，语言的通俗化是它取得最佳艺术效果的有效手段之一。在中国诗歌史上，汉代歌诗可以说是使用最通俗的语言而又达到最高水平的艺术。这一点，我们只要把它与《诗经》与后代诗歌相比就可以看出。《诗经·国风》的语言相对于雅颂来讲是通俗的，当代学者甚至把它们当作"民歌"来看待，但是仔细品味，我们还是能够看出它的语言的文雅。如《周南·关雎》，甚至像《郑风·缁衣》《将仲子》《叔于田》《大叔于田》这一类诗歌，它在遣词造句方面已经非常讲究，很明显是经过书面语加工的结果。《论语·述而》："子所雅言，《诗》《书》、执礼，皆雅言也。"把这一历史记载与《诗经》文本相参照，更可以证明《诗经》是经过当时有文化的人加工的作品。其实，如果按豪塞尔的理论，《国风》根本就算不上民间艺术，而是"由一个支配阶级所创造的千真万确的阶级诗歌。他们和乡村俗民没有关系,纯粹是一种艺术诗歌、高尚的诗歌"①。而在中国古代,真正称得上民间诗歌的也许首推明人冯梦龙编辑的《挂枝儿》和《山歌》,它们虽然有着丰富的生活内容和极强的生命活力,但是它们的语言不仅通俗,而且还往往表现得比较粗俗或者粗野,如《私窥》:"是谁人把奴的窗来餂(舔)破。眉儿来,眼儿去,暗送秋波。(俺)怎肯把你的恩情负。欲要搂抱你,只为人眼多。我看我的乖亲也,乖亲(又)看着我。"相比较而言,只有两汉歌诗可以真正称得上高水平的通俗的歌诗艺术。之所以如此,是因为两汉歌诗虽然是面向民众的以供娱乐和观赏为目的的艺术,但是它的作者和演唱者却是专业艺术家,哪怕他的专业水平并不太高,但他却是以此为职业的。正因为如此,他才能把专业的艺术技巧和大众的观赏要求很好地结合起来,创作出通俗而不庸俗、生动而不粗野的雅俗共赏的优秀作品。也正因为如此,汉代歌诗才会成为魏晋以后诗歌的典范,甚至成为文人们效仿的榜样。

最后要注意的是独特的艺术技巧模式。汉代歌诗之所以成为中国诗歌史上一种重要的诗体样式,是因为它的生成有赖于一种独特的艺术技巧模式。这种技巧模式,既是汉代这些专业艺术家对前代艺术的继承,也是一种新的创造。如我们上一章所言,汉代歌诗是以歌唱为主要表演形式的艺术,所以,这些专业艺人继承了早期口传诗歌的技巧,成功地利用了一些套语和套式。同时,他们又结合演唱的需要,创造了一些新的技巧模式,如片断叙事、代言体写作、泛主体抒情、历史原型故事下的歌诗新唱等等。这些艺术技巧模式,对魏晋以后的诗歌创作产生了深广的影响。如汉乐府《陌上桑》一诗,不但成为后世文人常用的诗题,其片断叙事、夸张铺排等艺术技巧,也多为后人

---

① 〔美〕阿诺德·豪塞尔:《艺术史的哲学》,第309页。

所继承。像鲍照的同题之作、曹植的《美女篇》、傅玄的《艳歌行》等，从不同方面都深受其影响。

总之，在中国诗歌史上，汉代歌诗虽然并没有如五七言诗那样有整齐的句式甚至形成严格的格律，但是它通过诗体的多样化、语言的通俗化和独特的艺术技巧模式，最终形成了独特的文体特征，创造了中国古代诗歌的重要一体。它的产生具有划时代的意义，并为后世诗歌提供了新的审美规范，对中国诗歌的发展产生了重要影响。

第三节　开辟中国歌诗发展新道路

汉代歌诗在中国诗歌史上的又一重要意义，是它冲破了先秦礼乐文化观念的束缚，走出了一条新的独立发展的道路。

中国是一个诗的国度，诗的传统源远流长，从传说中古老的《弹歌》《伊耆氏蜡辞》《候人歌》到《诗经》，已经走过了漫长的发展道路。这期间，歌诗由原始社会具有记忆、记述和抒写怀抱等多种功能，逐渐发展为一门独立的艺术样式。到春秋中叶以前《诗三百》的结集，标志着中国歌诗已经达到了上古时代的高度成熟。

然而《诗经》作为上古文化的产物，从总体上看还是综合型的，还没有从意识形态的附庸状态中完全脱离出来。在当时，它同"乐"是统一于一体的，而"乐"（广义上的诗）又属于周代社会的"礼"，归根结底要受到"礼"的制约。所谓"兴于诗，立于礼，成于乐"（《论语·泰伯》）。"夫礼，天之经也，地之义也，民之行也。天地之经，而民实则之。则天之明，因地之性，生其六气，用其五行。气为五味，发为五色，章为五声。"（《左传·昭公二十八年》）作为天经地义的"礼"，制约着人的一切活动和思想，自然也制约着"乐"。所以，周人虽然也承认"情"，认为"情动于中，故形于声"，他们也承认"乐"，认为"乐者乐也"（以上并见《礼记·乐记》）。但是，周人以"礼"的思想来解释"乐"，规范"乐"，此时的《诗三百》并不是被当作以审美为目的而编集的"诗集"，而是为了"礼"的教化作用而编成的教本和在各种场合应用的工具书。故春秋时代行人辞令往往以诗言志，君子、诸侯以诗言理，孔子不止一次教育他的儿子学诗，"不学诗，无以言"（《论语·季氏》），并把它提到"事父，事君"（《论语·阳货》）的高度。其后在儒家理论的影响下，产生了像《礼记·乐记》那样最为系统地阐释周代文艺思想的理论著作。它以《诗经》为楷模，强调诗歌情感抒发的纯正，要合乎以群体主义精神为特征的宗族伦理道德，重视诗与社会的联系，要求诗的创作和欣赏都要具有美刺讽喻等功利教化作用。这种以儒家思想为指导的诗学理论，对中国后世诗歌的发展有重要影响。

然而，由于这种创作和批评都过分强调了诗的群体意义和社会功利性功能而忽视了诗的个体抒情价值和娱乐的特征，就不能不说是对于诗的艺术本质的片面把握，对于诗歌艺术的独立发展，也具有一定的限制作用。所以，随着周代宗法制社会的逐渐崩溃，诗的功利实用性功能逐渐减弱和审美特征的不断增强，中国歌诗必将从周礼的束缚下解脱，走向一条独立发展之路。早在春秋之初，随着王室的衰微和诸侯的崛起，周代的"礼"制及其思想形态已逐渐受到破坏。郑庄公不服天朝管制，与周王作战而射王中肩（《左传·桓公五年》），是在政治上首开风气之先。"礼崩"必然引起"乐坏"的结果。到了春秋末年，鲁大夫季氏竟敢僭用君王之礼"八佾舞于庭"（《论语·季氏》），这种僭礼行为说明，随着经济政治的强大，这些新兴贵族已经破坏了礼法规范，在艺术享乐上也有新的追求。他们并不在乎诗乐是否合于"礼"，而关心它是否赏心悦目。于是产生了和"雅乐"（古乐）相对立的"郑声"（新乐）。因而自春秋末年起孔子就有"恶郑声之乱雅乐"（《论语·阳货》）之叹，到了战国时代，甚至连儒家标榜最为"好古"的君主魏文侯，也已经是"端冕而听古乐则唯恐卧，听郑卫之音则不知倦"（《礼记·乐记·魏文侯》）。这新乐的特点表现在两方面：其一，不是把个人之"情"限制在"礼"的范围内的"乐而有节"（《诗经·蟋蟀》毛传），而是突破"礼"的限制的"奸声以滥，溺而不止"（《礼记·乐记》）；其二，没有端庄恭敬的礼容，而是错杂不齐、随心所欲。表演中既无夫妇男女之别，也无父子长幼尊卑之义。欣赏这种音乐，不会使人产生自觉践礼的道德完善之心，只能助长个人私欲。因而，这是一种突破宗法制规范的满足人的口腹耳目之欲的纵情享乐的艺术。这种艺术适应战国以来新兴地主阶级的审美心理，在当时已经形成一种风气。如《楚辞·招魂》中描写宫廷歌舞时这样写道：

  肴羞未通，女乐罗些。
  陈钟按鼓，造新歌些。
  ……
  二八齐容，起郑舞些。
  衽若交竿，抚案下些。
  竽瑟狂会，搷鸣鼓些。
  宫庭震惊，发《激楚》些。
  吴歈蔡讴，奏大吕些。
  士女杂坐，乱而不分些。
  放陈组缨，班其相纷些。
  郑卫妖玩，来杂陈些。
  《激楚》之结，独秀先些。

把这段描写和《礼记·乐记·魏文侯》篇中子夏论新乐的话相比照，我们就会更清楚这种新乐的特点了。

然而这种新乐取代雅乐，促使中国歌诗走上一条新的发展道路的完成时期却不是先秦，而是汉代。之所以如此，是因为汉代地主阶级政权的稳固和社会的繁荣，才为新乐（歌诗）的发展提供了更好的客观物质条件。

中国歌诗从汉代开始走上一条新的独立的道路，主要标志就是歌诗摆脱了"礼"的束缚，真正成为一门独立的艺术。无论是反映社会生活、批判社会现实，抑或是抒发个人情感，都突出了诗的审美特征，都把美的追求放在了更重要的位置上。而且，这种"美"，并不合于周人所谓的中和之美的理想。它在思想表达方面的个人意识的增强，不同于周人强调的以群体意识为重；它抒发极乐与极哀的情感，不符合周人所强调的"乐而不淫，哀而不伤"（《论语·八佾》）的审美情趣；它在辞采上追求富丽华美，也不同于周人所称许的"文质彬彬"（《论语·雍也》）的雅乐风范。这一切，在两汉歌诗的各种体裁中得到了充分的展现。

以乐府为主的两汉歌诗创作，一开始就是从战国的郑声新乐中发展而来。它突出的娱乐色彩，从本质上就是和儒家诗教、诗骚传统相对立相冲突的。在汉初，统治者也曾有意仿效先秦"王者功成而作乐"的传统制礼作乐，叔孙通"遂定仪法"，但是"未尽备而通终"，其后文帝时贾谊建议"定制度，兴礼乐"，"而大臣绛、灌之属害之，故其议遂寝"；与此同时，一些儒家学者固守着先秦礼乐传统，还试图重建雅乐体系，一些缙绅先生还在那里做着兴微继绝的工作（如河间献王），但雅乐的衰微已经是不可挽回的定局，它在朝廷中不过是"岁时以备数"而已；至汉武帝立乐府制作新的颂神歌，并重建所谓的"采诗制度"，表面上似乎是复古，但是他不用河间献王那些好古博雅的儒生，却偏偏启用李延年那样的倡优艺人配制新曲，以致"今汉郊庙诗歌，未有祖宗之事，八音调均，又不协于钟律，而内有掖庭材人，外有上林乐府，皆以郑声施于朝廷"（以上并见《汉书·礼乐志》）。这实际上也就等于宣判了先秦雅乐的死刑，标志着适应新兴地主阶级娱乐欣赏需要的新声俗乐已经彻底战胜了先秦雅乐而成为汉代新的主要艺术形式,甚至连宗庙祭祀音乐也出现了世俗化和娱乐化的倾向。如《郊祀歌》十九章中明言"造兹新音永久长",新声之入耳,听起来叫人感动。而祭祀歌舞场面之大则是"千童罗舞成八溢,合好效欢虞太一。九歌毕奏斐然殊,鸣琴竽瑟会轩朱"(《郊祀歌·天地》);其表演之美则是"众嫭并,绰奇丽,颜如荼,兆逐靡。披华文,侧雾縠,曳阿锡,佩珠玉"(《郊祀歌·练时日》)。汉武盛世时的祭祀场面尚且如此豪华富丽娱人耳目,其他嘉宾燕飨等场合所表演的世俗之乐自然更不必说,它更以纵情享乐为目的了。

汉代歌诗正是这种新声发展的产物。我们看这些歌诗和由此而流变出的五言诗中,多处提到歌舞娱乐,如歌诗中常用的"今日乐相乐,延年万岁期"(《艳歌何尝行》),"堂上置樽酒,作使邯郸倡"(《相逢行》),"丈人且安坐,调丝方未央"(《相逢行》),"燕赵有佳人,美者颜如玉。被服罗裳衣,当户理清曲"(《古诗十九首》),"四坐且莫喧,愿听歌一言"(《古诗》)等,就可以知道歌诗与娱乐之间的关系。这些以娱乐和抒个人之情为创作目的的新的歌诗艺术,固然有儒家所讥刺的片面追求耳目口腹之欲的弊病,而且它的情感表现极乐或极哀,无所节制,也不符合儒家以礼节情的观念,但是对歌诗本身的发展来讲,这却是一条必由之路。艺术本身总是诉诸审美的,是具有一定的观赏性和超功利性的。而它对社会生活的反映或表现,也应该是合乎艺术规律的。儒家的文艺观念由于片面强调诗的社会功利性,要把诗变成政治的附庸,实际上也就歪曲了诗的艺术本质。两汉歌诗的发展恰恰是要挣脱这种外在束缚而确立自己的独立地位。所以我们看到,汉代歌诗虽然挣脱了以道制欲,以礼节情的功利主义观念束缚,但是这些"感于哀乐,缘事而发"的歌诗,对社会生活的反映与表现乃至颂美与批判仍然具有其广泛性和深刻性,同样没有泯灭它的社会价值,"亦可以观风俗、知厚薄云"(《汉书·艺文志》)。正因为如此,两汉歌诗所开辟的这条独立发展的道路,才为魏晋所继承。

  以乐府为代表的歌诗是汉代歌诗发展的主流,它与汉大赋走了完全不同的路。汉大赋虽然是汉代最有代表性的文学形式,但是因为它更多地继承《诗经》雅颂传统并脱离了音乐,因而其发展方向与歌诗越来越远,逐渐走上了一条散体化的道路。而汉代歌诗却以其新乐特征和文体优势代表了汉以后中国歌诗发展的新方向。如果说在汉代,赋和歌诗作为当时文艺创作的两大主流并驾齐驱,而西汉时期尤以大赋为重要的话,那么自东汉以后,文人士子则明显地在歌诗创作中投入了越来越多的力量。它不但使东汉歌诗中的文人诗的比例逐渐增加,而且从乐府中逐渐流变出五言这种新诗体,成为魏晋六朝以后中国歌诗的主要形式。中国中古以后的歌诗发展之路从汉乐府走来,这是我们认识汉以后中国歌诗发展史的关键。萧涤非先生曾说:"世多谓乐府为诗之一体,实则一切诗体皆由乐府生也。"① 我们认为,这话的确抓住了汉魏六朝歌诗流变的关键。且不说要认识汉代文人五言诗的产生发展问题离不开乐府,就是要认识魏晋以后的歌诗发展,也必须从乐府开始。汉末建安就是一个例子。这一点,我们只要看一下当时的创作情况就一目了然了。代表曹操诗歌最高成就的四言诗大都属于乐府;开创七言抒情诗新典范的曹丕的《燕歌行》以乐府为题;被钟嵘誉为"陈思之于文章也,譬人伦之有周孔"(《诗品》卷上)的曹植,代表其主要成就的也大都是乐府诗作。可以说,是汉代开创了以歌诗创作为主的新诗发展道路,代表了后世中国歌诗发展的主要方向,也哺育和培养了后世无数的著名文人。由此可见,如果没有汉代歌诗冲破先秦礼教束缚的独立发展,没有汉人艺术审美观念的变化,没有汉人歌诗艺术创作的丰富实践,就不会有魏晋以后中国歌诗的新

---

① 萧涤非:《汉魏六朝乐府文学史》,第126页。

发展。两汉歌诗在中国歌诗史上的巨大历史转折意义之一也体现在这里。

综上所述，两汉歌诗产生于从先秦封建领主制到秦汉封建地主制转折的历史阶段。是秦汉社会制度的创设，改变了中国上古以来的生产关系，解放了生产力，促进了生产的发展，结束了从春秋战国以来标志着社会巨变的漫长动乱与纷争，为中国历史开辟了新的纪元。同时，也正是秦汉制度的创设，结束了春秋战国以来的百家争鸣。完成于这一历史时期的两汉歌诗，也正是以艺术的形式对这一历史巨变的记录和反映。汉帝国的统一强盛所带来的社会繁荣，各种社会矛盾的发展所引起的新变，丰富多彩的社会生活，各色各样的人物形象，以及两汉社会人们新的审美意识、精神风貌等，都在汉代歌诗中得到了生动展现，并且出现了一批不可多得的歌诗艺术珍品。同时，也正是两汉社会的巨变，改变了中国歌诗的形式。同样，如果不是汉代社会的建立和思想意识的变革，中国歌诗也绝不会突破先秦礼教的束缚而走上一条新的独立发展之路。总之，正是这一切，决定了汉代歌诗在中国歌诗史上的地位，它以自身的创作成就，为魏晋六朝以后的歌诗发展树立了典范，为唐诗的繁荣奠定了基础。它结束了一个大的历史时期，开创了中国歌诗史上一个新的时代——从汉到唐的中国歌诗辉煌发展的时代。

参考文献

《毛诗正义》，中华书局影印清阮元校刻《十三经注疏》本，1980。

《尚书正义》，中华书局影印清阮元校刻《十三经注疏》本，1980。

《周易正义》，中华书局影印清阮元校刻《十三经注疏》本，1980。

《周礼注疏》，中华书局影印清阮元校刻《十三经注疏》本，1980。

《仪礼注疏》，中华书局影印清阮元校刻《十三经注疏》本，1980。

《礼记正义》，中华书局影印清阮元校刻《十三经注疏》本，1980。

《春秋左传正义》，中华书局影印清阮元校刻《十三经注疏》本，1980。

《春秋公羊传注疏》，中华书局影印清阮元校刻《十三经注疏》本，1980。

《春秋穀梁传注疏》，中华书局影印清阮元校刻《十三经注疏》本，1980。

《尚书大传》，文渊阁四库全书本。

（清）王聘珍：《大戴礼记解诂》，中华书局，1983。

（汉）韩婴撰，许维遹校释《韩诗外传集释》，中华书局，1980。

（宋）陈旸：《乐书》，国家图书馆藏元至正七年福州路儒学刻明修本。

（三国）韦昭注：《国语》，上海古籍出版社，1988。

（西汉）刘向辑录《战国策》，上海古籍出版社，1985。

（西汉）司马迁：《史记》，中华书局，1959。

（东汉）班固：《汉书》，中华书局，1962。

（东汉）荀悦：《汉纪》，中华书局，2002。

（东晋）袁宏：《后汉纪》，中华书局，2002。

（东汉）刘珍等撰，吴庆峰校点《东观汉记》，齐鲁书社《二十五别史》本，2000。

（南朝宋）范晔：《后汉书》，中华书局，1965。

（西晋）陈寿：《三国志》，中华书局，1959。

（唐）房玄龄：《晋书》，中华书局，1974。

（梁）沈约：《宋书》，中华书局，1974。

（宋）刘邠：《汉官仪》，国家图书馆藏宋绍兴临安府刻本。

不著撰人：《三辅黄图》，国家图书馆藏元致和元年余氏勤有堂刻本。

（宋）王应麟：《汉艺文志考证》，国家图书馆藏元至元六年庆元路儒学刻本。

（宋）王应麟：《汉制考》，国家图书馆藏元至元六年庆元路儒学刻本。

（晋）葛洪：《西京杂记》，中华书局，1985 年与《燕丹子》合刊本。

（晋）王嘉：《拾遗记》，中华书局，1981。

苏晋仁、萧炼子：《宋书乐志校注》，齐鲁书社，1982。

陈国庆：《汉书艺文志注释汇编》，中华书局，1983。

（唐）杜佑：《通典》，中华书局，1988。

（宋）郑樵：《通志》，中华书局，1995。

（元）马端临：《文献通考》，中华书局，1986。

（唐）刘知几撰，（清）浦起龙释《史通通释》，上海古籍出版社，1978。

（唐）欧阳询撰，汪绍楹校《艺文类聚》，上海古籍出版社，1965。

（唐）虞世南：《北堂书钞》，学苑出版社，2003 年影印首都图书馆藏清光绪十四年南海孔氏三十有三万卷堂影宋刊本。

顾颉刚：《古史辨》，上海古籍出版社，1982。

刘运勇：《西汉长安》，中华书局，1982。

（清）郭庆藩：《庄子集释》，《诸子集成》本，上海书店，1986。

戴望：《管子校正》，《诸子集成》本，上海书店，1986。

杨伯峻：《列子集释》，中华书局，1979。

陈奇猷：《韩非子新校注》，上海古籍出版社，2000。

陈奇猷：《吕氏春秋校释》，学林出版社，1984。

何宁：《淮南子集释》，中华书局，1998。

（西汉）桓宽：《盐铁论》，《诸子集成》本，上海书店，1986。

范祥雍：《洛阳伽蓝记校注》，上海古籍出版社，1978。

王洲明、徐超：《贾谊集校注》，人民文学出版社，1996。

（西汉）刘向：《新序、说苑》，上海古籍出版社，1990。

（东汉）桓谭：《新论》，上海人民出版社，1977。

（西晋）崔豹：《古今注》，浙江人民出版社影印扫叶山房重编百子全书 1919 年石印本。

周光培、孙进己:《历代笔记小说汇编·汉魏六朝笔记小说》,辽沈出版社,1990。

曹旭:《诗品集注》,上海古籍出版社,1994。

吕德申:《钟嵘诗品校释》,北京大学出版社,1986。

范文澜:《文心雕龙注》,人民文学出版社,1958。

王利器:《文心雕龙校证》,上海古籍出版社,1980。

(宋)洪兴祖:《楚辞补注》,中华书局,1983。

(宋)朱熹:《楚辞集注》,上海古籍出版社,1979。

(梁)萧统编,(唐)李善注《文选》,中华书局,1977。

(清)严可均:《全上古三代秦汉三国六朝文》,中华书局,1958。

逯钦立:《先秦汉魏晋南北朝诗》,中华书局,1983。

(宋)郭茂倩:《乐府诗集》,中华书局,1996。

(陈)徐陵:《玉台新咏》,中华书局,1985。

(东汉)蔡邕:《琴操》,江苏古籍出版社,1988年影印宛委别藏本。

(明)朱乾:《乐府正义》,清乾隆五十四年刻本。

(明)胡应麟:《诗薮》,上海古籍出版社,1979。

(明)谭元春:《古诗归》,明万历四十五年刻本。

(清)沈德潜:《古诗源》,中华书局,1963。

(清)庄述祖:《汉短箫铙歌曲句解》,珍艺宦遗书本。

(清)张玉榖:《古诗赏析》,光绪十三年姑苏思义堂本。

(清)王先谦:《汉铙歌释文笺正》,清同治十一年虚受堂刻本。

(清)陈本礼:《汉诗统笺》,清嘉庆十五年刻本。

(清)陈沆:《诗比兴笺》,上海古籍出版社,1981。

方祖燊:《汉诗研究》,台北正中书局,1969。

闻一多:《乐府诗笺》,《闻一多全集》第五卷,湖北人民出版社，1993。

徐仁甫：《古诗别解》，上海古籍出版社，1984。

郑文：《汉诗选笺》，上海古籍出版社，1986。

费振刚、仇仲谦、刘南平：《全汉赋校注》，广东教育出版社，2005。

逯钦立：《汉魏六朝文学论集》，陕西人民出版社，1984。

罗根泽：《罗根泽古典文学论文集》，上海古籍出版社，1985。

杨生枝：《乐府诗史》，青海人民出版社，1985。

姚大业：《汉乐府小论》，百花文艺出版社，1984。

赵敏俐：《两汉诗歌研究》，台北文津出版社，1993。

郑文：《汉诗研究》，甘肃民族出版社，1994。

梁启超：《中国美文及其历史》，东方出版社，1996。

萧涤非：《汉魏六朝乐府文学史》，人民文学出版社，1984。

罗根泽：《乐府文学史》，东方出版社，1996。

陈直：《文史考古论丛》，天津古籍出版社，1988。

余冠英：《汉魏六朝诗论丛》，中华书局，1962。

王汝弼：《乐府散论》，陕西人民出版社，1984。

张永鑫：《汉乐府研究》，江苏古籍出版社，1992。

赵敏俐：《汉代诗歌史论》，吉林教育出版社，1995。

萧涤非：《乐府诗词论薮》，齐鲁书社，1985。

王运熙：《乐府诗述论》，上海古籍出版社，1996。

修海林：《古乐的沉浮》，山东文艺出版社，1989。

李文初：《汉魏六朝文学研究》，广东人民出版社，2000。

钱志熙：《汉魏乐府的音乐与诗》，大象出版社，2000。

赵敏俐：《周汉诗歌综论》，学苑出版社，2002。

姚小鸥：《吹埙奏雅录》，北京广播学院出版社，2004。

赵敏俐等：《中国古代歌诗研究——从〈诗经〉到元曲的艺术生产史》，北京大学出版社，2005。

孙尚勇：《乐府文学文献研究》，人民文学出版社，2007。

朱自清：《诗言志辨》，古籍出版社，1957。

孙楷第：《沧州集》，中华书局，1965。

游国恩：《游国恩古典文学研究论文集》，中华书局，1989。

〔日〕清水茂：《清水茂汉学论集》，蔡毅译，中华书局，2003。

杨公骥：《中国文学》（第一分册），吉林人民出版社，1980。

游国恩等主编《中国文学史》，人民文学出版社，1963。

刘大杰：《中国文学发展史》，上海古籍出版社，1982。

刘永济：《十四朝文学要略》，黑龙江人民出版社，1984。

王钟陵：《中国中古诗歌史》，江苏教育出版社，1988。

赵明主编《两汉大文学史》，吉林大学出版社，1998。

张松如：《中国诗歌史论》，吉林大学出版社，1985。

陆侃如：《中古文学系年》，人民文学出版社，1998。

王国维：《宋元戏曲史》，华东师范大学出版社，1995。

朱谦之：《中国音乐文学史》，商务印书馆，1935。

杨荫浏：《中国古代音乐史稿》，人民音乐出版社，1981。

刘再生：《中国古代音乐史简述》，人民音乐出版社，2000。

修海林、李吉提：《中国音乐的历史与审美》，中国人民大学出版社，1999。

吴钊：《追寻逝去的音乐踪迹——图说中国音乐史》，东方出版社，1999。

孙崇涛、徐宏图：《戏曲优伶史》，文化艺术出版社，1995。

傅起凤、傅腾龙：《中国杂技史》，上海人民出版社，1989。

王克芬：《中国舞蹈发展史》，上海人民出版社，1989。

萧亢达：《汉代乐舞百戏艺术研究》，文物出版社，1991。

廖奔：《中国古代剧场史》，中州古籍出版社，1997。

李昌集：《中国古代曲学史》，华东师范大学出版社，1997。

谢桃坊：《中国市民文学史》，四川人民出版社，1997。

姚小鸥：《诗经三颂与先秦礼乐文化》，北京广播学院出版社，2000。

陈元锋：《乐官文化与文学——先秦诗歌史的文化巡礼》，山东教育出版社，1999。

张树国：《乐舞与仪式——中国上古祭歌形态研究》，天津古籍出版社，2003。

刘志远、余德章、刘文杰：《四川汉代画象砖与汉代社会》，文物出版社，1983。

南阳市博物馆闪修山等编《南阳汉代画像石刻》，上海人民美术出版社，1981。

《中国画像石全集》编辑委员会：《中国画像石全集》，山东美术出版社、河南美术出版社，2000。

周到：《汉画与戏曲文物》，中州古籍出版社，1992。

〔美〕阿诺德·豪塞尔：《艺术史的哲学》，陈超南、刘天华译，中国社会科学出版社，1992。

〔法〕丹纳：《艺术哲学》，傅雷译，人民文学出版社，1963。

〔英〕达尔文：《达尔文进化论全集》第六卷，叶笃庄、杨习之译，科学出版社，1996。

〔英〕马林诺夫斯基：《巫术科学宗教与神话》，李安宅译，中国民间文艺出版社，1986。

〔英〕特里·伊格尔顿：《马克思主义与文学批评》，文宝译，人民文学出版社，1980。

〔英〕柏拉威尔：《马克思和世界文学》，梅绍武等译，生活·读书·新知三联书店，1980。

〔英〕珍妮特·沃尔芙：《艺术的社会生产》，董学文等译，华夏出版社，1990。

〔法〕罗贝尔·埃斯卡皮：《文学社会学》，于沛译，浙江人民出版社，1987。

〔美〕卡尔文·S. 霍尔、沃农·J. 诺德拜：《荣格心理学纲要》，张月译，黄河文艺出版社，1987。

〔美〕约翰·迈尔斯·弗里：《口头诗学：帕里－洛德理论》，朝戈金译，社会科学文献出版社，2000。

邓福星：《艺术前的艺术》，山东文艺出版社，1987。

朱狄：《艺术的起源》，中国青年出版社，1999。

何国瑞：《艺术生产原理》，人民文学出版社，1989。

汪济生：《系统进化论美学观》，北京大学出版社，1987。

郑元者：《艺术之根——艺术起源学引论》，湖南教育出版社，1998。

祁述裕：《市场经济下的中国文学艺术》，北京大学出版社，1998。

陶东风主编《文学理论基本问题》，北京大学出版社，2004。

王靖献：《钟与鼓——〈诗经〉的套语及其创作方式》，谢谦译，四川人民出版社，1990。

朝戈金：《口传史诗诗学》，广西人民出版社，2000。

孔德：《汉短箫铙歌十八曲考释》，《东方杂志》第二十三卷第九号，1926。

杨公骥：《汉巾舞歌辞句读及研究》，《光明日报》1950年7月19日。

郭宝钧：《1950年春季殷墟发掘报告》，《中国考古学报》1951年第5期。

陈直：《汉铙歌十八曲新解》，《人文杂志》1959年第4期。

寇效信：《秦汉乐府考略》，《陕西师范大学学报》1978年第1期。

逯钦立：《"相和歌"曲调考》，《文史》第十四辑，1982。

杨公骥：《西汉歌舞剧巾舞〈公莫舞〉的句读和研究》，《中华文史论丛》1986年第1辑。

赵敏俐：《汉乐府〈陌上桑〉新探》，《江西社会科学》1987年第3期。

齐天举：《古乐府艳歌之演变》，《阴山学刊》1989年第1期。

潘啸龙：《汉乐府的娱乐职能及其对艺术表现的影响》，《中国社会科学》1990年第6期。

潘啸龙：《〈孔雀东南飞〉主题、人物争议论略》，《安徽师大学报》1991年第1期。

王运熙：《相和歌、清商三调、清商曲》，《文史》第三十四辑，1992。

郑祖襄：《相和三调中的"部"、"弦"、"歌弦"考释》，《上海音乐学院学报》1993年第3期。

冯洁轩：《调（均）·清商三调·笛上三调》，《音乐研究》（季刊）1995年第3期。

林心治：《歌行的基本含义及其由来——唐歌行诗体论之一》，《渝州大学学报》1996年第4期。

葛晓音：《初盛唐七言歌行的发展——兼论歌行的形成及其与七古的分野》，《文学遗产》1997年第5期。

黄翔鹏：《乐问——中国传统音乐历代疑案百题》，《音乐研究》1997年第3、4期，1998年第1期。

姚小鸥：《〈巾舞歌辞〉校释》，《文献》1998年第4期。

姚小鸥：《公莫巾舞歌行考》，《历史研究》1998年第6期。

葛晓音：《关于"行"之释义的补正》，《文学遗产》1999年第4期。

崔炼农：《歌弦唱奏方式与辞乐关系——乐府唱奏方式之二》，《西南民族大学学报》2004年第2期。

杨明：《乐府诗集"相和歌辞"题解释读》，《古籍整理研究学刊》2006年第3期。

李会玲：《"歌行"本义考》，《武汉大学学报》2006年第6期。

许继起:《掖庭女乐考》,《文学遗产》2006年第5期。

钱志熙:《周汉"房中乐"考论》,《文史》2007年第2期。

首都师范大学中国诗歌研究中心、首都师范大学文学院编《乐府与歌诗国际学术会议论文集》,2007。

李庆:《歌行之"行"考——关于郭茂倩〈乐府诗集〉中"行"的文献学研究》,《中国诗歌研究》第五辑,2008。

后　记

　　这是我关于汉代诗歌研究的第三本专著①，是我近年来关于汉代歌诗（广义的乐府诗）研究的一点心得，也是我以往对于汉代诗歌研究的继续深入。一个人想要超越自己是不容易的。回想起我从1985年开始进行汉代诗歌研究，到现在已经二十多年了。这些年，我的学术研究虽然涉及其他领域，但是对于汉代诗歌的研究却一直没有放弃。之所以如此，是因为现存的汉代诗歌虽然不多，可是相关的诗歌史问题却特别重要而又难以解决。这里面有文献不足的原因，有学术界对其关注不够的原因，更有研究思路和研究方法的原因。这其中，关于"汉乐府"的研究是一个重点，成果也相对丰富一些。但是，人们对"汉乐府"的关注，也大都集中在"相和歌辞"与《焦仲卿妻》等少数作品的研究方面，对于其他"乐府诗"的研究相对较少，而对于全部汉代歌诗的系统研究则更少。因而，我早就想写一部有关的著

---

①　以前出版的两部个人专著是《两汉诗歌研究》，台北文津出版社，1993；《汉代诗歌史论》，吉林教育出版社，1995。

作，也形成了一些初步的想法，却苦于在如何解读这些作品的思想与研究方法上一直没有突破性的进展。直到 1997 年夏季的一天，当我又一次翻阅《汉书·艺文志·诗赋略》的时候，我才突然发现，以前习以为常的"歌诗"二字，其实不仅是汉人对那些有别于"不歌而诵"的赋体文学作品的称谓，而且也应是我们客观地把握汉代诗歌的一条重要线索。班固在这里所说的"歌诗"，也就是指那些可以歌唱甚至可以配乐配舞的诗。它的概念比人们通常所说的"汉乐府"要宽泛，也是汉代诗歌艺术的主要表现形式。由此可见，关注这些歌诗的"歌唱"形态，应该是研究汉代诗歌的重要突破口，也应该是揭示其不同于那些只供诵读的文人写作的诗歌的艺术奥秘之关键。而"歌诗"艺术的另一重要特征，就是它的娱乐性，这使它与那一时代的艺术生产与消费紧密相关，与汉代国家的礼乐制度变化相关，于是就有了"汉代乐府制度与歌诗研究"这一研究计划。我期望通过这一题目，能够从国家政治制度与文化制度变革的角度来探讨汉代歌诗的现实生成之源，能够从汉代歌诗的文化功能、表演场合与歌唱方式等方面来对其进行分类观照与整体把握，进而从歌唱与表演的角度来重新审视汉代歌诗独特的艺术表现方式及其所取得的艺术成就。我以为这是汉代诗歌研究的新路，起码是对于自己以往研究的一种超越，记得在当时，我着实为这一想法而高兴了好长一段时间。

但真正落实到研究与写作上并不容易，首先要进行相关资料的前期准备与理论思考，为此我申报了一项国家社会科学基金课题，专门讨论"歌诗"与"艺术生产"的问题，于是就有了与几位同仁共同完成的《中国古代歌诗研究——从〈诗经〉到元曲的艺术生产史》一书。与此同时，我则着手本书的写作。庆幸的是，恰逢此时，在教育部、北京市和首都师范大学的领导支持下，我们成功申报了教育部人文社会科学重点研究基地——首都师范大学中国诗歌研究中心，并以"汉魏六朝乐府机构沿革与乐府诗关系研究"为题，申报了教育部人文社会科学重点研究基地重大项目,这为本书的写作搭建了一个很好的平台,并提供了比较充足的研究经费。但是为了把中国诗歌研究中心建设好,本人却不得不做很多事务性工作,再加上教学工作的紧张,真正留给自己从事该项目研究的时间实在少得可怜。人生总是充满了矛盾,艰苦的环境下没有做学问的条件,现在有了好的条件又有几分"幸福的无奈",这部著作就在这样的条件下写写停停,屈指算来,从课题立项到现在已经整整六年的时间。本来想再继续打磨二年,以使其更为完善,但是因为种种原因只好先到此为止。尽管尚不完善,但我试图开辟一条研究汉代诗歌的新路,相信提出了一些关于汉代诗歌的新观点,是我多年的研究所得,也可以说自成体系,期望它能得到学术界的关注和批评。

本书的出版,得到了首都师范大学文学院"211工程"项目资助和中国诗歌研究中心项目资助,在此谨表示谢意。同时还要感谢卢仁龙先生的大力引荐,感谢商务印书馆将此书纳入出版计划。感谢我的博士研究生王培友帮助我校对了书稿,特别感谢商务印书馆田媛博士对本书细心审校并提出宝贵的修改意见,感谢这些年来支持、关心和帮助过我的所有同事和朋友。

赵敏俐

2008年7月1日于北京四季青常青园寓所

再版后记

本书是借鉴艺术生产的理论与方法，对汉代的"歌诗"所作的开创性研究。结合乐府制度的变革，系统探讨了汉代"歌诗"这一特殊的艺术形态发展演变过程，揭示其复杂的生成机制、丰富的内容、独特的艺术表现方式，以及其在中国诗歌史上的特殊地位和巨大影响。

"歌诗"这一概念取自《汉书·艺文志》，它特指汉代那些可以歌唱的诗，其代表作即被后人称道的"乐府诗"，历代学者也多有研究。但不可否认的是，受中国传统的儒家诗教影响，在古代的诗歌阐释体系中，人们对于这些乐府诗中"乐"的关注远远不够。在现代的学科体系中，学者们分别从音乐学和文学两个方面对其进行了比较深入的探讨，也有人试图把二者结合起来，撰写过"音乐文学史"类的著作。但是，由于他们并没有把汉代"歌诗"当作一个独立的艺术门类来看待，所作的研究还局限于一般现象的描述。

本书的要义，是将汉代歌诗当作一种诗乐相结合的、具有独特本质的综合艺术。因而，结合汉代社会歌舞艺术发展盛况，乐府制度的建立，从艺术生产的角度，探究其艺术发生之源，它的基本特征和发展趋势，在此基础上对汉代歌诗进行分类研究，系统探讨其文化功能、艺术特征和语言形态，从而对其艺术成就和历史地位作出新的评价。它尽最大可能地复原了汉代歌诗生产的原生形态，由此展现在我们面前的便是有关汉代歌诗的一幅新貌，让我们重新审视其生动活泼的历史图景。笔者自以为，从这一视角来看汉代歌诗，足以改变我们此前的许多认知。例如，从分工的角度，我们可以更清楚地认识歌舞艺人在汉代歌诗艺术生产中所发挥的巨大作用，在中国歌诗艺术史上应该给他们以应有的地位；从消费与生产的关系，我们可以看到特权式消费和平民式消费如何促进了汉代歌舞艺术的繁荣，并如何推动了寄食式和卖艺式这两种生产方式的发展；从社会变迁和审美风习的变化，我们可以看出雅乐与俗乐在汉代的兴废消长，以及从楚歌到鼓吹铙歌再到相和歌代相递兴的汉代歌诗发展大势。在此基础上，本书对汉代歌诗的论述范围，也较此前有了极大的拓展。如从汉初的宗庙礼乐创设到汉武帝立郊祀之礼的角度，论述了《安世房中歌》和《郊祀歌》十九章在国家意识形态建设中所发挥的重要作用；从民族交流的角度论述《汉鼓吹铙歌》十八曲的产生及其在中国杂言体诗歌发展中的意义；对此前很少有人关注的琴曲歌辞进行了系统的考察，发掘了它在中国文化史和文学艺术史的独特意义；讨论了汉代贵族和文人在歌诗艺术生产过程中所起的重要作用；本书还特别辨析了以审美和娱乐为主要功能的歌诗艺术与汉代民间歌谣的本质不同，指出了自20世纪初以来流行的"汉乐府民歌"这一概念使用中存在的错误。同时，本书对汉代歌诗的艺术分析，也建立在其诗乐一体的基本判断之上，从歌诗的音乐表演入手来看它的语言艺术和表现形态，进而指出它独特的艺术特征。总之，将汉代歌诗看作诗乐一体的具有独特本质的艺术，从艺术生产的角度对其进行综合研究，我自认为本书是有开创性的。

本书2009年由商务印书馆出版，曾深受学术同行好评，山东大学廖群教授主编的《两汉乐府学术档案》曾专门介绍此书，2013年曾获得教育部第六届高等学校科学研究优秀成果奖（人文社会科学）三等奖。近十多年来，关于汉代歌诗的研究取得了很大的进展，将汉代歌诗看成诗乐一体的独特艺术形式，已经成为学人的共识。特别是随着国家一级学会乐府学会的成立，带动了一批年轻的学者投身于中国古代歌诗与乐府的研究当中，成果迭出。学者们每每提及此书，说明它在当代汉代歌诗与乐府研究当中曾经发生过一些影响。感谢社会科学文献出版社将此书收入"社科文献学术文库·文史哲研究系列"。感谢宋月华编审对此书的关爱，感谢杨春花女士对此书的细心校对编辑。感谢魏玮彤、黄相宜、李凤至三位研究生再次帮助我认真校对书稿，纠正了原来书中的一些错误。感谢所有关心帮助我的师生、朋友们。

赵敏俐
2021年7月1日于京西会意斋

图书在版编目（CIP）数据

汉代乐府制度与歌诗研究 / 赵敏俐著 . --北京：
社会科学文献出版社，2021.11
（社科文献学术文库 . 文史哲研究系列）
ISBN 978 - 7 - 5201 - 9003 - 9

Ⅰ.①汉… Ⅱ.①赵… Ⅲ.①乐府诗 - 诗歌研究 - 中国 - 汉代　Ⅳ.①I207.226

中国版本图书馆 CIP 数据核字（2021）第 184216 号

社科文献学术文库 · 文史哲研究系列
汉代乐府制度与歌诗研究

著　　者 / 赵敏俐

出 版 人 / 王利民
组稿编辑 / 宋月华
责任编辑 / 吴　超　周志宽
责任印制 / 王京美

出　　版 / 社会科学文献出版社 · 人文分社（010）59367215
　　　　　 地址：北京市北三环中路甲 29 号院华龙大厦　邮编：100029
　　　　　 网址：www.ssap.com.cn
发　　行 / 市场营销中心（010）59367081　59367083
印　　装 / 三河市东方印刷有限公司

规　　格 / 开　本：787mm × 1092mm　1/16
　　　　　 印　张：31.75　字　数：419 千字
版　　次 / 2021 年 11 月第 1 版　2021 年 11 月第 1 次印刷
书　　号 / ISBN 978 - 7 - 5201 - 9003 - 9
定　　价 / 298.00 元

本书如有印装质量问题，请与读者服务中心（010 - 59367028）联系

▲ 版权所有 翻印必究